Phillip Rock

ABINGDON HALL

DER LETZTE SOMMER

Roman

Aus dem Amerikanischen
von Uta Hege

blanvalet

Die Originalausgabe erschien 1978
unter dem Titel »The Passing Bells« bei Seaview Books.

Verlagsgruppe Random House FSC® N001967
Das FSC®-zertifizierte Papier *Holmen Book Cream* für dieses Buch
liefert Holmen Paper, Hallstavik, Schweden.

1. Auflage
Taschenbuchausgabe Oktober 2014 bei Blanvalet Verlag,
einem Unternehmen der
Verlagsgruppe Random House GmbH, München

Umschlaggestaltung: © Johannes Frick, Neusäß/Augsburg
Umschlagmotive: Richard Jenkins und Schutterstock/Shelli Jensen
Redaktion: Friederike Arnold
LH · Herstellung: sam
Satz: Uhl + Massopust, Aalen
Druck und Bindung: GGP Media GmbH, Pößneck
Printed in Germany
ISBN: 978-3-442-38304-7

www.blanvalet.de

Bettye Cooper Rock
In Liebe
aus Kingston-upon-Thames.

Lasst die Totenglocken läuten,
um die Lebenden zu rufen und die Toten zu beklagen.

Buch 1

Sommer 1914

Stoßt in die Hörner, stoßt! Sie haben uns,
in unserer Not,
lang vermisste Heiligkeit, Liebe
und Schmerz gebracht.
Wie ein König kam die Ehr' zurück auf Erden
und entrichtete an ihre Untertanen einen königlichen Lohn;
und Edelmut wandelt erneut auf unsren Pfaden;
und bezahlt uns unser Erbe aus.

Die Toten I von Rupert Brooke (1887–1915)

1

Die frühe Dämmerung überzog den wolkenlosen Himmel mit einem zarten grünen Hauch. Bereits vor dem ersten Licht hatten Hähne überall in der Grafschaft laut krähend verkündet, dass ein neuer Junimorgen angebrochen war. Nach dem steilen Aufstieg auf den Burgate Hill legten die Holzfäller die erste Pause ein, zündeten sich ihre Pfeifen an und blickten in Richtung Osten, wo die Sonne sich über der Ebene erhob. Wieder einmal war es ein trockener und klarer Tag, und die Männer konnten weit über die offene Landschaft bis nach Sussex und den South Downs sehen. Das Tal von Abingdon, das unter ihnen lag, war immer noch in dunkle Schatten eingehüllt, aber als die Männer sorgfältig die Asche auf dem nackten Fels ausklopften, hatte sich das Sonnenlicht über den Kirchturm ihres Dorfs bis zum Herrenhaus Abingdon Hall drei Meilen westlich ausgedehnt. Allerdings versteckte es sich hinter dem dichten Laub des Eichen- und Buchenwaldes und war noch nicht zu sehen. Auf der anderen Talseite nahmen die Männer eine dünne Rauchwolke über der sanft wogenden Heide wahr – der Zug um 5.10 Uhr aus Tipley's Green, der die reiche Ernte Surreys zu den Märkten Londons brachte.

Anthony Greville, neunter Earl of Stanmore, hörte ebenfalls das ferne Pfeifen der Lokomotive, als sie sich der Straße in Leith Common näherte. Schläfrig lag er im Bett und folgte gedanklich dem Weg des Güterzugs, der sich durch die Grafschaft schlängelte, bevor er bei Godalming auf die Hauptstrecke einbog. Es war derselbe Zug – obgleich natürlich deutlich größer und moderner – wie der, dem er als Junge hinterhergesehen hatte, auch wenn er damals, statt die Heide zu durchqueren, von Tipley's Green über Bigham und somit über eine Strecke von fünf Meilen über die väterlichen Ländereien gefahren war. Wann genau war das gewesen? 1870? 72? Ungefähr. Auf jeden Fall Anfang der Siebziger, denn zum Ende des Jahrzehnts hatten sie das Land verkauft und in einzelne Gehöfte unterteilt. Außerdem hatte man eine neue Eisenbahnlinie um Abingdon herumgebaut, den Bauern zufolge viel leistungsstärker, aber ihm fehlte der alte Zug aus schimmerndem Messing und mit der dicken geblähten Rauchfahne.

Er sah auf die Uhr auf seinem Nachtschrank, einen Schiffschronometer in einem Kästchen aus Rosenholz. 5.23 Uhr. Langsam erwachte das Herrenhaus zum Leben, und er streckte seinen langen muskulösen Körper unter der Decke und lauschte auf die gedämpften Geräusche – das Murmeln der Rohre, als die Küchenmädchen Wasser für die Köchinnen holten, das entfernte Klirren von Schaufeln, als die Kohleeimer gefüllt wurden, das fröhliche Pfeifen eines Stalljungen, der sich draußen an der Pumpe wusch. Bald würde er leise schnelle Schritte auf der Treppe hören, wenn den Frühaufstehern heißes Wasser zum Rasieren und frisch gekochter Tee gebracht wurde. Mit den Stalljungen und den Pferdeburschen hatten sie vierzig Dienstboten, und es war nicht zu überhören, wenn für sie der Tag begann. Doch die Geräusche waren für Lord Stanmore ebenso beruhigend wie seine Erinnerungen an die gute alte Zeit.

Er stand in Strümpfen vor dem Spiegel und rasierte sich, während sein Kammerdiener mit den Handtüchern und einer Flasche Rum hinter ihm stand. Er hieß Fisher und hatte vor gut zehn Jahren seinen Dienst angetreten.

»Und, was haben Eure Lordschaft heute vor?«

Er betrachtete sein Spiegelbild.

»Was sagen Sie, Fisher? Sieht mein Schnurrbart vielleicht langsam ein bisschen zu militärisch aus?«

»Er ist etwas gesprossen, wenn ich mir diese Bemerkung erlauben darf.«

»Und, macht er mich zu alt?«

»So weit würde ich nicht gehen, Mylord. Aber er sieht auf jeden Fall soldatisch aus.«

»Dann werden wir ihn nachher stutzen, Fisher. Die Enden ein wenig zurückschneiden.«

»Sehr wohl, Sir. Kann ich sonst noch etwas für Sie tun?«

Der Earl strich sich ein letztes Mal über das Kinn, bevor er das Rasiermesser in die Wasserschüssel fallen ließ.

»Nach dem Ausritt brauche ich meinen Morgenanzug … und zum Dinner werden heute Gäste kommen. Legen Sie mir deshalb bitte auch die Abendgarderobe heraus.«

»Sehr wohl, Mylord.«

Der morgendliche Ausritt war ein feststehendes Ritual, und der Earl hielt auch bei größter sommerlicher Hitze und bei winterlichen Minusgraden daran fest. Er trug stets eine alte Reithose und eine Tweedjacke, unter die er, falls es kühl war, noch einen Pullover zog. Dreißig Paar Reitstiefel standen in seinem Schrank, doch gewohnheitsmäßig wählte er immer dasselbe Paar aus weichem braunem Leder, das mit seinen vielen feinen Linien an die wettergegerbten Züge eines alten Mannes erinnerte. Die irischen Jagdstiefel waren so weich wie Handschuhe und schmiegten sich wie eine zweite Haut an seine langen Beine. Während er mithilfe seines Kammerdieners in die Stiefel stieg, vernahm er ein diskretes Klopfen an der Tür, und einen Moment später führte Coatsworth eins der Mädchen herein, das ein großes silbernes Tablett mit einer Kanne Tee, einem Krug mit heißem Wasser, Zucker, Milch, einem Korb mit süßen Brötchen, einem Töpfchen Marmelade und einem Teller Butter in den Händen hielt. Der ältliche Butler, unter dessen dunkler

Hose die Pantoffeln kaum zu sehen waren, schlurfte langsam auf ihn zu.

»Guten Morgen, Eure Lordschaft.«

»Morgen, Coatsworth. Was macht Ihre Gicht?«

»Ein wenig besser, Sir. Auf Mr. Banks Empfehlung habe ich meinen Füßen gestern Abend noch ein heißes Essigbad gegönnt.«

»So, so, ein heißes Essigbad.«

»Mr. Banks hat mir erklärt, dass das wahre Wunder wirke.«

»Bei den Jagdpferden auf jeden Fall.«

Mr. Coatsworth schob ein Tischchen vor den Stuhl, auf dem Lord Stanmore saß, und bedeutete dem Mädchen, das Tablett dort abzustellen. Sie war noch jung, dunkelhaarig, schlank, mit hohen Wangenknochen und einer schmalen leichten Stupsnase. Wirklich hübsch, dachte der Earl und lächelte sie freundlich an.

»Danke, Mary.«

»Ivy, Sir«, gab sie kaum hörbar zurück.

»Natürlich, Ivy.« Eine von den Neuen. Dann musste das plumpe rothaarige Mädchen mit den Hasenzähnen Mary sein.

»Soll ich Ihnen Tee einschenken, Sir?«, erkundigte sich Coatsworth.

»Bitte.«

»Du kannst gehen, Mädchen«, murmelte der Butler, denn die Kleine stand noch in der Tür und sah sich neugierig im Zimmer um. Aber schließlich dauerte es eine Weile, bis sie richtig ausgebildet war. Und sie schien intelligenter als die meisten anderen zu sein, sie machte auf jeden Fall einen ordentlichen Knicks, bevor sie hinausging. Coatsworth schenkte Tee ein, fügte einen Löffel Zucker und einen Tropfen Milch hinzu und rührte gründlich um. Dann schnitt er ein noch heißes Brötchen auf, bestrich es dick mit Butter und nickte zufrieden.

»Sie werden feststellen, dass die süßen Brötchen heute Morgen einfach köstlich sind, Sir. Die Köchin hat das Rezept etwas verändert und nimmt jetzt mehr Roggenmehl als sonst.«

»Was Sie nicht sagen.«

»Ross sagt, sie schmecken wie die süßen Brötchen, die seine Mutter früher immer in Aberdeen für ihn gebacken hat.«

»Er scheint ziemlich in der Welt herumzukommen. Mir hat er erzählt, er käme aus Perth.«

Leise lachend verteilte der Butler Marmelade auf dem dampfenden Gebäck.

»Ich würde sagen, dass das East End oder Glasgow der Wahrheit näher kommt.«

»Könnte sein. Aber mit Automobilen kennt er sich aus.«

»Wie Eure Lordschaft meinen«, stellte Coatsworth ein wenig verkniffen fest und wandte sich zum Gehen.

Sein Butler hatte eine leichte Abneigung gegen den jungen Mann. Doch auch wenn der junge Jaimie Ross vielleicht ein wenig ungestüm und von ungewisser Herkunft war, war er ein erstklassiger Fahrer und Mechaniker. Und sie brauchten dringend einen, seit die Zahl der Automobile von einem auf vier gestiegen war. Der vorherige Chauffeur, ein Mann in Coatsworth' Alter, hatte als ehemaliger Kutscher nur gewusst, wie man einen Gang einlegte und in einer halbwegs geraden Linie fuhr. Doch er war ein enger Freund des Butlers, und die beiden Männer hatten ihre freien Stunden oft zusammen im Crown and Anchor in Abingdon verbracht und mit heiligem Eifer Dart gespielt. Der junge Ross hingegen bevorzugte die Gesellschaft junger Frauen, weshalb er, wenn er einen halben Tag freihatte, auf seinem Motorrad bis nach Guildford oder Crawley fuhr und versuchte, junge Dienstbotinnen und Verkäuferinnen zu beeindrucken.

Lord Stanmore hielt sich nicht lange bei seinem ersten Frühstück auf. Er biss mehrmals von seinem Brötchen ab und trank in aller Eile seinen Tee, denn es zog ihn hinaus. Wie jeden Morgen riefen ihn die Dickichte und Hecken, die Felder und der Wald. Das gesamte Tal war eine einzige Herausforderung für den Reiter und löste bei ihm ein Gefühl der Freude und vor allem des Triumphes aus. Konnte man den Tag auf herrlichere Art beginnen als mit einem stürmischen Galopp durch diese so reich gesegnete Landschaft? Ihm tat nur leid, dass er an diesem strahlend hellen, wunderbaren Vormittag allein ausreiten musste. Aber William kam erst in ein, zwei Tagen vom College in Eton heim, und Charles hatte die Lust an einem morgendlichen Ausritt verloren. Lord Stanmore runzelte die Stirn. Er wurde einfach nicht mehr schlau aus seinem ältesten Sohn. Seit Charles aus Cambridge zurückgekommen war, saß er meistens lustlos und apathisch herum. Seine Zeugnisse vom College waren ausgezeichnet, aber als der Earl mit seinem Sohn über die Zukunft hatte sprechen wollen, hatte der ihn nur reglos angesehen. Dabei stand der Werdegang des Jungen bereits fest, weil er der Älteste und der Erbe seines Titels war. Deshalb sollte er sich tatkräftig darum bemühen, die komplexen Strukturen der Besitztümer ihrer Familie – Abingdon Hall mit seinen unzähligen Pächtern, ausgedehnten Ländereien in Wiltshire, Kent, Northumberland und dem West Riding und einer ganzen Reihe Londoner Geschäftsgebäude – zu verstehen. Eine mehr als ausreichende Beschäftigung. Natürlich würde er sich ihm nicht in den Weg stellen, wenn er erst sein Studium beenden wollte. Allerdings reagierte Charles bei diesem Thema immer mit dieser ärgerlichen, unerträglich arroganten Teilnahmslosigkeit. Er leerte seine Tasse, als hätte Coatsworth ihm nicht Tee, sondern Whiskey eingeschenkt.

»Dann will ich jetzt mal gehen«, erklärte er und stand entschlossen auf. Eilig kam sein Kammerdiener mit der Jacke, einer Tweedmütze und einer Reitgerte mit blank poliertem Bambusgriff, und ordnungsgemäß gekleidet, öffnete der Earl die Tür, die seine Suite mit der seiner Ehefrau verband. Es erfüllte ihn mit einer inneren Befriedigung, dass diese Tür während der fünfundzwanzig Jahre ihrer Ehe nie versperrt gewesen war. Die düsteren Prophezeiungen gewisser Freunde, dass die Ehe zwischen ihnen niemals halten würde, weil »Amerikanerinnen einfach anders seien«, hatten sich nicht erfüllt. Er hatte schon damals nicht verstanden, was sie damit hatten sagen wollen.

Der Kontrast zwischen den beiden Suiten war aus seiner Sicht symbolisch für die Unterschiede zwischen Mann und Frau.

Seine Räume waren mit dunklen Eichenholzpaneelen ausgekleidet, spartanisch möbliert und ohne jeden Schmuck. Ein großes unaufgeräumtes Regal enthielt Bücher über die Jagd und das Leben auf dem Land, ein oder zwei Romane von Thomas Hardy, Shakespeares gesammelte Werke in fünf Bänden und eine Bibel, die ihm der Vikar des Orts geschenkt hatte, als er zum ersten Mal nach Winchester ins Internat gefahren war. Zwischen den schmalen Bücherstapeln standen Jagdpokale und andere Reittrophäen; das Schwert, das sein Großvater in Waterloo getragen, aber nie benutzt hatte, ruhte in seiner Scheide an der Wand über dem steinernen Kamin, und ein großes Teleskop, das Geschenk eines Onkels, der als Admiral zur See gefahren war, hatte er auf einem Stativ vor einem der Flügelfenster aufgebaut. Arbeits-, Schlaf- und Ankleidezimmer hatten die Jahrzehnte zwischen seiner späten Jugend und dem reifen Mannesalter ohne größere Veränderungen überstanden.

Im Gegensatz zu dieser maskulinen Nüchternheit verströmte das Refugium von Hanna Rilke Greville, der Countess von Stanmore, den üppigen Charme der Belle Epoque. Dicke weiche Teppiche, Prägetapeten in zartem Zitronengelb und zartem Grün, goldgerahmte Gemälde, Spiegel und Rokokomöbel erstrahlten im weichen femininen Licht, das durch die Seidenstoffe vor den Fenstern fiel. Es waren die Gemächer einer warmen, sinnlichen Frau. Und in all den Jahren ihrer Liebe war sie nie zu ihm gekommen, sondern immer er zu ihr.

Sie schlief noch, und ihr langes blondes Haar, das in zwei sorgfältig geflochtenen Zöpfen auf dem Kissen lag, wirkte wie fein gesponnenes Gold. Der Earl of Stanmore störte ihren

Schlummer nicht. Er stand wie jeden Morgen kurz am Ende ihres großen Schlafzimmers und sah sie an. Dann zog er sich wieder in sein eigenes Zimmer zurück, drückte die Tür leise ins Schloss, schlug sich mit der Gerte gegen seinen Stiefel und marschierte in den Flur hinaus.

»Guten Morgen, Eure Lordschaft«, grüßten die vier Mädchen ihn ehrfürchtig flüsternd auf dem Treppenabsatz. Ihre frisch gestärkten Uniformen raschelten leise, wodurch ihre Stimmen kaum zu hören waren.

»Guten Morgen … guten Morgen …«, grüßte er zurück, während er achtlos an ihnen vorbei die breite Haupttreppe hinunterlief.

Er marschierte durch den Wintergarten mit den wuchernden Palmen und Farnen in Hängekörben und ging über die schattige Westterrasse, auf der zwei Gärtnergehilfen die Steinplatten mit Reisigbesen säuberten. Die beiden hielten kurz in ihrer Arbeit inne, griffen sich respektvoll an die Mützen, und mit einem knappen Kopfnicken erwiderte er ihren Gruß. Eine geschwungene Treppe aus verwittertem Granit führte hinunter in den italienischen Garten, in dem vier Männer die Formschnitthecken stutzten. Durch ein reich verziertes Eisentor, das sie vor langer Zeit auf dem Anwesen des Herzogs von Fiori in Urbino erstanden hatten, gelangte man in den Rosengarten, wo sich grünes Wasser über die gemeißelten Figuren von Neptun und Europa in einen Brunnen aus Carrara-Marmor ergoss. Hinter der Backsteinmauer, die den Rosengarten schützte, begann der ausgedehnte Küchengarten mit den ordentlichen Gemüsereihen in den langen niedrigen Gewächshäusern. Ein baumbestandener Kiespfad schlängelte sich an den Unterkünften für die Gärtner, den Komposthaufen und Lagerschuppen vorbei bis zu den Stallungen, die hinter einer hohen Steinmauer verborgen lagen. Die Musketen- und Pistolenkugeln in den Spalten zwischen den Steinblöcken zeugten davon, dass Prinz Rupert hier im Jahre

1642 mit einer Kompanie Rundköpfe aneinandergeraten war. Als Kind hatte der Earl versucht, die Kugeln mit einem Taschenmesser aus dem Stein herauszubekommen, dabei aber nur ein paar rostige Eisensplitter und ein paar gewundene Bleireste aus dem harten Mauerwerk gekratzt. Durch ein solides, dunkelgrün gestrichenes Holztor gelangte der Earl zur Koppel und den Ställen.

Dies war seine Welt, und sie erfüllte ihn mit großem Stolz. Die neuen Holzgebäude mit den dunklen Schieferdächern wiesen seine Farben – ein warmes Gelbbraun mit matt orangefarbenen Akzenten – auf. Es waren die besten Ställe und die fünfundzwanzig besten Jagd- und Springpferde in ganz England. Sein Lieblingstier, ein sieben Jahre alter, rötlich brauner Wallach, wurde von einem Knecht über den Hof geführt, und ein untersetzter krummbeiniger Mann in Tweed und braunen Ledergamaschen unterzog es einer kritischen, fachmännischen Musterung.

»Guten Morgen, Banks«, grüßte Lord Stanmore gut gelaunt. »Wie ich sehe, haben Sie ihn gesattelt.«

George Banks, Ausbilder und Tierarzt, scherzhaft als der Herr der Earl'schen Pferde tituliert, nahm seine knorrige Pfeife aus dem Mund und klopfte sich die Asche in die Hand.

»Er ist wieder kerngesund und scharrt vor lauter Ungeduld schon mit den Hufen. Wenn Sie mich fragen, ist unser alter Jupiter wieder so gut wie neu.«

Der Stallbursche führte das Tier zum Earl, der eingehend das linke Vorderbein begutachtete.

»Er schont das Bein nicht mehr.«

»Nein, Sir«, stimmte Banks ihm zu. »Die heißen Umschläge haben ihre Wirkung nicht verfehlt.«

»Wollen wir nur hoffen, dass er nach dieser Geschichte nicht vor irgendwelchen Hindernissen scheut.«

»Nun, Sir, das werden wir erst wissen, wenn der alte Junge

über einen Zaun gesprungen ist, aber er hat auch vorher manchmal etwas abgekriegt.«

»Da haben Sie recht, aber noch nie so schlimm wie dieses Mal.« Lord Stanmore tätschelte dem Pferd den Hals und glitt mit der Hand über dessen sorgfältig gestriegelten Widerrist. »Braver Jupiter. Braver alter Junge.«

»Meiner Meinung nach steht er noch voll im Saft.«

»Auf jeden Fall.«

»Er hat Tinker hinausgehen sehen, und da die beiden Stallgenossen sind, ist er wahrscheinlich wild darauf, ihn einzuholen.«

»Tinker? Wer in aller Welt …?«

»Nun, der Captain, Sir«, erklärte Banks und füllte seine Pfeife aus einem gelben Öltuchbeutel nach. »Captain Wood-Lacy. Kam gestern Abend aus London, Sir. Tauchte ziemlich spät hier auf und wollte den Haushalt nicht mehr stören, deshalb hat er bei mir campiert. Aber er ist schon mit den Hühnern aufgestanden und hat sich sofort ein Pferd geschnappt.«

Eilig schwang der Earl sich auf sein Pferd.

»Verdammt. Ich wünschte, das hätte ich gewusst. Wohin ist er geritten?«

»Richtung Burgate und Swan Copse«, antwortete der Stallbursche. »Wobei er es ruhig hat angehen lassen.«

»Danke, Smithy. Vielleicht hole ich ihn ja noch ein.«

Er stieß dem großen Wallach die Fersen in die Seiten, und sofort trabte das Tier den Pfad aus festgetretenem Sand hinab, und er musste es daran hindern, nicht loszugaloppieren, als sie die Stallungen und Heuschober passierten. Der Pfad führte in einer großen Rechtskurve zur Straße in Richtung Abingdon und wurde links von einem anderthalb Meter hohen Zaun begrenzt.

»Los, Jupiter.« Der Earl of Stanmore zog am linken Zügel, und das Pferd verließ den Pfad und nahm das Hindernis, wobei es mindestens zwei Handbreit Abstand zwischen Holz und

Hufen ließ. Er hörte Banks und Smithy jubeln, blickte aber nicht noch mal zurück.

Captain Fenton Wood-Lacy, Hauptmann bei den Coldstream Guards, ritt mürrisch durch einen von Schatten gesprenkelten Buchenwald. Er war ein großer, breitschultriger Mann von fünfundzwanzig Jahren mit dunklen, tief liegenden Augen, einer geraden langen Nase und einem schmalen Mund. Wie bei einem Falken lagen auf seinem Gesicht ein Ausdruck einstudierter Arroganz und eine Spur von Grausamkeit, und wenn er wütend wurde, rief bereits sein Blick eisiges Entsetzen in seinen unfähigen Untergebenen hervor. Aber dieses Gesicht setzte er auf dem Exerzierplatz auf, und er hatte es sich extra dafür zugelegt. Gegenüber Freunden, Frauen, kleinen Kindern und den schwachen, sanftmütigen Menschen dieser Erde machten seine Züge eine beinahe wundersame Wandlung durch. Dann wurden die harten Linien seines Mundes weich, und sein kalter Blick wich einem warmen, humorvollen und mitfühlenden Ausdruck. Augenblicklich jedoch waren seine Augen trübe, während seine Stirn in sorgenvollen Falten lag. Ein vorbeikommender Fremder hätte diesen Mann, der in feiner Reitkleidung und mit einem gut sitzenden, eleganten runden Filzhut auf einem prachtvollen kastanienbraunen Wallach saß, für einen reichen Gutsherrn gehalten. Obwohl er in Wahrheit einen Brief der Cox Bank in der Tasche hatte, in dem er respektvoll, doch mit Nachdruck darauf hingewiesen wurde, dass sein Konto wieder einmal überzogen war. Und am Tag zuvor in seinem Club hatte ihm der Sekretär zwar höflich, aber mit demselben Nachdruck zu verstehen gegeben, dass er noch so viele ausstehende Rechnungen habe, dass mit einem weiteren Kredit nicht mehr zu rechnen sei.

»Ich würde diese Angelegenheit nur äußerst ungern gegenüber Ihrem Colonel zur Sprache bringen, aber Sie sind inzwischen so mit Ihren Zahlungen im Rückstand, dass …«

»Oh, geht doch alle zum Teufel«, brummte er ohne allzu große Leidenschaft.

Ein Ringfasan brach aus der Deckung und flatterte aufs offene Feld. Fenton hob die Hand, in der er seine Gerte hielt, verfolgte den trudelnden Flug des Vogels mit deren Spitze und deutete mit einem lauten Zungenschnalzen einen Schuss an.

»Schade«, murmelte er. Der Fasan landete wieder auf dem Boden, und er ließ die Gerte sinken und schlug sich lustlos damit gegen das Bein. Die Schönheit dieses Vormittags, an dem die dicht belaubten Buchen das Licht der Sonne filterten, das wie ein goldener Schleier auf den von Hecken gesäumten Feldern lag, erschien ihm wie der reine Hohn. Es musste was passieren, doch er hatte keine Ahnung, was. Hundert Pfund würden genügen, um seine momentanen Außenstände zu begleichen, und wahrscheinlich würde ihm Lord Anthony das Geld wie auch schon früher problemlos leihen – doch mit dieser Summe wäre sein Problem nicht dauerhaft gelöst. Sein Anteil an den Einkünften aus dem Anwesen seines verstorbenen Vaters bliebe auch in Zukunft bei sechshundert Pfund im Jahr. Aber neben seinem Sold als Captain reichte der Betrag für die Lebensführung, die man von den Mitgliedern der Gardedivision erwartete, einfach nicht aus. Alle Gardeoffiziere mussten Mitglieder des Guards' Clubs und am besten auch des Marlborough Clubs sein. Und auch wenn ein unverheirateter Offizier eines gesellschaftlich nicht ganz so renommierten Regiments durchaus in der Kaserne leben konnte, wurde bei den Mitgliedern der Garde stillschweigend vorausgesetzt, dass sie – natürlich auf eigene Kosten – eine angemessene Wohnung in einem exklusiven Viertel wie Belgravia oder Knightsbridge unterhielten. Je höher der Rang, den ein Soldat bekleidete, umso besser musste die Adresse sein, weshalb die Beförderung zum Captain seinen Ruin nur noch beschleunigt hatte. Und zu all den anderen Ausgaben kamen die für seine Kleidung noch dazu. Denn außer zu bestimmten Anlässen trugen die Mitglieder der Garde stets Zivil – und zwar elegante, kostspielige Garderobe. Die Rechnung seines Schneiders hatte ihn erbleichen lassen, und nur eine Glückssträhne beim Kartenspiel hatte die Begleichung dieser Schuld möglich gemacht. Aber leider hatte diese Glückssträhne ihm nicht genug Geld für seine Bank und den Marlborough Club beschert.

»Verdammt noch mal«, knurrte er die Bäume an, tippte das Pferd mit seiner Gerte an, das geschmeidig weiter durch den Wald lief, bis sie zu einer dicht mit Kornblumen und Butterblumen übersäten Wiese kamen. Dort zog Fenton an den Zügeln, blieb unbeweglich im Sattel sitzen und sah reglos geradeaus. Weit hinter den sanft wogenden Wiesen, teilweise von den Weiden des Swan Copse verdeckt, ragte das pompöse Burgate House in den blauen Sommerhimmel auf. Hinter der gotischen Fassade des Gebäudes gab es eine dauerhafte Lösung für seine Probleme, doch um einen Preis, der ihm bisher zu hoch erschienen war. Und es widerstrebte ihm noch immer, aber wahrscheinlich blieb ihm keine andere Wahl. Archie Foxe und seine Tochter Lydia lebten in dem Haus. Der gewiefte Archie Foxe mit den derben Manieren des Londoner East Ends, dem die Herkunft dank der zahllosen verschluckten *H*s und *Ts* nach wie vor deutlich anzuhören war. Archie Foxe von *Foxe's Feine Konserven* und den allgegenwärtigen *White Manor Teesalons*. Archie hatte ihm bereits seit langem angeboten, in das Unternehmen einzusteigen, und wenn Archie etwas sagte, meinte er es durchaus ernst. Für den Anfang würde er ihm tausend Pfund pro Jahr bezahlen. Was bestimmt nicht zu verachten wäre. Er zog ein silbernes Zigarettenetui aus seiner Tasche und steckte sich eine mit Korkmundstück versehene Woodbine an. Natürlich musste er den Posten bei der Garde dann aufgeben, aber schließlich waren die Zukunftsaussichten bei der Armee auch alles andere als gut. Die Beförderung zum Captain war nur Glück gewesen, denn wie immer alle hundert Jahre hatte man vor kurzem das gesamte

Bataillon umstrukturiert. Und jetzt würde es wahrscheinlich zehn bis fünfzehn Jahre dauern, bis man ihn in den Majorsstand hob.

Er blies eine dünne Rauchwolke gegen den Wind und blickte aus zusammengekniffenen Augen, wie ein Späher, der den Feind erkundete, auf das entfernte Haus. Es war ein grässliches Gebäude, das zu Zeiten von Queen Anne von irgendeinem Herzog nach dem Tod seines Sohnes errichtet worden war. Er hatte daraus ein Denkmal für den toten Jungen machen wollen, deshalb sah es nicht wie ein Wohnhaus, sondern eher wie eine Kathedrale aus. Niemand hatte je dort glücklich werden können außer Archie Foxe. Doch Archie liebte diesen Bau und hatte ihm einmal erklärt: »Es ist wie in Westminster Abbey.«

»Ach verdammt.« Der Captain seufzte. Dort hinter den Wiesen lag sein ganz persönlicher Rubikon. Tausend Pfund im Jahr. Und Lydia? Die Antwort auf diese Frage war genauso schwer zu fassen wie die Irrlichter, die über die Heide tanzten. Die Entscheidung träfe Lydia Foxe allein. Sie war einundzwanzig Jahre jung, wunderschön und hatte einen Vater, der an Nachsicht nicht zu überbieten war. Er setzte ihr niemals Grenzen, und sie konnte einen ganzen Monat in Paris verbringen oder für ein Wochenende rauf nach London fahren, ohne dass sie fürchten musste, dass er je ein Machtwort sprach. Ursprünglich war es ihr Vorschlag gewesen, der Armee den Rücken zu kehren, um in »Daddys Laden« anzufangen. Eine eher niedliche Umschreibung für eines der größten Unternehmen Englands. Sie hatte ihn gemacht, als sie ihm geholfen hatte, die passenden Möbel für die Wohnung in der Lower Belgrave Street zu kaufen, wobei ihr Geschmack deutlich zu kostspielig für sein Budget gewesen war. »Du bist ein Mann, der zwischen schönen Dingen leben sollte«, hatte sie gesagt. »Bei der Armee vergeudest du nur dein Talent.« Nun, das hätte er ihr selbst sagen können, aber sah ihr Vater seine Rolle in der Firma nicht als eine Art Militärdienst an? Das wackere Exmitglied der Garde, das als Archies Adjutant ein ganzes Bataillon geschmeidiger rotwangiger Serviererinnen des White Manor Teesalons in kornblumenblauen Kleidern, frisch gestärkten weißen Schürzen und neckischen weißen Häubchen kommandierte? Natürlich tat er das. »Fenton«, hatte er gesagt. »Fenton, Junge. Lydia hat mir erzählt, dass du der Armee vielleicht den Rücken kehren willst. Sapperlott, jemand wie du hat mir in meinem Laden gerade noch gefehlt. Wie wäre es mit erst mal tausend Pfund pro Jahr?«

Das wäre wunderbar. Aber trotzdem … trotzdem …

»Oh verdammt«, stieß er noch einmal hervor, während er seine Zigarette in einen mit Unkraut überwucherten Graben warf. So einfach war das nicht. Er war jetzt seit sechs Jahren bei der Armee. Hauptmann der Kompanie D des ersten Bataillons. Und das Regiment war einem heilig, ganz egal, ob man sich von der Tradition verleiten ließ oder nicht. Es war wie eine Ehe … in guten wie in schlechten Zeiten … bis dass der Tod die Partner schied.

Auch wenn er nicht wirklich einen Sinn in seiner Arbeit sah. Denn es stand so gut wie fest, dass kein Krieg ausbrach. Aber wenn die Regimentskapelle einen Marsch erklingen ließ und die lange scharlachrot-blaue Kolonne von der Wellington-Kaserne in den Birdcage Walk einbog, während der Wind die königliche Fahne peitschte und die Dudelsäcke pfiffen, empfand Fenton plötzlich einen solchen Stolz, den er kaum in Worte fassen konnte. Auch wenn er wusste, dass das kindisch war. Ein Echo seiner Kindheit, als er wie gebannt vor seinem Onkel Julian gesessen hatte, der wieder einmal aus dem Sudan oder von der Nordwestgrenze Indiens, wo er mit brutalen Derwischen oder Pathanen gekämpft hatte, heimgekommen war. Onkel Julian vom 24. Infanterieregiment der Warwickshires, Träger des Viktoriakreuzes, der endlos Geschichten aus dem Krieg von Heldenmut und Tapferkeit erzählte.

Dudelsäcke, Trommeln und wehende Fahnen. Mitglieder der Garde, die Seite an Seite über eisbedeckte Berge nach Corunna marschierten, während Sir John Moore dem Trupp mit Tränen in den Augen hinterhersah und beim Anblick dieser ordentlichen, ungebrochenen Reihen wusste: Napoleon würde untergehen. Kinderträume. Onkel Julians Erzählungen … Fortescues Historie der britischen Armee … untrennbar verbunden mit dem generellen Ansehen, das mit diesem Spiel verbunden war. Denn es war ein Spiel. Sie spielten Soldaten mitten in London, fernab von jedem Feind. St. James's, Buckingham Palace, der Tower … ein Offizier der Coldstream Guards, eine schmale rote Linie, die der König zog … ein *Offizier der Garde* bewegte sich in seinem eigenen erlauchten Kreis. All das aufzugeben, um als normaler Angestellter eines Lieferanten von billigen Tees, Fleischpasteten und Konserven zu arbeiten, der strategisch günstig an belebten Ecken in sämtlichen großen Städten – Brighton, Plymouth, Margate, Manchester, Leeds, Birmingham, Liverpool und Groß-London – Teesalons betrieb, hieße, zukünftig einer von vielen zu sein. Was machte es schon aus, wenn diese Einstellung snobistisch war?

Er beugte sich seitwärts aus dem Sattel und köpfte mit seiner Gerte einen Schwalbenwurz. Vernichtete die große schlanke Pflanze mit einem gezielten bösartigen Hieb. Mit grimmiger Befriedigung richtete er sich wieder im Sattel auf, hörte aus der Ferne ein hallo, blickte flüchtig über seine linke Schulter und sah, dass Lord Stanmore über die Felder auf ihn zugaloppierte, wobei Jupiter die Hecken und Brombeerbüsche mit der Grazie einer Schwalbe nahm.

Der Earl of Stanmore war in seinem Element. Er und sein Pferd fegten wie der Wind über die Felder und harmonierten wie die Räder einer teuren Uhr. Genauso hatte er den Earl erlebt, als er als neunjähriger Junge mit seinem jüngeren Bruder Roger zum ersten Mal auf dem Anwesen zu Gast gewesen war.

Ein wahrhaft beeindruckendes Bild. Obwohl er selbst inzwischen sicher ein genauso guter Reiter war. Und so sollte es auch sein, denn Lord Stanmore hatte ihm beigebracht, wie man korrekt auf einem Pferderücken saß und ohne jede Scheu die höchsten Hecken nahm. Im Sommer 1898 war sein Vater mit der Restaurierung des Landsitzes beauftragt worden. Damals wurde Abingdon Hall zu einem zweiten Zuhause für ihre Familie. Dort wuchs er zu einem jungen Gentleman heran. Der Earl war ihm bereits in jenem längst vergangenen Sommer zugetan gewesen, und die Sympathie, die sie füreinander empfanden, hatte sich in den vergangenen Jahren noch verstärkt. Während er beobachtete, wie Lord Stanmore auf ihn zugeritten kam, verflog seine düstere Stimmung.

»Verflixt noch mal, Fenton«, rief der Earl, als er neben ihm hielt und die beiden Pferde freudig wiehernd ihre Hälse aneinanderrieben. »Du hättest ruhig auf mich warten können.«

»Tut mir leid, Sir. Ich dachte nicht, dass Sie so früh schon auf den Beinen wären.«

»Dass ich noch nicht auf den Beinen wäre? Was zum Teufel soll das heißen? Du kennst meine Gewohnheiten so gut wie jeder andere.«

Lächelnd bot ihm Fenton eine Zigarette an, die er nickend aus dem Silberkästchen nahm.

»Ich bitte um Verzeihung.«

»Angenommen.« Er beugte sich vor, damit ihm Fenton Feuer geben konnte. »Tja nun, endlich habe ich dich eingeholt. Hast du gesehen, wie wir die letzte Hecke genommen haben?«

»Ja, Sir. Ein wahrlich meisterhafter Sprung.«

»Man sollte nicht meinen, dass der alte Junge zwei Wochen nicht gelaufen ist, nicht wahr? Nächsten Monat bringe ich ihn nach Colchester zu einem Querfeldeinrennen. Übrigens, hat Hargreaves schon mit dir über die Tetbury-Jagd gesprochen?«

»Beim Lunch im Savoy. Hat mich eingeladen.«

»Natürlich hast du ja gesagt.«

»Das habe ich.«

»Gut. Du wirst es nicht bereuen. Du kannst dir ein Pferd aussuchen – außer natürlich Jupiter.«

»Das ist sehr freundlich von Ihnen, Sir.«

»Unsinn, lieber Junge, Unsinn.« Der Earl tätschelte seinem Pferd den Hals, wie es ein anderer vielleicht bei seinen Lieblingshunden tat. »Lassen wir ihn noch kurz ausruhen, und dann reiten wir um die Wette bis nach Hadwell Green, gehen dort in den Swan, trinken ein Bier und essen einen Happen.« Er paffte an seiner Zigarette, ohne dass er den Rauch in seine Lunge sog. »Mein Gott, ein wunderbarer Morgen. Die Leute im Haus wissen gar nicht, was sie verpassen, wenn sie so lange in den Federn liegen bleiben. Aber wenigstens bist du ja hier. Wie lange kannst du bleiben?«

»Ein verlängertes Wochenende. Ich habe am Mittwoch Palastwache.«

»Ich nehme an, du weißt, dass dein Bruder hier ist.«

»Ich habe es mir gedacht. Roger hat mir geschrieben, dass er und Charles schon Pläne für den Sommer haben – zur Feier ihres Abschlusses.«

»Ich verstehe diese Jungen einfach nicht. Zu meiner Zeit hatten die Jungs, wenn sie aus Cambridge kamen, eine klare Vorstellung davon, was sie vom Leben wollten. Aber weder Roger noch mein Sohn haben auch nur einen blassen Schimmer.«

»Das ist nur eine Phase.«

»Ich kann nicht verstehen, weshalb deine liebe Mutter so viel dafür geopfert hat, dass Roger das College besuchen kann. Wenn ich nur daran denke, wie es gestern Abend beim Billard war. Roger und Charles waren in irgendein Gespräch über Verslehre vertieft, und Roger meinte, seiner Meinung nach wären die Georgianer auf dem richtigen Weg… Also habe ich, nachdem ich die Fünf perfekt über die Bande eingelocht hatte, meinen Senf dazugegeben und erklärt, *Childe Harolds Pilgerfahrt* sei ein verdammt gutes Gedicht, auch wenn sein Verfasser selber zugegeben hat, dass er ein Mistkerl ist. ›Oh‹, hat Roger daraufhin gesagt. ›Nicht die alten, sondern die *neuen* Georgianer, Sir, Rupert Brooke und so.‹ Rupert Brooke! Hast du einen solchen Unsinn schon mal gehört? Der Kerl läuft mit schulterlangen Haaren und ohne Schuhe rum. Nun, später, nach ein, zwei Gläsern erlesenen Weins, habe ich von Roger wissen wollen, was er für Zukunftspläne habe, und er hat mir erklärt: ›Ab September gebe ich ein Poesie-Magazin in London heraus.‹ Und ich habe gesagt: ›Als Redakteur. Schön für dich. Und wie viel zahlen sie dir?‹ ›Zahlen? Oh, es gibt keine Bezahlung. Man kann nicht erwarten, dass sich mit der Dichtkunst Geld verdienen lässt.‹ Ich bitte dich …«, führte er im Ton ehrlicher Verzweiflung aus. Laut krächzend erhoben sich vier Dohlen von den obersten Ästen einer einsamen Eiche und flatterten in Richtung der Granittürme von Burgate House. »Aber genug davon. Geben wir den Pferden die Sporen.«

»Können Sie mir noch mal hundert Pfund borgen?«, fragte Fenton, während er reglos geradeaus starrte.

Lord Stanmore zwirbelte die Enden seines Schnurrbarts auf. »Kann ich was?«

»Mir hundert Pfund borgen. Ich weiß, dass ich Ihnen noch …«

»Unsinn! Kein Wort davon, mein lieber Freund. Natürlich werde ich dir das Geld borgen – wenn du es so dringend brauchst.«

Fenton blickte ihn mit einem schwachen Lächeln an.

»Ich nehme an, ich werde immer dringend Geld brauchen. Denn ich bin in einer ziemlich peinlichen Situation.«

»Verstehe. Du bist im denkbar schlimmsten Regiment für einen Mann mit deinen Mitteln. Deshalb würde ich dir gerne einen Vorschlag machen, Fenton, ohne dass ich dir damit zu nahe treten will.«

»Das tun Sie bestimmt nicht.«

»Nun denn ...« Er paffte ein letztes Mal an seiner Zigarette und drückte sie am Griff der Gerte aus. »Im Grunde ist es völlig einfach. Derart einfach, dass ich überrascht bin, dass du nicht schon selbst darauf gekommen bist. Bald beginnt die Ballsaison, und wie du weißt, quillt London richtiggehend über vor Töchtern wohlhabender Väter, die im heiratsfähigen Alter sind.«

»Ich soll mir also eine Frau mit Geld suchen.«

»Was wäre denn so schlimm daran? Bei Gott, du bist ein attraktiver Bursche, und wenn du in deiner scharlachroten Uniform auf den Bällen in Mayfair erscheinst, siehst du wahrscheinlich prachtvoll aus. Sei ehrlich, Junge, ist es ein solches Verbrechen, die Tochter eines Mühlenbesitzers aus Manchester davor zu bewahren, dass irgend so ein blasser Anwalt sie zur Frau bekommt?«

Zum ersten Mal seit Wochen lachte Fenton laut.

»Nein, wahrscheinlich nicht. Zumindest, wenn man es von dieser Warte aus betrachtet.«

»Anders kann man es nicht sehen. Wie Archie Foxe es vielleicht formulieren würde – für einen Kerl wie dich gibt es immer einen Markt.«

»Wie für Büchsenfleisch.«

»Genau. Hör zu, nächste Woche öffnen wir das Park-Lane-Haus, und Hanna wird ein halbes Dutzend Bälle und Soireen ausrichten, um Alexandra in die Gesellschaft einzuführen. Wir könnten dabei zwei Fliegen mit einer Klappe schlagen. Den richtigen Ehemann für meine Tochter finden und die passende Ehefrau für dich. Wirst du uneingeschränkt kooperieren?«

»Ich habe keine andere Wahl.«

»Nun, vielleicht macht es dir ja sogar Spaß. Denn wer kann schon sagen, was für hübsche Schmetterlinge sich auf diesen Bällen in dein Netz verirren.« Er wies mit seiner Gerte auf Burgate House, wo die Dohlen krächzend um die Türme kreisten, und fügte hinzu: »Bei Gott, da drüben wohnt ein durchaus hübsches Ding, bei dem ich froh wäre, wenn es vom Markt genommen würde – aus Gründen, auf die ich nicht näher eingehen möchte, die du aber sicher kennst.«

»Ich glaube, ja«, gab Fenton ruhig zurück.

Der neunte Earl of Stanmore runzelte die Stirn und wandte den Blick von dem monströsen Bauwerk ab, das seiner Meinung nach nur aus der Sicht eines Emporkömmlings ohne Geschmack ein Prachtbau war.

»Donnerwetter, Fenton, ich war immer sehr entgegenkommend, und ich habe Charles sogar mit sechzehn erlaubt, für das Mädchen zu schwärmen. Aber, bei Gott, inzwischen ist er dreiundzwanzig. Deshalb ist es höchste Zeit, über diese Schwärmerei hinwegzukommen und sich der Realität zu stellen. Aber vielleicht sieht sie ja auch selbst endlich ein, wie sinnlos dieses Unterfangen ist, und gibt ihm den … wie sagt ihr jungen Leute noch einmal?«

»Den Laufpass?«

»Ja, genau, den Laufpass – weil sie sich dann endlich nach einem Verehrer umsehen kann, der besser zu ihr passt. Je eher, desto besser.« Er stieß seinem Pferd die Fersen in die Flanken und sah Fenton an. »Auf geht's!«

Nach jemandem wie *ihm.* Auch Fenton trieb sein Pferd zu hohem Tempo an und schoss über das Feld. Denn die Tochter eines Krämers stellte nicht die richtige Partie für den Sohn des Earls of Stanmore dar, selbst wenn dieser Krämer deutlich wohlhabender als die meisten Titelträger Englands einschließlich Lord Stanmores war. Trotz der Kleider aus Paris und auch wenn sie selbst in einem Benz Automobil herumkutschierte, blieb sie immer noch die Tochter eines Krämers. Die soziale Schicht, aus der sie stammte, legte fest, wen sie einmal heiratete – nämlich einen Mann aus ihrer eigenen Schicht. Vielleicht nicht gerade den Sohn eines kleinen Händlers – dafür war ihr Vater viel zu reich – doch genauso wenig den Träger eines Adelstitels. Also vielleicht einen Architektensohn, der der Garde angehörte? Zumal dieser Architekt für seine Arbeit in den Ritterstand erhoben worden war. Der verstorbene, viel beweinte Sir Harold Wood-Lacy, Restaurateur alter Gebäude, Meister seines Fachs, von Königin Victoria für seine Arbeit an Balmoral und Sandringham House genauso geschätzt wie von Earl of Stanmore wegen der gewissenhaften Restaurierung von Abingdon Hall. Nur dank der Mitgift seiner Frau hatte der ehrenwerte Anthony diese Arbeit in Auftrag geben können. Adolph Sebastian Rilke, Inhaber von Brauereien in Chicago und Milwaukee, USA, hatte gern Hunderttausende von Dollar dafür bezahlt, dass seine geliebte Tochter einen adligen Mann bekam. Was für die bessere Gesellschaft Englands kein Problem darstellte, weil großer Reichtum in Amerika so etwas wie einem Adelstitel gleichkam. Es gab dort Kohle-, Gummi-, Stahl- und eben Bierbarone. Weshalb eine reiche Erbin aus Amerika so angesehen wie die Mitglieder des Hauses Habsburg war. Und falls trotzdem irgendwer die Nase gerümpft hätte, weil ein Earl of Stanmore eine Ehe mit der Tochter eines Brauereibesitzers eingegangen war, hätte man nur erklären müssen, dass die Rilkes aus Chicago, Milwaukee und St. Louis mit den Mecklenburg-Schwerin'schen von Rilkes verbandelt waren und dass Hanna Rilke ihren zukünftigen Mann zum ersten Mal auf einem Londoner Gartenfest gesehen hatte, das von ihrer Cousine vierten Grades, Prinzessin Marie von Teck, ihr zu Ehren ausgerichtet worden war. Ja, man konnte gut verstehen, dass es zwischen den Rilkes und den Foxes große Unterschiede gab, selbst wenn diese Heuchelei zum Lachen war.

»Nun komm schon!«, rief Lord Stanmore über seine Schulter. »Versuch, mich einzuholen, wenn du kannst.«

»Ich werde mir alle Mühe geben, Sir.« Fenton trieb sein Tier erneut zur Eile an, behielt aber höflich bis zum Schluss eine halbe Pferdelänge Abstand bei.

2

Mr. Coatsworth hat mich darüber informiert, dass er mit deinem Betragen heute Morgen ausnehmend zufrieden war, Ivy. Aber du darfst nicht vergessen, dass du niemals trödeln oder die Herrschaften anstarren darfst.«

»Sehr wohl, Ma'am«, wisperte Ivy Thaxton.

»Du darfst jetzt frühstücken gehen, und danach gehst du Mrs. Dalrymple bei der Bettwäsche zur Hand.«

»Sehr wohl, Ma'am … danke, Ma'am.«

Trotz ihrer beeindruckenden Größe und ihrer kerzengeraden Haltung war Mrs. Broome eine freundliche, nicht übertrieben anspruchsvolle Frau. Sie war stolz auf ihre Fähigkeit, das Personal des Hauses so gut auszubilden, dass es nur sehr selten Grund zu Tadel gab. Andere Hausdamen waren wahre Scheusale und Menschenschinderinnen, die das Hauspersonal pausenlos tyrannisierten und bestraften. Auf solche Kreaturen blickte sie herab. Das schlanke schwarzhaarige Mädchen, das ihr gegenüberstand, bedachte sie jedoch mit einem beifälligen Blick und berührte zärtlich ihr Gesicht.

»Du darfst ruhig hin und wieder lächeln, Ivy. Sicherlich hast du dich schon bald an alles hier gewöhnt.«

»Bestimmt, Ma'am.«

»So ist's recht, mein Kind. Und jetzt geh erst mal frühstücken.«

»Danke, Ma'am.« Ivy knickste ehrerbietig und lief eilig durch den Flur in die Gesindeküche. Sie war siebzehn Jahre alt und erst seit einer Woche hier im Herrenhaus. Auch wenn sie die Umgebung bisher ausnehmend verwirrend fand, war sie ihr durchaus angenehm. Anders als die junge Mary Grogan aus Belfast, die fast ständig weinte, und im Gegensatz zu dem, was die Hausdame anscheinend dachte, fühlte sie sich durchaus wohl auf Abingdon Hall. Nur musste sie sich furchtbar viele Dinge merken, und vor allem gab es so viel zu entdecken. Sie war fasziniert von diesem großen weitläufigen Haus mit den unzähligen Korridoren, Treppen und Zimmern, und manchmal verlief sie sich, wenn sie angewiesen wurde, in den »Blenheim-Raum im Ostflügel« oder in die »blaue Suite im südlichen Korridor« zu gehen. Sie war in einem behaglichen, doch engen Haus in Norwich aufgewachsen, hatte zwei Brüder und zwei Schwestern, und bald kam noch ein sechstes Kind dazu. Das Baby, das die Mutter jetzt unter dem Herzen trug, hatte es erforderlich gemacht, dass sie als Älteste das Haus verließ. Wenn die neuen Küken kamen, mussten die älteren Vögel nun einmal das Nest verlassen, hatte ihr Vater ihr erklärt.

An dem langen Tisch im Speisesaal des Personals saß mindestens ein Dutzend Leute, doch sie waren Ivy alle unbekannt. Kammer- und Hausdiener und Küchenhilfen, nahm sie an. Die Küche lag direkt neben dem Speisesaal, und sie holte sich einen Teller mit Eiern, Speck und einer dicken, goldfarben gebratenen Scheibe Brot bei einer Köchin. Teekannen und Marmeladentöpfe standen auf dem Tisch. Von der Menge und der Qualität des Essens, das sie hier bekam, war sie noch immer überrascht. Bei ihnen zu Hause waren sie zwar immer alle satt geworden – dafür hatte Mum auf wundersame Art gesorgt –, aber außer gekochten Erbsen, Bohnen und Karotten oder dicker Graupensuppe mit winzigen Stückchen Fleisch hatte sie bisher so gut wie nichts gekannt.

Sie fand einen Platz am Ende des Tischs und aß mit einer Zielgerichtetheit, die fast schon als gefräßig zu bezeichnen war. Erst als sie eine Ecke ihres Brots in den letzten Rest Eigelb tunkte, spürte sie den durchdringenden Blick von dem Platz gegenüber. Sie hob den Kopf und blickte den jungen Mann an, der sie mit amüsierten Blicken maß. Er hatte sandfarbenes Haar und Sommersprossen, saß vor einer Tasse Tee, hielt eine Zigarette in der Hand und trug eine Art Livree, eine eng sitzende schwarze Jacke mit grauen Perlmuttknöpfen und ein sorgfältig gestärktes blütenweißes Hemd.

»Gott«, sagte der junge Mann. »Kannst du mir vielleicht mal sagen, wo das ganze Essen bei dir bleibt? Du wiegst doch bestimmt nicht mehr als eine halb verhungerte Katze.«

»Es ist unhöflich zu starren«, antwortete sie, bekam aber einen roten Kopf, als sie auf ihren leeren Teller sah.

»Tut mir leid, Mädchen, aber ich hatte keine andere Wahl. Ich meine, ich sitze hier, und du sitzt da. Ich hätte mir also entweder die hässlichen Kerle ansehen können, die ein Stückchen weiter oben sitzen, oder eben dich. Und du kannst mir glauben, wenn ich sage, dass der Anblick eines hübschen jungen Mädchens mir erheblich lieber ist. Ich heiße übrigens Jaimie Ross, und wie heißt du?«

»Ivy«, stellte sie sich leise vor. »Ivy Thaxton.« Sie stand auf, aber der junge Mann griff über den Tisch und packte sie am Handgelenk.

»Bleib noch kurz sitzen, ja? Du hast ja deinen Tee noch gar nicht ausgetrunken. Tut mir leid, falls ich dir Angst gemacht habe. Ich sage einfach immer, was ich denke. Was mich manchmal ganz schön in Schwierigkeiten bringt.«

Sie nahm wieder Platz, und er zog seine Hand zurück und sah sie mit einem warmen Lächeln an. Es war ein ansteckendes Lächeln, und sie lächelte zurück.

»So ist's besser«, sagte er. »Du bist erst seit einer Woche hier, nicht wahr?«

»Ja … das stimmt … seit letzten Donnerstag.«

»Bist du aus London?«

»Norfolk. Sind Sie Londoner?«

Er legte seinen Kopf ein wenig schräg, während aus seinem Mund ein perfekter Rauchring zu der hohen Gewölbedecke aufstieg.

»Ich war praktisch schon überall, wenn du es wissen willst. Glasgow, Liverpool, Bradford, Leeds … und London. Ich bin schon ziemlich weit herumgekommen und bin gerne unterwegs. Weshalb ich irgendwann Chauffeur geworden bin.«

»Sie sind Chauffeur?«

Er starrte sie ungläubig an.

»Siehst du das etwa nicht? Das erkennt man doch an meiner Uniform. Natürlich bin ich Chauffeur. Der Chauffeur von Seiner Lordschaft und von der Countess. Ohne mich kämen die beiden Ärmsten nirgends hin.«

Einer der Hausdiener, ein großer, muskulöser Mann, sah ihn von seinem Platz am Kopfende des Tischs an.

»Ach, halten Sie die Klappe, Ross.«

Der Chauffeur warf seine Zigarette in seinen restlichen Tee, beugte sich über den Tisch und flüsterte Ivy in scharfem Ton zu, sodass es alle Anwesenden hören konnten:

»Weißt du, die anderen sind nur neidisch. Weil ich einen richtigen Beruf habe und sie nichts anderes können als Stiefel polieren.«

»Ich finde Sie einfach unerträglich«, blähte der Hausdiener sich auf. »Am besten esse ich in Zukunft dann, wenn Sie nicht in der Nähe sind.«

Ross ignorierte ihn.

»Ich kann sogar einen Motor auseinandernehmen, die Einzelteile durcheinanderwürfeln, mir die Augen verbinden und ihn so wieder zusammensetzen, dass er besser als vorher läuft.«

»Das möchte ich sehen«, stellte der Hausdiener schnaubend fest.

»Mit einem Pfund sind Sie dabei«, bot ihm Jaimie unbekümmert an.

»Können Sie das wirklich?«, fragte Ivy.

»Klar, und wie gesagt, er würde dann noch besser laufen als zuvor. Denn, weißt du, ich bin eine Art Erfinder. Ich denke mir alle möglichen Sachen aus.«

»Wie wäre es mit einem Knebel für Ihr großes Maul?«, schlug der Diener vor, und als die anderen lachten, sah er äußerst selbstzufrieden aus.

»Haha. Wirklich witzig, Johnson, aber es ist wahr. Ich wette, ich habe an die hundert Erfindungen hier oben drin«, erklärte Ross und tippte sich mit einem Finger an die Stirn.

»Ich muss jetzt wirklich gehen«, sagte Ivy. »Ich soll bei der Wäsche helfen.«

»Nimm ihn mit, Mädchen«, rief ihr der Diener hinterher. »Er hat ja nichts anderes zu tun, als ab und zu ins Dorf und wieder zurückzufahren – wie ein verdammter Omnibuschauffeur!«

»Ach ja?«, entgegnete Ross, während er sich ebenfalls erhob und seine Jacke zuknöpfte. »Morgen früh zum Beispiel muss ich Master Charles und seinen Freund bis runter nach Southampton fahren. Ein Verwandter Ihrer Ladyschaft kommt auf der *Laconia* aus Amerika. Glauben Sie etwa, Sie könnten ein Automobil bis nach Southampton fahren? Wohl kaum.«

Plötzlich senkte sich Stille über den Speisesaal, und die anderen sahen ihn neugierig an.

»Ein Verwandter Ihrer Ladyschaft? Davon habe ich noch gar nichts gehört«, sagte die rechte Hand der Hausdame. »Das hätte Mrs. Broome mir doch bestimmt erzählt.«

Ross setzte ein selbstzufriedenes Lächeln auf.

»Alles zu seiner Zeit, Schätzchen. Sie werden es Ihnen schon noch mitteilen.«

»Also bitte!«, empörte sich die Frau. »Ich verbitte mir diesen vertraulichen Ton.«

»Was für ein Verwandter?«, fragte ihn der Hausdiener.

»Ein Neffe oder so. Dann stellt man Ihnen bestimmt noch mehr verdreckte Stiefel hin.«

Niemand schien es zu bedauern, als der Fahrer endlich ging. Als er neben Ivy hinausstolzierte, erschien er ihr mit seiner schwarzen Kniehose und den glänzenden schwarzen Lederstiefeln wie ein prächtiger Husar.

Er begleitete sie noch den Flur hinab bis zur Wäschekammer und blieb vor ihr stehen.

»Das ist doch nur ein Haufen widerlicher Speichellecker, die mich nicht leiden können, weil ich unabhängig bin. Ich kann gehen, wohin ich will. Denn ein Mann, der ein Automobil lenken kann, kann sich seinen verdammten Fahrschein selbst ausstellen.«

»Gefällt es Ihnen hier?«

»Oh, es ist gar nicht so schlecht. Seine Lordschaft ist ein anständiger Kerl, und die Automobile sind wahre Schönheiten – vor allem der Lanchester und der Rolls-Royce. Ich hab mir ein bisschen den Rolls angesehen und zehn verschiedene Dinge gefunden, die man noch verbessern kann. Vielleicht schreibe ich an die Fabrik. Ja, vielleicht sollte ich das wirklich tun.«

Ivy reichte ihm die Hand.

»Es war sehr nett, sich mit Ihnen zu unterhalten, Mr. Ross.«

»Jaimie«, sagte er, nahm ihre Hand und drückte sie. »Wann ist dein freier Nachmittag?«

»Nächsten Mittwoch.«

»Tja, wenn ich dann nicht im Dienst bin, nehme ich dich auf dem Motorrad mit nach Guildford und lade dich ins Filmtheater ein. Magst du William S. Hart? Er ist einer meiner Lieblingsfilmschauspieler.«

»Ich war noch nie im Filmtheater.«

»Was? Noch nie? Meine Güte, dann weißt du gar nicht, was du bisher verpasst hast. Also, bis dann.«

Er drückte ihr ein letztes Mal die Hand und schlenderte pfeifend weiter den Flur entlang.

»Hast du etwa gepfiffen?«, fragte die Wäschefrau, als Ivy den großen sonnigen Raum betrat.

»Nein, Mrs. Dalrymple, Ma'am. Das war Mr. Ross… der Chauffeur.«

Mrs. Dalrymple zog eine Grimasse.

»Ich kenne *Mr.* Ross. Aber wenn du auch nur einen Funken Verstand hast, hältst du dich möglichst von ihm fern und fällst vor allem nicht auf sein Gerede rein. Denn ich kann dir sagen, er hat schon den Ruf von mehr als einem armen Mädchen ruiniert.« Sie nahm jeweils einen Stapel Bettlaken und Kissenbezüge aus einem Regal und legte sie auf den langen Tisch, an dem sie die Stoffe immer faltete. »Bring die Sachen nach oben in das Eckschlafzimmer im Westflügel. Und mach das Bett ja ordentlich. Ohne irgendwelche schlampigen Ecken, ja?«

»Ja, Ma'am.«

»Und verlauf dich dieses Mal nicht. Es ist das Zimmer links vom Gang, ein Stück hinter den Räumen von Miss Alexandra. Und mach, so schnell du kannst. Doris liegt nämlich mit Krämpfen im Bett, und deshalb bin ich heute Morgen ganz allein.«

Roger Wood-Lacy schlenderte verträumt durch den Flur zum Frühstücksraum. Er hatte seit Anbruch der Dämmerung am Fenster seines Schlafzimmers gesessen und den Sonnenaufgang verfolgt. Die wenigen Momente zwischen Dunkelheit und Licht waren ihm kostbar, denn sie förderten die Kreativität. Die fünfte Strophe des Gedichts, das er über die Legende von Pyramus und Thisbe schrieb, nahm langsam in seinem Kopf Gestalt an.

»Halt fest am brüchigen Gewand der Nacht…«, murmelte er vor sich hin und ignorierte die Porträts der Grevilles aus dem siebzehnten und achtzehnten Jahrhundert, die mit steinernen

Gesichtern aus den dicken Goldrahmen auf ihn heruntersahen. »… und weise den Umhang hellen Tageslichts zurück.«

Nicht schlecht, fand er, nicht schlecht. Durch die Tür des Frühstücksraums konnte er leise Stimmen hören und blieb noch einmal kurz vor einem reich verzierten Spiegel stehen. Das Bild, das sich ihm bot, sagte ihm durchaus zu. Er war groß und schlank – irgendwie majestätisch –, und die Blässe seiner Wangen wurde durch die dunklen, wild zerzausten Haare noch betont. Zu einer abgetragenen grauen Flanellhose und seinem Collegeblazer trug er ein am Hals offenes, blau gestreiftes Hemd und ausgetretene Tennisschuhe ohne Strümpfe. Ein Poet, wie er im Buche stand. Ein georgianischer Poet – *neu*georgianischer Poet, wenn ich bitten darf, Mylord. Er musste lächeln, als er daran dachte, was für ein Fauxpas Lord Stanmore gestern Abend unterlaufen war.

»Guten Morgen allerseits.« Er bemühte sich um einen großen Auftritt, da er davon ausging, dass Charles' Schwester Alexandra, die Marquise von Dexford und die ehrenwerte Winifred Sutton am Frühstückstisch versammelt waren. Doch die einzigen Personen, die es sich dort schmecken ließen, waren der Earl of Stanmore und sein Bruder Fenton. Ach verflixt.

»Hallo, Roger«, begrüßte Fenton ihn.

Es beschämte Roger, dass der Earl ein Scheckbuch in die Tasche seiner Jacke steckte, während Fenton möglichst unauffällig einen Scheck in seine eigene Jackentasche schob.

»Guten Morgen, Fenton«, grüßte er gepresst zurück. »Guten Morgen, Sir.«

»Ah, guten Morgen, Roger.« Der Lord genehmigte sich einen letzten Schluck Kaffee und stand entschlossen auf. »Ich muss los. Muss mit diesem verdammten Narren Horley reden, bevor er noch mehr von diesem verfluchten Stacheldraht um seine Felder zieht. Die Bauern kennen die Vorschriften, setzen sich aber einfach darüber hinweg. Ich nehme an, sie hören erst auf, wenn sich das erste gute Pferd die Flanke daran aufgerissen hat. Ich wünsche dir guten Appetit, Roger. Weißt du, ob Charles schon aufgestanden ist?«

»Ich habe an seine Tür geklopft, Sir, aber er meinte, er fühle sich nicht gut und würde auf seinem Zimmer frühstücken.«

Stirnrunzelnd verließ der Earl das Zimmer.

»Nun, Roger«, sagte Fenton, während er sein Zigarettenetui aus seiner Tasche zog. »Wie geht es dir?«

»Gut. Seit wann bist du schon hier?«

»Seit gestern Abend.«

»Und, wie lange wirst du bleiben?«

»Ein paar Tage.« Er zündete sich eine Zigarette an und musterte den Bruder kritisch. »Du solltest dir mal wieder die Haare schneiden lassen.«

Roger wandte ihm den Rücken zu und trat steif an das Büfett, auf dem ein halbes Dutzend silberner Servierschüsseln stand, unter denen winzige Petroleumlämpchen brannten.

»Wenn wir schon dabei sind, uns gegenseitig zu kritisieren, Fenton, sollte ich dir vielleicht sagen, dass mir das, was du eben getan hast, furchtbar peinlich ist.«

»Oh. Und was habe ich getan?«

»Du hast den alten Herrn schon wieder angepumpt.«

»Das war nur ein Darlehen … nicht dass dich das etwas angehen würde. Und vor allem habe ich bisher auch noch nie ein Wort darüber verloren, dass du ständig Charles anpumpst.«

Roger wurde rot.

»Das war gemein.«

»Vielleicht, aber trotzdem ist es wahr, auch wenn ich mir sicher bin, dass das für Charles völlig in Ordnung ist. Es geht mir einfach ums Prinzip. Man wirft schließlich nicht mit Steinen, wenn man im Glashaus sitzt. Übrigens solltest du unbedingt die Nierchen kosten. Sie sind köstlich.«

Rogers Zorn wurde durch seinen Appetit gedämpft, und er

kam mit einem Teller mit Nierchen, Rührei und einer Scheibe Räucherschinken an den Tisch zurück.

»Um von etwas Angenehmerem zu sprechen«, setzte Fenton an. »Mein kleiner Bruder hat sich am King's College wirklich gut geschlagen. Ein Abschluss summa cum laude. Ich bin sehr stolz auf dich.«

»Danke«, murmelte Roger und nahm Platz. Er konnte Fenton auf Dauer nicht böse sein. Das gliche einem Kampf mit einer Feder.

»Wie geht es Mutter?«

»Als ich sie zum letzten Mal gesehen habe, ging's ihr gut. Du solltest sie wirklich ab und zu besuchen.«

»Ich hatte beim Regiment die letzten Wochen alle Hände voll zu tun, aber im September bekomme ich Urlaub und fahre ein paar Tage zu ihr rauf. Und, ist gerade irgendwer Bekanntes hier?«

»Zur Abwechslung ist hier einmal gerade nichts los. Nur diese alte Schachtel Dexford ist mit ihrer Tochter hier. Du weißt schon, Winifred.«

»Ist sie noch so drall wie früher?«

»Gut bestückt wäre noch höflich formuliert. Und, lass mich überlegen … morgen kommt noch ein Vetter von Charles aus Chicago oder sonst woher. Wir holen ihn in Southampton ab.«

»Und das ist alles?«

»Ja. Das gesellschaftliche Treiben fängt erst richtig an, wenn sie nächste Woche nach London gehen. Aber mir und Charles bleibt das hoffentlich erspart. Denn wir planen eine Wanderung durch Griechenland.«

»Dann muss die junge Winifred sich wohl beeilen«, stellte Fenton mit einem sarkastischen Lächeln fest.

Roger nickte kauend.

»Wenn du mich fragst, ist das Ganze an Peinlichkeit kaum noch zu überbieten. Der alte Herr und Hanna sind äußerst versessen darauf, dass es zu einer Verbindung zwischen den Grevilles und den Suttons kommt. Sie zwingen den armen Charles und Winifred allabendlich, im Mondschein durch den Rosengarten zu marschieren. Als würde man zwei kleine Hunde in den Garten setzen. Wobei bestimmt nichts daraus werden wird. Denn Charles weiß einfach nicht, worüber er mit diesem Mädchen reden soll. Und vor allem hat er … nun … andere Dinge im Kopf. Es ist also völlig hoffnungslos. *Omnia amor vincit* – außer man ist der Sohn eines Earls. Vielleicht ist die Reise nach Griechenland genau das, was er braucht. Denn im Schatten des Parthenon erscheinen einem seine Probleme plötzlich winzig klein.«

Die Tür wurde geöffnet, und zwei Mädchen trugen weitere dampfende Schüsseln herein. Lady Mary Sutton, die Marquise von Dexford, und ihre Tochter folgten ihnen auf dem Fuße. Lady Mary, eine große grobknochige Frau mit einem spitzen Vogelkopf, sprach ununterbrochen und rang die Hände im Rhythmus ihrer abgehackten Sätze, während die höchst ehrenwerte Winifred in stummer Resignation die Schultern hängen ließ.

»Ah!«, rief Lady Mary. »Die Brüder Wood-Lacy! Wie schön! Fenton, Sie stattlicher Schwerenöter! Was für ungezogene Geschichten man von Ihnen hört! Wissen Sie, mein Neffe Albert Fitzroy ist auch bei der Garde. Bei den Grenadieren! Die Geschichten können doch wohl unmöglich stimmen, oder? Meine Güte, nein! Aber jetzt sind Sie ja hier, und ich werde der Wahrheit auf den Grund gehen. Sag Fenton hallo, Winifred.«

»Hallo, Fenton«, sagte die junge Frau leise. »Es ist sehr schön, Sie wiederzusehen.« Sie sah ihn aus sanften unglücklichen Augen an und wandte sich errötend wieder ab.

Hübsch, fand er. Vielleicht etwas zu drall und um die Hüften ein bisschen zu gut gepolstert, aber wenn sie ihren Babyspeck verlöre, würde sie erblühen. Sie war so alt wie Alexandra – gerade achtzehn – und genau wie sie reif für den Heiratsmarkt.

Er sah sie mit einem freundlichen Lächeln an.

»Freut mich, dass du dich an mich erinnerst, Winifred.«

»Wie könnte sie Sie je vergessen«, kreischte ihre Mutter. »Schließlich haben Sie dem Mädchen seinen ersten Kuss gegeben. Als es süße sechzehn war. Das war sehr galant von Ihnen, Fenton. Wirklich ausnehmend galant!«

Er konnte sich kaum daran erinnern. Denn er hatte ihr nur einen onkelhaften Wangenkuss auf ihrem Geburtstagsfest gegeben, auf das er von ihrem ältesten Bruder Andrew, einem guten Freund von der Militärakademie in Sandhurst, eingeladen worden war. Doch inzwischen war sie eine junge Frau, und ihre Mutter suchte einen Mann für sie. Er hatte echtes Mitgefühl mit Winifred. Die Spaziergänge mit Charles im mondbeschienenen Rosengarten waren sicher eine Qual für sie. Denn sie sehnte sich nach Liebe, während Charles in grüblerischer Stimmung schweigend vor ihr herlief und sich von ganzem Herzen wünschte, statt mit Winifred durch seinen eigenen, mit Lydia Foxe durch den Rosengarten des grässlichen Burgate House zu spazieren.

»Dein Kleid ist reizend, Winifred«, sagte er. »Es steht dir ausgezeichnet.«

»D… danke«, stammelte die junge Frau.

Roger bekam einen Bissen Niere in den falschen Hals, spuckte ihn hustend in seine Serviette und stieß krächzend aus: »Ich bitte um Entschuldigung.«

Lady Mary winkte gleichmütig mit ihrer klauenartigen Hand ab.

»Unsinn, lieber Junge! Denn wie sage ich immer? Es ist besser, wenn man hustet, als wenn man erstickt.«

Das Mädchen wäre eine ausgezeichnete Partie, und Fenton konnte gut verstehen, dass Lord Stanmore hoffte, dass sein Ältester Gefallen an ihr fand. Der Marquis von Dexford war nicht nur ein reicher Mann mit einem alten Titel, sondern würde unter Umständen sogar Premierminister, falls seine Partei die nächste Wahl gewann. Und da Winifred noch vier ältere Brüder hatte, war die Weitergabe seines Titels, wenn er einmal sterben würde, kein Problem. Deshalb würde es ihm sicherlich reichen, fände seine Tochter einen Mann aus gutem Hause und mit einer ehrenwerten Profession. Sein Sohn Andrew war Captain der Horse Guards, und der Marquis war stolz darauf, dass er während des Zulukriegs selbst kurz in Südafrika gedient hatte. Es wäre also eine Überlegung wert. Fenton blickte Winifred mit einem warmen Lächeln an, und sie lächelte scheu zurück. Er hätte leichtes Spiel bei ihr, doch natürlich könnte er nichts unternehmen, bevor Charles Lord Stanmore deutlich zu verstehen gäbe, dass er sich niemals mit dieser jungen Frau verloben würde.

Er stand auf und deutete eine Verbeugung an.

»Ich werde Sie jetzt Ihrem Frühstück überlassen. Vielleicht können wir ja nachher Mannschaften zum Krocket bilden.«

»Gern! Das würde uns großen Spaß machen, nicht wahr, Winifred?«

»Ja, Mama.«

»Ist das für dich in Ordnung, Roger? Du könntest ein Team mit Lady Mary bilden und mit deinen beachtlichen Fähigkeiten glänzen.«

Roger sah ihn fragend an.

»Wenn du meinst. Obwohl ich sagen muss, Fenton, dass deine Fähigkeiten auf diesem Gebiet in höchstem Maß beschämend sind.«

Einen schweren Wäschestapel auf den Armen, eilte Ivy über die Hintertreppe in den ersten Stock hinauf. Die Treppe war entsetzlich eng und steil, und sie hatte das Gefühl, als ob die Wäsche eine Tonne wöge, bis sie endlich oben angekommen war. Sie öffnete vorsichtig die Tür und sah sich zögernd um. Der lange Korridor des Westflügels war menschenleer. Die Regeln waren eindeutig: Dienstmädchen hatten, wenn möglich, unsichtbar zu sein. Falls ein Mitglied der Familie oder ein Gast im Flur auftauchte, hatte sich das Personal diskret zurückzuziehen, bis es außer Sichtweite war. Von all den Regeln, die es zu beachten galt, schwirrte Ivy regelrecht der Kopf.

Sie blickte erst nach links und dann nach rechts. Der Flur, die Galerie des Westflügels, wies auf einer Seite eine Reihe deckenhoher Flügelfenster auf. Diese Fenster hatte sie bereits am Tag zuvor gesehen, als sie hier entlanggegangen war, um mit Doris Miss Alexandras Bett zu machen. Das Zimmer, das sie jetzt suchte, lag zu ihrer Linken, ein Stück hinter der Suite der jungen Miss, wo ein kurzer Gang im rechten Winkel von der Galerie abzweigte. Sie trat entschlossen in den Flur, drückte die schmale Tür hinter sich zu und eilte weiter. Als sie an Miss Alexandras Schlafzimmer vorüberlief, wurde die Tür aufgerissen, und die junge Frau streckte den Kopf heraus.

»Velda?«

»Nein, Ma'am.«

»Das sehe ich. Aber als ich Schritte hörte, dachte ich, sie sei es. Wo ist Velda?«

»Das weiß ich nicht, Ma'am.« Den Namen Velda hatte sie noch nie gehört.

Die höchst ehrenwerte Alexandra Greville trat in den Flur und sah sich suchend um.

»Oh verflixt!«

Ivy starrte sie mit großen Augen an. Bisher hatte sie sie nur aus der Ferne gesehen. Wie hübsch sie war – wie das Bild auf einer Bonbondose. Ein schmales ovales Gesicht, veilchenblaue Augen, dichtes, zu kleinen Löckchen aufgedrehtes Haar. Und auch ihr Duft war wunderbar – eine Mischung aus Lavendelseife und Eau de Cologne. Ihr Kleid war noch nicht zugeknöpft, weshalb Ivy die hübsche Seidenunterwäsche mit der hauchzarten Spitze sehen konnte.

»Du musst mir helfen«, wies die junge Frau sie an. »Beeil dich, denn sonst komme ich zu spät.«

»Was?« Ivy starrte immer noch das Mädchen an, das hübscher war als die Prinzessin in einem Märchenbuch.

»Steh nicht herum! Hilf mir, mich anzuziehen. Ich muss …« Als sie eine Hupe hörte, brach sie ab, stürzte zum Flurfenster und sah in den Hof hinaus. »Oh, da ist sie schon! Diese verflixte Velda!« Wütend machte sie auf dem Absatz kehrt und marschierte in ihr Schlafzimmer zurück. »Schnell! Schnell!«

Ivy hatte keine Ahnung, was sie machen sollte. Mit der schweren Wäsche stand sie wie angewurzelt da. Für einen Augenblick war Alexandra nicht zu sehen, dann erschien sie wieder in der Tür, stemmte die Hände in die Hüften und raunzte sie an: »Ich frage dich nicht noch einmal. *Bitte* hilf mir endlich, ja? Lass die Wäsche fallen und komm her!«

»Sehr wohl, Ma'am«, stotterte Ivy, breitete wie in Trance die Arme aus, und die saubere Wäsche schlug mit einem dumpfen Aufprall auf dem Boden auf. Sie eilte in das Zimmer, in dem Alexandra ungeduldig vor dem Spiegel stand.

»Die Knöpfe, mach die Knöpfe zu, schnell, aber pass auf, dass du keinen übersiehst.«

»Nein, Ma'am.« Von der Taille bis zum Nacken reihten sich Dutzende von winzig kleinen Knöpfen aus schimmerndem Elfenbein aneinander, und mit zitternden Händen machte Ivy sich ans Werk.

»So viele Knöpfe habe ich noch nie gesehen«, flüsterte sie.

Alexandra blickte über ihre Schulter.

»Fang bloß richtig an, damit du nicht noch mal von vorn beginnen musst.«

»Das … werde … ich, Ma'am.« Der beige Wollstoff war so weich, dass Ivy das Gefühl hatte, sie fasse Seide an. »Oh Miss, das ist einfach ein wunderschönes Kleid.«

»Findest du?«, vergewisserte sich Alexandra ängstlich.

»Ja, natürlich. Etwas derart Schönes habe ich noch nie gesehen.«

Alexandra runzelte die Stirn und strich den Stoff mit beiden Händen über ihren Hüften glatt.

»Ich war mir nicht ganz sicher. Weil ich nämlich nach London fahre und dort möglichst gut aussehen will. Bist du dir ganz sicher, dass es dir gefällt?«

»Oh, auf jeden Fall, Ma'am.«

»Ich wusste nicht, ob mir die Farbe wirklich steht.«

»Sie hebt sich wunderbar von Ihrer Haut ab, Ma'am. Wie … wie ein heller Nebelschleier.«

Lächelnd drehte Alexandra sich zu Ivy um.

»Das hast du schön gesagt. Richtig poetisch. Ein heller Nebelschleier. Oh, jetzt fühle ich mich deutlich wohler!« Eilig wandte sie dem Dienstmädchen wieder den Rücken zu, damit es das Kleid weiter zuknöpfen konnte. »Außerdem habe ich die ideale Kopfbedeckung zu dem Kleid – eine beigefarbene Matrosenmütze mit dunkelbraunen Samtbändern. Du bist neu hier, oder?«

»Ja, Ma'am.«

»Und wie ist dein Name?«

»Ich heiße Ivy, Ma'am. Ivy Thaxton.«

»Nun, Ivy«, fing Alexandra an, brach aber ab, als eine Frau mittleren Alters durch die Tür gehastet kam. »Nun, Velda, es wurde auch allmählich Zeit. Wo in aller Welt haben Sie die ganze Zeit gesteckt?«

»Tut mir leid, Miss Alexandra. Ich …« Die Frau brach ab, als sie das junge Mädchen hinter ihrer Herrin stehen sah, und ein zorniger Ausdruck huschte über ihr ausgemergeltes Gesicht.

»Egal.« Alexandra zuckte mit den Schultern. »Jetzt bin ich angezogen. Aber beeilen Sie sich und holen Sie mir meinen Hut. Weil ich furchtbar in Eile bin.«

»Ja, Miss Alexandra«, murmelte die Frau und hastete mit einem letzten hasserfüllten Blick auf Ivy in den Nebenraum.

Alexandra beugte sich vor, schaute in den Spiegel und kniff sich in die Wangen.

»Jetzt bitte ich dich um einen letzten Gefallen, Ivy. Ich muss Mama noch guten Morgen sagen. Also lauf bitte, so schnell du kannst, nach unten und sag der Dame, die gerade angekommen ist – Miss Foxe –, dass ich in ein paar Minuten da sein werde und wir wie der Wind zum Bahnhof brausen müssen, wenn wir den Zug nicht verpassen wollen.« Sie drehte eine Pirouette vor dem Spiegel und betrachtete erneut ihr Spiegelbild.

Ivy schob sich rückwärts zur Tür, und ihre Gedanken überschlugen sich.

»Eine … Miss Foxe?«

»Ja, ja, schnell, schnell!«

Das junge Dienstmädchen flog aus dem Zimmer und rannte ins Erdgeschoss. Die Hintertreppe konnte sie nicht nehmen, dafür war keine Zeit. Sie war auf einer Mission, deren Bedeutung sie zwar nicht verstand, die aber auf alle Fälle erfüllt werden musste. Sie hielt ihr Häubchen fest und sprintete den L-förmigen Gang des Westflügels zum Haupthaus hinab. Nie zuvor in ihrem Leben war sie über derart weiche Teppiche gerannt. Es war ein herrliches Gefühl, und vor lauter Freude hätte sie am liebsten laut gelacht. Es war wie zu Hause, wenn Cissy, Ned und Tom und sie oft früh am Morgen, noch bevor die Geschäfte öffneten, auf dem Weg zur Schule um die Wette durch die Hauptstraße gerannt waren.

Am Kopf der Treppe oberhalb der Eingangshalle wäre sie beinahe mit einem Diener zusammengestoßen.

»Entschuldigung!«, rief sie, während sie auf dem Weg nach unten zwei Stufen auf einmal nahm. Der überraschte Mann sah ihr stirnrunzelnd hinterher.

Und auch Mr. Coatsworth und den beiden anderen Dienern, die in der Eingangshalle standen, klappte vor Verwunderung die Kinnlade herunter, als das junge Mädchen auf sie zugeschossen kam. Es hätte sie bestimmt nicht mehr schockiert, wäre sie auf dem Geländer bis ins Erdgeschoss gerutscht.

»Was in aller Welt …?«, stotterte Mr. Coatsworth.

Beinahe wäre Ivy auf dem glänzenden Parkett der Eingangshalle ausgerutscht, und schlitternd kam sie vor dem Butler zum Stehen.

»Ich … ich suche eine Miss Foxe. Haben Sie sie gesehen?«

Mr. Coatsworth war noch immer so erschüttert, dass er nur stumm nach draußen wies. Hinter dem Steuer eines glänzenden blauen Automobils saß eine junge rothaarige Frau, die sich mit einem großen dunkelhaarigen Mann in Reitgarderobe unterhielt.

»Danke.« Ivy rannte durch die offene Eingangstür.

»Also, unglaublich …«, stammelte der Butler. »Unglaublich.«

Aber Ivy blieb erst stehen, als sie die Kieseinfahrt erreichte, schob ihr Häubchen ordentlich zurecht und zog an ihrer Schürze, deren Träger ihr auf den Arm geglitten war. Dann ging sie mit gemessenen Schritten auf den Wagen zu und benahm sich wieder so, wie es ihr von Mrs. Broome beigebracht worden war.

»Sind Sie Miss Foxe?«, erkundigte sie sich in ehrfürchtigem Ton.

Lydia Foxe sah an der großen kantigen Gestalt ihres Gesprächspartners vorbei.

»Allerdings, die bin ich.«

»Ich habe eine Nachricht für Sie, Ma'am … von Miss Alexandra, Ma'am … Sie sagt, dass ich Ihnen ausrichten soll, dass sie sofort kommt, aber erst noch ihrer Mutter einen guten Morgen wünschen muss … und dass Sie … wie der Wind zum Bahnhof brausen müssen … wenn Sie den Zug nicht verpassen wollen.«

»Ach, hat sie das gesagt?« Lydia Foxe stieß ein heiseres Lachen aus. »Die gute Alex«, fügte sie hinzu und sah, ohne das Mädchen auch nur eines zweiten Blickes zu würdigen, wieder zu Fenton auf. »Wirklich, dieses Mädchen würde sogar seinen Kopf vergessen, wenn er nicht angewachsen wäre. Ich habe ihr doch schon gesagt, dass wir bis nach London fahren. Der stinkende Zug ist mir einfach ein Graus.«

»Du willst bist nach London fahren?«, vergewisserte sich Fenton. »Dürfte eine ziemlich holperige Reise werden oder nicht?«

»Meine Güte, nein. Hinter Dorking ist die Straße durchaus anständig.«

»Wollt ihr einkaufen gehen?«

»Alex hat ein paar Anproben, und ich muss Daddy sprechen und den Wagen in die Werkstatt bringen. Irgendwie quietscht das Differential.«

»Seine Lordschaft hätte genau den richtigen Mann dafür. Einen wahren Zauberer, wenn es um Automobile geht.«

»Ich habe Ross gestern im Dorf getroffen und ihn darauf angesprochen. Aber er kennt sich nur mit englischen Automobilen aus. Und dann ist da noch das Problem mit den Werkzeugen. Die deutschen Schrauben haben eine andere Größe. Aber in der Edgeware Road gibt es eine Werkstatt für Opel und Benz.«

»Das Automobil wird doch wohl nicht schon unterwegs zusammenbrechen, oder?«

»Nein. Es ist nur ein lästiges Geräusch.«

Ivy hatte keine Ahnung, was sie machen sollte – stehen bleiben und dem Gespräch der beiden lauschen, bis man sie entließ, oder einfach auf dem Absatz kehrtmachen und wieder hineingehen? Am liebsten würde sie sich nicht von der Stelle rühren. Nie zuvor in ihrem Leben hatte sie eine so wunderschöne Frau gesehen – sie war nicht weich und lieblich wie Miss Alexandra, sondern irgendwie hypnotisierend, sinnlich, souverän. Ivy fragte sich, ob sie möglicherweise Schauspielerin war. Auch wenn sie diese Art von Frauen nur aus dem *Mirror* kannte, erschien Lydia Foxe ihr wie eine Frau von Welt. Ihr schimmerndes kastanienrotes Haar hatte sie zu einem Knoten aufgetürmt und mit einem grünen Samtband festgemacht. Ihr Gesicht war ziemlich lang, und sie hatte hohe Wangenknochen, eine leichte Stupsnase und feine, beinahe durchsichtige Haut. Ihre leuchtend grünen Augen sprühten Funken, wenn sie ihren Kopf bewegte, und der feuchte Glanz auf ihren vollen Lippen wirkte leicht verrucht. Hatte sie sich ihren Mund vielleicht geschminkt? Ivy starrte sie mit großen Augen an, riss sich dann aber gewaltsam aus ihrer vorübergehenden Trance und stieß mit belegter Stimme aus:

»Soll … soll ich Miss Alexandra eine Antwort überbringen, Ma'am?«

Abermals stieß Lydia Foxe ihr raues Lachen aus. »Grundgütiger Himmel, nein.«

»Sehr wohl, Ma'am … wie Sie wünschen, Ma'am.«

»Was für ein seltsames kleines Geschöpf.« Lydia sah dem Mädchen hinterher, als es wieder im Haus verschwand. »Hast du bemerkt, mit was für großen Augen sie mich angesehen hat?«

»Nein, aber da ich dich ebenfalls mit großen Augen angesehen habe, kann ich sie durchaus verstehen. Denn du bist nun mal eine verdammt attraktive Frau, Lydia.«

Sie wandte sich ab, kniff die Augen wegen des Sonnenlichts zusammen, das sich auf der schimmernden Kühlerhaube ihres Wagens spiegelte, und spielte mit dem schweren Holzlenkrad.

»Bitte, Fenton, du hattest mir versprochen, dass wir uns nur über allgemeine Dinge unterhalten.«

Er berührte ihre Schulter und spürte ihren warmen Körper unter dem baumwollenen Mantel und dem Seidenkleid.

»Das fällt mir äußerst schwer.«

Die makellose steinerne Fassade von Abingdon Hall, wo die Grevilles und die Earls of Stanmore schon seit Hunderten von Jahren lebten, spiegelte sich im glänzenden Lack ihres Gefährts.

»Es tut mir leid, Fenton. Bitte mach es uns doch nicht so schwer. Du weißt, wie gern ich dich habe. Du bist für mich wie ein Bruder, seit ich neun war und …«

Seine Hand spannte sich spürbar an.

»Du kannst mich nicht ansehen und so etwas sagen, Lydia. Aber ich werde dich nicht bedrängen. Ich weiß, was du erreichen willst, und ich wünsche dir Glück bei deinem Vorhaben. Weil du das auf alle Fälle brauchen wirst.«

Langsam kehrte Ivy über die Hintertreppe in den ersten Stock des Westflügels zurück. Sie dachte noch immer an das Bild, das sich ihr vor dem Haus geboten hatte: die wunderschöne Frau, das glänzende Automobil, der große schwarzhaarige Mann. Was für wunderbare, aufregende Dinge hatten diese Menschen wohl an diesem sonnig warmen Junitag noch vor? Sie würden nach London fahren, hatte ihr die Frau erzählt. Ivy konnte sich nicht vorstellen, was das bedeutete oder was Miss Foxe und ihre Freundin dort erwartete. Sie selbst hatte bisher nur Bilder von der Hauptstadt des Landes gesehen: Buckingham Palace, St. Paul's, den Tower, Houses of Parliament, die Bärenfellmützen der Mitglieder der Garde, die Beefeater und den Lord Mayor mit der dicken Goldkette um seinen Hals. Eine prunkvolle und elegante Stadt. Aber das konnte nicht alles sein. Denn dort wurde auch gearbeitet. Wie in Norwich und Great Yarmouth, nur dass London deutlich größer und bestimmt viel voller war. Mit Menschen, die völlig normale Dinge taten. Sie reparierten sogar Automobile. London war ein absolut fremder Ort und vor allem so weit weg. Was für ein Spaß wäre es doch, wenn sie die beiden Frauen begleiten könnte, wenn sie mit im Wagen säße, während er wie der Wind durch all die kleinen Dörfer brauste, durch die sie auf ihrem Weg von Norfolk mit dem Zug gekommen war. Würden sie wohl eine Mittagspause machen? Irgendwo in einem kleinen Gasthaus, wo es Apfelwein und kalte Fleischpasteten gab? Oder würden sie in London speisen, in einem dieser schicken Hotels, in dem livrierte Kellner sie höflich nach ihren Wünschen fragten? Das wäre bestimmt ein großer

Spaß. Würde Madam vielleicht gern die Lammkoteletts probieren? Hätte Madam gern ein Glas prickelnden Champagner? Der Gedanke zauberte ein Lächeln auf Ivys Gesicht, und sie lächelte noch immer, während sie die Hintertreppe hinaufging und den Flur betrat.

Während sie noch in Gedanken Schaumwein aus einem silbernen Kübel voll Eis serviert bekam, sah sie mit einem Mal, dass sich vor der Tür des Schlafgemachs von Miss Alexandra ein Teil des Personals versammelt hatte. Mr. Coatsworth, ein Diener und das Mädchen, Velda, selbst Mrs. Broome. Keiner von ihnen lächelte, und alle starrten sie mit großen Augen an.

»Da ist sie ja, das kleine Luder«, schniefte Velda unter Tränen. »Oh, wenn ich was zu sagen hätte, würde ich ihr ordentlich eins hinter die Ohren geben.«

Mr. Coatsworth und der Diener nickten mit versteinerter Miene, Mrs. Broome jedoch stieß einen müden Seufzer aus.

»Das genügt, Velda. Gehen Sie jetzt bitte wieder Ihren Pflichten nach.«

»Sehr wohl, Ma'am.« Mit einem letzten hasserfüllten Blick auf Ivy wandte sich die Zofe ab und marschierte ins Zimmer.

»Falls Sie Hilfe brauchen, Mrs. Broome«, erbot sich der Butler ernst. »Ich gehe Ihnen gern zur Hand.«

»Nein danke, Mr. Coatsworth.«

»Wie Sie wünschen, Mrs. Broome. Kommen Sie, Peterson.«

Der Butler und der Diener gingen steifbeinig davon, und Ivy und die Hausdame waren allein. Mrs. Broome wies auf den Boden, wo der Stapel Wäsche lag.

»Heb die Sachen auf, Ivy.«

»Sehr wohl, Ma'am«, flüsterte sie. An die Bettwäsche hatte sie gar nicht mehr gedacht. Eilig bückte sie sich und hob sie auf.

»Hier in diesem Haus werfen wir keine sauberen Bettlaken und Kissenhüllen auf den Boden«, sagte Mrs. Broome in strengem Ton.

»Ich … es tut mir leid, Ma'am. Es war nur so, dass … dass …« Es war alles so schnell gegangen, dass sie immer noch vollkommen durcheinander war. Als Miss Alexandra sie zu sich befohlen hatte, hatte Ivy keine andere Wahl gehabt, als die Wäsche fallen zu lassen und zu ihr zu gehen. Aber wie sollte sie das ihrer Vorgesetzten klarmachen?

»Mrs. Dalrymple hat dich losgeschickt, um ein Bett zu machen. Richtig, Ivy?«

»Ja, Ma'am.«

»Also gut, Mädchen, dann mach jetzt das Bett.«

»Ja, Ma'am … sofort, Ma'am.«

»Und ich möchte dir dabei zusehen. Denn ich möchte sichergehen, dass du nicht *alles,* was man dir beigebracht hat, vergessen hast.«

»Sehr wohl, Ma'am.« Ivys Wangen glühten, und sie hatte einen Kloß im Hals. Gemessenen Schrittes wie eine Gefängniswärterin lief die Hausdame hinter ihr her, und während sie das große Himmelbett sorgfältig bezog, sah Mrs. Broome ihr schweigend zu. Nachdem das Laken sorgsam festgesteckt und glatt gestrichen war, fand Ivy eine Bett- und eine Tagesdecke in der Holztruhe am Fuß des Betts, breitete sie auf dem Laken aus, zog sie an den Ecken glatt, sah noch einmal nach, ob sie auf allen Seiten gleichmäßig herunterhingen, machte einen Schritt zurück und blieb abwartend stehen.

»Das hast du sehr gut gemacht, Ivy.«

»Danke, Ma'am.«

»Du wurdest als Hilfskraft eingestellt, ich dachte, das hätte ich deutlich zum Ausdruck gebracht. Du wurdest weder als Zofe noch als Botenjunge engagiert.« Ivy öffnete den Mund, um etwas zu erwidern, aber Mrs. Broome hob abwehrend die Hand. »Es würde mich sehr schmerzen, dir zu kündigen. Im Verlauf der Jahre hat uns dein Vikar viele Mädchen sowohl hierher auf den Landsitz als auch in die Park Lane geschickt. Reverend

Clunes besitzt eine gute Menschenkenntnis, und wir waren von keinem der von ihm empfohlenen Mädchen je enttäuscht. Die Mädchen aus Norfolk waren stets besonnen, intelligent, blitzsauber und grundehrlich. Keines von ihnen hat mir je auch nur die geringsten Schwierigkeiten gemacht, aber diese jahrelange Perfektion hast du durch dein Betragen in der letzten halben Stunde nachhaltig beeinträchtigt.«

»Es tut mir leid, Ma'am, aber wissen Sie…«

»Bitte unterbrich mich nicht«, wies Mrs. Broome sie scharf zurecht. »Eine Sache ist dir offenbar bisher nicht klar, und das ist die Funktion, die du in diesem Haushalt hast. Jeder Mensch hat eine bestimmte Aufgabe im Leben, Ivy. Wobei deine Aufgabe in diesem Haus die einer Hilfskraft ist. Velda Jessup ist als Zofe hier, Mr. Coatsworth dient als Butler, und ich leite das Personal. Was glaubst du, würde passieren, wenn nicht jeder von uns wüsste, welchen Platz er einnimmt? Dann bräche das Chaos aus, Ivy. Dann stünde die Welt urplötzlich Kopf. Kannst du dir vorstellen, dass Mr. Coatsworth Betten macht oder Schuhe putzt? Dass die Köchin und die Küchenmädchen Ställe ausmisten? Dass man mich anweist, Nachttöpfe zu leeren? Das Gehirn lehnt sich gegen diesen Gedanken auf, aber genau das hast du eben getan, Ivy. Du hast deinen Platz verlassen und den Platz von Velda übernommen. Und danach hast du den Platz von wer weiß wem eingenommen und bist wie ein wild gewordener Indianer durch das Haus gerannt. Mr. Coatsworth hätte fast der Schlag getroffen, als er dich die Haupttreppe herunterrennen sah. Er dachte, du hättest den Verstand verloren.«

»Aber, Miss Alexandra…«, stammelte das Mädchen unglücklich.

Mrs. Broome erstarrte.

»Sie ist noch sehr jung und manchmal sehr dramatisch. Deshalb ist es Aufgabe des Personals, dafür zu sorgen, dass die ordnungsgemäße Führung dieses Haushalts durch ihre vorübergehenden Launen nicht in Mitleidenschaft gezogen wird. Natürlich hätte dich Miss Alexandra niemals bitten sollen, ihr beim Ankleiden zur Hand zu gehen. Und sie hätte dich nicht bitten sollen, nach unten zu laufen, um Miss Foxe eine Nachricht zu überbringen. Sie hätte auf Veldas Rückkehr warten oder nach mir klingeln sollen, damit ich ihr einen Diener schicke, der Miss Foxe die Nachricht überbringt. Ich kann Miss Alexandra nicht für ihr Verhalten tadeln, aber dich kann und muss ich nachdrücklich für dein Verhalten rügen, damit du so etwas nicht noch einmal machst. Wenn du in Zukunft noch einmal um etwas gebeten wirst, das nicht zu deinen Aufgaben gehört, wirst du, natürlich höflich und respektvoll, ablehnen und sofort einen deiner Vorgesetzten – einen Kammerdiener, eine Zofe, einen Hausdiener, ein Stubenmädchen oder in dem unwahrscheinlichen Fall, dass keiner zur Verfügung steht, Mr. Coatsworth oder mich darüber informieren. Hast du mich verstanden, Ivy?«

Das zitternde Mädchen brachte keinen Ton heraus, doch als es unglücklich nickte, tätschelte ihm Mrs. Broome aufmunternd das Gesicht.

»Keine Angst, Ivy, ich werde dir nicht kündigen. Denn du bist ein freundliches und aufgewecktes Kind. Falls dir keine weiteren unglücklichen Fehler unterlaufen, werde ich in einem halben Jahr mit deiner Ausbildung zum Stubenmädchen anfangen. Das heißt, dass du dann angenehmere Aufgaben als bisher bekommst und auch etwas mehr Geld nach Hause schicken kannst, was deine Familie sicherlich zu schätzen weiß.«

»Ja, Ma'am«, stieß sie kaum hörbar aus.

»Und jetzt räum bitte hier auf. Überprüf die Handtücher in der Kommode, mach die Fenster auf und lüfte. Morgen kommt der Neffe Ihrer Ladyschaft aus Amerika. Für ihn ist dieses Zimmer vorgesehen, und wir möchten doch, dass er es komfortabel und gemütlich hat. Wenn du hier oben fertig bist, gehst du nach unten, und Mrs. Dalrymple wird dir weitere Anweisungen geben.«

In würdevoller Haltung verließ sie das Zimmer. Eine große weißhaarige Frau in einem schwarzen Kleid, die die Macht über das Schicksal aller Dienstboten im Haus mit Ausnahme von Mr. Coatsworth in den Händen hielt. Ivy wagte nicht zu atmen, bis Mrs. Broome verschwunden war. Dann sank sie auf die Bank vor dem Fenster und schlug die Hände vors Gesicht. Sie hätte um ein Haar ihre Anstellung verloren, und was wäre dann aus ihr geworden? Heim zu ihren Eltern hätte sie nicht fahren können, weil jetzt jeden Tag das Baby käme und ihr Vater schon genug Probleme hatte, Essen auf den Tisch zu bringen, wöchentlich die Miete für ihr Häuschen zu bezahlen und dafür zu sorgen, dass ihre Geschwister ordentliche Kleider und feste Schuhe hatten, um nicht in der Schule wie die Bettler dazustehen. Oh, lieber Jesus, lass nicht zu, dass mir jemals gekündigt wird, betete sie stumm. Am liebsten wäre sie in Tränen ausgebrochen, aber ihre Augen blieben trocken, und so lehnte sie ihr plötzlich fiebriges Gesicht an die kühle Fensterscheibe.

Durch das Fenster erblickte sie den Seitengarten, eine alte Backsteinmauer, die von einer leuchtenden Klematis überwuchert war, und einen Teil der Einfahrt. Auf einmal tauchte der blau schimmernde Wagen auf. Die roten Haare von Miss Foxe glänzten in der Sonne, während sie das Lenkrad fest umklammerte. Miss Alexandra drehte sich um und hielt, als sie zum Abschied winkte, mit der anderen Hand ihre Matrosenmütze fest. Die langen braunen Samtbänder der Kopfbedeckung flatterten im Wind, während sie gut gelaunt »Auf Wiedersehen!« rief.

Das Leben dieser beiden Frauen war so anders, ging es Ivy schmerzlich durch den Kopf. Was für eine verdrehte Welt war das nur.

3

Hanna Rilke Greville, Countess von Stanmore, saß am Schreibtisch vor dem tief liegenden Erkerfenster im Wohnzimmer ihrer Suite. Durch das Fenster blickte man auf einen kleinen französischen Garten, in dem die Rosen und die ordentlichen Buchsbaumreihen präzise geometrische Muster bildeten. Die Countess trug einen grünen Seidenmorgenmantel mit samtig weichen Marabufedern an Hals, Armen und Saum. Ihr inzwischen offenes langes blondes Haar war sorgfältig gekämmt und fiel wie ein sanft schimmernder Wasserfall auf ihren Rücken. Sie war fünfundvierzig, sieben Jahre jünger als ihr Mann, und abgesehen von einer leichten Fülle um die Hüften und dem Ansatz eines Doppelkinns hatte sie sich das strahlende Aussehen ihrer Jugend bewahrt. Es bestand kein Zweifel, dass sie Alexandras Mutter war. Denn die Tochter war das genaue Abbild ihrer selbst in jungen Jahren.

Hanna lauschte auf das stotternde Automobil, das über die Einfahrt zur Straße fuhr. Das müssen Lydia und Alexandra auf dem Weg nach London sein, dachte sie und schenkte sich Kaffee aus einer Silberkanne nach. Sie hielt nicht allzu viel davon, wenn Frauen Automobile lenkten, auch wenn das inzwischen gang und gäbe war. In allen angesehenen Magazinen fand man Anzeigen mit strahlenden jungen Frauen, die hinter dem Lenkrad eines Vauxhall, Benz, Morris und anderer sportlicher Fahrzeuge saßen. Alexandra bettelte darum, Fahrstunden nehmen zu dürfen, aber die Countess blieb standhaft. Denn es ängstigte sie schon genug, dass ihr Ältester, Charles, Besitzer eines eigenen

Wagens war. In den Zeitungen las man fast täglich einen Bericht über einen grauenhaften Unfall.

Sie trank ihren Kaffee, schob die Ärmel ihres Morgenmantels über ihre molligen weißen Unterarme bis zu ihren Ellbogen und machte sich ans Werk. Die ovale Platte ihres Schreibtischs war unter den Stapeln von Blättern, bedeckt mit ihrer ordentlichen, mikroskopisch kleinen Handschrift, kaum zu sehen. Aber ihre Arbeit hatte sie inzwischen fast erledigt, und die Gästelisten für die vielen Bälle, Feste, Abendessen und Spektakel, die es während der Saison in London zu veranstalten oder zu besuchen galt, waren so gut wie komplett. Die letzten beiden Juniwochen und den ganzen Juli würden sie in Stanmore House zubringen, dem Stadthaus der Familie in der Park Lane 57. Wovon der Earl natürlich nicht begeistert war, denn er bevorzugte das Leben auf dem Land. Und in den letzten Jahren hatte er sich dem gesellschaftlichen Treiben, das in dieser Zeit in London herrschte, tatsächlich entzogen, aber damals war die Tochter auch noch jung gewesen, und es hatte Hanna nicht gestört, wenn er nur gelegentlich vorbeigekommen war. Dieses Jahr hingegen sah die Sache anders aus. Sie hatte darauf bestanden, dass er jedes Fest besuchte und mit jedem ihrer Gäste sprach, weil die Zukunft ihrer Tochter in den Händen eines Mannes lag, dessen Name irgendwo in dem Papierstapel verborgen war.

Irgendwo. Sie ging ihre Papiere noch einmal durch, las jeden Namen, den sie aufgeschrieben hatte, glich erneut die Gästelisten sämtlicher Zusammenkünfte miteinander ab. Die Listen schienen endlos: zweihundert Namen für den Ball am Freitag, dem 19. Juni; dreihundertfünfzig für die Gala zum amerikanischen Unabhängigkeitstag am vierten Juli, auf der alles rot-weiß-blau gehalten und zu der sogar der Botschafter der Vereinigten Staaten als Ehrengast geladen war; dreißig für das Abendessen eine Woche später; fünfundzwanzig für ein Picknick in Henley; vierzig zum Besuch des Drury-Lane-Theaters, um Chaljapin in

Iwan der Schreckliche zu sehen. Und so ging es immer weiter. Denn die Menschen auf Hannas Listen hatten Rang und Namen, und ihr Haus war immer schon strahlender Mittelpunkt der Ballsaison gewesen, deshalb waren Einladungen der Familie Greville schon seit Jahren heiß begehrt. Und es war ein kluger Schachzug, da auf den diesjährigen Listen unter all den Lords und Ladys, den Viscounts und Viscountesses auch zahlreiche Namen junger angesehener Männer standen, und einer von ihnen – oh, sie wünschte sich, sie wüsste, welcher – wäre bald schon der Verlobte ihrer Tochter.

»Wer?«, flüsterte sie, während sie langsam mit dem Finger über die Listen fuhr, als wären sie in Blindenschrift verfasst. »Albert Dawson Giles, Esquire, der höchst ehrenwerte Percy Holmes, Mr. Paget Lockwood, Thomas Duff-Wilson.« Bei dem Namen legte Hanna eine kurze Pause ein. Ein am höchsten Londoner Gericht tätiger Rechtsanwalt. Fünfundzwanzig Jahre jung. Spross wohlhabender Eltern, begeisterter Sportler – worüber sich Anthony wahrscheinlich freuen würde –, Neffe einer Zofe Ihrer Majestät, der Königin, und spätestens in ein, zwei Jahren reif für den Ritterschlag. Ja, der Name dieses Mannes sprang ihr richtiggehend ins Auge. Denn er hob sich von den anderen Namen ab, und eilig ging sie nochmals ihre Listen durch, um sich zu vergewissern, dass er nirgendwo vergessen worden war.

»Hast du sehr viel zu tun, mein Schatz?«

Sie zuckte leicht zusammen, drehte sich auf ihrem Stuhl um und merkte, dass ihr Gatte lautlos hinter sie getreten war.

»Oh, du hast mich erschreckt. Ich habe dich gar nicht kommen hören, Tony.«

Er neigte seinen Kopf und küsste sie zärtlich auf den Nacken.

»Natürlich nicht. Schließlich habe ich ein ganz besonderes Talent, mich in die Schlafzimmer von Frauen zu schleichen.«

»Womit sich ein Gentleman nicht brüsten sollte.«

Er küsste sie ein zweites Mal auf das dichte Haar.

»Ich bin nicht immer ein Gentleman, Hanna.«

»Nein«, stimmte sie lachend zu und drückte seine Hand. »Du kannst auch ein ziemlicher Schlingel sein.« Sie drückte ihm erneut die Hand und wandte sich wieder ihrer Arbeit zu. »Nimm dir den Sessel von da drüben, Tony, dann gehen wir zusammen die Gästelisten durch.«

»Gott bewahre. Das ist deine Aufgabe, Hanna. Lad einfach ein, wenn du einladen willst. Du hast bisher noch nie eine falsche Wahl getroffen.«

»Dieses Jahr ist es ein bisschen wichtiger als sonst, das weißt du ganz genau. Ist dir eigentlich bewusst, dass auf diesen Listen wahrscheinlich der Name deines zukünftigen Schwiegersohns steht? Und ich würde gern mit dir über ein paar dieser jungen Männer reden, Tony. Das ist eine ernste Angelegenheit.«

Stirnrunzelnd trat der Earl ans Fenster, verschränkte seine Hände hinter seinem Rücken und blickte hinaus.

»Um Alexandra mache ich mir keine Sorgen. Ich weiß, dass du genau den richtigen Verlobten für sie finden wirst und dass sie sich über die Auswahl freuen wird. Ich habe vollstes Vertrauen in deine Fähigkeit, den Richtigen für sie zu finden. Nein, Alex' Zukunft macht mir keine Angst. Aber die von Charles.«

Hanna griff nach einem goldenen Federhalter und klopfte damit gegen den Rand des Tischs.

»Er macht einfach eine schwierige Phase durch, Tony.«

Lord Stanmore blickte sie mit einem müden Lächeln an.

»Genau das hat Fenton über Roger auch gesagt. Dass es nur eine Phase ist.«

»Fenton? Ist er hier?«

»Ja. Kam gestern Abend an. Er wird ein paar Tage bleiben. Ich war verdammt froh, den jungen Burschen zu sehen. Aber warum kann ich mit Fenton reden, nicht aber mit meinem eigenen Sohn? Es ist, als stünde eine Mauer zwischen uns, Hanna.«

»Gestern Abend beim Essen habt ihr beiden euch doch unterhalten.«

»Oh, wir reden miteinander oder eher, wir machen unsere Münder auf und geben irgendwelche Worte von uns, trotzdem ist da diese Mauer zwischen uns, das weißt du genauso gut wie ich. Und wir wissen auch, was das für eine Mauer ist. Oder eher, *wer* zwischen uns beiden steht.«

Hanna presste den Stift an ihre gespitzten Lippen, stand auf und trat zu ihrem Mann.

»Wie hübsch der Garten ist«, stellte sie mit ruhiger Stimme fest. »So sauber und ordentlich. Es ist wirklich bedauerlich, dass man das Leben nicht genauso ordnen kann. Wir können die Menschen nur anleiten, erziehen, und ich glaube, dass wir Charles sehr gut erzogen haben. Er wird niemals etwas tun, was nicht angemessen ist. Er hat immer schon für Lydia geschwärmt, aber im Grunde meines Herzens weiß ich, dass er, wenn er sich entscheiden muss, eine Entscheidung treffen wird, die dir und mir gefällt.«

»Vielleicht«, knurrte der Earl, während er weiter auf die geometrisch angeordneten Buchsbäume hinuntersah.

»Aber wir dürfen ihn nicht unter Druck setzen, zumindest *du* darfst ihn nicht zwingen, diese Mauer noch zu erhöhen. Mary und Winifred einzuladen war eindeutig ein Fehler. Das habe ich dir gleich gesagt.«

»Winifreds Vater ist …«

»Ein anständiger, ehrenwerter Mann«, fiel Hanna ihm ins Wort. »Ja, das weiß ich, und es wäre wunderbar gewesen, wenn sich Charles in das Mädchen verliebt und uns erklärt hätte, dass er sie ehelichen will. Aber vielleicht sollten wir ein bisschen amerikanische Vernunft in dieser Sache walten lassen. Denn du kannst ein Pferd zum Wasser führen, es aber nicht zum Trinken zwingen. Und Charles empfindet nichts für Winifred. Nicht das Mindeste. Wahrscheinlich hasst er das arme Mädchen jetzt sogar, und falls er das tut, ist das allein unsere Schuld. Ich habe Charles' Gesicht gesehen, als du ihm gestern *vorgeschlagen* hast, Winifred den neuen Pavillon zu zeigen, und da habe ich beschlossen, unter vier Augen mit Mary zu sprechen und diesen Unfug zu beenden, weil er einfach zu nichts führt.«

»Du kannst der Frau doch wohl nicht sagen, dass sie ihre Tochter nehmen und wieder nach Hause fahren soll. Das wäre entsetzlich unhöflich.«

»Ich werde ihr nicht sagen, dass sie fahren soll, sondern ihr einfach die Tatsachen erklären. Vielleicht ist sie ein etwas flatterhaftes Wesen, aber sie hat ebenfalls vier Söhne, die genau wie unsere Söhne wissen, was sie wollen. Sie wird Charles' Empfindungen verstehen und uns deshalb nicht böse sein, weil sie eine alte liebe Freundin ist und wir zueinander immer ehrlich sind.«

»Also gut«, stimmte der Earl gequält zu. »Vielleicht tust du das Richtige.«

»Ich tue das einzig *Mögliche.*« Sie berührte ihn sanft an der Schulter und fügte hinzu: »Ich bin eine Mutter und eine Frau. Ich verstehe Charles in dieser Phase seines Lebens viel besser als du. Und was noch wichtiger ist – ich verstehe auch Lydia.«

»Oh, ich fühle mich fantastisch!« Alexandra hüpfte gut gelaunt auf ihrem Sitz herum.

»Sitz endlich still!«, schrie Lydia zurück. »Sonst purzelst du noch raus.«

Alexandra sank zurück in ihren Ledersitz und hielt mit einer Hand den Hut fest. Lydia runzelte die Stirn und verstellte ein paar Regler, bis der Motor nicht mehr stotterte, sondern mit einem zwar kraftvollen, doch gleichmäßigen Brummen lief. Sie fuhren an Abingdon vorbei und schossen auf der schmalen, sanft geschwungenen Straße durch uralte dichte Wälder und an sonnenbeschienenen, von saftig grünen Hecken gesäumten Feldern und Wiesen vorbei.

»Ich bin der glücklichste Mensch der Welt!«, schrie Alexandra in den Wind, der ihr entgegenblies. »Oh Lydia, ist dir klar, dass ich nächstes Jahr um diese Zeit vielleicht bereits ein Baby haben werde? Denn meine Verlobung soll so kurz wie möglich sein. Ich halte nichts davon, wenn man zu lange mit der Hochzeit wartet. Findest du nicht auch, dass lange Verlobungszeiten inzwischen völlig aus der Mode sind?«

»Oh, halt den Mund, Alex«, fuhr Lydia ihre Freundin an. »Dieses ständige Schreien würde wahrscheinlich nicht einmal ein Heiliger ertragen. Wirklich, manchmal raubst du mir den letzten Nerv.«

Die jüngere Frau schob sich ein wenig dichter an die Fahrerin heran, weil sie dann über den Motorenlärm hinweg nicht so brüllen musste.

»Gestern Abend nach dem Essen war ich noch in Mamas Wohnzimmer und habe mir heimlich ihre Listen angesehen. Oh Lydia, sie lädt sämtliche stattlichen Junggesellen Londons ein.«

»Und woher weißt du, dass sie stattlich sind?«

»Ich weiß es eben. Kein Einziger kleiner als einen Meter achtzig und alle mit einer großartigen Zukunft. Einer von ihnen wird mein Herz im Sturm erobern und mich in seine starken Arme nehmen.«

Lydia rollte mit den Augen.

»Aus welchem Kitschroman hast du denn diesen Satz?«

»Jane Bakehurst – du kennst sie nicht, sie war in diesem Schuljahr meine beste Freundin auf dem Internat –, nun, sie hat dieses unglaublich gewagte Buch von Elinor Glyn gekauft ...«

»Du bist einfach unmöglich, Alex«, schalt die Freundin sie. »Je eher du unter die Haube kommst, umso besser.«

»Das finde ich auch. Ich kann es einfach nicht erwarten, Dutzende oder auf jeden Fall ein halbes Dutzend Kinder zu bekommen – lauter pausbackige, dralle, fröhlich gurgelnde Geschöpfe, die das Kindermädchen wie die Orgelpfeifen aufreiht, wenn ich abends zusammen mit meinem Ehemann ins Kinderzimmer komme, um mir meine kleinen Schätze anzusehen.«

»Dann hast du also vor, sie alle auf einmal zu bekommen?«

»Nein, du Dummerchen, eins nach dem anderen ... wobei immer eine angemessene Zeit dazwischen liegen soll. Aber im Ernst, ich glaube, dass die Ehe und Kinder heilig sind. Du etwa nicht?«

Inzwischen hatten sie die Vororte erreicht. Epsom, Cheam, Merton und South Wimbledon, wo sich kleine Backsteinhäuser aneinanderreihten und hübsche Doppelvillen im Tudorstil an ihnen vorbeiflogen. Der Verkehr nahm deutlich zu, als sie durch Lambeth und durch Southwark fuhren, und sie bahnten sich einen Weg zwischen Automobilen, Lastkraftwagen, Omnibussen und schwerfälligen Pferdefuhrwerken hindurch über die Westminster Bridge, bis sie in Mayfair waren, wo Lydia vor dem Atelier des Couturier Ferris hielt. Es lag am Hanover Square in einem eleganten georgianischen Gebäude, und sofort eilte ein Portier in viktorianischer Livree zu ihrem Gefährt und öffnete den Schlag.

»Guten Tag, Miss Foxe, Miss Greville«, begrüßte er die beiden Frauen und tippte sich höflich an den Hut. »Soll ich einem der Jungen sagen, dass er Ihren Wagen parken soll, Miss Foxe?«

»Danke, heute nicht. Denn ich werde sofort weiterfahren.«

Geschmeidig wie eine Perserkatze, sprang die Freundin aus ihrem Gefährt.

»Wag es ja nicht, vor drei zurück zu sein. Denn ich will nicht, dass du meine Kleider noch mit Heftgarn siehst. Versprochen?«

»Ja, versprochen«, antwortete Lydia ihr knapp, und nachdem der Mann die Tür ihres Fahrzeugs wieder geschlossen hatte, legte sie den ersten Gang ein und fuhr dröhnend weiter in Richtung Oxford Street.

Das Bürogebäude von Foxe House zählte zu den größten

und modernsten des gesamten Königreichs. Es war der Entwurf eines Architekten aus Amerika, und nach seiner Fertigstellung vor zwei Jahren hatten sich die Menschen über diesen Schandfleck heftig echauffiert. In unzähligen Leserbriefen an die *Times* hatten sie sich über die Errichtung eines solchen Baus in Sichtweite der in der Regent Street gelegenen jungfräulichen Häuser Nashs ereifert, doch nach ein paar Monaten hatten die Londoner gelernt, das mehrstöckige längliche Gebäude aus dem blendend weißen Kalkstein unweit des Oxford Circus zu akzeptieren, und es am Schluss sogar ins Herz geschlossen, weil es etwas völlig Neues darstellte.

Archie Foxe hatte bereits seit langer Zeit davon geträumt, sämtliche Bereiche seines ausgedehnten Unternehmens unter einem Dach zu vereinen, statt sie in unzähligen Häusern in der ganzen Stadt zu verteilen. Die von ihm als »Yankee-Weg« gepriesene Bündelung diverser Unternehmenssparten hatte sich als derart effizient erwiesen, dass inzwischen einige der anderen großen Unternehmensgruppen Englands ebenfalls den Bau großer Bürohäuser in Angriff nahmen. London machte einen grundlegenden Wandel durch, was Archie Foxe ausnehmend gut gefiel.

Lydia lenkte ihr Gefährt in die unterirdische Garage und überließ es einem jungen Mann in einer schicken blauen Uniform. Ihren Baumwollmantel zog sie aus, warf ihn achtlos auf den Sitz und ging zu einem Fahrstuhl, der sie in die oberste Etage trug. Unterwegs hielt er in mehreren Stockwerken an, und Sekretärinnen, Büroboten, Postangestellte, Leute aus der Werbeabteilung von White Manor, Foxe's Feine Konserven, der Rechts- und Immobilienabteilung stiegen ein und aus. Da die meisten Leute Lydia erkannten, wünschten sie ihr höflich einen guten Tag, sie selbst hingegen kannte nur den Chef der Werbeabteilung, Swinton, einen großen rotwangigen Mann. Eine Pfeife zwischen seinen vollen Lippen und eine dicke Mappe voller Zeichnungen unter dem Arm, stieg er im ersten Stock zu.

»Hallo, Lydia«, grüßte er sie gut gelaunt. »Wollen Sie mit dem Guv'nor Mittag essen gehen?«

Diesen kleinen Scherz erlaubte er sich jedes Mal, wenn er sie sah. Archie Foxe aß nämlich niemals zu Mittag. Einmal hatte Lydia darauf bestanden, mittags mit ihm ins Savoy zu gehen, und Archie hatte Swinton als Vertretung in das Restaurant geschickt.

»Nein«, erwiderte sie lachend. »Ich bin nur gekommen, weil ich ihm mal wieder meine töchterliche Ehrerbietung erweisen will.«

»Er hat wie immer alle Hände voll zu tun. Nächste Woche soll das White Manor an der Charing Cross eröffnet werden. Wollen Sie mal die Bilder sehen?« Er öffnete die Mappe, und eine Reihe Aquarelle kamen zum Vorschein, die als Vorlagen für die Werbeplakate dienten.

»Sie sind sehr gut.«

»Danke. Aber wir haben ja auch einige erstklassige Künstler engagiert. Die Slade School hat endlich eingesehen, dass ihre Absolventen nicht zu schade für einen Job bei uns sind, und inzwischen haben wir schon ein paar wirklich gute Männer und auch Frauen von dort eingestellt. Welches der Bilder sagt Ihnen am meisten zu?«

»Diese Abendszene ist ein echter Blickfang.«

Swinton zog sie aus der Mappe und hielt sie ins Licht. Man sah darauf eine Londoner Straße an einem regnerischen Abend, an dem sich große bunt schimmernde Tropfen auf dem nassen Gehweg spiegelten. Die als Schatten gezeichneten Menschen, die die Köpfe vor dem windgepeitschten Regen beugten, eilten auf ein hell erleuchtetes Gebäude zu, über dessen Eingang groß »White Manor« stand. Am unteren Rand des Bildes – das in echten Ölfarben die Blicke sicher noch viel stärker auf sich zöge – lud ein Satz in schwarzer Tinte die Betrachter ein: »Kommen Sie ins White Manor, wenn es draußen nass und ungemütlich ist.«

»Ja«, erklärte Lydia. »Das Bild gefällt mir wirklich gut.«

»Mir auch. Allerdings ist es erst für den Winterwerbefeldzug vorgesehen. Also, bis dann.« Im vierten Stock stieg Swinton wieder aus, und Lydia fuhr weiter, bis sie in der obersten Etage ankam.

Ihr Vater hatte dort ein eigenes Büro mit einem Schreibtisch, an dem schon der Duke of Wellington als Premierminister seiner Arbeit nachgegangen war, auch wenn er dort nur selten saß. Er hatte einen beinahe zwanghaften Bewegungsdrang, klapperte die Schreibtische in sämtlichen Büros vom Erdgeschoss bis nach oben ab, beaufsichtigte, überwachte, schlug Verbesserungen vor, stellte Forderungen und nahm keinen seiner Angestellten vom Büroboten bis hin zu Mitgliedern der Unternehmensleitung von Kritik oder lobenden Worten aus. Direkt hinter ihm lief immer einer seiner nimmermüden strammbeinigen Sekretäre, bewaffnet mit einem Stenoblock und einem sorgfältig gespitzten Bleistift. Wobei ein vollgeschriebener Block Zeugnis eines eher arbeitsarmen Tages war.

Das Schicksal hatte Archie Foxe dazu bestimmt, ein reicher Mann zu werden, und es hatte ihn nicht im Geringsten überrascht, dass ihm das gelungen war. Er hatte sich nie beim lieben Gott für all sein Glück bedankt und erklärte immer gerne, weder der Allmächtige noch Glück hätten mit seinem Erfolg auch nur das Mindeste zu tun.

»Harte Arbeit und eine verdammt gute Idee« war Archie Foxe' einzige Geschäftsphilosophie. Er war vor nunmehr sechzig Jahren, am Neujahrstag 1854 im Londoner East End in den Slums von Shadwell auf die Welt gekommen, aber über seine Kindheit sprach er nie. Nicht einmal Lydia oder seiner Frau, die er erst spät kennen gelernt und bereits früh wieder verloren hatte, als die Tochter noch ein kleines Kind gewesen war, hatte er je davon erzählt. Sie hatte zur Oberschicht in Cumberland gehört und hätte die Dinge, die er ihr hätte erzählen können, nicht verstanden oder als Geschichten nach dem Vorbild von Charles Dickens abgetan. Denn er hatte seine Kindheit in stinkenden Hütten und in Arbeitshäusern zugebracht, nachdem sein Vater erst dem Gin und dann dem Wahn anheimgefallen und seine Mutter allein in einer unbeheizten Dachkammer der jahrelangen Auszehrung erlegen war. Aus der obersten Etage des Gebäudes, in dem er inzwischen residierte, konnte er die Orte seiner Kindheit sehen. Wobei sich der Abstand zur Blackfriars Bridge, unter der die breite Themse hindurchfloss, nicht in Meilen messen ließ.

Die Besserungsanstalt hatte ihn bereits mit neun nach Bethnal Grenn geschickt, wo er als Lehrjunge in einer Metzgerei am Smithfield Markt gelandet war. Der Bruder dieses Metzgers besaß eine Bäckerei, in der Archie halb verfaulte Schlachtabfälle zerhacken musste, die in glibberige Fleischpasteten umgewandelt wurden. Die Pasteten waren derart ekelhaft, dass er eines Tages bessere Pasteten machen wollte, und das hatte er nach Ende seiner Lehrzeit auch getan. Mit gerade einmal siebzehn Jahren hatte er in einer kleinen Bäckerei am Covent Garden angefangen, die von einer Witwe fortgeschrittenen Alters betrieben worden war. Sie fertigte Nacht für Nacht ihre Pasteten an, die er am nächsten Tag in Esslokalen und Bierstuben verkaufte. Die Pasteten waren derart beliebt, dass sie mit der Arbeit bald nicht mehr nachkam, und bereits nach einem Jahr hatten sie ein Haus gemietet und zehn Fleischschneider und mehrere Pastetenbäcker eingestellt.

»Dann hat eins zum anderen geführt«, hatte Archie viele Jahre später einem Magazinschreiber erzählt. Das Geschäft florierte, und sie schafften sich Pferde und ein paar Wagen für die Lieferungen an und erweiterten ihr Angebot. »Rinds- und Kalbspasteten, Rindspasteten mit Niere, Kalbs- und Schweinspasteten, Schweinspasteten mit Rosinen und Apfelstückchen und so weiter und so fort.«

»Und dann haben wir begonnen, die Pasteten zu verpacken, und sie bis nach Indien und Australien, in die große weite Welt verschickt.«

1880 dann hatte die Witwe Archie ihren Anteil an dem Unternehmen überlassen, denn sie wollte ihre alten Tage komfortabel auf dem Land verbringen, wo sie von vier Dienstboten verhätschelt wurde.

»Dadurch, dass ich den gesamten Laden für mich allein hatte, konnte ich von da an tun und lassen, was ich wollte, und genau das war, verdammt noch mal, die ganze Zeit mein Ziel.«

Er eröffnete eine Handvoll saubere und helle Läden, die strategisch günstig an belebten Kreuzungen lagen, und jeder normale Mensch konnte sich ein Tässchen Kaffee oder Tee und eine anständige Mahlzeit leisten, seviert von einem adretten jungen Mädchen mit einer gestärkten weißen Schürze über ihrer blauen Uniform und einem weißen Häubchen auf dem Kopf. All diese Lokale sollten gleich aussehen, damit die Kunden sofort wussten, wo sie waren. Also hatte er für die Fassaden seiner Häuser ein strahlendes Weiß gewählt und am 3. Juni 1883 den ersten von inzwischen Hunderten von Teesalons an der Nordwestecke des Ludgate Circus aufgemacht.

»Wissen Sie, es liegt einfach in der Natur der Dinge, dass der Mensch mehrmals am Tag was essen muss. Ein Mann kann jahrelang dieselben Stiefel, eine Frau kann Tag für Tag denselben Mantel tragen oder bis ans Lebensende auf demselben Stuhl sitzen, aber essen muss der Mensch dreimal am Tag, und alle paar Stunden braucht er eine Tasse Tee. Das hat die Natur so eingerichtet, deshalb verdient man mit dieser naturbedingten Sache einfach Geld. Und ich habe mir gesagt, dass auch die kleinen Leute etwas Anständiges essen müssen, das aber nur wenig kosten darf, denn wissen Sie, die müssen jeden Penny zweimal umdrehen. Und es gibt viel mehr von diesen Leuten als von reichen Schnöseln, die der Preis für eine Mahlzeit gar nicht interessiert.

Und ob diese reichen Schnösel je in ein White Manor kommen, interessiert mich nicht. Ich habe die White-Manor-Teesalons für all die Männer aufgemacht, die irgendwo an einem Schreibtisch sitzen, und für all die jungen Frauen, die als Verkäuferinnen in den Läden stehen. Jawoll. Nur dass dann etwas mehr daraus geworden ist. Vielleicht könnte man sagen, dass es jetzt auch ein paar exklusive Läden von uns gibt. Ja. Denn in manchen White Manors kann ein Arbeiter sich seinen Tee und was zu futtern leisten, und in anderen White Manors spielen sechsköpfige Orchester, und ein Herzog lässt sich eine tadellose Seezunge servieren. Aber die Preise bleiben trotzdem angemessen, wissen Sie. Das ist der ganze Trick.«

»Ist mein Vater da?«, erkundigte sich Lydia bei der hübschen jungen Dame am Empfang.

»Tut mir leid, Miss Foxe. Er ist gerade in den unteren Etagen unterwegs. Aber ich kann gerne anklingeln und fragen, wo genau er ist.«

»Oh, schon gut. Ich warte einfach in seinem Büro auf ihn. Aber wenn er sich bei Ihnen meldet, sagen Sie ihm, dass ich hier bin, damit ich nicht ewig warten muss.«

»Selbstverständlich. Und darf ich Sie vielleicht zu Ihrem Kleid beglückwünschen? Es sieht einfach entzückend aus.«

»Danke.«

»Es steht Ihnen ganz ausgezeichnet. Es ist bestimmt nicht aus England, oder?«

»Aus Paris.«

»Oh ja. Das sieht man, nicht?«

Der jungen Frau war deutlich anzusehen, wie neidisch sie auf dieses Prachtkleid war. Sie war durchaus hübsch, doch ihre Kleidung wirkte eher bescheiden. Wie bei den anderen jungen Schreibkräften und Sekretärinnen, die sich meistens kleine Wohnungen in Holborn teilen mussten, weil sie sich bei ihrem

Einkommen nichts anderes leisten konnten. Was aus Lydias Sicht einfach erbärmlich war.

Sie hatte das Büro ihres Vaters immer schon gemocht. So sahen bestimmt auch Richterzimmer und die Arbeitszimmer von Gelehrten an der Universität von Oxford aus. Die Wände und der blank polierte Boden waren aus weich schimmerndem Eichenholz. Ein eleganter alter Orientteppich verlieh dem Arbeitszimmer Farbe und Behaglichkeit, bequeme Ledersessel luden zum Verweilen ein, der monumentale alte Wellington'sche Schreibtisch zeugte von der Macht des Menschen, der dort seine Arbeit tat, und die Bilder an den Wänden demonstrierten Reichtum und Geschmack: ein Landschaftsbild von Constable und zwei moderne Ansichten von London von Walter Sickert. Außerdem befanden sich auf dem Schreibtisch und an den Wänden mehrere Fotografien in eleganten Silberrahmen – Aufnahmen von ihr und ihrer Mutter, von George Robey, einem Komödianten, den ihr Vater liebte, Herbert Asquith und Lloyd George. (Archie Foxe hatte die Liberalen bei den landesweiten Wahlen 1906 großzügig unterstützt, und das vergaßen der Premierminister und sein Schatzkanzler ihm nie.)

Lydia musste lächeln, als ihr Blick auf die gerahmten unterschriebenen Aufnahmen der beiden Männer fiel. Sie fragte sich, was wohl Lord Stanmore täte, wenn er allein vor den Bildern ausgerechnet dieser beiden Männer stünde. Höchstwahrscheinlich würde er sie kurzerhand zum Fenster hinauswerfen oder in gerechtem Tory-Zorn mit seiner Gerte darauf einschlagen.

Sie entdeckte ein paar Zeitschriften auf einem Tisch, nahm in einem Sessel vor dem Fenster Platz und blätterte durch eine Ausgabe der *Illustrated London News.* Der König und die Königin wurden darin beim Yachtrennen von Cowes gezeigt. Der König sah in seiner Uniform des Admirals gesund und schneidig aus, während die Königin mit einem Hut mit Straußenfeder wunderschön und sehr streng erschien. Auf drei Seiten wurden Aufnahmen der Restaurierung eines Cottages in Derbyshire gezeigt, dann folgte der erste einer Reihe von Artikeln eines Mr. Hilaire Belloc über die Französische Revolution, der üppig mit Gravuren aus der damaligen Zeit bebildert war, und ein mehrseitiger Beitrag über die deutschen Manöver in Ostpreußen. Trist uniformierte Männer mit Pickelhauben marschierten über die Felder, und der Kaiser und der Kronprinz nahmen die Parade prächtig anzusehender Ulanen und Husaren ab. Wie operettenhaft und *kostümiert* sie alle aussehen, dachte Lydia und fragte sich, welcher der beiden kaiserlichen Arme unbeweglich war. Es war unmöglich zu erkennen, und gelangweilt blätterte sie weiter und stieß auf eine Anzeige für das White Manor an der Charing Cross: »Drei verschiedene Restaurants für jeden Gaumen … zwei Orchester … Tango-Teegesellschaften … Gesellschaftsraum …«

»Das ist aber eine nette Überraschung.«

Sie blickte auf, als Archie das Büro betrat. Wie immer mit flottem Schritt und dicht gefolgt von einem rotgesichtigen, erschöpft wirkenden jungen Mann.

»Hallo, Daddy«, sagte sie.

»Sie können gehen, Thomas«, wies Archie den Gefolgsmann über seine Schulter hinweg an. »Die Direktiven für Manchester müssen noch heute in die Post, aber alles andere hat Zeit. Geben Sie den Rest also einfach den Schreibdamen.«

Der junge Mann atmete sichtlich auf.

»Sehr wohl, Sir, wird erledigt.«

»Also.« Archie wippte auf den Fersen und sah seine Tochter fröhlich grinsend an. Er war ein untersetzter Mann, der deutlich jünger wirkte. Sein rötlich blondes Haar war sorgfältig gekämmt, damit man die runde kahle Stelle auf der Mitte seines Schädels nicht sah. Das East End spiegelte sich in seinen koboldhaften Zügen wider, und er wirkte wie ein Tagedieb, der inzwischen alt – und um einiges weiser – geworden war. »Was führt dich in die Stadt? Wahrscheinlich Geld.«

Sie sah ihn aus zusammengekniffenen Augen kritisch an.

»Du hattest mir versprochen, nie wieder einen karierten Anzug anzuziehen. Damit siehst du wie ein Schwindler aus.«

Er strich mit seinen schweren, rauen Händen über das grell gemusterte Jackett.

»Ich mag Karos – und Schwindler. Weil der schlauste Kerl, dem ich in meinem Leben je begegnet bin, ein Gauner vom Newmarket war.«

»Oh Daddy«, seufzte sie. »Du bist einfach unmöglich.« Sie stand auf, trat auf ihn zu und gab ihm einen Wangenkuss. »Du hast mir gefehlt. Kannst du nicht mal wieder ein paar Tage runterkommen?«

»Dafür war in letzter Zeit einfach zu viel zu tun, aber ich werde es versuchen. Und, beschäftigst du dich gut?«

»Ja, natürlich. Schließlich gibt es immer irgendetwas, was man unternehmen kann. Heute zum Beispiel habe ich Alexandra zu einer Anprobe gefahren.«

»Und wie geht's dem Mädchen?«

»Sie ist furchtbar aufgeregt. Weil sie auf eine Heirat noch in diesem Sommer hofft.«

»Oh. Und wer ist der Glückliche?«

»Sie ist ihm noch nicht begegnet, aber ich nehme an, ihr wäre jeder recht, solange er nur groß und attraktiv ist und übers Wasser gehen kann.«

»Ich dachte bisher immer, dass nur du so was von einem Mann verlangst.« Er griff in die Innentasche seiner Jacke und holte das Lederetui mit den langen kubanischen Zigarren hervor. »Dass er übers Wasser gehen, Leprakranke heilen und Tote auferwecken kann.«

Eilig wandte sie sich ab, trat ans Fenster und betrachtete die Stadt. London hatte niemals schöner ausgesehen – es wirkte beinahe wie gemalt. Ein allzu blauer Himmel, an dem makellos geformte weiße Wattewolken hingen, wölbte sich über der

Kuppel von St. Paul's. Wie wunderbar musste es sein, über die Stadt hinwegzufliegen – nicht in einem Flugzeug, denn bei ihrem bisher ersten und wahrscheinlich letzten Flug hatte sie der fürchterliche Lärm fast taub gemacht – sondern wie ein Vogel, der sich lautlos mit den Winden treiben ließ.

»Ich finde es deprimierend, dass du derart ungeduldig mit mir bist.«

»Ach ja?« Schnaubend biss er seine Zigarrenspitze ab und spie sie in den Messingspucknapf, der am Rand des Schreibtischs stand. »Nun, mein liebes Kind, es ist ja wohl normal, wenn ein Mann sich Kinder oder Enkel wünscht. Das ist vollkommen natürlich, wie dir jeder sagen wird.«

»Ach, wäre ich doch nur als Junge auf die Welt gekommen«, seufzte sie. »Dann wäre alles viel einfacher.«

Er trat hinter sie und strich über ihren Nacken.

»Für's Geschäft wäre das gut gewesen. Nur hätte ein Junge sicher nicht wie seine Mutter ausgesehen, und dann hätte ich statt einer wunderschönen Tochter einen kleinen rothaarigen spukhässlichen Sohn.«

Lächelnd drehte sie sich wieder zu ihm um, schlang ihm die Arme um den Hals und atmete den Duft von guter Wolle und teurem Tabak ein.

»Du bist einfach ein Schatz. Und eines Tages wirst du einen ganzen Haufen Enkelsöhne kriegen, das verspreche ich.«

»Das habe ich niemals bezweifelt, auch wenn ich mir wünschen würde, dass du dieses Vorhaben langsam in Angriff nähmst.«

»Das habe ich bereits«, erklärte sie ihm ruhig. »Und es wird wunderbar werden. Verlass dich drauf.«

Hanna dachte kurz an ihren Neffen, während sie sich wie allmorgendlich frisieren ließ.

»Hätte Eure Ladyschaft die Haare vielleicht gerne aufgesteckt? Mit ein paar Löckchen an den Seiten?«

»Gerne, Rose, am liebsten so wie vorgestern.«

»Sehr wohl, Mylady. Gern. Dann mache ich nur schnell das Eisen heiß.«

Auf Hannas Schreibtisch lag das Telegramm, das aus New York gekommen war. »Freitag 12. Juni stop SS *Laconia* Southampton stop Freue mich auf Wiedersehen stop Grüße an alle Martin Rilke.«

Hanna lächelte, weil die letzten Worte durch und durch *amerikanisch* klangen. Sie verrieten die Vorfreude, den Eifer, die Jovialität und Freundlichkeit, die für die Menschen in Chicago typisch waren. *Grüße an alle.* Nur ein Mensch aus dem Mittleren Westen würde sich fröhlich erdreisten, Menschen Grüße ausrichten zu lassen, denen er noch nie begegnet war und mit denen er bisher nie auch nur brieflich in Kontakt gestanden hatte, nur weil sie zur *Familie* gehörten. Hanna konnte Martins Einstellung verstehen, denn auch wenn sie schon mit neunzehn von Chicago fortgegangen und seither nur einmal kurz dorthin zurückgekehrt war, hatten die Verhaltensweisen der Amerikaner sich ihr unauslöschlich eingeprägt. Und sie wusste, dass ihr Neffe es für vollkommen natürlich und vor allem richtig hielt, ihr ein Telegramm zu schicken, in dem er seinen Onkel Tony, seine Vettern Charles und William und seine Cousine Alexandra grüßen ließ. Er hätte es sogar für falsch gehalten, sie aus seinen Grüßen auszuklammern, da sie die Familie der Schwester seines Vaters waren. Unglücklicherweise aber hätten sowohl Anthony als auch ihre Kinder auf die Grüße höchst verwundert reagiert, und so hatte sie ihrer Familie lediglich erklärt: »Mein Neffe kommt am zwölften an und freut sich schon darauf, wenn er euch endlich kennen lernt.« Was durchaus verständlich war. Denn auch sie warteten bereits gespannt auf ihren Vetter aus Amerika. (Alle außer William, der von dem bevorstehenden Besuch nichts wusste, weil er noch am College war.) Hanna hatte der Familie schon vor zwei Monaten erzählt, dass Martin nach

England kommen und ein bis zwei Wochen bleiben wollte, bevor er weiter nach Frankreich, Deutschland, Österreich und Italien fahren würde, weshalb niemand von der Nachricht, dass er nach Southampton käme, überrascht gewesen war.

»Am zwölften?«, hatte Anthony gefragt. »So bald schon. Nun, dann werden wir ihm Ross und einen Diener nach Southampton schicken, damit der ihm bei seinem Gepäck behilflich ist.«

»Ich fände es netter, wenn ihn Charles abholen würde.«

»Meinetwegen, meine Liebe. Warum nicht?«

Charles hatte eher widerstrebend reagiert.

»Ich habe diesen Kerl noch nie gesehen, Mutter.« Doch am Ende hatte Hanna ihren Willen durchgesetzt.

»Ich hoffe nur, dass er nicht wie der andere Rilke ist, der letztes Jahr hier eingefallen ist.«

»Oh nein, mein Schatz. Ich bin mir sicher, dass er völlig anders ist. Er ist der Sohn meines Bruders William. Du erinnerst dich doch gewiss, schließlich habe ich dir viel von ihm erzählt.«

Charles hatte genickt, doch seine Mutter wagte zu bezweifeln, dass ihm tatsächlich etwas von dem, was sie ihm im Verlauf der Jahre über ihre grundverschiedenen Brüder Paul und William erzählt hatte, in Erinnerung geblieben war. Paul etablierte sich als erfolgreicher und wohlhabender Mann, wohingegen Willam arm wie eine Kirchenmaus, ein Versager und vor allem früh gestorben war. Pauls Sohn Karl hatte sie vor seiner Weiterreise nach Paris und Berlin im letzten Sommer kurz besucht. Ein selbstgerechter, ungestümer junger Mann, der beinahe jeden Satz mit den Worten begann: »Also, wir in Yale ...« Bis er sie wieder verlassen hatte, hatte das Wort Yale eine tiefe Verdrossenheit bei jedem Einzelnen von ihnen ausgelöst. Und jetzt kam ein anderer junger Rilke übers Meer, und sie konnte der Familie nicht garantieren, dass er anders als der letzte Rilke war. Doch in seinem Brief vom März, in dem er die geplante

Reise nach Europa angesprochen hatte, wurde ein gänzlich anderer Ton deutlich. Sie hatten sich zum ersten Mal bei der Beerdigung von Tante Ermgard vor elf Jahren in Amerika gesehen. Damals war er zwölf gewesen, unwesentlich jünger als ihr Charles. Ein ruhiger, wohlerzogener Junge, der zu ihrer Überraschung akzentfrei einen Goethe-Text hatte zitieren können. Auch wenn das im Grunde wenig überraschend war. Denn er war Willies Sohn. Immer noch konnte sie nicht an ihren toten Bruder denken, ohne dass ihr Herz sich wehmütig zusammenzog.

»Nicht bewegen, Madam«, warnte das Mädchen sie. »Denn das Eisen ist sehr heiß.«

Nachdem ihr Haar gerichtet war, half das Mädchen ihr noch in ein blütenweißes Morgenkleid aus luftigem Batist. Dann ging sie in Richtung Frühstücksraum. Auf dem Weg dorthin kam sie am Zimmer ihres Sohns vorbei und klopfte nach kurzem Zögern leise bei ihm an.

Er rief: »Verschwinde!«, aber sie ging über diese Anweisung hinweg und öffnete die Tür.

»Guten Morgen, Charles«, begrüßte sie ihn gut gelaunt.

Er lag vollständig bekleidet auf dem Bett und hatte das Frühstück auf seinem Nachttisch kaum angerührt. Als er seine Mutter sah, klappte er das Buch, in dem er gelesen hatte, zu und setzte ein entschuldigendes Lächeln auf.

»Tut mir leid, Mutter. Ich wusste nicht, dass du es warst.«

»Ich bin gerade auf dem Weg zum Frühstück. Hast du schon etwas gegessen?«

»Man hat mir etwas raufgebracht, aber ich habe keinen Appetit.«

»Fühlst du dich nicht wohl? Du bist ein bisschen blass.«

»Es geht mir gut.«

»Bist du dir sicher?«

»Ja, Mutter.«

Wie schmal er in der letzten Zeit geworden ist, ging es ihr durch den Kopf. Er wirkte wie ein gramgebeugter Mann. Seinen Augen war das Unglück deutlich anzusehen, und das tat ihr in der Seele weh. Er war ihr Erstgeborener, und zu ihm hatte sie immer eine besondere Beziehung, empfand eine noch größere Nähe als zu ihrer Tochter und zu ihrem zweiten Sohn.

»Dürfte ich kurz mit dir sprechen, Charles?«

Er wandte sich ab und warf das Buch aufs Bett.

»Worüber?«

»Zum Beispiel über Winifred.«

»Ah«, stellte er mit einem schmalen Lächeln fest. »Über Winifred.«

»Ich habe deinen Vater heute Morgen davon überzeugt, dass du dich nie zu diesem Mädchen hingezogen fühlen wirst und dass sein Traum, euch beide vor dem Traualter zu sehen, niemals in Erfüllung gehen wird. Ich habe die Absicht, Winifreds Mutter ehrlich zu sagen, wie es um euch beide steht.«

»Nun, das ist auf jeden Fall ein erster Schritt in die richtige Richtung.« Charles setzte sich auf die Kante seines Betts und legte seine Hände auf die Knie, wie es auch sein Vater häufig tat. Er und Anthony hatten dieselben langen Beine, denselben schlanken Körper und dasselbe fein gemeißelte Gesicht, und obwohl sie sich auch sonst in vielem ähnlich waren, konnten sie charakterlich verschiedener nicht sein. Das Zimmer spiegelte Charles' Geschmack wider, genau wie Anthonys Suite dessen Vorlieben verriet. Lesestoff, wohin Hanna auch sah – in den Regalen, hohe Stapel auf dem Boden, aufgeschlagene Bücher auf dem Tisch und ein paar zugeklappte, in die ein abgerissenes Stück Papier als Lesezeichen geschoben worden war. Hanna hatte keine Ahnung, was ihr Sohn damit bezweckte, dass er so viel las. Er hatte einmal beiläufig erwähnt, er sei am Siebenjährigen Krieg und an der Ausweitung des britischen Imperiums interessiert. Wollte er vielleicht ein Buch darüber schreiben? Wusste er mit seiner Zeit nichts Besseres anzufangen?

»Du siehst schon wieder etwas besser aus«, erklärte sie.

»Weil es mir auch wieder besser geht.« Er sah sie grinsend an. »Und ich weiß, dass es auch der armen Winnie nach deinem Gespräch mit ihrer Mutter wieder besser gehen wird. Denn ich habe ihr richtiggehend Angst gemacht. Hast du das gewusst? Es stimmt. Sie hat es mir selbst gesagt, gestern Abend unten beim Pavillon. Sie hat gesagt, ich wäre grüblerisch und allzu gefühlsbetont. Wobei sich hinter ihrer Leibesfülle eine durchaus leidenschaftliche Person verbirgt. Nur bin ich nicht der Mann, der sie zum Vorschein bringen kann, und das ist ihr bewusst.«

»Was ... in mancher Hinsicht ... zu bedauern ist.«

Er nickte nachdrücklich.

»Die dynastische Verschmelzung zweier angesehener alter Namen. Die Vergoldung zweier Kronen. Ich habe das Gefühl, dass ich eine furchtbare Enttäuschung für euch alle bin, außer natürlich für Winifred. Wobei es mir lieber wäre, wenn du nicht mit Lady Mary sprechen würdest. Ich werde mit Winnie nach Guildford fahren, sie zu einer Tasse Schokolade und einem Éclair einladen und ihr die grauenhafte Nachricht überbringen. So gehört es sich doch wohl für einen Gentleman.«

»Ja, wahrscheinlich hast du recht.«

»Dann kann sie ihrer Mutter sagen, was sie will – dass sie sich in den Prinzen von Wales verliebt oder im Verlauf der Zeit gemerkt hat, dass wir Grevilles alle vollkommen verrückt sind. Und in ein, zwei Tagen werden die beiden abreisen und sich nach einem jungen Mann umsehen, der empfänglicher für Winnies Reize ist. Denn Lady Mary hat bestimmt genauso eine Liste für ihr Kind erstellt wie du für Alex.«

»Wie kannst du so was Schreckliches behaupten, Charles!« Doch im selben Augenblick fing Hanna an zu lachen, denn natürlich hatte Charles gemerkt, dass ihre Empörung nur gespielt war. »Also gut, dann überlasse ich die Sache dir, nur zögere dieses Gespräch bitte nicht unnötig hinaus.«

»Ich rede noch heute Nachmittag mit ihr.«

Sie machte ein paar Schritte in das Zimmer hinein und sah sich voller Wehmut um.

»Früher warst du immer so ordentlich. Alles stand ganz genau an seinem Platz. Inzwischen müssen die Mädchen doch verzweifeln, wenn sie hier aufräumen sollen.«

»Ich lasse hier kein Mädchen rein. Denn sie sind alle zwanghaft ordentlich.«

»Das Zimmer spiegelt deinen Geisteszustand wider, Charles. In deinem Kopf geht augenblicklich alles durcheinander.«

Hanna sah ihm ins Gesicht, woraufhin er sich eilig abwandte.

»Ich gehe davon aus, dass das die Einleitung zu einer mütterlichen Predigt ist. Ich kann mir denken, was das Thema ist, und es wäre mir lieber, wenn du gar nicht erst davon anfangen würdest. Wenigstens nicht jetzt.«

»Wenn nicht jetzt, wann dann?«

Er griff wieder nach dem Buch, das er auf das Bett geworfen hatte, und blätterte die Seiten durch.

»Bald. Wenn … ich mir darüber klar geworden bin, was ich dir für eine Antwort gebe.«

Hanna bedachte ihren Sohn mit einem mitleidigen Blick und sah plötzlich alt und müde aus.

»Ich kenne deine Antwort schon. Höre praktisch jedes Wort und auch die Antwort deines Vaters. Denn er ist ein stolzer, unbeugsamer Mann. Was du selbst am besten weißt. Ja, Charles, ich kann seine Antwort hören, denn ich kenne ihn genau. Deshalb möchte ich, dass du dir eine Sache durch den Kopf gehen lässt. Bitte versprich mir das.«

»Natürlich«, sagte er und starrte stirnrunzelnd die Seiten seines Buchs an.

»Ich hoffe nur, dass du mich nicht für grausam hältst.«

»Ganz sicher nicht.«

»Ich kenne Lydia schon, seit sie ein kleines Mädchen ist, und ich habe sie sehr gern. Ihre Mutter war eine sehr nette Frau, und es war eine Tragödie, als sie so früh starb. Ich denke, wenn ihre Mutter noch am Leben wäre, hätte sie eine –, wie soll ich sagen? – eine etwas *traditionsbewusstere* Frau aus ihr gemacht.« Vor dem Fenster wiegten sich die Äste einer Ulme im Wind. Als kleiner Junge hatte Charles sich oft den Weg durchs Haus gespart, wenn er in den Garten hatte gehen wollen, indem er aus dem Fenster und den Baum hinabgeklettert war. »Deshalb möchte ich dir eine Frage stellen. Solltest du Lydia ohne den Segen deines Vaters heiraten, würde er sich vielleicht öffentlich von ihr als Schwiegertochter distanzieren. Die gesellschaftlichen Folgen eines solchen Vorgehens wären desaströs, und sei bitte ehrlich, Charles – wenn Lydia mit Bestimmtheit wüsste, dass dein Vater sie auf diese Art brüskieren würde, wäre sie dir dann noch genauso zugetan?«

Die abendliche Dämmerung verlieh dem Himmel einen weichen blauen Glanz, während sie die braunen Felder und das Wiesengrün mit kobaltblauen Schatten überzog. Die Wipfel der größten Bäume auf dem Burgate Hill fingen noch die letzten Sonnenstrahlen aus dem Westen ein: Ein warmer Goldton wich nur allmählich der nächtlichen Schwärze.

Lord Stanmore lehnte sich auf seinem Stuhl zurück, und Coatsworth bot den Herrschaften Zigarren an. Die Damen hatten sich in den Salon zurückgezogen und die jungen Frauen in den Musikraum, der neben dem Wintergarten lag. Dort fanden hin und wieder Aufführungen statt, und dort stand auch Alexandras Grammofon. Als der Earl die fernen gleichmäßigen Klänge der Musik vernahm, mischte sich eine Spur Bedauern in seine Zufriedenheit. Zwar war das Essen – ein außergewöhnlich gutes Lendenstück vom Rind – ausnehmend delikat gewesen, und auch die Gesellschaft alter teurer Freunde hatte Seiner Lordschaft durchaus zugesagt, aber ihm tat es leid, dass Charles der jungen Winifred so wenig zugetan war. Er hatte seiner Frau erlaubt, in dieser Angelegenheit so zu verfahren, wie es ihrer Meinung nach am besten war, und sie hatte das Problem gelöst. Charles war beim Essen nicht mehr ganz so grüblerisch gewesen – obgleich das womöglich daran lag, dass auch Lydia am Tisch gesessen hatte –, und der jungen Winifred schien eine große Last von den Schultern gefallen zu sein. Denn sie hatte wie eine plumpe Elster zwischen Alexandra und Roger gesessen und zum ersten Mal seit Tagen unbekümmert mit den anderen geschwatzt. Er nahm an, die jungen Leute wussten einfach, was sie wollten und was nicht. Auch wenn es schade war, weil nicht nur Charles und Winnie, sondern auch ihre Familien von dieser Verbindung profitiert hätten.

Nachdem Coatsworth ein frisches Portfass von Messrs. Lockwood und Grier aus Lissabon angeschlagen hatte, trat er neben den Earl und schenkte ihm das erste Glas ein.

»Angenehme Farbe, Coatsworth«, lobte er und hielt das Glas ins Licht.

»Ja, Mylord, das stimmt.«

Lord Stanmore schnupperte an dem Getränk.

»Und auch das Aroma ist nicht schlecht.« Er behielt den ersten Schluck einen Moment im Mund, bevor er ihn durch seine Kehle rinnen ließ. »Ah!«

Coatsworth wertete den Seufzer als Signal der Zustimmung und stellte die Kristallkaraffe auf den Tisch rechts neben den Earl, wo Mr. Cavendish, ein einheimischer Gutsherr und einer der ältesten Freunde Seiner Lordschaft, saß. Cavendish füllte sein Glas und reichte die Karaffe Fenton, der sich ebenfalls einschenkte, ehe er sie weitergab. So machte der Port die Runde zwischen den zehn Männern, und nur Fentons Bruder Roger lehnte dankend ab, da er Alkohol, egal in welcher Form, nicht vertrug.

»Nun, Fenton«, rief der pensionierte General, der am Kopf des langen Eichentisches saß. »Was hört man so aus Irland? Besteht ihr weiterhin darauf, in Curragh zu bleiben, statt nach Ulster umzuziehen?«

Fenton tunkte kurz das Ende seiner prächtigen Zigarre in den Port.

»Die Lage ändert sich dort täglich, Sir. Aber ich glaube, sie machen wieder mal viel Lärm um nichts. Das ist in der Irlandpolitik meistens so.«

»Hört, hört«, raunten die anderen.

»Wenn Sie mich fragen, ist das allein die Schuld der Zeitungen«, mischte sich ein ihm unbekannter Kahlkopf ein. »Man kann sich stets darauf verlassen, dass Northcliffe oder Lord Crewe noch Öl ins Feuer gießen. Wie Sie alle wissen, bin ich gegen dieses verfluchte Gesetz zur Selbstverwaltung, aber ich finde, es ist unverantwortlich, wenn die Journalisten andeuten, dass die britische Armee dort kurz vor einer Meuterei gestanden haben soll.«

»Nur die irische Garnison«, schränkte jemand erklärend ein.

»Meinetwegen, aber Sie wissen, was ich damit sagen will.«

Fenton zündete seine Zigarre an und verfolgte, wie die erste dicke dunkle Rauchwolke an die hohe Balkendecke stieg.

»Oh, vielleicht würden ein paar der Offiziere eher zurücktreten, als gewaltsam gegen die Ulster-Freiwilligen vorzugehen, aber ich würde sagen, mehr ist an dieser so genannten Meuterei nicht dran. Und wenn es hart auf hart kommt, werden die Oranier sicherlich nachgeben. Die Frage der Selbstverwaltung ist nicht gewaltsam, sondern einzig durch Verhandlungen zu klären.«

Lord Stanmore schüttelte den Kopf.

»So vernünftig sind die Iren nicht, Fenton. Ich denke, dass sie eine Lösung finden könnten, wenn sie es versuchen würden – oder wenn sie wirklich dringend eine Lösung wollten –, aber sie halten stur an ihren jeweiligen Positionen fest.«

»Sie sind eben wie Öl und Wasser, Tony«, stimmte der Brigadegeneral ihm zu. »Und diese beiden Dinge mischen sich nun einmal nicht. Das ganze Konzept irischer Selbstverwaltung ist genauso närrisch, wie wenn jemand Gott ins Handwerk pfuschen wollte.«

»Aber so sind die Liberalen«, erklärte Mr. Cavendish. »Sie haben das Gefühl, über den Gesetzen Gottes und der Physik zu stehen. Nehmen Sie doch Lloyd George, der nicht nur in Irland, sondern auch in Wales und Schottland langfristig auf Selbstverwaltung setzt. Als Nächstes will er bestimmt, dass Indien über sich selbst bestimmt.«

»Ich habe letzte Woche Parkhurst im Carlton Club getroffen«, sagte der Brigadegeneral mit einem leichten Schmunzeln. »Er hat im Scherz gesagt, dass man diesem walisischen Lüstling einfach eine Grafschaft in Glamorganshire und den halben Anteil an einer Kohlemine anzubieten bräuchte, damit man ihn aus dem Amt bekommt. Dann würde er wie der Blitz dorthin zurückkehren, woher er gekommen ist.«

»Vielleicht«, mischte sich Charles mit ernster Stimme ein. »Ich zweifle nicht am Ehrgeiz dieses Mannes, aber ich glaube, er denkt, dass er zumindest momentan über materiellen Dingen oder Titeln steht.«

»Ein Anführer des Volks«, stimmte ihm Roger zu. »Ein gütiger Tyrann nach griechischem Vorbild oder eine Art keltischer Napoleon.«

»Freund des kleinen Mannes«, schnaubte ein anderer. »Aber es ist ja auch leicht, sich jeden Nichtsnutz im Land zum Freund zu machen, wenn man ihm Woche für Woche fünf Shilling schenkt. Doch die Menschen, die Lloyd George und Asquith für ihre Pensionen danken, sollten im Grunde mir und allen anderen, die hier sitzen, dankbar sein. Weil das Geld schließlich aus *unseren* Taschen kommt.«

»Kein Politiker hat je den Rückhalt der Bevölkerung verloren, indem er die Reichen besteuert hat«, warf Cavendish trocken ein.

Fenton wurde durch die leisen Klänge eines Ragtime von der Unterhaltung abgelenkt. Er war ein guter Tänzer, für einen Offizier der Garde unerlässlich. Der Adjutant des Regiments bestand darauf, dass alle neuen untergeordneten Offiziere an drei Abenden pro Woche bei Corporal Booth von der Kompanie C, einem ehemaligen Profitänzer, Stunden nahmen. Denn ein schlechter Tänzer hätte das gesamte Regiment entehrt. Auch Fenton hatte bei Corporal Booth den Castle Walk, den Truthahn-Trott, den Texas-Tommy-Swing und die jeweils neuesten Schritte aus Amerika gelernt, und jetzt klopfte er mit dem rechten Fuß den Takt des Ragtime auf dem dicken Teppich mit.

»Ich hätte kein Problem, wenn sie mir das Doppelte abknöpfen würden«, erklärte der Brigadegeneral beherzt. »Hauptsache, von diesem Geld würden noch ein oder zwei Schlachtschiffe gebaut.«

»Unsinn«, widersprach der konservative Abgeordnete aus Caterham, der mit hochrotem Kopf rechts neben Fenton saß. »Soll Deutschland ruhig Millionen in das Säbelrasseln investieren. Wenn es jetzt zum Krieg käme, würden wir auf jeden Fall gewinnen. Denn die britische Handelsmarine ist die mächtigste der Welt und wird von Minute zu Minute mächtiger. Bei Gott, es kommt mir erst wie gestern vor, dass Cunard die *Lusitania* und die *Mauretania* als prächtigste Schiffe der gesamten Weltmeere bezeichnet hat, und jetzt haben wir auch noch die *Aquitania*, im Vergleich zu der die zwei die reinsten Nussschalen sind. Der Norddeutsche Lloyd und die Hamburg-Amerika-Linie werden es niemals schaffen, etwas Ähnliches zu bauen.«

Ein ältlicher Chirurg aus Guildford, der auch ein berühmter Jäger war, räusperte sich diskret.

»Aber es geht nicht nur um den Handel, sondern auch oder vor allem um die Produktion, nicht wahr? Vielleicht kann der deutsche Fritz auf dem Meer nicht mit uns Schritt halten, aber seine Stahl- und Chemikalienproduktion sind der unseren weit voraus. Das ist eine unleugbare Tatsache.«

»Vielleicht ist er uns bei der *Verarbeitung* von chemischen Produkten noch voraus«, warf das Parlamentsmitglied mit einer Stimme ein, als spreche es vor dem Unterhaus. »Aber er ist vom Import abhängig, weil er kein Nitrat und auch kaum andere Rohstoffe besitzt, nicht wahr, Tony?«

»Genau«, erwiderte der Earl. »Die Verwandten meiner Frau in Mecklenburg und Waldeck, die von Rilkes, haben ein Chemiewerk, und soweit ich informiert bin, importieren sie einen Großteil des Nitrats aus Südamerika. Trotzdem sind die Deutschen wirklich einfallsreich. Zum Beispiel werden dort aus Kohlenteer die unglaublichsten Dinge hergestellt. Ein Vetter meiner Frau, Baron Heinrich von Rilke – Sie haben ihn letztes Jahr kennen gelernt, Percy – der Wissenschaftler …«

»Ja, natürlich«, gab der Arzt zurück.

»Nun, er hat mir Bemerkenswertes über sein Koblenzer Laboratorium erzählt. Wirklich erstaunlich. Weshalb man die Deutschen niemals unterschätzen darf.«

Der Abgeordnete aus Caterham blies seinen Zigarrenrauch zwischen die ruhig flackernden Kerzen des über dem Tisch hängenden Kandelabers, wo er sich verfing.

»Genau das denke ich auch! Wir müssen die Herausforderung annehmen, aber nicht mit noch mehr Schlachtschiffen, sondern durch eine Steigerung der Produktivität und bessere Technik – ob nun bei Fahrrädern, Automobilen oder landwirtschaftlichen Geräten. Wir müssen den deutschen Fritz zum Stillstand zwingen, indem wir bessere und *billigere* Güter auf den Markt bringen.«

Fenton musste ein Gähnen unterdrücken. Wie viele hundert Stunden hatte er schon mit solchen Gesprächen vertan? Im Guard's Club war es nicht so schlimm, weil man sich dort für gewöhnlich nach dem Essen zwar nicht über Sex, aber zumindest über Sport oder militärische Angelegenheiten unterhielt. Und in der Messe seines Bataillons sprach man zwar nicht über das Militär, aber dafür über Sex und Sport. Er hatte nicht einen Kameraden, der sich auch nur einen Deut für Deutschland oder für die Politik oder die Wirtschaft seines eigenen Landes interessierte. Billigere Waren, ach! Das war doch wohl die Stärke Amerikas. Dort stellte Ford Automobile für die breite Masse her, und seine Kleider wählte man im Katalog und bekam sie anschließend geschickt.

»Übrigens, Sir«, wandte er sich an den Lord in der Hoffnung, das Gespräch in eine andere Richtung zu lenken. »Wie mir Roger berichtet hat, kommt morgen ein Verwandter von Mylady aus Amerika.«

»Das stimmt«, räumte der Earl wenig begeistert ein. »Aus Chicago. Irgend so ein Zeitungsfritze. Ich bin ihm bisher noch nicht begegnet.« Er stand auf, in seinem Abendfrack war er eine wahrhaft erhabene Gestalt. »Vielleicht gesellen wir uns langsam wieder zu den Damen, Gentlemen.«

Während die älteren Herren in einer Wolke aus Zigarrenrauch den Flur zum Salon hinuntergingen, blieben die drei jüngeren zurück.

Charles zog eine Silberuhr aus seiner Weste und stellte mit einem breiten Grinsen fest:

»So schnell ging es bisher noch nie. Das war ein echter Geniestreich, Fenton. Ohne deine Frage hätten wir hier sicher mindestens noch eine Viertelstunde festgesessen.«

»Wovon redest du?«, fragte sein Freund verständnislos.

»Von meinem Vetter aus Chicago. Vater wollte um jeden Preis vermeiden, dass ihn einer seiner Freunde nach ihm fragt.«

»Und warum wollte er das nicht? Ist dieser Vetter vielleicht ein Bandit wie Jesse James?«

»Das wäre schön«, entgegnete Charles lachend. »Aber nein,

er ist nur ein Kerl, der für eine Zeitung schreibt. Wobei im Keller meiner Mutter trotzdem eine Leiche liegt … nämlich die ihres Bruders William, dessen Vater. Ich weiß nicht mehr genau, worum es ging. Auf jeden Fall ist er bereits vor Jahren gestorben. Entweder durch seine eigene Hand oder durch Alkohol. Eine wirklich hässliche Geschichte. Und als wäre das nicht schlimm genug, ist auch noch unser William nach dem Mann benannt.«

Fenton verzog das Gesicht und klopfte seine Zigarre an einem Teller ab.

»Was er gewiss ausnehmend zu schätzen weiß.«

»All das ist ja erst nach seiner Geburt passiert, also konnten sie den Namen nicht mehr ändern. Weshalb er ihn bis an sein Lebensende tragen muss. Sind sie weg, Roger?«

Roger hatte in den Flur gespäht.

»Ja, die Luft ist rein. Und jetzt lasst uns von hier verschwinden, bevor irgendwer zurückkommt und darauf besteht, dass wir mit den anderen Bridge spielen.«

Sie traten durch die Flügeltür auf die Terrasse und folgten den Klängen der Musik. Zu ihrer Linken lag der Wintergarten, der von Fentons Vater als verkleinerte Kopie des Crystal Palace errichtet worden war, und zu ihrer Rechten dehnte sich vor ihnen im aufgehenden Licht des Mondes der italienische Garten aus, und die Elefanten und Giraffen, geformt aus Zypressenhecken, nickten ihnen in der milden Abendbrise freundlich zu.

Zur Musik von Rührtrommel, Posaune und Kornett legten Lydia und Alexandra einen Texas Tommy aufs Parkett. Winnie stand neben dem Grammofon, und während ihre Hand auf der Kurbel ruhte, wiegte sie sich leise hin und her.

»Wirklich reizend!«, sagte Fenton laut, als er die Mädchen durch das Zimmer springen sah. Die Spiegel an den Wänden – die dort hingen, seit Alex mit zwölf davon geträumt hatte, einmal als Primaballerina auf den Brettern, die die Welt bedeuteten, zu stehen – warfen das Bild der Tänzerinnen dutzendfach zurück. »Wahrhaft inspirierend!«

Roger breitete die Arme aus und deklamierte:

»Heil den antiken Bakchen … tugendhaft und schön!«

»Oh, sei kein Esel, Roger«, rief ihm Alexandra über die Schulter zu. »Tanz lieber mit Winifred.«

Erschrocken riss die junge Frau die Augen auf.

»Oh … ich weiß nicht.«

»Doch, natürlich«, erwiderte Alexandra atemlos. »Sei keine solche Langweilerin.«

Als die ausgelassene Musik zum Ende kam, machten Lydia und sie sich lachend voneinander los.

»Oh, das hat mir Spaß gemacht«, stellte Alexandra fest. »Ich könnte die ganze Nacht den Texas Tommy tanzen.«

»Ich persönlich tanze lieber Walzer«, sagte Roger.

»Weil du langweilig und schrecklich bieder bist.«

Roger wurde vor Empörung starr.

»Das bin ich nicht.«

»Oh doch.«

»Also gut, dann legt jetzt einen Tango auf. Ich werde euch zeigen, dass ich alles andere als langweilig und bieder bin. Denn beim Tangotanz bin ich der Inbegriff der *Sinnlichkeit.*«

Als Winifred im Schrank des Grammofons nach einer Tangoplatte suchte, ging ihr Fenton eilfertig zur Hand und nahm das leichte Zittern ihrer Finger wahr.

»Kannst du wirklich nicht tanzen?«

»Nein«, flüsterte sie. »Ich habe es nie … oder zumindest nie richtig gelernt. Ich habe einfach kein Gefühl für Rhythmus und komme immer wieder aus dem Takt.«

»Ich könnte es dir in wenigen Minuten beibringen. Es ist ganz einfach, es gibt keinen besonderen Trick.«

»Welchen Tango spielt ihr?«, fragte Alexandra.

Fenton blickte auf das Etikett.

»*Sans Souci.*«

»Der gefällt mir.« Eilig streckte sie die Arme aus. »Nun komm schon, Roger … und sieh zu, dass du mir nicht öfter als nötig auf die Füße trittst.«

Charles verbeugte sich mit übertriebener Förmlichkeit vor Lydia.

»Dürfte ich um das Vergnügen dieses Tanzes bitten, meine liebe Miss Foxe?«

Sie machte einen tiefen Knicks.

»Sie dürfen, Mr. Greville.«

Er legte den Arm um ihre Taille, und geschmeidig trat sie auf ihn zu. Als ihre Hüften sich berührten, spannte sich sein ganzer Körper an, und vor Erregung wurden seine Hände feucht.

»Entspann dich«, bat sie ihn im Flüsterton.

»Wir müssen miteinander reden, Lydia.«

»Und worüber, Mr. Greville?«, fragte sie und lächelte kokett, als sie seine angespannte bleiche Miene sah.

Dann setzte die feurig-rhythmische südamerikanische Musik ein, der mittlerweile ganz Europa hoffnungslos verfallen war. Charles war immer noch so nervös, dass er etwas ins Stolpern geriet, und so musste Lydia ihn anfangs führen, bis sein Körper mit dem wild klopfenden Takt im Einklang war.

Währenddessen ergriff Fenton Winnies Hand.

»Sollen wir es mal versuchen?«

Sie sah ihn mit einem unglücklichen Lächeln an.

»Ich … ich glaube nicht, dass ich das kann.«

»Unsinn. Ich habe dich zum Texas Tommy wippen sehen, als ich ins Zimmer kam. Du warst genau im Takt.«

»Oh, allein kann ich tanzen. Es ist einfach so … wenn ich …«

»Verstehe.« Er hielt sie weiter fest, während er die andere Hand an ihren Rücken legte. »Es ist nur eine Frage der Übung und des Selbstvertrauens. Ich weiß, ich könnte dir den Tango in wenigen Minuten beibringen.«

»Und es würde Ihnen nichts ausmachen?«

»Nein, natürlich nicht. Es wäre mir eine Freude«, antwortete er und lächelte sie an.

Sie war im Grunde ziemlich hübsch, erkannte er, als sie sein Lächeln scheu erwiderte und eine leichte Röte ihren Hals und ihre Wangen überzog. Sie hatte ihn an diesem Tag des Öfteren verstohlen angesehen. Anscheinend schwärmte sie mit einem Mal für ihn – ohne dass sie von ihm dazu ermutigt worden war. Er hatte sich ihr gegenüber stets korrekt verhalten, wie ein Offizier und Gentleman, wenn er als Freund ihres Bruders Andrew ab und zu bei der Familie zu Gast gewesen war. Jetzt aber brachte er ihr plötzlich die Schritte eines Tanzes bei, der an Sinnlichkeit nicht mehr zu überbieten war.

»Das machst du sehr gut«, erklärte er. »Folg mir einfach, und guck nicht auf deine Füße.«

Sie bewegte sich nicht unbedingt geschmeidig, aber schließlich war sie entsetzlich aufgeregt. Sie hielt seine Finger fest umklammert, und die Hand auf seiner Schulter rutschte hin und her, als suche sie verzweifelt ihren Platz. Ihre Augen sahen wie zwei Haselnüsse aus, bemerkte er, und ihre Haare waren von einem zarten Braun. Ja, sie war ein ausgesprochen hübsches Mädchen, und wenn sie erst ihren Babyspeck verlöre, käme ihre äußerst ansprechende üppige Figur zur Geltung. Die ehrenwerte Winifred, einzige Tochter des Marquis und der Marquise von Dexford, die, wenn sie erst einundzwanzig war, jährlich über durchaus ansehnliche Einkünfte verfügte und als Mitgift sicher mindestens zehntausend Pfund bekam.

»Verbringst du die Saison in London, Winifred?«

»Oh ja«, antwortete sie eifrig, ehe sie erneut auf ihre Füße sah. »Nächste Woche wird Mama das Haus eröffnen. Cadogan Square 24.« Wehmütig blickte sie wieder zu ihm auf. »Das ist nicht allzu weit von der Kaserne der Guards entfernt, nicht wahr?«

»Nein. Und auch von meiner Wohnung in der Lower Belgrave Street ist es nur ein kurzer Weg …«

Er bemerkte, dass ihr Atem plötzlich schneller ging. Hatte vielleicht der Tanz sie erschöpft? Wohl kaum, sie hob ja kaum die Füße vom Boden. Trotzdem glänzten kleine Schweißperlen auf ihrer Stirn.

»Vielleicht …«, setzte sie zögernd an. »Vielleicht … könnten Sie ja zu einem unserer … Feste kommen. Das heißt … wenn … wenn Ihnen neben all den anderen gesellschaftlichen Verpflichtungen noch ein freier Abend bleibt.«

»Bestimmt. Ich habe mich terminlich für die kommende Saison nämlich noch gar nicht festgelegt.«

Ihr Griff um seinen Arm verstärkte sich.

»Mein Debüt findet am 22. des nächsten Monats statt. Natürlich wird auch Alexandra kommen zusammen mit Charles, und ich weiß, dass Mama sich sehr freuen würde, wenn Sie ebenfalls erscheinen würden. Denken Sie, das wäre möglich?«, fragte sie ihn ängstlich, und er tat, als dächte er darüber nach.

»Nun, ich glaube, ja. Du kannst deiner Mutter ausrichten, dass es mir eine Ehre wäre, bekäme ich eine Einladung zu deinem Ball.«

Ein strahlendes Lächeln breitete sich auf ihrem Gesicht aus, und plötzlich fiel das Tangotanzen ihr erstaunlich leicht.

Lydia hatte einen Teil der Unterhaltung mitbekommen, und als sie das Mädchen glücklich lächeln sah, kam sie zu dem Ergebnis, dass der Schurke mit der armen Winnie spielte. Der berühmte Fenton-Charme. Setzte er ihn einzig ihretwegen Winnie gegenüber ein, oder hatte er ein ernsthaftes Motiv? Winifred war wohlhabend, das wusste er genau. Wohlhabend und stillos, dick und ohne jeden Schick. Das war auch ihren Eltern klar. Deshalb käme ein so schneidiger und ansehnlicher Bursche wie Captain Wood-Lacy – Sohn des viel zu früh verstorbenen Sir Harold und

Neffe von Sir Julian Wood-Lacy, Generalmajor – den beiden als Verehrer ihrer Tochter sicher gerade recht. Würde er sich wirklich um die Hand eines solchen Walrosses bemühen? Er lächelte sie freundlich an, Winnie lächelte zurück, und eilig wandte Lydia sich ab.

Charles beugte sich ein wenig dichter über sie.

»Lass uns raus auf die Terrasse tanzen.«

»Oh.« Sie zwang sich, ihn wieder anzusehen. »Wenn du möchtest.«

Kaum waren sie draußen angekommen, hielten sie im Tanzen inne, und Charles führte Lydia die Steintreppe hinab, bis er mit ihr im Garten stand.

»Du hast mich fast den ganzen Abend ignoriert«, hielt er ihr vor, während er die Hand in ihrem nackten Arm vergrub. Vor einer Steinbank blieb er stehen und zog sie neben sich. »Dabei siehst du heute Abend wieder einmal bezaubernd aus, Lydia, dieses Kleid, dein Haar, alles an dir ist wie Musik, wie Poesie. Du wusstet, dass ich schon vor dem Abendessen mit dir sprechen wollte, hast dich aber absichtlich nicht einen Augenblick von den anderen freigemacht.«

»Weil es unhöflich gewesen wäre, wenn ich mich nicht unter die Gästeschar gemischt hätte.«

»Heute ist so viel passiert«, erwiderte er erregt und fuhr sich mit der Hand durchs Haar. »Ich habe Winnie möglichst nett erklärt, dass ich … nun, dass ich niemals Gefühle romantischer Natur für sie entwickeln kann. Was sie sehr gut aufgenommen hat.«

»Das ist mir bereits aufgefallen«, stellte Lydia leise fest.

»Aber dadurch ist unser Problem noch immer nicht gelöst, Liebling. Ich fürchte, dass Vater, was uns zwei betrifft, auch weiterhin hart bleiben wird.«

Sie strich den Rock ihres Kleides über den Knien glatt. Die lange Robe aus mit Zuchtperlen bestickter grüner Seide wies einen verführerischen Ausschnitt auf.

»Ach Charles, es ist an der Zeit, dass wir ehrlich zueinander sind. Ich liebe dich und … *glaube,* du liebst mich.«

Er starrte sie mit großen Augen an.

»Du *glaubst,* ich liebe dich? Großer Gott. Ich denke Tag und Nacht an dich. Nachts wache ich ein Dutzend Mal schweißgebadet auf, weil ich träume, ich würde dich verlieren. Es gibt keine andere Frau auf Erden, die ich auch nur ansehen würde, und du glaubst, dass ich dich liebe!« Er schlang ihr die Arme um die Schultern und zog sie an seine Brust. Vom Duft ihres Parfüms wurde ihm richtiggehend schwindelig. »Oh Lydia, wie kannst du nur an meinen Gefühlen für dich zweifeln?«

Sie zog sich ein kleines Stück von ihm zurück und legte ihre schlanke kühle Hand an sein Gesicht. Mit seiner ernsten Miene war er durchaus attraktiv, und seine edlen und zugleich intelligenten Züge ließen sie immer an Shakespeares Bild denken, das sich in den meisten Ausgaben seiner Werke fand. Natürlich war er deutlich jünger, aber er hatte dieselben hoch gewölbten Brauen und denselben sanften Blick – und erschien ihr häufig wie ein höflicher romantischer Galan aus dem Zeitalter Elizabeth'.

»Du hast also mit Winifred gesprochen, und ich bin überzeugt, dass du dabei rücksichtsvoll und taktvoll vorgegangen bist.«

»Aber ich war direkt«, fiel er ihr ins Wort.

»Ja sicher. Aber sag mir, Charles, bist du auch deinem Vater gegenüber, wenn es um uns beide geht, jemals so direkt?«

Er blickte auf das in den mondbeschienenen Himmel aufragende Haus, in dem fast alle Räume hell erleuchtet waren, sodass man Dutzende gelber Lichtvierecke auf den dunklen Rasenflächen sah.

»Ich … ich habe die Absicht, ein ausführliches Gespräch mit ihm zu führen.«

»Vielleicht solltest du damit beginnen, ihn daran zu erinnern, dass dies immerhin das zwanzigste Jahrhundert ist.«

Er lächelte sarkastisch.

»Das spielt für meinen Vater in gesellschaftlicher Hinsicht leider keine Rolle.«

»Vielleicht nicht für ihn, aber für die meisten anderen Menschen schon. Und ich glaube nicht, dass er im Oberhaus geächtet würde, wenn ich seine Schwiegertochter wäre. Es wäre doch offensichtlich, dass ich mir den Adelstitel nicht *gekauft* hätte. Würde ich beispielsweise die Frau von Lord Peter Manderson, dem Earl of Cromer, sähe die Sache ganz anders aus. Schließlich sind eine ganze Reihe Adliger in England auf eine möglichst große Mitgift angewiesen. Du wärst überrascht, wie leicht es für mich wäre, einen dieser Männern zu angeln, wenn es mir nur um einen Titel ginge, was dein Vater offensichtlich denkt.«

Charles starrte sie ängstlich an.

»Lydia, du … würdest doch wohl niemals einen Schuft wie Cromer heiraten. Mein Gott … ich …«

»Nein, natürlich nicht.« Sie schlang ihm ihre schlanken weißen Arme um den Hals, zog ihn sanft zu sich herab und glitt verführerisch mit den Lippen über sein Gesicht. »Du bist mein süßer Liebling, und ich liebe dich sehr. Deshalb will ich endlich statt *Miss* Foxe *Mrs.* Charles Greville sein. Ich will endlich sämtliche Freuden der Ehe kennen lernen, aber nur mit dir … mit keinem sonst.«

Er hielt sie eng umschlungen, küsste zärtlich ihren Mund, ihren Nacken, ihren fein geschwungenen Hals und spürte ihre festen Brüste durch den Stoff seines Hemds.

»Lydia … ach Lydia …«

Sie strich ihm sanft über den Kopf und zog mit einer Fingerspitze die Konturen des Ohrläppchens nach. Im Grunde ist er nur ein großer Junge, dachte sie. Hin- und hergerissen zwischen seinem glühenden Verlangen und dem altmodischen Pflichtgefühl, das ihm von seinem Vater anerzogen worden war. Der zukünftige Earl of Stanmore, der sie jetzt mit unsicheren Küssen überschüttete.

»Ich habe darüber nachgedacht, was du zu deinem Vater sagen kannst«, erklärte sie in ruhigem Ton, während sie erneut mit ihrer Hand über seine weichen Haare strich. »Du musst die Sache aktiv in Angriff nehmen, Schatz. Musst dich in die Höhle des Löwen wagen. Und ich weiß auch schon genau, was du ihm sagen musst.«

»Ich werde machen, was du willst«, murmelte er in ihr schmales, allerdings tief ausgeschnittenes Dekolleté.

»Aber vorher müssen wir alles genau besprechen. Deshalb möchte ich, dass du morgen den Tag mit mir verbringst. Daddy ist immer noch in London, wir wären also ganz allein und hätten den ganzen Tag für uns. Vielleicht könnten wir im Wald von Leith ein Picknick machen und dort reden … reden … reden …«

»Wunderbar«, murmelte er. »Ganz wunderbar.« Mit einem Mal aber erstarrte er, wurde noch bleicher und machte sich eilig von ihr los. »Oh Gott. Ich kann nicht, ich muss morgen nach Southampton und dort irgendeinen verfluchten Vetter aus Amerika abholen. Oh verdammt, es tut mir leid, Liebling, aber …«

Sie blickte ihn mit einem rätselhaften Lächeln an.

»Ich verstehe, Charles. Du brauchst nichts zu erklären. Ich verstehe voll und ganz.«

4

Martin Rilke sah sich noch einmal in seiner winzigen Kabine um, um sich zu vergewissern, dass er nichts vergessen hatte. Er hatte in aller Eile packen müssen, denn er hatte den gesamten Vormittag an Deck verbracht und sich die Küste Englands angesehen, während die S. S. *Laconia* durch den Ärmelkanal auf Southampton zugefahren war.

»Einen schöneren Tag werden Sie wahrscheinlich eine ganze Weile nicht erleben, Sir«, hatte ihm einer der Schiffsstewards erklärt. »Weil es hier meistens ziemlich neblig ist.«

Was an diesem herrlich klaren Morgen unvorstellbar war. Martin hatte schnellstmöglich gefrühstückt, war an Deck geeilt, und einer der Mitreisenden – ein gewisser Dr. Horner, der aus Cincinnati zu einem einmonatigen Seminar über Neurochirurgie nach London eingeladen worden war – hatte sein Fernglas brüderlich mit ihm geteilt. Die Landschaft, die sich leuchtend grün und strahlend weiß hinter dem blau schimmernden Meer erhob, faszinierte die beiden Männer. Seit dem zweiten Tag hatten sommerliche Unwetter die Reise von New York hierher beeinträchtigt, und bis zur Küste Irlands hatte man vor lauter Regen kaum etwas gesehen. Auch die grüne Insel war in eine dichte Wolkenwand gehüllt gewesen, doch inzwischen erstrahlte der Himmel blau, und nicht einmal der feinste Dunstschleier trübte die Aussicht auf ihr Ziel.

»Du wahrer Königsthron, gekrönte Insel …«, zitierte Dr. Horner, an der Reling lehnend, während er das Fernglas beidhändig umfasste. »Shakespeare, *Richard III.*«

»Das war *der II.*«, korrigierte Martin ihn. »*Richard II.* Dieses Kleinod, in die Silbersee gefasst. Es sieht tatsächlich wie ein Kleinod aus, nicht wahr?«

»Wie ein Feueropal, Martin. Bei Gott, ich wünschte, meine Agnes hätte mich auf dieser Fahrt begleiten können. Und sie dachte, *Neu*england wäre wunderschön, als wir letzten Sommer oben in den Berkshires waren. Doch mit dem alten England kann es sich nicht messen.« Er reichte Martin das Fernglas. »Sehen Sie sich nur dieses kleine Dorf unterhalb der Klippen an. Ich weiß nicht, wie ein solcher Anblick noch gesteigert werden kann. Idyllischer geht es nicht.«

Nach einer Weile hatten sie jedoch erkannt, dass England nicht nur aus sanft wogenden Hügeln und malerischen kleinen Ortschaften bestand. Denn am Mittag fuhren sie durch den Solent auf die Reede von Southampton zu, an der zwischen all den Eisenkränen, Werften, Docks und Lagerhäusern nicht das kleinste Stückchen Grün zu sehen war.

»Es war mir ein Vergnügen, mit Ihnen zu reisen, Martin«, hatte Dr. Horner ihm gesagt, bevor er unter Deck gegangen war. »Vielleicht können wir einmal in London zusammen zu Mittag essen. Ich bin dort in Sir William Oslers Seminargruppe im Guy's Hospital.«

Ein Matrose mit einem Handkarren wartete ungeduldig vor Martins Kabinentür, und Martin hoffte, dass der gute Doktor besser als er organisiert gewesen war.

»In Ordnung«, sagte er. »Sie können den Überseekoffer und den kleinen Koffer nehmen, die lederne Aktentasche nehme ich.«

»Sehr wohl, Sir.« Knurrend schob der Mann den Karren durch Martins Kabinentür.

Martin blickte noch ein letztes Mal unter die Koje, in die Schubladen der winzigen Kommode und den Schrank. Er war manchmal etwas zerstreut, und es hätte ihn nicht überrascht, hätte er noch Socken oder Unterwäsche entdeckt. Aber offenbar hatte er alles eingepackt. Hatte etwas überstürzt, doch gründlich Ordnung in der Unterkunft gemacht. Deshalb lagen außer seiner Aktentasche nur noch eine braune Wolljacke und eine Klappkamera von Kodak in einer ledernen Schatulle auf dem sorgfältig gemachten Bett. Er zog die Jacke an, betrachtete sein Spiegelbild und stellte wieder einmal traurig fest, dass das Jackett nicht richtig saß. Er hatte es bei Marshall Field von der Stange gekauft, und in Höhe der Brust war es etwas zu eng. Weshalb er es meistens offen trug.

Aber wenigstens sieht man dir an, dass du ein Weltreisender bist, dachte er, als er sich seine Kamera über die Schulter schlang. Und tatsächlich lag endlich ein Ozean zwischen ihm und seiner Heimatstadt.

Jaimie Ross parkte den ausladenden Lanchester ein gutes Stück vom Cunard Dock entfernt.

»Geht es nicht ein bisschen näher, Ross?«, erkundigte sich Charles.

»Ich fürchte, nein, Sir. Denn bei dem Gewühl würden wir wahrscheinlich eine Stunde brauchen, bis wir wenigstens in Sichtweite des Dampfers wären.«

Das Gewühl, von dem er sprach, waren lange Schlangen von Automobilen, Lastkraftwagen und Mietdroschken, zwischen denen man nur noch zu Fuß bis zum Cunard Dock und den Anlegestellen der White-Star-Linie kam.

»Sieht aus, als hätten heute Nachmittag drei große Schiffe gleichzeitig hier angelegt, Sir«, sagte Ross und schob sich seine Schutzbrille ins Haar.

»So sieht es aus.« Charles unterdrückte mühsam einen lauten Fluch und setzte seinen Strohhut auf.

Auch Roger Wood-Lacy griff nach seinem Hut, der genau wie der seines Freundes mit einem schmalen Seidenband in den Farben Cambridges umwickelt war.

»Nun, alter Junge, es bleibt uns wohl nichts anderes übrig, als entschlossen durch die Menge zu marschieren.«

»Ich hoffe nur, dass wir noch einen Träger finden, Ross.«

»Bestimmt.« Der Chauffeur stieg eilig aus und öffnete den Schlag.

»Mir kam gerade ein Gedanke«, sagte Roger, als sie sich in Bewegung setzten. Ross blieb respektvoll ein paar Schritte hinter ihnen. »Wie sollen wir diesen Kerl überhaupt finden? Hast du eine Ahnung, wie er aussieht?«

»Nein, ich habe keinen blassen Schimmer. Er ist so alt wie ich, und ich nehme an, er sieht irgendwie … germanisch aus. Am besten lassen wir ihn ausrufen.«

Charles blickte sich grimmig in der schmuddeligen engen Gasse mit den kleinen Läden und Lokalen um, und seine schlechte Laune nahm noch zu, als ihm der Gestank der Abgase der vielen Fahrzeuge entgegenschlug. Es ärgerte ihn maßlos, wenn er daran dachte, wo er in diesem Augenblick hätte sein können. Wenn Martin Rilke seine Ankunft nicht auf diesen unpassenden Tag gelegt hätte, würde er jetzt auf einer kühlen Waldlichtung an einem Eichenstamm lehnen und bekäme von Lydia – die nur selten ein Korsett trug, weshalb ihr verführerischer Körper durch ihr leichtes Sommerkleid hindurch zu sehen war – Schinken-Wasserkresse-Sandwiches aus einem Picknickkorb serviert. Verdammt.

Leicht befremdet betrachteten die beiden jungen Männer die vielen großen Holzbauten entlang der Werft. Hinter den Dächern der Gebäude konnten sie die hohen Schornsteine des Schiffs erkennen, die noch immer dünne Rauchfahnen zum Himmel schickten. Ross trat auf sie zu und unterbreitete den Vorschlag, sich unter das hohe Dach eines an beiden Seiten offenen Gebäudes zu begeben, über dem auf einem Schild »Gepäckausgabe – Cunard Linie« stand. Hunderte von Menschen drängten sich dort unter sechsundzwanzig riesigen Metallschildern, die von den Deckenbalken hingen und auf denen die Buchstaben des Alphabets zu lesen waren. Ein ganzes Regiment Schauermänner beförderte zahlreiche Karren mit Gepäck von der *Laconia* in das Gebäude.

»Ein ausgezeichneter Gedanke, Ross«, erklärte Charles. »Früher oder später taucht der Kerl auf jeden Fall unter dem Schild mit dem Buchstaben R auf.«

Allerdings herrschte auch dort ein furchtbares Gedränge, und die Menschen zwängten sich zwischen den meterhohen Gepäckbergen hindurch. Mehrere offiziell wirkende Männer, verantwortlich für diverse Reisegruppen, riefen ihren Leuten zu, dass sie zusammenbleiben sollten, damit ja niemand verloren ginge.

»Die Reisenden der Raymond-Whitcomb-Gruppe bitte hierher!«

»Die Passagiere der Cook-Reise Nummer sieben werden zur Zollhütte gebeten. Die Passagiere der …«

»Glaubst du, das könnte er sein?«, fragte Roger, während er diskret auf einen jungen Mann wies.

Charles folgte seinem Blick und versuchte zu erkennen, ob es vielleicht Ähnlichkeiten zwischen ihnen gab. Schließlich waren er und Martin Vettern. Der Mann war Anfang zwanzig, mittelgroß, gedrungen, blond, hatte eine lange markante Nase und blitzende blaue Augen. Er sah wie Hannas maskuline Ausgabe aus. Vor allem hatte er den Rilke-Mund: breit, mit vollen Lippen, stets bereit zu lächeln – und auch jetzt verzog er ihn zu einem etwas schiefen Grinsen, während er in seine Richtung sah.

»Sagen Sie«, rief er. »Sie sind nicht zufällig Charles Greville, oder?«

»Doch, der bin ich«, antwortete Charles ein wenig überrascht. Er hatte nicht damit gerechnet, ihn so schnell zu finden, doch er kam schon mit ausgestreckten Händen auf ihn zu.

»Frag mich nicht, woran ich dich erkannt habe«, sagte er und sah ihn mit einem noch breiteren Grinsen an. »Ich schätze, du siehst einfach aus, wie ich mir dich vorgestellt habe.« Er nahm die Hand seines Cousins und schüttelte sie kräftig. »Mein Gott, freut mich sehr, dich endlich kennen zu lernen. Habt ihr auch Tante Hanna mitgebracht?«

»Nein.« Charles gelang ein schwaches Lächeln. Dabei fühlte seine Hand sich an, als habe jemand sie in einen Schraubstock eingeklemmt. »Ich bin mit einem Freund gekommen. Martin, darf ich dir Roger Wood-Lacy vorstellen? Roger, das ist Martin Rilke, mein Vetter aus Amerika.«

Roger tippte sich kurz an den Hut.

»Hallo, wie geht's?«

»Danke, sehr gut. Ich hatte eine tolle Reise. In den ersten Tagen war die See ein bisschen rau, aber die Passagiere waren alle famose Leute, und wir haben uns nach Kräften amüsiert.«

»Das freut mich zu hören.« Roger fand, dass er durchaus sympathisch wirkte, wenn auch – wie die meisten Menschen aus Amerika – ein wenig ungestüm. Er sei keiner der reichen Rilkes, hatte Charles bemerkt, sondern irgendein armer Verwandter. Was die schlecht sitzende Jacke erklärte. »Willkommen im guten alten England.«

»Danke.« Endlich löste er den Griff um die Hand seines Cousins, verschränkte die Arme vor der Brust und stellte strahlend fest: »Ich kann einfach nicht glauben, dass ich wirklich hier, auf der anderen Seite des Atlantiks, bin. Wenn man es bedenkt, ist das Reisen etwas rundherum Fantastisches. Noch vor einer Woche war ich in Chicago, und jetzt bin ich plötzlich in der alten Welt.«

»Der *alten* Welt«, wiederholte Roger dumpf.

»Natürlich muss ich mich erst noch daran gewöhnen«, fuhr er unbekümmert fort. »Aber hier bin ich – Martin Rilke höchstpersönlich oder, wie er leibt und lebt, wie es bei uns in den Staaten heißt. Vielleicht macht es euch ja nichts aus, mit mir zu gucken, wo mein Schrankkoffer geblieben ist. Er ist aus dunkelbraunem Leder – ein bisschen verkratzt –, und an der Seite steht mein Name drauf.«

Die beiden Bewohner der alten Welt tauschten verständnislose Blicke, machten sich dann aber mit Martin auf die Suche, und nach kurzer Zeit hatten sie das Gepäck entdeckt, und Ross rief einen Träger, der für eine halbe Krone half, es sicher auf dem Träger hinten auf dem Wagen zu verstauen.

Martin, der zwischen den anderen beiden jungen Männern auf der Rückbank saß, hatte seine Aktentasche zwischen seinen Füßen abgestellt und die Kamera auf dem Schoß.

»Was für eine wunderschöne Gegend«, sagte er, als sie die Vororte Southamptons hinter sich gelassen hatten und in flottem Tempo durch die offene Landschaft fuhren. »Ich hoffe, ihr habt nichts dagegen, wenn ich euren Fahrer hin und wieder bitte anzuhalten. Denn ich würde wirklich gerne ein paar Bilder machen.«

Mein Gott, dachte Charles und stöhnte innerlich.

»Nun, es ist ein ziemlich weiter Weg, und wir kämen gerne noch bei Helligkeit an. Aber wir werden bald in Tavershurst zum Lunch einkehren. In einem alten Inn – dem Three Talbards –, dort kannst du so viele Bilder machen, wie du willst.«

»Vielen Dank. Das wäre schön. Und wo sind wir jetzt? Ich meine, in welcher Grafschaft?«

»Hampshire«, sagte Roger.

»Hampshire? Soll mich doch der Teufel holen, wenn das nicht das Land von Thomas Hardy ist…«

»Zumindest die Grenze«, erklärte Charles. »Denn er hat natürlich nicht in Hampshire, sondern in Dorset gelebt.«

»Ich nehme an, seine Romane werden überall gelesen«, warf Roger mit hochgezogener Braue ein. »*Juda, der Unberühmte* und *Tess von den d'Urbervilles.*«

Martin nickte.

»Richtig, aber ehrlich gesagt, hat mir bisher immer der Zugang zu den Romanen gefehlt. Ich ziehe den Dichter Hardy vor.«

»Was Sie nicht sagen«, stellte Roger freudig fest. »Schön für Sie. Weil es mir genauso geht. Haben Sie schon *Feuer über dem Kanal* gelesen?«

»Ja, kurz vor meiner Abreise. Vor allem die letzte Strophe hat mir gut gefallen, in der er über Camelot und Stonehenge spricht.« Er blickte voller Wehmut auf die grünen Hügel der South Downs. »Ich würde diese Orte wirklich gerne sehen.«

»Das werden Sie, alter Knabe«, rief Roger. »Dafür werden wir sorgen, nicht wahr, Charles? Oh, ist das nicht einfach wunderbar? Dass man sogar in Chicago die Gedichte des alten Hardy liest?«

Mit der Zeit gingen die Sprache und die Manieriertheit der beiden Martin etwas auf die Nerven. Ihr Verhalten wirkte affektiert wie bei gewissen Leuten vom Theater, die er kannte. Allerdings versuchten Charles und Roger nicht, etwas darzustellen, was sie nicht waren. Wenn man es im Jargon der Zeitung formulierte, waren sie »Originale«. Er wusste genug über die alte Welt und nahm ihre Art zu sprechen, ihre Ansichten und ihr Gebaren hin. Doch alles, was sie sagten oder taten, zielte wissentlich oder vielleicht unbewusst darauf ab zu zeigen, dass sie sich für etwas Besonderes hielten. Sie hatten dieses Auftreten bereits seit der Geburt im Blut, es auf dem Internat in Eton verfeinert und in Oxford oder Cambridge an den ehrwürdigen Colleges perfektioniert. Jede Geste, jede Silbe machten deutlich, dass sie Gentlemen des alten Englands waren. Selbst wenn sie in Lumpen durch die Wüste von Arabien gezogen wären, hätten die Beduinen ihren Stand genauso mühelos erkannt wie der Chauffeur, der Träger in den Docks und die junge Frau, die im Inn in Tavershurst ohne jede Unterwürfigkeit, aber mit einer naturgegebenen Ehrerbietung die Bestellung aufnahm. Das war das englische Klassensystem, und die Überlegenheit der Oberklasse wurde von den anderen Klassen ohne Groll und Vorbehalte akzeptiert. Anders als die Wolle, die die Briten produzierten, war dieses System nicht exportierbar, auch wenn viele wohlhabende Leute in den Staaten sich bemüht hatten, etwas Ähnliches zu etablieren. Auch sein Onkel Paul und seine Tante Jessica hatten ihr palastartiges Haus, das die jungen Architekten in Chicago als das Grauen der North Side bezeichneten, mit Pferdeburschen, Butlern und sogar Dienern mit Kniehosen bestückt. Aber das war alles nur Fassade, weiter nichts. Die Dienstboten brauchten das Geld, hatten aber keinen angeborenen Respekt vor ihren Herrschaften. Im Gegenteil. Sie fühlten sich durch die Kostüme, die sie tragen mussten, lächerlich gemacht und waren der Ansicht, dass nicht »Klasse«, sondern Geld sie von den Rilkes unterschied. Paul Rilke besaß Brauereien, ein Maklerunternehmen, Grundstücke in der mit Abstand besten Gegend der Stadt, Eisengießereien in Gary, Indiana, Cleveland und Toledo und war zur Hälfte Eigentümer einer Baseballmannschaft der American League. All das hatte ihn zu einem wohlhabenden, einflussreichen Mann gemacht, doch das ererbte oder traditionsbedingte Recht, dass ein Träger ihn als Sir ansprach und sich ehrerbietig an die Mütze tippte, blieb ihm weiterhin verwehrt.

»Bitte sehr, die Herren«, sagte die Bedienung, die mit einem vollbeladenen Tablett aus der Küche kam. »Alles kochend heiß.«

»Sieht köstlich aus.« Roger rieb sich erwartungsvoll die Hände. »Ich sage Ihnen, Rilke, Steak und Nieren – als Pudding oder als Pastete – sind das wahre Geheimnis der britischen Stärke.«

»Hat man auch meinen Chauffeur versorgt?«, erkundigte sich Charles.

»Natürlich, Sir«, gab die Serviererin zurück. »Er sitzt hinter dem Haus.«

Mit der dampfenden Pastete stellte sie drei Krüge dunkelbraunes Bier vor die drei jungen Männer auf den Tisch, machte einen Knicks und zog sich zurück.

Schweigend machten sie sich über das dampfende Essen her, aber schließlich wandte Roger sich erneut dem Vetter seines Freundes zu.

»Wie ich höre, arbeiten Sie für eine Zeitung, Rilke.«

»Das stimmt – für den Chicagoer *Express.* Ich habe bei der Zeitung angefangen, als ich letzten Juni mit dem College fertig war.«

»Und auf welchem College warst du?«, fragte Charles. »Ich nehme an, in Yale.«

»Nein. An der Universität in meiner Heimatstadt.«

»Dem Himmel sei Dank. Denn nach dem Besuch von Vetter Karl haben wir von Yale-Studenten genug.«

Martin lachte.

»Ich verstehe, was du damit sagen willst. Wir haben ein Sprichwort in den Staaten – einen Mann von Yale erkennt man daran, dass man ihm nichts mehr erklären kann.«

Roger kicherte.

»Oh, das muss ich mir merken. Das ist wirklich gut.«

»Wie dem auch sei«, fuhr Martin fort. »Ich habe in der Hoffnung bei der Zeitung angefangen, dass ich dort Polizeireporter werden kann. Ich würde später gern Romane schreiben, und ich dachte, wenn ich mich ein bis zwei Jahre mit den Schattenseiten des Lebens beschäftige, wäre mir das sicher eine große Hilfe. So haben ja auch Theodore Dreiser und Frank Norris angefangen und … oh, jede Menge guter Schriftsteller. Aber dann haben sie mich in einen winzigen Verschlag gesteckt, in dem ich Bücher und Theaterstücke rezensieren muss. Doch das bin ich allmählich leid, und wenn ich wieder zurück bin und keine anspruchsvollere Beschäftigung bekomme, kündige ich vielleicht.«

»Das ist vernünftig«, erwiderte Charles. »Denn es gibt nichts Schlimmeres, als etwas tun zu müssen, was man nicht will.«

»Nun, zu Anfang hat es mir durchaus gefallen, nur lerne ich nicht gerade viel über das Leben, indem ich die Romane von Gene Stratton-Porter oder Harold Bell Wright beurteile.«

Martin überlegte, ob sich Roger vielleicht für die ersten sechzig Seiten seines ersten eigenen Werkes interessieren würde. Er hatte es in Chicago angesiedelt und stellte darin den Kampf der Arbeiter gegen die Straßenbahnbarone dar. Er hatte das Manuskript in seiner Aktentasche, sprach das Thema aber lieber doch erst einmal nicht an. Denn er war von der Richtung, in die seine Arbeit sich entwickelte, selbst nicht völlig überzeugt. Auch wenn er es sich nur ungern eingestand, ahmte er zu sehr die »Klassenkampf«-Romane anderer Schriftsteller nach. Und vor allem konnten diese beiden Männer in den tadellosen Anzügen die Probleme armer Straßenbahner aus Chicago wahrscheinlich nicht verstehen.

»Wie sehen deine Pläne für Europa aus, Martin?«, fragte Charles.

»Nun, lass mich sehen … Ich werde zehn Tage hier in England bleiben, und dann geht es weiter nach Paris, Berlin, Zürich, Mailand, Rom und von Neapel aus mit dem Red-Star-Linienschiff *Majestic* zurück nach Amerika. Ich werde insgesamt sechs Wochen in Europa sein. Das ist nicht gerade lange, aber mehr kann ich mir nicht erlauben.«

»Im Juli fahren wir vielleicht nach Griechenland«, mischte sich Roger ein. »Wirklich bedauerlich, dass Sie nicht für ein, zwei Wochen rüberkommen können. Aber Sie müssen unbedingt Perugia und die Abruzzen sehen. Denn das ist das wahre Italien, Rilke.«

Als sie Abingdon Hall erreichten, wurde gerade auf der Terrasse für die Herrschaften der Tee serviert. Es herrschte viel Trubel, und so fanden Martin und Hanna kaum Zeit füreinander. Er versuchte, sich die Namen all der Leute einzuprägen, die man ihm vorstellte, und sie versuchte, ihn auf angemessen »tantenhafte« Weise zu begrüßen und zugleich auch weiterhin für ihre Gäste da zu sein. Zwei brachen gerade nach London auf – eine Lady Soundso und eine gewisse Winifred, die augenscheinlich ihre Tochter war –, wodurch die Verwirrung noch verstärkt wurde.

»Wir werden uns nachher ausführlich unterhalten, Martin«, flüsterte Hanna ihm zu und drückte ihm aufmunternd den Arm. »Sicherlich möchtest du dich vor dem Abendessen frisch machen. Einer der Diener wird dir zeigen, wo dein Zimmer ist. Und es ist *dein* Zimmer, Martin. Du kannst dort so lange bleiben, wie du willst.«

Er stammelte ein Dankeschön und entschuldigte sich bei den Gästen, die seine Tante eingeladen hatte. »Das sind die Mitglieder des Gartenclubs von Abingdon«, hatte Hanna ihm erklärt. Sie schienen durchaus nett zu sein, hatten ihn jedoch mit einer derart unverhohlenen Neugier angestarrt, als wäre er eine seltene, ihnen unbekannte Pflanze. Deshalb war er dankbar, als der Diener kam und ihm den Weg zu seinem Zimmer wies.

Seine Koffer, die bereits in seinem Zimmer standen, nahmen sich verglichen mit den eleganten Möbeln ziemlich schäbig aus, aber er hatte nur Augen für das Bett. Müde ließ er sich auf die Matratze sinken, doch noch während er sich fragte, wann es Abendessen gebe und ob er vielleicht zuvor bei einem kurzen Nickerchen wieder zu Kräften kommen könne, hörte er ein leises Husten und schlug seine Augen wieder auf. Ein Mann mittleren Alters in einem Jackett aus schwarzem Leinen und einer grau gestreiften Hose hatte seine Zimmertür geöffnet und blickte ihn fragend an.

»Ja?« Mühsam stützte Martin sich auf seinen Ellenbogen ab.

»Ich bitte um Verzeihung, Sir«, sagte der Mann. »Ich bin Ihr

Kammerdiener Eagles. Falls ich die Schlüssel Ihrer Koffer haben dürfte, Sir, würde ich schon einmal Ihre Kleidung auspacken und bügeln.«

Am liebsten hätte er dem Mann gesagt, er solle sich die Mühe sparen, aber offensichtlich hatte seine Tante diesen Eagles angewiesen, sich um sein Gepäck zu kümmern, und er wollte ihr nicht zu nahe treten, indem er diesen Menschen ungnädig entließ. Also stand er wieder auf und suchte seine Taschen nach den kleinen flachen Schlüsseln ab.

»Bitte sehr«, sagte er und hielt sie dem Kammerdiener hin.

»Danke, Sir. Es wird nicht lange dauern. Leider ist eine lange Reise der Garderobe nicht zuträglich.«

»Ja«, erwiderte er lahm. »Da haben Sie wahrscheinlich recht.«

»Oh, vor allem eine Seereise tut der Kleidung gar nicht gut. Weil sie in der salzigen Luft furchtbare Falten wirft.«

Es war Martin peinlich, Eagles dabei zuzusehen, wie er sein Gepäck durchwühlte. Er hatte das Gefühl, als stünde er daneben, während ein Fremder Stück für Stück von seiner Schmutzwäsche unter die Lupe nahm. Tatsächlich hielt der Mann hauptsächlich schmutzige Hemden, Unterwäsche, Strümpfe und Pyjamas in der Hand. Und auch wenn er nicht hörbar mit der Zunge schnalzte, spitzte er die Lippen, während er den Inhalt der Gepäckstücke sortierte und zerknitterte Jacketts und Anzüge aus seinem großen Koffer zog. Selbst Martin konnte sehen, dass all diese Kleidungsstücke erst einmal ordentlich gebügelt werden mussten, doch zunächst legte der Kammerdiener sich seinen besonders faltenreichen Smoking über den Arm.

»Ich gehe sofort mit einem feuchten Schwamm und einem Bügeleisen drüber, Sir. Denn die Herrschaften nehmen das Dinner immer – zumindest – in Abendgarderobe ein.«

Wobei das »zumindest« für Martin leicht bedrohlich klang. Er hatte nämlich gar keinen Schwalbenschwanz. Außer seinem schwarzen Smoking besaß er keine förmliche Garderobe, und selbst dieser Smoking war beinahe zwei Jahre alt, er hatte ihn sich für ein studentisches Abendessen während des letzten Jahres am College zugelegt. Er war ein bisschen eng, aber vielleicht wurde er durch das Befeuchten und das Bügeln ja etwas weiter.

»Danke … Eagles?«

»Richtig, Eagles, Sir. Ich bringe Ihnen den Smoking sofort und die anderen Kleidungsstücke morgen früh zurück.«

Nachdem der Mann verschwunden war, setzte Martin sich erneut aufs Bett und überlegte, ob wohl eher ein kurzes Schläfchen oder eine heiße Dusche angeraten war.

Der Gedanke an die Dusche war verführerisch, doch neben seinem Zimmer gab es kein Bad. Während er noch grübelte, wo wohl die sanitären Einrichtungen waren, drang ein neuerliches leises Klopfen an sein Ohr.

»Herein.«

Die Tür wurde geöffnet, und ein schlankes schwarzhaariges Mädchen in der Uniform der Dienstboten trat ein. Sie hielt eine Glasvase mit einem großen Blumenstrauß in ihren Händen und wirkte wie ein verschrecktes Reh.

»Hallo«, begrüßte Martin sie fröhlich. »Wer schickt mir denn einen so hübschen Blumengruß?«

Das Mädchen murmelte etwas, was Martin nicht verstand, und stellte die Vase auf dem Tisch am Fenster ab. Ohne Martin auch nur anzusehen, wandte sie sich zum Gehen.

Doch er stand entschlossen auf und versperrte ihr den Weg. »Einen Augenblick, vielleicht kannst du mir helfen.«

»Ihnen helfen, Sir?«, sagte das Mädchen leise, und er hatte das Gefühl, dass sie furchtsam zusammenfuhr.

»Nun, ich würde gerne eine Dusche nehmen. Könntest du mir vielleicht sagen, wo das Badezimmer ist?«

»Das Badezimmer, Sir, oder das WC?«

Er war sich erst nicht sicher, was sie damit meinte. Aber dann fielen ihm wieder die Geschichten über die entsetzlich primitiven sanitären Einrichtungen in England ein. Es hieß, dass es in einem englischen Herrenhaus zwar viele Zimmer gebe, aber nur zwei Bäder und ein paar Wasserklosetts. Er war sich ziemlich sicher, dass unter dem Bett ein Nachttopf stand, ersparte sich jedoch die Mühe nachzusehen, denn er wollte verdammt sein, wenn er ein solches Gefäß jemals in Anspruch nahm.

»Am besten beides«, antwortete er.

»Nun, Sir«, setzte das Mädchen leise an und sah an ihm vorbei zur Tür. »Das WC ist hinter der letzten Tür am Ende des Ganges, und das Bad ist hinter der dritten Tür zu Ihrer Linken – nein, zu Ihrer *Rechten*, wenn Sie aus dem Zimmer gehen, Sir.«

Sie war ein reizendes Geschöpf. Siebzehn oder achtzehn Jahre alt mit der sprichwörtlichen Pfirsichhaut, veilchenblauen Augen und den dichtesten und längsten Wimpern, die Martin je gesehen hatte.

»Mein Name ist Martin«, sagte er spontan. »Martin Rilke. Wie heißt du?«

»Ivy, Sir.«

»Ivy. Und wie weiter?«

»Thaxton, Sir.«

»Ivy Thaxton.« Er ließ sich den Namen auf der Zunge zergehen. »*Thaxton.* Ein wirklich passender Name für eine Engländerin, nicht wahr?«

Zum ersten Mal sah sie ihn an, und er hatte das Gefühl, als verberge sich ein leises Lächeln hinter ihrem reglosen Gesicht.

»Ja, Sir, da haben Sie wahrscheinlich recht.«

»Ich schätze, das liegt daran, dass er sich auf *Sachsen* reimt.«

»Oh ja.« Jetzt brach sich das schwache neugierige Lächeln Bahn. »Sie sind aus Amerika, nicht wahr?«

»Richtig. Aus Chicago.«

Ivy nickte.

»Chicago im Staat Illinois, am Ufer des Michigansees gelegen, Eisenbahnen, Schlachthöfe …«

»Du hast deine Hausaufgaben aber gut gemacht.«

»Meine was?«

»Du weißt schon, du hast viel gelernt. Weil du sehr viel über Chicago weißt.«

»Ich war sehr gut in Geografie, Sir, in der Schule. Es … es war mein Lieblingsfach und Arithmetik.«

»Arithmetik? Nun, du bist das erste hübsche Mädchen, das ich kenne, das gern Arithmetik macht.«

Eine verlegene Röte stieg ihr ins Gesicht, sie senkte den Blick und ging langsam an ihm vorbei zur Tür.

»Falls Sie noch etwas brauchen, Sir, läuten Sie einfach. Die Klingelschnur ist an der Wand.«

»He, einen Augenblick.« Doch sie war bereits verschwunden, und er hörte, wie sie schnell den Korridor hinunterlief.

Das Bad war riesengroß, und die Wände und der Boden waren mit winzig kleinen weißen Vierecken gefliest. Allerdings entdeckte Martin dort nur eine riesengroße emaillierte, gusseiserne Wanne und einen Eichenschrank, in dem er Handtücher und Seife fand. Eine Dusche gab es nicht. Das heiße Wasser, das nur stoßweise, dafür aber mit lautem Rasseln durch die Rohre lief, blähte sich zu dichten Dampfwolken auf, doch nach einer Weile war die Wanne halb gefüllt, und er ließ sich dankbar in das warme Nass sinken. Seltsam, dachte er, während er sich einseifte und seine Haare wusch. In einem derart großen Raum hätten mindestens zehn Badewannen und dazu ein halbes Dutzend Duschkabinen Platz gehabt. Wohingegen das WC nicht größer als ein Kleiderschrank war, ein dunkler, widerlicher Ort, den er so schnell, wie es die Natur zuließ, wieder verlassen hatte. Das Badezimmer wies vier große Fenster auf, durch die man auf Bäume und eine ferne Hügelkette sah. Durch die winzig kleine Öffnung auf dem WC, beinahe in Deckenhöhe, fiel nur ein schmaler Streifen Licht, wie durch das hohe Loch in einer Kerkermauer, das für den Gefangenen nicht zu erreichen war. Wirklich bizarr. Doch schließlich waren die Engländer auch ein bizarres Volk. Alle bei der Zeitung hatten ihn davor gewarnt, obwohl nur der leitende Redakteur, Harrington Comstock Briggs, je hier gewesen war, und zwar während des Burenkriegs. Die gängigste Beschreibung dieses Volks lautete »primitiv«. »Ein kultiviertes, aber primitives Volk.« Wobei er auf seine Nachfrage, was »primitiv« in dem Zusammenhang bedeutete, keine zufriedenstellende Antwort erhalten hatte. Primitiv bedeutete für Briggs, dass sie in dem Land nur warmes Bier tranken und hoffnungslos verkochtes Essen zu sich nahmen. Andere empfanden die Ehrfurcht vor dem König als primitiv, das Klassendenken und die starrsinnige Vorliebe für Kricket, obwohl jeder wusste, dass Baseball viel interessanter war. Für Martin aber boten bisher nur die sanitären Einrichtungen Anlass zur Kritik.

Als er wieder in sein Zimmer kam, hing sein frisch gebügelter Smoking an einem Haken an der Tür des Kleiderschranks. Er sah nicht viel besser aus als vorher, und als Martin ihn beäugte, konnte er nur beten, dass er ihn zubekam, ohne dass ein Knopf absprang. Eilig schob er die Arme in die Ärmel und bekam ihn – Hosianna – problemlos zu.

Während er mit der schwarzen Krawatte kämpfte, klopfte es zum dritten Mal seit seinem Einzug an der Tür. Ein Diener trat über die Schwelle und erklärte, um halb sieben werde in der Bibliothek der Whiskey für die Herren serviert.

Lord Stanmore stellte seinen Whiskey Soda ab und ging Martin entgegen, als dieser hereinkam.

»Mein lieber Junge«, sagte er und trat mit ausgestreckten Händen auf ihn zu. »Freut mich sehr. Es ist bedauerlich, dass wir uns bisher nie begegnet sind, aber deine Tante spricht sehr oft von dir.«

Martin nahm an, dass dieser hochgewachsene Mann mit dem rötlichen Gesicht und dem eisengrauen Haar sein Onkel war. Er hatte noch nie ein Bild von ihm gesehen. Doch wie sollte er den Mann am besten ansprechen? Onkel Tony klänge bestimmt zu vertraut, und Eure Lordschaft kam ihm allzu förmlich vor.

»Angenehm, Sir«, antwortete er und schüttelte kraftvoll seine Hand.

»Komm«, bat ihn der Earl und legte einen Arm um seine Schultern. »Meinen Sohn und seinen Freund Roger kennst du ja bereits. Ich stelle dir erst einmal die anderen Herren vor.« Er ging mit seinem Neffen auf eine kleine Gruppe von Männern zu, die sich mit ihrem Drink am Ende des Zimmers versammelt hatten, unter ihnen auch Charles und Roger. Ihre Smokings, bemerkte er mit leichtem Neid, saßen genauso tadellos wie bei den anderen Herren.

»Gentlemen, dies ist Martin Rilke, der Neffe meiner Gattin aus Amerika. Martin, darf ich dir Mr. John Blakewell, der Jagdherr in Doncaster, Major Tim Lockwood, der zu meinem Bedauern pensioniert ist, was für König und Vaterland einen schrecklichen Verlust darstellt, Sir Percy Smith, den besten Rechtsanwalt und Reiter von ganz England, und Captain Fenton Wood-Lady vorstellen?«

Martin schüttelte Hände und tauschte freundliche Begrüßungen aus. Dann drückte ihm Charles Greville einen Whiskey in die Hand, und er war auf sich gestellt, denn der Earl setzte das unterbrochene Gespräch mit Blakewell, Major Lockwood und dem Anwalt über Pferde fort.

»Nun, Martin«, fragte Charles. »Hat sich Eagles gut um dich gekümmert?«

»Danke, ja.«

»Er ist der bei Weitem beste Kammerdiener, den ich jemals hatte. In Fragen der Garderobe kannst du dem Mann blind vertrauen. Er kennt sich ausgezeichnet damit aus.«

»Das werde ich mir merken«, antwortete er und dachte an den Stapel Schmutzwäsche.

Roger nippte vorsichtig an einem Ingwerbier und wies auf die meterhohen Bücherregale.

»Für Sie als angehenden Romancier dürfte das hier von Interesse sein.« Er beugte sich zu Martin vor. »Obwohl ich zu bezweifeln wage, dass auch nur ein Zehntel dieser Bücher je gelesen worden sind. Charles ist nämlich der Einzige in der Familie, der gerne liest, und er bewahrt seine Bücher nicht hier auf. Hier in diesem Raum werden Sie wahrscheinlich kaum was finden, was nach dem achtzehnten Jahrhundert geschrieben worden ist.«

Charles lachte leise auf. Als hätte Roger einen Scherz gemacht, den nur er verstand.

»Sie sind also aus Amerika«, mischte sich Fenton in die Unterhaltung ein.

»Richtig. Aus Chicago.«

»Ah, Chicago. Und wie sagt Ihnen England bisher zu?«

»Sehr. Es ist ein wunderschönes Land.«

»Und die mit Abstand beste Jahreszeit, um es sich anzusehen. Haben Sie die Absicht, ein wenig herumzureisen?«

»Ja, wahrscheinlich schon.«

»Dann müssen Sie zum Lake District und natürlich nach Stratford, Bath und zu den Chiltern Hills.«

»Ich bin überzeugt, dass er weiß, was er sich ansehen möchte, Fenton«, entgegnete sein Bruder.

»Ich wollte nur behilflich sein. Falls Sie sich den Wachwechsel in London ansehen möchten, kann ich Ihnen genau sagen, von wo aus man die beste Sicht hat.«

»Sind Sie Hauptmann der Armee?«

»Ja. Bei den Coldstream Guards.«

»Das ist sicher sehr aufregend.«

Der Gardeoffizier genehmigte sich einen großen Schluck Whiskey, bevor er Martin eine Antwort gab.

»Nun, wenn Sie die Wahrheit wissen wollen – meistens ist es sterbenslangweilig. Es ist eher aufregend, wenn wir nicht im Dienst sind. London ist nicht ohne Gefahren.«

»Frauen und Karten«, klärte Roger Martin auf.

»Ja«, stimmte ihm Fenton unumwunden zu. »Genau. Sie haben mehr als einen vielversprechenden Burschen in der Blüte seines Lebens zu Fall gebracht.«

Martin bemerkte das Blitzen in den Augen des großen falkengesichtigen Mannes, und sie sahen sich grinsend an.

»Diese Gefahren gibt es in Chicago auch. Aber um auf die Armee zurückzukommen, verbringen Sie nicht einen Großteil Ihres Dienstes in Indien?«

»Ein solches Glück ist mir leider verwehrt. Ohne die Erlaubnis des Königs verlassen die Garden England nicht. Wir sind seine Leibstandarte, und er will uns nicht unnötig an der Nordwestgrenze verlieren, wo es immer wieder zu Scharmützeln mit den wilden listigen Afghanen kommt.«

»Weil er euch Jungs für den nächsten großen Krieg braucht«, warf Roger ein, und Fenton nickte zustimmend.

»Da hast du recht. Wir sind wahrscheinlich erst dabei, wenn der nächste hundertjährige Krieg ausbricht.«

Nach dem Abendessen und nach einer Runde Billard mit dem jungen Gardeoffizier entschuldigte sich Martin und zog sich zurück. Sein Bett war aufgeschlagen, und sein letzter sauberer Pyjama lag mit seinem Morgenmantel und seinen Pantoffeln auf einem Stuhl. Er war beeindruckt von der Tüchtigkeit des Personals. Sämtliche Bediensteten schienen vollkommen geräuschlos ihrer Arbeit nachzugehen, ohne dass man ihnen irgendwelche Anweisungen gab.

Obwohl ihm im Verlauf des Abends einige Dienstmädchen begegnet waren, hatte er die hübsche Ivy Thaxton nicht noch einmal gesehen. Hatte sie vielleicht sein Bett gemacht? Er hoffte es, auch wenn er nicht hätte sagen können, weshalb ihm das wichtig war.

Er hatte eine ordentliche Nachttischlampe, und so setzte er sich auf sein Bett, legte seine Aktentasche neben sich und wühlte darin nach einem neuen Notizbuch. Er hatte sich vor seiner Reise mehrere gekauft. Der erste Teil seines unfertigen Romans lag zuunterst in der Tasche wie ein Leichnam in einem Sarg, stellte er kläglich fest. *Stadt der breiten Schultern.* Nicht einmal mehr der Titel sagte ihm noch zu.

»Schreiben Sie über Ihre eigenen Erfahrungen.«

Das hatten nicht nur Theodore Dreiser, sondern auch die anderen Mitglieder des Schreibclubs an der Universität zu ihm gesagt. Im Herbstsemester 1912, als Dreiser bei ihnen Gastdozent gewesen war. Der kräftige Mann mit dem finsteren Gesicht, der immer furchtbar langsam sprach, hatte von den Schwierigkeiten der Veröffentlichung von *Schwester Carrie* und *Jennie Gerhardt* erzählt und ihnen erklärt, wie wichtig beim Schreiben Ehrlichkeit und Realismus seien. Anschließend hatten er und Dreiser sich auf Deutsch miteinander unterhalten, denn obwohl ihre Kindheit und Erziehung sehr unterschiedlich verlaufen waren, fühlten sich die beiden Deutsch-Amerikaner sofort miteinander verbunden. Dreiser hatte Martin empfohlen, sich bei einer Zeitung zu bewerben, weil er so die rauen, harten und oft hässlichen Aspekte des menschlichen Lebens kennen lernte, und ihm geraten, täglich seine Gedanken und Beobachtungen aufzuschreiben, um sich später bei seinen Romanen darauf zu beziehen. Er befolgte diesen Rat und führte in der Kurzschrift von Pitman Tagebuch.

Außer dem Notizbuch nahm er noch einen Federhalter aus der Tasche, legte sie als Unterlage für das Buch auf seine Beine, schlug die erste Seite des Notizbuchs auf und fing zu schreiben an.

Beobachtungen und Gedanken. Hier sitze ich und fühle mich wie ein armer Bauerntölpel, der zum ersten Mal bei den reichen Verwandten in der Großstadt weilt. Dabei ist das ein Paradox, weil ich aus der Großstadt Chicago komme und meine Verwandtschaft in der Einöde des ländlichen Englands lebt. Aber, bei Gott, was für einen Schliff sie alle haben. Und wie weltgewandt sie alle sind. Das Wort weltgewandt habe ich während meines letzten Studienjahres stark überstrapaziert. Ein Mann war weltgewandt, wenn er türkische Zigaretten rauchte, eine Armbanduhr besaß oder mit einer jungen Frau in einer Motordroschke ins Theater fuhr. Dabei war mir die wirkliche Bedeutung dieses Wortes gar nicht klar. Wenn meine Kommilitonen wissen wollen, was weltgewandt bedeutet, sollten sie Captain Fenton Wood-Lacy zehn Minuten lang beobachten. Dann würden sie erkennen, was für ungeschliffene Kerle wir doch alle waren – oder sind.

Ich bin deprimiert – wegen meiner Kleidung. Ich habe bemerkt, wie mein Onkel – nein, der Earl of Stanmore – mich gemustert hat. Er ist nicht mein Onkel, sondern der Mann meiner Tante. Als Onkel sollte er wohl etwas mit mir gemeinsam haben. Mein Onkel Paul und ich sind grundverschieden, doch zumindest können wir uns prächtig über die Frage streiten, ob die Cubs oder die White Sox die bessere Mannschaft sind. Aber zurück zum Thema Kleidung. Ich konnte deutlich sehen, wie Seine Lordschaft im Verlauf des Abends mindestens fünf Mal die Stirn gerunzelt hat, wenn sein Blick auf meinen Smoking gefallen ist. Genau wie mein Vetter Charles und Captain Wood-Lacy. Nur sein Bruder Roger legt anscheinend keinen so großen Wert auf ein angemessenes Erscheinungsbild. Er sah selbst etwas zerknittert aus, wenn auch vielleicht nur, weil er um jeden Preis wie ein Dichter wirken will. Bisher hat er mich noch keinen seiner Verse lesen lassen, aber so, wie dieser Mann mit griechischen und lateinischen Phrasen um sich wirft, kann ich mir nicht vorstellen, dass er ein angehender Carl Sandburg oder Vachel Lindsay ist.

Das Haus ist einfach prachtvoll. Eine Mischung verschiedenster Stilrichtungen: Tudor, Queen Anne, georgianisch und viktorianisch. Aber trotzdem sieht es mit der von Wood-Lacys Vater, einem inzwischen verstorbenen berühmten Architekten, restaurierten Fassade durchaus einheitlich aus. Charles hat mir etwas über die Geschichte dieses Anwesens erzählt. Im zwölften Jahrhundert hatten die Normannen hier ein Priorat errichtet, die im Doomsday Book nicht als »Priory«, sondern als »Hall« bezeichnet wurde, und obwohl das Kloster nur zweihundert Jahre lang dort stand, behielt der Duke of Abingdon den falsch geschriebenen Namen bei, als er hier ein Herrenhaus errichten ließ. Die Herzöge von Abingdon, eine Familie de Guise, starben während der Rosenkriege aus, und das Anwesen wurde zur Zeit Heinrichs VII. vom ersten Greville gekauft. Die Grevilles unterstützten die Tudors, bekamen dafür neben dem Ritterschlag auch Land, und nach Ende der Kämpfe zwischen König und Parlament wurde der erste Greville 1660 zum Earl ernannt. Dieser erste Earl hatte dem König immer treu gedient und war dem zukünftigen König, Charles II., sogar ins Exil gefolgt. Seither hat die Familie immer Land besessen und an die Söhne, mit denen sie in jeder Generation gesegnet war, vererbt. Sie sind also alter Landadel. Ein Earl hat mit dem Duke of Marlborough gekämpft und bei der Schlacht von Blenheim einen Arm verloren, aber nach allem, was man mir erzählt hat, gehörte das Soldatentum nicht wie bei anderen großen englischen Familien zur Tradition.

Politisch ist der Earl ein gemäßigter Konservativer, der sogar dem Premierminister, Mr. Asquith, ein paar positive Seiten abgewinnen kann, während er Lloyd George, einen ehemali-

gen Anwalt aus Wales, aus tiefstem Herzen zu verabscheuen scheint. Der Earl gibt ihm als Schatzkanzler die Schuld daran, dass er so viele Steuern zahlen muss, und behauptet, dass er den Premierminister dazu dränge, in der Frage der irischen Selbstverwaltung nicht von seiner Meinung abzurücken. Während des Essens, in Anwesenheit der Damen, wurde nicht über Politik gesprochen, aber anschließend, bei Portwein und Zigarren, floss das Thema in die Unterhaltung ein. Ich sage extra, es floss ein, weil man sich erheblich lieber und ausführlicher über die bevorstehende Jagdsaison und das Reiten in allen Variationen unterhalten hat. Die Herren sprachen stundenlang über Querfeldeinrennen, Springen, Dressur. Auf die Frage, ob ich reite, habe ich ja gesagt. Was nicht ganz gelogen ist, denn ich habe ein paarmal auf einem Pferd gesessen, auch wenn diese Erfahrung weder für das arme Tier noch für mich allzu erquicklich war.

Hanna hat drei Kinder. William – der nach meinem Vater benannt wurde – ist sechzehn und kommt morgen oder übermorgen für die Sommerferien aus Eton. Charles ist so alt wie ich. Er scheint ein durchaus netter, wenn auch etwas unentschlossener Kerl zu sein. Ich habe keine Ahnung, was er mit seinem Leben anfangen will, aber sicherlich ist das weder für ihn noch für seine Eltern wirklich von Belang. Junge Männer seines Standes erben schließlich die Titel ihrer Väter. Weswegen man von ihnen nur erwartet, dass sie reiten können und vielleicht die familieneigenen Ländereien verwalten und bei ihren Pächtern nach dem Rechten sehen. Ein Freund von Charles aus Cambridge, Sohn eines Lords Soundso, hat seine Freunde und seine Familie dadurch schockiert, dass er »in die Wirtschaft gegangen« ist. Zu einem Hersteller von Automobilmotoren. So wie sie darüber sprachen, hatte es den Anschein, als hätte er sich an seinem Stand versündigt. Ein Adliger oder der Sohn eines Adligen kann zwar im Verwaltungsrat eines Unternehmens sitzen, über die Schinderei der Herstellung oder des Verkaufs eines Produkts ist er jedoch erhaben. Auf jemanden wie mich wirkt dieses Klassensystem mit seinen zahllosen Tabus in höchstem Maß befremdlich und vor allem völlig überholt.

Außer William und Charles ist da noch Alexandra. Sie ist achtzehn Jahre alt und wahrscheinlich das hübscheste Mädchen, dem ich je begegnet bin. Honigblondes Haar. Strahlend blaue Augen. Engelsgesicht. Nur fürchte ich, dass leider nicht sehr viel dahintersteckt. Außer für Jungen, Kleider, Partys und zuckersüße Träume von ewigem Glück scheint in ihrem Kopf für nichts anderes mehr Platz zu sein.

Tante Hanna. Nach dem Abendessen sind wir eine Viertelstunde auf der Terrasse hin und her spaziert, und sie hat mich auf meinen Vater – ihren geliebten Willie – angesprochen und behauptet, ich würde sie stark an ihn erinnern. Vielleicht war er mir ja ähnlich, als sie ihn zum letzten Mal gesehen hat. Er ging mit zwanzig von zu Hause fort. Damals war sie siebzehn, und danach hat sie ihn nicht mehr wiedergesehen. Damit unterscheidet sich ihr Bild von ihm grundlegend von meinem. Sie hat ihn in etwas unbeholfenem Französisch als le beau bohème *bezeichnet, als wäre es romantisch, dass er die Familie früh verlassen hat und ein Ausgestoßener war. Sie hätte mal nach Paris kommen und ihn in seinen letzten Tagen erleben sollen, benebelt vom Absinth in einer Wohnung voll verrückter Bilder, für die sich beim besten Willen kein Käufer fand. Gott möge mir verzeihen, aber es war eine Erlösung, als er starb. Tante Hanna hat anscheinend Schuldgefühle, weil sie nicht einmal nach seinem Tod nach Paris gekommen ist. Sie sagt, sie sei damals krank gewesen. Vielleicht stimmt das, aber vielleicht hätte sie es auch einfach nicht ertragen, ihren geliebten Willie im harschen Licht der Wahrheit in einem Sarg liegen zu sehen. Wie dem auch sei, sie hat die Scherben seines Lebens ihrem anderen Bruder überlassen, was, rückblickend betrachtet, sicher besser war. Denn ich kann mir nicht vorstellen, dass ihr Mann, der*

Earl, überglücklich gewesen wäre, hätten plötzlich die katholische Tochter eines Pariser Krämers und ihr achtjähriger Sohn unter seinem Dach gelebt. Wobei ich gerechterweise sagen muss, dass Tante Jessie – und auch Onkel Paul – ebenfalls nicht wirklich froh darüber waren. Doch immerhin hat Onkel Paul Mutter das Haus in der Roscoe Street gekauft, sämtliche Rechnungen beglichen und ihr einen großzügigen Unterhalt bezahlt – aber warum schweifen meine Gedanken heute Abend derart ab?

Die Seite verschwamm vor Martins Augen, und so drückte er die Kappe auf den Federhalter und klappte das Notizbuch zu. Zwar hatte er eine Brille in der Tasche, doch er wollte nicht mehr weiterschreiben, weil er nicht mit dem Herzen bei der Sache war. Der Gedanke an das Häuschen in der Roscoe Street, von dem er nur fünf Straßen bis zum Stadion der berühmten Cubs, dem Palast von Frank Chance und Frank Schulte, hatte laufen müssen, löste zu viele Erinnerungen aus. Als sie ihn zu überfluten drohten, dachte er schnell an etwas anderes. Der Roman, den er laut Dreiser schreiben sollte, war in dieser Gegend angesiedelt und nicht im Chicago der streikenden Straßenbahnfahrer und Schlachthofarbeiter. Als wahrer Romancier musste er versuchen, die verwobenen Fäden seiner Kindheit zu entwirren, bis ein ordentliches Muster zu erkennen war. In den Armensiedlungen Chicagos war er nicht in seinem Element. Genauso wenig wie hier in der alten Welt.

Er löschte die Lampe, blieb im Dunkeln sitzen und betrachtete den Vorhang vor dem Fenster, der sanft in der milden Abendbrise wehte. Wie erschreckend ruhig es hier doch war. Er war eine solche Stille nicht gewohnt. Er war ein Kind der Großstadt, in Paris geboren und in Chicago aufgewachsen. Deshalb fehlte ihm der Lärm der Fuhrwerke, der Automobile und der Straßenbahnen, der zu Hause selbst nachts zu hören war. Mit einem Anflug von Heimweh dachte er an den mit Sägemehl bestreuten Boden, den Roggenwhiskey und das Bier, die Billard- und die Pokerspiele und die hitzigen Gespräche mit den anderen Zeitungsleuten, wenn er abends nach der Arbeit in der Clark Street noch in Pastors Bar gegangen war.

Er stand auf, legte die Aktentasche auf den Tisch, trat ans offene Fenster und blickte hinaus. Bis Chicago war es weit, aber vielleicht war dies genau die Perspektive, die er brauchte. Europa war die Vergangenheit, unverändert, verschlafen. Es begnügte sich mit seinem alten Ruhm und war stolz auf seine alten Traditionen. Während in Chicago niemals Stillstand herrschte. Die Stadt dehnte sich immer weiter aus. Selbst ihr altes Häuschen in der Roscoe Street hatte man abgerissen, um dort neue Wohnblöcke zu errichten. Als Martin jetzt hinunter auf den sorgsam angelegten Garten blickte, konnte er das kleine Häuschen deutlicher als in der Stadt des Windes vor sich sehen. Er hatte lange überlegt, ob er nach Europa reisen sollte, denn er hatte all seine Ersparnisse in diese Reise investiert und keine Ahnung, ob sein strenger Redakteur ihn nach einer sechswöchigen Pause weiterbeschäftigte. Aus seiner Sicht waren drei Tage in Waukegan als Erholungsphase für die Angestellten bereits großzügig bemessen. Doch jetzt war er hier und würde es voll auskosten. Durch das erhabene Europa, die alte Welt, reisen und mit klarem Blick und wunderbar erfrischt in die neue Welt zurückkehren.

»Ich habe *Jennie Gerhardt* aus Liebe und aus Schmerz geschrieben, habe mich den Geistern meiner Vorfahren gestellt«, hatte Dreiser ihm erklärt. Und das musste er auch. Statt der *Stadt der breiten Schultern* würde er einen Roman schreiben, der in seiner eigenen Vergangenheit verwurzelt war. Er würde sich Zeit lassen, das Buch sorgfältig planen und beim Schreiben zutiefst ehrlich sein. Er wollte die Geschichte der Rilkes niederschreiben, weil dies auch die Geschichte der vergangenen fünfzig Jahre der Vereinigten Staaten war, in der es um Geld, Macht, Erfolge und Misserfolge ging. Onkel Paul, sein Vater, seine Mutter und selbst Tante Hanna und die Grevilles kämen darin vor.

Das Ausmaß dieses Vorhabens raubte ihm während eines Augenblicks die Luft. Was, wenn er sich damit übernähme? Nun. Er wandte sich vom Fenster ab und ging zu Bett. Er hatte sechs Wochen, um in der Stille Europas darüber nachzudenken, Notizen zu machen und einen ersten groben Entwurf des Werkes zu erstellen. Er fragte sich, ob er vor lauter Aufregung überhaupt ein Auge zubekäme, doch er hatte sich kaum zugedeckt, als die Welt um ihn herum in tiefer Dunkelheit versank.

5

Eine nicht geladene leichte Vogelflinte unter seinem rechten Arm, stapfte Captain Fenton Wood-Lacy quer über ein Stoppelfeld. Er hatte zudem eine Jagdtasche dabei, die über seiner linken Schulter baumelte, aber keine Munition.

»Vielleicht versuche ich, ein paar von diesen Dohlen zu erwischen«, hatte er nach dem frühmorgendlichen Ritt zum Earl gesagt. Für solch eine Jagd war Lord Stanmore zu erhaben, doch wenn jemand anderes sein Glück bei den elenden Saatdieben versuchen wollte, hielt er ihn nicht davon ab.

»Wenn du schon dabei bist, bring am besten gleich noch ein oder zwei Tauben mit.«

»Ich werde es versuchen«, hatte Fenton erwidert.

Doch im Grunde waren ihm die Tauben und die Dohlen egal. Die Biester kreisten wie am Tag zuvor laut kreischend um die Schornsteine von Burgate House, und Fenton fragte sich, ob Lydia von dem Lärm womöglich aus dem Schlaf gerissen worden war. Langsam ging er weiter, und es war fast neun, als er am Rand eines der Gärten stand, die sich links und rechts des Haupthauses erstreckten und wie die gestutzten Flügel eines Riesenvogels aussahen. Das Tor zum Ostgarten stand offen, und er schlenderte hindurch und legte seine Waffe und die Jagdtasche auf einer Steinbank ab. Dann folgte er einem Weg, der sich durch ein Eiben- und Weidenwäldchen schlängelte, und erreichte die Terrasse, die das Wohnhaus wie einen breiten Ring aus Stein umgab. Ein Mädchen, das die Fenster in der oberen Etage putzte, winkte ihm, und er winkte zurück. Die Dienstboten in Burgate House wirkten wie Kopien ihres Herrn. Sie waren alle Londoner und schwirrten gut gelaunt und kess wie Spatzen auf dem Anwesen herum.

Durch die großen Bogenfenster erblickte Fenton Lydia, die wie erhofft im Frühstückszimmer saß und ihren Morgenkaffee trank. Ihr Haar hing offen über dem blassgelben Morgenrock, der ihr wie alles ausgezeichnet stand. Als er leise an die Scheibe klopfte, hob sie stirnrunzelnd den Kopf. Ein nachdenkliches Lächeln huschte über ihr Gesicht. Er wartete geduldig, bis sie sich erhob und ein Seitenfenster öffnete.

»Guten Morgen«, sagte er.

»Was zum Teufel machst du hier? Wird bei den Grevilles etwa kein Frühstück serviert?«

»Doch, nur dass sich die Gesellschaft dort mit der in diesem Haus nicht messen kann. Darf ich reinkommen?«

»Durch die Haustür oder durch das Fenster?«

»Was wäre dir lieber?«

Sie trat einen Schritt zurück.

»Meinetwegen komm durchs Fenster. Aber pass auf, dass Harker dich nicht sieht. Sonst hält er dich noch für einen Einbrecher und jagt dir eine Ladung Schrot ins Hinterteil.«

»Das Risiko gehe ich ein.« Das Fenster war recht schmal, doch er stieg auf einen Mauervorsprung, quetschte sich durch den Spalt und stolperte in das sonnige Zimmer.

»Voilà! Ist es nicht erstaunlich, was man bei der Garde alles lernt?«

Sie wandte sich wieder ihrem Kaffee zu, und er konnte deutlich sehen, dass sie nicht gerade überglücklich über sein Erscheinen war. Doch natürlich würde Lydia höflich zu ihm sein. Denn selbst wenn sie mit einem zankte, wahrte sie allzeit die Form.

»Tja nun.« Er schwang sich rittlings auf einen Stuhl und legte seine Arme auf die Rückenlehne. »Ich kam gerade zufällig vorbei …«

»Also bitte, Fenton, findest du nicht auch, du hast dich bereits lächerlich genug gemacht hast? Möchtest du einen Kaffee?«

»Gern.«

Ihr Fuß suchte den Klingelknopf unter dem Tisch.

»Jenny hat einen Mohnkuchen gebacken. Wenn du möchtest, kannst du ein Stück haben.« Ohne Fenton anzusehen, nippte sie an ihrem Kaffee. »Ist der Cousin der Rilkes gut angekommen?«

»Ja. Ein wirklich netter Bursche. Hat ein offenes Gesicht und scheint eine durch und durch ehrliche Haut zu sein, also ganz gewiss nicht dein Typ.«

Sie leerte ihre Tasse und stellte sie so vorsichtig, als könne sie zerbrechen, wieder vor sich auf den Tisch.

»Das ist unter deinem Niveau, Fenton. Für gewöhnlich bist du nicht so unhöflich.«

»Ich habe einfach schlecht geschlafen und bin deshalb heute früh etwas gereizt, wenn du es wissen willst. Übrigens hat Charles nach allem, was ich mitbekommen habe, gestern Abend mindestens fünf Mal telefonisch sein Glück bei dir versucht. Während wir beim Billardspielen waren, verschwand er ein ums andere Mal im Flur. Warst du unterwegs?«

»Nein. Ich wollte einfach meine Ruhe haben.«

»Nun, den armen Charles hat es ganz sicher nicht beruhigt, dass du nicht zu sprechen warst. Ich nehme an, dass er sich heute wieder mehrfach bei dir melden wird. Wirst du mit ihm sprechen?«

»Spielt das für dich eine Rolle?«

Fenton zuckte mit den Schultern.

»Ja und nein. Ist Archie da?«

»Du schweifst vom Thema ab. Was willst du denn von Dad?«

»Ich wollte ihm sagen, dass ich ernsthaft in Erwägung ziehe, in seiner Firma anzufangen. Ich habe die halbe Nacht an meinem Rücktrittsschreiben für die Garde gefeilt.« Jetzt blickte Lydia ihn an, und er lächelte, als er ihre zusammengekniffenen

Augen sah. »Dabei ist es erheblich einfacher, die Garde zu verlassen, als dort reinzukommen. Mein Onkel Julian musste mindestens sechs Briefe schreiben und weiß Gott wie oft in seinem Club mit irgendwelchen alten Waffenbrüdern speisen, nur damit ich den Posten bekam. Hat den alten Knaben bestimmt ganz schön was gekostet. Allerdings habe ich keine Ahnung, welchen Wein es zu dem jeweiligen Essen gab.«

»Erspar mir deine Ironie«, zischte Lydia ihn an. »Was zum Teufel hast du vor?«

Ehe Fenton eine Antwort geben konnte, ging die Tür des Frühstückszimmers auf, und der Butler trat zu Lydia an den Tisch.

»Sie haben geläutet, Miss Lydia?«

»Tut mir leid, Spears, ich muss aus Versehen an den Knopf gekommen sein.«

Der Butler – ein Muskelprotz mit einem hochroten Gesicht – hatte einst in Cheapside ein Lokal geführt. Er kannte Lydia seit dem Tag ihrer Geburt und Fenton seit seinem neunten Lebensjahr. Er sah die beiden forschend an.

Nach einem Augenblick erklärte er: »Sehr wohl, Miss Lydia«, zog sich diskret wieder zurück und machte lautlos die Tür hinter sich zu.

Fenton lachte leise auf und nahm das Etui mit den Zigaretten aus der Brusttasche seines Tweedjacketts.

»Der arme alte Spears. Er denkt bestimmt, ich sei schon seit gestern Abend hier.«

»Hör auf zu grinsen«, wies ihn Lydia mit kalter Stimme zurecht.

Durch die geschlossene Tür des Frühstücksraums klang das gedämpfte Läuten eines Telefons. Fenton zündete sich eine Zigarette an, während Lydia reglos dasaß und mit dem Silberlöffel auf ihrer Untertasse spielte. Dann hörte das Klingeln auf, und wenig später klopfte es, und abermals tauchte der Butler auf.

»Mr. Charles Greville ist am Telefon, Miss Lydia.«

Fenton blies einen passablen Rauchring aus, und Lydia spielte weiter mit dem Löffel.

»Danke, Spears. Sagen Sie ihm … sagen Sie ihm, ich schlafe noch.«

»Sehr wohl, Miss Lydia.«

Sie blieben schweigend sitzen, bis der Butler im Flur verschwunden war. Dann stand Fenton auf, suchte einen Aschenbecher und kam an den Tisch zurück.

»Wann *wirst* du mit ihm sprechen?«

»Ich werde ihn zum Abendessen einladen«, antwortete sie. »Auch wenn dich das, verdammt noch mal, nichts angeht.«

»Du bist heute früh aber gereizt … Dabei habe ich den ganzen Weg hierhergemacht, um dich zu bitten, mich zu heiraten.«

Er beugte sich über den Tisch und drückte seine Zigarette in einem kristallenen Schälchen aus. Dabei nahm er das unmerkliche Zittern ihrer Finger wahr, die noch immer mit dem Löffel spielten.

»Hast du was an den Ohren?«

»Nein«, erwiderte sie ruhig. »Bitte geh, Fenton.«

Er richtete sich wieder auf, trat hinter sie und legte seine Hände sanft auf ihre Schultern.

»Wir könnten in deinen schicken kleinen Wagen steigen, rauf nach Gretna Green in Schottland fahren und uns dort trauen lassen. Ich kenne einen Gasthof in Luce Bay mit einem wunderbaren Blick über den Solway und den dicksten und weichsten Federbetten, die du dir vorstellen kannst.« Seine Finger glitten durch ihr Haar und streichelten zärtlich ihren Nacken. »Vergiss Charles. Aus dir und ihm kann niemals etwas werden. Wenn du ehrlich bist, weißt du das selbst.«

»Er wird mich heiraten«, erklärte sie so leise, dass sie fast nicht zu verstehen war.

»Ich bin mir sicher, dass er dich heiraten *will*, nur dass sein alter Herr in dieser Angelegenheit auch noch ein Wörtchen mitzureden hat. Dieses Hindernis wirst du allein niemals überwinden. Und der gute Charles wird dir in dieser Sache keine große Hilfe sein. Denn er würde niemals etwas tun, was dem ungeschriebenen Ehrenkodex der Familie Greville und der makellosen Earls of Stanmore zuwiderläuft. Verdammt, wenn dir so viel an einem Titel liegt, angle dir doch einen Lord mit Geldproblemen, der dir seinen Titel dafür gibt, dass du seine Schulden tilgst. Aber das willst du nicht, nicht wahr? Denn dann würden sich die Leute nur darüber lustig machen, dass man in den Teesalons deines Vaters heutzutage scheinbar alles kaufen kann.«

Sie riss ihren Kopf zurück, drehte sich blitzschnell zu ihm um und holte kraftvoll aus. Doch bevor sie Fenton eine Ohrfeige verpassen konnte, packte er ihr Handgelenk und zog sie so unsanft auf die Füße, dass ihr Stuhl umfiel.

»Du Schwein!« Ihr Gesicht war kreidebleich und angespannt.

Er zog sie eng an seine Brust, neigte den Kopf und küsste sie entschlossen auf den Mund. Genau wie er erwartet hatte, setzte sie sich keineswegs zur Wehr, sondern entspannte sich und schmiegte sich mit einem leisen Seufzer an ihn.

»Heirate mich«, bat er erneut und machte sich vorsichtig von ihr los. Ihre Augen waren geschlossen, doch sie schüttelte den Kopf.

»Du weißt, verdammt noch mal, genau, dass du mich liebst. Nur dass Liebe bei der Wahl des Ehemannes keine Rolle für dich spielt, nicht wahr? Weil es dir ausschließlich um dein Ansehen geht.«

Als hätte plötzlich Fenton ihr eine Ohrfeige verpasst, erstarrte sie, trat einen Schritt zurück und funkelte ihn zornig an.

»Du hast gut reden. Dabei hast du selbst erst gestern Abend Winnie Sutton unverhohlen den Hof gemacht.« Lydia ahmte seine Stimme nach: »Der Tango ist ganz einfach, ich zeige es dir.‹ Weißt du schon, was du ihr sonst noch alles zeigen willst?«

»Sie hat mir leidgetan.«

»Ja, natürlich. Weil sie so geschmacklos gekleidet und so unbeholfen ist, dass man sie nur ansehen muss, damit man vor Mitgefühl vergeht! Aber du kannst mich nicht für dumm verkaufen. Denn ich kenne dich. Du wägst immer sorgfältig ab, ob dein Mitgefühl sich lohnt. Und du siehst in Winnie nur das viele Geld, das sie einmal erben wird. Bin ich für dich vielleicht auch nichts anderes als die dumme Gans, die goldene Eier legt?«

Er rieb sich die Nase und sah sie mit einem treuherzigen Lächeln an.

»Also gut, teilweise hast du recht. Wegen meines Verhaltens gestern Abend komme ich mir etwas schäbig vor. Aber ich bin ein anständiger Jäger, und ich schieße nie auf eine Ente, wenn sie auf dem Boden sitzt. Trotzdem hast du recht. Ich stecke augenblicklich ziemlich in der Klemme, und wenn ich es schaffen würde, Winnie und vor allem ihre Eltern für mich einzunehmen, wäre ich mit einem Schlag meine Probleme los.«

»Davon bin ich überzeugt, aber das wäre nichts, verglichen mit dem, was jemand wie ich dir bieten könnte. Wenn ich mich für dich entscheiden würde, würde Daddy dir bestimmt vor lauter Glück eine Million Pfund in die gierig aufgehaltene Pfote drücken.«

»In die Pfoten«, korrigierte er sie, drehte seine leeren Handflächen nach oben und hielt sie Lydia hin. »Denn ich habe schließlich zwei Hände. Durch die du jeweils einen Nagel treiben kannst, wenn ich nicht die Wahrheit sage. Archies Geld ist mir egal. Wenn ich wüsste, dass du dich mit meinen zwölf Shilling, sechs Pence am Tag abzüglich des Essensgelds zufriedengäbst, würde ich den alten Knaben nicht um einen Penny bitten. Doch dir würde das niemals reichen. Deshalb wäre ich bereit, in Archies Firma einzusteigen, damit ich dir bieten kann, was du zum Leben brauchst. Denn es ist ganz einfach. Ich wäre ein perfekter Ehemann für dich, im Bett und auch sonst. Das weißt du genauso gut wie ich.«

Sie nickte ernst.

»Das stimmt.«

Er legte ihr die Hände an die Hüften und spürte durch den dünnen Seidenstoff des Morgenrocks ihren weichen Körper.

»Wir zwei sind uns sehr ähnlich, denn wir haben beide Ziele, die unmöglich zu erreichen sind. Ich bekleide einen Posten, den ich mir nicht leisten kann, und du wünschst dir eine Position in der Gesellschaft, die sich nicht mit allem Geld der Welt kaufen lässt. Ich muss dir was gestehen. Ich habe nicht die halbe Nacht über meinem Rücktrittsgesuch gesessen, sondern mich in meinem Bett herumgewälzt. Mir gingen lauter wirre Dinge durch den Kopf. Ich habe die ganze Zeit den armen Charles vor mir gesehen, nachdem er versucht hatte, dich telefonisch zu erreichen. Hattest du womöglich Streit mit ihm?«

»Nein. Ich hatte keinen Streit mit ihm.«

Er sah sie mit einem wissenden, bitteren Lächeln an.

»Dann lässt du ihn also einfach zappeln?«

»Es ist nicht nett, so was zu sagen«, gab sie steif zurück.

»Vielleicht nicht, aber ich kenne dieses Spiel. Du denkst, wenn er verzweifelt genug ist, lehnt er sich vielleicht doch noch gegen seinen Vater auf – bricht einen Streit mit ihm vom Zaun, den er gewinnen, aber auch verlieren … oder eher, den *du* gewinnen, aber auch verlieren kannst. Du setzt alles auf eine Karte, Lydia, aber denkst du, dass sich das tatsächlich lohnt? Es muss doch wohl mehr im Leben geben, als nach Abingdon Hall zu ziehen und irgendwann Countess zu sein. Und es muss mehr im Leben geben, als in einem roten Rock vor dem Buckingham Palace auf und ab zu stolzieren. Weißt du noch, während der Restaurierungsarbeiten drüben am Herrenhaus bist du mir als kleines Mädchen auf jedes Gerüst gefolgt und dort mit mir herumgeturnt. Charles und Roger hatten Angst, aber du hast immer gesagt, du würdest mir folgen, egal wohin ich gehe. Nun, ich wünschte mir, das tätest du jetzt auch.«

Er war auf eine düstere, piratenhafte Art ausnehmend attraktiv. Ein verwegener Draufgänger mit ausgezeichneten Manieren. Seine Hände, die auf ihren Hüften lagen, drückten Kraft und Selbstbewusstsein aus, als hätten sie alles Recht der Welt, jede Stelle ihres Körpers zu berühren. Wie leicht hätte sie seinem Charme erliegen, hinauf in ihr Zimmer laufen und dort eine Tasche packen können, um mit ihm nach Gretna Green zu fahren und ihm anschließend an jeden Ort der Welt zu folgen. Doch das war nicht das, was Lydia sich erträumte. Das war nicht genug.

»Es tut mir leid, Fenton. Ich bin kein kleines Mädchen mehr.«

Er ließ seine Hände sinken.

»Du brauchst dich nicht zu entschuldigen. Denn mir war klar, dass meine Hoffnung vollkommen vergebens war.« Er streckte eine Hand nach ihr aus. »Wollen wir trotzdem Freunde bleiben?«

Ihre Finger strichen zärtlich über seine Haut.

»Immer.«

»Ich bin nicht allzu geschickt, durch Fenster hinauszuklettern. Dürfte ich vielleicht dieses Mal die Haustür benutzen?«

»Selbstverständlich. Was wirst du jetzt tun? Ich meine, in Bezug auf Winnie.«

»Oh. Darüber habe ich noch nicht nachgedacht.«

»Bist du hoch verschuldet?«

»So könnte man es formulieren.«

»Ich kann dir einen Scheck ausstellen, oder würde dich das zu sehr verletzen?«

Er machte eine steife Verbeugung und küsste sie sanft auf die Stirn.

»In der Tat, ja. Nein, ich werde wie immer katzengleich auf meinen Füßen landen, keine Angst. Ich habe schon einen Plan, meine Zukunftsaussichten sind gar nicht schlecht.«

Sie zuckte zusammen und sah durch das Fenster auf die Gärtner in den dunkelgrünen Kitteln, die über den Pfad zum Rosengarten gingen. Mit der Hacke über der Schulter sahen sie wie Soldaten aus dem Mittelalter auf dem Weg zum Schlachtfeld aus. Lydia stellte sich Fenton vor, wie er mit einer Debütantin unter einem Spalier gezückter Schwerter über ausgestreute Rosenblätter schritt. Dieses Bild versetzte ihr einen schmerzhaften Stich, und sie blickte in die Ferne auf die Schornsteine von Abingdon Hall, die hinter dem grünen Saum des Waldes von Leith eher zu erahnen waren.

»Wir sollten einander gutes Gelingen wünschen«, wandte sie sich wieder Fenton zu. »Und dass jeder von uns auf seine Weise glücklich wird.«

Martin schlief so lange, dass die anderen schon mit dem Frühstück fertig waren, als er nach unten kam. Doch es stand noch jede Menge Essen auf dem Tisch, und begeistert häufte er gekochte Nierchen, Rührei, gegrillte Tomaten, zwei Scheiben gebratenen Speck, dünn geschnittene, kross gebratene Kartoffelscheiben, warme Brötchen und etwas Fruchtkompott auf seinen Teller. Außerdem stand auf dem Tisch ein Humidor, und nach dem Essen zündete sich Martin ein mildes »Frühstücks«-Zigarillo an, schlenderte auf die Terrasse und spazierte langsam um das Haus. Er bewunderte die Gärten und die prachtvolle Architektur, als mit einem Mal Lord Stanmore ein Fenster in der unteren Etage öffnete und nach ihm rief.

»Guten Morgen, Martin. Hast du schon gefrühstückt?«

»Ja, Sir«, antwortete er und nahm das Zigarillo aus dem Mund. »Und ich habe mehr gegessen, als mir guttut.«

»Trink doch noch einen Kaffee mit deiner Tante und mit mir. Siehst du die Tür da? Komm ins Haus und halte dich dann rechts.«

Der Earl erwartete Martin im Flur und führte ihn in ein

Zimmer mit einem Rollschreibtisch, Aktenschränken, ein paar Sesseln und einer Ledercouch. Martins Tante saß hinter dem Tisch und ging ein paar Papiere durch.

»Mein Arbeitszimmer«, klärte ihn Lord Stanmore auf. »Das Herz von Abingdon Hall.«

Hanna sah von ihrer Arbeit auf.

»Guten Morgen, mein Lieber. Wir haben gerade über dich gesprochen.« Sie klopfte mit einem Federhalter auf das Blatt, das vor ihr lag. »Wir veranstalten während der zweiten Junihälfte und während des ganzen Juli beinahe jeden Tag ein Fest. Wahrscheinlich sind nicht alle Feiern interessant für dich, aber ich habe deinen Namen auf sämtlichen Listen notiert, auf denen viele hübsche Mädchen stehen.«

»Das ist sehr nett von dir, aber weißt du, ich werde nur zwei Wochen in England sein, und ich … nun, ich hatte gehofft, ich könnte meinen großen Koffer hierlassen, wenn das für euch in Ordnung ist, nur den kleinen Koffer mitnehmen, durchs Land reisen und mir so viel wie möglich ansehen.« Er war etwas verlegen und hoffte, dass Hanna nicht gekränkt war. Doch sie blickte ihn mit einem breiten Lächeln an und sah sogar irgendwie erleichtert aus.

»Das ist eine fantastische Idee, Martin! Ist sie nicht wunderbar, Tony?«

»Ja«, stimmte der Earl ihr zu und nickte nachdrücklich. »Als ich in deinem Alter war, habe ich das Land zu Fuß durchquert – vom Ärmelkanal bis nach Thurso Bay in Caithness und dann entlang der Westküste von Schottland und durch Wales zurück. Das war eine wunderbare Zeit. Mit Rucksack und Spazierstock. Ja, mein Junge, sieh dir während deines Aufenthalts so viel wie möglich an. Denn für uns Männer ist die Ballsaison die Hölle, auch wenn sie anscheinend für die Frauen den Höhepunkt des Jahres darstellt.«

»Also bitte, Tony«, schalt ihn seine Frau.

»Stimmt doch«, entgegnete er. »Eine nicht endende Abfolge von Bällen und Soireen. In London brauche ich zwei Kammerdiener, und bereits vor Mitte der Saison sind beide vollkommen erschöpft. Ganz zu schweigen davon, wie es meiner Leber nach all diesen Feiern geht.«

»Oh Tony«, lachte Hanna. »Was für ein düsteres Bild du entwirfst! Aber im Ernst, Martin, ich finde deine Pläne wunderbar. Wann willst du zu deiner Reise aufbrechen?«

»Je eher, desto besser. Denn es gibt so viele Orte, die ich sehen will. Ich dachte, vielleicht fahre ich heute mit dem Zug nach London und treffe ein Arrangement mit Cook's – ihr wisst schon, vielleicht schließe ich mich einer Reisegruppe an. Mit ein bisschen Glück könnte es dann bereits am Montag oder Dienstag losgehen.«

Der Earl zog eine Silberuhr aus seiner Westentasche und klappte sie auf.

»Genau das solltest du machen. Diese Leute besorgen einem schon im Vorfeld Unterkünfte in anständigen Pensionen und Hotels. Lass mich sehen … Wenn Ross dich nach Godalming fährt, kannst du den Zug um 11.30 Uhr und am Bahnhof Waterloo ein Taxi bis zur Strand nehmen. Ich glaube, dort ist so eine Agentur.«

»Natürlich bin ich ein bisschen enttäuscht«, erklärte Hanna, während sie ihre Papiere wieder ordentlich zusammenschob. »Denn ich hätte mich gerne vor den anderen mit meinem schneidigen Neffen aus Amerika gebrüstet. Deshalb werde ich auf alle Fälle dafür sorgen, dass du noch ein paar meiner Freudinnen und Freunde kennenlernst, bevor du weiter nach Deutschland reist.«

»Das wäre schön«, antwortete Martin höflich. Natürlich hatte Hanna seinen Plänen sofort zugestimmt. Auch Tante Jessie hatte oft keinerlei Verwendung bei ihren Gesellschaften für ihn gehabt. Offenbar ist es mein Schicksal, die Sitzordnung am Tisch anderer durcheinanderzubringen, dachte er wehmütig.

Lord Stanmore schlug ihm kraftvoll auf den Rücken.

»Und wir müssen einmal zusammen ausreiten. Weil man nur auf einem Pferderücken die englische Landschaft umfänglich genießen kann.«

Auch auf dem Weg bis in die Eingangshalle schwärmte er noch von der Reiterei, aber Martin konnte sich für dieses Thema nicht erwärmen und atmete erleichtert auf, als der Earl sagte: »Ich werde Ross Bescheid geben, damit er mit dem Wagen kommt. Hast du englisches Geld?«

»Nur ein oder zwei Pfund. Aber ich denke, dass ich ein paar Reiseschecks bei Cook's einlösen kann.«

»Ja, sie bieten diesen Service an, aber für alle Fälle gebe ich dir besser einen Fünfer mit.« Während er die Geldbörse aus seiner Jackentasche zog, bemerkte er, wie Fenton die Eingangshalle vom Wintergarten her betrat. »Ah, Fenton. Und, war dir das Jagdglück hold?«

Fenton, ganz in Gedanken, wurde von der Frage überrascht.

»Wie bitte?«

»Die verdammten Dohlen. Hast du welche erwischt?«

Er hatte das Gewehr und die Jagdtasche in Lydias Garten liegen lassen. Aber irgendwer würde die Gegenstände sicher finden, deshalb gab er gleichmütig zurück:

»Ein paar.«

»Wie schön für dich. Der junge Rilke fährt heute nach London und bucht eine Tour bei Cook's. Die vernünftigste Art zu reisen, wenn jemand das Land nicht kennt.«

»Ja … da haben Sie wahrscheinlich recht. Fahren Sie heute Morgen?«, fragte Fenton Martin.

»Ja.«

»Dann werde ich Sie begleiten.« Mit einem entschuldigenden Lächeln wandte er sich wieder an den Earl. »Auf dem Weg über die Fern Lane habe ich den Telegrammboten getroffen. Der Adjutant ruft mich zurück.«

»Warum denn das?«

»Wegen einer Angelegenheit des Bataillons, die problemlos noch bis nächste Woche hätte warten können, aber er ist nun einmal ein nervöses altes Weib.«

»Verdammt. Nun, zumindest hat die Zeit für ein paar ordentliche Ausritte gereicht.«

Fenton saß im Zug nach London und grübelte vor sich hin. Martin hatte wiederholt versucht, eine Unterhaltung zu beginnen, doch der Captain hatte nur einsilbige Antworten gegeben. Und so saß er dem hochgewachsenen Offizier in einem Waggon der ersten Klasse gegenüber und begnügte sich damit, die Aussicht zu genießen, die sich ihm durchs Fenster bot.

Erst als der Zug aus Richtung Süden durch die Vororte Londons fuhr, stieß Fenton einen abgrundtiefen Seufzer aus, klappte seine Zigarettenschachtel auf und hielt sie Martin hin.

»Danke.« Er bevorzugte Zigarren, aber dankbar dafür, dass das Eis endlich gebrochen war, nahm er die angebotene Zigarette.

»Eine ziemlich vernarbte Landschaft, finden Sie nicht?«, fragte Fenton, während er nach draußen wies. »Eines Tages sieht bestimmt das ganze Land so aus – dann ist jeder noch so schmale Weg geteert, und die Hügel sind mit Backsteinvillen übersät. Ich verabscheue den Fortschritt.«

»Ich auch – manchmal. Genauso ist es in Chicago. Ständig schießen neue Dinge aus dem Boden, und die Stadt dehnt sich wie Unkraut aus.«

»Das kann ich mir vorstellen. Aber in Amerika mit all seinen Prärien, Wüsten und anderen bisher nicht besiedelten Gebieten gibt es doch bestimmt genug Land, um sich auszudehnen, oder nicht?« Er zog an seiner Zigarette und sah Martin aus zusammengekniffenen Augen über eine Rauchwolke hinweg an. »Ich spreche dieses Thema nur sehr ungern an, Rilke, aber diese Jacke, die Sie tragen, sieht einfach entsetzlich aus. Wer zum Teufel ist Ihr Schneider?«

»Marschall Field«, platzte es aus dem armen jungen Mann heraus.

»Der Mann sollte erschossen werden. Hören Sie, alter Knabe, ich hoffe, ich beleidige Sie nicht, aber hier in England wird ein Gentleman nach seinem Erscheinungsbild beurteilt, und es wäre doch bedauerlich, wenn ein so netter Kerl wie Sie nur deshalb keinen Zugang zur Gesellschaft fände, weil er eine schlecht sitzende Jacke trägt. Mein Schneider ist ein wahrer Zauberer. Er ist in der Burlington Street, unweit der Savile Row. Was sagen Sie dazu, wenn wir nach Ihrem Besuch bei Cook's kurz bei ihm vorbeischauen?«

»Nun, ich ...« Am liebsten hätte er sich sein Jackett vom Leib gerissen und zum Fenster hinausgeworfen, damit Fenton das beleidigende Kleidungsstück nicht länger sah.

»Und falls Sie gerade nicht genug Bargeld haben«, fuhr sein Gegenüber unbekümmert fort. »Kein Problem. Denn der alte Purdy würde gewiss nicht erwarten, dass der Neffe eines Earls vulgär mit Bargeld zahlt. Bezahlen Sie ihn einfach, wenn es Ihnen passt. Vor allem werden Sie feststellen, dass seine Preise sehr vernünftig sind.« Damit war auch diese Frage hinlänglich geklärt, und zufrieden lehnte Fenton sich auf seinem Sitz zurück. »Ja, sobald Sie bei Cook's fertig sind, fahren wir dort vorbei.«

Martin wand sich innerlich. Er war zutiefst beschämt, aber was der Mann gesagt hatte, stimmte. Es stand außer Frage, dass die Jacke, die er trug, sehr unvorteilhaft war.

»Aber ... müssen Sie sich nicht bei Ihrer Einheit melden?«

Fenton schnipste etwas Zigarettenasche von der messerscharfen Bügelfalte seiner grauen Flanellhose.

»Ich habe Seine Lordschaft angeschwindelt«, gab er unumwunden zu. »In Wahrheit hat mein Adjutant mir gar kein Telegramm geschickt. Das war nur eine Ausrede, damit ich nicht das ganze Wochenende bleiben muss. Ich hoffe, Sie werden mich nicht verraten.«

»Nein, natürlich nicht.«

»Danke. Ich wollte aus ... persönlichen Gründen nach London zurück.«

Mit einer Droschke fuhren sie vom Bahnhof Waterloo zur Strand, fanden das Büro von Thomas Cook & Sons, und Martin buchte eine zehntägige Reise, die am Donnerstag vom Bahnhof Euston aus »beschaulich langsam zu den Sehenswürdigkeiten Englands« führen würde, »in die Shakespeare-Stadt Stratford-upon-Avon und nach Bath, zu prunkvollen Schlössern, dem Hadrianswall und dem Lake District, in dem die großen Dichter während ihrer Wanderungen entlang der unzähligen Seen ihren Seelen Flügel verliehen«.

Der Angestellte hatte Martin mit fast religiösem Eifer von den Zielen vorgeschwärmt, ihm zur Wahl des besten Reiseunternehmens Englands gratuliert, Reiseschecks in Höhe von einhundert Pfund für Martins Aufenthalt auf den britischen Inseln eingelöst und ihm einen gedruckten Plan der Reise Nummer 32 quer durch England in die Hand gedrückt.

»Das ging ja reibungslos vonstatten«, stellte Fenton fest. »Obwohl ich mich frage, wie die anderen Mitglieder der Reisegruppe wohl so sind. Wirklich bedauerlich, dass man sich die Mitreisenden nicht auswählen kann.«

Auch die beiden Stunden bei Purdy & Beame verliefen reibungslos. Es war den beiden Herren deutlich anzusehen, dass es alles andere als einfach würde, einen echten Gentleman aus diesem jungen Mann zu machen, dessen äußere Erscheinung ihrer Meinung nach erbärmlich war. Während sie den Anblick seiner Kleidung noch verdauten, tauschten sie wissende Blicke aus, zogen vielsagend die Brauen hoch und schnalzten mit der Zunge, weil der Yankee-Stoff weder bezüglich seiner Qualität noch der Verarbeitung ihren Ansprüchen entsprach. Martin war wie Wachs in ihren Händen, und am Schluss bestellte er drei Anzüge, in denen er dem Gardeoffizier und den Schneidern zufolge zu jedem Anlass tadellos gekleidet sei. Bereits am Mittwochnachmittag konnte er sie abholen und sähe somit auf der Reise wie ein Gentleman aus.

»Kommen Sie am Dienstag bitte morgens und dann noch mal nachmittags zur Anprobe. Es ist bei uns nicht üblich, dass wir unter einem solchen Zeitdruck arbeiten, aber ich kann Ihnen versichern, Mr. Rilke, dass wir dieser Aufgabe gewachsen sind.«

Mit diesen Worten half man Martin wieder in die Kleidungsstücke, die eine Beleidigung fürs Auge waren, und das war's.

»Dazu noch ein anständiger Filzhut und ein Regenschirm mit einem Seidenfutteral, und Sie sehen wie der Duke of Norfolk aus«, stellte Fenton beim Verlassen des Geschäfts fest und wies in Richtung Old Bond Street. »Bis zu meinem Hutmacher ist es nur ein kurzer Fußweg. Kommen Sie.«

Als sie jedoch in die Bond Street bogen, erstarrte der Gardeoffizier und tat, als sähe er sich eingehend das Schaufenster eines Tabakgeschäfts an.

»Herrgott«, stieß er leise aus. »Ich hoffe nur, er hat mich nicht gesehen.«

»Wer?«, fragte Martin und drehte sich suchend um.

»Gucken Sie nicht hin. Stellen Sie sich einfach neben mich und sehen Sie in das Schaufenster. Vielleicht geht er ja an uns vorbei.«

Während Martin auf die Pfeifenständer und die Tabakdosen starrte, spürte er, dass sich ihnen jemand näherte, und warf einen verstohlenen Blick auf den Bekannten Fentons, der ein wenig zögernd auf sie zukam. Er sah wie eine junge Frau in Männerkleidern aus. Gertenschlank und mit seinen dunklen Locken, der olivfarbenen Haut und den hohen Wangenknochen richtiggehend hübsch. Seine Nase war zwar schmal, dafür aber markant, und seine großen, schräg stehenden Augen wirkten sanft wie die eines Rehs. Der breite Mund jedoch machte den sanftmütigen Eindruck umgehend zunichte, denn ein höhnischeres Grinsen hatte Martin nie zuvor gesehen.

»Wenn das nicht Captain Wood-Lacy ist«, stellte er mit kühler Stimme fest. »Und dann noch in Begleitung.«

»Aber hallo, Golden«, grüßte ihn der Gardeoffizier in dem vergeblichen Bemühen, überrascht zu wirken, kühl zurück. »Ich hätte nicht gedacht, dich hier zu treffen.«

Der verächtliche Gesichtsausdruck des anderen verstärkte sich.

»Ja, natürlich. Die Bond Street ist ja so abgelegen. Ich wusste gar nicht, dass du dich für Pfeifen interessierst.«

»Das tue ich auch nicht, doch in der Not frisst der Teufel Fliegen.«

Der Mann warf seinen Kopf zurück und stieß ein dunkles lautes Lachen aus, das in deutlichem Kontrast zu seinem dünnen Hälschen stand.

»Oh Fenton, ich bewundere dich. Du bist eindeutig der freimütigste Mann, der mir jemals begegnet ist. Aber vielleicht besitzt du ja die Güte, mich deinem Begleiter vorzustellen.«

»Golden, Martin Rilke aus Chicago. Rilke, Jacob Golden, der größte Quälgeist, den die Fleet Street je gesehen hat. Übrigens ist Rilke Journalist wie du.«

»Oh?« Interessiert wandte sich Golden Martin zu. »Und bei welchem Blatt?«

»Beim *Express* in Chicago.«

Golden schloss kurz die Augen.

»*Express*… republikanische Gesinnung, Präsident Wilson gegenüber feindlich eingestellt, ein ausgeprägtes Misstrauen gegenüber den Gewerkschaften…«

Martin stieß ein nervöses Lachen aus.

»Hören Sie auf. Ich schreibe nur Buchbesprechungen.«

»Das solltest du auch tun, Golden«, stellte Fenton trocken

fest. »Vielleicht würdest du dann endlich mit dem Unsinn aufhören.«

Golden seufzte abgrundtief und verzog unglücklich das Gesicht.

»Das sieht mein Vater auch so, fürchte ich. Deshalb lässt er mich auch nicht mehr über die Intrigen auf dem Balkan und das Durcheinander, das in Ulster herrscht, berichten. In der nahen Zukunft gibt es für mich nur noch irgendwelche Morde oder andere Verbrechen aus Leidenschaft. Im Augenblick berichte ich über den Goodwin-Fall, du hast doch sicherlich davon gehört. Der Zahnarzt aus Birchington, der seine Schwägerin zu Tode gebohrt hat, weil Gott es so wollte. Eine wirklich hässliche Geschichte, auch wenn Gott aus meiner Sicht gewusst hat, was er tat. Das Opfer ist eine wahrhaft grässliche Person gewesen. Die ganze Familie ist überglücklich, weil das böse Weib endlich das Zeitliche gesegnet hat. Die Zeitung bezahlt seinen Verteidiger.«

»Und wenn es anders wäre«, entgegnete Fenton mit gedehnter Stimme, »würdest du dich mindestens genauso freuen, den Kerl am Strick hängen zu sehen.«

»Wahrscheinlich«, stimmte Golden unumwunden zu und breitete hilflos seine Arme aus. »Aber das ist eben so im Journalismus, nicht wahr? Man muss den Geschmack der Leute treffen oder sie auf den Geschmack bringen.« Er zwinkerte Martin fröhlich zu. »Aber Sie kennen wahrscheinlich die Abwege, auf die man in unserer ehrenwerten Profession manchmal gerät.« Dann wandte er sich wieder Fenton zu: »Ist sicher angenehm, Soldat zu sein. Zumindest sagt einem da immer jemand, auf wen man schießen soll.«

Fenton riss den Mund zu einem übertriebenen Gähnen auf.

»Du änderst dich wahrscheinlich nie. Da wundert es wohl kaum, wenn sogar deine Freunde untertauchen, wenn sie dich irgendwo sehen.« Er zog eine Uhr aus seiner Westentasche und warf einen Blick darauf. »Zeit für unseren Tee. Am besten rufen wir ein Taxi und fahren in meinen Club.«

»Mein lieber Fenton«, erwiderte Golden. »Im Marlborough sind Juden nicht erwünscht.«

»Ich weiß. Auch wenn diese Regel eindeutig übertrieben ist. Es würde völlig reichen, wenn *bestimmte* Juden dort nicht gern gesehen wären.« Er runzelte die Stirn und sah erneut auf seine Uhr. »Aber wie dem auch sei, vielleicht ist es für Tee sowieso bereits etwas zu spät. Was also schlägst du vor?«

»Vielleicht sollten wir in ein White Manor gehen, in eins der eleganteren. Apropos White Manor, hast du zufällig die schöne Lydia Foxe in letzter Zeit gesehen?«

Eilig blickte Fenton auf die Straße, weil er hoffte, dass er dort ein freies Taxi fand.

»Nein, das letzte Mal ist bereits eine ganze Weile her.«

»Ich habe sie zum letzten Mal vor gut zwei Monaten gesehen. In der Pariser Oper. Sie hing dort am Arm eines Majors der Kürassiere. Offenkundig hat sie eine Schwäche für das Militär.«

Langsam drehte sich der Captain um und blickte in das arglose Gesicht des Mannes, der erheblich kleiner war als er.

»Welcher Teufel hat mich nur geritten, dir während der Schulzeit meine Freundschaft anzubieten? Bereits damals warst du unerträglich.«

Wieder stieß der Journalist sein dunkles lautes Lachen aus. »Das war ein Akt christlicher Nächstenliebe, alter Freund. Für den man eben mit ein wenig Leid bezahlt. Ah«, rief er und stürzte auf die Straße. »Taxi … Taxi … Hier!«

Als Martin um halb elf mit einem klapprigen Vehikel aus Godalming kam, informierte ihn der Butler, dass der Earl und die Countess wie auch Mr. Wood-Lacy früh zu Bett gegangen seien und Master Charles noch nicht zu Hause sei.

»Aber falls Sie etwas essen möchten, Sir …«

»Vielleicht ein Sandwich und ein Glas Bier, falls es keine allzu große Mühe macht.«

»Es macht nicht die geringste Mühe, Sir.«

»Wenn Sie nichts dagegen haben, esse ich auf meinem Zimmer. Ich bin ziemlich müde.«

»Sehr wohl, Sir«, sagte Mr. Coatsworth in verständnisvollem Ton. »Eine Fahrt nach London ist immer sehr kraftraubend.«

Er war sich nicht sicher, ob die Fahrt oder nicht eher die Gesellschaft anstrengend gewesen war. Ein seltsamer Tag, sagte er sich, als er in seinen Pyjama stieg. Dann kam ein Page mit den Schinkensandwiches und dem Bier, und nachdem Martin sie verschlungen und den Krug geleert hatte, ging er ins Bett, nahm sein Notizbuch, seinen Federhalter und die Brille aus der Aktentasche und legte die Tasche wie am Vorabend auf die Knie.

Samstag, 13. Juni 1914

Beobachtungen und Gedanken. Die englische Oberschicht hat eine interessante Einstellung zum »Handel«. Wobei Fenton, wenn man es genau nimmt, kein wirkliches Mitglied dieser Klasse ist, deren Vorurteile er als Offizier in einem angesehenen Regiment natürlich trotzdem hegt. Grob gesagt, sind »Händler« die Anbieter von Dienstleistungen oder Waren – Kurzwarenhändler, Weinhändler, Schuhmacher, Schneider usw. Ärzte, Journalisten, Militärs, professionelle Sportler und Ähnliches gehören nicht dazu. Die englische Oberschicht verlässt sich auf die »Händler«, weil sie für ihren Komfort und ihr Wohlbefinden sorgen, hält es aber für schicklich, deren Rechnungen erst nach Monaten zu begleichen. Irgendetwas bar zu zahlen gilt anscheinend als vulgär. Nach dem Tee suchten wir noch Fentons Hutmacher auf, der die Maße meines Kopfes für eine Melone nahm. Bis Mittwoch wird sie für mich angefertigt. Ich habe darauf bestanden, ihn für diese Arbeit schon im Voraus zu bezahlen, und genau wie Fenton wirkte auch der Hutmacher deswegen leicht verblüfft.

Den Tee haben wir in einem White Manor in der Oxford Street, nahe Marble Arch getrunken. Ein riesiges mehrgeschossiges Gebäude mit mehreren Speisesälen, einem Streichorchester, einer Bäckerei und einem Geschäft für kontinentale Leckereien. Die kleinen Sandwiches und die Auswahl süßer Törtchen, die man uns serviert hat, waren preiswert und sehr gut. Wobei der Service beinahe noch besser war: Scharen hübscher, gut gelaunter junger Frauen in gestärkten blauen Uniformen haben die Bestellung aufgenommen und die Speisen zu uns an den Tisch gebracht. Fenton sagte mir, sie würden gut bezahlt, lebten in unternehmenseigenen Pensionen, müssten für die Unterkunft und ihre Mahlzeiten so gut wie nichts bezahlen, und der größte Teil ihres Gehalts werde im Rahmen eines Sparplans für sie angelegt. Golden fügte noch hinzu, inzwischen würden in den Herrenhäusern auf dem Land die jungen Angestellten knapp, weil den Mädchen die Arbeitsbedingungen in den White-Manor-Teesalons lieber als die langen Arbeitstage und die elende Bezahlung in den Herrschaftshäusern seien. Junge Frauen wie Ivy Thaxton haben einen Nachmittag pro Woche frei und sind ansonsten pausenlos im Dienst. Hat wohl Ivy Thaxton je von den White-Manor-Teesalons gehört? Bestimmt. Denn Fenton hat erzählt, dass es diese Teesalons in allen Städten Englands gibt, auch wenn einige deutlich bescheidener als der in der Oxford Street gelegene Laden sind. Ein White Manor scheint für eine junge Frau ein deutlich besserer Arbeitsplatz zu sein. Die Arbeit eines Dienstmädchens in einem Haus wie dem meiner Verwandten ist wahrscheinlich sehr anstrengend. Man muss dort unendlich viele Zimmer putzen, Betten machen, Nachttöpfe ausleeren. Mir selbst graut es vor der weißen Keramikschüssel unter meinem Bett, aber ich kann verstehen, dass man sie, vor allem im Winter, durchaus gern benutzt. Denn in der winzigen Kammer am Ende des Flurs ist es sogar jetzt im Juni höllisch kalt. Wenn ich hier im Winter wohnen würde, würde ich es mir wahrscheinlich zweimal überlegen, ob ich mitten in der Nacht aufstehen und mich in diese grauenhafte Eiskammer begeben soll.

Kurze Eindrücke. Mit seinen vierundzwanzig Jahren ist Jacob Golden ein Jahr jünger als Fenton Wood-Lacy und nur ein Jahr älter als ich. Trotzdem kommt er mir bereits unendlich weise vor. Dem Gespräch beim Tee und dem zufolge, was mir Fenton hinterher erzählt hat, habe ich ein ungefähres Bild von diesem Mann. Er ist der einzige Sohn von Harry Golden, dem großen Lord Crewe, der genau wie William Randolph Hearst internationales Ansehen als Zeitungsmensch genießt. Herausgeber der Daily Post, *des größten Tageblatts der Welt. Auch wenn es eher ein Schmierblatt ist. Boulevardjournalismus in der schlimmsten Form, der den Geschmack der Massen bedient; mit zahlreichen Bildern, reißerischen Texten über Morde und andere Verbrechen, gesellschaftliche Abstürze, Skandale beim Film oder am Theater. Die Beiträge über den Bürgerkrieg in Irland und die Dreistigkeit des Deutschen Reichs, das durch den Bau von Kriegsschiffen und den Erhalt seiner Kolonien mit Großbritannien konkurrieren will, sind möglichst kurz. Chauvinismus und Sensationsgier gehen dabei eine schwindelerregende Mischung ein.*

Jacob Golden tut, als amüsiere er sich über das von seinem Vater aus dem Nichts erschaffene Blatt, aber hinter der zur Schau gestellten Ironie habe ich einen Hauch von Ernst entdeckt. Er behauptet, dass die Zeitung einen weit größeren Einfluss auf die Massen als die Bibel habe. Das Evangelium nach St. Crewe. Goldens Meinung nach ist die Welt in zwei verschiedene Klassen – in Proleten und in reiche Schnösel – aufgeteilt, wobei ein paar reiche Schnösel herrschen und Millionen von Proleten tun, was diese reichen Schnösel ihnen sagen, und vor allem alles glauben, was in irgendwelchen Zeitungen geschrieben steht. Was aus seiner Sicht vollkommen akzeptabel wäre, wenn die Herrschenden intelligente, mitfühlende, aufgeklärte Menschen wären, was sie allerdings nicht sind. Ihm zufolge sind sie lauter Esel, zwischen denen man gelegentlich auch einmal einen Affen trifft. All diese empörenden Dinge sagt der Mann mit einem breiten Lächeln im Gesicht. Er kommt mir wie ein bösartiger Kobold vor, der begeistert mit verfolgt, wie die Menschheit sich geschlossen in den Abgrund stürzt. Fenton hat ihn wiederholt als Dummkopf tituliert, und ich neige halb dazu, ihm zuzustimmen. Auch wenn ich mir nicht ganz sicher bin.

Golden und Wood-Lacy waren zusammen auf einer bekannten Schule in der Nähe von London, deren Schüler beinahe ausnahmslos nach Eton oder Harrow gehen. Auf der Schule gab es außer Jacob nur noch eine Handvoll anderer Juden, und es ging ihm dort sehr schlecht, bis ihn Fenton unter seine Fittiche genommen hat. Soweit ich verstanden habe, waren ihre Väter eng befreundet, und das Daily-Post-*Gebäude in der Whitefriars Lane unweit der Fleet Street wurde nach einem Entwurf von Sir Harold gebaut. Während Jacob erst in Eton und danach in Oxford am Balliol College war, ging Fenton nach Sandhurst und zum Militär, wobei das dünne Band der Freundschaft zwischen ihnen seit der Schule nie völlig zerrissen ist.*

Jacob flog vom College und ist anscheinend stolz darauf. Er hat mir nicht erzählt, weswegen er »hinausgeworfen« wurde, doch die Mächtigen der Universität von Oxford hatten bestimmt ihre Gründe. Danach bekam er eine Anstellung als reisender Korrespondent bei der väterlichen Zeitung und kam viel herum. Ich war ein wenig neidisch, als er von den Balkankriegen sprach. 1912 hat er die servische Armee auf ihrem Vorstoß durch Albanien bis an die Adria begleitet. Eine interessante Anekdote, die Jacobs Theorie über die reichen Schnösel stützt: Lord Crewe hatte anscheinend etwas gegen die Bezeich-

nung »servische Armee«, und um nicht den Eindruck zu erwecken, dass die servische Armee eine Armee »serviler Kriecher« sei, tauschten seine Redakteure kurzerhand das »v« gegen ein »b«. So wurde Servien über Nacht zu Serbien, zumindest für die Leserschaft der Daily Post. *Die Macht der reichen Schnösel reicht sogar so weit, dass sie den Namen eines Volks mit einem Federstrich verändern kann!*

Gedanken. Jacob Golden ist ein Zeitungsmann, und ich bin ebenfalls bei einer Zeitung angestellt. Trotzdem gibt es einen himmelweiten Unterschied zwischen uns! Während ich in meiner Kammer über einer Rezension von Frances Hodgson Burnetts neuestem Machwerk saß, erlebte er den Bürgerkrieg in Irland aus der Nähe mit und schickte Depeschen mit der Nachricht nach Hause, die Freiwilligenarmee von Ulster werde von den Deutschen mit Gewehren und Munition versorgt. Ich nehme an, er ging dabei etwas zu weit, denn er behauptete, ein General der Briten habe für die Protestanten ebenfalls Gewehre dort bestellt. Statt diese Geschichte zu verbreiten, holte ihn sein Vater zurück und setzt ihn jetzt nur noch in London ein. Aber selbst seine Berichte über Mordfälle sind wesentlich bedeutsamer und interessanter als das, was man mir jemals bei meiner Zeitung aufgetragen hat. Doch Jacob sagte, seine Zeitung sei vielleicht interessiert an einer kleinen Artikelserie über England aus der Sicht eines Besuchers aus Amerika. »Betrachtungen eines Yankees, der durch England reist« schlug er als Titel vor und riet mir, möglichst kurze lobende Berichte zu verfassen – auch wenn etwas augenzwinkernde Kritik auf jeden Fall erlaubt sei. Für jeden fertigen Artikel würden mir drei bis fünf Pfund bezahlt. Damit wären selbstverständlich nicht die Kosten meiner Reise, doch ein guter Teil der Schneiderrechnung gedeckt. Und vor allem wäre es eine sehr gute Übung. Die Beobachtung des Lebens und der Menschen, die mich hier umgeben, und all der fremden Orte, die …

Ein leises Klopfen unterbrach seinen Gedankenfluss. Er nahm an, dass es der Diener war, der das Tablett mitnehmen wollte, und bat ihn herein. Doch zu seiner Überraschung war es Charles, der im eleganten Smoking, eine Flasche Champagner in der Hand, über die Schwelle trat.

»Ich hoffe, ich störe nicht.«

»Oh nein … nicht im Geringsten.« Martin klappte sein Notizbuch zu.

»Als ich aus der Garage kam, sah ich bei dir noch Licht und dachte, du hättest vielleicht Lust auf einen Schlummertrunk.« Er hielt die mitgebrachte Flasche hoch. »Die habe ich in Coatsworth' Vorratskammer aufgetan. Sie ist noch halbwegs kühl, ein ordentlicher Jahrgang. Aber schließlich hat mein Vater auch einen erlesenen Geschmack.«

Martin schob den Federhalter und das Buch zurück in seine Aktentasche, stand auf und zog sich seinen Morgenmantel an. Charles nahm die beiden Gläser von der Kommode und legte die Zahnbürste, die in dem linken Glas gestanden hatte, auf den Tisch.

»Ein Gläschen Champagner ist genau das Richtige, wenn man den Tag ausklingen lassen will.« Charles löste den Draht vom Flaschenhals, mit einem leisen angenehmen Knall löste sich der Korken, und er füllte beide Gläser bis zum Rand mit der blassen bernsteinbraunen Flüssigkeit. »Hast du in London einen schönen Tag verbracht?«

»Ja«, antwortete Martin, während er sein Glas entgegennahm. »Nächste Woche breche ich zu einer Rundreise durch England auf. Ich fahre am Donnerstagmorgen ab.«

»Das wird sicher nett. Wenn du zurückkommst, kennst du bestimmt mehr vom guten alten England als ich. Aber ein Reisender sieht ja erfahrungsgemäß erheblich mehr als der Einheimische, nicht wahr?«

Es gab nur einen Stuhl im Zimmer, auf den sich Charles

setzte. Also lehnte Martin sich gegen den Pfosten seines Betts und fühlte sich ein wenig unbehaglich, weil er barfuß war.

Er erhob sein Glas und prostete dem Vetter zu.

»Zum Wohl.«

»Auf deine Gesundheit.« Nachdenklich nippte Charles an seinem Champagner. »Angenehm trocken, findest du nicht auch? Eins der wenigen Dinge, auf die die Franzosen sich verstehen.«

Martin hatte das Gefühl, dass seinem Vetter etwas auf der Seele lag und er nicht nur auf einen freundschaftlichen Schlummertrunk vorbeigekommen war. Sie tauschten eine Zeitlang Floskeln aus, und mit einem Mal erklärte Charles:

»Es ist schon seltsam. Wir sind Vettern – Blutsverwandte –, aber trotzdem sind wir uns vollkommen fremd. Außer dem, was Mutter mir erzählt hat, weiß ich nichts von dir.«

»Und ich weiß kaum etwas von dir«, stimmte Martin ihm zu.

»So viel gibt's da nicht zu wissen. Ich war in Eton und in Cambridge, und ich wäre gern Historiker … oder würde gern Geschichte unterrichten. Ich habe Frankreich, Deutschland, Griechenland und Italien bereist, mag Bücher und Musik, und früher ging ich gerne auf die Jagd. Mein Leben ist also ziemlich gewöhnlich und ereignislos.«

Martin überlegte fieberhaft, wie er reagieren sollte.

»Bist du hier geboren?«

»Du meinst, hier in diesem Haus? Du bist in Paris geboren, oder?«

»In Montparnasse.«

»Ist deine Mutter Französin?«

»War. Sie ist vor vier Jahren gestorben.«

»Tut mir leid. Aber genau das meine ich. Das hätte ich wissen sollen.«

Martin leerte sein Glas, und Charles stand eilig auf und schenkte seinem Vetter nach.

»Ich weiß nicht, weswegen du das hättest wissen sollen.«

Martin setzte sich auf den Rand seines Bettes. »Unsere Mütter sind sich nur einmal begegnet. Und vor allem war ihr Tod nicht wirklich eine Familienangelegenheit.«

»Du meinst, weil unser Großvater deinen Vater enterbt hatte?«

Darüber wusste Charles also Bescheid, stellte Martin leicht verbittert fest. Dieses nächtliche Gespräch wurde immer seltsamer.

»Ja … weil er ihn enterbt hatte. Aber das war vor meiner Geburt, deshalb weiß ich nicht genau, was damals geschehen ist. Meinen Großvater habe ich nie kennen gelernt, aber ich nehme an, dass er ein harter Knochen war, sehr altmodisch und puritanisch.« Martin hob erneut das Glas an seinen Mund, obwohl sein Vetter grimmig konzentriert an seinen Lippen hing. »Ich nehme an, mein Vater hat dagegen rebelliert. Er war das mittlere Kind, fünf Jahre jünger als Onkel Paul und drei Jahre älter als Tante Hanna. Paul hatte sich schon früh in das Familienunternehmen eingebracht – das damals aus einem halben Dutzend Brauereien bestand –, aber meinen Vater haben diese Dinge niemals interessiert. Er wollte malen, und ich schätze, Großvater hat ihn deswegen vor die Wahl gestellt. Aber wie dem auch sei, nach seinem Tod stellte sich heraus, dass mein Vater vom Erbe ausgeschlossen worden war. Einen Dollar. Ich glaube, dass unser Großvater ihm nur einen Dollar hinterlassen hat«, fügte er mit gleichmütiger Stimme hinzu. Und tatsächlich kam es ihm so vor, als ob er über die Geschichte eines Fremden spreche.

Charles benetzte seine Lippen mit Champagner.

»Ich frage mich, wie meine Mutter das wohl fand. Sie hat deinen Vater wirklich gerngehabt. Zumindest habe ich den Eindruck, dass sie zu ihm ein besonders inniges Verhältnis gehabt hat.«

»Ja, als sie Kinder waren. Doch mein Vater hat die Menschen häufig vor den Kopf gestoßen. Wenigstens als Menschenfeind hatte er Talent.«

»Als Maler nicht?«

»Das kann ich nicht beurteilen«, räumte Martin achselzuckend ein. »Als er starb, war ich erst acht, und von seinen Werken weiß ich nur noch, dass sie sich nicht verkaufen ließen. Meine Mutter war eine erfolgreiche Modistin und hat unseren Lebensunterhalt verdient. Sie hat mir erzählt, Onkel Paul und Tante Hanna hätten Vater hin und wieder Geld geschickt – aber er habe die Schecks immer zerrissen und zurückgesandt. Er hatte sich vollkommen von den beiden losgesagt, vielleicht aus Rache, weil er aus der Familie ausgeschlossen worden war. Obwohl Onkel Paul und deine Mutter nichts damit zu tun gehabt hatten. Ich nehme an, nach einer Weile haben sie ihre Versuche, ihm zu helfen, aufgegeben so wie all die Menschen in Paris, die sich um ihn bemüht hatten. Er hatte einen fürchterlichen Ruf, und ich glaube nicht, dass irgendwer nach seinem Tod wirklich um ihn getrauert hat. Du kennst ja sicher Joseph Conrads *Herz der Finsternis.* Immer wenn ich das Buch lese, denke ich an meinen alten Herrn. Weil Paris sein Kongo war. Weil die Stadt ihm schon bald auf die Schliche kam … so wie die Wildnis Kurtz'. ›Flüsternd offenbarte sie ihm Dinge über ihn selbst, die ihm nicht bewusst gewesen waren.‹ Und ich habe mich oft gefragt, ob er vielleicht wie Kurtz bei seinem Tod ›Das Grauen … das Grauen‹ geflüstert hat.« Plötzlich hatte Martin einen staubtrockenen Mund und streckte seine Hand nach der Champagnerflasche aus, die neben seinem Vetter auf dem Boden stand. Charles hob sie auf und drückte sie ihm in die Hand. Sein Gesicht war kreidebleich, und winzige Schweißperlen schimmerten auf seinen breiten glatten Brauen.

»Wie ist er gestorben?«

Martin ließ sich mit der Antwort Zeit. Erst füllte er sein Glas und leerte es zur Hälfte.

»Er hat sich die Pulsadern aufgeschnitten. Aber diesen Anblick hat er mir und Mutter Gott sei Dank erspart. Was eine wahrhaft noble Geste war. Es passierte in der Wohnung eines seiner Modelle in Montmartre. Meine Mutter dachte, er hätte der Frau nur Angst einjagen wollen, aber er hatte viel getrunken, und ich glaube, dass er dadurch das Gefühl für die Gefahr verloren hat. Aber wie dem auch sei«, fuhr er mit monotoner Stimme fort. »Am Ende war er tot.«

»Das ist ja grauenhaft«, flüsterte Charles.

»Ja. Er hat sein Leben einfach so vergeudet.«

»Es erscheint mir grausam, dass er aus einem derart banalen Grund, weil er hatte Künstler werden wollen, aus der Familie ausgestoßen worden ist.«

»Vermutlich war das aus der Sicht seines Vates nicht banal. Er erwartete uneingeschränkten Gehorsam von all seinen Kindern. Aber das ist jetzt schon über fünfundzwanzig Jahre her. Eine völlig andere Zeit. Und er war sehr deutsch. Hat sich nie darum bemüht, richtig Englisch zu lernen oder sich den Gepflogenheiten der Amerikaner anzupassen, und wahrscheinlich hielt er es für seine Pflicht als Oberhaupt der Familie, den verlorenen Sohn dafür zu bestrafen, dass er abtrünnig geworden war.«

Plötzlich stand Charles auf, als hätten ihn die Worte seines Vetters aus dem Gleichgewicht gebracht.

»Ich bin froh, dass du mir all das erzählt hast, denn ich hatte immer das Gefühl, dass Mutter mir offenbaren wollte, wie ihr Bruder gestorben ist. Einmal hat sie davon angefangen, aber vielleicht hatte sie den Eindruck, ich höre ihr nicht richtig zu, oder die Erinnerung hat sie zu sehr geschmerzt, um ins Detail zu gehen.«

»Könnte sein«, murmelte Martin in sein Glas.

»Wie dem auch sei, ich weiß deine Offenheit zu schätzen.« Mit steifen Fingern strich er sich eine Locke aus der Stirn und begann, im Zimmer auf und ab zu gehen. »Man fragt sich, welche Auswirkung das auf sie hatte. Denn es muss ein Schock für sie gewesen sein, hilflos mit ansehen zu müssen, wie ihr

Lieblingsbruder von einer so harschen väterlichen Anweisung zerstört wurde. Denn selbst wenn sie versucht hätte zu protestieren, hätte das wahrscheinlich nicht das Mindeste genützt.«

»Natürlich hat es meinen Vater sehr verletzt, dass ihn unser Großvater verstoßen hat, aber das hat ihn nicht zerstört. Wenn er ein anderer Mensch gewesen wäre …«

»Ja, vielleicht«, warf Charles hastig ein. »Aber der Erlass des Vaters hat ihm den ersten Schlag versetzt. Und wenn dieser Schlag hätte gemildert werden können, wenn jemand aus der Familie bereit gewesen wäre, für ihn einzutreten, zu vermitteln, zu beschwichtigen.«

»Nur dass da eben niemand war. Onkel Paul hat mir sehr viel über unseren Großvater erzählt. Sein Wort war Gesetz. Aber das ist alles ewig her. Es hat keinen Sinn, darüber zu reden, was man hätte unternehmen können oder nicht. Darf ich offen sein? So direkt, wie es unter den Menschen in Chicago üblich ist? Ich habe den Eindruck, dass dir etwas auf der Seele liegt.«

Charles blieb reglos stehen, starrte auf den Vorhang vor dem Fenster, der sanft in der milden Brise wehte, kehrte zu seinem Stuhl zurück und nahm müde Platz.

»Ich habe eine Frau gebeten, mich zu heiraten, habe ihr ein Versprechen gegeben, das ich unmöglich brechen kann.«

»Gratuliere. Allerdings siehst du nicht glücklich aus.«

Charles starrte seine fest in seinem Schoß verschränkten Hände an.

»Wir wollen es beide und haben schon oft darüber gesprochen. Aber die endgültige Entscheidung liegt bei mir, nicht sie zu bitten, meine Frau zu werden, sondern meinen Vater von meinem Entschluss in Kenntnis zu setzen und ihm zu erklären, dass er unumstößlich ist.«

»Und, hast du dieses Gespräch geführt?«

Charles' Gesicht war eine Maske finsterer Entschlossenheit.

»Ich habe die Absicht, es ihm in ein paar Wochen zu sagen,

an meinem Geburtstag. Das ist meiner Ansicht nach der günstigste Moment. Ich habe fürchterliche Angst, dass er uns seinen Segen nicht gibt. Nicht wegen des Mädchens – das er durchaus gernhat –, sondern wegen ihres Vaters. Wegen seiner Tätigkeit und seiner politischen Ansichten, die aus Sicht meines Vaters vollkommen inakzeptabel sind. Denn wenn dieser Mann mein Schwiegervater wäre, wäre ihm das ewig peinlich.« Das leichte Zittern seiner Unterlippe machte Martin deutlich, dass seine Entschlossenheit nur vorgegaukelt war. »Wahrscheinlich würde Vater deshalb sogar aus ein paar Clubs austreten. Und was er möglicherweise sonst noch täte, kann ich …« Seine Stimme brach.

Martin bückte sich nach der halb leeren Flasche und teilte den Inhalt auf die beiden Gläser auf.

»Ich glaube, ich verstehe, was du meinst. Versuchst du, mir zu sagen, dass dein Vater dich vielleicht enterben würde? Könnte so was heutzutage wirklich noch passieren?«

»Nein, nicht enterben, aber er wendet sich womöglich von mir ab und verstößt mich als seinen Sohn. Das klingt vielleicht ein bisschen harsch, könnte aber tatsächlich passieren. Nichts und niemand könnte meinen Vater daran hindern, außer meiner Mutter. Sie hatte immer großen Einfluss auf ihn und würde wahrscheinlich für mich eintreten. Denn sie würde bestimmt an deinen Vater denken, daran, wie dessen Vater ihn verstoßen und wie sein Leben geendet hat. Und darauf baue ich.«

»Mein Gott«, entfuhr es Martin, und nach einem Schluck Champagner fügte er hinzu: »Vielleicht sprichst du also besser erst mit ihr.«

»Nein. Sie würde mir nur sagen, dass ich noch einmal darüber nachdenken und warten soll. Sie hofft, dass meine Gefühle für Lydia oder Lydias für mich sich noch ändern. Aber das wird nicht passieren.« Er leerte sein Glas und beugte sich zu Martin vor. »Mein Gott, sie ist eine wunderbare Frau. Morgen früh fährt sie nach London, aber ich hätte gerne, dass du sie nach deiner Reise kennen lernst. Lydia Foxe ist das mit Abstand schönste, reizvollste und zarteste Geschöpf, das es je auf Erden gab.«

Martin vermied es, seinen Vetter anzusehen. Er trank den nächsten Schluck Champagner, doch mit einem Mal schmeckte er schal. Denn er dachte an Jacob Golden und dessen Bemerkung gegenüber Fenton, dass er in Paris einer gewissen Lydia Foxe begegnet sei. Gab es vielleicht noch eine zweite Lydia Foxe? Das kam ihm eher unwahrscheinlich vor.

»Ich wünsche dir von Herzen, dass sich alles zum Guten fügen wird.«

»Das wird es auf jeden Fall«, erklärte Charles etwas zu nachdrücklich.

Plötzlich sprang er auf und wollte nach unten laufen, um noch eine zweite Flasche zu besorgen, aber Martin entgegnete, dass sie vielleicht allmählich schlafen gehen sollten. Er war nicht in der Stimmung, um sich die ganze Nacht mit Reden und Trinken um die Ohren zu schlagen, und nachdem der Vetter ihn verlassen hatte, löschte er das Licht und warf sich müde auf sein Bett, bekam aber kein Auge zu.

»Verdammt«, flüsterte er und starrte die dunkle Zimmerdecke an. Sein Vater war kein böser Geist, der ihn verfolgte, aber die Erinnerung an ihn gefiel ihm nicht. Die Zeit hatte sein Bild verschwimmen lassen, und wenn Martin an ihn dachte, sah er einen hochgewachsenen Mann vor sich, der wie ein Schatten in der Wohnung in der Rue Dupin aufgetaucht und wieder verschwunden war.

Er warf sich lange unter seiner leichten Decke hin und her, und zu guter Letzt stand er wieder auf, trat vor das offene Fenster und sah sich die sorgfältig gepflegten, ordentlichen Gärten an. Wenn er an die Probleme seines Vetters dachte, kam ihm ihre Heiterkeit ironisch vor. Aber vielleicht war der Kontrast symbolisch für das ganze Land, wo die Menschen dieselben leidenschaftlichen Gefühle wie in New York oder Chicago hinter einer Maske ruhiger Eleganz verbargen. Und er war darauf hereingefallen. Wie es vielen Gästen aus den Staaten widerfuhr. Die alten Steine und die imperialen Bräuche blendeten den Yankee und hüllten ihn in einen sanften Nebel ein. Selbst der aufmerksame Henry James war mindestens einmal darauf hereingefallen und hatte ein schwärmerisches Buch über prachtvolle Gebäude und die grüne Hügellandschaft, nicht aber über die Menschen hier verfasst. Aber nicht die römischen Ruinen, die gotischen Bogen, georgianischen Bäder oder Tudor-Schlösser machten England aus, sondern die armen und die reichen Menschen, die dieselben Schwächen und Stärken wie andere Menschen besaßen. Das würde er bedenken, wenn er die Artikel für die Zeitung schrieb. Er würde als professioneller Reporter über das schreiben, was er hörte, sah und fühlte, und wenn das den Redakteuren bei der *Daily Post* missfiel, war das nicht sein Problem.

6

Jaimie Ross war froh, dass er in London war. Er schlenderte beschwingt durch die schmale Gasse aus Kopfsteinpflaster hinter Stanmore House und sog den Geruch der Abgase, die der morgendliche Wind von der Bayswater Road und der nahe gelegenen Oxford Street zu ihm herüberwehte, tief in seine Lunge ein. Dieser Duft war für ihn süßer als jede milde Brise auf dem Land. London bedeutete für ihn Automobile und die Gesellschaft Gleichgesinnter, nämlich all der Männer, die diese Automobile lenkten und die dafür sorgten, dass sie fuhren. London war für ihn ein Pub unweit des Bahnhofs Paddington, in dem sich Chauffeure, Garagisten und Mechaniker bei einem Bier über Magnetzünder, Vergaser, Benzinpumpen und Pferdestärken austauschten. Außerdem gab es in London viele hübsche Mädchen – Kinderfrauen, Hausmädchen und Tippmamsells, die man im Hyde Park, in der Strand oder am Piccadilly Circus traf. Für einen Mann wie mich ist das der Himmel auf Erden, dachte er, während er mit laut klappernden Absätzen über das Kopfsteinplaster ging. Er trug eine neue Uniform aus taubenblauer Serge, schwarze Stiefel, eine schmal geschnittene Hose, eine graue Kappe mit einem schicken schwarzen Lederschirm und eng sitzende schwarze Lederhandschuhe. Bestimmt spähten einige der Mädchen durch die Vorhänge des Herrenhauses. Vor der einstigen Remise, die in eine Reihe von Garagen mit darüberliegenden Quartieren für die Angestellten umgewandelt worden war, schlenderte er auf und ab. Direkt gegenüber lag die Rückseite von Stanmore House, einem viergeschossigen

Gebäude, das von hinten wie ein langweiliger grauer Steinblock wirkte, während seine Vorderseite mit den eleganten Marmorsäulen links und rechts des Eingangs – der natürlich nicht in einer engen Gasse, sondern in der eleganten Park Lane lag – hochherrschaftlich aussah.

Durch die aufgeklappten Holztüren einer Garage erblickte er einen schimmernden Rolls-Royce. Ross blieb stehen und betrachtete ihn nachdenklich. Es war ein schöner Wagen, und der elegante Silberlack war blank poliert. Auch der Motor unter der glänzenden Kühlerhaube war nicht schlecht, könnte aber noch verbessert werden. Deshalb hatte Jaimie einen Brief an den Hersteller verfasst, in dem es um einen von ihm entwickelten Vergaser ging, und heute Morgen abgeschickt. Ob das Unternehmen ihm wohl eine Antwort schicken würde? Oder vielleicht gingen sie ja sogar auf seinen Vorschlag ein.

»Morgen, Ross. Zigarette?«

Ein älterer Diener in Hosenträgern und Pantoffeln kam auf ihn zu. Ross nahm die ihm angebotene Woodbine, die der Mann ihm anzündete.

»Na, haben Sie heute mal ausgeschlafen?«

Der Hausdiener verzog grimmig das Gesicht.

»Ich war erst nach drei im Bett. Gestern Abend fand ein Essen mit fast vierzig Gästen statt. Gott sei Dank ist heute Abend niemand da. Weil sie alle ins Theater gehen.«

»Ich weiß.«

Der Diener setzte sich auf eine Stufe, zog die mitgebrachte Zeitung unter seinem Arm hervor und schlug sie auf. Ross lehnte sich gegen die Garagentür und las über seine Schulter mit.

»Na, was war gestern am Newmarket los?«

Der Diener blätterte die großen Zeitungsseiten um.

»Lassen Sie mich sehen … ah, Kennymore hat den Prince of Wales geschlagen, was wenig überraschend ist.«

»Und wer hat das zweite Rennen gewonnen?«

»Sheba, bei einer Quote von sieben zu eins.«

Ross pfiff leise durch die Zähne.

»Ich wünschte, ich hätte ein Pfund auf sie gesetzt.« Er beugte sich ein wenig weiter vor. »Dieser Jack Johnson. Dass dieser Typ einfach nicht zu besiegen ist…«

»Nun, Frank Moran hatte keine Chance gegen ihn, aber hier steht, dass der Schwarze schlecht in Form gewesen ist. Er war lange nicht so gut wie sonst.«

Der Zigarettenrauch ließ Ross ein wenig blinzeln, als er weiterlas, obwohl die Sportseite nichts wirklich Interessantes bot. Beim Kricket hatte Winchester die Konkurrenz aus Eton und die Navy die Armee besiegt, wobei Kricket aus Ross' Sicht eine sterbenslangweilige Sportart war. Außerdem hatten die Vorläufe für den America's Cup bei Torby stattgefunden. Shamrock IV hatte gewonnen. In Wimbledon waren die Tennisdoppel ausgetragen worden und in Randelagh ein Polomatch. Nun, zum Glück fing bald die Fußballsaison an. Queens Park Rangers, England gegen Wales.

»Haben Sie das vom Erzherzog gehört?« Der Diener schlug die nächste Seite auf.

»Von was für einem Erzherzog?«

»Dem aus Österreich.«

»Was ist mit ihm?«

»Er wurde gestern umgebracht. Zusammen mit seiner Frau.«

Ross klopfte die Asche seiner Zigarette ab.

»Was Sie nicht sagen. Und wer tut so was?«

»Anarchisten. Haben eine Bombe gezündet und den armen Kerl und seine Frau einfach abgeknallt.«

»Reden Sie doch keinen Quatsch«, erwiderte Ross ungläubig.

»Es steht in der Zeitung.« Wieder blätterte der Diener in dem Blatt, bis er die Aufnahme fand. »Sehen Sie, hier. Erzherzog Franz Ferdinand, Erbe des österreichischen Throns, und seine Begleiterin wurden in Sarajevo Opfer eines Mordanschlags. Das politische Verbrechen einer Gruppe von Studenten, heißt es hier.«

»Ich kann lesen.« Wieder beugte Ross sich über seine Schulter. »Wo bitte ist Sarajevo?«

»In Bosnien.«

»Davon habe ich noch nie etwas gehört. Wird eins von diesen seltsamen zurückgebliebenen Ländern sein. Hier könnte so was nicht passieren. Dafür sind wir, verdammt noch mal, viel zu zivilisiert.«

»Der König hat eine achttägige Trauer angeordnet.«

»Unser König? Warum denn das? Der Kerl war doch gar nicht mit ihm verwandt, oder?«

Angewidert schlug der Diener die Zeitung wieder zu.

»Außer von Automobilen haben Sie von nichts 'ne Ahnung, und vor allem interessieren Sie sich auch nicht dafür. Es ist einfach ein Gebot der Höflichkeit, das ist alles. Ein Zeichen von Anstand, durch das ein König dem anderen seine Hochachtung erweist.«

Ross richtete sich wieder auf und wandte sich zum Gehen. »Danke für den Glimmstängel.« Im Grunde mochte er den Diener wie auch alle anderen männlichen Kollegen nicht. Lauter Langweiler. Zufrieden mit ihrem Los. Und genau das war ihr Problem. Es genügte ihnen, in knielangen Hosen und gepuderten Perücken wie ein Haufen Tunten herumzulaufen und den Herrschaften zu Diensten zu sein. Er zog ein letztes Mal an seiner Zigarette und warf sie achtlos fort. Ihm wurde langsam heiß, da die Sonne auf die weißen Kalksteinmauern und die Schieferdächer der Garagen fiel. Der hohe enge Kragen seiner Jacke fühlte sich unbequem an, und seine Hände in den Handschuhen wurden feucht. Aber, verdammt, es war der neunundzwanzigste Juni, und da schneite es nun einmal nicht.

Beim achten Schlag der Glocken der in der South Audley Street gelegenen Kirche murmelte er: »Gott sei Dank«, schwang sich in den Rolls-Royce, fuhr aus der Gasse und bog in die Park Lane ein. Im selben Augenblick trat Lord Stanmore hinter einem Diener durch die Tür.

»Genau im rechten Augenblick«, beglückwünschte sich Ross und fuhr an den Straßenrand.

Der Diener riss die Hintertür der Limousine auf, und der Earl stieg ein.

»Guten Morgen, Ross.«

»Guten Morgen, Eure Lordschaft.«

Lord Stanmore lehnte sich bequem zurück und stieß einen wohligen Seufzer aus.

»Was für ein wunderbarer Morgen, Ross.«

»In der Tat, Sir.« Ross beobachtete den Verkehr, der aus Marble Arch an ihm vorüberströmte, bis er eine kleine Lücke fand, in die er sich einfädeln konnte, ohne dass ein anderer Fahrer bremsen musste oder ein lautes Hupkonzert hinter ihm einsetzte.

»Ein viel zu schöner Tag, um ihn in der Großstadt zu vergeuden. Viel lieber wären wir jetzt in Abingdon, nicht wahr? Wo man die frische Landluft atmen kann.«

»Natürlich, Sir.«

»Ich muss ins Oberhaus, aber es wird sicherlich nicht allzu lange dauern, Ross. Wir setzen ein Beileidsschreiben auf. Wegen der feigen Ermordung dieses österreichischen Erzherzogs.«

»Ich habe gerade davon in der Zeitung gelesen, Sir. Und habe zu Mr. Picker gesagt, dass so etwas hier in England nie passieren würde, Sir.«

Lord Stanmore beugte sich ein wenig vor, damit ihn sein Chauffeur über das Brummen des Motors hinweg verstand. Er mochte diesen jungen Mann, denn er war intelligent und aufgeweckt. Wie ein ungeschliffener Diamant und Beweis dafür, dass man auch den Mitgliedern der niedereren Klassen durchaus Wertschätzung entgegenbringen konnte.

»Da haben Sie vollkommen recht. Ausgezeichnet formuliert. Obgleich es natürlich auch in England Anarchisten gibt, haben sie alle einen ausgeprägten Sinn für Fairness. Und als wäre diese Tat allein nicht bereits schlimm genug, haben sie den armen Mann auch noch an einem Sonntag umgebracht. Aber was geschehen ist, ist nun mal geschehen, und jetzt müssen wir nach vorn sehen. Ich werde Ihnen etwas sagen, Ross, was bestimmt nicht in der Zeitung stand. Ich glaube nicht, dass man in Wien allzu viele Tränen um den Mann vergießen wird.«

»Was Sie nicht sagen, Sir.«

»Sie haben diesen Kerl weder wirklich gemocht noch ihm auch nur annähernd vertraut.« Er wollte noch hinzufügen, dass die Ehefrau des Erzherzogs von kaum höherem Rang als eine Hausdame gewesen war, hielt sich aber zurück.

»Nun, *de mortuis nil nisi bene.* Von den Toten soll man nicht schlecht reden.«

Wenig später hatten sie das Parlament erreicht, und Ross setzte Seine Lordschaft vor dem Eingang ab, suchte einen Parkplatz, stieg aus dem Rolls-Royce und begann ein unterhaltsames Gespräch mit den anderen wartenden Chauffeuren. Als er von seiner Idee eines neuen Vergasers und von seinem Schreiben an Rolls-Royce erzählte, mischte sich Lord Curzons Fahrer ein.

»Was Sie nicht sagen, Ross«, sagte der große weißhaarige Mann. »Aber haben Sie auch ein Patent auf die Erfindung angemeldet?«

»Nein. Warum?«

»Warum? Um zu verhindern, dass Ihnen diese Idee gestohlen wird.«

Ross zwinkerte den anderen Männern zu.

»Nun, falls das jemand tut, weiß ich ja, bei wem ich mich bedanken muss.«

»Seien Sie doch kein Narr«, entgegnete Lord Curzons Mann

etwas verärgert. »Ich hoffe nur, Sie haben nicht schon irgendwelche Skizzen an Rolls-Royce geschickt.«

»Nein, ich habe ihnen nur geschrieben.« Langsam wurde ihm ein wenig unbehaglich, doch mit selbstbewusster Stimme fügte er hinzu: »Gerade genug, um ihnen den Mund wässrig zu machen.«

»Gut.« Der andere zog ein Blatt Papier und einen Stift aus seiner Jackentasche, lehnte sich gegen den Kotflügel seines Wagens und schrieb etwas auf. »Ich werde Ihnen den Namen meines Schwagers und die Adresse seiner Firma geben. Er ist Bürovorsteher in einer Kanzlei in der New Fetter Lane unweit des Lincoln's Inn. Sie sollten so bald wie möglich mit ihm sprechen. Er kann Ihnen sagen, wie man ein Patent bekommt.«

»Ich habe auch noch einige andere Ideen.«

»Ach ja? Nun, die sollten Sie auf alle Fälle patentieren lassen. Das ist möglicherweise lohnender, als wenn Sie Ihr Geld für Bier und billige Vergnügungen verprassen.«

»Achtung«, murmelte ein anderer Chauffeur und schnipste seine Zigarette fort. »Sie kommen zurück.«

Lord Stanmore und mehrere andere Mitglieder des Oberhauses überquerten den Palace Yard. Sie hielten alle eine brennende Zigarre in der Hand und wirkten ausnehmend gut gelaunt. Was Ross in Anbetracht dessen, dass sie gerade ein Kondolenzschreiben verfasst hatten, ein wenig unpassend erschien. Er rückte seine Kappe auf dem Kopf zurecht und ging auf seinen Wagen zu.

»Denken Sie daran, was ich gesagt habe«, rief Curzons Mann ihm hinterher. »Sie sollten so schnell wie möglich zu ihm gehen.«

Der Earl verströmte einen leichten Sherryduft, als er in den Fond des Wagens stieg.

»Fahren Sie mich zu meinem Club in der Pall Mall, und dann halten Sie sich meiner Gattin zur Verfügung, Ross, oder meiner Tochter.« Lord Stanmore stieß ein leises Lachen aus und sah seine Zigarrenspitze an. »Ich kann mir gut vorstellen, dass Sie von den beiden in den letzten Tagen ziemlich auf Trab gehalten worden sind.«

Ross bezweifelte, dass er das konnte, als er mit dem silbrig schimmernden Gefährt nach Whitehall einbog. Lord Stanmore brauchte schließlich nur allabendlich an den Festen in seinem Stadthaus teilzunehmen – vorbereiten musste er sie nicht. Ross schätzte, dass er täglich circa vierzehn Stunden Dienst tat, seit die Herrschaften und beinahe das gesamte Personal von Abingdon nach London umgezogen waren. Wobei die Arbeitszeiten für die Dienstmädchen, die Köchinnen und Diener noch erheblich länger waren. Während er zur belebten Charing Cross fuhr, überlegte Ross, wohin sich das ehrenwerte Fräulein Alexandra wohl von ihm würde fahren lassen wollen. Ihre Mutter hatte eine Leidenschaft für persönlich überbrachte Einladungen zu den unzähligen Bällen und Soireen, die sie während der Saison in ihrem Haushalt gab. Dann musste Ross mit einem vollständig livrierten Diener mit gepuderter Perücke unter dem Gespött der Lastkraftwagenfahrer, die ihnen entgegenkamen, durch ganz London fahren. Und Miss Alexandra liebte es zu feiern, deshalb musste er oft stundenlang vor dem Cafe Royal oder einem Haus in Belgravia oder Chelsea mit den anderen müden Fahrern ausharren, während durch die offenen Fenster Tangomusik auf die dunkle Straße drang. Die reinste Zeitvergeudung. Irgendwie musste er eine freie Stunde für einen Besuch bei diesem Anwalt finden. Ein Patent auf seinen Namen. Der Gedanke flößte ihm Ehrfurcht ein. Natürlich müsste er etwas dafür bezahlen, und wenn sein Erspartes nicht genügte, brächte der Verkauf seines Motorrads – um das es nicht wirklich schade wäre – auch noch etwas ein. Und er könnte – auch wenn ihm das deutlich schwerer fiele – eine Zeitlang auf seine Vergnügungen verzichten und nicht mehr mit irgendwelchen hübschen jungen Frauen ins Filmtheater gehen. Auch Kleinvieh machte Mist.

»He, Ross«, rief Seine Lordschaft. »Fahren Sie bitte in die Strand.«

Ohne nachzufragen, bog er trotz lauten Bremsenquietschens und erbosten Hupens ab. Der Earl beugte sich vor und wies über die herabgelassene Trennscheibe nach vorn.

»Da, Ross, vor dem Büro von Cook's. Ja, bei Gott. Hatte ich mir doch gedacht, dass er es ist. Bleiben Sie bitte da vorn stehen.«

Obwohl sich eine dichte Wagenschlange zum Bahnhof schob, lenkte Ross seinen Rolls-Royce geschmeidig an den Straßenrand und brachte ihn direkt hinter einem Reisebus zum Stehen.

»Martin!« Eilig öffnete der Earl sein Fenster und streckte den Kopf heraus. »Mein lieber Junge, Martin!«

Der Neffe seiner Frau unterhielt sich neben dem Bus mit dem Reiseleiter. Er hatte seine Aktentasche unter einen Arm geklemmt und seinen alten Lederkoffer auf dem Gehweg abgestellt. Als er seinen Namen hörte, drehte er sich um und trat ans Automobil.

Noch immer fand er nicht den Mut, den Mann als »Onkel Tony« anzusprechen, deshalb sagte er nur:

»Hallo, Sir. Das ist aber eine Überraschung.«

Lord Stanmore streckte seine Hand durchs Fenster und drückte dem jungen Mann erfreut den Arm.

»Und zwar eine wirklich angenehme Überraschung. Bist du von deiner Rundreise zurück?«

»Wir haben noch zwei Tage hier in London, aber ich erkunde die Stadt lieber auf eigene Faust. Ich war gerade dabei, mich von unserem Reiseleiter zu verabschieden.«

»Dann bist du also gerade erst zurückgekommen?«

»Ja. Wir sind heute früh in Cambridge aufgebrochen. Es war eine sehr schöne Reise, aber furchtbar anstrengend. Es gab kaum Ruhepausen.«

Lord Stanmore öffnete die Tür.

»Steig ein, Junge, dann fahren wir dich zu unserem Haus. Dein übriges Gepäck haben wir, wie versprochen, mitgebracht, und dein Zimmer ist bereit.«

Martin zögerte.

»Danke, Sir, aber ich habe ein paar Artikel über die Reise geschrieben, die ich vielleicht an die *Daily Post* verkaufen kann. Ich winke mir ein Taxi heran.«

»Dann machst du also Arbeitsferien? Das ist natürlich schön für dich, aber steig trotzdem ein. Ich will in meinen Club, und danach fährt dich mein Chauffeur zur *Post.*« Er rutschte ein Stück nach links. »Es wird deine Verkaufschancen bestimmt nicht mindern, wenn du dort einen möglichst stilvollen Auftritt hast.«

Von den Büros der *Daily Post* wäre es nur ein Katzensprung bis zur New Fetter Lane. Ross stieg eilig aus, damit Martin ja keine Gelegenheit bekäme, dankend abzulehnen. Denn dann wäre seine Chance vertan.

»Ich werde Ihren Koffer holen, Sir«, erbot er sich und lief entschlossen los. »Wenn ich mir die Bemerkung erlauben darf – es ist wirklich schön, dass Sie zurück sind, Sir.«

Der Sitz der *Daily Post* sah wie eine Mischung aus gothischer Kathedrale und viktorianischem Bahnhof aus. Schlanke ionische Säulen aus rußgeschwärztem Stein, mattgrüne Kupferkannelierungen und unzählige Fenster bildeten einen beeindruckenden Block, der dem Betrachter deutlich machen sollte, welche Macht dieses Organ besaß.

»Soll ich auf Sie warten, Sir?«, erkundigte sich Ross, als er vor dem Haupteingang hielt.

»Nein danke«, antwortete Martin. »Ich werde nachher ein Taxi nehmen. Park Lane 57. Ist das richtig?«

»Ja, Sir. Stanmore House.«

Und dann war der Chauffeur verschwunden, und Martin

klemmte sich die Aktentasche unter seinen rechten Arm, erklomm die breite Steintreppe und betrat das prächtige Foyer. Ein uniformierter Diener eskortierte ihn bis in den zweiten Stock in einen riesengroßen Raum, in dem eine Unzahl hemdsärmeliger Männer an ausladenden Eichentischen saßen. Kreuz und quer unter der Decke waren Stahlseile gespannt, und kleine Metallbehälter sausten an den Drähten pfeifend wie Artilleriegeschosse hin und her. Schreibmaschinen klapperten, Männer schrien in Telefone oder nach den Laufjungen, die Nachrichtenkästen summten an den Seilen, und Fernschreiber trugen mit ihrem hellen Ticken noch zum allgemeinen Durcheinander bei. Im Vergleich zu diesem Saal kam man sich in den Räumlichkeiten des Chicagoer *Express* wie in einer Leichenhalle vor.

»Mr. Golden ist da drüben, Sir«, erklärte ihm der Diener mit einem so ausgeprägten Londoner Akzent, dass Martin seine Worte kaum verstand. »Der vierte Schreibtisch in der Mittelreihe hinter den Glaskabäuschen.«

Während Martin sich noch fragte, was in aller Welt »Kabäuschen« waren, hatte er Jacob Golden schon entdeckt. Er saß hinter einem Schreibtisch und hatte sich eine grüne Schirmmütze tief ins Gesicht gezogen. Martin dankte dem beflissenen Diener und ging, wobei er knöcheltief durch weggeworfenes Papier waten musste. Ehe er jedoch sein Ziel erreichte, hob ein Mann, an dessen Schreibtisch er gerade vorüberging, unglücklich den Kopf und starrte ihn verzweifelt an.

»Wie in aller Welt buchstabiert man Graf Marish Szogyeny? Mein verdammtes Hirn ist völlig leer gefegt.« Ein Metallkanister rauschte über seinen Kopf, rutschte über eine sanft geschwungene Schiene am Rand des Tischs und wurde von einem Gegenstand gestoppt, der aussah wie der Verschluss eines Gewehrs. Der Mann legte einen Hebel um, und der Behälter fiel in seine Hand. »Oh Gott! Nicht schon wieder eine neue Mitteilung! Der Chef muss vollkommen verrückt geworden sein!«

Martin überließ ihn seinem Schicksal und setzte den Weg zu Goldens Schreibtisch fort.

»Hallo, Rilke«, rief der fröhlich. »Drehen Sie einen Papierkorb um und setzen Sie sich.«

»Ich möchte nicht stören. Sie haben anscheinend gerade alle Hände voll zu tun.«

»Die anderen ja, ich nicht.« Er lehnte sich auf seinem Stuhl zurück und verschränkte die Hände hinter dem Kopf. »Ich feile gerade an einem Artikel über einen Angestellten, der mit fünftausend Pfund von seiner Firma nach Brasilien entschwunden ist und dort dem süßen Leben frönt. Und die anderen haben nicht wirklich viel zu tun, sind aber fürchterlich verwirrt. Die internen Angelegenheiten Österreich-Ungarns sind nicht gerade ihre Stärke, und jetzt verlangt der Chef, das heißt mein alter Herr, jede Menge Artikel und prägnante Prosa, mit denen man unseren ungebildeten und ungewaschenen Lesern die politischen Bestrebungen der Bosnier erklären kann. Ich habe meine eigene Sicht über dieses dunkle Fleckchen Erde, aber davon will hier niemand etwas hören.«

»Das ist eine schreckliche Geschichte. Aber es sieht nicht so aus, als breche deshalb eine größere Krise aus.«

Golden verzog spöttisch seinen breiten Mund.

»Täuschen Sie sich nicht, mein lieber Watson. Es ist wie mit dem Hund, der zwar nicht bellt, aber plötzlich unvermutet beißt.«

Martin kratzte sich am Kinn.

»Tut mir leid, Holmes, aber das ist mir etwas zu kryptisch.«

Golden griff nach der Dose Zigaretten auf seinem Schreibtisch.

»Ihr Wissen über den europäischen Ameisenhaufen ist anscheinend nicht besonders ausgeprägt.«

»Ich fürchte, nein.«

»Und ich fürchte, Sie stehen damit nicht allein. Aber das ist kein Grund zur Verzweiflung. Weil schließlich Professor Golden mit bissigen Kommentaren und jeder Menge Anschauungsmaterial zur Stelle ist.« Er bot Martin eine Zigarette an und klopfte auf die Dose. »Das österreichisch-ungarische Kaiserreich ist wie diese Dose voll Abdullahs – nur dass es im wahren Leben etwas komplizierter ist. Weil in diesem Reich ein Sammelsurium aus Deutschen, Ungarn, Slawen und Kroaten lebt; korrupt und über alle Maßen dumm, wobei die Russen, deren Reich im Osten an das Kaiserreich angrenzt, noch korrupter und noch dümmer sind.« Er verrückte ein Tintenfass auf seinem Tisch. »Das mächtige russische Tintenfass, in dem eine trübe Brühe Leibeigener, Kosaken, Mystiker und düsterer Komplotte schwimmt, die größtenteils in Wiens Kaffeehäusern geschmiedet werden.«

»Ein paar grundlegende Dinge über die europäische Politik sind mir durchaus bekannt«, warf Martin lakonisch ein.

»Davon bin ich überzeugt, Rilke, aber Sie haben das alles aus weiter Ferne, von der anderen Seite des Atlantiks aus, gesehen. Wohingegen ich bereits in allen dunklen Gassen sämtlicher Hauptstädte Europas war. Hass. Das ist das verbindende Gefühl auf dem europäischen Kontinent. Jeder hasst jeden.«

Martin griff nach einem Streichholz und zündete erst Goldens und dann seine eigene Zigarette an.

»Auch das ist mir bekannt. Meine Mutter war Französin, aus Lothringen, sie hat bis zu ihrem Tod um den Verlust dieser Provinz getrauert.«

»Und Ihr Vater war Deutscher?«

»Deutsch-Amerikaner. Doch der deutsch-französische Krieg war nie ein Thema zwischen ihnen, weil es genug private Kriege auszufechten gab.«

Ein unergründliches Lächeln huschte über das Gesicht des Engländers.

»Der Hass der Franzosen auf die Deutschen ist uralt und

beinahe schon normal. Um echten Hass zu erleben, muss man nach Serbien gehen, in die kleinen Belgrader Cafés, und bei einem Gläschen Slibowitz die Sprache auf das Thema Österreich und die Frage bringen, ob dieses Land dazu befugt ist, all die slawischen Völker in Bosnien und Herzegowina unter seine Fittiche zu nehmen. Dann stößt man auf wahren Hass, mein lieber Rilke. Diese Serben sind ein heißblütiges und gewaltbereites Volk. Vor neun Jahren haben sie ihren eigenen König und fast seinen gesamten Haushalt massakriert. Haben diese Menschen klein gehackt und die Stücke wie Hundefutter aus den Fenstern des Palasts geworfen, wo eine Meute wilder Straßenköter sie verschlungen hat. Der König, den sie jetzt haben, sieht ausnehmend erhaben aus – groß und breitschultrig, mit einem freundlichen Gesicht. Nur ist er leider geisteskrank. Also regiert nicht der schwache König das Land, sondern eine Riege korrupter Minister. Deshalb gibt es immer wieder Verschwörungen und Gegenverschwörungen – von panslawistischen Radikalen wie die Schwarze Hand. Oh, dieses Serbien ist ein wirklich liebreizendes kleines Land, wir lieben es, weil es so klein und tapfer und Österreich so groß und so tyrannisch ist.«

Der Mann vom Nachbartisch kam angerannt.

»Hast du noch einen Bleistift, den ich mir ausleihen kann? Ich habe gerade die letzte Spitze abgebrochen.«

Golden zog die mittlere Schublade an seinem Schreibtisch auf.

»Bedien dich. Hast du vielleicht noch einen Augenblick Zeit? Ich erkläre gerade die Balkankrise.«

Der Mann schnappte sich zwei Stifte aus der Lade und wandte sich eilig wieder ab.

»Meine Güte, nein.«

»Ich habe kaum Zuhörer.« Golden seufzte und blies vorsichtig den Rauch seiner Zigarette aus. »Was daran liegt, dass die wenigsten sich eine Welt vorstellen können, in der man die

Schurken nicht mehr sauber von den Helden unterscheiden kann. Wobei es auf der anderen Seite des Kanals inzwischen nur noch Schurken gibt.« Er platzierte eine Schachtel Heftklammern vor der Zigarettendose. »Serbien. An Österreichs Südflanke. Deshalb lieben die Russen dieses Land. Es bringt Österreich aus dem Gleichgewicht und bindet die Hälfte seiner Armee. Österreich könnte niemals gegen Russland in den Krieg ziehen, solange es Probleme mit den Serben hat. Also, womit haben wir es jetzt zu tun? Mit einem toten Erzherzog. Das ist kein großer Verlust. Ein typischer Habsburger, der eine Binde um den Bauch und um sein Hirn getragen hat. Aber sein Tod gibt Österreich einen Grund, Serbien zu zerschlagen, wenn bewiesen werden kann, dass ein serbischer Aktivist die Tat begangen hat, woran es meiner Meinung nach nicht den geringsten Zweifel gibt.« Er stieß die Zigarettendose mit der Klammerschachtel an. »Österreich rückt also gegen Serbien vor – aber nicht im Zorn –, weil man einen Hund, der nicht bellt, nicht hören kann. Oh nein, sie würden nie die Donau überqueren, solange sie nicht sicher sind, dass die Deutschen die Russen in Schach halten. Und diese Garantie werden sie in absehbarer Zeit erhalten. Das wird die Russen maßlos ärgern, weshalb ich das Tintenfass ein bisschen näher an die Zigarettendose schiebe. Horden bärtiger Ruskis werden mit Österreich und Deutschland problemlos fertig. Und was werden die Franzosen tun, wenn zwischen der Ostsee und der Adria ein Krieg entflammt? Sie haben einen Vertrag mit Russland, also die perfekte Ausrede, um sich endlich dafür zu rächen, dass ihnen 1870 Elsass und Lothringen – die geheiligten Provinzen – von den Deutschen abgenommen worden sind. Wenn also der russische Bär die Deutschen in Ostpreußen in Angst und Schrecken versetzt, werden die Franzosen über den Rhein gehen, und, wenn sie schon einmal da sind, weiter bis Berlin ziehen und einen Triumphzug Unter den Linden veranstalten wie die Deutschen vor vierundzwanzig Jahren auf den Champs-Élysées.«

Fröhlich grinsend beugte er sich vor und zeigte mit seiner Zigarette auf Martins Gesicht. »Nur dass die Deutschen wahrhaft kluge Burschen sind und das alles wissen. Sie haben schon vor Jahren ein Papier darüber erstellt. Und vor allem sind bei ihnen Generäle, die selbst denken können, durchaus angesehen, während die Franzosen solche Männer weitestgehend ignorieren und wir Engländer es sogar regelrecht verachten, wenn ein hochrangiger Militär sein Hirn benutzt. Was ein schlechtes Omen ist. Aber wie dem auch sei, die Deutschen haben bereits einen Plan, wie sie einem Vorstoß der Franzosen begegnen. Das ist kein Geheimnis. Jeder kleine Unterleutnant der französischen Armee mokiert sich über die Details. Der Plan sieht einen massiven, breit angelegten Vorstoß quer durch Belgien vor, um die französischen Armeen wie in einem Netz zu fangen und in nicht einmal drei Wochen zu zerschlagen, bevor der russische Bär auch nur aus seinem Käfig stolpern kann. Natürlich hat auch dieser Plan gewisse Mängel, lieber Rilke, aber trotzdem könnte es tatsächlich funktionieren. Die Franzosen weigern sich zu glauben, dass die Deutschen die Neutralität Belgiens missachten könnten. Und das tun wir auch. Denn das wäre unsportlich, nicht wahr? Das wäre eine Missachtung der Spielregeln. Belgien ist heilig und vor allem unantastbar. Das beweist ein Dokument, das vor einer Ewigkeit von allen Großmächten gemeinsam unterzeichnet worden ist. Noch ein heiliges Relikt, das auf dem Müllhaufen der Geschichte landen wird.«

»Oh verdammt«, brüllte der Mann am Nebentisch entnervt. »Hör endlich auf damit. Ich kann mich selbst nicht denken hören.«

»Wie willst du etwas hören, was gar nicht exisitert?« Golden stieß einen müden Seufzer aus. »Tja nun. Ich nehme an, in ihrem eigenen Land gelten Propheten einfach nichts.«

Der Mann bedachte ihn mit einem bösen Blick.

»Gibt's etwa ein Land, in dem du etwas giltst? Ganz sicher

nicht. Aber danke für die Stifte. Im Grunde deines Herzens bist du eben doch ein netter Kerl.«

Die Zigarette zwischen seinen Lippen, lehnte Golden sich auf seinem Stuhl zurück und starrte in die Luft.

»Wo war ich stehen geblieben?«

»Keine Ahnung«, räumte Martin lachend ein. »Ich glaube, Sie waren gerade auf dem Weg durch Belgien.«

»Ja, genau. Ich habe wieder einmal den Teufel an die Wand gemalt. Ich kann es den Leuten im Grunde nicht verdenken, dass sie sich unter die Schreibtische verkriechen, sobald sie mich kommen sehen. Ich hoffe nur, ich habe Sie nicht allzu sehr gelangweilt.«

»Ganz im Gegenteil. Sie haben mich politisch auf den neuesten Stand gebracht, wofür ich Ihnen wirklich dankbar bin.«

Golden drückte seine Zigarette aus und brachte Europa wieder in Ordnung, indem er das Tintenfass zurück an seinen angestammten Platz an einem Ende des Schreibtischs schob und die Schachtel mit den Klammern in der Schublade verschwinden ließ.

»Um von etwas Angenehmerem zu sprechen – Sie sind also gesund und munter von Ihrer Erkundungsreise durch das kleine Großbritannien zurückgekehrt. Wie hat Ihnen unser Land gefallen? Ich gehe davon aus, dass es in Manchester keinen Aufstand gab und dass der wilde und behaarte Schotte keine Anstalten macht, die Grenze im Norden zu überschreiten.«

»Ich habe mich prächtig amüsiert.« Mit einem Lachen stellte Martin seine Aktentasche auf dem Schreibtisch ab. »Ich habe ein halbes Dutzend Artikel verfasst. Allerdings in Kurzschrift. Falls ich mir kurz eine Schreibmaschine borgen dürfte …«

»Nicht nötig. Ich habe bereits als kleiner Junge die Kurzschrift von Pitman gelernt. Ich hoffe doch, Sie haben nicht irgendein grässliches System aus den Staaten verwendet.«

»Es ist Pitman.«

»Gut.« Wieder zündete sich Golden eine Zigarette an und schob Martin die Dose hin. »Lassen Sie die Texte einfach hier und sehen Sie sich ein bisschen um. Den Gang runter nach rechts finden Sie eine Art Kantine. Das Geld, das man dort für den abgestandenen Tee und für die altbackenen Brötchen zahlt, geht an ein Heim für geschlechtskranke Arbeiterinnen in Huddersfield. Also hauen Sie rein und überlassen Sie die Texte mir.«

Der Tee war frisch, die Brötchen weich, und von dem Geld, das man dafür bezahlte, wurde eine Handelsschule für verwaiste Knaben unterstützt. Martin saß an einem kleinen Tisch an einem Fenster, durch das man die Gärten von Temple und die Themse sah. Nach seinem zweiten Becher Tee und seinem dritten süßen Brötchen tauchte Golden auf und klopfte mit den zusammengerollten Texten auf den Tisch.

»Haben Sie lange für diese Artikel gebraucht?«

»Nicht allzu lange, nein.«

»Dann haben Sie sie also einfach heruntergeschrieben?«

»Nun …« Martin stieg eine verlegene Röte ins Gesicht.

»Sie sind wirklich gut. Sie haben ein scharfes Auge und ein sehr feines Gehör. Über die Geschichte von der Viehausstellung in Yorkshire habe ich laut gelacht. Die Richter kamen mir wie Charaktere aus einem Buch von Charles Dickens vor. Sanfte Satire. Ja, genau so soll es sein.« Und mit nachdenklicher Stimme fügte er hinzu. »Wann reisen Sie ab?«

»Übermorgen.«

»Müssen Sie das unbedingt?«

»Nein, ich schätze, nicht. Warum?«

»Vielleicht könnten Sie die Weiterreise ja noch ein bisschen verschieben. Denn ich denke, dass Ihr Schreibstil unserer Leserschaft ausnehmend gut gefallen wird. Der satirisch eingefärbte Blick eines Besuchers aus Amerika auf unser gutes altes England, vor allem auf die gehobene Mittelschicht wie diese Gutsherren aus Yorkshire. Der Stoff würde bestimmt für mindestens acht

Wochen reichen, und die Arbeit als reisender Feuilletonist der *Post* wäre doch eine verdammt gute Erfahrung für Sie. Oder erwartet man Sie beim *Express* zu einem bestimmten Termin zurück?«

»Nein. Offen gestanden, weiß ich nicht mal, ob sie mich, wenn ich zurückkomme, dort überhaupt noch wollen.«

»Heißt das, Sie wären interessiert?«

»Auf jeden Fall.«

Goldens ironisches Grinsen machte einem warmen Lächeln Platz.

»Hervorragend. Dann lassen Sie uns kurz nach oben gehen, damit ich Sie dem Chef vorstellen oder, wie man bei Ihnen sagt, damit ich Sie dem alten Herrn verkaufen kann.«

Die ehrwürdige Ruhe in der obersten Etage des Gebäudes stand in deutlichem Kontrast zu dem hektischen Treiben in den Redaktionsräumen. Hier hetzte sich niemand ab, und keine nervtötenden Schreibmaschinen waren zu hören, deren fürchterlichen Lärm die Eichenholzpaneele an den Wänden und die dicken Teppiche wahrscheinlich mühelos verschluckt hätten. Von dem breiten Korridor gingen massive Eichentüren ab, die mit blankpolierten Messing-Namensschildern ausgestattet waren: »Mr. Keene«, »Mr. Upshaw«, »Mr. Rosenberg«.

»Hier residieren die wahrhaft Mächtigen«, raunte Golden seinem Gast mit ehrfürchtiger Stimme zu. »Sie betreiben alle Politik.« Dann aber setzte er wieder sein schiefes Lächeln auf. »Was unglaublich schwierig ist. Soll man jetzt sofort für das Frauenwahlrecht sein oder lieber abwarten, woher der Wind weht? Und welche Position nehmen wir bei der Schwangerschaftsverhütung ein? Oder was ist mit obszönen Theaterstücken? Wie sieht es mit der Einkommensteuer aus? Sollten die Dekolletés der Frauen in dieser Saison tiefer oder höher ausgeschnitten sein? Wenn man ganz still steht und seine Ohren spitzt, kann man hören, wie es in den angestrengten Gehirnen all dieser Männer knirscht.«

Sie gelangten zu einer breiten Flügeltür, an der kein Namensschild befestigt war. Hinter dieser Tür befand sich das Allerheiligste. In einem Vorraum saßen Männer in bequemen Ledersesseln. Was ihren Gesichtern nach auch nötig war, denn sie warteten anscheinend schon sehr lange und wussten, dass sie sich noch lange gedulden mussten. Hinter einem Schreibtisch neben einer zweiten Flügeltür thronte ein Sekretär.

»Ist er gerade beschäftigt?«, fragte Golden ihn.

»Natürlich«, antwortete der Mann im Ton des Oxfordabsolventen. »Sie wissen ganz genau, dass er rund um die Uhr beschäftigt ist, aber er wird Sie empfangen, falls es wichtig ist.«

»Das ist es.« Golden beugte sich über den Tisch und verkündete: »Dieser Mann hier hat den Erzherzog auf dem Gewissen, und für fünfzig Mäuse wird er uns erzählen, was ihn zu dem Anschlag bewogen hat.«

Ein paar Köpfe fuhren zu ihm herum, der Sekretär jedoch riss seinen Mund zu einem übertrieben breiten Gähnen auf. »Gehen Sie rein, Jacob, und nehmen Sie Ihren Attentäter mit.«

Hinter der zweiten Flügeltür erstreckte sich ein riesengroßer Raum, halb Büro, halb Museum. Neben Glasvitrinen mit Artefakten aus Ägypten waren Fernschreiber in schalldichten Glasgehäusen aufgebaut, und außer Gemälden von Reynolds, Gainsborough und Turner hatte jemand Karten von Europa, Russland, Afrika und anderen Gegenden mit Reißzwecken an den holzverschalten Wänden festgemacht. Sekretärinnen, Sekretäre und unzählige Schreibkräfte eilten geräuschlos zwischen gläsernen Kabinen hin und her, und hinter einem breiten Eichenesstisch, der als Schreibtisch diente, saß auf einem Biedermeierstuhl Harry Golden, der berühmt-berüchtigte Lord Crewe.

»Guv'nor«, begrüßte Jacob ihn. »Dies ist Martin Rilke aus Chicago. Ein bedeutender Mitarbeiter des *Express.*«

Während Martin seine Hand ausstreckte, ging ihm der Gedanke durch den Kopf, dass nicht die geringste äußerliche Ähnlichkeit zwischen den beiden Männern bestand. Im Gegensatz zu dem eher zarten gertenschlanken Jacob nahm sein Vater sich wie eine Eiche – oder eher wie der König aller Eichen – aus. Ein Baumstamm von einem Mann mit Armen dick wie Äste. Er war Segler, wenn sich Martin recht entsann, dessen Schicksal es anscheinend war, dass er beim alljährlichen Rennen um den America's Cup stets hinter Sir Thomas Lipton blieb. Und tatsächlich kam Martin die Hand, die der Mann ihm reichte, nachdem er aufgestanden war, hart und schwielig wie die eines Seglers vor.

»Rilke, sagen Sie?« Die Stimme passte zu ihm, sie klang wie das dumpfe Grollen eines Sturms auf See. »Sind Sie vielleicht zufällig mit einem Paul Rilke verwandt?«

»Das ist mein Onkel, Sir.« Martin spannte sich an, sicher würde seine Hand von dieser Pranke zerquetscht werden. Doch die muskulösen braunen Finger waren überraschend sanft.

»Er ist ein guter Freund von mir. Ich habe ihn vor zwei Jahren zum letzten Mal gesehen. Hier in diesem Raum. Wie geht es ihm?«

»Gut, Sir, gut.«

Die braune Hand verschränkte sich mit ihrem Gegenstück vor einer Weste breit wie ein Segel. Aus einer Tasche hing eine goldene Uhrenkette.

»Dann müssen Sie ein Neffe von Hanna Rilke Greville sein. Ja, genau. Die Ähnlichkeit ist nicht zu übersehen.«

Und auch Martin konnte urplötzlich eine gewisse Ähnlichkeit zwischen dem Mann und Jacob erkennen. Sie hatten denselben breiten Mund. Auch wenn alles andere völlig unterschiedlich war. Jacobs Augen waren groß und strahlend, die seines Vaters hingegen glichen kleinen schwarzen Perlen, die sich in dem fleischigen sonnenverbrannten Gesicht beinahe verloren.

Jacob legte dem Pressezar die Rolle mit Martins Artikeln hin.

»Der junge Rilke hat eine Rundfahrt mit Cook's durch das

gute alte England unternommen und unterwegs ein paar ausnehmend unterhaltsame Betrachtungen von jeweils circa tausend Wörtern verfasst. Ich hätte gern, dass du sie liest.«

Sein Vater würdigte die Schriftrolle nur eines kurzen Blickes. »Wenn du sagst, dass sie was taugen, Jacob, gib sie Blakely.«

Sein Sohn schob sich die Rolle wie einen Spazierstock unter einen Arm.

»Okay. Ich würde Rilke gerne jeden Tag einen kurzen Artikel schreiben lassen mit seinem unvoreingenommenen Blick auf das sportliche und das gesellschaftliche Leben Londons. Natürlich unter einem Pseudonym, der Vetter aus Amerika oder so etwas in der Art. Er wohnt bei den Grevilles, wodurch er einen ungehinderten Einblick in die so genannte bessere Gesellschaft hat, deshalb das Pseudonym, Rilke«, wandte er sich an seinen neuen Freund. »Schließlich wollen wir nicht, dass Ihnen vorgeworfen wird, Sie würden die Hand beißen, die Sie füttert, oder?«

»Wenn er für uns schreibt, braucht er niemanden, der ihn füttert«, warf sein Vater knurrend ein. »Man hat uns noch nie vorwerfen können, dass wir unsere Korrespondenten schlecht bezahlen.«

Ein erschöpft wirkender junger Mann stürzte mit einer Handvoll Papiere aus dem Fernschreiber an den Tisch.

»Berichte aus Berlin und aus St. Petersburg, Sir.«

Eilig riss Lord Crewe ihm die Depeschen aus der Hand und las sie durch. Sein Gesicht war ausdruckslos, und er wirkte wie die Galionsfigur am Bug eines Schiffs. Nach Ende der Lektüre warf er die Papiere achtlos auf den Tisch.

»Ich muss ein paar Notizen machen. Sagen Sie Miss Fisher, dass sie bitte zu mir kommen soll.«

»Ja, Sir.« Hastig machte sich der junge Angestellte wieder auf den Weg.

Lord Crewe sah seinen Sohn mit einem schwachen Lächeln an. »Du hast dir umsonst Sorgen gemacht. Weil weiter die Vernunft regiert. Die Welt ist es gewohnt, dass Habsburger ermordet werden. Und der neue Thronfolger ist ausnehmend beliebt. Deshalb bleibt weiter alles ruhig im europäischen Teich.«

»Stille Wasser sind tief«, stellte Jacob skeptisch fest.

Lord Crewe nahm wieder hinter seinem Schreibtisch Platz. »Mach dich wieder an die Arbeit, Jacob. Und sei bitte so anständig, gelegentlich bei deiner Mutter anzurufen, ja?«

Sie kehrten in den Lärm der Redaktionsräume zurück.

»Nun, Rilke«, fragte Jacob. »Wie fühlt es sich an, wenn man plötzlich bei der mächtigsten Zeitung der Welt beschäftigt ist?«

»Sehr gut. Aber ich kann nicht bei den Grevilles bleiben. Das wäre nicht recht.«

»Nur dürften Sie schwerlich etwas Angemessenes finden, alter Knabe. Wir sind ja auch mitten in der Ballsaison, da platzt die Stadt aus allen Nähten. Aber wissen Sie was? In meiner Wohnung sind mehr Zimmer, als ich je nutzen kann. Sie ist alt und riesengroß und liegt mitten in Soho über dem besten ungarischen Restaurant, das es diesseits der Donau gibt. Und ich weiß, dass Ihnen diese Unterkunft gefallen wird. Weil jede Tänzerin von London einen Schlüssel dazu hat.«

Ivy Thaxton brauchte sich nur aus dem Fenster ihrer Dachkammer zu lehnen und den Kopf zu recken, um vorbei an einem Schornstein auf das wunderbare Mayfair hinunterzusehen. Natürlich sah sie alles etwas schief und vor allem weniger Straßen als Dächer, aber es war London, und sie war hier.

Liebe Mum und Da, liebste Schwestern und Brüder, Mary und Cissy und Ned und Tom und unser aller liebes Baby Albert Edward. Ich schreibe Euch allen, während ich in London bin. Oh, einen großartigeren Ort gibt es nicht.

Direkt unterhalb des Fensters befand sich eine flache abgeschiedene Stelle am Fuß eines hohen Schornsteins, die beim Bau des Hauses wahrscheinlich als Lagerstätte für die Dachschindeln gedient hatte. Es war das reinste Kinderspiel, mit einem Notizbuch und einem Bleistift nach draußen zu klettern und sich mit dem Rücken an den Schornstein anzulehnen, während sie ihren Brief nach Hause schrieb. Das Dach selbst erschien ihr wie das reinste Wunderwerk, und sie hätte es gerne eingehend erforscht. Eine ausladende Fläche dreieckiger Schieferhügel, die sich in alle Richtungen erstreckten und zwischen denen der Regen in schmalen Vertiefungen zusammenlief. Wahrscheinlich schob sich in den Wintermonaten ein dichter dunkler Wasserstrom durch diese Täler, bevor er sich durch die Regenrohre auf den Bürgersteig ergoss. Und zwischen den spitzen Giebeln ragte ein Wald aus Schornsteinen und Lüftungsrohren empor, die wie winzige Vulkane weiße Dampfwolken oder schwarzen Rauch ausspien. Der glücklichste Moment nach einem langen Tag waren die wenigen Minuten, wenn sie sich wie eine Katze lautlos und geschmeidig durch das Fenster stahl, um vollkommen ungestört zu sein.

Sie hielt ihr Gesicht kurz in die warme Sonne und schloss die Augen. Sie hatte einmal irgendwo gelesen, Sonnenlicht sei der größte Feind des Teints und somit der Schönheit einer Frau, aber als Mädchen aus Norfolk freute sie sich über jeden Sonnenstrahl, weil es bei ihnen zu Hause fast immer feucht und neblig war.

Sie hatte ihren Brief bereits vor Tagen angefangen, seither aber nicht die Zeit gefunden, um mit dem Bericht an die Familie fortzufahren. Kurz nachdem sie in London angekommen waren, war Velda Jessup auf einmal umgefallen und hatte Schaum vor dem Mund gehabt. Sie war steifer als ein Besenstil, als sie sie auf einer Bahre aus dem Haus trugen. Ihr plötzlicher Ausfall hatte eine Krise ausgelöst, denn ausgerechnet zu der Zeit, in der sie sie am dringendsten gebraucht hätte, hatte Miss Alexandra keine Zofe mehr gehabt. Kurz entschlossen hatte Mrs. Broome, die den Haushalt in der Park Lane mit derselben Ruhe führte wie das Haus in Abingdon, Ivy mit der Aufgabe betraut.

»Das ist ein großer Schritt nach vorn, mein Mädchen«, hatte sie erklärt.

Doch vor allem war es anstrengend. Denn Alexandra war rund um die Uhr beschäftigt und brachte die Tage und die Nächte auf Partys, Bällen, Teegesellschaften zu, war Gast bei Mittagessen, Gartenfesten, Tanzveranstaltungen, Abendessen, ritt vergnügt aus und besuchte Konzerte, Aufführungen im Theater oder Modenschauen. Für jeden einzelnen Programmpunkt brauchte sie die passende Garderobe, ohne dass sie sich hätte entscheiden können, was sie tragen wollte, und probierte deshalb immer mindestens ein Dutzend Kleider an, bevor sie sich für eins entschied, das ihr zumindest annähernd gefiel. Außerdem bekam das Mädchen seinen Mund nicht zu und plapperte pausenlos von diesem oder jenem jungen Mann oder davon, ob sie lieber einen Anwalt nehmen sollte oder einen schneidigen Husaren, der der jüngste Sohn irgendeines Herzogs war. Vor allem tratschte sie begeistert, während Ivy damit kämpfte, einen Saum zu kürzen oder einen Knopf an einem der zahllosen Kleider anzunähen. Hatte Ivy beispielsweise mitbekommen, dass Lady Jane Blake, während ihr Gatte, der hässlichste und krummbeinigste Mann ganz Londons, in Dublin weilte, in Begleitung eines attraktiven russischen Balletttänzers im Cafe Royal gesichtet worden war? Oder hatte sie von dem köstlichen Bonmot gehört, das George Bernard Shaw gegenüber Granville-Barker im Foyer des Lyceum Theaters hatte fallen lassen?

Ivy genoss die Sonne und die Stille auf dem Dach, lauschte dem gedämpften Brummen des Verkehrs und einer gurrenden Taube, die auf einem Schornsteinaufsatz saß, und lächelte. George Bernard Shaw, so, so. Wie hätte sie wohl hören sollen, was der Mann gesagt hatte? Und wer war Granville-Barker? Sie hatte Miss Alexandra wirklich gern, aber ein schwatzhafteres Wesen war ihr noch nie untergekommen.

Liebe Mum und Da, liebste Schwestern …

Im hellen Licht der Sonne schienen die Worte zu verschwimmen. Ivy leckte die Spitze ihres Bleistifts ab und drückte sie auf das Blatt, doch ihre Gedanken schweiften immer wieder ab.

Ich schreibe Euch allen, während ich in London bin.
Oh, einen großartigeren Ort gibt es nicht.

Dabei hatte sie bisher, außer wenn sie mit Miss Alexandra einkaufen gegangen war und an ihrem freien Nachmittag, an dem sie im Hyde Park auf einer Bank gesessen und den Menschen auf dem See beim Rudern zugesehen hatte, noch gar nicht viel erlebt. Ross hatte sie ins Filmtheater eingeladen, aber sie hatte gehört, wie eins der anderen Mädchen seiner Freundin zugeflüstert hatte, was der Mann dort gern im Dunkeln tat.

»Wollte dieser Kerl doch wirklich seine Hand in meinen Schlüpfer schieben«, hatte sie ihr kichernd zugeraunt. Kichernd! Ivy funkelte die unschuldige Taube zornig an. Wenn ein Mann so etwas bei ihr versuchen würde, würde sie ihn so zum Kichern bringen – dass ihm das Lachen verging. In ordentlicher schwungvoller Handschrift fügte sie hinzu:

Inzwischen bin ich Miss Alexandras Zofe. Ich habe viel Spaß an dieser Tätigkeit, aber auch viel Verantwortung.
Eure Ivy hat es also inzwischen weit gebracht …

Wirklich? Nachdenklich blickte Ivy in die Ferne. Eine Zofe. Die den ganzen Tag und noch die halbe Nacht bügelte und nähte,

Kleidungsstücke glatt strich und sie sorgsam faltete, bevor sie sie in die Kommode legte oder ordentlich auf Bügel in einen Schrank hängte. Miss Alexandra legte niemals auch nur einen Strumpf an den ihm zugedachten Platz, aber schließlich hielt man sich auch keinen Hund, um selbst zu bellen.

Wie kess die Taube war. Sie stolzierte hin und her, als gehöre ihr das Haus, über dessen Dach sie mit ihren winzig kleinen Füßen trippelte. Aber das ist eben der Geist Londons, ging es Ivy durch den Kopf. Auch schon im Park hatte sie dies bemerkt, denn auch dort stolzierte jeder – ob arm oder reich – selbstbewusst herum. Sie hatte in ihrem schlichten braunen Kleid auf einer Bank gesessen und sich ihren Strohhut auf den Kopf gedrückt, weil ihn sonst der Wind wahrscheinlich in den See geweht hätte. Drei junge Frauen waren vorbeigekommen, nette hübsche Mädchen, kaum älter als sie. In den ordentlichen weißen Blusen und den hellen Leinenröcken hatten sie sehr adrett gewirkt. Sie nahmen neben ihr Platz, teilten sich schwesterlich eine Tüte Leckereien, lachten und schwatzten. Dann zog eine von ihnen eine silberne Uhr an einer Silberkette aus der Brusttasche und erklärte nach einem Blick aufs Zifferblatt: »Oje, wir gehen besser langsam ins Büro zurück, sonst regt sich Mr. Parrot auf.«

Die anderen beiden Mädchen hatten gut gelaunt gelacht, und eine hatte frech erwidert: »Der Mann kann mich mal gernhaben.«

Dann waren sie aufgestanden und ohne jede Eile in Richtung Stanhope Gate geschlendert, um in irgendein Büro zurückzukehren, in dem man spätestens um sechs Uhr abends mit der Arbeit fertig war. Sicher arbeiteten sie als Schreibkräfte. Aber tippen hatte Ivy in der Schule nicht gelernt. Im Grunde hatte sie dort kaum etwas gelernt. Rechnen, lesen, schreiben. Deshalb hatte sie sich in der Bibliothek von Norwich Dickens, Thackeray, Galsworthy und Austin ausgeliehen. Allerdings hatten diese Werke keinen praktischen Nutzen.

Eure Ivy hat es also inzwischen weit gebracht. Vor allem hat Mrs. Broome zu mir gesagt, dass sie mir von nun an jede Woche einen Shilling mehr bezahlt.

Das Schreiben dieses Briefes fiel ihr schwer. Ihre Gedanken schweiften immer wieder ab, und sie war nicht mit dem Herzen bei der Sache. Deshalb war sie fast erleichtert, als sie hörte, dass die Hausdame sie rief.

»Ivy? Wo ist Ivy Thaxton, Jane?«, erkundigte sich Mrs. Broome ungeduldig.

Natürlich würde dieses Miststück es ihr sagen. Außer Ivy schliefen noch vier andere Mädchen in der Dachkammer, ausnahmslos Verräterinnen.

»Sie ist aufs Dach geklettert, Mrs. Broome. Ich habe ihr gesagt, dass das bestimmt verboten ist. ›Ivy‹, habe ich gesagt …«

Seufzend klappte Ivy ihr Notizbuch zu, hob den Kopf und stellte fest, dass Mrs. Broome ungläubig aus dem Fenster sah.

»Ivy Thaxton! Komm rein, bevor du dich zu Tode stürzt!«

»Man kann hier nicht herunterfallen, Mrs. Broome.«

»Vielleicht. Trotzdem kann ich unmöglich erlauben, dass jemand vom Personal wie ein gewöhnlicher Schornsteinfeger über das Dach klettert! Komm sofort wieder rein!«

Ebenso geschmeidig kletterte sie wieder in die winzige Dachkammer zurück und klopfte sich den Staub aus ihrem Rock. Mrs. Broome bedachte sie mit einem strengen Blick, und das andere Mädchen presste eine Hand vor den Mund, um nicht laut loszulachen.

»Also wirklich, Ivy«, schimpfte Mrs. Broome. »Du bist einfach unverbesserlich. Lass dich nie wieder dort draußen auf dem Dach erwischen.«

»Nein, Mrs. Broome.«

Die Hausdame wirkte nicht überzeugt.

»Nun, wir werden sehen. Aber wenigstens muss ich mir in

den nächsten Tagen keine Gedanken darüber machen, wie du dich benimmst. Miss Alexandra ist nämlich nach Arundel eingeladen worden. Wo sie selbstverständlich ihre Zofe brauchen wird. Also fängst du am besten gleich mit Packen an. Ihre Kleider wird Miss Alexandra selbst auswählen, aber such ruhig schon mal die Unterwäsche und die Accessoires heraus.«

»Ja, Mrs. Broome.«

»Und nimm dir ein zweites Kleid und jede Menge sauberer Häubchen und Schürzen mit.«

»Ja, Mrs. Broome.«

»Und steh nicht wie ein begossener Pudel da, Mädchen. Denn mich täuschst du damit nicht. Sich einfach auf das Dach zu setzen. Hat man so etwas schon mal erlebt?«

Sie nahmen gleich am nächsten Vormittag den Zug um 8.30 Uhr ab Victoria. Weswegen Miss Alexandra noch gesprächiger und aufgeregter als gewöhnlich war, während sie versuchte, eine angemessene Wahl unter ihren Kleidern zu treffen. Auf dem wunderschönen und uralten, allerdings modernisierten Schloss des Dukes of Avon, mit dessen Tochter Alexandra die Schule besucht hatte, fand eine dreitägige Feier statt. Und da nicht nur die begehrtesten Junggesellen ganz Englands, sondern des gesamten britischen Empire eingeladen waren, musste sie natürlich möglichst gut aussehen.

»Mein Gott, in diesem Lumpen kann ich mich dort unmöglich blicken lassen!« war der Satz, der ihr am häufigsten über die Lippen kam.

Trotzdem hatten sie bis elf Uhr abends die Garderobe zusammengestellt und sorgsam eingepackt. Das Abendessen – Tee und Sandwiches – hatte man den beiden jungen Frauen auf einem Tablett gebracht, doch Ivy konnte nur zweimal in ein Schinkensandwich beißen, weil sie mit dem Bügeln der Kleider und der Röcke alle Hände voll zu tun hatte.

»Soll ich vielleicht auch noch das Taftkleid mitnehmen? Und wie gefällt dir das gelbe Seidenkleid von Worth's?«

Ivy kürzte noch zwei Säume, nähte ein paar Knöpfe an, und irgendwann war es geschafft, und die Diener konnten die fertig gepackten cremefarbenen Lederschrankkoffer abholen, auf denen in Blattgold das Familienwappen prangte. Ein dreitägiges Fest! Ivy erschauderte bei dem Gedanken, was sie alles packen müsste, wollte ihre Herrin je auf eine große Reise gehen.

»Gute Nacht, Ivy«, wünschte ihr Miss Alexandra jetzt. »Wir sehen uns dann morgen früh in alter Frische.«

»Ja, Miss.«

Müde schleppte Ivy sich über die geschwungene Treppe in den dritten Stock hinauf, von wo aus es über eine beengte Stiege zu den Dachkammern der Angestellten ging. Plötzlich wurde eine Tür geöffnet, und Miss Alexandras Vetter, Martin Rilke, trat im Bademantel in den Flur. In den Händen hielt er eine Zahnbürste und eine Tube Pepsodent.

»Ivy Thaxton?«, fragte er sie lächelnd.

»Ja, Sir«, antwortete sie und sah ihn reglos an.

»Erinnern Sie sich nicht an mich?«

»Doch, Sir. Mr. Rilke aus Chicago.«

»Richtig. Schlachthöfe und Eisenbahnen.«

Sie betrachtete ihn neugierig, und plötzlich war sein Hirn wie leer gefegt. Er hätte ihr gern erzählt, dass er gehofft habe, er würde sie noch einmal wiedersehen, weil er so einer hübschen jungen Frau wie ihr noch nie begegnet sei, doch er wusste, dadurch brächte er sie höchstens in Verlegenheit. Weil ein Gentleman in England nicht so freizügig mit einer Angestellten sprach. Vielleicht tat er das auch in den Staaten nicht. Aber er hatte als junger Mensch nie Dienstmädchen gehabt.

»Nun«, fuhr er ein wenig hilflos fort. »Wie gefällt es Ihnen hier in London? Fehlt Ihnen das Leben auf dem Land?«

»Nein, Sir.«

»Kommen Sie von hier? Ich meine, sind Sie Londonerin?«

»Nein, Sir. Ich komme aus Illingsham, aus der Nähe von Norwich.«

Diese Orte hatte er auf seiner Rundreise nicht besucht. Allmählich wurde es ihm etwas peinlich, dass er hier, im Morgenmantel und mit einer Zahnbürste und Zahnpasta bewehrt, vor diesem Mädchen stand, und er wollte gerade freundlich nickend weitergehen, als sie plötzlich fragte: »Fahren Sie bald wieder nach Amerika zurück?«

»Nein«, erwiderte er schnell, dankbar, dass das Eis gebrochen war. »Ich habe einen Posten bei der *Daily Post.* Ich werde noch ein paar Monate in England bleiben, aber morgen ziehe ich hier aus. Ich kann bei einem Freund in Soho unterkommen.«

»Das wird bestimmt sehr nett, und ich werde morgen mit Miss Alexandra nach Arundel fahren.«

»Das wird sicher ebenfalls sehr nett.«

»Ja, Sir«, antwortete sie, wandte sich eilig ab und ging weiter den Gang hinab bis zu der Tür, durch die man zu der schmalen Stiege kam. »Gute Nacht, Sir.«

Zwei der Mädchen schnarchten fürchterlich. Zwei füllige Schottinnen, die stark wie Ochsen waren. Sie arbeiteten in der Küche, und ihre Hände waren vom Spülen rot und wund. Sie schufteten wie die Galeerensklaven, deshalb brachte Ivy es nicht übers Herz, sie aufzuwecken und zu bitten, sich vom Rücken auf den Bauch zu drehen. Die anderen Mädchen – Stubenmädchen – kamen aus Belfast, und sicherlich hätte nicht einmal Gottes Zorn sie wecken können.

Ivy stieg aus ihrem schmalen Bett und ging ans Fenster, durch das sie die dunklen Umrisse der Tauben sah, die sich an die hohen Schornsteinaufsätze schmiegten, weil es dort am wärmsten war. Der Verkehrslärm war verebbt. Ganz London schlief – oder hielt in dieser letzten Juninacht den Atem an.

Liebe Mum und Da, liebste Schwestern und Brüder, Mary und Cissy und Ned und Tom und unser aller liebes Baby Albert Edward. Ich schreibe Euch, während ich in London bin. Es ist eine warme Nacht, und morgen werde ich in aller Frühe nach Arundel fahren und auf dem Schloss eines Herzogs wohnen. Ich habe einen sehr netten jungen Amerikaner aus Chicago im Staat Illinois am Michigansee kennen gelernt. Tom wird wissen, wo das ist, weil wir beide den Atlas besser kennen als die Straßen Illingshams. Ich glaube, er ist sehr angetan von mir, aber er ist sehr schüchtern, und er weiß, was sich gehört. Deshalb würde er nie wagen, mich zu einem Spaziergang oder samstags ins Filmtheater einzuladen. Obwohl er im Grunde nur ein ganz normaler junger Mann ist mit schäbigen Koffern und einem Pyjama, dessen Hose in Höhe der Knie schon ein bisschen fadenscheinig ist. Aber wie gesagt, ab morgen werde ich sowieso nicht mehr in London sein. Denn wie bereits erwähnt, wohne ich für drei Tage auf einem Schloss. Die sanitären Einrichtungen sollen akzeptabel sein, sämtliche begehrenswerten Junggesellen von überall her werden dort versammelt sein, und ich werde sie alle damit überraschen, dass mein Vorrat an gestärkten Schürzen und an weißen Häubchen unerschöpflich ist.

»Ach, verdammt«, stieß sie mit leiser Stimme hervor und starrte über das schattige Dach auf die schlafende Stadt. »Verdammt … verdammt.«

7

Charles Greville trat aus dem kühlen Foyer des Carlton Clubs in die nachmittägliche Hitze und wartete geduldig, während der Türsteher ein Taxi für ihn rief. Ein Vorübergehender hätte einen eleganten, durch und durch gleichmütigen Herrn erblickt – wie es von einem Gentleman, der aus dem Carlton kam, nicht anders zu erwarten war. Doch Charles schäumte innerlich, weil es für sein Problem noch immer keine Lösung gab.

Sein Vater hatte ihn zum Mittagessen eingeladen, zu schottischem Moorhuhn, einer Flasche erlesenen deutschen Weißweins, Käse, Obst und einem hundert Jahre alten Brandy, schließlich hatte er heute Geburtstag.

»Auf den dreiundzwanzigsten Juli«, hatte der Earl gesagt. »Den Tag, an dem mein Sohn geboren ist. Möge an diesem Tag immer die Sonne scheinen.«

»Danke, Vater.«

»Trink, mein Junge. Das ist ein echter Napoleon.«

Sein Vater war ausnehmend gut gelaunt gewesen. Die Ballsaison näherte sich ihrem Ende, und die Mitglieder der besseren Gesellschaft kehrten allmählich auf ihre Landsitze zurück. Somit stand auch seiner Rückkehr nach Abingdon Hall nichts mehr im Wege. Spätestens in vierzehn Tagen ginge dort wieder alles seinen gewohnten Gang.

»Verdammt, ich vermisse meine Pferde, Charles. Natürlich hält Banks sie in Bewegung, während ich in London bin, nur gehen sie immer ziemlich auseinander. Ich werde sie richtig zum Schwitzen bringen müssen, bis sie wieder schlank sind. Apropos

Pferde, Junge, warum nimmst du nicht mit mir zusammen im September an dem Rennen in Tetbury teil? Wie in den guten alten Zeiten?«

»Vielleicht, Vater.«

»Das freut mich zu hören. Übrigens dachte ich, du wolltest in diesem Monat zusammen mit Roger Griechenland bereisen.«

»Wir haben es uns anders überlegt. Roger bereitet nämlich gerade einen Band mit eigenen Gedichten für die Veröffentlichung vor, auch wenn es ein eher schmales Bändchen wird.«

»Dann war es also ein fruchtbarer Sommer, was? Hat Alex dir erzählt, dass sie sich endlich entschieden hat?«

»Nein. Wie hat sie das gemacht? Hat sie mit geschlossenen Augen eine Nadel in eine der Listen gesteckt?«

»Wahrscheinlich etwas in der Art. Der Kerl heißt Saunders. Gut aussehender Bursche. Lord Eshers Neffe und Erbe. War am Trinity College und ist jetzt beim Außenministerium. Natürlich hat sie vorher auch schon eine ganze Reihe anderer Männer ausgewählt, aber ich hoffe doch, dass sie bei diesem bleibt.«

»Ich auch. Und, Vater, ich habe mich entschlossen, Lydia zu heiraten.«

Wie melodisch dieser Satz in seinen Ohren klang, wie ein sanftes Lied. Natürlich hatte er für seinen Vater einen völlig anderen Klang gehabt, doch er hatte kaum etwas gesagt, sondern sich erst einmal eine Zigarette angezündet und an seinem Napoleon genippt.

»Ach ja? Du kennst meine Einstellung, Charles. Die Vorstellung von dir als Schwiegersohn von Archie Foxe schmerzt mich zutiefst.«

»Weil Archie Unternehmer ist?«

Der Earl umfasste sein Brandyglas beidhändig und schnupperte daran.

»Archie ist ein ausnehmend erfolgreicher Geschäftsmann,

und ich mache ihm seinen Erfolg sicher nicht zum Vorwurf. Was ich nicht leiden kann, ist seine Verachtung für das britische Klassensystem. Ich will verdammt sein, wenn der Mann nicht im Grunde seines Herzens Sozialist ist. Und seine Nähe zu Lloyd George und diesem Haufen verlotterter Liberaler, die nichts anderes im Sinn haben, als die bestehende Gesellschaftsordnung zu zerschlagen, widert mich an. Es tut mir leid. Lydia ist von jeher in meinem Haus willkommen. Ich würde nie auf sie herabsehen, nur weil ich mit den Ansichten ihres Vaters nicht einverstanden bin. Aber eine Ehe zwischen euch kommt nicht in Frage.«

»Und wenn ich sie trotzdem heirate, Vater?« Charles' Stimme klang auf einmal hohl und unsicher. Er sah seinen Vater an, in dessen Gesicht er jedoch keine Veränderung bemerkte. Wenn überhaupt, hatte der Earl etwas gelangweilt ausgesehen.

»Das Thema ist für mich erledigt, Charles.« Er stellte sein Glas auf den Tisch und griff nach der Flasche. »Trink noch einen Tropfen Brandy und koste den Brie. Er ist einfach delikat.«

Das Essen hatte sich endlos hingezogen, da ein paar Freunde seines Vaters an den Tisch gekommen waren, um ihm ebenfalls zu gratulieren. Aber irgendwann war es vorbei gewesen, und er hatte sich bei seinem Vater höflich für die Einladung bedankt.

Endlich kam das Taxi, und er ließ sich auf den Rücksitz fallen. Vor lauter Zorn und Frustration brachte er keinen Ton heraus, und als der Chauffeur ihn darum bat, ein Ziel zu nennen, dauerte es mehrere Sekunden, bis er seine Stimme fand. Gott, dachte er unglücklich, was soll ich nur tun? Er hatte das Gefühl, als hätte man ihn zwischen zwei kraftvollen Pferden angebunden, die man auseinandertrieb. Es war offensichtlich, dass sein Vater ihm nicht sagen würde, wie er reagieren würde, setzte er sich über seinen Wunsch hinweg. Er konnte ihn grundsätzlich nicht daran hindern, Lydia zu heiraten, würde keine öffentliche Szene machen und die Kirchentür versperren, aber vielleicht gebe er ihm und Lydia deutlich zu verstehen, dass für ihn die Eheschließung zwischen ihnen bar jeder Bedeutung war. Würde seine Mutter ihm verbieten, diesen unheilvollen Weg zu gehen? Und vor allem, würde sie es schaffen, seinen Vater umzustimmen, falls sie tatsächlich für ihn Partei ergriff? Er verschränkte seine Hände derart fest, dass seine Knöchel schmerzten. Es war alles ungewiss, da ihm niemand eine konkrete Antwort auf diese quälenden Fragen gab. Seine Eltern wichen diesem Thema aus und spielten auf Zeit, und Lydia? Wie um alles in der Welt würde sie wohl reagieren, wenn er ihr nicht garantieren könnte, dass sie in seiner Familie willkommen sei? Keine Frau heiratete einen Mann, dessen Vater ihr nicht wohlgesinnt war. Er glaubte ihr nicht ganz, dass es ihr einzig um sie beide ging. Doch er konnte ihr wohl kaum zum Vorwurf machen, dass sie Wert auf gesellschaftliches Ansehen legte.

Er starrte trübe aus dem Fenster, als das Taxi in die Mall einbog. Nie zuvor hatte der Park so prächtig ausgesehen. Die leuchtend grünen Bäume hoben sich von einem derart strahlend blauen Himmel ab, wie man ihn normalerweise nicht in England, sondern im August über Italien sah. Die roten Backsteintürme von St. James's ragten über den Bäumen auf, und die Mitglieder der Garde standen vor den Wachhäuschen vor dem Palast des Königs stramm. Es war die schottische Garde, bemerkte Charles, als das Taxi hinter dem Palast in die Lower Belgrave Street einbog.

Lord Stanmores Schwiegertocher.

Charles konnte sich vorstellen, was diese Position für Lydia bedeutete. Sie würde ihr gesellschaftliche Türen öffnen, die ihr trotz des riesigen Vermögens ihres Vaters bisher verschlossen geblieben waren. Lydia *Greville.* Mit dem Namen gingen Ansehen und Privilegien einher. Er würde sie auf Bälle und auf Gartenfeste führen, auf denen eine Lydia *Foxe* nie wirklich willkommen war, sondern bestenfalls geduldet wurde. Mit diesem

Namen wäre sie für alle Zeit in den erlauchtesten gesellschaftlichen Kreisen akzeptiert – natürlich vorausgesetzt, dass der Earl ihr seinen Segen gab.

»Gott«, stieß er unglücklich hervor. Was würde sie wohl sagen, wenn er ihr gestehen müsste, dass sie diesen Segen niemals erhielt? Dass sein Vater sich wahrscheinlich nicht einmal auf ihrer Hochzeit blicken ließ? Würde sie ihn küssen, lächeln und erklären, dass das keine Rolle für sie spiele? Im Grunde seines Herzens wusste er, wie Lydia reagieren würde, und bei dem Gedanken wurde ihm eiskalt. Lydia liebte ihn – daran bestand nicht der geringste Zweifel –, aber diese Liebe war, wenigstens zum Teil, in seiner Position begründet. Doch was, wenn er sich irrte? Was, wenn seine Position sie gar nicht scherte und ihr nur an einer Heirat mit ihm lag, selbst wenn sein Vater der Verbindung seinen Segen vorenthielt? Könnte er sich seinem Vater widersetzen und mit Lydia durchbrennen, um sie zu seiner Frau zu machen, ohne dass seine Familie etwas davon mitbekam? Sich einfach wie nebenbei all seiner Verpflichtungen und vor allem seines anerzogenen Pflichtgefühls entledigen?

Er hatte das Gefühl, dass er in einem fürchterlichen Traum gefangen war. Er war so aufgewühlt, dass er nicht merkte, dass er dem Chauffeur einen Fünf-Pfund-Schein überließ. Woraufhin der Mann das Weite suchte, ehe dieser Irre wieder zu Besinnung kam.

Fentons Kammerdiener öffnete die Tür der eleganten Wohnung, in der Roger während seiner Londonaufenthalte unterkam. Umgeben von Probedrucken seiner Werke, saß Roger auf dem Boden des Salons. Neben ihm lag, barfüßig, in einem offenen weißen Tennishemd und mit muskulöser, angenehm gebräunter Brust der Dichter Rupert Brooke, während Lascelles Abercrombie, die nachmittägliche Ausgabe des *Globe* im Schoß, in einem Sessel lungerte und an einer Pfeife zog.

»Hallo, Rupert«, sagte Charles. Er freute sich, ihn zu sehen. Er hatte das King's College bereits verlassen, als Roger und Charles in Cambridge angefangen hatten, aber immer noch recht großen Einfluss gehabt und die literarischen Gesellschaften dort geprägt. Brooke hatte eine Zeitlang in der Nähe ihres Colleges im Old Vicarage in Grantchester gelebt, und Charles und Roger hatten wie so viele andere Stunden dort verbracht und sich endlos über Bücher und Gedichte ausgetauscht, wenn sie nicht gerade oberhalb von Byron's Pool baden gegangen waren ... *Doch zeigt die Uhr des Kirchturms zehn vor drei?/Und gibt's zum Tee wie stets ein süßes Allerlei?*

»Hallo, Charles«, grüßte ihn Brooke lächelnd zurück. »Herzlichen Glückwunsch zum Geburtstag.«

»Ja, Greville«, murmelte auch Abercrombie. »Auf dass du diesen Tag noch oft erlebst.«

»Ich nehme an, Roger hat euch daran erinnert«, erwiderte Charles.

Brooke nickte.

»In der Hoffnung, dass wir dich dazu bewegen können, den Anlass gebührend mit uns zu feiern oder wenigstens mit uns in irgendein kleines, aber feines Restaurant zu gehen.«

»Seid meine Gäste«, lud Charles seine Freunde mit belegter Stimme ein.

Zum ersten Mal blickte auch Roger auf und nahm die ungesunde Blässe im Gesicht des Freundes wahr.

»Oh Charles, geht es dir gut?«

»Es geht mir bestens, danke.«

»Nun, so siehst du aber nicht aus. Webber!«

Sofort erschien der Kammerdiener in der Tür.

»Ja, Sir?«

»Schenken Sie bitte einen doppelten Whiskey für Mr. Greville ein. Und Mr. Brooke und Mr. Abercrombie könnten bestimmt ein Guinness vertragen, falls es noch welches gibt.«

»Noch eine Flasche, Sir.«

»Dann seien Sie doch so gut und teilen Sie sie auf zwei Gläser auf.« Er sah Webber hinterher, als dieser hinausging. »Mein werter Bruder kann gelegentlich entsetzlich knausrig sein. Wirklich, Charles, du siehst einfach erbärmlich aus.«

Charles nahm auf dem Rand des Sofas Platz. Tatsächlich fühlte er sich alles andere als gut.

»Das liegt nur an der Hitze und den Abgasen. Gott«, platzte es aus ihm heraus. »Ich würde wirklich gern für ein, zwei Monate von hier verschwinden. Kannst du die Herausgabe dieses verfluchten Buchs nicht verschieben? Lass uns nach Griechenland fahren. Einen Zug bis nach Triest nehmen und dann auf Schusters Rappen weiter nach Epirus ziehen.«

Abercrombie ließ die Zeitung sinken.

»Von diesem Teil der Welt würde ich mich in den nächsten Monaten an eurer Stelle möglichst fernhalten. Österreich hat Serbien gerade ein unglaubliches Ultimatum gestellt – ihm eine regelrechte Ohrfeige mit einem eisernen Handschuh verpasst. Deshalb gibt es auf dem Balkan sicher wieder Krieg. Wir haben gerade darüber gesprochen, bevor du kamst. Willst du vielleicht mal die Depesche aus Belgrad lesen?«

»Oh, zur Hölle mit Belgrad!«, fauchte Charles derart verbittert, dass er selbst zusammenfuhr.

»Aber hallo«, stellte Roger fest. »Du scheinst ja ganz vernarrt in das kleine Serbien zu sein.«

Rogers Bruder Fenton schlenderte in Richtung des Cadogan Square und sagte sich, sein Vorhaben sei angemessen und vor allem durch und durch korrekt. Am Vorabend hatten die Suttons ihre Tochter Winifred im Rahmen eines Balls in die Gesellschaft eingeführt, und es war ein Gebot der Höflichkeit, dass er bei der Familie vorstellig wurde, um der Gastgeberin für das wunderbare Fest zu danken oder wenigstens seine Visitenkarte zu hinterlassen, falls niemand zu sprechen war. Aber sein Besuch hatte noch einen anderen Grund. Er hatte nur ein einziges Mal mit Winifred getanzt, es war der letzte Tanz gewesen, und nachdem der letzte Walzerton verklungen war, hatte er gehört, wie eine Frau der ehrenwerten Lady Mary dazu gratuliert hatte, wie hübsch die Tochter sei. Dann hatte sie hinzugefügt, sie und »dieser fesche Gardeoffizier wären ein wirklich hinreißendes Paar«. Lady Mary hatte wie ein Honigkuchenpferd gestrahlt, und er hatte Winifred noch eine letzte Tasse Punsch gebracht und höflich angefragt, ob er sie vielleicht am nächsten Tag besuchen und mit ihr spazieren gehen dürfe, falls sie nach dem anstrengenden Ball nicht zu müde sei.

»Ich bin froh, dass Sie gefragt haben«, hatte sie geantwortet. »Und ich werde Ihnen etwas verraten. *Auch Mama wird sich sehr freuen.*«

Und jetzt stand er auf der Treppe vor dem Haus der Suttons und kam sich mit der Toffeeschachtel von Fortnum und Mason unter seinem linken Arm wie ein richtiger »Verehrer« vor.

Noch bevor er läuten konnte, öffnete der Butler ihm bereits die Tür.

»Guten Tag, Sir.«

Beinahe ehrerbietig führte ihn der Mann in den Salon, in dem Winifred mit ihren Eltern saß, und sie alle sahen abgrundtief erleichtert aus, als er das Zimmer betrat.

»Ah, Fenton«, rief der Marquis von Dexford aus, ein leicht untersetzter krummbeiniger Mann mit schütteren ergrauten Haaren. »Sehr nett, dass Sie bei uns vorbeischauen. Möchten Sie vielleicht ein Gläschen Sherry? Habe ich Ihnen erzählt, dass ich letztens Ihren Onkel getroffen habe? Bei dem Kricketmatch zwischen der Armee und der Marine. Er sah prächtig aus. Bei den Manövern in Salisbury hat sich seine Division wirklich gut geschlagen, was?«

Fenton fand den Monolog erschöpfend und war froh, als er mit Winifred in den goldenen Sonnenschein trat.

»Sollen wir zu den Gärten von Kensington spazieren?«

Sie legte eine Hand auf seinen Arm.

»Ich würde lieber zum Fluss hinuntergehen. Ich liebe Chelsea, und Sie?«

Er stimmte freundlich zu und bemerkte, dass sie wieder einmal reizend aussehe.

Errötend verstärkte sie den Griff um seinen Arm.

»Danke. Ist es falsch zu sagen, dass auch Sie gut aussehen? Ich weiß, so etwas sagt man nicht zu einem Mann, aber es stimmt. Ich bin sehr stolz, dass ich mit Ihnen spazieren gehe.«

Außerhalb des Hauses legte sie ihre gewohnte Schweigsamkeit ab. Sie sprach freimütig über sich selbst und war sich ihrer Defizite bewusst.

»Aber ich versuche, mich zu bessern«, fügte sie hinzu. »Nehmen Sie zum Beispiel dieses Kleid. Ich finde, dass es mir sehr gut steht, aber Mutter hat erst nein gesagt. Sie fand, der Ausschnitt sei zu gewagt, aber meiner Meinung nach braucht eine Frau sich nicht dafür zu schämen, wenn sie … ähm … weibliche Formen hat.«

»Auf keinen Fall.«

»Eins meiner Probleme war schon immer meine Vorliebe für alles Süße. Früher war ich ganz versessen auf Cremeschnittchen, aber inzwischen ist mir klar, dass man um solche Leckereien besser einen möglichst großen Bogen macht. Ich werde Ihre Toffees hüten wie einen Schatz, aber essen werde ich sie nicht.«

»Es tut mir leid. Nächstes Mal bringe ich nichts zum Naschen mit.«

Mit einer kindlichen Vertrautheit hakte sie sich bei ihm ein, und er kam sich wie ihr Lieblingsonkel vor. Mein Gott, dachte er, wie schrecklich jung sie ist.

In der Hitze des Nachmittags schleppte sich die Themse schwerfällig wie das Gespräch zwischen den beiden hin. Ein Bierlokal am Cheyne Walk sah sehr einladend aus, doch dorthin konnte er unmöglich mit einer jungen Dame gehen. Ihr allerdings schien es zu reichen, dass sie nur mit ihm spazieren ging, selbst wenn sie nicht mehr viel miteinander redeten. Ein Stück den Fluss hinauf zog ein Schlepper ein paar leere Kohlekähne hinter sich her, und aus den schlammigen Ufern im Schatten der Albert Bridge stiegen graue Vögel auf und flatterten über den Fluss nach Battersea. Sie gingen weiter, verließen die Uferpromenade und spazierten gemächlich die King's Road in Richtung Sloane Square hinauf.

Neben den eisernen Toren der Herzog-von-York-Kaserne klopfte ein Wachmann zweimal mit dem Gewehrkolben auf den Bürgersteig.

»Warum hat er das gemacht?«

»Weil ich auch bei der Garde bin und einen höheren Rang habe als er.« Mit einem leichten Kopfnicken bedankte Fenton sich für den Salut.

»Ist er in Ihrem Regiment?«

»Er ist beim Royal Sussex, aber ich war ein paarmal in der Kaserne, und vielleicht hat er mich erkannt.«

»Nein. Sie sehen einfach wie ein Hauptmann aus. Ich glaube, es liegt daran, wie Sie Ihren Strohhut tragen. Genauso würde es auch Kitchener wahrscheinlich machen.«

Er beugte sich zu ihr herab und flüsterte ihr zu:

»Verraten Sie es niemandem, aber Lord Kitchener besitzt gar keinen Strohhut. Er hat nichts als Uniformen. Selbst die Schlafanzüge, die er trägt, sind scharlachrot und über und über mit Medaillen behängt.«

Sie stieß ein kehliges Lachen aus.

»Oje, die arme Mrs. K., das ist sicherlich nicht einfach für sie!«

Er genoss ihre Gesellschaft. Sie war in der Tat ein nettes Mädchen. Und nicht prüde, wie die Anspielung auf Kitchener und seine Frau bewies. Ja, er mochte sie. Sie war ohne Zweifel alles andere als elegant. Nicht einmal in dem neuen Kleid. Denn die Figur, die es betonte, rief nicht gerade glühendes Verlangen in ihm wach. Ihr Haar jedoch schimmerte weich im hellen Sonnenschein, und sie hatte einen klaren und gesunden Teint, strahlend weiße Zähne, und ihr Mund lud einen Mann durchaus zum Küssen ein. Oh ja, er mochte sie. Und das Zusammensein mit ihr war so wunderbar entspannend.

»Hast du vielleicht Appetit?«, fragte er. »Auf ein paar Sandwiches und eine Tasse Tee?«

»Ich habe immer Appetit. Das wird noch einmal mein Verderben sein. Bestimmt steht auf meinem Grabstein: ›Hier liegt Winifred Sutton und macht endlich ihre erste Fastenkur.‹«

Er lachte so schallend, dass die anderen Leute sich nach ihnen umdrehten, nahm ihre Hand und führte sie über die belebte Straße in ein italienisches Lokal, in dem er schon einmal gewesen war. Und zwar mit Lydia. Das Mailänder Essen hatte ihr geschmeckt, aber all die Chelsea-»Typen« – all die Schauspieler, die Schriftsteller und Maler, die dort ein und aus gingen – hatten sie nicht im Geringsten interessiert. Winifred hingegen war begeistert, eine ihr völlig unbekannte Seite von Chelsea zu entdecken. Sie war fasziniert von dem schummrigen Licht hinter den geschlossenen Läden, den auf den Tischen verteilten Weinflaschen, in denen Kerzen brannten, und der unkonventionellen Gästeschar. Plötzlich trat ein muskulöser Kerl mit einem wilden roten Bart und einem abgewetzten Samtumhang an ihren Tisch und musterte den Gardehauptmann.

»Sie ähneln dem Prince of Wales.«

»Nur wenn ich sitze«, antwortete Fenton und stand grinsend auf.

Als Rotbart sah, wie groß er war, nickte er zustimmend.

»Das sehe ich. Wollen Sie und Ihre Lady vielleicht jeweils ein Porträt von sich? Kostet zusammen eine Krone.«

»Und natürlich einen Liter Rotwein.«

»Selbstverständlich.«

Während sie gemütlich aßen, fertigte der Mann mit Kohle und Pastellkreide die beiden Bilder an. Die ihnen wirklich ähnelten.

»Schenken Sie mir Ihr Porträt?«, bat Winifred. »Ich werde es stets in Ehren halten.«

Sie war etwas beschwipst von dem Glas Wein, das sie getrunken hatte, also winkte Fenton einem Taxi und bat den Chauffeur, auf dem Weg zurück zu ihrem Haus noch ein wenig durch die Stadt zu fahren.

Obwohl ihr Schwips während der Fahrt verflog, behielt sie ihre gute Laune bei.

»Das war der wunderbarste Nachmittag in meinem Leben«, schwärmte sie.

»Freut mich, dass du ihn genossen hast, Winifred.«

Sie drückte die beiden Porträts an ihre Brust, drehte sich auf ihrem Sitz um und blickte Fenton an.

»Können wir das noch mal machen?«

Er hätte kinderleichtes Spiel bei ihr. Bräuchte jetzt die Angel nur noch einzuziehen. Er empfand eine gewisse Scham, denn so kaltblütig konnte ein Mann doch wohl nicht sein. Aber, verdammt, er *mochte* sie.

»Sooft du willst. Obwohl du London sicherlich bald verlassen wirst.«

»Ja. Am ersten August fahren wir zurück nach Dorset«, flüsterte sie unglücklich und sah ihn beinahe flehend an.

»Darf ich deinen Vater förmlich um Erlaubnis bitten, dich auch weiter zu besuchen, Winifred? Hier in London und – sooft es geht – in Lulworth Manor?«

Sie hielt kurz den Atem an, schrie dann leise auf, schmiegte sich an seine Brust und glitt mit ihren Lippen über sein Gesicht.

»Oh, ja, ja. Oh, mein liebster, *liebster* Fenton. Möge Gott dich segnen und vor allem immer … *immer* … mit dir sein.«

Martin musste sich auf seine Arbeit konzentrieren, aber das Ticken der Fernschreiber lenkte ihn ab. Man hatte ihm einen Platz in einer Glaskabine zugewiesen, in der er dem Theaterrezensenten gegenübersaß, nur leider war die Kabine oben offen, und der Lärm des großen Raums ergoss sich wie eine Riesenwelle über einen Deich über die Glaswände. Martin las die Schlagzeile der Morgenausgabe, als ein Laufjunge im Eilschritt mit der Korrekturfahne zu einem Redakteur lief.

SERBIENKRISE WEITET SICH AUS

Jacob konnte stolz sein. Denn inzwischen war er auf Geheiß seines Vaters nach Belgrad abgereist. Worauf Martin wirklich neidisch war. Denn das Blatt in seiner Schreibmaschine sprach dem Ernst der Lage in Europa Hohn:

Das Lord'sche Kricketfeld ruft selbst im unbedarftesten Betrachter ein Gefühl der Ehrfurcht wach. Als ich im so genannten Long Room zwischen den fast heiligen Relikten vergangener Spiele stand und das ernste Gesicht von W. G. Grace erblickte, dessen Büste den Pavillon beherrscht, wurde selbst mir als Yankee klar …

Ja, was war ihm klar geworden? Die Absurdität des Kricketspiels? Wie lächerlich es war, dass Männer ganz in Weiß ewig in der Sonne standen? Der Mangel an Leidenschaft? Dass der höchste Ausdruck von Gefühlen das Murmeln der älteren Männer war, die im Schatten saßen? »Das war ein gutes Spiel. Oh, sehr gut geschlagen, Sir.« Wo blieb der explosive Knall, mit dem der Ball beim Baseball aufkam und dadurch den Läufer stoppte? Und wo war der Läufer, der in seinen Nagelschuhen über den Boden rutschte und eine Wolke dichten Staubs hinter sich aufwirbelte?

Aber sein Artikel sollte lobend sein, höchstens mit ein paar sanften Seitenhieben auf die etwas verknöcherteren Mitglieder des Clubs, denen außer einem heiseren »Haha« kaum je etwas über die Lippen kam – weil es schließlich keine Rose ohne Dornen gab.

»Sind Sie fertig, Mr. Rilke, Sir?« Ein Laufjunge streckte den Kopf durch die Tür. Inzwischen konnte Martin den Akzent der Londoner verstehen und hatte sich auch sonst recht gut in England eingelebt.

»Noch fünfzehn Minuten, Jimmy.«

»Alles klar, Sir.«

In zwanzig Minuten war die Abgabefrist vorbei. Obwohl in Gedanken immer noch woanders, hielt er diese Frist problemlos ein, hob die Hand, und der Junge kam zurückgerannt, schnappte sich das Blatt und schoss davon.

Martin setzte seine Brille ab und säuberte sie kurz mit einem Taschentuch, bevor er sie in seine Jackentasche schob. Der Theaterrezensent, ein Mann mit einem Totenschädel, den noch niemand in der Redaktion in etwas anderem als Frack und weißem Schlips gesehen hatte, erhob sich von seinem Stuhl, auf dem er mindestens zwei Stunden tief und fest geschlafen hatte, streckte sich und riss den Mund zu einem breiten Gähnen auf.

»Fertig, Rilke?«

»Ja. Und jetzt muss ich ins Bett.«

»Ich sollte auch langsam nach Hause gehen.« Er gähnte erneut und nahm eine Zigarette aus einem silbernen Etui.

»Da könnten Sie schon seit zwei Stunden sein.«

»Ich weiß, aber ich bin irgendwie nervös. Ich vermisse Jacob. Er ist der Einzige, der einem auch nur annähernd erklären kann, was da unten im Balkan vor sich geht. Alle anderen hier sind völlig ahnungslos.« Mit einem schmalen Lächeln fügte er hinzu: »Sie wissen auch nur das, was in der Zeitung steht. Ich sage Ihnen, Rilke, die Situation da unten macht mir Angst. Ich weiß nicht, wie sie sich entspannen oder wo das alles enden soll. Tja, aber dadurch, dass ich mir Sorgen mache, ändere ich auch nichts, oder? Kann ich Sie noch auf einen Drink ins Romano's einladen?«

»Nein danke, ich werde auf direktem Weg nach Hause fahren.«

»Wir könnten uns ein Taxi teilen, wenn Sie nichts dagegen haben. Ich bin in letzter Zeit nicht gern allein. Auch wenn ich nicht sagen kann, warum. Ich habe einfach ein ungutes Gefühl.«

Und damit war er offensichtlich nicht allein. Denn egal zu welcher Tages- oder Nachtzeit, immer traf man jede Menge Menschen auf der Straße. Zwar waren die Cafés in Soho nicht rund um die Uhr geöffnet, aber wenn sie es gewesen wären, hätten sie ein ausgezeichnetes Geschäft gemacht. Vielleicht lag es auch an dem ungewöhnlich warmen Wetter, auf jeden Fall zogen vor allem junge Männer rastlos durch das West End. Doch sie benahmen sich, waren beinahe übertrieben höflich, und die Polizei ließ sie gewähren. Der landesweite Feiertag stand kurz bevor, doch allein die freudige Erwartung dieses Tages konnte nicht der Grund für die Rastlosigkeit sein. Ein Redakteur der *Post*, der gerade aus Berlin zurückgekommen war, hatte berichtet, dass die jungen Männer dort sogar noch unruhiger waren. Sie folgten einem Drang, den niemand in Worte fassen konnte, zogen scharenweise durch das Land in den Schwarzwald oder zu den Alpen und schmetterten Lieder über Bruderschaft. Was der Redakteur als ein wenig eigenartig empfunden hatte, aber die Deutschen waren immer schon bekannt dafür, dass ihr Hang zur Mystik ausgeprägter als der anderer Völker war. Eine Atmosphäre gespannter Erwartung hing wie ein Hitzeschleier in der Luft, und bei seinem täglichen Kontrollbesuch der Redaktion hatte Lord Crewe beiläufig bemerkt, Europa brauche dringend eine Abkühlung, und deshalb täten jetzt ein kräftiges Gewitter und ein paar ordentliche Regenschauer gut. Nur dass kein

Regen kam. Der Himmel strahlte weiter blau, und Jacob schrieb aus Belgrad: »Trotz der österreichischen Kanonenboote, die an mir vorüberziehen, hat die Donau niemals schöner ausgesehen oder derart zu Gesängen angeregt.«

In der Wohnung in Soho roch es nach Ammoniak und Möbelpolitur. Einmal in der Woche kam die Putzfrau, doch im Augenblick hatte sie kaum etwas zu tun. Denn seit Jacob nicht mehr da war, war die Wohnung in der Beak Street immer sauber, aufgeräumt – und leer. Die jungen Frauen, die für gewöhnlich, oft noch kostümiert, nach ihren Auftritten auf ein Schlückchen Schampus oder einen Happen Hummer bei Jacob hereinsahen, tauchten nicht mehr auf. Martin wusste nicht, ob Jacob sie darüber informiert hatte, dass er auf Reisen ginge, oder ob sie einfach wussten, dass er nicht in London war. Vielleicht hatten sie ja einen siebten Sinn für so etwas. Oder es hatte sich sofort in der Theaterwelt herumgesprochen, dass der junge Journalist im Augenblick nicht zu erreichen sei. Martin vermisste das Parfüm, die nackte Haut, die Federboas und die derbe Fröhlichkeit der Tänzerinnen ebenso wie Jacobs Unordnung, die Berge von Papier und Büchern auf dem Boden und dem Mobiliar, den blauen Dunst der kräftigen Abdullahs und die pausenlosen Reden, die zwar häufig anstrengend, profan, rebellisch oder bissig, aber immer lehrreich waren.

Als Martin in die Küche kam, fand er dort nur ein paar Päckchen Cracker, zwei Dosen mit Gänseleberpastete, Kaviar und einen großen Vorrat des Champagners, den Jacob so gerne trank. Nahrhaftere Speisen wurden entweder in der Kantine des Verlagsgebäudes eingenommen oder aus dem ungarischen Restaurant im Erdgeschoss bestellt, indem Jacob durch das Hinterfenster rief, unter dem das Personal in seinen Arbeitspausen gern auf umgedrehten Milchkästen beim Kartenspiel im Schatten saß. Das Restaurant jedoch machte um elf Uhr zu, weshalb sich Martin an den kleinen Leckereien aus der Küche gütlich tat, eine Champagnerflasche in den Eisschrank legte, seinen Schlafanzug anzog und seine Aktentasche in das Arbeitszimmer seines Freundes trug, weil dort das Licht erheblich besser als in allen anderen Zimmern war.

Sein Notizbuch hatte er seit Juni nicht mehr angerührt. Er hatte keine Zeit dafür gehabt, weil er jede Woche fünf Artikel für die Zeitung schreiben musste und im Rahmen der Materialsuche fast pausenlos auf Achse war. Doch vor allem hatte er keine Lust, zu Papier zu bringen, was ihm in den letzten Wochen durch den Kopf gegangen war. Er hatte gehofft, dass sein Roman mithilfe seiner Aufzeichnungen wie von selbst Gestalt annähme, weil seine Beobachtung der Gegenwart auch die Vergangenheit wieder würde lebendig werden lassen. Aber das war nicht geschehen. Die Notizen hatten seinen Blick auf seine Heimatstadt Chicago und auf die Familie Rilke nicht im Mindesten geschärft. Und vor allem hatte Jacob ernste Zweifel an dem Vorhaben in ihm geweckt.

»Jeder, der zum ersten Mal einen Roman beginnt, bildet sich ein, dass seine eigene Lebens- und Familiengeschichte einzigartig sei. Ich habe diese Phase selbst durchgemacht. Ich war damals zwölf, und plötzlich fiel mir etwas auf, was dir wahrscheinlich auch schon aufgefallen ist – nämlich, dass ich meinem Vater äußerlich nicht einmal ansatzweise ähnlich bin. Ich fing an, darüber nachzugrübeln, und kam zu dem Schluss, ich müsste das Produkt einer geheimen Liaison zwischen meiner Mutter und dem spanischen König sein. Also beschloss ich, einen Roman über die ersten zwölf Lebensjahre des kleinen englischen Juden, der in Wahrheit der natürliche Anwärter auf einen katholischen Thron ist, zu verfassen, stieg auf unseren Speicher, um Material zu suchen, und fand eine Kiste mit Ferrotypien meines Vaters und seiner längst verstorbenen Schwester Rose. Ich sah genauso aus wie sie, war das genaue Abbild dieser armen, jung verstorbenen Frau. Kein königlicher Bastard, sondern der Vertreter eines bestimmten äußerlichen Typs, wie er infolge des Einflusses der Sephardim im achtzehnten Jahrhundert hier in London früher in Whitechapel relativ verbreitet war. Wodurch der Welt ein großartiger Romancier verloren ging und sie einen höchst unbeliebten Zeitungsmann dazugewonnen hat. Mein lieber Freund, die Zeiten ändern sich mit einer atemberaubenden Geschwindigkeit, und Sie sollten versuchen, damit Schritt zu halten. Weil Sie mit einem ganz besonderen Blick für die bedauernswerten, manchmal rührenden und oft profanen menschlichen Schwächen ausgestattet sind. Den sollten Sie nutzen. Schreiben Sie darüber mit dem Zorn der Eremiten, die den Steinen ihre Prophezeiungen entgegenschrien. Setzen Sie Ihren Bleistift wie ein Messer ein. Sezieren Sie! Und heben Sie sich Ihre Memoiren für das Greisenalter auf.«

Der Champagnerkorken flog mit einem befriedigenden Knall über die Ledercouch. Jacob konnte angriffslustiger als eine wild gewordene Wespe sein, aber was er sagte, ergab meistens einen Sinn. Und sicher wäre es am besten, wenn nach seinem Epos über die streikenden Straßenbahner auch die Rilke'sche Familiensaga in Vergessenheit geriet.

Martin schenkte sich ein Glas Champagner ein, bestrich einen Cracker mit Pastete und betrachtete den Stapel Briefe, den Jacobs Putzfrau auf dem Schreibtisch hinterlassen hatte. Es waren lauter Mahnschreiben an Jacob, ein Umschlag jedoch war an ihn adressiert, und eilig machte er ihn auf.

Lieber Rilke,
mir wurde die zweifelhafte Ehre zuteil, am Feiertag als Hauptmann der Garde Dienst zu tun. Ich hatte Ihnen doch versprochen, Sie könnten sich ein Bild von unserer Arbeit machen. Vielleicht springt dabei ja ein Artikel für die Boulevardpresse für Sie heraus. Falls Sie keine anderweitige Verpflichtung

haben, würde ich mich freuen, wenn Sie am Dienstag, dem 4. August, um 19 Uhr mit mir und ein paar Freunden in der Messe der Garde in St. James's zu Abend essen würden. Förmliche Kleidung ist erwünscht.

U. A. w. g.
Ihr ergebenster
Fenton Wood-Lacy

Diese Einladung nahm er natürlich gerne an. Denn ein solches Treffen wäre gewiss interessant. Und mit ein wenig Glück reichte der Stoff vielleicht sogar für zwei Artikel aus.

Martin beschloss, Wood-Lacy am nächsten Tag zu antworten, nahm sein Notizbuch aus der Aktentasche und klappte es auf. Den letzten Eintrag hatte er am Abend vor Beginn der Rundreise mit Cook's verfasst. Seither war viel passiert, und entschlossen schlug er eine neue leere Seite auf.

24. Juli 1914.

Er spielte mit seinem Stift und trank einen Schluck Champagner. Er war zu erschöpft zum Schreiben und zu aufgewühlt zum Schlafen. Eine bestimmte Sache ging ihm nicht mehr aus dem Kopf, auch wenn er nicht hätte sagen können, was an ihr derart besonders war. Es war erst zwei Wochen her – ein Picknick mit den Grevilles und deren Gästen anlässlich der königlichen Regatta auf der Themse –, aber ihm kam es so vor, als gehörte dieses in ein warmes goldenes Licht getauchte Bild in eine völlig andere Zeit. Glänzend lackierte Ruderboote glitten so geräuschlos wie die königlichen Schwäne auf dem weich fließenden grünen Strom dahin, die Weiden tauchten ihre tief hängenden grünen Zweige in das kühle Nass, während Frauen in leuchtend weißen Kleidern und mit großen Hüten auf den Köpfen am Ufer auf und ab flanierten und in einem Pavillon im Zuckerbäckerstil ein Orchester aufspielte.

Jacobs heutige Depesche hatte die Erinnerung in Martin ausgelöst. »Trotz der österreichischen Kanonenboote, die an mir vorüberziehen, hat die Donau niemals schöner ausgesehen …« Statt gedrungener Eisenschiffe hatten sie in Henley bunte Ruderboote auf dem Wasser schaukeln sehen. Sie hatten im Gras gesessen, sich an Erdbeeren und Schlagsahne gelabt und keinen Gedanken an den Erzherzog verschwendet, der inzwischen längst begraben worden war. Aber jetzt bereitete sich Österreich-Ungarn tatsächlich auf einen Krieg gegen das standhafte Serbien vor. Und was würden Russland, Frankreich, England tun? Wie Seile aus Stahl banden Verträge und Allianzen die Länder aneinander, und nun gingen in den Kanzlerämtern in Europa nicht einmal mehr nachts die Lichter aus.

Zu den Erdbeeren und dem Schlagrahm hatte der Greville'sche Butler (natürlich war selbst bei einem Picknick auf der Wiese Personal zugegen) ihnen einen leichten Weißwein aus einem mit Eis gefüllten Kübel eingeschenkt. An jenem Tag hatte er Lydia Foxe kennen gelernt. Doch worüber hatten sie sich unterhalten? Martin wusste es nicht mehr. Weil es völlig unwichtig gewesen war. Allerdings war Lydia eine wunderschöne Frau. Er verstand, dass Charles ihr hoffnungslos verfallen war, obwohl sich hinter ihrem reizenden Gesicht und dem geschliffenen Benehmen eine ausnehmend gewiefte, harte Frau verbarg. Charles hing während des Picknicks an den Lippen seiner Angebeteten und erfüllte ihr jeden Wunsch. Sie war intelligent, charmant und amüsant – doch einmal bemerkte Martin zufällig, wie sie den Earl und Hanna ansah, während sie genüsslich die Erdbeeren verspeisten. Ihre Augen wirkten wie aus reinem Stahl.

Er legte seinen Stift zur Seite und schlug das Notizbuch wieder zu. Er brauchte gar nicht zu versuchen, etwas zu Papier zu bringen, denn ihm fiel sowieso nichts von Bedeutung ein. Es kam ihm vor, als hielte er wie die gesamte Welt gespannt den Atem an.

Von der Straße drangen laute Schritte durch das offene

Fenster. Eine Gruppe junger Männer, die in Richtung Oxford Circus lief. Sicher hatten sie sich beieinander eingehakt, sich die Stoffmützen so weit wie möglich ins Genick geschoben und die Zigaretten zwischen ihren Lippen festgeklemmt. Gemeinsam zogen sie in dieser warmen Julinacht durch die Stadt. Einige von ihnen schmetterten ein Lied, das augenblicklich überall zu hören war. »Warte nicht auf mich, der Weg nach Hause ist noch weit. Nein, warte nicht auf mich, doch wenn ich wiederkomm, beginnt die schöne Zeit …«

Kaum hatten sie die schmale, enge Carnaby Street hinter sich gelassen, brachen ihre Stimmen ab.

Sie alle schienen auf die Uhr zu sehen, obwohl Roger ein paar Scherze machte, damit das Gespräch nicht vollkommen erstarb. Uniformierte Kellner räumten die, wie Martin sah, überwiegend noch halb vollen Teller ab. Anscheinend hatte außer ihm fast niemand aufgegessen. Obwohl das Lammkarree an Cumberland-Sauce hervorragend gewesen war.

»Sie haben gute Köchinnen bei der Armee«, stellte er fest.

Fenton, der in seiner scharlachroten Jacke mit den blank polierten Messingknöpfen ein Stückchen von ihm entfernt am Kopfende des langen Tischs saß, nickte zustimmend.

»Das waren die Köchinnen aus dem Palast, aber auch die Burschen, die in unserer Messe kochen, machen ihre Sache ziemlich gut. Wissen Sie, wer dieses Abendessen zahlt, Martin?«

Martin prostete ihm zu.

»Wahrscheinlich Sie. Deshalb hier mein tief empfundener Dank für Speis und Trank.«

»Mein tief empfundener Dank für Speis und Trank. Wenn wir nicht heute Abend alle große Dichter sind …«

»Wenn es so weitergeht, fangen wir gleich wahrscheinlich noch mit Limericks oder Wortspielen an«, stellte Charles mit dumpfer Stimme fest.

Ein junger rotwangiger Lieutenant blickte ihn verwundert an. »Mit was für Wortspielen?«

»Vergessen Sie's, Ashcroft«, bat Fenton ihn. »Um auf meine Frage zurückzukommen, die Antwort ist nein. Ich komme nicht für dieses Essen auf. Wir verdanken dieses Mahl der Großzügigkeit König Georgs IV., des großartigen Prinny oder besser bekannt als Beau Brummells Freund. Wie dem auch sei, er hatte eine Vorliebe für gutes Essen und üppig bestückte Frauen. Wobei er die Mitglieder der königlichen Garde unglücklicherweise nur mit Ersterem bedachte. Diese Mahlzeit ist sein Erbe, für das ihm bereits Generationen hungriger Hauptmänner und deren Gäste dankbar sind.«

»Hört, hört«, murmelte Lieutenant Ashcroft.

Abermals sah Charles auf seine Uhr.

»Halb elf.«

»Also zwei Minuten später als bei deinem letzten Blick aufs Zifferblatt«, bemerkte Fenton trocken.

Einer von Fentons Bergsteigerfreunden, ein rotgesichtiger Anwalt namens Galesby, runzelte die Stirn und schüttelte den Kopf.

»Ich muss sagen, Sie nehmen diese Sache überraschend leicht. Schließlich betrifft das, was bis Mitternacht passieren wird, vor allem Sie und unseren jungen Lieutenant hier.«

»Da haben Sie recht«, stimmte ihm Ashcroft förmlich zu.

Ein Bursche kam mit einer Kiste Zigarren an den Tisch. Fenton wählte eine aus und schnupperte daran.

»In der Messe gilt der Grundsatz, dass man nicht über die Arbeit spricht. Und, mein lieber Galesby, Krieg gehört bei uns zum Handwerk.«

»Bei mir nicht. Mich hat der König nie bezahlt, deshalb habe ich das Recht zu sagen, was ich will. Und ich frage Sie, Fenton: Glauben Sie, dass Deutschland bis Mitternacht einlenken und doch nicht wie geplant in Belgien einmarschieren wird?«

Fenton zündete seine Zigarre an. Es war so still am Tisch, dass das Zischen seines Streichholzes zu hören war. Selbst das Personal bewegte sich lautlos.

»Der Augenblick des Einlenkens ist längst schon überschritten, weil die Deutschen bereits vor Lüttich stehen und nicht mal Gott persönlich die Truppentransporte zum Umkehren bewegen kann. Die Politiker, die Staatsmänner, die Könige und Kaiser haben das Ihrige getan, und jetzt sind die Soldaten dran. Das war bereits seit Tagen abzusehen. Und für eine Umkehr ist es jetzt zu spät. Wenn wir den jungen Golden aus Serbien zurückbeordern könnten, könnte er das alles besser formulieren als ich. Obwohl, wenn ich es recht bedenke, vielleicht doch nicht, da man einem blinden Mann nicht die Farbe Blau erklären kann.«

Jetzt wurde der Port herumgereicht, und der Anwalt schenkte sich großzügig ein.

»Meine Güte, was für eine grauenhafte Woche.«

Die Uhr auf dem Kaminsims war uralt. Ein Meisterstück des Rokokos mit einem kleinen Zifferblatt, das inmitten des goldenen Zierrats kaum zu sehen war. Ein russischer General hatte sie während des Krimkriegs im Gepäck gehabt, und ein Offizier der Grenadiere hatte sie entdeckt. Der Raum war voll mit Andenken an Englands alten Ruhm. Die silbernen Kerzenleuchter stammten aus Portugal, wo sie während des Feldzugs auf der iberischen Halbinsel beschlagnahmt worden waren, und die silbernen Tabletts hatte die Herzogin von Richmond ein Jahr nach der Schlacht von Waterloo dem Garderegiment geschenkt. Was kommt diesmal wohl dazu?, ging es Martin durch den Kopf, und wieder sah er auf die Uhr. Der Minutenzeiger hatte gerade einen winzig kleinen Satz gemacht, und Martin stellte sich Aberhunderte von Zügen vor, die in diesem Augenblick in Deutschland in Richtung Westen und in Frankreich in Richtung Osten fuhren. Entlang der Donau herrschte schon seit einer Woche Krieg. Von Rechts wegen hätte er dort ausgefochten werden sollen, denn Österreich-Ungarn und Serbien waren die verfeindeten Parteien. Jacob hatte geschrieben, dass Serbien zwar klein, aber ausgesprochen zäh und das österreichisch-ungarische Reich von innen heraus verrottet sei. Deshalb halte Serbien der österreichischen Invasion ohne große Mühe stand, und wenn niemand einer der beiden Parteien zu Hilfe eile, sei dieser Krieg in drei Wochen vorbei. Auch wenn der Frieden womöglich mit größtem Widerwillen geschlossen werde. Allerdings hatte der junge Golden abschließend hinzugefügt: »Aber will die Welt das überhaupt?« Eine Frage, die von einem Redakteur gestrichen worden war.

»Mit Ihrer Erlaubnis, Sir, würde ich gerne einen Toast aussprechen«, sagte Lieutnant Ashcroft und wurde noch röter.

»Wenn's sein muss«, knurrte Fenton, ohne von seiner Zigarre aufzusehen. »Scheint ein Abend für Toasts zu sein.«

Eilig sprang der Lieutenant auf.

»Auf England!«

Wieder machte der Minutenzeiger einen kleinen Satz. In der Stille nach dem Toast hörte man das Uhrwerk leise surren, und dann machte der Port erneut die Runde, und die Männer füllten ihre Gläser wieder auf.

»Seltsam«, ergriff Galesby erneut das Wort. »Oder sogar regelrecht unglaublich, wenn man es genau bedenkt. Erst letzte Woche hatte ich geplant, nach Lanersbach zu fahren und dort endlich wieder einmal klettern zu gehen.«

Fenton blies den Rauch seiner Zigarre aus.

»Das können Sie auch in Wales.«

Da die beiden Militärs um Mitternacht die Wache vor dem Buckingham Palace zu inspizieren hatten, brachen ihre Gäste eine halbe Stunde vorher auf. Die Verabschiedung im strengen, nüchternen Kasernenhof fiel ungewöhnlich ernst und förmlich aus.

»Sollen wir uns ein Taxi teilen?«, fragte Galesby auf dem Weg zur Cleveland Row.

Charles sog die reine Nachtluft möglichst tief in seine Lunge ein.

»Nein danke. Vielleicht möchten ja die anderen Taxi fahren, aber mir täte etwas Bewegung gut.«

Der Anwalt zögerte.

»Das ist eine ausgezeichnete Idee. Ich werde mich Ihnen anschließen. Ich nehme an, dass Sie in Richtung Whitehall gehen?«

»Wir können ebenso gut unter den Ersten sein, die es erfahren«, sagte Charles.

Schweigend lief der kleine Trupp zur breiten baumbestandenen Mall. Auf der anderen Straßenseite glitt lautlos ein Reiher über den ruhigen See, der wie ein großer schwarzer Fleck inmitten der Schatten des St. James's Parks lag.

»Ja«, sagte Galesby eher zu sich selbst. »Es ist schon seltsam. Schließlich hätte man gedacht, dass intelligente Männer in der Lage wären, diese Frage an den Konferenztischen zu klären.«

»Das, was jetzt passiert, ist Schicksal«, entgegnete Roger ungewöhnlich leidenschaftlich. »Krieg ist eine Form der Wiedergeburt. Ein Ritus, der so alt ist wie die Zeit. Ich habe heute früh mit Rupert am Telefon gesprochen, und ich habe ihn noch nie so enthusiastisch und vital erlebt. Wenn England bei der Verteidigung des kleinen Belgiens glänzen kann, ist das so edel und so rein wie die Gralssuche von König Arthus, hat er gesagt. Ich denke dabei eher ans alte Griechenland. Daran, wie die Männer nach Troja aufgebrochen sind.«

»Ich weiß nicht«, widersprach der Anwalt, während er seine Zigarre in den Rinnstein fallen ließ. »Das Einzige, was ich mit Bestimmtheit weiß, ist, dass sich alles ändern wird.«

»Was vielleicht ein Segen ist«, fügte Charles leise hinzu.

Am Ende der Mall blieben sie stehen. Das Standbild des Dukes of York ragte dunkel in den Himmel auf, und die Lichter im Admiralitätsgebäude blitzten zwischen den Bäumen auf.

Big Ben schlug Mitternacht, und die Männer zählten stumm das dumpfe Läuten mit. In der Ferne wurden Jubelrufe laut, und dann kam eine große Menschenmenge auf sie zugelaufen. Schatten rannten durch die Lichtflecken, die aus dem Außenministerium auf die Straße fielen, andere strömten über den Paradeplatz der berittenen Garde, bis die Ströme sich begegneten und wieder teilten, weil ein Teil der Menschen in den Birdcage Walk und ein anderer in die Mall einbog. Überwiegend junge Männer rannten laut jubelnd an Martin und den anderen vorbei.

»Krieg! Wir haben Krieg!«

Martin und der Anwalt machten eilig einen Schritt zurück, denn sonst hätte die Menge, die zum inzwischen hell erleuchteten Palast strömte, sie wahrscheinlich umgerannt. Roger packte Charles aufgeregt am Arm.

»Nun komm schon, Charles! Komm mit!«

Und dann hatte die Menge sie verschluckt, und sie wurden ein Teil der Masse, die sie mit sich zog.

Ein Mann mittleren Alters tauchte laut keuchend und mit hochrotem Gesicht aus Richtung Waterloo Place auf.

»Haben wir Krieg?«, schrie er. »Haben wir Krieg?«

»Ja, natürlich, Sie verdammter Narr«, antwortete Galesby. »Wir haben Krieg.«

Buch 2

Marschiert, Männer, marschiert
zu den Pforten des Todes mit Gesang.
Sät eure Freude aus, auf dass die Erd' sie anschließend gebiert
und ihr euch an ihr, obgleich ihr schlaft,
erfreuen könnt noch lang.
Streut eure Freude auf dem Bett der Erde aus
und vergnüget euch daran weit über den Tod hinaus.

All the Hills and Vales along
von Charles Hamilton Sorley (1895–1915)

8

Generalmajor Sir Julian Wood-Lacy, Träger des Viktoriakreuzes und des Kommandeuren verliehenen Viktoriaordens CVO, stand neben seinem Dienstwagen auf einer kleinen Anhöhe im Schatten einer halb verfallenen Windmühle. Die Straße nach Maubeuge lag unter ihm, und die staubbedeckten Pappeln, die sie säumten, ragten reglos in den leuchtend blauen Sommerhimmel auf. Seit Beginn der Morgendämmerung wälzte sich die Armee die Straße aus Le Cateau hinauf und zermahlte den Kiesbelag zu pudrig weißem Staub. Jetzt kam die Division des Generals. Erst das erste Bataillon des Lancashire und des Royal West Kent Regiments, dann folgten drei Batterien Feldartillerie. Der Rest der Division war noch so weit entfernt, dass die khakibraune Schlange, die sich durch die Hitze quälte, aufgrund des aufgewirbelten Staubs beinahe nicht zu sehen war. Zwei Schwadronen des 19. Husarenregiments, die ihre Pferde schonen wollten und sie deshalb führten, bewegten sich am Horizont über einen Hügelkamm. Bei Gott, dachte der General ergriffen, wenn dies nicht ein wunderbarer Anblick ist!

Es war bereits der dritte Tag, an dem sich seine Division vom ersten Tageslicht bis zum Einbruch der abendlichen Dunkelheit über die sanft gewellte Ebene Nordfrankreichs schob. In der stechenden Augustsonne war sie drei Tage lang vom Hafen von Boulogne aus marschiert, und endlich war die Grenze Belgiens nur noch zehn Meilen entfernt. Der General riss das Barett von seinem halb kahlen Kopf und schwenkte es begeistert durch die Luft. Der Colonel der Lancashires, der seine erste Kompanie auf einem Fuchs anführte, winkte gut gelaunt zurück und rief seinen Männern etwas zu.

Die Infanterie! Der General setzte sein Barett wieder auf und nahm eine kerzengerade Haltung ein. Er hatte schon immer eine besondere Vorliebe für die Infanterie gehabt. Und jetzt waren sie hier, die Bataillone seiner Division, hatten sich ihre Gewehre lässig über die Schultern ihrer staubbedeckten, schweißgetränkten Uniformröcke gehängt und marschierten entspannt an ihm vorbei. Einige der Männer spielten Maultrommel und Mundharmonika, andere pfiffen fröhlich vor sich hin, doch nicht einer scherte aus den ordentlichen Viererreihen aus. Der General war einundsechzig Jahre alt, und, seit er als Siebzehnjähriger zum alten 24. Fußregiment gegangen war, bei der Armee. Gott, wie viele Straßen war er in Zululand, Ägypten, dem Sudan und Indien hinabmarschiert? Ungezählte Meilen. Er konnte sich noch genau daran erinnern, wie steinig der Untergrund, wie dürftig das Essen und wie faulig die beschränkten Wasservorräte gewesen waren, aufgrund derer seine Kameraden in dem schrecklichen September auf der Straße von Jalalabad wie die Fliegen gestorben waren. Aber jetzt war alles anders. Jetzt kamen nach jeder Kompanie in jedem Bataillon Transportwagen mit Lebensmitteln, eine Ambulanz und eine Feldküche, aus deren Ofenrohren man allabendlich die tröstlichen Rauchwolken gen Himmel steigen sah.

Die vorbeiziehenden Männer blickten auf den Hügel und brachen in laute Rufe aus. »Sind wir verzagt? OH N-E-E-I-N.« Die Stimmen der Kompanie hallten wie Kanonendonner durch die warme Sommerluft, und die Männer fingen an zu singen, das beliebte Lied aus dem Varieté, das vom Britischen Expeditionskorps übernommen worden war: *Es ist ein weiter Weg nach Tipperary, es ist weit, weit weg von hier…*

Die nachfolgenden Einheiten – die Wiltshires und die Royal Irish, die Highland Light Infantry und das Middlesex Regiment – griffen die Verse auf und setzten den Gesang mit lauten Stimmen fort. Dabei wandten sie ihre verschwitzten sonnenverbrannten Gesichter dem Hügel zu, auf dem »Old Woody« stand und ihnen salutierte, bis der letzte seiner neunzehntausend Mann an ihm vorbeigezogen war.

Auf Wiedersehen, Piccadilly, bye-bye, Leicester Square, es ist ein weiter Weg nach Tipperary, doch mein Herz gehört auch weiter dir.

Das Château Longueville, das silbrig weiß im Licht des Mondes schimmerte, wirkte mit seinen runden Türmen und den spitzen Dächern wie ein Märchenschloss. Es war das vorläufige Hauptquartier der 3. Division des 2. Britischen Expeditionskorps, und auf dem kopfsteingepflasterten Hof drängten sich neben Dienstwagen und angebundenen Pferden die Motor- und Fahrräder von Kurierfahrern und Bataillonsmeldern.

Captain Fenton Wood-Lacy lenkte sein müdes Pferd unter dem elegant geschwungenen gusseisernen Torbogen hindurch, wies sich beim wachhabenden Sergeant aus, stieg ab und überließ das Tier einem gut gelaunten Korporal und gelernten Hufschmied, damit der es trocken rieb und ihm eine Ration Heu und Trockenfutter gab. Fenton drückte ihm für seine Mühen ein paar Zigaretten in die Hand und lief steifbeinig auf die steinerne Eingangstreppe zu.

In der Eingangshalle herrschte wildes Durcheinander. In einer Ecke mühten sich die Fernmelder mit ihrer Telefonausrüstung ab, und Stabsoffiziere eilten über die barocke Marmortreppe zwischen Erdgeschoss und den oberen Etagen hin und her, während Gruppen schlecht gelaunter Kommandeure von diversen Kompanien und Bataillonen ungeduldig darauf warteten, dass man ihnen Anweisungen gab. Fenton hatte das Gefühl, inmitten all dieser Majore, Brigadiers und Colonels nicht unbedingt erwünscht zu sein – und das ungute Gefühl verstärkte sich, als, ohne auf die lautstarken Proteste der hohen Chargen einzugehen, der Adjutant seines Onkels, Colonel Archibald Blythe, auf ihn zumarschierte.

»Ah, Captain«, sagte er und reichte ihm die Hand. »Ich bin froh, dass meine Nachricht Sie erreicht hat. Der General will Sie so schnell wie möglich sprechen. Also kommen Sie mit rauf.«

Ohne auf die bösen Blicke der hohen Chargen zu achten, folgte Fenton dem ältlichen Colonel, der weniger wie ein Soldat als wie ein Griechischprofessor wirkte, in den zweiten Stock in einen großen Saal.

»Wie wäre es mit einem Whiskey?«

Fenton strich vergeblich über seine staubbedeckten Kleider.

»Ja, und eine Kleiderbürste.«

»Gütiger Himmel, nein. Staubige Uniformen und schmutzige Stiefel sind in dieser Division ein Muss. Wenn hier ein Offizier in sauberer Uniform erscheinen würde, würde er von Ihrem Onkel wahrscheinlich vors Kriegsgericht gestellt.« Er tätschelte Fenton aufmunternd den Arm. »Es ist verdammt schön, Sie wiederzusehen, junger Mann. Schauen Sie sich einfach etwas um, bis jemand mit dem Whiskey und dem Wasser kommt. Ihr Onkel taucht bestimmt jeden Moment auf.«

»Wie geht's dem alten Knaben?«

»Munter wie ein Fisch im Wasser. Noch vor zwei Monaten hat er sich überlegt, ob er sich vielleicht allmählich pensionieren lassen solle, und jetzt führt er plötzlich eine Division gegen den deutschen Fritz. Was einem ziemlich zu denken gibt.«

Fenton schlenderte durch den mit bukolischen Gemälden und Skulpturen angefüllten Saal. Das Schloss gehörte eindeutig einem kultivierten Mann. Als ein Soldat mit Whiskey, Wasser aus Vichy und Gläsern kam, mixte sich Fenton einen starken Drink und nahm auf einem zerbrechlichen Louis-XIV.-Stuhl Platz. Nach dem stundenlangen Ritt war er total erschöpft. Die Männer seiner Kompanie, die seit Tagesanbruch hatten laufen müssen, waren sicher noch erschöpfter, aber dafür schliefen sie inzwischen bestimmt tief und fest in irgendwelchen Heuballen in Neuf-Mesnil.

Er trank seinen Whiskey aus, und während er sich überlegte, ob er sich noch einen zweiten genehmigen sollte, kam der General herein. Seine Uniform war tatsächlich mindestens so staubig wie die seines Neffen. Fenton sprang von seinem Stuhl auf, nahm sein leeres Glas von der rechten in die linke Hand und salutierte eilig.

»Steh bequem, mein Junge, steh bequem.« Sir Julian blickte seinen Neffen lächelnd an. »Na, wenn das kein schöner Anblick ist. Schmutzig wie ein Bergarbeiter. Freut mich, dass zur Abwechslung auch mal die Garde das echte Soldatenleben kennen lernen darf.«

»Nun, Sir, es ist angenehm, mal keinen roten Rock zu tragen, wenn ich das so sagen darf.«

»Bei Gott, darauf wette ich.« Er schlug Fenton auf die Schultern. »Freut mich, dich zu sehen, Junge. Und wie geht es deinem Bruder Roger?«

»Als ich ihn zum letzten Mal gesehen habe, konnte er es kaum erwarten, selbst einzurücken.«

Der Generalmajor zupfte an seinem wirren Walrossbart.

»Das ist natürlich schön für ihn, auch wenn diese Sache längst vorbei sein wird, bis man ihm eine Uniform geschneidert hat. Unsere teutonischen Freunde haben sich nämlich zu viel zugemutet. Sicher haben wir die Burschen noch vor Herbst wieder zurück über den Rhein gescheucht.«

»Glauben Sie wirklich, Sir?«

Julian beugte sich zu seinem Neffen vor und fuhr vertraulich fort:

»Ich *weiß*, dass es so kommen wird. Sie haben schreckliche Verluste bei Lüttich erlitten, und wenn sie versuchen, die Festung von Namur zu stürmen, wird es ihnen noch schlimmer ergehen. Weil diese Belgier die reinsten Terrier sind. Bei Gott, ich hoffe, dass wir auch noch unser Glück versuchen dürfen, aber wie es aussieht, ziehen sie bestimmt die Köpfe ein und kehren eilig wieder um, damit ihre Mitte uns nicht schutzlos ausgeliefert ist. Die Frösche rücken seit dem Morgen auf Morhange und Sarrebourg vor. Morgen um diese Zeit sind sie wahrscheinlich schon in Lothringen, und der Fritz wird ihnen hilflos ausgeliefert sein. Aber von seiner Taktik, die Mitte auszudünnen und die ganze Kraft in seinem rechten Flügel zu vereinen, habe ich auch nie besonders viel gehalten. Wenn du mich fragst, ist das sträflich dumm. Die 1. und 2. Armee der Frösche werden durch die Fritz'sche Mitte gehen wie zwei Messer durch warmes Wachs. Noch einen Whiskey?«

»Nur wenn Sie mir Gesellschaft leisten, Sir.«

»Tut mir leid, Junge. Dafür reicht meine Zeit nicht aus. Denn ich habe augenblicklich teuflisch viel zu tun.« Er verschränkte seine Arme vor der Brust und wippte auf den Fersen. »Ich will mich kurzfassen und gleich zur Sache kommen, Fenton. Ich habe dich in meinen Stab versetzen lassen.«

Fenton wich dem durchdringenden Blick des Onkels aus.

»Das riecht ein bisschen nach Vetternwirtschaft, oder nicht?«

»Ich finde sogar, dass es richtiggehend danach stinkt. Aber sollen sich die niedereren Ränge ruhig die Mäuler darüber zerreißen. Die anderen Mitglieder des Stabs sind ausnahmslos dafür. Morgen wird die ganze Armee weiter nach Belgien marschieren, und ich nehme an, du kannst dir vorstellen, was das heißt … neunzigtausend Männer in Bewegung, ohne auch nur eine halbwegs vernünftige Karte. Deine Brigade soll während des ganzen Marschs in engem Kontakt mit meiner rechten Flanke stehen. Was bei dem Terrain und diesen Straßen gewiss etwas schwierig werden wird. Deshalb brauche ich einen vertrauenswürdigen Verbindungsoffizier – der, wenn möglich, auch ein guter Freund des Brigadiers der Garden ist. Du verstehst?«

»Verstehe, Sir.«

»Du bist genau der Richtige für diese Tätigkeit. Blythe wird dir eine Karte geben, auf der eingezeichnet ist, welche Position wir bis zum Abend des 22. eingenommen haben wollen, und auf der du auch erkennen kannst, wo die Gardebrigade bis zu diesem Zeitpunkt stehen soll. Deine Aufgabe wird sein, dafür zu sorgen, dass sie das, verdammt noch mal, auch tut. Und wenn nicht, muss ich zumindest wissen, wo sie sich befindet, denn sonst wäre meine Flanke völlig ungeschützt. Die Fernmelder verlegen keine Kabel außerhalb der Marschroute. Ich kann also nach dem Telefon greifen und in Calais oder sogar Paris anrufen, aber im Umkreis von fünf Meilen bleibt die Leitung tot. Ich hoffe, du hast kein Problem damit, dass du für mich den Botenjungen spielen sollst.«

»Nein, Sir, das ist kein Problem für mich.«

»Gut. Dann wäre das geklärt. Stärk dich noch mit einem Whiskey, und dann geh mit Blythe die Einzelheiten deines Auftrags durch.« Die harte Hand des Generals schoss vor und drückte Fentons Arm. »Bei Gott, es ist wirklich schön, dass du hier bist. Schließlich habe ich dich schon als Kind zu meinem Vizekommandeur ernannt. Erinnerst du dich noch?«

»Ja, Sir.« Fenton grinste. »Und Roger war Ihr Adjutant.«

»Mit Holzschwert, Papierbarett und allem Drum und Dran.«

Colonel Blythe trat durch die Tür und hüstelte diskret.

»Die Bataillonskommandeure sind versammelt, Sir.«

»Richtig«, erwiderte der General und wurde aus seinen Erinnerungen gerissen. »Und Sie sind bitte so gut und nehmen Ihren neuen Schützling bei der Hand.« Er machte auf dem Absatz kehrt und marschierte aus dem Raum. Die Absätze seiner Sporenstiefel trommelten in einem schnellen Takt auf dem Steinboden des Flurs.

»Ein beruhigendes Geräusch«, stellte Colonel Blythe mit einem schwachen Lächeln fest.

»Er strahlt auf alle Fälle großes Selbstbewusstsein aus.«

»Und dafür sollten wir dankbar sein. Zwar sind die Truppen guter Stimmung und vor allem geradezu erschreckend übermütig, aber abgesehen vom alten Woody ist das Oberkommando so nervös wie eine alte Jungfer, die in einem Rauchsalon gelandet ist.« Blythe schenkte sich einen Whiskey ein, hob das Glas an seinen Mund und leerte es in einem Zug. »Die 5. französische Armee ist irgendwo ein Stückchen rechts von uns, aber es gibt keine Kommunikation und keine Kooperation mit unserem Trupp. Vielleicht haben sie sich entlang der Sambre versammelt, vielleicht aber auch nicht. Womöglich sind sie im Begriff, die Deutschen anzugreifen, aber vielleicht lassen sie sich auch zurückfallen lassen und gucken, was passiert. Niemand weiß etwas Genaues – und vor allem haben wir nicht die geringste Ahnung, was der Fritz im Schilde führt. Wir wissen nicht, ob vor uns nur zwei deutsche Korps oder vielleicht zwei Heere sind, aber das finden wir auf alle Fälle bald heraus.« Er zog eine Karte aus der Ledertasche, die an seinem Gürtel hing, und hielt sie Fenton hin. »Morgen früh bei Anbruch der Dämmerung brechen wir in Richtung Norden auf. Wir ziehen am Kanal entlang von Conde bis Mons. Das Hauptquartier der 3. Division liegt ein paar Meilen südlich von Mons, bei Frameries. Sie begeben sich mit dem Vorauskommando bis dorthin, und sobald Sie wissen, wo die Bataillone sind, begeben Sie sich zum 1. Korps und vergewissern Sie sich, dass die Gardebrigade Villers-Saint-Ghislain erreicht hat und die Straße aus Thieu mit mindestens zwei Achtzehn-Pfund-Geschützen gesichert wird. *Falls* es eine solche Straße gibt. Was niemand sicher sagen kann, weil solche Nebensächlichkeiten auf den Karten oft nicht eingezeichnet sind.« Er fuhr sich durch das schüttere graue Haar und stieß einen abgrundtiefen Seufzer aus. »Meine Güte, zieht man so in einen Krieg?«

Kompanie D biwakierte auf einem offenen Feld. Die meisten Männer hatten sich auf den Heuballen in ihre Decken eingerollt, ein paar aber lagen auf dem Boden, rauchten und unterhielten sich. Da inzwischen auch die Reservisten eingezogen worden waren, bestand die Kompanie aus vier Zügen zu jeweils sechzig Mann, und Fenton hatte insgeheim darauf gehofft, dass man ihm das Kommando übertrüge. Doch man war von dem alten Brauch, dass nur Majore das Kommando über Kompanien innehatten, immer noch nicht abgewichen. Dabei hätten nicht einmal die Majore ein Problem damit gehabt, hätte man die Hauptmänner mit dieser Aufgabe betraut. Denn die meisten waren bereits über dreißig und zum Teil wie Major Horace Middlebanks, der Kommandeur der Kompanie, schon seit Monaten nicht mehr aktiv im Dienst gewesen. Middlebanks hatte die freie Zeit auf seinem Anwesen in Irland mit dem Züchten teurer Rennpferde und dem Brauen von Whiskey zugebracht, sich mit den ständigen Verkostungen die Leber ruiniert und war nicht gerade glücklich, als er seinen Stellvertreter packen sah.

»Teufel noch mal, Fenton«, knurrte er und stapfte in dem winzigen Zimmer des Bauernhofs, in dem sie Quartier bezogen hatten, auf und ab. »Ich fühle mich erbärmlich.«

Fenton stopfte seine Ausrüstung in einen Jutesack und versuchte, nicht darauf zu achten, dass sein Vorgesetzter nur in Unterwäsche herumlief.

»Dann gehen Sie zum Sanitäter.«

»Der gibt mir doch höchstens eine dieser blauen oder gelben Pillen«, stieß Middlebanks verächtlich hervor. »Und ungeachtet ihrer Farbe ist das Einzige, was sie bewirken, dass ich eine Woche lang nicht mehr von der Latrine komme. Es ist einfach nicht gerecht, dass ich Sie gerade jetzt verliere. Was ist, wenn ich morgen aus dem Sattel kippe und man mich zurück nach Boulogne schicken muss, damit ich dort zu einem anständigen Arzt gehen kann?«

»Dann wird Ashcroft das Kommando übernehmen. Und er ist ein guter Mann.«

»Aber er hat überhaupt keine Erfahrung.«

»Die haben wir alle nicht. Wir sind hier ja nicht im Manöver. Wissen Sie, wie es sich anhört, wenn richtig auf Sie geschossen wird? Nein, genauso wenig wie Ashcroft oder ich. Also, was für einen Unterschied macht es schon, wer hier das Kommando hat? Legen Sie sich wieder schlafen, Horace, und hören Sie endlich auf, sich über alles Gedanken zu machen, ja?«

Der Major legte sich wieder hin und wälzte sich stöhnend hin und her. Doch das störte Fenton nicht. Denn sein Gehirn ließ sowieso nicht zu, dass er auch nur ein Auge zubekam. Ein wildes Durcheinander bunter Bilder wirbelte in seinem Kopf herum, und es kam ihm geradezu unglaublich vor, dass er erst seit weniger als einer Woche hier in Frankreich war. Als er vor sechs Tagen in Southampton darauf hatte warten müssen, dass man ihn an Bord des Schiffs ließ, war mit einem Mal Lord Sutton aufgetaucht. Mit Präsenten für seinen Sohn Andrew von der 4. Kavalleriebrigade und für seinen »zukünftigen Schwiegersohn«.

Fenton setzte sich auf seiner schmalen harten Pritsche auf und blickte durch ein kleines Milchglasfenster auf den verschwommenen Mond. Er hatte die Geschenke des Marquis durchaus zu würdigen gewusst: ein paar Dosen mit Leckereien von Harrod's, türkische Zigaretten, eine Flasche Whiskey, eine wunderschön gearbeitete, aber völlig unpraktische Taschenpistole (die er mit einem Hauptmann der Kompanie A gegen ein Paar zusätzlicher Strümpfe hatte tauschen können) und einen Brief von Winifred.

Mein geliebter Fenton,
möge Dir Gott in dieser schweren Stunde beistehen. Ich weiß, Du bist mutig und verwegen und wirst zu einem schnellen und

ruhmreichen Sieg beitragen. Ich bin den Deutschen wirklich böse, weil sie diesen Krieg begonnen haben, aber das werden sie schon bald bereuen. In der Zeitung steht, dass es bis Weihnachten vorbei sein wird. Ich bete, dass diese Vermutung richtig ist und ich auf einem der Siegesbälle an Silvester Tango mit Dir tanzen kann.

Immer Deine Winifred

Er stöhnte mindestens so laut wie der leberkranke Major. *Deine* Winifred! Wenn sie ihm jetzt plötzlich gegenüberstünde, hätte er sie höchstwahrscheinlich nicht einmal mehr erkannt.

Noch vor Anbruch der Dämmerung war Fenton angezogen und verließ das Haus. Er lief über das Stoppelfeld bis zu der Kreuzung, wo ein Wagen stand, und sein Bursche, Private Webber, trug ihm leise pfeifend seine Taschen hinterher. Er war offenbar froh, dass er von hier verschwinden konnte. Der Gedanke, dass sein Offizier mit einem Mal zum Stab gehörte, sagte ihm anscheinend zu. Denn jetzt war Schluss mit den Dreißig-Meilen-Tagesmärschen und den Nächten auf dem harten Boden. Kein Wunder, dass er pfiff. Und die Melodie passte auf jeden Fall zu seinem neuen Posten: »Ich bin Burlington Bertie, schlafe morgens aus und geh herausgeputzt wie einer von den feinen Herren aus dem Haus …«

»Was ist das, Sir?« Unvermittelt blieb Webber stehen, legte seinen Kopf ein wenig schräg und spitzte angestrengt die Ohren. Fenton hörte nur die dünnen fernen Rufe einer Nachtigall, die irgendwo im dunklen Wald hinter den Feldern sang, doch zugleich bewegte sich unmerklich etwas auf sie zu. Ein feiner Luftzug, der kein Windhauch und weniger zu spüren, als zu erahnen war. Und dann kam plötzlich das Geräusch – ein dumpfer permanenter Donnerhall am Horizont. Und am Himmel, der allmählich heller wurde, tauchten grelle Blitze auf.

Webber schnupperte. »Verdammt. Es riecht nicht nach Regen.«

Während Fenton langsam weiterlief, blickte er zum Himmel auf und nahm ein schwaches rotorangefarbenes Leuchten wahr. Nach sechs Jahren als Soldat sein erstes Bild vom Krieg, der bisher für ihn noch immer nicht begonnen hatte. Die schweren Geschütze, die im Osten feuerten, waren noch meilenweit von ihm entfernt. In Charleroi oder vielleicht sogar in Namur. Womöglich das Feuer der Franzosen oder Belgier, das die Deutschen rückwärtstorkeln ließ. Fentons Hände fingen an zu schwitzen, und entschlossen steckte er sie in die Hosentaschen und setzte mit einstudiertem Gleichmut seinen Weg zur Straße fort.

Der Zug aus Cherbourg kam in Paris mit beinahe siebenstündiger Verspätung an. Ein ums andere Mal hatte er die Hauptstrecke verlassen müssen, weil ihm ein Truppentransport entgegengekommen war, und als er endlich den Bahnhof Saint-Lazare erreichte, fand sich nirgendwo ein Träger, und die Passagiere mussten sich allein mit dem Gepäck abmühen.

Auf den Bahnsteigen drängten sich Scharen von Soldaten, und erschöpft wirkende Korporale und Sergeants mühten sich verzweifelt ab, die Männer ihren jeweiligen Kompanien und Bataillonen zuzuweisen, deren bunte Fahnen die entsprechenden Sammelpunkte anzeigten. Irgendwann jedoch zogen die Trupps in ordentlichen Reihen aus dem Bahnhof, doch sofort fuhren die nächsten Züge voll Soldaten ein, und abermals brach wildes Durcheinander aus.

Vor der Kirche des heiligen Augustin spielte eine Kapelle erst die Marseillaise und dann *Sambre et Meuse*, und unter den Klängen von Trompeten, Trommeln, Pfeifen und dem Jubel Tausender von Menschen, die die Straßen säumten, bog die lange Schlange der Soldaten von der Rue de la Pépinière in den Boulevard Haussmann ein. Mit den roten Käppis, blauen Röcken und den roten Hosen sahen die Männer ausnehmend schneidig aus.

In Martin Rilke rief das Bild eine Erinnerung an seine Kindheit wach. Er war plötzlich wieder sieben Jahre alt und stand mit seiner Mutter und deren Cousine Bette auf den Champs-Élysées. Zur Feier des vierzehnten Juli zogen Soldaten zu der Musik der Marschkapellen an ihnen vorbei. Vor allem die riesengroßen Schlachtrösser der Kürassiere – hochgewachsener Männer, deren stählerne Brustpanzer und reich verzierte Helme in der Sonne geglitzert hatten – konnte er noch deutlich vor sich sehen. Auch heute waren Kürassiere mit von der Partie und schlossen sich aus der Richtung Rue Pasquier den Fußsoldaten an. Sie sahen noch genau wie damals aus, hatten allerdings als Zugeständnis an den Krieg ihre federverzierten Helme unter braunem Stoff versteckt.

Tom Ramsey, ein Zeichner von *Leslie's Weekly,* murmelte begeistert:

»Farbenfroh und herrlich altmodisch. Sie sehen aus, als wollten sie noch mal die Schlacht von Sedan schlagen.«

»Diese Uniform ist den Franzosen heilig«, klärte Martin den Kollegen auf. »Dabei wäre Khaki heutzutage deutlich praktischer. Denn diese roten Hosen und die roten Käppis geben allzu gute Ziele ab.«

Ramsey nahm seine geschwungene Pfeife aus dem Mund und kratzte mit dem Finger die Asche aus dem Kopf.

»Das habe ich auch gerade gedacht, aber im Grunde geht es mich nichts an, wie sie sich für den Krieg anziehen wollen. Und vor allem werden meine Bilder deutlich hübscher, wenn die Kerle so gekleidet sind.« Er breitete seine Arme aus. »Paris! Die Stadt der Schönheit und des Lichts. Rote Hosen und blaue Röcke vor Kastanienbäumen. Am besten fertige ich Aquarelle von den Kürassieren und ein paar Bataillonen Rothosen in den Gärten der Tuilerien an.«

Martin lachte.

»Und was, wenn sie dort gar nicht sind?«

Der Zeichner zuckte mit den Schultern.

»Na und? So etwas nennt man künstlerische Freiheit. Und eigentlich sollten sie dort sein.« Er atmete tief durch. »Paris. Das ist für mich wie eine Heimkehr.«

»Sie haben doch gesagt, dass Sie zum ersten Mal in Frankreich sind.«

»Das bin ich auch. Ich habe meine Ausbildung in Philadelphia gemacht, aber mein Leben lang von dieser Stadt geträumt. Ich schätze, ich habe mir schon eine Million Bilder davon angesehen. Deshalb kenne ich sie in- und auswendig. Ich kann Ihnen gar nicht sagen, wie sehr ich Sie beneide, Rilke. Sie sind hier *geboren.* Mein Gott.«

Davon waren auch die zehn anderen amerikanischen Reporter aus dem Zug beeindruckt gewesen. Die meisten von ihnen sprachen mehr schlecht als recht Französisch und konnten gerade so eine Tasse Kaffee, ein Glas Wein bestellen und nach der Toilette fragen. Die Dolmetscher, die ihre Zeitungen für sie geordert hatten, träfen sie erst in Paris, und deshalb hatte Martin während der endlosen Zugfahrt, auf der kein Schaffner, Träger oder Kellner hatte Englisch sprechen können oder wollen, stets das Wort geführt.

»Warum in aller Welt spricht keiner dieser Kerle englisch?«, hatte Jasper King vom New Yorker *Herald* verständnislos gefragt. »Himmel noch einmal, die Passagiere dieses Zugs kommen beinahe alle von der Fähre. Diese Kerle haben also ständig mit englisch sprechenden Fahrgästen zu tun.«

»Und sie verstehen auch alle Englisch«, erklärte Martin ihm. »Allerdings sind sie auf uns Amerikaner momentan nicht gut zu sprechen. In einem Leitartikel einer Pariser Zeitung stand nämlich etwas über Amerikas Entschluss, Neutralität zu wahren und sich weiter an die Handelsvereinbarungen mit Deutschland zu halten. Deshalb ärgern sie uns jetzt.«

Die Männer hatten wissen wollen, wo die besten Restaurants und die verschiedenen Hotels zu finden seien und wie die Metro funktioniere, aber all das wusste Martin selbst nicht. Denn Paris war eine fremde Stadt für ihn. Das Einzige, woran er sich noch gut erinnern konnte, waren ein paar Straßen beim Jardin du Luxembourg und der kleine Park unweit der Rue Campagne, in dem er mit seinem Freund Claude so gerne hatte Drachen steigen lassen. Paris war nicht seine Heimatstadt. Und er hätte die Champs-Élysées problemlos gegen einen Häuserblock der State Street eingetauscht.

Doch jetzt saß er in einem Taxi, das die französische Regierung dem Journalistentross zur Verfügung gestellt hatte. Angeführt von einem Offizier, bahnte der kleine Konvoi sich seinen Weg durch die gewundenen Straßen von Paris zum Informationsministerium, einem nüchternen Gebäude am Quai d'Orsay. Martin war allein des Briefes wegen hier, den er in seiner Aktentasche bei sich trug. Der zweite Stellvertreter des Ministers hatte neben seinem Pass um diesen Brief gebeten, dem zufolge er zu seiner eigenen Überraschung von Harrington Comstock Briggs als alleiniger Berichterstatter des Chicagoer *Express* für Europa auserkoren worden war.

Der zweite Stellvertreter des Ministers glich seine Papiere mit der Liste der amerikanischen Gazetten ab, die eine prodeutsche Haltung eingenommen hatten. Eine ganze Reihe Blätter aus Milwaukee, Philadelphia, St. Louis, New York und Martins Heimatstadt Chicago hatten sich dieses Vergehens schuldig gemacht. Der *Express* jedoch tauchte nicht auf der schwarzen Liste auf.

»Sie dürfen hineingehen und den Minister sprechen, Mr. Rilke.«

Letztendlich wurden sie alle vorgelassen, was nicht einmal den zweiten Stellvertreter des Ministers überraschte. Denn schon bei der Ausstellung der Frankreich-Visa hatte man die

Männer eingehend überprüft, weshalb diese neuerliche Kontrolle eine reine Formsache gewesen war.

Allerdings schien dieser Mann auf Formalien zu bestehen. »Wir befinden uns im Krieg, Monsieur«, sagte er zu dem Kriegsberichterstatter der New Yorker *Times* in kühlem Ton, als der die Geduld verlor, weil der Kerl den Text seines Empfehlungsschreibens auswendig zu lernen schien.

»Verdammt«, schnauzte der Mann ihn an. »Das ist mir klar. Was meinen Sie, weswegen ich hierhergekommen bin?«

»Ich kann Ihnen versichern, Sie sind nicht auf unsere Bitte hin hier, Monsieur.«

Die Atmosphäre kühlte sich noch stärker ab, als der Informationsminister höchstpersönlich, eine knappe Stunde nachdem die Reporter eingelassen worden waren, in seinem Büro erschien. Er war ein beleibter Mann mit einer erhabenen Haltung, der eine Entschuldigung für die Verspätung offenbar für überflüssig hielt.

»Meine Herren«, fing er in fast akzentfreiem Englisch an. »Ich heiße Sie in Paris willkommen und hoffe, Ihr Aufenthalt in unserer Stadt wird möglichst angenehm. Dieses Ministerium wird alles in seiner Macht Stehende tun, um Sie mit neuesten Informationen über den Verlauf des Krieges zu versorgen. Aber seien Sie gewarnt, falls Sie telegrafieren oder Briefe verschicken wollen. Alle Informationen, die ins Ausland gehen, werden zensiert. Nichts, was den Krieg betrifft, darf dieses Land verlassen, ohne dass es zuvor von diesem Ministerium abgesegnet worden ist, und kein ausländischer Journalist darf ohne schriftliche Genehmigung von Marschall Joffre in das Kampfgebiet. Allerdings wird eine solche Genehmigung in absehbarer Zukunft sicher nicht erteilt.«

Grabesstille senkte sich über den Raum. Dann räusperte sich der Berichterstatter der New Yorker *Times,* der über sämtliche Kriege seit 1890 ausführlich geschrieben hatte, und stand auf.

»Eure Exzellenz, wollen Sie damit sagen, dass keiner von uns die Front bereisen darf? Dass es uns verboten ist, mit eigenen Augen zu sehen, was momentan in Lothringen geschieht?«

Mit kühler Stimme stellte der Minister fest: »Dazu besteht keine Notwendigkeit. Wir werden Ihnen alle erforderlichen Informationen geben. Captain de Lange, der Sie vom Bahnhof bis hierher begleitet hat, wird Sie über sämtliche Entwicklungen auf dem Laufenden halten. Die offiziellen Verlautbarungen erhalten Sie täglich um 16 Uhr im militärischen Informationszentrum im zweiten Stock. Raum 225. Captain de Lange wird Ihnen auch das heutige Kommuniqué aushändigen, das Sie an Ihre Zeitungen weiterleiten dürfen. Falls ich Ihnen darüber hinaus zu Diensten sein kann, zögern Sie nicht, mich anzusprechen. Guten Tag, die Herren.«

Damit verließ er den Raum ebenso hoch erhobenen Hauptes, wie er ihn betreten hatte, und die dicke Eichentür fiel lautlos hinter ihm ins Schloss. Captain de Lange, ein großer dünner grauhaariger Mann, der seinen Zwickel auf der Nasenspitze trug, nahm steifbeinig den Platz des Ministers ein, zog ein Blatt Papier aus der Brusttasche und faltete es auseinander.

»Das folgende Kommuniqué hat uns von General Castelnau in Nancy erreicht. In enger Zusammenarbeit mit der 1. Armee unter General Dubail ist die 2. Armee erfolgreich nach Morhange vorgerückt. Unsere Infanterie hat dem Feind erhebliche Verluste zugefügt und zahlreiche Städte auf dem geheiligten Boden der verlorenen Provinzen zurückerobert, sodass die Flagge Frankreichs zum ersten Mal seit 1870 wieder über den Rathäusern folgender Orte weht: Burthecourt, Moyenvic, Lezey, Donnelay, Marsal, Salival, Saint-Médard. Es wird erwartet, dass Château-Salins bis morgen Abend fällt. Unsere Verluste waren unbedeutend, und Berichte verschiedener Feldkommandeure deuten darauf hin, dass die 6. Armee der Deutschen sich im ungeordneten Rückzug befindet. An der elsässischen Front hält

General Pau Mühlhausen und rechnet damit, dass er in drei Tagen den Rhein erreicht.« Er faltete das Blatt wieder zusammen und schob es in die Brusttasche der Uniform zurück. »Damit ist das heutige Kommuniqué beendet. Kopien werden Ihnen ausgehändigt. Gibt es sonst noch Fragen?«

Jetzt erhob sich Baker vom *Journal-American.*

»Wir haben in Calais gehört, dass die Deutschen angeblich schon hinter Lüttich sind. Es hieß, sie hätten die Stellungen dort mit außergewöhnlich leistungsstarken, sehr beweglichen Kanonen dem Erdboden gleichgemacht und würden jetzt mit diesen Kanonen und in voller Stärke auf Namur vorrücken. Sollten auch dort die Stellungen fallen, kann ich …«

»Ich empfehle Ihnen, derart defätistischen Gerüchten keinerlei Gehör zu schenken«, fiel Captain de Lange ihm schmallippig ins Wort. »Es treiben sich zahlreiche deutsche Spione dort oben herum. Aber wir greifen täglich mehr von ihnen auf und bereiten ihren Intrigen so ein vorzeitiges Ende. Die Wahrheit wird Ihnen täglich um 16 Uhr in Raum 225 mitgeteilt. Sonst noch irgendwelche Fragen? Nein? Dann wünsche ich Ihnen noch einen schönen Nachmittag.«

Doch der Captain hatte sich geirrt. Denn es war bereits Abend, als der kleine Tross das Ministerium verließ und über den breiten Hof zu den bereitgestellten Taxis ging. Martin teilte sich ein Taxi mit Tom Ramsey und drei anderen Männern, und gemeinsam überquerten sie die Seine und fuhren durch die Boulevards hinter dem Petit Palais. Die Straßen waren hell erleuchtet und die Tische vor den zahlreichen Cafés bis auf den letzten Platz besetzt. Soldaten und hübsche junge Mädchen schlenderten Arm in Arm die Gehwege entlang, und auf dem Boulevard des Capucines kamen die Automobile nur im Schritttempo voran. Die ganze Stadt befand sich in fieberhafter Feierlaune.

Einer von Martins Kollegen kämpfte mit der großen Frankreichkarte, die er in Cherbourg erstanden hatte, um sich die in der Verlautbarung genannten Orte anzusehen. »Geschafft!«, stellte er grimmig fest. »Da sind die so genannten Städte, von denen eben die Rede war: Burthecourt, Moyenvic, Salival … Allerdings sind das keine Städte, sondern irgendwelche Käffer. Vielleicht gibt es dort Schweineställe, aber *Rathäuser* bestimmt nicht.«

»Ich glaube, es war ein Fehler, dass wir nach Paris gekommen sind«, sagte ein anderer. »Wir hätten direkt über Holland nach Belgien fahren sollen. Denn hier bekommen wir nur täglich häppchenweise Humbug serviert.«

»An etwas anderem ist *Leslie's* gar nicht interessiert«, stellte Tom Ramsey fest. »Sie wollen ein paar hübsche Bilder von marschierenden Soldaten und jubelnden Menschenmengen, weil es ihrer Meinung nach in diesem Krieg nur um möglichst lautes Säbelrasseln und martialisches Gebaren geht. Was erwartet Ihre Zeitung, Rilke?«

Martin zuckte mit den Achseln.

»Allgemeine Hintergrundinformationen, und sie sollten so objektiv wie möglich sein, weil viele Deutsch-Amerikaner unter unseren Lesern sind.«

Briggs' Schreiben hatte ihn überrascht, aber der leitende Redakteur hatte nicht um den heißen Brei herumgeredet.

… obwohl Jack Pierson den Wunsch geäußert hat, als Korrespondent nach Frankreich oder Belgien zu gehen, erscheint es mir sinnlos, extra jemanden zu schicken, wenn Sie sowieso bereits in England sind. Vor allem sprechen Sie Französisch und Deutsch, was ebenfalls ein Vorteil ist. Halten Sie einfach die Augen offen und schreiben Sie, was Sie sehen, Martin. Aber verzerren Sie die Dinge nicht. Die meisten Menschen, mit denen ich hier gesprochen habe, glauben, dass der wahre Grund für diesen Krieg ein wirtschaftlicher Kampf zwischen Deutsch-

land, Frankreich und England ist, und können die deutsche Position durchaus verstehen. Außerdem hatte ich ein langes Gespräch mit einem Brigadegeneral von der Nationalgarde von Illinois, nach dessen Meinung der Krieg nur vier oder fünf Wochen dauern wird, weil die hoffnungslos veraltete französische Armee zusammenbrechen wird und die symbolischen Truppen, die England zur Verstärkung schickt, sich wieder zurückziehen werden, ohne dass auch nur ein Schuss auf die Preußen abgegeben worden ist. Außerdem glaubt er, dass auch die deutsche Armee, statt einen Teil von Frankreich zu besetzen, möglichst schnell wieder den Rückzug antritt. Denn sonst würde sie im Osten von den Russen überrannt. So wie er es sieht, wollen die Deutschen einfach sichergehen, dass ihnen von Seiten der Franzosen keine militärische Gefahr mehr droht. Ich glaube offen gestanden nicht, dass dieser Mann viel mehr über das Thema weiß als jeder normale Bürger, den man auf der Straße trifft und der keine Ahnung hat. Ich für meinen Teil verstehe nicht einmal ansatzweise, was das alles soll.

Sie sind ein vernünftiger junger Bursche, der gegen keine der beiden Seiten etwas hat, also bewahren Sie sich Ihre Objektivität und schreiben Sie, was Sie sehen. Hören Sie nicht auf die Gerüchte, die in Kriegen stets die Runde machen, und genießen Sie offizielle Verlautbarungen mit Vorsicht. Als Korrespondent der alten Gazette *während der Burenkriege habe ich gelernt, dass längst nicht alles stimmt, was sie einem erzählen.*
Ihr Gehalt und Ihre Spesen erhalten Sie über American Express. Ich würde vorschlagen, Sie bleiben nur zehn Tage in Frankreich und fahren dann über die Schweiz weiter nach Berlin und berichten von dort, wie man diesen Krieg in Deutschland sieht. Ich möchte, dass Ihre Artikel möglichst ausgewogen sind.

PS. Ich habe Ihren Onkel im Union Club getroffen.
Er richtet Ihnen seine besten Wünsche aus und denkt, dass Cleveland den Pokal gewinnt.

Und tatsächlich kam es Martin sinnlos vor, noch länger in Paris zu bleiben. Deshalb brachte er nur eine Nacht dort zu und wanderte am nächsten Tag mit Ramsey durch die Stadt. Der Maler war begeistert, machte unzählige Skizzen, und um vier gesellten sie sich zu den anderen Reportern, die im Ministerium warteten, und hörten schweigend zu, als Captain de Lange abermals eine Verlautbarung verlas.

»... Obwohl General Castalnau mit der 2. Armee Château-Salins und die Stadt Dieuze eingenommen hat, empfahl Marschall Joffre einen strategischen Rückzug, um den Vormarsch der 1. Armee auf Sarrebourg nicht zu gefährden ...«

»Erfolgte der Rückzug aufgrund von deutschen Gegenangriffen?«, warf ein englischer Reporter mutig ein.

Captain de Lange wirkte pikiert.

»Wenn es einen deutschen Gegenangriff gegeben hätte, hätte man das in dem Kommuniqué erwähnt.«

Die Bahnstrecke nach Basel führte durch französisches Armeegebiet, und einem Zivilisten wurde kaum noch die Genehmigung für eine Fahrt durch dieses Territorium erteilt. Selbst mit ordnungsgemäß gestempelten und unterschriebenen Papieren gab es keine Garantie, dass man in einen der Züge einsteigen durfte, die im Viertelstundentakt voll mit Soldaten, Pferden und Geräten aus dem Gare de l'Est in Richtung Südosten rumpelten. Deshalb war es bereits fünf Uhr morgens, als man Martin und zwanzig finster dreinblickende schweizerische Zivilisten in den winzigen Personenwagen am Ende eines Güterzugs steigen ließ, der bis obenhin mit Kanonen und Munitionskisten beladen war. Ächzend kämpfte sich die Bahn entlang der Marne nach Osten, musste aber immer wieder halten, wenn ein Zug mit Soldaten kam. Am späten Nachmittag wurden in Épernay die Flachwagen mit den Geschützen abgekoppelt und an einen Zug nach Norden in Richtung Reims gehängt, wobei es niemanden zu interessieren schien, was aus dem Personenwagen wurde, der jetzt verlassen auf den Gleisen stand. Obwohl ein Bahnbeamter vage davon sprach, den Wagen an den Zug zu hängen, der noch im Verlauf des Abends aus Paris eintreffen sollte und zur Schweizer Grenze fuhr.

Allerdings bekam man in dem Waggon kaum Luft. Zudem waren die Schweizer mürrisch, und es gab weder etwas zu essen noch zu trinken und nur lauwarmes Wasser. Also beschloss Martin, nicht so lange auszuharren. Dem dichten Eisenbahnverkehr nach Norden nach zu urteilen, fand der Krieg dort oben statt, und vielleicht bekäme er ja etwas davon mit. Er war inzwischen so tief im Armeegebiet, dass niemand, den er auf dem vollen Bahnhof traf, sein Recht in Frage stellte, sich dort aufzuhalten, obwohl er in diesem Meer aus Uniformen wie ein Handelsreisender aussah. Er ging in ein Lokal unweit des Bahnhofs und bestellte Würstchen, Käse, Brot und Wein, als ein Artilleriemajor an seinen Tisch kam und sich auf den Stuhl ihm gegenüber sinken ließ.

»Sind Sie bei der Handelskammer?«, fragte er.

»Nein. Beim Informationsministerium.«

Der Mann spielte nachdenklich mit seinem stark gewachsten Schnurrbart.

»Beim Informationsministerium, so, so. Dann richten Sie Ihren Vorgesetzten bitte etwas von mir aus. Kanonen sind das Einzige, was dem Boche Respekt einflößen wird. Unsere Feldgeschütze sind zwar durchaus ordentlich, aber nicht groß und effektiv genug.«

»Das werde ich mir merken.«

Der Major drehte die Enden seines Schnurrbarts zu zwei spitzen Nadeln auf.

»Sie sagen, dass die Infanterie den Boche in den Rhein treiben wird, aber ich behaupte, das bekommen wir nur mit Kanonen hin.«

»Da gebe ich Ihnen vollkommen recht. Wie wäre es mit einem Schlückchen Wein?«

»Danke«, sagte der Major, während er schon nach der Flasche griff. »Sie scheinen mir ein anständiger Kerl zu sein. Die meisten Zivilisten verstehen einfach nichts vom Krieg und gucken einen, wenn man von Kanonen spricht, nur mit großen Augen an. Aber bei Ihnen ist das etwas anderes.«

»Dass die Armee Kanonen braucht, kann ich sehr gut verstehen.«

Der Major setzte die Flasche an den Mund, trank einen vorsichtigen Schluck und wischte sich die Unterlippe ab.

»Ich bewundere es, wenn ein Beamter die Bedürfnisse des Militärs versteht. Allerdings glaube ich nicht, dass Sie ein Beamter sind. Ein Mann vom Ministerium hätte keine braune Jacke und keine karierte Hose, sondern einen schwarzen Anzug und ein weißes Hemd mit einem steifen Kragen an. Außerdem haben Sie einen leichten Akzent, den ich nicht einordnen kann. Sind Sie Schweizer?«

»Amerikaner – mit einer französischen Mutter.«

»Und Sie sind …?«

»Reporter.«

»Ah.« Abermals hob er die Flasche an den Mund, beugte sich über den Tisch und raunte Martin zu: »Papa Joffre und die ganzen anderen hohen Tiere mögen Journalisten nicht. Wollen Sie rauf ins Kampfgebiet?«

»Ich hatte gehofft, dass mir das irgendwie gelingt.«

»Dann werde ich Sie mitnehmen. Und als Lohn für meine Mühen informieren Sie bitte die Welt darüber, dass man nur noch mit Kanonen siegen kann. Ich werde Ihnen meinen Umhang und ein Käppi geben, damit man Sie nicht sofort als Zivilisten erkennt. Unsere Geschütze sind bereits verladen, und in einer Stunde fahren wir in Richtung der Ardennen ab. Wir sind das 27. Artillerieregiment des 3. Kolonialkorps. Veteranen, allesamt. Wir haben unsere Schätzchen in Marokko mehrfach eingesetzt. Fünfzehn Runden Schrapnell in der Minute. Bäng … bäng … bäng.«

Im Schneckentempo kroch der Zug über die Gleise nördlich von Reims. Zwei Tage nachdem er Épernay verlassen hatte, überquerte er die Oise, und die Geschütze wurden ausgeladen, an Pferdegespanne angehängt und den langen baumbestandenen Weg nach Mézières hinaufgeschleppt. Martin fand Platz auf einem der Transportwagen, die knirschend hinter den Geschützen fuhren, und lehnte sich zurück. Der Wagen war vollgestopft mit dem Gepäck der Männer und anderen Gerätschaften. Er wünschte sich, er hätte seine Kamera dabei, aber auf dem Konsulat in London hatte man ihm davon abgeraten. Deshalb dienten seine Augen jetzt als Linsen und der Block auf seinen Knien als Film. Er machte ein paar Stichpunkte, um sie anschließend mit Leben auszufüllen.

Montigny-sur-Vence, 22. August

Ein kleines Dorf mit reetgedeckten, weiß gekalkten Steinhäusern. Bauern in schlichten Kitteln arbeiten in den Obstgärten und Weinbergen, die die niedrigen Hügel überziehen, und sehen nicht einmal auf, während die endlose Kolonne Soldaten durch das Dorf und über das träge dahinfließende, von Unkraut gesäumte Flüsschen zieht.

Dragoner und Kürassiere auf schwarzen und grauen Pferden und die riesige unordentliche Masse Fußsoldaten lassen mich an die Menschenmenge denken, die nach einem Baseballspiel aus einem Stadion drängt. Trotz der Hitze haben sie blaue Wollumhänge um, deren Schöße jedoch zurückgeschlagen sind. Die scharlachroten Hosen sind inzwischen weiß vom Staub. Die Offiziere tragen Schwerter, und viele von ihnen haben weiße Handschuhe an. Schließlich legen sie den größten Wert auf Eleganz.

Ein paar Meilen die Straße hinauf liegt Fontaine Gery. Sanft wogende Hügel, dichter Wald. Die Ardennen heben sich wie eine dunkelgrüne Wolke vom Horizont ab. Ein Kurier auf einem Fahrrad holt uns ein, und der Major lässt die Geschütze neben einer alten Kirche hinter einer halb verfallenen Friedhofsmauer von der Straße ziehen. Die Kapelle eines Zouavenregiments steht im Schatten der Bäume eines Obstgartens. Sie tragen gelbe Pluderhosen, leuchtend blaue Jacken, rote Feze und sehen wie bunte Papageien aus. Sie spielen auf Trommeln und auf Pfeifen den Sambre et Meuse, *und die Soldaten brechen entweder in lauten Jubel oder leises Schluchzen aus. Bis Sedan ist es nicht weit. Nachdem Deutschland die Gesichter der Franzosen 1870 in den Staub gestoßen hat, genau auf dem Weg, auf dem wir stehen, kommen deren Söhne jetzt zurück und wollen, dass sie dafür bezahlen.*

Vor uns hört man schon seit Anbruch der Dämmerung immer wieder lautes Donnergrollen. Erst war es sehr weit weg. Inzwischen kommt es näher, und das pausenlose Dröhnen hört sich an wie Hunderte leerer Lastwagen, die durch einen langen Tunnel rollen.

Die Straße ist verstopft. Bauern aus dem Norden, die von den Kämpfen ein paar Meilen entfernt in die Flucht geschlagen worden sind, drängen gegen die Soldaten, die in ihre Heimat unterwegs sind. Sie ziehen Hand- und Pferdewagen mit ihren Habseligkeiten hinter sich her. Ganz oben auf den Bündeln laut weinende Kinder. Die Flüchtlinge ignorieren die Soldaten, die sie anschreien, weil sie die Straße räumen sollen. Inmitten dieses Trecks sind auch verwundete Soldaten. Einige liegen auf Sanitätswagen, die von Pferden gezogen werden, andere umklammern ihre blutigen Verbände und wanken benommen den staubbedeckten Weg entlang. Ihr Anblick bringt die Truppen in

Verlegenheit. Ein Colonel, dessen Brust mit einem blutigen Verband umwickelt ist, murmelt ein ums andere Mal: »C'est une catastrophe.«

Hannogne-Saint-Martin

Die Geschütze wurden eilig über Felder und unbefestigte Wege bis in dieses sieben Meilen näher an der Front gelegene Dorf gezogen. Es ist später Nachmittag, und die Buchen und die Pappeln schimmern goldfarben im abnehmenden Sonnenlicht. Die Geschütze werden auf einem niedrigen Hügel in einem Dickicht aus Weinreben versteckt. Neben jeder Kanone steht eine Munitionskiste, und an einer dieser Kisten ist eine Leiter befestigt, auf deren oberster Sprosse der Major hinter einem schmalen Schutzschild steht und durch ein starkes Fernglas sieht. Er sucht die Wälder und die Felder vor sich ab und brüllt: »Fantastique! Magnifique! Das glaubt man nicht!«

Martin legte sein Notizbuch fort und kletterte vom Wagen, während der Major von seiner Leiter stieg und den Schützen Anweisungen zu Entfernung, Höhe und Geschossart gab. Dann warf er Martin das Fernglas zu.

»Sehen Sie sich das mal an! Oh, mein Gott, die armen Schweine von der Infanterie!«

Also stieg auch Martin auf die Leiter und sah durch das Fernglas, wie die französische Infanterie eine grasbewachsene Anhöhe vor einem dunklen Wald erklomm. Schulter an Schulter schoben sich die Männer langsam vorwärts, und die Bajonette ihrer schussbereiten Waffen schimmerten im Sonnenlicht. Offiziere mit gezückten Schwertern führten die langen Reihen an. Das Rot und Blau der Uniformen und die weißen Handschuhe sahen wie die Trikolore aus, die über den grünen Hügeln Frankreichs flatterte. Immer weiter schoben sich die über tausend Mann in drei Wellen vor. Hundert Meter vor den Bäumen fing die erste Welle an zu stolpern und zu fallen, als hätte eine ungesehene, ungehörte Macht sie umgemäht. Die Getroffenen bildeten wirre Haufen, und die zweite Welle schob sich über sie hinweg.

»Waffen bereit!«, schrie ein Sergeant.

»Feuerbefehl abwarten!«, schnarrte der Major, stieg wieder auf die Leiter, hielt sich an Martin fest und riss ihm das Fernglas aus der Hand. »Feuer!«

Man hörte das Donnern eines Geschützes, und ein paar Sekunden später explodierte die Granate über den Baumwipfeln. Blätter und kleine Zweige verschwanden hinter einer Wand aus Dreck, während die Soldaten weiter vorwärtsstolperten, auf die Knie sanken und sich auf der Erde wälzten, als vollführten sie einen langsamen lautlosen Totentanz.

»Maschinengewehre!«, brüllte der Major. »Diese verdammten Boches! Hundert … vierzehn Grad nach links … Feuer! Feuer … Feuer!«

Sämtliche Geschütze schossen gleichzeitig Granaten in Richtung des vier Meilen entferntes Waldes ab, und nach wenigen Sekunden stiegen schwarze Rauchwolken über den dunklen Bäumen auf. Verschlüsse klirrten, und leere Granathülsen schepperten. Die Folgen des Artilleriefeuers waren verheerend, für die Soldaten gab es keine Rettung mehr. Von den napoleonischen Formationen sah man nur noch Leichenberge, zahllose Verwundete, die den Hügel hinunterkrochen, und ein paar Männer, die, so schnell es ging, in Deckung rannten, während sich das hohe Gras um sie herum unter den Kugeln ihrer Feinde bog.

Der Major zog an Martins Ärmel.

»Kommen Sie da runter, bevor Sie Ihren Kopf verlieren. Schließlich haben auch die Deutschen Kanonen.«

Jaulend kam ein Renault den Weg vom Dorf herauf. Ein Colonel der Artillerie stand vorn neben dem Chauffeur und klammerte sich an der Windschutzscheibe fest.

»Ziehen Sie Ihre Batterie zurück, Duchamp«, schrie er über das Dröhnen der Geschütze. »Sonst bricht vorn die ganze Front zusammen. Ziehen Sie sich so schnell wie möglich zurück nach Omicourt.« Er entdeckte Martin, der hastig von der Leiter stieg, und nahm die zivile Kleidung unter seinem Umhang wahr. »Wer in aller Welt ist das?«

»Ein Amerikaner … aus Chicago«, klärte der Major ihn achselzuckend auf.

Nachdenklich zupfte der Colonel an seinem Knebelbart.

»Ich werde Sie nicht fragen, wie der Mann hierhergekommen ist, Duchamp. Denn ich bin nicht in der Stimmung, mir jetzt irgendwelche Märchen anzuhören. Schaffen Sie ihn in den Wagen, bevor jemand ihn erschießt, weil er denkt, er sei ein Spion. Ich sage Ihnen, es ist ein Debakel! Alles bricht dort vorn zusammen.«

Über ihren Köpfen hörten sie ein lautes Röhren, dicht gefolgt von einem kurzen hohen Pfeifen, und dann schlug eine Granate in dem Wald hinter den Häusern ein. Durch die Schockwelle ging Martin in die Knie, und er hatte das Gefühl, als ob ihm wegen des Lärms der Schädel bersten würde. Bäume und Erde schossen in einer Kaskade aus Rauch und Flammen auf.

»Haubitzen!«, schrie Major Duchamp. »Zweihundertzehn Millimeter! Diese verdammten Boches!« Er packte Martin und stieß ihn zum Gefährt. »*Darüber* müssen Sie schreiben. Sie müssen ihnen sagen, dass wir mit unseren Fünfundsiebzig-Millimeter-Geschützen nicht gegen ihre Zweihundertzehn-Millimeter-Haubitzen ankommen. Sie müssen Ihnen sagen …«

Doch was Martin sonst noch hätte sagen können, war über dem Kreischen der schweren Granaten nicht mehr zu verstehen. Sie schlugen dicht hintereinander ein, brachten den Hügel zum Erbeben und schleuderten Erde und zerfetzte Baumstämme in einem Wirbelwind aus blendend grellen Blitzen durch die Luft. Ein geborstenes Feldgeschütz stürzte polternd in ein gähnendes dampfendes Loch. Eine Munitionskiste explodierte, und die brennenden Granatengürtel rollten wie riesige Feuerräder den Weinberg hinab. Halb stürzte und halb sprang Martin auf den Rücksitz des Renaults. Er spürte, wie der Wagen wendete und gefährlich schwankte, denn der Fahrer riss am Lenkrad und trat gleichzeitig das Gaspedal bis auf den Boden durch. Martin kauerte sich auf den Boden des Gefährts und presste das Gesicht gegen den Sitz. Holzstücke und Erde prasselten auf seinen Rücken, und er dachte: Oh Gott, ich wünschte mir, ich wäre in der Maxwell Street … ich wünschte mir, ich wäre in der Maxwell Street.

9

Ich fürchte, ich habe mich verfahren, Sir«, räumte der Fahrer ein.

»Das ist nicht Ihre Schuld.« Stirnrunzelnd blickte Fenton auf die Karte, die er in den Händen hielt. »Der Ort, durch den wir eben gefahren sind, war doch Givry, oder?«

»Ja, Sir.«

»Dann liegt es an der Karte. Dieses Ding ist eine Ausgeburt der Fantasie. Denn diese Straße führt nicht einmal in die Nähe von Villers-Saint-Ghislain.«

Leise pfeifend trommelte der Fahrer auf das Lenkrad.

»Hören Sie mit dem verdammten Pfeifen auf«, fuhr ihn Fenton an.

Sofort tat es ihm leid, dass er so unbeherrscht gewesen war, und er überlegte, ob er sich vielleicht entschuldigen sollte. Aber das käme natürlich nicht in Frage, weil man einen Untergebenen unter keinen Umständen um Verzeihung bat. Dabei pfiff der arme Kerl bestimmt aus lauter Angst. Und tatsächlich war es unheimlich, mutterseelenallein mitten im Nirgendwo auf einer Straße zu fahren. Denn nach allem, was sie wussten, könnte sie sie geradewegs in die Arme der Deutschen führen. Neunzigtausend britische Soldaten hielten sich in diesem verdammten Land auf, die 5. französische Armee irgendwo rechts von ihnen, und trotzdem war kein Mensch zu sehen. Fenton fühlte sich unbehaglich. Er lehnte sich auf seinem Sitz zurück und starrte erbost auf die Karte. Weshalb in aller Welt zeichnete ein Kartograf irgendwo eine Straße ein, die es gar nicht gab? Vielleicht war sie ja geplant gewesen, und der Mann hatte sie schon einmal vorsorglich markiert. Das wäre eine Möglichkeit. Denn sie fuhren nicht auf einer asphaltierten Straße, sondern eher auf einem Trampelpfad, der es nicht wert gewesen wäre, auf einer Karte eingezeichnet zu werden. Wohin führte dieser Weg wohl? Nach Bray? Oder nach Spiennes? Östlich von Mons tauchte eine Handvoll Namen auf der Karte auf. Der Weg könnte in jeden dieser Orte führen – oder ganz woandershin. Er nahm sein Barett vom Kopf und fuhr sich mit einem Taschentuch über die Stirn. Meine Güte, es war brütend heiß, und die Mittagssonne schien von einem wolkenlosen, strahlend blauen Himmel direkt auf sein Hirn. Auch sein Bursche war aufgrund der Hitze regelrecht benommen und lehnte sich verschwitzt und ermattet an die Tür des Wagens. Der arme alte Webber hatte seine besten Jahre längst hinter sich. Ihr Fahrer, Hauptgefreiter Ackroyd, war ein dünner, drahtiger Londoner aus dem Middlesex Regiment, der sich bisher ausgezeichnet hielt. Fenton griff in seine Tasche und klappte das Etui mit seinen Zigaretten auf.

»Möchten Sie eine, Corporal?«

»Danke, Sir.« Sofort hellte sich Ackroyds Miene auf. »Für eine Zigarette würde ich glatt einen Mord begehen, Sir.«

»Dann nehmen Sie sich besser gleich ein paar.«

Eilig kam der Mann der Aufforderung nach.

»Mein Gott, sogar Abdullahs.«

»Wir werden schon dafür sorgen, dass Ihnen die Lust auf Woodbines vergeht.«

»Wahrscheinlich, Sir.«

Fenton lächelte, und sein Chauffeur grinste zurück. Eine gewisse Vertraulichkeit war einfach unvermeidlich. Sie saßen zwar nicht im selben Boot, aber im selben Automobil. Fenton zündete die Zigarette seines Untergebenen und dann seine eigene an.

»Was für ein trostloses Land.«

»Ja, Sir. Sie haben es ganz schön kaputt gemacht.«

Trotz des sonnigen Augusttags sah die Landschaft mit den feuchten verwilderten Wäldern, brachliegenden Feldern, von Unkraut überwucherten Abraumhalden und den halb verrotteten Holzgestellen über den aufgegebenen Kohleschächten feindselig und düster aus. Aber schließlich waren sie auch am Rand des Borinage, einer Gegend, die für ihre Kohlegruben, Schlackenhalden und die schwärzlichen verunreinigten Flüsse geradezu berüchtigt war. Und als wäre das nicht schlimm genug, lag ein säuerlicher, fauliger Geruch in der Luft.

Fenton faltete die Karte ordentlich zusammen und schob sie in das Futteral.

»Fahren Sie noch ein bisschen weiter. Früher oder später kommen wir sicher in ein Dorf, wo man uns weiterhelfen kann.«

Lance Corporal Ackroyd trat aufs Gaspedal, und sie holperten weiter über den schmalen, mit Schlaglöchern übersäten Weg an erodierten Abraumhügeln und an einem dunklen Wald vorbei in offeneres Land. Flache Haferfelder dehnten sich zu beiden Seiten aus, als Ackroyd plötzlich auf die Bremse trat und mit ausgestrecktem Arm nach vorn wies.

»Sehen Sie sich das an, Sir! Er kommt direkt in unsere Richtung.«

Der Flieger hatte in einem seltsam schiefen Winkel eine Reihe Pappeln überflogen und schoss keine zehn Meter über dem Boden direkt auf sie zu. Kurz vor ihrem Wagen drehte er nach links, und der Pilot beugte sich aus der Kanzel und zeigte auf das Feld.

»Ist das eine von unseren, Sir?«

»Ja«, antwortete Fenton und sah sich die langsam fliegende Maschine ein wenig genauer an. »Eine Avro, glaube ich. Was zum Teufel hält die Dinger in der Luft?«

»Das habe ich mich auch gerade gefragt, Sir. Sieht wie ein chinesischer Wäschewagen aus, finden Sie nicht auch?«

Der winzige Motor des Flugzeugs stotterte und qualmte, und das wenig vertrauenerweckende Gestell aus Holz, Segeltuch und Draht sackte noch tiefer ab, richtete sich aber gerade einmal einen Meter über der Erde wieder auf und setzte leicht gebeugt auf den vor den Rädern angebrachten Bambuskufen auf dem Boden auf.

Fenton und der Corporal sprangen aus dem Wagen und rannten über das Feld. Vorsichtig kletterte der Pilot aus seiner Kanzel und bahnte sich einen Weg durch das Gewirr von Drähten, mit denen der untere und der obere Flügel miteinander verbunden waren.

»Hallo, die Herren«, rief er gut gelaunt. »Haben Sie zufällig eine Ahnung, wo genau ich bin?«

»Nur ungefähr«, antwortete Fenton ihm. »Irgendwo zwischen Givry und Villers-Saint-Ghislain. Ungefähr acht Meilen östlich von Mons.«

Der Pilot zog seinen Lederhelm vom Kopf und kratzte sich. Er sah höchstens wie achtzehn aus.

»Oh. Ich dachte, ich wäre *westlich* von Mons. Kein Wunder, dass ich den verdammten Ort nicht finden konnte. Ich habe das Gefühl, als wäre ich stundenlang hier in der Gegend rumgekurvt. Können Sie vielleicht etwas Benzin erübrigen? In meinem Tank dürften nur noch ein paar Tropfen sein.«

Ackroyd nickte.

»Wir haben einen Fünf-Gallonen-Kanister im Kofferraum.«

»Gott sei Dank. Damit komme ich bis Le Cateau.«

»Ist das in Ordnung, Sir?«

»Ja, natürlich.« Fenton nickte zustimmend. »Gehen Sie und holen Sie das Benzin.«

Der Corporal rannte zurück zum Wagen, während sich der Pilot erschöpft gegen den unteren Flügel sinken ließ.

»Ich bin übrigens Lieutenant Weedlock.« Er reichte Fenton eine ölverschmierte Hand. »Und Sie sind?«

»Fenton Wood-Lacy.«

»Nett, dass Sie mir helfen, Captain«, bemerkte der Pilot nach einem kurzen Blick auf die Abzeichen auf Fentons Ärmel. »Als Dank habe ich einen guten Rat für Sie. Drehen Sie am besten auf der Stelle um. Vor Ihnen sind nichts als Hunnen. Und zwar wahre Horden.«

»Wie weit von hier entfernt?«

»Ungefähr zehn Meilen. Ich bin heute Morgen bis Nivelles und Charleroi gekommen und habe auf jeder Straße und auf jedem Feld Deutsche marschieren sehen. Ein verdammter Haufen Heuschrecken. So was habe ich vorher noch nie erlebt. Ich bin möglichst tief über sie hinweggeflogen, und die blöden Schweine haben mir noch zugewinkt. Aus ihrer Sicht anscheinend furchtbar lustig.«

Fenton zog die Karte aus dem Futteral.

»Wo sind sie genau?«

»Meine Güte, *überall.*« Er zog mit dem Finger eine leichte Ölspur quer über das Blatt. »Von Charleroi bis nördlich von Mons. Es müssen an die zweihunderttausend Männer sein. Sie wirken von oben wie ein breiter grauer Fluss. Und Artillerie, von Pferden meilenweit gezogene Geschütze. Aber jetzt muss ich versuchen, das verdammte Hauptquartier zu finden, damit ich auch dort Bericht erstatten kann.«

»Ja«, entgegnete Fenton trocken. »Ich nehme an, sie wären durchaus interessiert, diese Neuigkeit zu hören. Sind zu unserer Rechten französische Truppen unterwegs?«

»Nun, ein paar Reiter habe ich gesehen – mit Federn an den Helmen und mit Brustschilden, die in der Sonne blitzen. Dieser ganze Quatsch. Und Infanterie, die allerdings nach Süden marschiert. Falls unsere Jungs nach Mons gezogen sind, ist ihre Flanke ungeschützt. Obwohl ich über Charleroi auf dreitausend Meter gegangen bin, habe ich aus Richtung Meuse nur dichten Rauch über den Schlachtfeldern gesehen. Wie's aussieht, bekommen dort die armen alten Franzmänner die Hucke voll. Sah aus, als hätte sich ihre gesamte Kampflinie in Wohlgefallen aufgelöst.«

Der Pilot aß noch ein wenig Brot und Käse aus dem Picknickkorb im Wagen, während Ackroyd das Benzin in den Tank des Flugzeugs goss. Dann zeigte er dem Corporal, wie er den Propeller drehen musste, ohne sich zu köpfen, und nach einem Augenblick erhob der Flieger sich so mühelos wie eine Schwalbe in die Luft, drehte stotternd eine Runde über dem Automobil und schwenkte dann nach Süden ab.

Fenton und der Corporal standen auf der Straße und blickten ihm hinterher, bis er nicht mehr zu sehen war.

»Eine ziemlich angenehme Art zu reisen«, stellte Fenton fest.

Kurz nach Einbruch der Dunkelheit erreichten sie das Schulgebäude aus Backstein in dem Dörfchen Frameries, in dem sich das Hauptquartier der 3. Division befand. Die Straße nach Mons war mit von Pferden gezogenen Artillerie- und Versorgungswagen verstopft, und die Dudelsackspieler des Gorden Highland Regiments spielten in dem Bemühen, die schlechte Laune der fluchenden Fahrer zu vertreiben, einen flotten Marsch. Fenton gab Lance Corporal Ackroyd und seinem Burschen Webber für den Rest des Abends frei und bahnte sich einen Weg in das Gebäude, in dem es nur so von Truppenoffizieren und Stabsmitgliedern wimmelte. Es herrschte eine Atmosphäre hektischer Verwirrung, aber Colonel Blythe versicherte dem Captain, sie hätten alles fest im Griff.

»Ich nehme an, inzwischen wissen Sie, was vor uns liegt«, stellte Fenton fest.

Der Colonel nickte ernst.

»Wir bekommen schon den ganzen Tag Berichte rein. Es ist der Großteil einer deutschen Armee, wir glauben, die von von Klucks. Der Feldmarschall kam extra aus Le Cateau zu uns, um uns zu sagen, dass es nur zwei Korps sind, aber wir wissen, dass das nicht stimmt. Die Kerle von der Kavallerie waren den ganzen Tag lang unterwegs und haben ihre Sache wirklich gut gemacht. Sie haben sogar ein paar Gefangene mitgebracht. Wir sind zahlenmäßig ziemlich unterlegen, aber der Alte hat die Truppenkommandeure davon überzeugt, dass wir die Deutschen entlang des Kanals aufhalten können. Bei Gott, ich hoffe, er hat recht. Wie haben sich die Garden in Villers-Saint-Gishlain eingerichtet? Haben sie genug Unterstützung durch die Artillerie?«

»Kann sein, wo immer sie auch gerade sind. Nachdem wir stundenlang im Kreis gefahren sind, haben wir dieses verdammte Dorf endlich gefunden, aber dort war kein einziger Soldat. Ich hoffe, Sie verzeihen mir meine Ausdrucksweise, aber Sie stehen mit nackter Flanke da.«

»Allmächtiger«, murmelte der Colonel. »Das wird der alte Woody ganz bestimmt nicht gerne hören, auch wenn es ihn wahrscheinlich nicht besonders überrascht. Das Oberkommando versucht, aus dreißig Meilen Entfernung alles zu koordinieren, aber die Straßen sind erbärmlich, die Telefone funktionieren nicht, und die Karten sind ein Witz. Das Ganze ist ein riesiger Schlamassel. Nun, dann will ich ihm mal die frohe Botschaft überbringen. Am Ende des Flurs haben wir eine Art Messe. Setzen Sie sich erst einmal zu einer warmen Mahlzeit und zu einem Whiskey hin. Könnte eine ganze Weile dauern, bis Sie wieder was kriegen.«

Die Köche öffneten Fünf-Pfund-Dosen mit Rindfleischeintopf und wärmten den Inhalt über einem kerosinbetriebenen Feuer auf. Feines altirisches Stew von Foxe, stellte Fenton mit einer gewissen Wehmut fest und fragte sich, was Archie heute Abend wohl in seinem Club in London aß. Bestimmt nicht seinen eigenen Eintopf, auch wenn der tatsächlich durchaus schmackhaft war. Fenton aß zwei Teller und spülte mit einem großen Whiskey Soda nach.

Einer der Offiziere an dem langen niedrigen Tisch bedachte ihn mit einem säuerlichen Blick.

»Wo zum Teufel ist das 1. Korps? Sie sollten längst an unserer rechten Flanke in Position gegangen sein, oder etwa nicht?«

»Doch. Aber das werden sie nicht, weil sich niemand an *ihrer* rechten Flanke befindet. Die Franzosen fallen entlang der ganzen Kampflinie zurück.«

Der trübsinnige Offizier rührte seinen Eintopf um.

»Das hätte ich ihnen sagen können. Denn ich habe von Anfang an gewusst, dass das passieren würde. Wir hätten in Antwerpen landen und die blöden Frösche ihren Krieg allein führen lassen sollen.«

So viel zur Kooperation und Freundschaft mit den Alliierten, dachte Fenton, während er einen Schluck von seinem Whiskey trank. Aber warum sollten Offiziere des 2. Britischen Expeditionskorps auch ein Gefühl der Kameradschaft für ein ausländisches Heer entwickeln, wenn sie nicht einmal ihrem eigenen 1. Korps gegenüber solidarisch waren? Ein Major des Manchester Regiments bedachte Fentons Orden von den Coldstream Guards mit einem offen feindseligen Blick. Entschlossen trank der Captain seinen Whiskey aus und ging ohne ein Wort des Dankes für die Gastfreundschaft hinaus.

Um zwei Uhr in der Früh hatte sich das Hauptquartier geleert, und die Kommandeure der verschiedenen Bataillone kehrten zu ihren jeweiligen Einheiten zurück. Vorsichtig nippte General Wood-Lacy an seinem dampfend heißen Tee und ging langsam vor der großen Karte an der Wand auf und ab. Sie war zu nichts zu gebrauchen, aber eine andere Karte hatten sie nun mal nicht. Fenton saß an einem Tisch im Klassenzimmer und wartete schweigend, bis sein Onkel zehn Minuten später auf der Kante eines Tischs Platz nahm und mit einem hölzernen Zeigestock gegen seinen Stiefel schlug.

»Nun, Fenton, morgen wird gekämpft, und das 2. Korps zieht ohne Unterstützung in die Schlacht. Aber das spielt keine Rolle. Denn wir können sie besiegen. Schließlich sind wir mit Kommandeur Smith-Dorrien gesegnet. Als er mein Untergebener war, hätten die Zulus uns beide damals beinahe abgeschlachtet. Und so wahr mir Gott helfe, lässt diese Division den Mann ganz sicher nicht im Stich.«

»Und was soll ich tun, Sir? Inzwischen komme ich mir hier ein wenig wie das fünfte Rad am Wagen vor.«

»Oh, ich werde dich schon hinlänglich beschäftigen. Ich kann dich ja schwerlich zurückschicken, nicht wahr? Weiß der Himmel, wo deine Brigade gerade ist, wahrscheinlich sitzt sie irgendwo fest, wo sie nicht ins Kampfgeschehen eingreifen kann. Nein, nein, du bleibst vorübergehend hier in meinem Stab und verdienst dir deinen Sold, indem du dich nützlich machst. Vielleicht wird dir dabei ja endlich klar, dass man als Soldat nicht immer nur Karten spielt, Frauen verführt und vor dem Palast des Königs auf und ab spaziert.«

Das Geläut der Kirchenglocken zu Beginn der morgendlichen Messe war das letzte friedliche Geräusch, das sie an diesem Sonntagvormittag vernahmen. Fenton kauerte noch immer an dem niedrigen Kindertisch und wurde von den läutenden Glocken und fernen Gewehrschüssen geweckt. Die Feldtelefone fingen an zu klingeln, und ein paar Burschen aus der Messe brachten Becher mit heißem Tee für die verschlafenen Mitglieder des Stabs.

»Das 4. Middlesex Regiment berichtet von Feindberührung bei der Brücke von Obourg.«

Der Ort wurde auf der Karte mit einer Stecknadel markiert, und während weitere Berichte kamen, nahm der Lärm der Feuerwaffen zu.

»Die West Kents und die Royal Fusiliers sind in schwere Gefechte verwickelt. Zwei Fritz'sche Bataillone attackieren Bois Haut ...«

Um zehn Uhr morgens eröffnete die deutsche Artillerie das Feuer, und die Telefonverbindungen zu den Bataillonen wurden durch Granateinschläge gekappt. Kurierfahrer und Bataillonsmelder kamen und gingen, und neben frischem heißem Tee wurden den Mitgliedern des Stabs Brot und Leberwurst gebracht. Fenton saß in einer Ecke, rauchte, schlürfte seinen Tee und kam sich völlig nutzlos vor.

Am Nachmittag vertrat er sich die Beine auf dem Schulhof, von dem aus man im Norden eine dichte schwarze Rauchwolke sah. In allen anderen Richtungen wurde die Sicht durch hohe Abraumhalden auf ein paar hundert Meter begrenzt. Eine trübsinnige, armselige Gegend, aber trotzdem lebten Menschen hier, bauten Häuser, heirateten, zogen Kinder auf und schickten sie allmorgendlich in dieses kleine dunkle Backsteinhaus. Jetzt ertönte das Kreischen der Granaten vom wolkenlosen Himmel, die ein Stück vom Dorf entfernt mit lautem Krachen einschlugen. Zitternd warteten die niedrigen Häuser darauf, dass der Sturm näher kam. Ihre Bewohner waren verschwunden oder türmten Bündel mit dem wenigen, was sie besaßen, auf uralten, klapprigen Automobilen, Leiterwagen, Schubkarren und Kinderwagen auf.

Langsam, aber sicher kamen die Einschläge näher, und von den getroffenen Häusern stiegen rote Staubwolken auf. Trümmerteile flogen auf den Schulhof, und die Fenster des Gebäudes klirrten von der Erschütterung.

Es wäre vollkommen verrückt, weiter hier draußen herumzustehen, während ein Teil von Frameries auf ihn herunterregnete. Also ging Fenton zum Haus. Da jedoch am Schulhofrand ein Zug Highlander in Deckung lag, die in seine Richtung sahen, bewegte er sich möglichst ruhig fort. Denn ein Hauptmann der Garde rannte nicht. Ein Dudelsackspieler mit Sinn für

Humor blies ein paar Noten des beliebten *Johnnie Cope*. »He, Johnnie Cope, bist du allmählich wach?« Die anderen Männer lachten, und als Fenton vor der Tür des Hauses stand und eine Verbeugung vor dem Spieler machte, brachen sie in lauten Jubel aus, während eine Granate in den Hof einschlug und die Trümmer einer Schaukel und einer Wippe wie Geschosse durch die Gegend flogen. Sofort tauchten die Schotten ab, und Fenton hechtete kopfüber durch die Tür ins Haus.

Trotz der Scherben und des abgefallenen Putzes ging das Personal des Hauptquartiers entschlossen weiter seiner Arbeit nach. Ein Sanitäter verband eine Schnittwunde an Fentons Kopf, reichte ihm ein Gläschen Rum und kümmerte sich dann eilig um die steigende Zahl Schwerverletzter. Colonel Blythe entdeckte Fenton, der in einer Ecke saß, und kam mit grimmiger Miene auf ihn zu.

»Sind Sie in Ordnung, Junge?«

»Mir geht's gut«, stieß Fenton mit belegter Stimme hervor. »Nur ein Kratzer am Kopf.«

»Wir haben nämlich einen Auftrag für Sie. Wir haben den Befehl erhalten, uns fünf Meilen zurückzuziehen und bis heute Abend eine neue Kampflinie zu bilden. Diese verdammte Artillerie zielt inzwischen einfach zu genau.«

»Und was sagt der General dazu?«

»Er will hierbleiben und kämpfen. Er hat eine Nachricht an das Generalhauptquartier geschickt, damit man ihm zehn Mannschaften mit Maschinengewehren schickt. Die er natürlich nicht bekommen wird. Denn ich wage zu bezweifeln, dass man irgendwo auch nur zehn Vickers erübrigen kann. Aber wie dem auch sei – mit Maschinengewehren lassen die Kanonen sich nicht aufhalten, und die Hunnen verlagern ganze Batterien davon zu unserer Flanke. Deshalb bleibt uns nichts anderes übrig, als den Rückzug anzutreten, aber Woody fürchtet, dass es dann gar nicht mehr vorwärtsgehen wird. Er ist der festen Überzeugung, dass wir gezwungen sind, uns bis an die Küste zurückzuziehen.«

»Was soll ich tun?«

»Wir haben den Kontakt zum Hauptquartier der 5. Division in Élouges verloren. Schwingen Sie sich in Ihren Wagen, fahren Sie so schnell wie möglich rüber und geben Sie Bescheid, dass wir uns nach Sars-la-Bruyère zurückziehen. Ich gebe Ihnen den Zeitplan unseres Rückzugs mit. Denn wir müssen unsere Bewegungen koordinieren, damit keine allzu großen Lücken in der Linie entstehen.« Er hielt Fenton einen Packen Papiere hin. »Beeilen Sie sich, ja?«

Fenton überließ es Webber, ob er ihn begleiten oder bleiben wollte, und wie jeder treu ergebene Bursche blieb auch Webber »an der Seite seines Offiziers«. Da er den Gerüchten glaubte, dass sich Horden als belgische Nonnen verkleidete Deutsche in die Flüchtlingstrecks gemischt hätten, nahm er vorn neben Ackroyd Platz und stellte eine geladene Lee-Enfield zwischen seine Knie.

Das Straßennetz zwang sie, eine Meile nach Süden zu fahren, bevor die erste Abzweigung nach Westen kam. Auf diesem kurzen Stückchen kamen sie nur im Schritttempo voran. Die Artillerie und die Geschützttransporte, die dort wenden sollten, nahmen die gesamte Straßenbreite ein. Ein paar der Offiziere weigerten sich rundweg umzudrehen, bevor nicht die Granaten auf die Deutschen abgefeuert worden waren, doch ein Teil des Wiltshire Regiments sorgte als Feldgendarmerie für Ordnung, und bald löste sich der Stau aus Pferden, Wagen und Geschützen auf, und man trat ordentlich den Rückzug in Richtung Süden an.

Zu guter Letzt bog der Corporal auf eine schmale gewundene Straße ab, und sie passierten Felder, Wälder, namenlose kleine Dörfer, Abraumhalden und hohe Kohleberge. Immer wieder kamen ihnen Fußsoldaten aus der Richtung entgegen, aus der immer noch die donnernden Geschütze zu hören waren. Obwohl die Männer müde aussahen, ihre Uniformen schmutzig und zerrissen, die Gesichter schwarz vom Kohlestaub waren, wirkten sie optimistisch und überraschend gut gelaunt. Ein Lieutenant der Royal Irish, der den Wagen anhielt, um den Fahrer nach dem Weg zu fragen, wusste zu berichten, dass der deutsche Vormarsch am Kanal erst einmal aufgehalten worden sei.

»Wir haben sie scharenweise abgeknallt, fünf Runden aus dem Schnellfeuergewehr entlang der ganzen Linie. Man brauchte nicht einmal zu zielen, denn sie marschierten Schulter an Schulter. Der Kaiser soll gesagt haben, unsere Armee sei verachtenswert. Aber was geht ihm jetzt wohl durch den Kopf?« Der Lieutenant hatte das Gefühl, als stünden sie vor einem großen Sieg, auch wenn sie erst einmal »ein bisschen Boden preisgaben«. Ein Ausdruck, der aus Fentons Sicht stark untertrieben war. Denn schließlich hatte die Armee dem vorrückenden Feind den Rücken zugekehrt, und es wäre ein logistischer Albtraum, jetzt noch einmal umzudrehen. Doch der ahnungslose Lieutenant hatte nur gesehen, wie die Schützen seines Zugs den deutschen Angriff vereitelten, und angenommen, dass die Front vielleicht hundert Meter lang war. Er kannte nicht die große Karte an der Wand des Hauptquartiers, auf der man deutlich sah, dass der Kampf bei Mons nur einen verschwindend kleinen Teil einer riesengroßen Schlacht ausmachte, die von der schweizerischen Grenze bis nach Brüssel tobte. Und eine Schlacht war immer mehr als die Summe einzelner Gefechte. Deshalb hätte selbst ein überwältigender Sieg bei Mons nichts weiter zu bedeuten, falls sich die französischen Armeen von der Grenze zurückfallen lassen würden, wie es offenbar im Augenblick geschah. Das winzige Britische Expeditionskorps stünde also allein auf weiter Flur, und wenn es sich nicht umgehend zurückzog, würde ihm in Kürze der Garaus gemacht. Doch es hätte keinen Sinn, das einem aufgekratzten jungen Iren zu erklären, der der Meinung war, dass er gerade praktisch allein den Krieg gewonnen habe. Also gab ihm Fenton einfach ein paar Zigaretten, beschrieb ihm den Weg nach Sars-la-Bruyère und wies seinen Chauffeur zum Weiterfahren an.

Niemand im Hauptquartier der 5. Division interessierte sich für Woodys Rückzugsplan. Der Druck auf ihre Front war so stark geworden, dass sie am besten möglichst umgehend den Rückzug antraten. Die Granaten schlugen immer dichter ein, rissen tiefe Krater in die Straßen, und die deutschen Truppen standen nur ein Stück entfernt auf der anderen Seite des Kanals. Die meisten Brücken waren gesprengt, aber große Gruppen infanteriegestützter deutscher Kavallerie umrundeten den Wasserlauf ein Stück östlich von Conde und brachen in die britische Flanke ein. Deshalb war eine Absprache mit anderen Truppen völlig ausgeschlossen. Jedes Bataillon musste sich dort zurückziehen, wo es möglich war.

»Richten Sie Sir Julian aus, dass wir uns bemühen werden, keine Lücken in die Trupps zu reißen. Was jedoch nicht funktionieren muss«, fügte der Adjutant des Kommandeurs der Division etwas gereizt hinzu. »Wir führen ja kein Manöver durch.«

Lance Corporal Ackroyd lief nervös neben dem Wagen auf und ab, als Fenton das am Marktplatz von Élouges gelegene Hauptquartier wieder verließ. Eine Batterie Achtzehn-Pfünder stand in einem ungepflegten kleinen Park und feuerte, so schnell die Männer laden konnten, tödliche Schrapnelle auf einen nahen Hügel ab. Stocksteif saß Webber auf seinem Sitz, umklammerte mit beiden Händen das Gewehr und beobachtete, wie über dem Hügel dichter schwarzer Rauch aufstieg.

Ackroyd hielt Fenton die Hintertür des Wagens auf und musste brüllen, damit er ihn verstand.

»Und wohin jetzt, Sir?«

Fenton sah auf seine Uhr. 16.25 Uhr. Es wäre dunkel, bis sie Frameries erreichten, und vielleicht wäre die Division bis dahin bereits von dort abgerückt. Am besten versuchten sie, die anderen auf der Straße nach Sars-la-Bruyère einzuholen. Er setzte sich mit Ackroyd auf die Kühlerhaube, und sie studierten zusammen die Karte. Die Hauptstraße nach Süden war inzwischen hoffnungslos verstopft. Die Transportwagen, Geschütze und Soldaten stauten sich inzwischen bis zum Markt, und es wäre der reinste Wahnsinn, reihten sie sich in die Schlange ein.

»Wir könnten den Stau umfahren, Sir«, schlug Ackroyd vor. »Der Wagen ist leistungsstark, und wenn wir über die staubtrockenen Felder fahren, müssten wir in zwei Stunden in diesem Sarla oder wie das heißt sein.«

Der Vorschlag erschien Fenton sehr vernünftig, und er nahm sich vor, seinem Onkel eine Beförderung des Hauptgefreiten anzuraten.

Das Gefährt pflügte durch Weizen- und Haferfelder und hinterließ eine Spur geknickter Halme. Nach einer Weile wurden die riesigen Ackerflächen von einer bewaldeten Gegend mit Steinbrüchen und Kohlegruben abgelöst. Ein Labyrinth aus schmalen unbefestigten Wegen, die nicht auf der Karte eingezeichnet waren, dehnte sich in alle Himmelsrichtungen aus, und sie entschieden sich, nach Süden zu fahren. Nach zwei Meilen endete der Weg jedoch abrupt an einer Kohlemine, und sie machten kehrt und fuhren in eine andere Richtung. Diese neue Strecke führte willkürlich nach Süden, dann nach Westen und nach einer Weile abermals nach Süden. Ein dichter Wald hüllte sie in kühles Dunkel ein. Einmal musste Ackroyd eilig bremsen, sonst wäre er mit einem Trupp französischer Dragoner kollidiert, der plötzlich aus einem Dickicht brach. Die Pferde waren nass geschwitzt, und die Reiter, deren Ausrüstung in der

Sonne glänzte, wirkten sehr erschöpft. Die Mitglieder des Korps von General Sordet, das die linke Flanke der Briten hätte schützen sollen, trabten im abnehmenden Licht der Sonne wie eine Geisterkavallerie auf dem Weg nach Waterloo an ihnen vorbei und wurden vom dichten Wald auf der anderen Seite des Weges wieder verschluckt.

»Mein Gott«, murmelte Ackroyd voller Ehrfurcht. »Wenn das kein beeindruckender Anblick ist.«

Ein Stück weiter stießen sie erneut auf eine Reiterschar – an die hundert britische Husaren, die von ihren müden Pferden abgestiegen waren. In ihren Khakiuniformen wirkten sie vielleicht nicht ganz so prächtig wie ihre französischen Kameraden, doch mit den Gewehren, die unter den Sätteln klemmten, sahen sie erheblich kriegerischer aus. Fenton erkannte den Anführer des Trupps, der einer der besten Kartenspieler seines Clubs in London war, und rief ihn zu sich. Langsam führte der Major sein Pferd am Zügel auf den Wagen zu.

»Hallo, Fenton«, sagte er. »Was machen Sie denn allein hier draußen?«

»Ich versuche, irgendwie nach Sars-la-Bruyère zu gelangen.«

»Nun, früher oder später kommen Sie auf diesem Weg dort an. Obwohl in dem Ort ein hoffnungsloses Durcheinander herrscht. Er ist voll Soldaten und Transportwagen, die alle auf dem Weg zurück nach Frankreich sind. Wie sieht's oben im Norden aus?«

»Ich fürchte, dass ich Ihnen nichts sagen kann. Entlang des Kanals zwischen Mons und Conde fanden heute schwere Kämpfe statt. Ich glaube, wir haben uns ziemlich gut geschlagen, trotzdem zieht sich das gesamte Korps erst mal ein Stück zurück.«

Der Major sah ihn mit einem schmalen Lächeln an.

»Das ist eben der typische Nebel des Krieges, wo die linke Hand nicht weiß, was die rechte tut. Und es gefällt mir nicht, wenn man ständig im Dunkeln tappt. Sie haben nicht zufällig eine Flasche Whiskey?«

»Ich fürchte, nein.«

»Das ist bedauerlich.«

Die krachenden Gewehrsalven in der Ferne wurden von den dichten Bäume, hinter denen sie standen, leicht gedämpft. Wie ein Jagdhund legte der Major den Kopf ein wenig schräg, und als er plötzlich lautes Rattern hörte, schwang er sich entschlossen wieder in den Sattel und wandte sich seinen Leuten zu: »Maschinengewehre! Trompeter! Geben Sie Signal zum Aufsitzen! Im Trab vorwärts!«

Der Trompeter blies ins Horn, die Männer saßen auf, folgten dem Major über die Straße in den Wald, und zwei Minuten später hatte er sie wie zuvor schon die Dragoner verschluckt. Dieser Wald hatte etwas Bedrohliches, das Fenton innerlich erschaudern ließ. Vielleicht sah er in der hellen Mittagssonne weniger bedrohlich aus, doch inzwischen ging die Sonne unter, und der kleine Flecken Himmel, den man sehen konnte, und das schwache Licht, das durch die Äste fiel, hatten die Farbe frischen Bluts.

»Schnell. Fahren Sie weiter«, befahl er dem Chauffeur.

Der Weg bog erst nach Osten und danach nach Westen ab, und nach einer Weile war der Wald nicht mehr so dicht, und die Sonne wirkte wie ein riesengroßer scharlachroter Ball, der vor ihnen auf der Straße lag.

Dunkle Schatten zogen über den Feuerball hinweg.

»Noch mehr verdammte Pferde«, murmelte Ackroyd, während er auf die Bremse trat.

»Lanzenreiter«, bemerkte Webber mit zusammengekniffenen Augen.

Fenton erhaschte einen Blick auf die Kopfbedeckung der Reiter, die sich gegen die Sonne abzeichnete. Sie trugen weder Schlägermützen wie die Engländer noch Messinghelme wie die Franzosen, sondern Helme mit einem flachen Oberteil, das an einen umgedrehten Miniaturtisch mit nur einem Bein erinnerte.

»Ulanen«, fügte er angesichts des furchteinflößenden Namens erstaunlich ruhig hinzu. »Wir machen vielleicht besser kehrt.«

Auch wenn Private Webber nur ein Offiziersbursche war, konnten selbst die rangniedrigsten Garden gut mit dem Gewehr umgehen. Deshalb stand er jetzt auf, lehnte sich gegen die Windschutzscheibe, presste die Lee-Enfield gegen seine Schulter und drückte entschlossen ab. Eine der Silhouetten stürzte auf die Straße, und ein reiterloses Pferd galoppierte kopflos an ihnen vorbei. Der zweite Schuss ging weit daneben, denn Ackroyd betätigte den Rückwärtsgang, trat das Gaspedal durch, und schwankend schoss der Wagen rückwärts den Weg hinab. Vom Wald hörten sie ein ratterndes Schnellfeuergewehr, und kreischend bohrten sich die Kugeln in das Gummi, das Metall und Glas ihres Gefährts. Die Vorderreifen platzten, und der Wagen machte einen Satz und landete in einem Graben. Fenton sah das blutige Gesicht von Webber, der hintüberfiel, bevor er selbst rücklings aus dem Wagen flog und schwerfällig auf einem Bett aus trockenen Blättern landete.

Kurz war er bewusstlos, und als er wieder zu sich kam und nichts als rote Punkte sah, versuchte er, tief Luft zu holen, um zu schreien. Irgendetwas aber hielt ihm Mund und Nase zu, und noch während er sich wehrte, spürte er ein Lippenpaar an seinem Ohr, und der Hauptgefreite Ackroyd flüsterte ihm leise zu: »Nicht bewegen, Sir … nicht bewegen.« Der Griff um seine Nase löste sich, aber den Mund hielt ihm der Corporal weiter zu.

Dann konnte Fenton wieder sehen und merkte, dass ihr Wagen lichterloh in Flammen stand. Er lag gute dreißig Meter von ihrem Gefährt entfernt im Wald und erkannte zwischen den schlanken schwarzen Baumstämmen hindurch nur Bruchstücke des Wagens. Er konnte doch unmöglich derart weit durch einen

Buchenwald geflogen sein. Nein, wahrscheinlich hatte Ackroyd ihn hierhergeschleppt. Jetzt würde er auf alle Fälle dafür sorgen, dass man diesen Mann zum Sergeant machte und er obendrein noch eine Auszeichnung bekam. Er gab ihm mit einem Nicken zu verstehen, er könne seine Hand von seinen Lippen nehmen.

»Wo sind sie?«, raunte er.

»Verflucht noch einmal, überall … *Sir.*«

Jetzt hörte auch Fenton leise Hufschläge auf weichem Untergrund, knisternde Zweige und gutturale deutsche Flüche. Dann klapperten plötzlich Nagelstiefel auf dem Weg – die Gebirgsjäger der Infanterie, die als Scharfschützen zur Unterstützung ihrer Kavallerie geordert worden waren. Jemand rief: »Achtung! Die Engländer!«

Fenton hörte trommelnde Hufe und einen Trompetenstoß, als der Trupp Ulanen nach erfolgloser Durchsuchung ihres Waldstücks wieder zurück auf die Straße ritt. In der Nähe des brennenden Wagens ratterte erst ein Maschinengewehr, und dann krachten auch die anderen Gewehre los. Obwohl Fenton es nicht sehen konnte, wusste er, dass die Husaren – angezogen von dem Feuer oder eher dem Scheiterhaufen, auf dem wahrscheinlich der arme alte Webber brannte – im Galopp zurückgekommen waren. Und jetzt wurden die Männer und ihre Tiere einfach umgemäht.

»Oh Gott.«

»Pst, seien Sie leise, Sir. Können Sie laufen?«

»Ich … ich weiß es nicht.«

»Versuchen Sie es bitte, Sir«, flehte Ackroyd ihn verzweifelt an, und mühsam rappelte sich Fenton auf. Er spürte einen dumpfen Schmerz in Höhe seines Steißbeins, aber gebrochen war anscheinend nichts.

»Bleiben Sie in gebückter Haltung, Sir, und rennen Sie wie der Teufel los.«

Die Richtung war im Augenblick egal. Hauptsache, sie entkamen den Ulanen und Jägern, die, wie Fenton wusste, auch im wahren Leben Jäger oder Förster waren. In geduckter Haltung hasteten sie los, schlugen Haken um die eng stehenden Bäume und stolperten durchs dichte Unterholz. Das Feuer hinter ihnen hielt an, doch die Schüsse wurden nicht auf sie abgegeben, und sie stürzten aus dem Wald auf eine kleine Lichtung. Dort jedoch flogen den beiden Männern urplötzlich die Kugeln um die Ohren, und sie sprangen kopfüber ins hohe Gras, robbten zurück zum Wald, standen eilig wieder auf und hechteten von Stamm zu Stamm, bis die völlige Erschöpfung sie am Ende in die Knie zwang. Keuchend und schluchzend gingen sie zu Boden, wo sich Fenton übergab, bevor er sich rücklings unter einen Weißdorn schob, während Ackroyd einfach bäuchlings auf der Erde liegen blieb. Sie waren tief im Wald und hörten kein Geräusch mehr außer leisem Blätterrascheln, dem vergnügten Trällern einer Lerche und dem lauten Keuchen, das aus ihren Mündern drang.

Sie versteckten sich bei Tag, bewegten sich bei Nacht, während sie sich langsam in Richtung Süden vorschoben. Die deutsche Armee war überall um sie herum, aber nur vereinzelte Trupps. Manchmal sahen sie tagsüber stundenlang niemanden, doch immer wenn sie überlegten, ob sie ihr Versteck – einen Heuschober, ein Wäldchen, einen aufgegebenen Minenschacht oder einen stinkenden Schweinestall – verlassen sollten, weil man einfach schneller gehen konnte, wenn man etwas sah, tauchten wieder irgendwelche Deutschen auf. Manchmal war es nur ein Spähtrupp, der die Gegend sichten wollte, manchmal jedoch schwärmte ein ganzes Bataillon auf einem der ausgedehnten Felder aus. Und vor allem bestand ständig die Gefahr, dass man auf Ulanen, Totenkopfhusaren oder weniger exotisch aussehende Reiterhorden traf. Deshalb folgten sie weiter nachts der Karte, orientierten sich an Kilometerschildern an der Straße und wichen bewohnten Ortschaften so gut wie möglich aus. Sie ernährten sich von Äpfeln, wilden Beeren und dem bisschen Essen, das sie in verlassenen Bauernkaten fanden, und nutzten für die Wanderungen die nachts milde Luft, den wolkenlosen Himmel und das Licht des Mondes und der Sterne aus. Eines Nachts jedoch brach urplötzlich ein heftiges Gewitter los, und sie suchten eilig eine leere Scheune auf. Bei Anbruch der Dämmerung hörte zwar der Regen, nicht aber das andere Grollen – das pausenlose Bum-bum-bum schweren Granatbeschusses – auf. Soweit Fenton wusste, zielte das Bombardement auf Le Cateau, das ungefähr zehn Meilen östlich ihrer Scheune lag. Das offensichtlich größere Gefecht zog sich bis in die Abendstunden hin, und nach Ende des Beschusses konnten weder er noch Ackroyd sagen, wer als Sieger aus der Schlacht hervorgegangen war.

»Ich nehme an, wir könnten heute Nacht nach Le Cateau marschieren und nachsehen, wer den Ort besetzt hat.« Fenton blickte auf die Karte, während er in einen Apfel biss.

»Das könnten wir«, stimmte der Corporal ihm mit einem leisen Zweifel in der Stimme zu. »Aber ungefährlich wäre es wahrscheinlich nicht.«

Unter den gegebenen Umständen konnten sie das Verhältnis von Vorgesetztem und Untergebenem nicht aufrechterhalten. Wenn man stundenlang zusammen in der Jauche eines Schweinekobens lag, während eine Horde von Ulanen ihre Pferde in der Nähe grasen ließ, lernte man den anderen besser kennen als bei einem gemütlichen Mittagessen. Und Fenton respektierte seinen Hauptgefreiten, weil er stoisch, findig, vorsichtig und mutig war. Solch einen unbeugsamen Soldaten sollte jeder Offizier an seiner Seite haben, wenn er in Gefahr geriet.

»Sie finden, dass das keine gute Idee ist, Ackroyd?«, fragte Fenton ihn.

»Ich bitte um Verzeihung, Sir, aber ja, mir sagt die Idee überhaupt nicht zu. Denn falls dort Kämpfe stattgefunden haben, dürften beide Seiten noch empfindlicher als bisher sein und würden sicher ohne Vorwarnung auf jeden schießen. Und egal, ob nun der deutsche Fritz oder ein Tommy auf uns schießen würde, wir wären am Ende tot.«

»Da haben Sie wahrscheinlich recht.« Fenton blinzelte, weil bei dem abnehmenden Licht kaum noch etwas auf der Karte zu erkennen war. »Nun denn, was halten Sie davon, wenn wir weiter in Richtung Süden gehen, bis wir die Bahnlinie aus Cambrai erreichen. Dann folgen wir einfach den Gleisen, bis wir in Saint-Quentin sind. Wenn die Hunnen so weit südlich sind, können wir dort immer noch das Handtuch werfen, doch bis dahin sollten wir darauf vertrauen, dass irgendwo noch unsere eigenen Leute sind.«

Ackroyd nickte, und als es dunkel wurde, machten sich die beiden Männer wieder auf den Weg. Der Mond schien hell auf die Felder und Wälder, und bereits vor Mitternacht hatten sie die Bahngleise erreicht, legten eine einstündige Pause in einem Abwassergraben ein, aßen ihre letzten Äpfel und setzten den Weg am Rand der Schienen nach Südosten fort. Der nördliche Horizont wurde von Gefechtfeuer in ein seltsam rötlich schwarzes Licht getaucht. Gingen womöglich Felder oder Siedlungen in Flammen auf? Oder biwakierten ihre ungezählten Feinde dort? Beide Möglichkeiten waren erschreckend, und entschlossen gingen sie weiter in Richtung Süden.

Gegen vier Uhr in der Früh tauchten die ersten, weit verstreuten Häuser eines kleinen Städtchens auf. Saint-Petit-Cambrésis, wie einem Schild am Rand der Gleise zu entnehmen war. Im Licht des abnehmenden Mondes wirkte die gewundene Straße, die durch Weinberge und über einen niedrigen Hügel in die Ortschaft führte, wie ein schmales weißes Band. Sie wurde von Transportwagen gesäumt, und die Zugpferde grasten auf einem nahen Feld.

»Bei Gott, die sind von uns«, stieß Fenton hervor, als er die unverwechselbare Feldküche der Tommys sah.

Die beiden Männer blieben stehen, klopften ihre zerrissenen, schlammbedeckten Uniformen ab und marschierten weiter, wobei Ackroyd *Tipperary* als Erkennungszeichen für mögliche Wachen pfiff. Allerdings hielt auf dem Weg über den Bahnsteig, den verlassenen Bahnhof und selbst auf der Straße niemand die beiden Fremden auf.

»Ein bisschen seltsam«, bemerkte Fenton, »dass hier nirgends eine Wache steht.«

»Die ganze verdammte Stadt scheint menschenleer zu sein.«

»Unmöglich.«

Ihre Stiefel hallten auf dem Kopfsteinpflaster, während sie um eine Ecke bogen und zum Marktplatz gingen, auf dem in der Mitte ein Brunnen stand. Rundherum, überall auf dem Platz, lagen Soldaten ausgestreckt wie Sterbende. Den Abzeichen an ihren Uniformen nach gehörten sie verschiedenen Regimentern an. Ein Sergeant der Gordon Highlander lag rücklings im Rinnstein und hatte den Kopf auf seinem Rucksack gelegt. Seine linke Hand steckte in einem blutigen Verband, und Fenton stieß ihn mit der Spitze seines Stiefels an.

»Aufstehen, Sergeant.«

Der Mann sah ihn an und rappelte sich stöhnend auf.

»Was zum Teufel ist hier los?«, fragte Fenton ihn in scharfem Ton. »Sieht wie eine Armee von Bettlern aus.«

Die roten Augen des Sergeants wanderten von Fentons Kopfbedeckung, an der er sein Regimentsabzeichen trug, bis zu dem zerrissenen, schlammverspritzten Ärmel seiner Uniform, und mühsam nahm er Haltung an.

»Die Jungs sind vollkommen erledigt, Sir.«

»Das kann ich verstehen, Sergeant. Aber warum haben Sie nirgends Wachen aufgestellt? Gütiger Himmel, Mann, bis zum Anbruch der Dämmerung ist der Fritz wahrscheinlich hier.«

»Ja, Sir… Der Colonel hat zu uns gesagt, dass wir unsere Waffen weglegen und etwas schlafen sollen, Sir. Er meinte, für uns wäre der Krieg vorbei.«

»*Ihr* Colonel, Sergeant?«

»Nein, Sir, der von den Winchesters.«

»Wie viele Gordon Highlander sind hier?«

»Zwölf, Sir.«

»Wecken Sie sie auf und schicken Sie jeweils sechs die Straße hinunter zu den Bahngleisen. Und finden Sie die Fahrer und wecken Sie sie ebenfalls. Sie sollen die Pferde wieder anspannen. Wo ist der Colonel?«

»Im Rathaus auf der anderen Seite des Platzes, Sir.«

»Glauben Sie, dass der Krieg für Sie vorbei ist, Sergeant?«

Die Gesichtsmuskeln des hünenhaften Kerls spannten sich an. »Ich kann einem Colonel nicht widersprechen, Sir – nicht mal, wenn er von den verdammten Winchesters ist, Sir.«

Fenton ging ins Rathaus, wo sich zwei Sanitäter und ein einheimischer Zivilist um die zahlreichen Schwerverletzten kümmerten. Die sorgsam bandagierten Verwundeten, die sich in den Fluren und selbst in der Eingangshalle drängten, schienen ausnahmslos unter Betäubungsmitteln zu stehen.

»Sie machen Ihre Sache wirklich gut«, stellte Fenton anerkennend fest.

»Danke, Sir.« Einer der Sanitäter wies mit einer Kopfbewegung auf einen Franzosen. »Das verdanken wir vor allem ihm. Er ist der Tierarzt aus dem Ort. Hat mehrere Bündel Pferdebandagen und vor allem jede Menge Morphium vorbeigebracht.«

»Können einige dieser Männer transportiert werden?«

Nachdenklich massierte sich der Mann die Wange. Sein Gesicht war eingefallen, und die dunklen Schatten unter seinen Augen zeigten, dass auch er am Ende seiner Kräfte war.

»Vielleicht ein paar… wenn sie liegen. Die meisten sind in

einer schrecklichen Verfassung, Sir. Diese verdammten Granaten zerreißen die Männer einfach in der Luft.«

»Sortieren Sie die transportfähigen Männer aus, und dann entscheiden Sie, wer von Ihnen bei den anderen bleibt. Werfen Sie wenn nötig eine Münze, denn, so leid es mir auch tut – einer von Ihnen bleibt auf jeden Fall zurück. Schließlich sollen die Deutschen nicht behaupten können, wir ließen unsere Verwundeten im Stich.«

Der Sanitäter nickte ernst.

»Da haben Sie recht, Sir, aber Colonel Hampton hat gesagt, wir schmeißen alle zusammen die Brocken hin.«

»Auf keinen Fall. Wo kann ich diesen Colonel Hampton finden?«

Der Sanitäter wies den Gang hinab.

»In einem der Zimmer, Sir.«

»Sind sonst noch Offiziere hier?«

»Ja, Sir, zwei Lieutenants und ein Major. Der Major liegt da drüben auf einer Trage. Er hat ein gebrochenes Bein. Die Lieutenants sind beim Colonel.« Er senkte seine Stimme zu einem Flüstern und sah Fenton reglos an. »Etwas an dem Colonel ist ein bisschen seltsam, Sir. Ich bin seit zwanzig Jahren beim Sanitätskorps, Sir, und ich habe so was schon des Öfteren gesehen.«

»Was haben Sie schon des Öfteren gesehen, Sergeant?«

»Nun, Sir, dass ein Mann die Kontrolle über sich verliert. Ich denke, dass der Colonel nicht mehr ganz bei Sinnen ist.«

Was für ein entsetzlicher Schlamassel, ging es Fenton durch den Kopf. Beim Anblick der benommenen Männer draußen auf dem Platz und der schlafenden Verwundeten im Haus war ihm bewusst geworden, dass auch er todmüde war. Am liebsten hätte er sich auf den Fußboden gelegt, die Augen zugemacht – und wenn ein deutscher Stiefel ihn in ein paar Stunden wecken würde, sollte es vielleicht so sein. Doch in einem Zimmer am Ende dieses Flurs befand sich ein Colonel, ein Kommandeur –

wahrscheinlich ein älterer Mann, der schon seit Jahren ehrenvoll den Dienst fürs Vaterland versah –, der genauso müde war wie er und unfähig, die Müdigkeit zu überwinden. Weshalb er aus Erschöpfung eine fatale Entscheidung getroffen hatte. Es musste Fenton irgendwie gelingen, diesem Mann zu helfen, das Kommando über diesen bunt gemischten Elendstrupp zu übernehmen und dafür zu sorgen, dass er noch bei Dunkelheit die Stadt verließ. Ein, wie es schien, unmögliches Unterfangen. Doch er hatte keine andere Wahl.

»Ich weiß Ihre Bemerkungen zu schätzen, Sergeant, aber behalten Sie sie von jetzt an bitte für sich. Können Sie mir etwas geben, was mich ein bisschen munterer macht?«

»Tut mir leid, Sir. Wir haben keine einzige Kaffeebohne und kein einziges Teeblatt mehr.« Mit einem müden Lächeln fügte er hinzu: »Aber einschlafen lassen kann ich Sie sofort.«

»Danke, Sergeant, aber das bekäme ich auch mühelos allein hin.«

Er traf die drei Offiziere im Büro des Bürgermeisters an. Die beiden Lieutenants lagen auf dem Boden, und der Colonel hatte sich auf einem Ledersofa ausgestreckt. Die Öllampe, die auf dem Schreibtisch stand, verbreitete ein schwaches Licht. Fenton drehte den Docht ein wenig höher, aber selbst als plötzlich Licht den Raum erhellte, bewegten sich die Männer nicht. Er trat den beiden jungen Offizieren in die Seiten, bis sie stöhnend ihre Augen öffneten, packte den Colonel bei den Schultern und schüttelte ihn kräftig durch. Der Colonel war ein weißhaariger Mann mit einem eingefallenen, totenschädelähnlichen Gesicht. Er musste bereits über sechzig sein, und das verblichene Band an seinem Uniformrock wies ihn als ehemaligen Kämpfer in Südafrika aus. Jetzt hatte man ihn als Reservisten rekrutiert und aus seinem Club hierher verfrachtet, damit er mit einem Regiment in die Schlacht gegen die Deutschen zog. Fast hätte er Fenton leidgetan.

»Wachen Sie auf, Sir. Wachen Sie auf.«

Dem Colonel klappte die Kinnlade herunter, und er starrte Fenton aus glasigen Augen an.

»Was? Was sagen Sie da?«

»Sie müssen aufwachen. Wir müssen abrücken.«

Fenton zog ihn am Ärmel, und mühsam richtete der Mann sich auf dem Sofa auf.

»Abrücken?«, murmelte der Colonel verständnislos. »Wir sollen abrücken? Wovon zum Teufel reden Sie? Was zum Teufel wollen Sie damit sagen?«

Fenton sah die beiden Lieutenants an, die, schwankend vor Erschöpfung, aufgestanden waren. Sie gehörten beide der 9. Brigade an, einer den Winchesters, der andere den Royal Fusiliers.

»Na, ausgeschlafen?«, fragte er die beiden Männer kalt.

Der Lieutenant von den Füsilieren fuhr sich mit der Hand durch das Gesicht.

»Meine Güte, wie spät ist es?«

»Spät genug, um abzurücken«, erwiderte Fenton mit kühler Stimme. »Gehen Sie auf den Marktplatz und wecken Sie die Männer auf.«

»Was zum Teufel bilden Sie sich ein?«, stieß der Colonel heiser hervor. »Sie sollen die Männer aufwecken? Bei Gott, sie haben es verdient, sich ein bisschen auszuruhen. Sie waren zweiundfünfzig Stunden auf den Beinen, haben zwei Schlachten geschlagen, alles gegeben, was ein Mann nur geben kann.«

»Nicht ganz«, gab Fenton ruhig zurück. »Noch nicht ganz.«

Die Lieutenants schienen nicht zu wissen, was sie machen sollten, weil sie zwischen den sich widersprechenden Befehlen der beiden ranghöheren Offiziere hin- und hergerissen waren.

»Bleiben Sie noch kurz«, bat Fenton sie. »Ich brauche Sie als Zeugen, während ich den Colonel bitte, dass er sich von einem Sanitäter auf die Krankenliste setzen lässt.«

Das Gesicht des Colonels lief lila an.

»Ich soll mich auf die Krankenliste setzen lassen? Was reden Sie da für dummes Zeug?«

»Sie können nicht ganz gesund sein, Sir, wenn Sie Ihren Untergebenen gestatten, einfach einzuschlafen und darauf zu warten, dass der Feind den ganzen Trupp gefangen nimmt.«

Der ältere Offizier schnappte nach Luft, wobei ein dünner Speichelfaden über seine Unterlippe lief. Gleichzeitig quollen dem Mann die Augen aus dem Kopf, als stünde er kurz vor einem Schlaganfall.

»Was sagen Sie da, Sir? Was? Großer Gott, diese Männer waren allesamt versprengt. Es ist nicht meine Truppe, ein wild zusammengewürfelter Haufen. Ich habe sie hier entdeckt, sie sind total erschöpft. Sie können doch wohl unmöglich erwarten, dass sie jetzt weitermachen, das wäre einfach zu viel verlangt. Das wäre nicht gerecht … das wäre …«

»Kein Colonel der Winchesters würde sich jemals kampflos ergeben, außer er ist krank«, fiel ihm Fenton ins Wort. »Ich brauche den Colonel doch sicher nicht an die ruhmreiche Geschichte dieses Regiments zu erinnern.«

Das Gesicht des Mannes wurde tatsächlich noch dunkler, und die Augen quollen noch etwas mehr aus dem Kopf.

»Coldstream«, stieß er undeutlich hervor. »Ihr verdammten Gardisten seid doch alle gleich … arrogante Schweinehunde, jeder einzelne von euch. Was zum Teufel bilden Sie sich ein, so mit mir zu reden … mir zu sagen, was ich machen soll? Krank? Ich bin nicht *krank*!«

»Sie sind entweder krank oder ein Feigling, Sir. Und wenn Sie sich weigern, sich krankschreiben zu lassen, bleibt mir keine andere Wahl, als mir ein Gewehr zu holen und Sie abzuknallen.«

Der Colonel holte keuchend Luft. Dann rollten seine Augen mit einem Mal nach hinten, er sackte in sich zusammen, und Fenton streckte beide Hände aus, damit der Colonel nicht mit dem Gesicht zuerst zu Boden ging.

»Armer alter Narr«, spottete der Füsilier.

»Hüten Sie Ihre Zunge«, wies Fenton den Mann zurecht. »Holen Sie den Sanitäter und machen Sie gefälligst schnell.«

Fluchtartig verließ der junge Offizier den Raum, während der andere Lieutenant zum Sofa torkelte.

»Geht es ihm gut?«

»Ja. Gehen Sie auf den Marktplatz und wecken Sie die Männer auf. Blasen Sie ins Horn, läuten Sie die Glocken, treten Sie den Leuten in die Hintern, bringen Sie sie auf die Beine. Egal wie.«

»Ich werde es versuchen, Sir.«

Zornig funkelte Fenton ihn an.

»Sie sollen es nicht *versuchen,* Mann. Sie sollen es *tun.*«

Das Handgelenk des Colonels war klamm, aber Fenton spürte einen, wenn auch schwachen, so doch gleichmäßigen Puls. Er würde bald wieder auf die Beine kommen. Oder vielleicht auch nicht? Denn wie sollte er nach diesem Tag je wieder auf die Beine kommen? Selbst wenn er hundert würde, hatte dieser Mann genauso wie der arme alte Webber hier in diesem gottverlassenen Land sein Leben ausgehaucht. Fenton löste seinen Griff um das Handgelenk des Colonels und drehte ihn vorsichtig um. Das orange-gelb-schwarze Band für Verdienste in Südafrika an seiner Brust sah fast ein bisschen albern aus.

Er kehrte auf den Marktplatz zurück, der jetzt belebter wirkte. Ungefähr ein Viertel der Männer hatte sich erhoben, auch wenn ihre Haltung alles andere als soldatisch war. Sie waren keine Soldaten mehr, sondern sahen aus wie Tippelbrüder, die an einem kalten Morgen unter einer Brücke hervorgekrochen waren.

Lance Corporal Ackroyd half den beiden Lieutenants, die Schlafenden zu wecken. Er bat sie inständig und fluchte, zog vehement an Schnallen und Gürteln oder trat ihnen unsanft in die Seite. Ein paar der Männer rappelten sich auf, andere aber blieben halb ohnmächtig liegen und stießen leise Drohungen oder erboste Flüche aus. Die Lage wirkte hoffnungslos, dabei lief ihnen die Zeit davon. Die Deutschen standen mit den Hühnern auf, und dann würde der kleine Ort von einer graugrünen Woge überrollt. Dann jedoch entdeckte Fenton drei Männer des schottischen Cameronian Regiments, die in der Nähe des Brunnens ihre Sachen packten. Einer der drei Männer hatte einen Leinensack über der Schulter, aus dem man die Pfeifen eines Dudelsacks ragen sah.

»Sie da!«, sprach ihn Fenton an. »Spielen Sie ein Lied für uns.«

»Dafür fehlt ihm die Luft, Sir«, rief einer der beiden anderen.

»Dann wird es allerhöchste Zeit, dass er sie wiederfindet!«, schrie Fenton zurück.

Mit einem treuherzigen Grinsen zog der Mann den Dudelsack hervor, und nach einem leisen Heulen, als würde eine Katze sterben, setzte er zu »Blue Bonnets over the Border« an. Wie jedes Stück auf einem Dudelsack hatte auch diese Weise einen etwas wehmütigen Klang, der an all die tapferen Krieger erinnerte, die vor fast zweihundert Jahren in irgendeiner dunklen Moorlandschaft im Kampf für eine verlorene Sache heldenhaft gefallen waren. Bonnie Prince Charlie und seine Jakobiten hatten vor der Schlacht von Culloden bestimmt dieselbe Melodie gehört.

»Gehen Sie herum, Mann … gehen Sie herum.«

Langsam, um ja keinem der erschöpften Männer auf den Kopf zu treten, lief der Mann über den Platz, und allmählich rappelten sich immer mehr Soldaten auf, und ein paar von ihnen stießen leise Jubelrufe aus. Ein Corporal der Royal Fusiliers hielt seine Hände trichterförmig an seinen Mund und rief: »Zur Hölle mit den Schottenröcken!«

Hier und da wurde Gelächter laut. Weitere Männer standen auf und sammelten ihre Sachen ein.

»Wenn ihr nichts von den Schotten hören wollt«, rief Fenton laut, »stimmt doch einfach selbst etwas an!«

Ein Mann zog eine Mundharmonika aus seiner Tasche, während ein anderer nach einer kleinen Konzertina griff. In Konkurrenz zu den »Blue Bonnets« wurden nacheinander »Who's Your Lady Fair« und »The Old Kent Road« angestimmt, ein paar Männer fingen an zu singen, und die Truppen stellten sich in ordentlichen Viererreihen auf und marschierten langsam auf die Straße zu. Sie wussten, wohin sie gehen mussten – nach Süden, erst über die Gleise und dann über eine kleine Brücke, dorthin, wo das Wiehern von Pferden und das Klappern und das Knirschen der Transportwagen zu hören waren.

Fenton wartete, bis auch der letzte Mann und die Wagen aus der Stadt gezogen waren. Das erste Licht der Morgendämmerung tauchte den dunklen Kirchturm in ein zartrosa Licht, und die Schwalben flüchteten sich aus dem plötzlich heller werdenden Glockenturm in einen Kastanienbaum. Wie in Abingdon, wenn Fenton frühmorgens durch die Wälder ritt.

Er wandte sich zum Gehen, blieb dann aber noch einmal stehen und blickte zu dem Sanitäter, der mit den Verwundeten zurückgeblieben war. Der Mann stand auf der Treppe vor dem Rathaus, rauchte seine Pfeife und sah vollkommen gelassen aus. Vielleicht war er erleichtert, dass er nicht erneut marschieren musste, dass der Krieg für ihn vorüber war.

»Viel Glück, Sir«, rief er Fenton hinterher.

Fenton hob den Arm zu einer sinnlosen Abschiedsgeste und folgte, über das harte Pflaster hinkend, den Klängen des Dudelsacks.

»Bis Weihnachten ist es vorbei«, hatte alle Welt gesagt. »Noch bevor die Blätter fallen, werden wir wieder zu Hause sein.« Während er an diese Sätze dachte, heulten die ersten Granaten durch das Dämmerlicht des anbrechenden Tages, denn die Deutschen nahmen, wie nicht anders zu erwarten, den Weg nach Saint-Quentin und die Männer, die dort entlanggingen, ins Visier. Aber die Geschosse explodierten etwas abseits, und die feuerrotschwarzen Rauchwolken stiegen statt über der Straße über den zerfetzten Stöcken eines alten Weinbergs auf.

»Zu Hause, bevor die Blätter fallen.« Ein verdammt guter Witz.

10

Die Luft klirrte vor Kälte, und das Gras unter Junipers Hufen knirschte, als Lord Stanmore aus dem unbelaubten Wald über die kahlen Felder zurück nach Abingdon Hall ritt. Es war ein trüber Februarmorgen, an dem eine schiefergraue Wolkenwand dicht über der gefrorenen Erde hing. Der Earl spürte, wie die Kälte ihm in die Knochen drang, und atmete erleichtert auf, als er in Sichtweite der Ställe kam. Ein ältlicher Pferdebursche, bekleidet mit einem dicken Schal und einem warmen Pullover, übernahm das Tier, und eilig wandte sich der Earl zum Gehen.

Es schmerzte ihn unendlich, all die leeren Boxen, das verlassene Häuschen von George Banks und die leere Schlafbaracke, die einst vom Gelächter und den Rufen der Burschen und der Stalljungen erfüllt gewesen waren, zu sehen. Abgesehen von Jupiter und einer zwölfjährigen Zuchtstute hatte er im Oktober alle Pferde der Armee verkauft. Nach den verheerenden Verlusten der Kavallerie entlang der Marne und während der zahllosen Scharmützel nach dem legendären deutschen Rückzug hatte die Armee Ersatztiere gebraucht, und der Earl hatte sich großzügig gezeigt. Er bereute diese Geste keineswegs – für einen guten Patrioten war es eine Selbstverständlichkeit, dass er der britischen Armee nach Kräften half – trotzdem hatte er, wenn er die leeren Ställe sah, einen Kloß im Hals. Und auch alle anderen hatten sich, ohne zu zögern, in den Dienst des Militärs gestellt. Banks war dem Veterinärkorps beigetreten, und die Burschen und die Stalljungen gehörten jetzt der Kavallerie oder den Fußsoldaten an. Deshalb traf man hier auf seinem Landsitz nur noch auf Ältere und Alte, Lahme oder Blinde. Auch bei den Frauen. Das letzte ihrer jungen Dienstmädchen war dem Ruf des Vaterlands kurz nach Weihnachten gefolgt. Es wurden Frauen gesucht, die die Arbeiten der Männer übernahmen. Denn es gab kaum noch Männer. Kitchener hatte nach hunderttausend Freiwilligen für den Aufbau der neuen Armee verlangt. Und inzwischen waren zehnmal mehr Männer dem Ruf gefolgt.

DEIN LAND BRAUCHT DICH

Überall sah man Plakate mit einem grimmig dreinblickenden Feldmarschall, der mit dem ausgestreckten Finger geradewegs auf den Betrachter wies. Er machte Werbung für den Krieg, pries ihn wie ein Stück Seife oder ein White Manor an. Und natürlich stürzten all die jungen Männer, die sich etwas Aufregung und Abenteuer wünschten, sofort los.

Und die jungen Frauen …

FRAUEN GROSSBRITANNIENS, FOLGT DEM RUF

… machten eine Ausbildung zur Militärschwester am Queen Alexandra Hospital oder beim Roten Kreuz oder wurden an die schwierige Aufgabe herangeführt, Patronen- und Granathülsen mit Sprengstoff zu befüllen. Das war auf jeden Fall erheblich interessanter, als an Tischen zu bedienen oder Treppengeländer zu polieren. Nur hatte dieser Exodus dazu geführt, dass zwei Drittel des Gutshauses geschlossen und das Mobiliar mit weißen Laken zugedeckt worden waren. Ein einbalsamiertes Haus, das auf die Wiederauferstehung wartete … Lautlos legte sich der Staub auf die Böden in den menschenleeren Fluren, und zwischen den Steinen der Terrasse lugten dichte Grasbüschel hervor.

Doch wenn der Earl darüber klagte, wie vernachlässigt das Anwesen inzwischen sei, weil man nirgendwo mehr Hilfe bekäme, gab Hanna nur zurück: »Wir befinden uns nun mal im Krieg.«

Als ob sie ihm das extra sagen müsste. Schließlich trugen auch Charles und Roger Uniform. Obwohl sie noch nicht in Frankreich waren. Frankreich. Das klang so bedrohlich wie das dumpfe Grollen der Artilleriebombardements, das Ende Oktober und während der ersten Wochen des November an windstillen Vormittagen über den Kanal aus Flandern bis nach Abingdon gedrungen war. Und dann die endlosen Gefallenenlisten, die er Tag für Tag beim Frühstück in der Zeitung überflog. Allein nach der Ypernschlacht hatte die Liste der Toten, der Verwundeten und der Vermissten über achtundfünfzigtausend Mann umfasst. So viele Namen, die er kannte, weil er mit diesen Männern auf die Jagd oder zum Kartenspiel gegangen war. Doch vor allem machten ihn die Namen ihrer Söhne betroffen.

Auch nach zwei Tassen starkem Tee, die zweite verdünnte er großzügig mit Rum, spürte er die Kälte noch. Eine Erstarrung hatte sich über sein Gemüt gelegt, die sich nicht vertreiben ließ. Und die Zeitung war wahrlich keine Hilfe. Die *Times* berichtete nur noch über den Krieg, und vor allem wurden täglich neue Namen in der Ehrenliste aufgeführt. Allzu viele Verwundete oder Vermisste gab es heute nicht, weil Schnee und Eisregen das Kämpfen erschwerten. Und die Toten waren größtenteils die armen Teufel, die – vielleicht zu ihrem Glück – letztendlich den Verletzungen erlegen waren, die sie bereits im Sommer und im Herbst davongetragen hatten – an der Marne, in Le Cateau, Mons, Ypern und Messines. Schweren Herzens sah er sich die neue Liste an. Zwei Namen fielen ihm dabei besonders auf. Gilsworth, R.T., Col. 1/Hampshire, und Sutton, A., Capt. Royal Horse Guards.

Schon mit fünfzehn Jahren hatte Andrew Sutton auf dem Rücken eines Pferdes unter wildem Kriegsgeschrei wie ein Indianer jedes Hindernis genommen. Ein hervorragender Reiter, wie es ihn nur selten gab. Er musste dem Marquis und Lady Mary kondolieren. Der älteste Sohn. Das war bestimmt ein fürchterlicher Schlag. Und der arme alte Ronnie Gilsworth. Wie oft hatten sie zusammen auf den Feldern oberhalb der Pately Bridge Schnepfen nachgestellt? Zumindest waren die Neuigkeiten von den Dardanellen gut. Admiral Cardens Schiffe hatten die türkischen Festungen auf der Halbinsel Gallipoli erfolgreich bombardiert, und die Marineinfanterie war dort gelandet und hatte im Schutt herumgestochert, ohne dass auf sie geschossen worden war. Die britischen Seekanonen hatten offenbar die Türken in die Flucht geschlagen. Was genau man auf diesem entlegenen Flecken Erde wollte, war dem Earl nicht klar, aber irgendetwas ging dort vor sich. Wobei die Marine eindeutig die Führung übernahm. Die armen Teufel von der Infanterie bekamen endlich einmal eine kurze Verschnaufpause, obwohl sich das Heer und die Marine hinsichtlich der Taktik offenbar nicht einigen konnten.

Der bekannte Kriegsreporter Repington berichtete Folgendes:

Eine Niederlage der Zentralmächte im Jahre 1915 kann nur durch einen entscheidenden Sieg in Frankreich herbeigeführt werden … noch in diesem Frühjahr … gemeinsame Offensive von Briten und Franzosen in der Champagne und Artois … Deutsche Gräben überrannt … die britische Kavallerie muss die Siege der Infanterie nutzen … der erste Lord der Admiralität täuscht sich, wenn er glaubt, dass man die Türken nur vom Meer aus besiegen kann. Zur Sicherung der Halbinsel und des asiatischen Küstenstreifens wird zusätzlich eine große Zahl Soldaten dort gebraucht. Doch durch eine Truppenentsendung in Richtung Osten würden die Pläne von Sir John French und Marschall Joffre zunichtegemacht.

Verflixt und zugenäht! Was sollte dieses Hickhack zwischen den verschiedenen Streitkräften? Auch wenn es ihn nicht stören würde, wenn dem jungen Winston Churchill endlich einmal ordentlich der Marsch geblasen wurde. Denn er war ein furchtbar selbstgerechter, arroganter Kerl. Sein Vater war in geistiger Umnachtung gestorben.

Coatsworth kam mit schleppenden Schritten herein, stellte einen Teller mit Kalbsnieren und Rührei auf den Tisch und nahm die Silberglocke ab.

»Jetzt verlässt uns auch noch Ross, M'lord«, sagte er und wirkte durchaus nicht unzufrieden.

»Was? Ross? Oje.«

»Ja, Sir, er hat es uns eben im Speisezimmer des Personals erzählt.«

»Schicken Sie ihn zu mir rauf, wenn ich mit meinem Frühstück fertig bin. Ross will uns also verlassen. Na, das hat mir gerade noch gefehlt.«

Lord Stanmore bot seinem Chauffeur eine Zigarre an, und als der verneinte und sich lieber eine Abdullah aus der Dose auf dem Rauchtisch nahm, steckte er sich selbst zum ersten Mal an diesem Tag eine Havanna an.

»Nun, Ross, wie ich höre, treten jetzt auch Sie in den Dienst des Königs ein.«

Jaimie verzog schmerzlich das Gesicht.

»Ich wollte zur Armee gehen, Sir. Es hätte mich mit großem Stolz erfüllt, eine Uniform zu tragen, aber tatsächlich hat mich heute früh ein Schreiben von Rolls-Royce erreicht.«

»Von Rolls-Royce?«, fragte der Earl mit ungläubiger Stimme.

»Ja, Sir. Wegen eines Patents, das ich auf einen neuen Vergaser angemeldet habe. Das Unternehmen war an dem Vergaser interessiert, hat ihn aber für seine Automobile nicht verwendet. Doch jetzt, wo sie oben in Enfield Flugzeugmotoren bauen, denken sie, dass die Motoren durch mein Verfahren deutlich ruhiger laufen.«

Langsam nahm der Earl seine Zigarre aus dem Mund und blies verwundert einen dicken Rauchring aus.

»Flugzeugmotoren, sagen Sie?«

»Ja, Sir«, antwortete Ross. Er hatte das Gefühl, als spreche er mit einem begriffsstutzigen Kind. »Die Armee hat eine große Zahl an Flugzeugen bestellt – für Beobachtungszwecke und um aus der Luft zu wissen, wo Artillerie am Boden ist. Die bisherigen Flieger sind entsetzlich langsam, und vor allem saufen die Motoren ab, wenn sich die Maschinen drehen, weil das Benzin durch den Vergaser ausläuft. Ein ähnliches Problem, wie wenn wir mit dem Auto den Box Hill hinaufgefahren sind. Wenn es steil bergauf oder den Berg hinuntergeht, fängt der Motor jedes Mal zu stottern an.«

»Wenn sich die Maschine dreht? Warum in aller Welt sollte sich ein Flugzeug drehen, Ross?«

»Ich nehme an, sie können manchmal nichts dagegen machen, Sir. Wenn zum Beispiel eine starke Windbö kommt oder sie einem Hindernis ausweichen müssen.« Die Asche an seiner Zigarettenspitze wurde immer länger, aber Ross fehlte der Mut, sich quer über den Tisch zu beugen und sie in dem Silberaschenbecher abzuklopfen. Also ließ er seine Hand hinter seinem rechten Bein verschwinden und die Asche auf den Teppich fallen, die er dann mit dem Absatz seines Stiefels in dem dicht gewebten Stoff verrieb. »Nun, Sir, in diesem Brief steht, dass ich nach Enfield kommen und den Ingenieuren bei der Arbeit helfen soll. Sie sagen, dass ich in der Fabrik mehr zum Sieg über die Hunnen beitragen kann als auf dem Schlachtfeld.«

Der Earl betrachtete den jungen Mann durch eine graublaue Rauchwolke. Seltsam. Ausgerechnet Ross, *sein* Ross, bekam ein Schreiben von Rolls-Royce. Es war einfach unglaublich. Ja, natürlich hatte er die ganze Zeit gewusst, dass der junge Mann ständig an ihren Automobilen schraubte und sie dann besser liefen, als wenn sie frisch aus der Fabrik kamen. Erstaunlich, obgleich der junge Bursche nicht sonderlich gebildet war, erachtete man ihn als so wichtig, dass man ihn nicht nach Frankreich schickte. Für Charles hingegen mit seinem erstklassigen Abschluss von der Universität in Cambridge fand man keine bessere Verwendung, als ihn als Second Lieutenant bei den Royal Windsor Fusiliers einzusetzen.

»Ich nehme an, diese Motoren sind recht wichtig, Ross.«

»Oh ja, Sir. Erst gestern habe ich im *Handwerksgesellen und Mechaniker* gelesen ...«

»Wo?«

»Im *Handwerksgesellen und Mechaniker,* Sir. Das ist eine Monatszeitschrift, die ich abonniert habe. Sie ist bei Mechanikern und Maschinisten ausnehmend beliebt. Nun, in der letzten Ausgabe fiel mir ein Artikel auf, in dem stand, dass der Krieg nicht durch die Menschen, sondern einzig durch Maschinen, bessere Waffen und durch schnellere und zuverlässigere Flugzeuge gewonnen werden kann und dass die Männer, die sie produzieren, Sir, wichtiger ... oder auf jeden Fall genauso wichtig seien wie der Tommy an der Front.«

»Ja«, stimmte der Earl mit halb geschlossenen Augen zu. »Da hat der Verfasser des Artikels gewiss recht.«

»Inzwischen sortieren sie die Mechaniker wieder aus den Truppen aus und schicken sie an die Drehbänke zurück.«

»Das stimmt. Das stand auch in der *Times.* Wann werden Sie uns verlassen, Ross?«

»Sie wollen mich so schnell wie möglich haben. Spätestens in ein paar Tagen.«

»Ich muss sagen, dass mir das natürlich äußerst ungelegen kommt. Wo in aller Welt bekomme ich jetzt einen anderen Fahrer her?«

Unbehaglich trat der junge Mann von einem Bein aufs andere. Seine Zigarette war inzwischen bis auf seine Finger heruntergebrannt, und er war gezwungen, sich doch über den

Tisch zu beugen und sie in dem Aschenbecher auszudrücken, der vor Seiner Lordschaft stand.

»Wie wäre es mit Maddox aus dem Dorf?«, schlug er Lord Stanmore vor.

Der stieß ein verächtliches Knurren aus.

»Der muss inzwischen doch schon über achtzig sein.«

»Oder der junge Fishcombe, Sir? Er ist zwar erst sechzehn, aber er kommt mit dem Lieferwagen seines Vaters wirklich gut zurecht.«

»Den könnte ich schon eher einstellen.«

»Oder aber – ich bitte Eure Lordschaft um Verzeihung –, warum fahren Sie nicht einfach selbst? Ich könnte es Ihnen in ein paar Stunden beibringen. Im Grunde ist es wirklich einfach.«

»Davon bin ich überzeugt«, gab Lord Stanmore steif zurück. »Aber ich ziehe es vor, wenn jemand mich chauffiert.«

Schließlich kämpfte er dagegen an, dass seine bisherige Lebensart vollends und vor allem ein für alle Mal verloren ging. *Wir befinden uns nun mal im Krieg,* Hannas Worte. Deshalb hatte er seine Ställe aufgegeben und den Großteil seines Anwesens geschlossen, deshalb verwilderten seine Gärten langsam, aber sicher, und aus diesem Grund hatte sein Chauffeur gekündigt, und er fand keinen angemessenen Ersatz für ihn. Diese Fakten konnte man nur akzeptieren, jede Widerrede war zwecklos. Es war kindisch, nicht auf den freundlichen Vorschlag seines Fahrers einzugehen, bis Frühjahr würde der Krieg vorbei und alles wieder beim Alten sein.

Er genehmigte sich ein Glas Rum und atmete tief durch. Schneeregen schlug gegen die Fenster der Bibliothek. Nach dem einstündigen Telefongespräch mit Lady Mary legte seine Frau den Hörer auf und tupfte sich mit einem Spitzentaschentuch die Tränen fort.

»Andrew ist seinen Verletzungen erlegen, hatte aber keine Schmerzen, wie sein Colonel ihr geschrieben hat. Sie hat mir das Schreiben vorgelesen. Darin stand, dass Andrew sehr mutig war. Seine Truppen kamen unter schweren Beschuss von Maschinengewehren. Es ist so schrecklich, trotzdem wirkte Mary geradezu erstaunlich fatalistisch und vor allem unendlich gefasst. Sie hat zu mir gesagt, dass sie keine Angst um ihre anderen Söhne habe. John und Timothy sind schon in Frankreich, und Bramwell nimmt an einem Offizierslehrgang in Oxford teil. Sie hat mir erklärt, sie würde deutlich spüren, dass eine Aura der Unbesiegbarkeit die drei umgibt. Eine Art heiliger Schild.«

»Ich hätte nie gedacht, dass Mary religiös ist.« Mit gerunzelter Stirn starrte Lord Stanmore auf die dünne Eisschicht, die die Bleiglasfenster überzog.

»Das ist sie auch nicht. Sie glaubt, dass eine noch größere Macht als unsere moderne Vorstellung von Gott existiert, eine uralte spirituelle Kraft, die die Druiden schon gekannt haben. Einmal, vor langer Zeit in Stonehenge, hat sie die Nähe dieser Kraft gespürt.«

»So ein Blödsinn«, murmelte der Earl.

»Vielleicht, aber es tröstet sie.«

»Dieser ›heilige Schild‹ hat Andrew ja wohl nicht das Mindeste genützt.«

»Sie hat gesagt, dass nur sein Leib gestorben sei. Auch wenn ich mir nicht sicher bin, was das zu bedeuten hat.« Sie verdrehte ihr Taschentuch fest zu einer Schnur. »Alex hat mir heute früh erzählt, dass sie eine Überraschung für uns habe. Das Kind klang sehr aufgeregt.«

»Alexandra ist doch immer aufgeregt.«

»Sie ist sehr lebhaft, ja.«

»Hast du ihr gesagt, dass Winifreds Bruder nicht mehr lebt?«

»Nein … noch nicht.«

»Ronnie Gilsworth hat es ebenfalls erwischt. Du kannst dich

doch bestimmt an ihn erinnern, Colonel Gilsworth, wir waren des Öfteren zusammen auf der Jagd.«

»Ja«, sagte sie abwesend. »Es sind so viele in so kurzer Zeit gestorben. Von unseren Männern und von ihren. Ich frage mich, ob irgendwelche Rilkes …«

Sie beendete den Satz nicht, weil von ihrem Ehemann nicht das geringste Mitgefühl für den deutschen Teil ihrer Familie zu erwarten war. Der Deutschenhass grassierte wie ein Fieber im gesamten Land. Das Parlament überlegte sogar schon, der Krone zu empfehlen, den Namen des Königshauses Sachsen-Coburg zu ändern, damit er englischer klänge, und den Bäcker, Mr. Koepke, seit zwanzig Jahren in Guildford ansässig, hatte man ohne Vorwarnung in seinem Laden abgeholt und interniert. Den armen Adolph Koepke, der für die Kinder immer zerbrochene Kekse und marmeladengefüllte Törtchen neben der Tür bereitgestellt hatte, behandelte man wie einen gewöhnlichen Kriminellen. Die Kinder, die sich die Leckereien des alten Mannes hatten schmecken lassen, hatten laut gejubelt und »dreckiger Deutscher« auf das Schaufenster der Bäckerei geschrieben. Und dieser blinde Hass machte nicht einmal vor Tieren halt. Ein Junge hatte mit einem großen Stein auf Mrs. Kenilworth' Hund gezielt, nur weil der ein deutscher Dackel war, und jetzt führte die Schwester des Bischofs von Stoke das arme kleine Tier nur noch im Dunkeln aus. Wenn das kein Wahnsinn war.

Gedankenverloren nestelte Hanna an ihrem Taschentuch. In der Schublade des Schreibtischs in ihrem Salon hatte sie einen zwölfseitigen Brief ihrer Großtante Louise, Baronin Seebach, versteckt. Martin hatte ihn ihr nach seinem Besuch in Deutschland im letzten September gegeben. Er hatte vierzehn Tage bei den Rilkes, Seebachs, Grunewalds und Hoffman-Schusters in Lübeck, Koblenz, Hannover und Berlin verbracht. Die Baronin, neunzig Jahre alt und laut Martin geistig immer noch hellwach, hatte ihm das Schreiben anvertraut. Es enthielt einen Familienstammbaum, den die alte Frau sorgfältig erstellt hatte und in dem alle deutschen Zweige der Familie Rilke aufgelistet waren. Auch viele junge Männer waren in dem Stammbaum aufgeführt, und winzig kleine Sternchen markierten die Namen derer, die in diesen grauenhaften Krieg gezogen waren. Wie Werner und Otto, die beiden Söhne ihres Vetters Friedrich Ernst von Rilke, die gerade mal zwei Jahre älter als Charles waren. Sie hatten dem Reserveoffizierskorps der Universität von Lübeck angehört. Martin hatte die beiden jungen Männer kennen gelernt und ihr berichtet, dass sie ausnehmend sympathisch seien. Inzwischen waren sie im aktiven Dienst bei der Infanterie. Waren sie noch am Leben oder bereits tot? Der kalte Regen, der gegen die Fensterscheiben prasselte, konnte ihr keine Antwort geben.

»Ein wirklich bemerkenswertes Land, Tante Hanna«, hatte Martin gesagt. Die Leistungsfähigkeit des modernen deutschen Staats und alles, was ihr bei ihren Besuchen jedes Frühjahr aufgefallen war, hatten auch auf ihn Eindruck gemacht: Es gab keine extreme Armut und, anders als in England, keine Elendsviertel, das Schulsystem und die Arbeitsbedingungen in den Fabriken waren vorbildlich. In der Rilke'schen Chemiefabrik in Koblenz hatte Martin eine Krippe für die Kinder der Arbeiterinnen besucht, und in Potsdam hatte er die hellen, gut belüfteten Hallen des Motorenwerks bewundert, die so völlig anders als die stickigen, düsteren Höhlen der Fabriken in England waren.

»Werner und Otto haben mir alles gezeigt. Zwei wirklich nette Burschen«, hatte Martin ihr erzählt.

Sie warf einen Blick auf ihren Ehemann, der grübelnd auf einen Fleck neben dem Fenster starrte und wahrscheinlich an die beiden gefallenen Männer dachte. Auch er hatte die beiden jungen Deutschen gerngehabt. 1912 hatte Otto sieben Monate in ihrem Haus in London zugebracht und dort an der Universität

Chemietechnik studiert. Aber Tonys Sympathie für ihn und seinen Bruder hielt sich jetzt sicherlich in Grenzen.

Das deutsche Blut in ihren Adern hatte sie bisher immer mit Stolz erfüllt, genau wie das, was die Deutschen in weniger als fünfzig Jahren geleistet hatten. Das Deutschland ihres Vaters war ein Land der Bauern und der Handwerker gewesen, eines fleißigen, nachdenklichen, gottesfürchtigen Volks, aus dessen magerem Boden eine Reihe großer Denker – Goethe, Schiller, Heine, Kant – und später unter Bismarck wichtige politische Persönlichkeiten hervorgegangen waren. »Aus dem Lernvolk soll ein Tatvolk werden«, hatte der Kanzler versprochen, und inzwischen stand die deutsche Industrie weltweit konkurrenzlos da. Die deutsche Stahlproduktion hatte die englische bereits vor Jahren überholt, und deutsche Handelsschiffe forderten die Briten auf den Seewegen heraus. Und genau in dieser Konkurrenz lag die Wurzel dieses Krieges – in der Angst der Briten vor der deutschen Expansion und der deutschen Arroganz. Ja, die deutsche Arroganz. Deutschland war kein Utopia. Das strenge Gesellschaftssystem wurde vom preußischen Militarismus dominiert. Oh nein, das Land war sicher nicht perfekt, aber auch keine Nation von rotäugigen Ungeheuern. Deutsche Soldaten vergewaltigten keine belgischen Nonnen auf den Altarstufen der Kirchen, spießten keine belgischen Babys auf die Spitzen ihrer Schwerter oder Bajonette und banden auch keine belgischen Jungfrauen mit ihren Haaren an den Klöppeln der Kirchturmglocken fest. All dieses Gerede war verrückte Propaganda, aber die Menschen nahmen es für bare Münze und streuten hässliche Gerüchte über den brutalen deutschen Vormarsch durch Belgien. Natürlich hatte Martin auch Brutales in Belgien erlebt. Werner gehörte zu einem Regiment, das Brüssel besetzt hatte, und Martin war mit ihm zusammen bis Louvain gereist. Dort hatten Soldaten, außer sich wegen der Heckenschützen, die dort überall auf sie gelauert hatten, durchgedreht und bei ihrem Amoklauf mehrere unschuldige Zivilisten erschossen und ein paar Gebäude angesteckt. Die Feuer waren außer Kontrolle geraten und hatten sich immer weiter ausgedehnt, bis ein großer Teil der alten Stadt einschließlich der mittelalterlichen Bibliothek in Flammen aufgegangen war. Ein schlimmer Zwischenfall, aber im Krieg passierten nun einmal grauenhafte Dinge. Martin hatte ihnen das nach seiner Rückkehr während eines Abendessens erzählt.

»Ein paar Soldaten haben vollkommen durchgedreht. Man kann wohl den Brand von Louvain mit dem von Columbia in South Carolina durch die Sherman'schen Truppen während des amerikanischen Bürgerkriegs vergleichen. Trotzdem ein schockierender Anblick. Werner, wir alle waren vollkommen entsetzt. Ein Colonel aus Berlin brach sogar in Tränen aus, als er …«

»Ein Hunne?«, fragte ein Gast ungläubig.

»Ein Deutscher, ja«, erwiderte Martin ruhig. »Der Mann hatte Louvain einmal lange vor dem Krieg besucht, als er Student in Heidelberg gewesen war.«

»Und was hat er dort studiert? Das Metzgerhandwerk?«

Man brauchte gar nicht zu versuchen, rational über die Deutschen und den Krieg zu reden, weil auch noch die letzte Sympathie nach den grauenhaften Wochen im November für alle Zeit zusammen mit den britischen Gefallenen in Ypern begraben worden war.

»Mama, Papa, macht die Augen zu!«, ertönte Alexandras Stimme von draußen. Die Tür der Bibliothek wurde geöffnet. »So, jetzt dürft ihr gucken!«

Sie trug eine Schwesternuniform und drehte sich so lange um sich selbst, bis der lange weiße Rock um ihre Beine wirbelte und sich der weiße Schleier blähte, den sie unter einem weißen, links und rechts mit einem roten Kreuz versehenen Stirnband trug.

»Wie … *sommerlich* du aussiehst«, bemerkte Hanna zögernd.
Der Earl fragte verständnislos:
»Was zum Teufel hat das zu bedeuten?«
»Ich bin dem freiwilligen Schwesternhelferinnenkorps des Roten Kreuzes beigetreten«, platzte es aus dem Mädchen heraus. »Jennifer Wiggins, Cecily, Jane Hargreaves, Sheila und ich fangen dort alle zusammen an.« Sie drehte sich noch einmal um sich selbst. »Gefällt es euch? Ja, Mama, natürlich ist es sommerlich, denn es ist meine Sommeruniform. Die für den Winter ist aus blassblauer Serge mit ein paar roten Akzenten. Allerdings passt sie mir oben herum nicht richtig. Ich muss sie noch mal zu Ferris schicken, damit er sie ändert, bevor sie mir die anderen nähen.«
»Die anderen?«, murmelte der Earl.
»Drei weiße für den Sommer und drei blaue für den Winter. Dazu noch ein paar dicke Wollumhänge, falls es kalt wird. Und natürlich brauche ich auch noch die passenden Schuhe. Denn bei dieser Arbeit läuft man ja viel herum.«
»Was in aller Welt verstehst du von Krankenpflege?«, fragte der Earl.
»Oh, wir werden keine Bettpfannen leeren, Verbände wechseln oder so. Dafür haben sie richtige Schwestern, ältere Frauen. Unsere Aufgabe wird sein, uns um die Genesenden zu kümmern. Sie in ihren Rollstühlen herumzuschieben, Briefe für sie zu schreiben, falls die Hände bandagiert oder die Arme gebrochen sind, ihnen vorzulesen, wenn die armen Kerle nichts mehr sehen können. Wir werden bestimmt alle Hände voll zu tun haben.«
»Musst du dafür zu Hause ausziehen?«, fragte ihre Mutter.
»Ja. Denn wir leben in einem Wohnheim, direkt neben dem Krankenhaus. Aber ich werde ganz in eurer Nähe sein. Die Hargreaves haben nämlich ihr Haus in Roehampton dem Roten Kreuz als Genesungsheim für Offiziere überlassen. Sie sind sehr

froh, es endlich los zu sein, weil es ein fürchterlicher alter Kasten ist. Und jetzt wohnen sie in einem wunderhübschen Haus am Portman Square.« Sie drehte eine letzte Pirouette und wollte noch einmal wissen: »Gefalle ich euch in der Tracht? Ist sie nicht unglaublich schick?«

»Wirklich elegant«, stellte ihr Vater ohne große Überzeugung fest. »Aber bist du dir auch sicher, dass du so was kannst? Ein paar von diesen armen Kerlen werden bestimmt in einem ziemlich schlimmen Zustand sein.«

Alexandra überprüfte ihr Erscheinungsbild in einem Spiegel und musste lächeln. Ein Engel der Barmherzigkeit, wie er im Buche stand. Und das Stirnband und der Schleier standen ihr. Damit sah sie wie eine hübsche junge Nonne aus, ohne dass der Schleier allzu viel verbarg. Ihre schönen blonden Haare waren immer noch zu sehen.

»Ich werde gut zurechtkommen, Papa. Das spüre ich.« Sie richtete sich stolz zu ihrer ganzen Größe auf und fühlte sich schon jetzt wie eine zweite Florence Nightingale. »Vielleicht wird es zu Anfang etwas schwierig, aber wir sind schließlich im Krieg, und da wird einem eben ein gewisses Maß an Anstrengung und Selbstaufopferung abverlangt.«

Der Regen trommelte auf den Exerzierplatz und verwandelte den Untergrund in einen Sumpf, in dem man bis zu den Knöcheln versank. Höchstens die Hälfte der Männer trug eine Uniform, die anderen quälten sich in billigen Regenmänteln über den Platz. Und obwohl man auch ein, zwei Melonen sah, hatten die meisten billige Stoffmützen auf. Die armen Arbeiter, von denen gerade einmal zehn Gewehre trugen, hatten sich für einen Shilling täglich als Soldaten verdingt.

»Ganzer Zug … halt! Sie sind entlassen!«

Als tropfnasse Masse strömten sie auf die Kaserne zu.

Lieutenant Charles Greville sah den Männern hinterher.

Passend für einen Soldaten des Königs, hatte er eine gut sitzende Uniform, anständige Stiefel und einen dicken Mantel an. Die Kleidung kam nicht von der Armee, sondern den Soldaten wurde ein bescheidener Betrag für ihre Ausstattung bezahlt. Charles hatte seine Uniform bei Hanesbury & Peek, Schneider für das Militär und für die Kirche, am Londoner Haymarket bestellt. Sie hatte eine Unsumme gekostet, aber sie war jeden Farthing wert.

Seltsamerweise hatten seine Männer kein Problem mit seiner kriegerischen Pracht. Als er bei ihnen hereinsah, grinsten sie ihn fröhlich an.

»Seid ihr in Ordnung, Jungs?«

»Uns geht's ausgezeichnet, Sir«, rief ein schlaksiger junger Kerl, der sich den Rücken am Kanonenofen wärmte. »Sind wir verzagt?«

Der gesamte Zug rief leidenschaftlich: »NEEEIN!«

Damit war das geklärt. Dem ersten Zug der Kompanie D des zweiten Bataillons der Royal Windsor Fusiliers ging es ausgezeichnet. Gut. Charles ging weiter in die Messe, er freute sich auf einen Whiskey mit kochendem Wasser – oder wenn er schon dabei war, ruhig auch zwei.

In der Messe herrschte Hochbetrieb, und der Mann hinter dem Tresen hatte alle Hände voll zu tun. Außer von den Royal Windsors wurde dieser Raum inzwischen auch von einem neuen Bataillon des London Rifles Regiments genutzt. »Das wäre vor dem Krieg undenkbar gewesen«, hatte der Adjutant der Royal Windsors säuerlich bemerkt, als die ersten Rifles-Offiziere durch die Tür gekommen waren. Den jüngeren Offizieren beider Regimenter war der Bruch der Tradition hingegen vollkommen egal. Sie waren alle Zivilisten, die vor ein paar Monaten aus Oxford, Cambridge, Eton, von der Anwaltskammer oder aus verheißungsvollen Positionen in Unternehmen abberufen worden waren. In der Messe hatten sie die Möglichkeit, sich über die

Unsicherheiten auszutauschen, mit denen sie nun konfrontiert waren. Denn sie wussten, dass sie als Soldaten unzulänglich ausgebildet waren.

»Ich wünschte bei Gott, ich hätte auch nur einen Unteroffizier, der sich wenigstens ansatzweise auskennt«, stellte ein Lieutenant der London Rifles übellaunig fest. »Ich komme mir so idiotisch vor, wenn ich diese Männer mit einem Lehrbuch in den Händen drillen muss.«

Second Lieutenant Roger Wood-Lacy von den Royal Windsors nippte vorsichtig an seinem Ingwerbier.

»Das macht ihnen nichts aus. Ich habe meinen Jungs von vornherein gesagt, dass ich keine Ahnung habe. Also haben wir uns kurzerhand gemeinsam durchgewurstelt, und bei aller Bescheidenheit darf ich jetzt sagen, dass die Truppe sich erstklassig entwickelt hat.«

»Wann werden sie uns beibringen, wie man im Graben kämpft?«, fragte ein Untergebener, auf dessen Wangen gerade erst der erste zarte Flaum zu sehen war.

»Wenn wir in Frankreich sind«, antwortete Charles, als er zu der Gruppe an der Theke trat. »Ich habe gehört, sie richten bei Harfleur ein Ausbildungslager ein, das wir ein bis zwei Wochen lang durchlaufen, bevor man uns weiterschickt.«

»Obwohl die Hälfte unserer Jungs Regenmäntel und Melonen trägt und mit nichts als einem Regenschirm bewaffnet ist«, bemerkte Roger bissig. »Wobei das vielleicht auch sein Gutes hat. Weil der deutsche Fritz, wenn er uns sieht, vor Lachen sterben wird.«

»Bis Mitte nächster Woche bekommt jeder unserer Männer eine Uniform und eine Lee-Enfiled mitsamt Bajonett. Das hat mir der Colonel heute früh erzählt. Für die Londoner gilt das übrigens auch.«

»Das kann ich nur hoffen«, sagte einer von den London Rifles. »Denn solange die Jungs nicht wie Soldaten aussehen, kommen sie sich auch nicht wirklich wie Soldaten vor. Gestern bin ich mit meinem Zug über den Marktplatz von Datchet marschiert, und da stand so ein blöder Kerl vor einem Pub und wollte von mir wissen, wohin ich mit ›diesem verdammten Haufen Hilfsarbeiter‹ will. Hätte ich auch nur einen Mann mit einem funktionierenden Gewehr dabeigehabt, hätte ich ihn angewiesen, diesen Nichtsnutz zu erschießen.«

»Sicher hätte er ihn nicht getroffen«, sagte Roger trübsinnig. »Denn ich wage zu bezweifeln, dass es in einem unserer Bataillone auch nur eine Handvoll Männer gibt, die wissen, wie herum man ein Gewehr hält.«

Charles lächelte ironisch, und als er den Mann hinter dem Tresen um den heißen Whiskey bat, fiel ihm ein, dass Fenton ihm erzählt hatte, dass man bei der Garde in der Messe nie über die Arbeit spreche. Vielleicht war das auch bei den Royal Windsors Tradition gewesen, aber seit dem Krieg, seit das 1. Bataillon in Ypern aufgerieben worden war, bildeten sich neue Traditionen im Schatten des Schlosses von Windsor heraus, die jemand, der dieses Regiment aus Friedenszeiten kannte, sicherlich schockierend fand. Es hieß, Königin Victoria hätte früher oft vom Fenster ihres Wohnzimmers aus bei der Ausbildung der Männer zugesehen. Jetzt wäre sie bestimmt enttäuscht gewesen. Doch es hatte keinen Sinn, an die Vergangenheit zu denken. Denn in seinem Zug konnte ihm nicht ein Mann sagen, was von diesem Regiment bei Blenheim, Oudinaarde, Badajoz, Vittoria, Quatre-Bras, Inkerman oder Tel-el-Kebir geleistet worden war. Diese Schlachten stellten für die Männer nur verblichene Worte auf den Fahnen dar oder halb vergessene Namen, die ihnen in ihrer Schulzeit vorgebetet worden waren. Diese Männer wollten selbst Geschichte machen, und sie sangen fröhlich »Tipperary«, während man sie in ihren verschlissenen Regenmänteln auf und ab marschieren ließ.

»Was hast du für heute Nachmittag geplant?«, erkundigte sich Roger.

Charles warf einen Blick auf seine Uhr.

»Ich treffe mich mit Lydia an der Charing Cross – wenn ich nicht den Zug verpasse. Denn ich habe zwischen zwölf und null Uhr frei.«

»Du Glücklicher. Was wirst du mit ihr unternehmen?«

»Wir wollen am Piccadilly zu Mittag essen und danach vielleicht noch ins Theater gehen. Im Grunde ist mir egal, was wir unternehmen. Mir würde es völlig reichen, mich mit einem Brandy irgendwo mit ihr auf eine Couch zu setzen und mich darüber zu freuen, dass ich mit ihr zusammen bin.«

»So denkt auch nur ein Offizier.« Stirnrunzelnd sah Roger in sein Glas. »Ich nehme an, das von Winnies armem Bruder hast du schon gehört.«

»Ja. Das war wirklich Pech. Ich habe den Burschen kaum gekannt, aber trotzdem … nun, es ist nicht schön. Ich werde ihr einen Brief schreiben.«

»Ich habe heute Morgen eine Nachricht von Fenton bekommen. Er wurde zum Major ernannt.«

»Ist er immer noch beim Generalstab?«

»Nein, inzwischen ist er wieder bei der Garde. Irgendwo in einem Graben in der Nähe von Béthune. Er sagt, sie hätten es dort relativ gemütlich und würden den Wintersport genießen. Ich glaube, nur ein Henker wüsste seinen Humor zu würdigen.«

»Nun.« Charles blickte abermals auf seine Uhr. »Du kennst ja deinen Bruder.«

Aber kennt Roger seinen Bruder wirklich?, überlegte Charles, während er im Zug die zugefrorene Themse überquerte. Er konnte sich nicht vorstellen, dass es den alten Fenton überhaupt noch gab. »Im Graben.« Diese beiden Wörter schnitten Fenton so umfassend von den meisten anderen Menschen ab, als wäre er irgendwo hinter dem Mond. Denn was »im Graben liegen« zu bedeuten hatte, konnten sich nur diejenigen vorstellen, die selbst dort gewesen waren. Die wenigen Überlebenden des 1. Bataillons sprachen nie auch nur ein Wort über das, was ihnen im November in Wytschaete zugestoßen war. Nicht einmal miteinander, dabei hatten sie in dieser Hölle alle Ähnliches erlebt. Es war, als hätte sich ein dichter Schleier über jeden einzelnen Überlebenden gelegt. Sie waren aus der Vorhölle zurückgekehrt, behielten deren Geheimnisse jedoch für sich. Und Fenton nützte sicher sein Talent zu spöttischer Untertreibung, um mit dem erlebten Grauen fertigzuwerden. Die offiziellen Kommuniqués aus Frankreich sprachen von schweren Artilleriegefechten zwischen den Hügeln um Aubers und dem Kanal von La Bassée. Irgendwo in dem Gebiet musste auch Fenton sein, »behaglich« in die Erde eingegraben, während er »den Wintersport genoss«. Charles konnte sich einfach nicht vorstellen, wie es sein musste, bei Schnee und Eis in einem Graben zu liegen, während um einen herum ein Hagel Granaten tiefe Krater in die hart gefrorene Erde riss. Dies war ein Geheimnis, das sich ihm erst offenbaren würde, wenn er selbst in einem Graben lag.

»Du siehst prächtig aus«, erklärte Lydia, als er auf dem belebten Bahnsteig vor sie trat.

»Du auch«, erwiderte er mit einem frohen Grinsen. In ihrem eleganten Zobel sah sie derart bezaubernd aus – am liebsten hätte er sie eng an sich gepresst und vor allen mitten auf den Mund geküsst. Tatsächlich hätte niemand sich für diese Geste interessiert, denn die Mitglieder des Bataillons, das mit dem nächsten Zug nach Folkestone fahren würde, hatten ihre Taschen und Gewehre achtlos auf dem Bahnsteig abgestellt und küssten reihenweise irgendwelche jungen Frauen. Trotzdem gab er Lydia nur einen zarten Wangenkuss.

»Sei bloß nicht zu überschwänglich, Charles.« Sie sah ihn mit einem rätselhaften Lächeln an. »Hast du mich sehr vermisst?«

»Das weißt du doch«, anwortete er, während er ihre Hände nahm.

»So wie deine Briefe formuliert waren, hätte ich das nicht gedacht.«

»Tut mir leid.« Er drückte ihre Hände und fuhr mit entschuldigender Stimme fort: »Es war mir fast unmöglich, überhaupt zu schreiben, denn wir haben täglich achtzehn Stunden Dienst. Wir versuchen erst mal, selbst das Kriegshandwerk zu lernen, und dann müssen wir auch noch den Männern all die Dinge beibringen, die uns selbst ein Rätsel sind. Es ist, wie wenn Blinde Blinde führen würden, aber langsam nimmt das Regiment Gestalt an, weshalb ich in Zukunft bestimmt öfter nach London kommen kann.« Er wollte noch hinzufügen: »Bevor man uns nach Frankreich schickt«, ließ es aber lieber bleiben. Denn dadurch hätte er nur unnötig die Stimmung getrübt.

Sie küsste ihn entschlossen auf den Mund.

»So! Das ist eine ordentliche Begrüßung. Merken Sie sich das bitte, Lieutenant Greville.«

Wegen des dicken Pelzes und der dicken khakibraunen Wolle zwischen ihnen zog er sie etwas ungelenk an seine Brust. Ihr Parfüm machte ihn richtiggehend schwindelig. Wie wunderbar war doch der Duft einer Frau! Er dachte an den ranzig-muffigen Geruch der Männer in der Holzbaracke mit dem Teerdach und den Dampf der nassen Kleider, wenn die Truppe um den Holzofen versammelt war.

»Es ist so herrlich, wieder mit dir zusammen zu sein«, murmelte er rau und strich mit den Lippen über ihren Hals. »Es kommt mir vor, als hätte ich dich ewig nicht gesehen.«

Und so kam es auch Lydia vor. Dieser schmale, hochgewachsene Mann in Uniform wirkte auf sie beinahe wie ein Fremder. Zwar sah er kaum verändert aus – auch wenn er vielleicht etwas dünner war –, doch zwischen Oktober 1914 und Februar 1915 hatte sich so viel verändert, dass die Zeit nicht in Monaten zu messen war. Als hätte England während dieser kurzen Phase einen Sprung in ein anderes Jahrhundert absolviert. Lydia umklammerte Charles' rechten Arm, als sie mit ihm vor den Bahnhof trat. Entlang der Strand warteten unzählige Krankenwagen auf den Lazarettzug aus Southampton, und sie liefen schweigend an den Fahrzeugen vorbei bis in die Buckingham Street, wo Lydias Wagen stand.

»Ich dachte, wir könnten im Piccadilly-Grill zu Mittag essen«, sagte er, als sie ihm die Wagenschlüssel überließ.

»Da ist es schrecklich langweilig. Lauter ältliche Matronen mit grimmigen Gesichtern und pensionierte Generäle. Nein, ich habe mir erlaubt, im Cafe Royal einen Tisch für uns zu reservieren, möglichst weit vom Orchester entfernt, weil es sicher jede Menge zu erzählen gibt.«

Allerdings musste Charles auch an dem Ecktisch praktisch schreien, damit Lydia ihn verstand. Im Cafe Royal drängten sich Uniformierte, aufgrund der roten Streifen an den Rockaufschlägen als Stabsoffiziere zu erkennen, Geschäftsleute, hochrangige Beamte und Scharen eleganter Frauen, die meistens deutlich jünger als ihre Begleiter waren. Ein Orchester spielte Ragtime, und die Tanzfläche war so voll, dass man sich kaum zu »Grizzly Bear« oder »Temptation Rag« verrenken konnte. Die Speisekarte war erlesen und die Preise unverschämt. An solch einen Ort lud ein Second Lieutenant eine junge Frau von seinem eher bescheidenen Sold eindeutig nicht ein. Aber außer seinen schlammverspritzten Stiefeln hatte Charles auch die seinem Rang gebührende Bescheidenheit in Windsor zurückgelassen, als er in den Zug gestiegen war. Im Cafe Royal war er der ehrenwerte Mr. Greville, Erbe eines Grafentitels, der in einem Restaurant nicht auf die Preise sah.

Nach dem Gemüse-Rindfleisch-Eintopf in der Messe kamen ihm die vorgesetzten Speisen einfach himmlisch und der Weißwein von der Loire wie der reinste Nektar vor, doch das Dröhnen des Orchesters und das ausgelassene Kreischen auf der

Tanzfläche hielt er nicht aus. Mit einem unglücklichen Lächeln schrie er zu Lydia hinüber:

»Ein Gespräch zu führen ist ein bisschen schwierig.«

»Ja«, erwiderte Lydia. »Sollen wir gehen?«

»Bitte.«

Wieder einmal hatte sich der Himmel zugezogen, und sie fuhren durch eisigen Nieselregen zum Grosvenor Square, an dem eine der Londoner Residenzen ihres Vaters lag. Ein Zwanzig-Zimmer-Haus im eleganten Stil des Regency.

»Fühlt ihr euch hier nicht ein wenig beengt?«, fragte Charles mit einem Blick auf das gewölbte Oberlicht aus Buntglas, durch das ein Maximum an Tageslicht auf die ionischen Säulen links und rechts der Türen und die Marmorböden in den langen Gängen und der Eingangshalle fiel.

»Wir empfangen in letzter Zeit sehr häufig Gäste«, klärte Lydia ihn auf, während sie ihren Mantel einem Mädchen überließ. »Im Grunde nutzen Daddys Freunde aus dem Ministerium dieses Haus viel öfter als wir zwei.«

»Stimmt, Archie ist ja inzwischen Mitglied der Regierung! Ich konnte es kaum glauben, als ich die Meldung in der Zeitung sah.«

»Ja, in einem Kriegskomitee, und es macht ihm einen Heidenspaß. Er und der Minister sind sich sehr ähnlich.«

»Langham, nicht wahr?«

»Ja. David Selkirk Langham, der surrende Dynamo, das Leichtgewicht aus Lancashire, scharfzüngig, und er besitzt einen noch schärferen Verstand und wird von der einen Hälfte des Parlaments geliebt und von der anderen gehasst.«

»Und was macht dein Vater dort genau?«

»Er wendet die drei Säulen seines Unternehmens – Werbung, Effizienz und Qualität – auf die Kriegsanstrengungen an. Anfangs hat er die Rekrutierungsplakate heftig kritisiert. Kitcheners dicker Zeigefinger, der einem direkt ins Gesicht fährt, wird durch subtilere Reize ersetzt. Und dann ist da das Problem mit der Verpflegung der Armee, die für die Millionen von Soldaten, die Kitchener dort drüben haben will, einfach nicht ausreicht. Die Nahrungsmittelverteilung ist Daddys ganz besondere Stärke, wie du weißt. Und in Langhams Ministerium sollen Experten die logistischen Probleme des Krieges lösen. Er glaubt, dass der Krieg zu kompliziert ist, um ihn allein dem Militär zu überlassen. Weshalb zum Beispiel Lord – wie heißt er noch gleich? Na, du weißt schon, der Londoner Omnibus-Tycoon, an der Lösung der Transportprobleme der Armee mitwirken soll.«

Im Salon brannte ein Feuer, und das blank polierte Holz, Silber und Glas warfen den Schein der Flammen in den Raum zurück. Es war ein Zimmer aus dem achtzehnten Jahrhundert, riesengroß, aber zugleich intim und gemütlich. Das Mädchen zog die Samtvorhänge zu und sperrte das trübe Licht des Nachmittags aus, während ein livrierter Butler Brandy in einer geschliffenen Kristallkaraffe auf den Tisch stellte.

»Und du?«, fragte Charles Lydia. »Wie bringst du die Zeit herum?«

»Oh, ich spiele eine eher bescheidene Rolle bei den Kriegsanstrengungen. Einerseits fungiere ich als Daddys und Langhams Privatsekretärin und richte regelmäßig irgendwelche Abendessen aus, für die Speisezimmerpolitik, wenn du so willst. Bei denen Whigs und Torys … Kapital und Arbeit gemeinsam das Brot brechen und sich entschließen, zur Abwechslung einmal an einem Strang zu ziehen. Das klingt für dich wahrscheinlich ziemlich dumm und frivol, aber über einem guten Abendessen und bei einem feinen Port wird oft viel mehr erreicht, als du dir vorstellen kannst.«

»Und was glaubst du, was man nach einem guten Mittagessen, einer Flasche Pouilly-Fumé und einem seltenen alten Brandy alles erreichen kann?«

»Das hängt von dir ab«, antwortete sie, nahm auf einem Diwan Platz und klopfte auf das Kissen neben sich.

Erst nachdem der Butler und das Mädchen gegangen waren, setzte Charles sich neben sie.

»Ich weiß, was ich gern erreichen würde … und auch werde.«

Sie sah ihn durchdringend an und legte ihre kühle Hand an sein Gesicht.

»Bitte, Charles. Verdirb uns nicht einen wunderbaren Tag, indem du Versprechen machst, die du nicht halten kannst. Das wäre weder mir noch dir selbst gegenüber fair.«

Er leerte das bauchige Brandyglas in einem Zug und stellte es auf einem Beistelltischchen ab.

»Das ist alles Vergangenheit, Lydia. Ich weiß es, ich kann es deutlich spüren. Spürst du nicht auch, dass Veränderung in der Luft liegt? Den frischen Wind, der in England weht? Oh, ich weiß nicht, wie ich es sagen soll. Es ist einfach paradox. Ich meine, ich fürchte mich davor, nach Frankreich zu gehen, wo mir die Granaten um die Ohren fliegen werden, aber gleichzeitig bin ich froh, dass wir uns im Krieg befinden und dass ich ein Teil unserer Truppen bin. Weil jetzt etwas völlig Neues und herrlich Aufregendes in unserem Leben geschieht. Ein sauberer Neubeginn für eine müde alte Welt. Das ist auch den Rekruten klar – all diesen ehemaligen Verkäufern, Lieferjungen, Lehrlingen … Sie wissen, dass der Krieg ihr Leben vollkommen verändern, dass er die alten Formen und die eingefahrenen Wege aufbrechen wird. Deshalb sind sie so guter Dinge und beschweren sich nicht. Ihre Uniformen, wenn sie welche haben, sind eher schäbig, das Essen fade, ihre Unterkünfte feucht und zugig, trotzdem führen sie sich wie Schuljungen im Ferienlager auf.« Er nahm ihre Hand und küsste ihre Handfläche. »In der Messe heißt es, dass man uns bald übersetzen wird, damit wir die Teutonen in diesem Frühjahr oder spätestens im Sommer zurück über den Rhein treiben. Und wenn ich zurückkomme, werde ich dich heiraten. Wenn mein Vater damit immer noch nicht einverstanden ist, soll er mir den Buckel runterrutschen, und falls er mir damit droht, mich zu enterben, gehe ich vors Oberhaus und verdamme ihn dort für sein Tun.«

»Oh Charles«, stieß Lydia lachend aus. »Das ist doch vollkommener Unsinn.«

»Ich meine es ernst«, erklärte er ihr voller Leidenschaft. »Und zwar jedes Wort. Auf alle Fälle werde ich ihm damit drohen, und dann wird er es sich noch einmal überlegen. Bei Gott, wir jungen Männer kämpfen in diesem Krieg, deshalb müssen wir auch vom Sieg profitieren. Ich werde auf meine Rechte nicht verzichten. Das verspreche ich dir, Lydia.«

Er versuchte, vor ihr auf die Knie zu gehen, geriet aber ins Stolpern. Denn das reichhaltige Essen im Cafe Royal, der Wein, der Brandy, die Wärme des Feuers und dass er bereits seit Morgengrauen auf den Beinen war, hatten ihn seiner Eleganz beraubt. Plötzlich war ihm schwindelig, und er setzte sich zu ihren Füßen auf den Boden und lehnte seine Stirn an ihre Knie.

»Meine Güte«, murmelte er. »Ich habe das Gefühl, als hätte jemand mich betäubt.«

»Armer Liebling.« Lydia beugte sich zu ihm herab und küsste ihn zärtlich auf den Kopf. »Du musst total erledigt sind. Möchtest du dich nicht ein wenig hinlegen?«

»Ja … ich nehme an … ein kurzes Nickerchen wäre nicht schlecht.«

In einer unbewusst sinnlichen Geste strich sie ihm über das Haar.

»Wir müssen nicht ins Theater gehen. Du kannst dich ein bisschen ausruhen, und dann essen wir einfach hier.«

»Ich muss bis Mitternacht wieder in der Kaserne sein.«

»Ich weiß. Ich habe mit Daddy abgesprochen, dass Simmons dich fährt. Der Nachtzug ist schrecklich. Der Wagen ist um halb elf hier.«

Er schmiegte seinen Kopf in ihren Schoß und stieß einen wohligen Seufzer aus.

»Oh Lydia, wenn ich mit dir zusammen bin, ist alles so herrlich friedlich.«

»So geht es mir auch, mein Liebling. Aber komm, schlaf nicht auf dem Boden ein, wenn du dich in einem luxuriösen Bett ausstrecken kannst.«

»Ich habe schon seit Monaten nicht mehr in einem luxuriösen Bett gelegen. Sicher stehe ich dann nicht mehr auf. Nein, ich lege mich am besten für ein Stündchen auf die Couch.«

Sie half ihm aus seiner Jacke, lachte über den komplizierten Gürtel, der sich ihrer beider Bemühen widersetzte, aber schließlich lag er ohne Rock und Schuhe auf der Couch, und Lydia deckte ihn mit einer Wolldecke zu und küsste ihn zärtlich auf die Stirn.

»Ich komme mir entsetzlich närrisch vor«, murmelte er schläfrig. »Da bin ich beim schönsten Mädchen von ganz England und mache ein Nickerchen auf der Couch.«

Sie küsste ihn erneut.

»Ich werde deinen Offizierskollegen nichts davon verraten. Denn dann wäre dein Ruf für alle Zeiten ruiniert.«

Er schlief beinahe auf der Stelle ein, und sie blieb noch kurz neben dem Sofa stehen und sah auf ihn herab, wie er so jungenhaft verletzlich vor ihr lag. Die Zuneigung, die sie für ihn empfand, war in diesem Augenblick rein mütterlicher Art, und sanft zog sie die Decke über ihm zurecht, strich ihm eine Strähne aus der Stirn, schlich auf Zehenspitzen hinaus und zog lautlos die Tür hinter sich zu.

Würde er es wirklich tun? Sie setzte sich in den Frühstücksraum und starrte durch die hohen Fenster auf das grüne Oval des Platzes, der von einem schwarzen Eisenzaun umgeben war. Der Zaun sah düster und bedrohlich aus, und die nassen kahlen Bäume wirkten trostlos. Ein Mann überquerte die Straße in

Richtung South Audley Street und hielt seinen windgepeitschten Regenschirm mit beiden Händen fest. *Würde er es wirklich tun?* Sie zündete sich eine Zigarette an, zog den Rauch in den Mund und blies ihn eilig wieder aus. Ja, sie hatte das Gefühl, dass er dieses Mal so weit gehen würde. Wegen seiner Uniform, weil er jetzt Teil von etwas war, am dem sein Vater nicht beteiligt war. Sein Vater mochte der neunte Earl of Stanmore sein, aber er diente als Second Lieutenant bei den Royal Windsor Fusiliers. Die Bedeutung ihrer jeweiligen Positionen hatte sich, zumindest vorläufig, ins Gegenteil verkehrt.

Oh, wir lieben unsere Jungs in Khaki
und die tapferen Burschen der Marine,
die das ganze Reich bewacht.

Ein dummes Lied aus dem Varieté, doch es griff die öffentliche Stimmung auf. Für die Männer, die dem König und dem Vaterland zu Diensten waren, war das Beste gerade gut genug. Lydia schloss halb die Augen und stellte sich Charles vor, wie er, einen Arm in der Schlinge und mit einer Bandage um den Kopf, die seine eleganten Brauen betonte, das Oberhaus betrat und voller Leidenschaft sein Anliegen vertrat.

»Mein Vater ist ein ehrenwerter Mann, aber auch ich habe Ehre verdient, denn ich habe mein Blut für dieses Land vergossen, und trotz allem will er meine Heirat mit der Frau verhindern, der all meine Liebe gilt. Schande, sage ich, Schande über ihn.«

Beinahe hätte sie bei dieser Vorstellung gelacht. Sie war so unglaublich romantisch, fast wie eine Szene aus den kitschigen Romanen, die die gute Alex immer las.

In der Eingangshalle wurden Stimmen laut. Die Tür ging auf, und ihr Vater kam, gefolgt von einem kleinen schlanken schwarzhaarigen Mann Mitte vierzig, herein.

»Gutes Wetter für die Enten«, knurrte Archie Foxe, während er die pelzgesäumten Lederhandschuhe von seinen dicken Fingern zog. »Ist das etwa Charles, der da drüben im Salon auf dem Sofa liegt und schläft?«

»Ja.« Eilig drückte Lydia ihre Zigarette aus. Archie mochte es nicht, wenn Frauen rauchten.

»Ist etwas mit dem Jungen nicht in Ordnung?«

»Nein, er ist nur müde.«

»Die Anstrengungen des Soldatenlebens, was?«

»Etwas in der Art.«

»Ich muss ein paar Telefongespräche führen. Würdest du wohl dafür sorgen, dass Mr. Langham einen doppelten Brandy Soda zum Aufwärmen bekommt?«

»Natürlich. Wie geht es Ihnen, Mr. Langham?«, wandte sie sich an den Gast.

»Gut, Miss Foxe. Allerdings bin ich bis auf die Haut durchnässt.«

Er hatte natürlich keinen Tropfen Regen abbekommen, da er aus der Limousine direkt unter einen großen Regenschirm getreten war. Sein dunkler Wollmantel mit Astrachankragen war makellos.

Archie ging den Flur hinunter und die Treppe hoch in sein Büro im ersten Stock. Der Butler nahm den Mantel des Ministers und kehrte mit einem silbernen Tablett mit einem großen Brandy Soda zurück. David Selkirk Langham, tadellos gepflegt in Cut und Nadelstreifenhose, schlenderte gemächlich durch das Zimmer, während seinen dunklen, leicht stechenden Augen nicht das winzigste Detail entging.

»Es gibt einfach keine edlere Mischung als viel Geld und einen ausgezeichneten Geschmack«, stellte er anerkennend fest. »Haben Sie die Möbel ausgesucht?«

»Ja.«

»Für jedes der vielen Domizile Ihres Vaters?«

Sie setzte ein schwaches Lächeln auf.

»Zumindest für die, von denen ich weiß.«

»Ah ja.« Er lachte leise auf. »Ich wage zu behaupten, dass der schlaue Fuchs auch ein, zwei geheime Bauten hat.«

»Mit Füchsinnen.«

»Entdecke ich da etwa einen missbilligenden Ton in Ihrer Stimme? Meinen Sie nicht auch, dass man einem Mann sein Vergnügen gönnen soll?«

Gelegentlich sah sein Gesicht ein wenig diabolisch aus, fand Lydia. In den Tory-Zeitungen wurde er häufig als der Prinz der Finsternis, der Lloyd George oder Asquith schlimme Dinge zuflüsterte, karikiert. Er hatte ein schmales Gesicht mit einer langen schmalen Nase, wie mit dem Lineal gezogene Brauen und einen sorgfältig gestutzten Bart im Stil Vandykes. Genauso stellte man sich das Gesicht des Teufels vor, doch statt böse wirkte er fast immer amüsiert, als breche er im nächsten Augenblick in lautes Lachen aus. David Selkirk Langham, geboren in einem Liverpooler Elendsviertel, hatte es im Selbststudium zum Anwalt und als solcher erst zum Fürsprecher der Hafenarbeiter von Mersey, dann zum Parlamentsmitglied und inzwischen zum Kabinettsmitglied gebracht. Er war verheiratet und Vater von fünf Kindern, aber seit dem Tag im Jahre 1908, als er ins Parlament gezogen war, wurden immer wieder schlüpfrige Geschichten über ihn erzählt. Es hieß, die Frauen würden von seinen Augen und seiner unverhohlenen Männlichkeit hypnotisiert. Lügen der Torys, hatte Archie ihr erklärt, aber Lydia war sich nicht so sicher, denn sie hatte einfach zu viele Gerüchte gehört, und vor allem hatte er sie selbst bereits des Öfteren mit einem eindeutig herausfordernden Blick bedacht.

»Der junge Mann da drüben auf der Couch … Ist das Charles Greville?«

»Ja.«

»Der Earl hat mich einmal während einer Rede vor dem

Oberhaus als Erpresser tituliert. Das hatte er natürlich nicht persönlich gemeint. Er war einfach erbost über den Ausgang der Wahl. Ist der Sohn genauso konservativ wie er?«

»Nein. Er interessiert sich nicht für Politik.«

Langham zog eine Braue hoch.

»Ach nein? Weiß er denn nicht, dass Politik die Welt bestimmt? Dass er es der Politik verdankt, dass er Soldat ist und die Uniform wahrscheinlich lange nicht mehr ausziehen wird?«

»So sieht er den Krieg nicht.«

»Dann ist er ein Narr. Es macht sich bezahlt, wenn man heutzutage möglichst realistisch ist. So wie einige junge Soldaten reden, könnte man glatt meinen, sie zögen in schimmernden Rüstungen für den König von Frankreich in den Krieg. Dieser Krieg wird lang sein und erbittert geführt werden, ein Krieg der Ideologien, ein Krieg der …«

Lachend fiel ihm Lydia ins Wort.

»Mr. Langham, Sie sind hier nicht im Unterhaus.«

Er deutete eine Verbeugung an.

»Bitte verzeihen Sie. Ich war einmal dafür berühmt, dass ich Reden an Straßenecken oder in Pubs geschwungen habe, nur weil mir der Klang meiner eigenen Stimme gut gefiel. Aber diese Zeiten sind natürlich längst vorbei. Und vor allem gibt es deutlich Angenehmeres als die Wirrungen der Politik Europas, worüber man sich mit einer wunderschönen jungen Dame unterhalten kann.«

»Über was zum Beispiel?«

»Nun, das Vergnügen Ihrer Gesellschaft … was nur eins von vielen Themen wäre.« Er sah sie durchdringend an, wobei ein Lächeln in seinen dunklen Augen lag, und erinnerte sie an ein Frettchen, das aus reinem Vergnügen mit einem hilflosen Kaninchen spielte. Sie konnte verstehen, weshalb viele Frauen ihn so faszinierend fanden. Er war sich seiner selbst und seiner Macht über das schwächere Geschlecht vollkommen sicher. Dabei war er so klein. So gepflegt und schlank, dass man ihn für einen Schneider hätte halten können. Aber nein, dieser Mann hatte eine steile Regierungskarriere vor sich. Sie spürte, wie ihr Magen sich vor Aufregung zusammenzog. Wie viele Frauen, überlegte sie, hatten wohl bereits dieses Gefühl gehabt und waren ihm erlegen? Unwillkürlich lenkte Lydia ihren Blick auf ein Fenster, gegen das der Regen schlug.

»Was haben Sie und mein Vater heute Nachmittag noch vor?«, fragte sie mit rauer Stimme, und lächelnd hob Langham sein Brandyglas an den Mund.

»Wir treffen den Premierminister in der Downing Street. Kitchener wird auch dort sein, weil es um diese Geschichte in den Dardanellen geht.«

»Was halten Sie davon?«

»Ein brillanter Plan, wie von einem regen Geist wie dem des jungen Mr. Churchill auch nicht anders zu erwarten ist. Ich persönlich habe mich noch nicht entschieden, was ich davon halten soll. Sollte dieses Unternehmen fehlschlagen, wären die politischen Folgen desaströs.«

»Sie kommen mir nicht wie jemand vor, der sich davor fürchtet, auch einmal ein Wagnis einzugehen.«

Er machte ein Geräusch, das wie ein unterdrücktes Lachen oder wie das Schnurren einer Katze klang, und strich ihr sanft über den Arm.

»Manche Spiele sind es wert, ein Wagnis einzugehen, und andere nicht. Glauben Sie nicht auch, Miss Foxe?«

Sie ignorierte die Berührung und sah weiter reglos durch das Fenster auf den Platz.

»Ich bin mir nicht sicher, Mr. Langham. Weil es mir nicht um das Spiel, sondern ums Gewinnen geht.«

11

Martin Rilke saß im Regent's Park und warf einer Schar Enten Brotkrumen hin. Der Winter war lang und hart gewesen, und die Enten feierten den anbrechenden Frühling, indem sie alles fraßen, was auf der Wasseroberfläche schwamm. Martin verstreute die Reste der vier Scheiben Brot zwischen dem Schilf, stand auf und schlenderte gemächlich über einen breiten Kiesweg bis zum Clarence Gate. Er hatte seine Hände in die Taschen seines Mantels gesteckt und berührte mit einer Hand das zerknitterte Schreiben aus Chicago, das mit der Morgenpost gekommen war. Neben einem Scheck über fünfundachtzig Dollar hatte Harrington Comstock Briggs ihm einen Brief mit ein paar wohlmeinenden Ratschlägen geschickt.

Lieber Rilke,
der beiliegende Scheck spiegelt nicht einmal ansatzweise den Wert Ihrer Berichte wider, aber ziemlich genau den Nutzen, den sie augenblicklich für uns haben. Denn die braven Menschen im Mittleren Westen sind des alten Europas und der dort geführten Kriege langsam überdrüssig. Die Sympathien sind entlang der Seeufer von Milwaukee bis nach Gary recht gleichmäßig verteilt. Inzwischen verurteilen viele Deutsch-Amerikaner England, Frankreich und Russland – vor allem England – lautstark für diesen Krieg, der aus ihrer Sicht Deutschland als Handelsmacht ausmerzen soll. Die britische Seeblockade macht den Getreidehändlern und den Exporteuren von Eisenerz das Leben schwer, und die Menschen hier in dieser Gegend können

einfach nicht verstehen, weshalb sie keine Geschäfte mit den Mittelmächten machen sollen. Selbst in Washington ist man erbost über die Blockade, deshalb können Sie sich bestimmt vorstellen, wie man diese Sache in bestimmten Vierteln von Chicago und im übrigen Milwaukee sieht.

Ihre belgischen Skizzen waren ordentlich, aber Ihre aktuellen Berichte über Großbritannien in Kriegszeiten sind unserer Leserschaft zu anglophil. Vergessen Sie nicht, dass die Rotröcke das Weiße Haus abgefackelt haben – auch wenn ich ein oder zwei Republikaner wüsste, die es mit Begeisterung erneut abbrennen würden, während unser werter Präsident dort residiert. Nein, Rilke, ich sehe keinen Grund, warum Sie noch länger in London bleiben sollten. Nachdem Joe Finley sich inzwischen endgültig dem Trunk ergeben hat, wäre die Stelle des Polizeireporters frei. Der Job gehört Ihnen. Ein kurzes Telegramm mit einem Ja genügt. Falls Sie die Fahrkarte nicht zahlen können, geben Sie Bescheid.

PS. Ich gehe davon aus, dass die Phillies dieses Jahr die Meisterschaft gewinnen. Cliff Cravath und Crover Cleveland Alexander – die Kombination ist einfach nicht zu schlagen.

Martin zog den Brief aus seiner Tasche, knüllte ihn zusammen, schleuderte ihn in den See und scheuchte damit die Enten auf.

Jacob Golden lag wie beinahe immer, seit er Ende Januar aus Serbien zurückgekommen war, reglos auf der Couch und starrte die Decke an. Er hatte bisher kaum etwas über seine Erlebnisse mit der Armee von General Putnik verlauten lassen, und nach seiner Rückkehr hatte sich irgendein Graben zwischen ihm und seinem Vater aufgetan, dem Martin bisher noch nicht auf den Grund gegangen war.

Während er in dem winzigen Flur ihres Apartments seinen Mantel an den Haken hängte, fragte Jacob ihn gedehnt:

»Na, hast du den ersten Sonnenschein genossen?«
»Ja, ich war im Park und hab die Enten gefüttert.«
»Und, hast du einen Entschluss gefasst?«
Martin ließ sich achselzuckend in einen Sessel fallen.
»Ich nehme an, am besten fahre ich nach Amerika zurück.«
»Dann hast du also genug von diesem Krieg?«
»Weniger ich als vielmehr die Leser des *Express.*«
Gähnend richtete Jacob sich auf. Er hatte stark abgenommen, und seine Gesichtshaut war so straff gespannt wie Pergament.
»Warum wechselst du nicht zur *Daily Post*? Dem Guv'nor gefällt dein Schreibstil, und du könntest wahrscheinlich an meiner Stelle nach Ägypten gehen und über den Dardanellen-Feldzug berichten. Ich will das Blatt nämlich verlassen.«
Diese Information musste Martin erst einmal verdauen. Von unten aus dem Restaurant drang das Klappern der Teller an sein Ohr. Die Ungarn waren als unschuldige Opfer dieses Krieges verschwunden, und jetzt führte eine große italienische Familie das Lokal. Was mit jeder Menge Lärm und lautstarkem Geschrei verbunden war.
»Wann hast du das beschlossen?«
»Ich denke schon seit Monaten darüber nach.«
»Was ist in Serbien passiert, Jacob?«
Golden raufte sich das Haar.
»Meine Güte! Nichts, womit ich nicht gerechnet hatte. Ich hatte dir doch schon erzählt, dass in diesem Teil der Welt ein unheiliges Maß an Hass regiert. Und der Krieg hat diesen Hass tatsächlich noch verstärkt, und vor allem bietet er ihm ein Ventil. Nur dass Vergewaltigung, Folter und Gemetzel bloße Worte sind, bis man die Opfer sieht. Ich habe gesehen, was Österreicher serbischen Dorfbewohnern und was Serben Österreichern nach Putniks Gegenoffensive über die Save angetan haben. Aber obwohl ich in meinen Depeschen über die Gräueltaten beider

Seiten berichtet habe, wurden nur die Gewalttaten der Österreicher abgedruckt.«

»Das hätte dich nicht überraschen sollen.«

»Nein, natürlich nicht. Ich konnte kaum erwarten, dass in der englischen Presse über das tapfere kleine Serbien hergezogen wird.« Er setzte ein sarkastisches Lächeln auf. »Es ist ja allgemein bekannt, dass sich Krieg und Wahrheit nicht vertragen. Ich nehme an, als Journalist bin ich verpflichtet, alles zu bezeugen, was geschieht, selbst wenn die neue Zensur mich daran hindert, alle Fakten zu veröffentlichen, aber irgendwie kann ich das nicht. Denn irgendwas an diesem Krieg ist grundverkehrt. Ich will nichts mehr damit zu tun haben, weil es ein hirn- und sinnloses Gemetzel ist.«

»Das dürfte etwas schwierig werden, meinst du nicht auch? Wohin willst du?«

»Zur Armee, wohin wohl sonst? Gibt es einen besseren Ort, um seinen Gefühlen auszuweichen? Ein Kerl, den ich aus Oxford kenne, ist beim Nachrichtenkorps. Ich habe ihn gestern angerufen, und er hat mir einen Posten angeboten. In einem Büro in Whitehall, wo ich mir irgendwelche Codes und Chiffrierverfahren ausdenken soll. Die Kryptografie war schon immer eine Leidenschaft von mir. Was glaubst du, wie ich in einer Uniform aussehen werde?«

»Ausgemergelt.«

Er zuckte zusammen und fuhr sich durch das Gesicht.

»Wahrscheinlich hast du recht. Ich sehe ein bisschen ausgehungert aus. Mir fehlen einfach das Gulasch und die Paprika aus unserem Restaurant. Vielleicht sollte ich mich langsam an Nudelgerichte gewöhnen, damit wieder etwas Fleisch auf meine Rippen kommt.«

»So gut gelaunt wie jetzt warst du seit einer halben Ewigkeit nicht mehr.«

»Vielleicht liegt es daran, dass ich diese Dinge endlich losgeworden bin. Du bist wirklich ein toller Kerl. Du lässt die Leute reden, ohne dass du mit der Zunge schnalzt oder ihnen ungebeten Ratschläge erteilst. Du würdest wahrscheinlich sogar Attila, dem Hunnen, unvoreingenommen zuhören.«

»Ich nehme an, das ist als Kompliment gemeint«, erwiderte Martin zweifelnd. »Aber ich habe durchaus eine eigene Meinung.«

»Natürlich. Du siehst die Dinge deutlich objektiver als ich und bist dem menschlichen Wahnsinn gegenüber toleranter. Und dieser Krieg wird ein paar unvoreingenommene Zeugen brauchen, deshalb solltest du an meiner Stelle nach Ägypten gehen. Würdest du das tun?«

»Sicher, wenn man mich lässt …«

»Perfekt! Dann hänge ich mich jetzt ans Telefon und kläre das. Mach schon einmal eine Flasche Schampus für uns auf, während ich meine Probleme mit dem Guv'nor aus der Welt schaffe.«

»Ich finde es anständig«, erklärte Jacob seinem alten Herrn in salbungsvollem Ton, als Martin mit einer Champagnerflasche und zwei Gläsern aus der Küche zurückkam. »Jeder halbwegs gesunde Engländer gehört in dieser Zeit in eine Uniform, deshalb … ja, zum Nachrichtenkorps … als Lieutenant. Sie brauchen mich dort unbedingt … Codes, Chiffrierverfahren, Entschlüsselungen … Ja, ich werde hier in London eingesetzt, in einem Büro in Whitehall … Ja, Mutter dürfte darüber glücklich sein … genau … sie brauchen keine Codierungsexperten im Schützengraben. Freut mich, dass du mich verstehst, Vater … deshalb war ich in letzter Zeit so nachdenklich. Ich habe versucht herauszufinden, was das Beste ist … Danke, Vater … das weiß ich zu schätzen … also, was diese Geschichte im Mittelmeer betrifft, wäre Martin Rilke ein fabelhafter Ersatz für mich …«

Da er ein Außenseiter war, hielt er sich von den anderen Korrespondenten fern. Er war »dieser Amerikaner«, den man zwar tolerierte, aber nicht wirklich gerne in den eigenen Reihen sah. Vor allem da gerade einmal ein halbes Dutzend Journalisten beim Mittelmeer-Expeditionskorps zugelassen war. Kitchener hätte am liebsten gar keine Reporter vor Ort gehabt, aber General Sir Ian Hamilton hatte als Leiter dieses Feldzugs ein paar ausgewählte Männer als Beobachter genehmigt. Abgesehen von Martin ältere Journalisten, die bereits beim Burenkrieg und teilweise sogar noch früher mit von der Partie gewesen waren. Sie duzten die Mitglieder des Stabs und fügten sich mühelos in das Sozialgefüge ein. Tatsächlich hätten sie auch Colonels oder Majore in Zivil sein können, so gut kannten sie sich mit den militärischen Verfahrensweisen aus. Weshalb Martin seit dem Augenblick, in dem sie in Southampton abgelegt hatten, unter besonderer Beobachtung der Kommandeure stand. Im Kriegsministerium war man nicht unbedingt über einen neutralen Beobachter erfreut, doch am Ende hatte sich Lord Crewe mit seinem Argument, dass man Martin Rilke zulassen sollte, gerade *weil* er unparteiisch war, gegen die Offiziere durchgesetzt. Die Amerikaner, hatte er in einem sorgsam formulierten Schreiben dargelegt, müssten unbedingt erfahren, wie großartig der britische Vorstoß nach Osten verlaufe. Das Ansehen der britischen Truppen in den Staaten war an einem Tiefpunkt angelangt, und die britischen Berichte von den Kriegsanstrengungen wurden als wenig glaubhaft abgetan. »Lassen Sie einen Amerikaner, der seine Sympathie und sein Verständnis für das englische Volk in diesem Krieg bereits mehrfach beweisen hat, den Menschen in Amerika berichten, was er sieht«, hatte der Herausgeber der *Daily Post* am Ende seines Schreibens appelliert.

Und so war Martin vor kurzem mit den anderen in Ägypten eingetroffen. Ein einsamer Amerikaner, der in einem offenen Hemd, seine Kodak über der Schulter, mit Bleistift und Notizbuch bewaffnet, durch die schmuddeligen überfüllten Straßen Alexandrias lief. Fast alles, was er notierte, wurde zensiert, ebenso wie fast jede seiner Aufnahmen. Was Martin etwas seltsam fand. Denn er konnte nicht verstehen, weshalb die Briten so empfindlich waren. Selbst die abgerissenen Schuhputzjungen, die sich auf den Straßen drängten, wussten, dass die Engländer in der letzten Aprilwoche in Richtung Gallipoli aufbrechen würden, und griechische Fischerboote fuhren ungehindert zwischen den riesigen Kriegsschiffen, die hier auf Reede lagen, hin und her, obwohl jeder wusste, dass die Hälfte dieser Fischer türkische Sympathisanten oder gar Spione waren. Trotzdem strichen die Zensoren unschuldige Kommentare aus Martins Artikeln, als gebe er mit der Bemerkung »die neuseeländischen und australischen Soldaten fühlen sich in der steinigen Trostlosigkeit der ägyptischen Wüste offensichtlich heimisch« irgendein bedeutsames Geheimnis preis.

»Oh, das dürfen Sie nicht schreiben, Sir. Das könnte dem Feind verraten, wohin wir unsere Truppen schicken wollen. Auch Gallipoli ist steinig und trostlos.«

Martin fragte sich, ob der brillante Jacob diese offiziellen Fantasien wohl vorausgesehen hatte und aus diesem Grund nicht hierhergekommen war. Wahrscheinlich lungerte er lachend in seinem seidenen Pyjama auf dem Sofa, trank Champagner und frischte die Freundschaften mit den Tänzerinnen vom Theater auf. Aber das war ihm egal. Denn nicht ihm, sondern seinem Freund entging etwas. London war in Ordnung, aber eine ganz normale Stadt wie Chicago und New York. Alexandria aber stellte die Tür zum Orient dar. In weichem Sandstein stillstehende Zeit. Die Stadt Alexanders. Al-Iskandariyah. Bereits eine alte Stadt, als Euklid in ihrer Bibliothek seinen Studien nachgegangen war. Hier hatte Kleopatra in Antonius' Armen geschlummert. Martin schlenderte die breite Prachtstraße entlang der halbmondförmigen Bucht hinab und blickte auf das Mittelmeer, das im Westen blaugrün und im Osten dank der Erde Afrikas, die in den Nil geschwemmt wurde, gelblich braun war. In der Nähe des Hafens gab es ein Café, das von Offizieren der Royal Navy und der französischen Armée de Mer übernommen worden war. Ein Offizier in Khakiuniform, der sich über dessen Schwelle wagte, wurde unter lauten Buhrufen vertrieben, doch der einsame Reporter aus Chicago, der mit einem Bier am äußersten Rand der schattigen Terrasse saß, in einem Notizbuch schrieb und keine Menschenseele störte, wurde toleriert.

Alexandria, 10. April 1915

Beobachtungen und Gedanken. Es ist seltsam hier. Eine Atmosphäre beinahe unerträglicher Spannung durchdringt den Feldzug, als erwarteten jeden Mann, der weiter nach Osten zieht, ein Lorbeerkranz und unendlicher Ruhm. Niemand weiß, was die Türken denken, doch ich wage zu bezweifeln, dass sie ebenso euphorisch sind. Ich habe ohne Erfolg versucht, mehr über diese Halbinsel herauszufinden, auf die sich die Armada zubewegen wird. Ich weiß nur, dass sie ein öder wasserloser Flecken Erde ist, ein schmales Stückchen Land, das Europa von Asien trennt, steinig, hügelig, düster und ungastlich. Bisher hat mir niemand sagen können oder wollen, ob es dort viele Strände gibt. Eine Karte dieses Orts ist nirgends aufzutreiben. Die wenigen Karten, die es hier oder in Kairo gab, wurden von den Briten aufgekauft und werden von den hohen Chargen sicher verwahrt. Werden die Türken diesen Flecken wohl vehement verteidigen? Vor vielleicht einem Monat sind die Leute von den Schiffen nach der Bombardierung der Halbinsel durch Admiral Carden durch die Ruinen türkischer Festungen und Geschützstellungen spaziert. Die britische und die französische Flotte haben versucht, sich einen Weg durch die Dardanellen bis ins Marmarameer zu bahnen, nach Konstantinopel zu segeln und die Türken aus-

zuschalten. Ein kühnes Unterfangen. Den Türken ist anscheinend nicht ganz wohl dabei, sich auf die Seite Deutschlands und Österreichs zu schlagen, und beim Anblick von Kriegsschiffen wie der Queen Elizabeth *mit ihren 380-mm-Geschützen, die durch das Goldene Horn dampfen, hätten sie wahrscheinlich vollends die Nerven verloren. Nur haben diese Schiffe das Marmarameer niemals erreicht. Weil Admiral Carden Gerüchten zufolge einen körperlichen oder nervlichen Zusammenbruch erlitten hat. Und Admiral de Robeck, sein Nachfolger, hat bei dem Versuch, sich gewaltsam einen Weg durch die Meerenge zu bahnen, drei oder vier Schlachtschiffe an einem Tag verloren. Also gab er den Versuch erst einmal auf, und es wurde beschlossen, dass die Marine es erst wieder versuchen soll, wenn die Halbinsel in britischen Händen ist und die Flotte nicht mehr vom Ufer aus unter Beschuss genommen werden kann. Ich bin kein Militärstratege, aber diese Überlegung kann ich nachvollziehen. Als ich gestern Abend mit einem englischen und einem französischen Colonel, dem Kommandeur eines Regiments der Fremdenlegion, ein paar Gläser getrunken habe, kamen mir die beiden ziemlich pessimistisch vor. Wir saßen auf dem Balkon eines guten französischen Restaurants in El Fuwa mit Blick auf den Nil, und sie haben mir erklärt, die Türken und ihre deutschen Militärberater hätten einen Monat Zeit gehabt, um sämtliche möglichen Landestellen zu befestigen, und wenn die Soldaten jetzt versuchen würden, von den Schiffen aus an Land zu waten, würde ihnen durch den Stacheldraht entlang der Strände und die Schnellfeuergewehre auf den Klippen der Garaus gemacht. Sie halten nicht das Geringste von der bevorstehenden Operation – anscheinend sehen die Oberen das anders.*

Charles Greville ist hier! Wir haben uns zufällig in der Empfangshalle des Shepheard's Hotel in Kairo getroffen, und ich habe einen Tag mit ihm, Roger Wood-Lacy, Rupert Brooke und ein paar anderen Offizieren verbracht. Wir sind rüber nach

Gezira gefahren, haben dort ein Kricketspiel verfolgt, und am späten Nachmittag haben wir uns in Gizeh den Sonnenuntergang über den Pyramiden angesehen. Brooke ist ein netter Kerl, der endlos reden kann, ohne jemanden zu langweilen. Die banalsten und schäbigsten Dinge rufen eine poetische Freude in ihm wach – das Gedränge auf den schmalen schmutzigen Straßen Kairos; die meilenweiten Zeltlager der Armee am Nil; die Flaggen, die matt am weißen Himmel wehen; ein Palmenhain am Horizont; die Fellachen, die auf ihren Feldern arbeiten und Wasser aus dem Fluss holen, ohne auf den fernen Geschützdonner zu achten, während die Artillerie ihre Geschosse zu Übungszwecken in der Wüste ausprobiert; die französischen Legionäre, Senegalesen, Sikhs, Gurkhas, die Briten in Khakiuniformen und mit Tropenhelmen auf den Köpfen, die Neuseeländer und die Australier mit ihren breiten Schlapphüten … »Nun danket Gott, der uns in Einklang bracht' mit seiner großen Stund'/ Der uns in unserer Jugend aus dem tiefen Schlaf erweckt …« Ganz Ägypten scheint dieses Gedicht zu kennen. Auch wenn es mir selbst nicht unbedingt gefällt, weil es von seinem Konzept her zu romantisch ist und ich einen Krieg nun einmal nicht als Segen betrachte. Ich denke immer an die armen Kerle von der Infanterie, die auf diesem Hügel in der Nähe von Hannogne-Saint-Martin gestorben sind.

Brooke ist bei der Marinedivision, einer Einheit, die letzten September vor Antwerpen lag. Roger Wood-Lacy war enttäuscht, weil er aus irgendeinem Grund nicht mit ihm zusammen hatte einrücken können, und ist glücklich, weil sie jetzt hier in Ägypten wieder alle zusammen sind – eine glückliche Schar von Brüdern –, so hat er es formuliert. Mit Ausnahme der beiden trübsinnigen Colonels sind hier alle glücklich, denn die Worte »Dardanellen«, »Konstantinopel«, »Hellespont« haben ihre zauberhafte Wirkung nicht verfehlt. Ständig werden Byron, Keats und selbst Homer mit den Legenden von Hero und Leander oder Helle und dem Goldenen Vlies zitiert. Männer, die vor ein paar Monaten nichts anderes als die Sporting News *und die Satirezeitschrift* Punch *gelesen haben, sprechen jetzt vom »Meer wie dunklem Wein« und behaupten, »Helles Wogen« wären »windumtost«. Brooke schreibt an einem Gedicht über den Feldzug. Genau wie Roger Wood-Lacy und wahrscheinlich zwanzigtausend andere Mitglieder des Korps. Selbst der Kommandeur der Invasionstruppen ist ein angesehener Poet. Die einzige Gelegenheit, bei der sich General Hamilton bisher dazu herabgelassen hat, sich mit dem Pressekorps zu treffen, kam mir wie eine literarische Teegesellschaft vor. Dabei wirkte er ausnehmend professionell, und als er seine Rede mit dem Satz eröffnete: »Meine Herren, unser Ziel ist die Halbinsel Gallipoli oder, wie ich sie lieber nenne, die Thrakische Chersones«, fühlte ich mich unweigerlich an die Universität zurückversetzt. Die armen Türken werden also nicht nur mit 380-mm-Geschützen und Feldhaubitzen, sondern auch oder vor allem haufenweise mit Anapästen, Daktylen, Alexandrinern und Paarreimen bombardiert.*

12. April 1915

Rupert Brooke ist krank. Er hat einen Sonnenstich. Charles kam nach Alexandria und hat es mir erzählt. Brooke versichert allen, dass ein Sonnenstich viel schlimmer klingt, als er tatsächlich ist, aber sein befehlshabender Offizier ist anderer Meinung, deshalb wurde er auf eins der unzähligen Lazarettschiffe verlegt. Es ist bestimmt ein herber Schlag für ihn, dass er die Landung in Gallipoli verpassen wird. Ich war mit Charles und dem zweiten kommandierenden Offizier seines Bataillons, einem gewissen Major Thursby, im Hafen der königlichen Marine, um das Schiff zu sehen, auf dem drei Kompanien der Royal Windsor Fusiliers nächste Woche übersetzen werden. Wir fuhren in einer von vier weißen Maultieren gezogenen Viktoria-Kutsche, weshalb die Fahrt bequem und ausnehmend idyllisch war. Auf dem Weg erzählte Major Thursby mir erheblich mehr über die Geschichte seines Regiments, als ich hätte wissen wollen – von diesem Feldzug, jener Schlacht und Captain Pikestaff und seiner »glorreichen« Erstürmung von Badajoz. Irgendwann beugte sich Charles zu mir herüber und raunte mir zu: »Er ist einfach ein fürchterlicher Langweiler.« Was aus meiner Sicht noch deutlich untertrieben war.

Der Anblick des Schiffs, mit dem die Windsors übersetzen werden, verschlug selbst dem geschwätzigen Major kurzfristig die Sprache. Denn die River Clyde *ist ein alter rostzerfressener Frachter, der in Friedenszeiten über die Weltmeere tuckert und anderen Schiffen Kohle bringt. Ein elendes Gefährt, das mit seiner abblätternden Farbe zwischen all den frisch gestrichenen Zerstörern verloren aussah. Auf beiden Seiten hat man viereckige Luken in den Rumpf geschnitten, und wenn sich das Schiff dem Ufer nähert, werden schmale Holzrampen mithilfe der Lastkräne von diesen Luken bis an Land gelegt. Zweitausend Mann werden zum Sturm auf die Halbinsel an Bord des Frachters gehen – Windsors, Dublin Fusiliers, Munster Fusiliers und zwei Kompanien des Hampshire Regiments. Die Offiziere dieser Einheiten, die ebenfalls im Hafen waren, sahen bei der Vorstellung nicht glücklicher als Charles und Thursby aus.*

»Eine würdelose Art, in einen Krieg zu ziehen«, stellte Major Thursby durchaus richtig fest.

S. S. Lahore, *18. April 1915*

Lord Crewe hat mir ein Telegramm geschickt, nachdem keine einzige meiner Depeschen bei der Zeitung angekommen ist. Als ich darüber mit Ellis Ashmead-Bartlett, einem ständig schlecht gelaunten, leicht exzentrischen Reporter einer anderen Londo-

ner Zeitung sprach, war der nicht im Geringsten überrascht. Er hat einmal abends einem Zensor ein paar Drinks spendiert, und der hat ihm erzählt, sie hielten die Berichte aller Zivilisten über die militärischen Vorbereitungen des Dardanellen-Feldzugs zurück. Außerdem hegte er ernste Zweifel, dass es Pressevertretern gestattet würde, beim Angriff dabei zu sein. Man ermutigt uns, hier in Ägypten auszuharren, aber er ist fest entschlossen mitzugehen. Genau wie ich und ein kurzsichtiger Kerl von Reuters. Alle anderen sonnen sich am Strand. Ein älterer Kriegskorrespondent erklärte mir, er »wolle der Armee in keiner Weise in die Quere kommen«, was nichts anderes heißt, als dass ich ein »aufdringlicher Ami« sei, wenn ich darauf bestünde, mit den Truppen loszuziehen.

Die S. S. Lahore, *ein Linienschiff der P&O, wird seit ein paar Wochen als Marinehauptquartier genutzt. Die Unterkünfte und der Service lassen keine Wünsche offen, denn das Personal in seinen strahlend weißen Jacken mit den blank polierten Messingknöpfen ist hervorragend geschult. Ich lungere in einem Liegestuhl, trinke einen Planter's Punch und verfolge, wie die Flotte aus dem Hafen läuft. Hörner tuten, dampfbetriebene Pfeifen schrillen, Signalflaggen peitschen an den Fallen, Lichter flackern, während die Armada aus zweihundert Schiffen Ägypten verlässt. Wir fahren in Richtung Ägäis, erst einmal zur Insel Lemnos fünfzig Meilen südwestlich von Gallipoli. Ein Schiffsoffizier hat mir erzählt, die Bucht von Mudros sei groß und tief genug für eine noch größere Zahl an Schiffen, als sie jetzt aufnehmen muss. Ich nehme an, die letzte Entscheidung vor dem großen Angriff fällt dort. Alles wirkt so gut geplant und gründlich vorbereitet, dass einem Erfolg nichts mehr im Wege steht.*

Charles Greville stand am Bug der *River Clyde* und verfolgte, wie die Männer seines Zugs Sandsäcke füllten und zu einer über einen Meter hohen dicken Wand auftürmten, bis das Vorschiff einer kleinen Festung mit Platz für zwölf Maschinengewehre glich. Der Kohlenfrachter schaukelte gemächlich in der Bucht von Mudros, und die Sonne brannte auf das Deck.

»Wie in der Schmiede des alten Vulkans«, stellte sein Freund Roger fest und wischte sich mit einem unsauberen Taschentuch den schweißbedeckten Nacken ab. Dann lehnte er sich gegen die Reling und blickte mit zusammengekniffenen Augen zu der kargen hügeligen Insel hinüber, auf der nirgendwo ein Baum zu sehen war. »Weißt du, Vulkan hat hier gelebt. Dies war sein kleines Paradies. Wobei man sich fragt, was er in diesem Ort gesehen hat. Trotzdem mag ich den alten Vulkan irgendwie, denn er war ein grundsolider Kerl. Ich konnte nie verstehen, warum Jupiter ihn aus dem Himmel geworfen hat. Erinnerst du dich noch an Milton?«

> *… Da sei er dann den längsten Sommertag,*
> *vom Morgenrote bis zum Abendtau,*
> *in einem fort gefallen, wie ein Stern,*
> *der vom Zenit herabzuschießen scheint:*
> *Und endlich hab' ihn Lemnos aufgefasst.*

»Das bringt einen zum Nachdenken, nicht wahr? Diese Nähe der Vergangenheit. Dass Vulkan irgendwo dort oben auf den Hügeln sitzt und auf uns herunterblickt. Ich frage mich, was er wohl denkt.«

»Wahrscheinlich, dass wir ein verdammter Haufen Narren sind«, murmelte Charles. »Hast du nichts Besseres zu tun, als mir zu demonstrieren, dass du *Das verlorene Paradies* gelesen hast?«

Roger rückte den Tropenhelm auf seinem Kopf zurecht und zeigte auf die Bucht.

»Solange meine Kompanie nicht eingetrudelt ist. Aber da kommt sie endlich … siehst du sie? Da drüben auf der *Swiftsure*. Sie marschieren gerade über das Deck.«

Bereits den ganzen Vormittag hatten die Transportschiffe Soldaten ausgespuckt. Inzwischen waren eintausendzweihundert Mann an Bord des Kohlefrachters und bekamen in dem engen Frachtraum nur mit Mühe Luft. Trotzdem wurden noch achthundert Mann erwartet – die Kompanien B und C der Windsors und zwei Kompanien der Munster Fusiliers.

»Du siehst nicht gerade glücklich aus«, stellte Roger fest. »Ist irgendwas passiert?«

»Nein, ich bin nur müde. Es heißt, dass Talbot für das Maschinengewehrbataillon zuständig ist, aber er sitzt, verdammt noch mal, einfach die ganze Zeit auf seinem fetten Hinterteil, seit wir an Bord gekommen sind.«

Roger hielt sich gespielt entsetzt die Ohren zu. »Meine Güte, was für eine Sprache. So was habe ich zum letzten Mal gehört, als die gute Tante Mary mit den Titten in die Wäschemangel geraten ist!«

Charles musste lachen.

»Dann mach dich mal auf den Weg und guck, dass du deine Leute unterbringst.«

Er verfolgte, wie sein Freund zum Mittschiff ging, wo sich die Leitern in den Frachtraum befanden. Er schlenderte nicht mehr gemächlich wie ein Dichter, sondern hatte den forschen, selbstbewussten Gang eines Offiziers, der über einen Zug zäher Südlondoner befahl. Dann wandte Charles sich wieder ab, musterte die Sandsackmauer und wies einen seiner Männer an:

»Hauen Sie mit einem Spaten drauf, damit keine Lücken entstehen.«

»Wird sofort erledigt, Sir.«

»Und dann stellen Sie die Gewehre auf und beschweren Sie sie mit Säcken, damit sie nicht umfallen.«

»In Ordnung, Sir.«

Die Füsiliere und ein paar Soldaten der Marine schraubten die Gewehre auf die Ständer und stellten die Kisten mit der

Munition daneben. Charles brauchte nichts weiter zu sagen, denn sie kannten sich damit aus. Also lehnte er sich gegen den Wall aus sandgefüllten Säcken und blickte auf die unzähligen Schiffe in der riesengroßen Bucht. Lemnos in der Ägäis! Wie die Zeile aus einem Gedicht ging ihm diese Phrase durch den Kopf, und beim Anblick all der Kriegs- und zahllosen Transportschiffe, die friedlich unter einem strahlenden Himmel auf dem leuchtend blauen Wasser schaukelten, dankte er dem lieben Gott, dass er statt in Frankreich hier gelandet war. Vor seinem geistigen Auge tauchten unzählige Bilder auf – Xerxes auf dem Weg nach Salamis, Jason und die Argonauten auf der Suche nach dem Goldenen Vlies, Odysseus und Achilles, die auf ihrem Weg nach Troja hier verweilten. Und natürlich Byron, dessen Meinung nach von Heros Turm aus Homers »Meer wie dunkler Wein« zu sehen war. Doch der blinde Dichter hatte sich geirrt. Weil das Meer, je nach Himmel, blau oder grau war. Trotzdem freute er sich, als er über seinen Sandsackwall hinweg die sonnige Ägäis und kein schlammig graues Ödland wie im Norden Frankreichs erblickte, und flüsterte ein leises Dankgebet.

»Mr. Greville, Sir«, rief Lieutenant Colonel Askins durch ein Megafon nach ihm. »Bitte melden Sie sich auf der Brücke, Sir.«

Der Colonel, der kerzengerade auf der Brücke stand, spielte mit seinem von der Sonne ausgebleichten Bart.

»Ja, Sir?«, fragte Charles.

»Ah, Greville … Das mit den Sandsäcken haben die Leute Ihres Zugs hervorragend gemacht.«

»Danke, Sir.«

»Was in aller Welt ist nur mit Captain Talbot los? Schließlich wäre es sein verdammter Job gewesen. Er hat behauptet, dass er Krämpfe habe. Aber das glaube ich ihm nicht. Meiner Meinung nach will sich der Kerl nur drücken. Das ist das Problem mit unseren Reservisten, das behagliche zivile Leben hat sie weich gemacht. Ich schicke ihn zurück an Land und ernenne Sie zum Befehlshaber über das Schützenbataillon.«

»Danke, Sir.«

Der Blick des Colonels schweifte zu den kargen braunen Hügeln der Insel.

»Sie sind doch mit diesem Dichter, Rupert Brooke, befreundet. Sie und Wood-Lacy.«

Charles spürte, wie sein Magen sich zusammenzog.

»Ja, Sir.«

»Und Wood-Lacy noch mehr als Sie.«

»Er kennt ihn noch besser, Sir.«

»Der Mann ist gestern Nachmittag gestorben. Tut mir leid, dass ich so schonungslos mit Ihnen spreche, aber die Nachricht von General Hamilton war genauso knapp. Sie war an Wood-Lacy adressiert, aber ich dachte, ich sage es besser erst mal Ihnen. Wir holen um Mitternacht die Anker ein und laufen wie geplant morgen früh um sechs am Strandabschnitt V ein. Der junge W-L hat morgen einen sehr wichtigen Auftrag, und ich möchte, dass er sich ausschließlich darauf konzentriert. Sie können ihm die Nachricht überbringen, sobald wir sicher in Sedd el Bahr gelandet sind. Es tut mir leid, Greville. Ich weiß, was es bedeutet, wenn man einen Freund verliert.«

Charles hatte das Gefühl, als ob die Sonne plötzlich ihre Kraft verlöre und das Licht fast vollkommen erlösche. Mit einem Mal kam ihm das Meer düster und ölig vor, als er auf der Brücke stand und auf die Schuten voller Männer sah. Zweitausend Soldaten allein für den Strandabschnitt V. Und die Strände W, X, S und Y und Gaba Tepe würden ohne Frage von genauso großen Trupps gestürmt. Da war kein Platz, um um einen verstorbenen Dichter zu trauern.

Die halbkreisförmige Bucht von Sedd el Bahr war im Dunkeln nicht zu sehen. Doch Charles hatte sich sämtliche Details der

Karte eingeprägt: ein vierhundert Meter langer schmaler Sandstreifen westlich der Ruine einer mittelalterlichen Burg, ein in Terrassen sanft ansteigender Hügel und direkt hinter der alten Festung ein kleines Dorf. Er spähte durch einen schmalen Spalt zwischen den Sandsäcken und schmiegte sein Gesicht an den kalten Lauf einer Vickers an. Es war nichts zu sehen außer den schwarzen Umrissen der Halbinsel und nichts zu hören außer den dröhnenden Schiffsmotoren und dem rauschenden Wasser neben dem Bug. Er richtete sich auf und blickte zum Heck. Die Schemen der beiden leeren Schuten, die das Schiff hinter sich herschleppte und die die Männer an das Ufer bringen sollten, hoben sich dunkel von der schimmernden Wasseroberfläche ab. Ebenfalls kaum zu sehen waren die zwanzig Kutter mit den Dublin Fusiliers. Sie würden den Strand sichern, während die *River Clyde* vor Anker ging und man die Schuten vom Heck nach vorn holte, damit sie die Brücke bildeten. Fünfzehn Minuten später würden die Pfeifen schrillen, und die zweitausend Männer aus dem Frachtraum stürzten durch die Luken in den Seiten, rannten über die hölzernen Rampen, sprangen in die Schuten und betraten, ohne auch nur nasse Füße zu bekommen, den schmalen Sandstrand.

Noch eine Stunde bis Anbruch der Dämmerung. Man hörte das Läuten einer Glocke, und der Frachter verlangsamte seine Fahrt. Mit einem Mal ertönte lautes Donnergrollen, und der Horizont hinter dem Schiff wurde von leuchtend roten und orangefarbenen Blitzlichtern erhellt. Dann dröhnten die schweren Bordgeschütze, kreischend flogen die Granaten in Richtung Strand, und der halbmondförmige Küstenstreifen zwischen Sedd el Bahr bis zur Spitze des Kap Helles ging in Flammen auf.

»Zeigt's ihnen«, schrie jemand in der Dunkelheit. »Zur Hölle mit den Türken!«

Graubraune Wolken waren am fahlen Himmel zu erkennen,

und der Staub und die von den Granaten aufgewühlte Erde von Gallipoli rieselten auf das Deck. Inmitten der Kaskade gelber Erde blitzte grelles Mündungsfeuer auf. Blinzelnd lugte Charles über den Sandsackwall und sah, wie das Dorf oberhalb der Bucht unter den Schockwellen ihres Geschützfeuers verschwand. Er hielt sich die Hand vor das Gesicht und blickte auf seine Uhr. Sechs. Die Geschütze ihrer Flotte feuerten seit einer Stunde praktisch ohne Unterlass. Auf diesem brodelnden, nach Kordit stinkenden Streifen Land konnte nicht mal mehr ein Vogel oder eine Maus am Leben sein.

»Gott steh ihnen bei«, murmelte er.

RATTATTATANG … RATTATTATANG.

Das Schiff erbebte, fuhr mit voller Kraft weiter auf den Strand zu, und langsam kam die in diesiges Sonnenlicht getauchte Bucht in Sicht.

»Alle Waffen laden!«, brüllte Charles.

Die Munitionskisten klapperten, als sie geöffnet wurden, und mit lautem Klirren wurden die Munitionsgurte an den Verschlüssen festgemacht.

»Öffnet die Visiere … hundert Meter!«

Sie würden auf Geister zielen, auf pulverisierte Knochen, weiter nichts.

Der Beschuss endete so plötzlich, wie er angefangen hatte, während das in Rauch und Staub gehüllte Ufer näher kam. In der darauf folgenden abgrundtiefen Stille konnte Charles das leise Seufzen hören, mit dem das aufgewirbelte Geröll wie ein sanfter Regen auf die Wasseroberfläche fiel.

»Alle Boote los!«, rief ein Fähnrich zur See gebieterisch, obwohl seine jungenhafte Stimme wie das Zwitschern eines Vogels klang. »Alle an den Strand!«

Die Kutter der Marine zogen ihre Taue von den kleinen dampfbetriebenen Barkassen ein, die von den Transportschiffen gezogen worden waren, und fuhren in einer langen Reihe auf das Ufer zu. Die Dubliner standen an Deck, und ihre aufgesetzten Bajonette schimmerten im ersten Sonnenlicht.

»Iren los!«, brüllte ein Munster Fusilier vom schattigen Tiefdeck der *River Clyde.*

Noch fünfhundert Meter bis zum Strand. Die Kutter drifteten langsam auseinander, gruppierten sich neu, während sie gegen eine unsichtbare starke Strömung ankämpften. Charles sah abermals auf seine Uhr und hatte das Gefühl, als wolle die Zeit nicht mehr vergehen. Jetzt kämpfte auch der Kohlefrachter mit der Strömung und stemmte sich mit aller Kraft gegen die Flut des Hellespont.

»Mein Gott«, entfuhr es einem Schützen, als er über den Lauf seines Gewehrs sah. »Der Stacheldraht ist völlig unversehrt.«

Charles blickte durch ein Loch in der dicken Sandsackwand. Der Schütze hatte recht. Ein Dickicht aus Stacheldraht erstreckte sich über die Bucht und weiter die Anhöhe hinauf. Es glitzerte im morgendlichen Tau wie ein filigranes Spinnennetz.

»Die Dubliner müssen ihn aufschneiden«, erklärte er. »Ich hoffe nur, sie haben …« Plötzlich lief das Schiff auf Grund und kam stöhnend und erschaudernd dreißig Meter vor dem Ufer zum Stehen. Schritte trommelten über das Deck, als ein paar Matrosen zum Heck rannten, um die großen Schuten seitlich an das Schiff zu ziehen, während Charles durch eine seitliche Schießscharte die wieder ordentliche Linie der Kutter erblickte, die weiter auf den Strand zufuhren. Es war so still, dass die Kommandos der Sergeants und der Offiziere von den Dublin Fusiliers deutlich zu verstehen waren. Noch dreißig Meter … zwanzig … zehn. Ein Matrose, der einen Bootshaken umklammert hielt, sprang in die Brandung.

Blies da jemand in ein Horn? Hörte Charles tatsächlich eine leise Zwei-Ton-Melodie, die aus der Richtung des zerschossenen kleinen Dorfs kam? Sicher war er nicht.

»Hat jemand gehört …«, setzte er an, bevor mit einem Mal

die ganze Bucht in Rauch aufging und die Wasseroberfläche schäumte, als die erste Salve türkischer Geschosse auf sie niederging. Die Soldaten, die sich in den Booten drängten, fingen an zu schreien, als die Kugeln sie durchsiebten.

»Feuer!«, brüllte Charles, und sofort wurden die Schreie der sterbenden Dubliner vom Rattern der Geschütze übertönt. Obwohl Sand und Lehm auf den Strand und die Hügel regneten, ließ der türkische Beschuss nicht nach. Und sie wussten nicht, wohin sie zielen sollten. Denn niemand war zu sehen. Offenbar hatten die Türken schmale, gut versteckte Gräben in den Hügeln angelegt. Doch wie in aller Welt hatten sie darin die Bombardierung ihres Strands überlebt? Wahrscheinlich hatten sie sich irgendwo ein Stückchen oberhalb versteckt, bis der Beschuss geendet hatte, und waren danach hinunter an den Strand gestürzt. Auf der gesamten Halbinsel gab es nur fünf mögliche Landestellen. Das wussten natürlich auch die Türken, und sie hatten einen ganzen Monat Zeit gehabt, um diese Stellen zu befestigen und sich zu überlegen, wie sie bei der Verteidigung am besten vorgingen. Und sie hatten ihre Arbeit gut gemacht. Im Wasser fand man nur den Tod – die Boote standen mit der Breitseite zum Strand, aus den hölzernen Bugen flogen Splitter durch die Luft, und die Männer lagen in wirren Haufen auf den Ruderbänken oder stürzten über Bord. Ein paar Soldaten schafften es bis an den Strand, kauerten sich hinter eine niedrige Böschung oder rannten einfach weiter, bis der Stacheldraht sie aufhielt und zerriss.

Kugel prallten gegen die Stahlplatten der *River Clyde* und prasselten unablässig auf die Sandsackwälle nieder. Die Matrosen, die die Schuten um das Schiff ziehen sollten, wurden von den Decks und Laufplanken gefegt, und die nachfolgenden Männer klammerten sich kurz an den schweren Tauen fest, gingen aber schon im nächsten Kugelhagel über Bord. Hin und wieder bahnte ein Geschoss sich einen Weg durch die Schießscharten zwischen den Sandsäcken hindurch, und als zwei Schützen starben, nahmen sofort zwei andere Männer ihre Positionen ein und setzten das Feuer ohne Unterbrechung fort. Ein Gurt nach dem anderen wurde aus den Munitionskisten gerissen, und das Wasser zur Kühlung der Rohre fing langsam zu brodeln an.

Charles rammte eine Faust in einen Sandsack und unterdrückte einen Fluch. Warum zum Teufel drehten sie nicht ab, sondern signalisierten der Flotte, den Beschuss nach Kräften fortzusetzen?

»Das ist gottverdammter Wahnsinn!« Er tippte einem Sergeant von den Windsor Fusiliers auf den breiten Rücken und brüllte ihm zu: »Ich gehe auf die Brücke. Übernehmen Sie hier das Kommando, ja?«

Er ließ sich durch eine Luke auf das Vordeck fallen und schrammte sich ein Knie an der Eisenleiter auf. Während er weiter durch das stinkende Zwielicht stolperte, klingelten ihm die Ohren, denn die zahllosen Geschosse, die gegen den Schiffsrumpf prallten, hörten sich wie laute Glockenschläge an. Er stürzte an den Holzkisten mit Munition und den schwitzenden Munitionswarten vorbei, bis er zum Tiefdeck kam. Dort drängte sich dicht ein Zug der Hampshires gegen die hohen Eisenseiten, und die Männer zogen, da die Kugeln wie stählerne Peitschen knallten, ängstlich den Kopf ein.

»Was zum Teufel ist da los?«, fragte ein leichenblasser Soldat.

Charles sah keinen Sinn darin, auf seine Frage einzugehen. Denn er fände es noch früh genug heraus.

Die hölzernen Rampen wurden über die Schiffswände geschoben, als er auf die Brücke kam. Ein Marinekommandeur und Lieutenant Colonel Askins standen ungeschützt inmitten des Feuersturms, ohne sich dessen bewusst zu sein.

»Was zur Hölle machen Sie hier?«, fragte Colonel Askins, als er Charles erblickte, schaute dann aber sofort wieder zum Strand und presste seine Lippen so fest aufeinander, dass sie wie ein schmaler weißer Strich wirkten.

»Wir können dieses Feuer nicht mit den Maschinengewehren eindämmen, Sir. Wir richten damit nicht das Geringste aus.«

»Ich weiß. Das sehe ich.«

»Wir brauchen Artillerie, die Flotte …«

»Dafür ist es zu spät, das verdammte Schiff sitzt fest. Und die zweite Welle ist im Anmarsch.« Ruckartig wies er mit der rechten Hand über seine linke Schulter auf die Kutter und Barkassen, die sich fächerförmig auf das Ufer zuschoben.

»Signalisieren Sie ihnen, dass sie abdrehen sollen«, wies der Colonel den Marinekommandeur mit müder Stimme an. »General Napier führt die Männer an. Er hält sich für Admiral Nelson und kneift einfach beide Augen zu. Weil heute jeder dieser Hurensöhne siegen will.«

Plötzlich lehnte sich der Kommandeur über die völlig unzulängliche, aus Sandsäcken und Kesselblech bestehende Barrikade, die die Brücke schützen sollte, brüllte den Matrosen an den dampfbetriebenen Ankerwinken etwas zu und stürzte zur Leiter.

»Verdammt noch mal, soll ich es vielleicht selbst machen?«

»Dieser Napier«, bemerkte Colonel Askins trocken. »Er bekommt heute auf alle Fälle sein Verdienstkreuz … oder eine hübsche Kiste … oder beides.« Er sah Charles gedankenverloren an. »Das Ganze ist ein Riesenschlamassel, Greville, aber wir müssen diese Sache durchstehen, die Männer ans Ufer bringen und die Türken am Strand mit unseren Bajonetten aufspießen. Denn uns bleibt keine andere Möglichkeit. Verstanden?«

»Ja, Sir.«

»So ist's recht. Und jetzt kehren Sie zurück zu Ihren Waffen und …«

… noch ehe er den Satz beenden konnte, war er tot. Die Hälfte seines Schädels – das Haar mit der Kopfbedeckung – flog in Richtung Schornstein, und die Masse seines Hirns spritzte als rosig grauer Schleim durchs Steuerhaus. Charles ließ sich auf die Knie fallen und hielt sich die Augen zu, um das Grauen nicht zu sehen. Doch es nützte nichts. Das war ihm klar. Jeder, der ihn sähe, würde denken, dass er sich aus Feigheit auf dem Boden wand. Doch er hatte keine Angst. Über diesen Punkt war er bereits hinaus. Der Tod des Colonels war einfach mit einer derart explosiven Plötzlichkeit gekommen, dass er darauf nicht gefasst gewesen war. Dabei war der Tod als solcher bedeutungslos. Der Mann hätte auch schon während des Krieges in Südafrika bei Tugela oder Spion Kop von den Kugeln der Buren getroffen werden können. Und jetzt hatten ihn eben die Kugeln eines anderen Volks erwischt. Charles blickte auf den ausgestreckten ausblutenden Körper und stand wieder auf. Ein Melder der Marine presste sich gegen das Kesselblech und starrte ihn aus leeren Augen an.

»Signalisieren Sie den Booten, dass sie abdrehen sollen!«, schrie Charles ihn an.

Der Mann hatte den starren Blick eines Epileptikers. Es hatte keinen Sinn, ihn weiter anzuschreien. Also rannte Charles in gebückter Haltung von der Brücke, um dem Adjutanten mitzuteilen, dass der Colonel nicht mehr am Leben sei. Doch als er den Mann am Fuß der Leiter zur Steuerbordbrücke fand, lag der mit Einschusslöchern in der Brust auf den Holzplanken des Decks.

Die breiten flachen Schuten waren vor dem Bug miteinander vertäut, die hölzernen Landerampen wurden durch die in die Schiffswände geschnittenen Öffnungen geschoben, und auf einen lauten Pfiff hin rannten Mitglieder des ersten Zugs der Kompanie A der Royal Windsor Fusiliers, so schnell sie ihre Füße trugen, auf die kleinen Boote zu.

Während die Steuerbordrampe unter ihren Füßen bebte, brüllte irgendwer: »Haltet durch, Windsors!«

Charles erhaschte einen kurzen Blick auf Roger, der als Erster losgelaufen war. Er hatte eine Pfeife zwischen seinen Lippen und einen Revolver in der Hand und stürmte blind voran. Kugeln drangen in die Schiffswand ein oder prallten heulend ab. Es war, als stünden sie inmitten eines Bleigewitters, das sich, als der Trupp hinunter zu den Schuten rannte, noch zu steigern schien. Charles warf sich bäuchlings auf das Deck und schob sich hinter die Aufhängung eines Rettungsboots, das unter dem Ansturm der Geschosse längst geborsten war. Er blickte über den Rand der Aufhängung hinweg und stellte zu seinem Entsetzen fest, dass die Rampe menschenleer, dass der gesamte Zug verschwunden war. Ein paar Männer lagen in einem blutigen Haufen in der Schute, und die anderen bildeten bewegungslose dunkelbraune Klumpen, die im Wasser schwammen oder langsam untergingen, während über ihnen eine Wolke hellen Bluts aufstieg.

Wieder ertönte ein Pfiff, der zweite Zug der Kompanie schmolz auf seinem Spießrutenlauf über die Rampe auf sechs Mann zusammen, und auch die nachfolgenden Munsters wurden in der Luft zerfetzt und stürzten kopfüber ins Meer.

Tot. Roger war tot. Es dauerte einen Moment, bis Charles begriff. Tot, einfach nicht mehr da. Eine Leiche in der Schute oder ein aufgeblähter Khakisack, der auf der Wasseroberfläche wippte. Tot. Ohne ein Lebewohl, ohne ein Wort des Abschieds, einfach ausgelöscht. Der Wahnsinn machte ihn völlig benommen. Den Beschuss ignorierend, rappelte Charles sich auf, kehrte langsam auf das Vorderdeck zurück und nahm wieder seine Position zwischen den dampfenden klackernden Maschinengewehren ein.

»Mein Gott«, entfuhr es dem Sergeant, dem vorübergehend die Befehlsgewalt über die Schützen übertragen worden war. »Ich hätte nicht gedacht, Sie noch einmal zu sehen.«

Hier sind wir in Sicherheit, dachte Charles benommen. Die breiteren Lücken in der Wand aus sandgefüllten Säcken hatte man mit zusätzlichen Sandsäcken verstopft. Und die Schützen machten sich schon längst nicht mehr die Mühe, ihre Waffen auf ein Ziel zu lenken, auf wen sollten sie auch zielen? Während die Kugeln der Türken über ihre Köpfen surrten oder in den schweren Säcken mit weißem Sand aus Ägypten stecken blieben, lagen seine Männer bäuchlings auf dem Deck und feuerten eine Runde nach der anderen ab.

Ein Major der Hampshires robbte auf Charles zu und schrie über die laut stotternden Gewehre hinweg:

»Wir schicken niemanden mehr los und warten, bis es ... dunkel ist. Setzen Sie den Beschuss auf den Strand fort.«

Charles nickte, ehe er den Kopf gegen die von der Sonne erwärmten Säcke sinken ließ. Durch einen kleinen Spalt sah er die Bucht – die wippenden Boote der zweiten Angriffswelle, in denen sich die Toten türmten, die zahllosen Leichen, die sich in der Brandung drehten, und all das vergossene Blut, das dem Wasser einen roten Ton verlieh. Gott, ging es ihm durch den Kopf, der alte Homer hatte recht. Das Meer glich dunklem Wein.

12

Als Martin Rilke in Southampton in den Zug nach London stieg, saßen im Abteil der ersten Klasse schon sechs Offiziere, die nach Monaten in Frankreich erstmals wieder in der Heimat waren. Sie begegneten ihm mit eisiger Verachtung, als sie bemerkten, wie jung er war, dass er vor Gesundheit strotzte und zivile Kleidung trug.

»Na, hatten Sie einen schönen Urlaub?«, erkundigte sich ein Major der Durham Light Infantrie spitz.

»Nein«, antwortete Martin, während er seine prall gefüllte Aktentasche in das Netz über der Sitzbank wuchtete. »Ich war in Gallipoli.«

Sofort schmolz das Eis, Zigaretten wurden ausgetauscht, und während der Zug durch die sommerliche Landschaft von Südengland rumpelte, unterhielten sie sich über grässliche Massaker. Martin berichtete den Offizieren von den katastrophalen Landungen am Kap Helles und der Anzac-Bucht, und sie erzählten ihm von den furchtbaren Dingen, die bei Neuve-Chapelle und in den Hügeln bei Aubers geschehen waren.

Obwohl London in der Julihitze schmachtete, empfand Martin die Luft nach seiner Zeit auf Limnos und der Halbinsel als beinahe kühl. Doch als er vor dem Bahnhof Waterloo ein paar Minuten auf ein freies Taxi warten musste, war er wie bereits im Zug als gesunder Zivilist im besten Alter abermals den feindseligen Blicken anderer ausgesetzt, und eine junge Frau in einem blassgrünen Kleid drückte ihm sogar verächtlich eine weiße Feder in die Hand.

Es war seltsam. Alles war noch genauso wie vorher. Die Nachrichtenbehälter glitten surrend über die gespannten Drähte zu den Schreibtischen erschöpfter Redakteure und Korrektoren, die Fernschreiber ratterten, die Botenjungen rannten zwischen den zahlreichen Schreibtischen hin und her, und in der Ferne rumpelten die Druckerpressen wie die Motoren eines großen Schiffs. Es war ein Jahr her, seit er an einem Tisch in einer Glaskabine oberflächliche Artikel über die seltsamen Sitten und Gebräuche seines Gastlandes geschrieben hatte, und er fragte sich, ob der Theaterrezensent noch immer jeden Abend im schwarzen Frack und mit weißer Fliege im Büro erschien. Nein, es hatte sich tatsächlich kaum etwas verändert. Außer dass er ein paar Leute noch nicht kannte und ein fremder Mann an Jacobs altem Schreibtisch saß.

In Lord Crewes Büro hingen noch immer große Karten an den Wänden, eine von der Westfront neben einem echten Turner und eine vom Mittelmeer neben einem echten Constable. Und auch Lord Crewe selbst war korpulent wie eh und je, auch wenn die Sonnenbräune aus seinem Gesicht gewichen war. Im kriegführenden England war an Segeln nicht zu denken.

»Nun, Rilke, ich freue mich, dass Sie zurück sind.«

»Ich mich auch, Sir.« Martin nahm auf dem antiken Stuhl vor dem breiten Eichentisch Platz, der dem Pressezaren als Schreibtisch diente, und legte seine Aktentasche darauf ab. »Ich habe jede Menge für Sie zu lesen, Sir. Denn ich habe Tagebuch geführt und alles notiert, was von den Zensoren in Mudros nie genehmigt worden wäre.«

Der Verleger lehnte sich auf seinem Biedermeierstuhl zurück und faltete seine schweren Hände vor dem Bauch.

»Ich lese nicht gern private Tagebücher, Rilke. Ich möchte Ihre abgedruckten Texte in der Zeitung lesen – wie Millionen anderer Leser auch. Lassen Sie mich Ihnen etwas sagen, was Sie vielleicht noch nicht wissen. Die Menschen, die über die

Generäle und die Strategien dieses Krieges lesen wollen, lesen Repingtons Artikel in der *Times.* Und die, die was über die Männer wissen wollen, die an der Front die Drecksarbeit verrichten, lesen unsere *Daily Post* und dort vor allem Ihre ›Skizzen aus Gallipoli‹. Genau wie die Leser fünf amerikanischer, dreier kanadischer und zweier australischer Zeitungen und des *Leslie's Weekly*-Magazins. Sie waren dreieinhalb Monate fort und sind als berühmter Mann und Wegbereiter eines neuen Journalismus nach England zurückgekehrt. Sie sind der Erfinder einer neuen Art der Kriegsberichterstattung, bei der es vor allem um die Männer und nicht um die großen Schlachten geht. Menschliches Interesse, Rilke – menschliches Interesse –, das ist Ihre große Stärke. Aber jetzt sind Sie zurück, und ich gehe davon aus, dass Sie nicht noch einmal in den Osten wollen. Das kann ich verstehen. Weil das ja nur ein Nebenschauplatz ist. Die wichtigen Schlachten finden in diesem Herbst in Frankreich statt. Sir John French und Joffre arbeiten gerade einen Gesamtplan aus, und als Titel für Ihre nächste Artikelserie schwebt mir ›Skizzen von der Westfront‹ vor.«

Martin klappte seine Aktentasche auf und zog die Notizbücher heraus. Er hatte noch nicht ganz begriffen, dass er jetzt eine Berühmtheit war und man seine Texte in verschiedenen Zeitungen las. Doch selbst wenn er es begriffen hätte, hätte er sich sicher nicht im Ruhm gesonnt. In seinen Tagebüchern stand, weswegen er Gallipoli verlassen hatte, und entschlossen schob er sie über den Tisch.

Lord Crewe ließ kurz die Hand auf Martins Büchern liegen, schob sie dann aber beiseite und sah den Reporter an.

»Ich weiß, was da drinsteht, Rilke. Alles, was von den Zensoren gestrichen worden wäre, stimmt's? Sie versuchen sich darin als Kommentator und weichen von Ihren gewohnten Skizzen ab.«

»Lord Crewe ...«

»Nein, Rilke, nicht Lord Crewe. Nennen Sie mich Guv'nor. Das haben Sie sich rechtschaffen verdient.« Er verschränkte die Arme auf dem Tisch und bedachte Martin mit seinem klaren, durchdringenden Blick. »Ich weiß, was dort vor sich geht. Weshalb mich nichts, was Sie mir vielleicht erzählen wollen, noch empören kann. Es war ein brillanter Plan, der auf spektakuläre Weise fehlgeschlagen ist. Die Landungen an den Stränden von Gallipoli waren eine Schande, man hat dort tapfere Männer zu Tausenden verheizt. Hamilton hat seinen fetten Hintern irgendwo weit draußen auf dem Meer auf einem Schlachtschiff platt gesessen und zweitausend Mann am Strandabschnitt Y Tee aufbrühen lassen, während nur ein paar Meilen entfernt bei Sedd el Bahr andere Männer scharenweise umgekommen sind … und genauso Hunter Weston, verdammt noch mal, mit den Landungstruppen bei Eski Hissarlik … hat seine Männer tatenlos herumstehen lassen, statt sie als Verstärkung an den Strandabschnitt V abzukommandieren, um dort in die türkische Flanke einzufallen. Sie haben es vermasselt! Das gesamte Unternehmen pervertiert. Und dann noch der Wahnsinn mit den Anzac-Korps aus Australien und Neuseeland, all diese Männer eine Klippe raufzuschicken, die wahrscheinlich nicht mal eine Ziege raufgekommen wäre. Das Oberkommando müsste schon brillant sein, um jetzt noch ein Kaninchen aus dem Hut zu zaubern, Rilke. Allerdings gibt es dort oben keine brillanten Männer! Also, was könnte in Ihren Tagebüchern stehen, was ich nicht schon weiß?«

»Anscheinend nichts. Aber sagen Sie mir, was weiß der normale Mann draußen auf der Straße?«

»Was er in der Zeitung liest.«

»Dann lassen Sie ihn diese Bücher lesen, *Guv'nor.*« Er klopfte beharrlich auf das oberste Journal. »Bringen Sie es auf der ersten Seite, meine Beobachtungen und die Kommentare all der Offiziere und Soldaten, die ich in den letzten Monaten gesprochen habe. Denn so war es *wirklich* bei Gallipoli: ein Generalstab, der

der Meinung ist, dass man am besten mit dem Kopf zuerst durch eine Backsteinmauer geht, eine Regierung, die politisch Ränke schmiedet und gerade genug Männer in den Osten schickt, damit das Gemetzel weitergehen kann, ohne die Generäle an der Westfront zu verärgern, indem sie die Kriegsanstrengungen dort konzentriert. Es ist alles ein fürchterliches Durcheinander, und die Öffentlichkeit hat das Recht zu erfahren, wie blutig und wie hoffnungslos die Lage ist. Wenn Ihr Volk diesen Krieg gewinnen will …«

»Wir *werden* ihn gewinnen«, polterte Lord Crewe, während er die Faust wie einen Hammer auf die Bücher krachen ließ. »Wir werden ihn gewinnen, denn wenn nicht, wird diese Nation aufhören zu existieren und unser Imperium untergehen. Der Mann auf der Straße will, dass dieser Krieg gewonnen wird. Er ist fest entschlossen, und deshalb wird weder diese Zeitung noch ein anderes Blatt Geschichten drucken, die diese Entschlossenheit unterminieren, indem sie unsere militärische Führung niedermachen und den Glauben unseres Volks an den … letztendlichen … Sieg zerstören.«

Mit einem müden Lächeln zog Martin die kleine weiße Feder aus der Tasche und ließ sie auf den Tisch schweben.

»Ich nehme an, das ist Teil dieser Entschlossenheit. Diese Feder drückte mir ein hübsches junges Mädchen vor dem Bahnhof in die Hand.«

»Sie ist symptomatisch, ja. Ich kann nicht behaupten, dass mir diese Art Belästigung gefällt, aber sie macht deutlich, wie die Menschen auf der Straße den Krieg sehen. Jeder soll sein Bestes geben – jeder junge Mann im kampffähigen Alter sollte eine Uniform anziehen und dazu beitragen, die Deutschen und die Türken in die Flucht zu schlagen, ganz egal zu welchem Preis. Sie lesen jeden Tag die Gefallenenlisten, hinsichtlich des Blutzolls, den wir zahlen, macht weder die Regierung noch das Militär den Menschen etwas vor. Sie wissen, wie viele junge

Kerle in den Hügeln bei Aubers und bei Neuve-Chapelle gefallen sind und wie viele augenblicklich in den Dardanellen sterben, und sie würden jeden Journalisten aufhängen, der ihnen sagt, dass alle diese Männer vollkommen umsonst gestorben seien.« Er lehnte sich wieder auf seinem Stuhl zurück und spielte geistesabwesend mit seiner goldenen Uhrkette und ließ die dicken Glieder durch seine Finger gleiten. »Ich werde Ihnen etwas sagen, Rilke. Es stehen große Veränderungen bevor. Nach dem Desaster von Gallipoli werden viele Köpfe rollen, und dann kommen andere zum Zug. Asquith' Tage als Premier sind meiner Meinung nach gezählt. Churchills Karriere ist am Ende, und selbst Kitchener übt nur noch einen begrenzten Einfluss aus. Männer wie Lloyd George und David Langham sind auf dem aufsteigenden Ast. Die Führung dieses Krieges wird eine neue Wendung nehmen, und weniger die Generäle als vielmehr die Politiker werden zukünftig bestimmen, was passiert. Ich weiß nicht, ob das gut ist oder schlecht, da hat wahrscheinlich jeder seine eigene Meinung. Aber schließlich gab es auch noch keinen vergleichbaren Krieg, keine Lektion aus der Vergangenheit, an der man sich ein Beispiel nehmen kann. Ich weiß nur eins: Dieser Krieg wird weitergehen, bis die eine oder andere Seite endgültig zusammenbricht. Und diese Zeitung wird über den Krieg berichten, aber mehr auch nicht. Über das tägliche Kriegsgeschehen, über die Männer und den Alltag an der Front, über die menschlichen Dramen. Und Sie verstehen, darüber zu schreiben, Rilke. Sie fangen den Mut und die Schmerzen ein, und ich möchte, dass Sie weitermachen innerhalb der Grenzen der Zensur. Werden Sie das tun?«

Martin nahm die zarte weiße Feder vom Deckel des Buchs und zupfte daran herum, bis sie in winzig kleinen Einzelteilen vor ihm lag.

»Ich nehme an, ich habe keine andere Wahl. Es muss auf jeden Fall dokumentiert werden.«

»Genau. Lassen Sie mich Ihnen etwas vorlesen, was heute früh im *Telegraph* gestanden hat. Der Text wurde am letzten Donnerstag in Mudros von einem gewissen Robert Allensworth verfasst, der bereits während des Burenkriegs ordentlich für dieses Blatt berichtet hat.« Der Verleger wühlte in den Papieren auf seinem Schreibtisch herum und zog eine Ausgabe des Konkurrenzblatts hervor. »Ich werde nur den Ausschnitt lesen, der mir wichtig ist: Der Lieutnant stieß ein jungenhaftes, unbeschwertes Lachen aus, er war noch ein Junge, frisch von einem angesehenen, ehrwürdigen Internat. ›Es war ein Riesenspaß‹, rief mir der Soldatenjunge zu. ›Die türkischen Brüder vertragen englischen Stahl nur schlecht und rennen wie die Karnickel fort, sobald sie ein aufgepflanztes Bajonett sehen. Wir haben uns prächtig amüsiert und uns dann mit Appetit über unser Frühstück hergemacht.‹« Er faltete die Zeitung sorgfältig zusammen, bevor er sie in den Papierkorb fallen ließ.

»Ich kenne Allensworth.« Martin blickte auf die Reste der Feder und fügte gepresst hinzu: »Er war nie auch nur in der Nähe des Geschehens. Er kam für drei Tage aus Ägypten rüber und hat sich dann irgendwelche Dinge ausgedacht.«

»Es gibt viele wie ihn und nur wenige wie Sie. Vielleicht schreiben Sie nicht die ganze Wahrheit, aber bei Gott, Sie schreiben so, dass Sie sich nicht für Ihren Beruf schämen müssen. Ihre Beschreibung des Angriffs vom vierten Juni hat allen Engländern die Tränen in die Augen getrieben, weil der verzweifelte Heldenmut all dieser jungen Männer ihnen die Herzen gebrochen hat. Und die Zensoren haben kaum ein Wort gestrichen. Es war ein guter, ehrlicher Bericht, Rilke, mit dem jedem armen Tommy, der auf dieser verfluchten Anhöhe gefallen ist, ein großer Dienst erwiesen worden ist. Natürlich dürfen Sie das Oberkommando für dieses Desaster in Ihren Tagebüchern kritisieren, aber wenn wir so etwas zum jetzigen Zeitpunkt drucken würden, würden nicht wir, sondern einzig unsere Gegner gestärkt.« Er schob Martin den Stapel Bücher wieder hin. »Heben Sie sie auf. Und machen Sie kein so finsteres Gesicht. Denn in Zeiten wie diesen sind die Möglichkeiten eines Journalisten nun einmal begrenzt.«

Er setzte sich aufs Oberdeck eines Omnibusses in Richtung Strand. Die zahlreichen Menschen, auf die er von dem offenen Deck hinunterblickte, sahen alles andere als finster oder mutlos aus. Dass Krieg war, merkte man nur an der Zahl uniformierter Männer, den Rekrutierungsplakaten an den Briefkästen und den Mädchen mit den weißen Federn, die vor den Cafés und Kinos auf der Lauer lagen, weil sich dort womöglich irgendwelche jungen Drückeberger amüsierten, statt mit stolz gestrafften Schultern in den Kampf zu ziehen. Es herrschte eine unbeschwerte Atmosphäre in der Stadt, als seien die drängendsten Probleme dieses sonnigen Nachmittags, dass man im Geschäft den richtigen Artikel oder einen schönen Platz in einem hübschen Café fand.

Seine Aktentasche lag schwer auf seinem Schoß. Lord Crewe – der *Guv'nor* – hatte natürlich recht gehabt. Die Kämpfe mussten weitergehen, selbst wenn es momentan unter der Führung fantasieloser und unfähiger Generäle fast nur Niederlagen gab. Doch im Verlauf der Zeit würde sich die Lage wahrscheinlich ändern. Der Guv'nor hatte ihm erklärt, bald wehe ein frischer Wind in England. Neue Männer mit neuen Ideen übernähmen das Ruder, und dann gehe es wieder aufwärts. Aber ob es tatsächlich so einfach war? Auf Limnos hatte Martin die Befehlsstruktur bei der Armee aus nächster Nähe miterlebt – die eingeschworene Clique der wenigen Offiziere, die über den Rang des Colonels hinausgekommen waren, ihr Zusammenhalt basierte hauptsächlich auf der Abscheu und der Angst vor Außenstehenden. Sie hatten die Höflichkeit mit der Muttermilch aufgesogen und deswegen höflich abgelehnt, Kriegsberichterstatter innerhalb der ersten einundzwanzig Tage nach der Landung an die Front zu lassen, und auch später stets Bewacher mitgeschickt. Er und Ashmead-Bartlett hatten die Bestimmung einfach ignoriert, als sie endlich auf der Halbinsel angekommen waren, und sich direkt zu den Schützengräben an vorderster Front begeben, weil kein Offizier des Stabs sich dort jemals freiwillig blicken ließ. Es existierte eine Art Vakuum zwischen den Männern an der Front und denen im Hauptquartier. Operationen wurden mithilfe von Karten auf Limnos geplant, ohne dass die Mitglieder des Stabs auch nur erahnten, was das für die Männer hieß, die sie auszuführen hatten. Auf einer Karte sahen fünfzig Meter winzig aus. Eine Strecke, die sich ohne Mühe überwinden ließ, wenn man darüber hinwegsah, dass die Männer nicht die geringste Deckung hatten und den türkischen Geschützen ausgeliefert waren. Der Stab sprach niemals von den *Männern* – den Soldaten, die an Durchfall litten und verdreckt, verlaust und hundemüde waren –, sondern immer nur vom *Regiment*. Es hieß: »Dort schicken wir die Royal Windsors hin …«, oder »Auf die Lancashire Fusiliers ist stets Verlass …«, als seien diese farblosen Gestalten, die wie Maulwürfe unter der Erde lebten, eine Phalanx der Unsterblichen.

Er klopfte auf seine Aktentasche und blickte erbost auf das Gedränge auf dem Bürgersteig. Die Ferienlaune, die in London herrschte, irritierte ihn. Aber warum in aller Welt? Schließlich war Freitagnachmittag, und Menschen, die die ganze Woche über hart geschuftet hatten, durften sich doch wohl aufs Wochenende freuen. Wahrscheinlich hatten viele dieser Leute Söhne, Väter, Brüder, Ehemänner oder Freunde an der Front und spürten durchaus den Druck des Krieges. Aber das hieß nicht, dass sie deshalb nur noch mit Trauermienen durch die Gegend laufen oder zu Hause bleiben sollten, um sich dort in ihrem Elend zu suhlen. Er ärgerte sich über sie, weil er leise Schuldgefühle hatte, weil er selbst sicher in einem Bus in London saß, während auf seinem Schoß ein Stapel Bücher lag, Zeugnis großer Furcht und unbeschreiblichen Unglücks. Die Männer, die er dort verewigt hatte – Engländer, Franzosen, Inder, Australier und Neuseeländer, all die sonnenverbrannten durstgeplagten Infanteristen, die sich so verzweifelt an dem kleinen Brückenkopf in der Ägäis festgeklammert hatten –, vielleicht lagen sie inzwischen tot vor Achi Baba oder Chunuk Bair, und ihre Leichen wurden in der heißen Sonne schwarz.

Vielleicht lebte auch Charles Greville längst nicht mehr. Bei dem Gedanken wurden Martins Hände feucht. Auf seiner ersten Fahrt von Limnos nach Gallipoli hatte er nach Charles gesucht. Nachdem die Soldaten, die die *River Clyde* hatten verlassen wollen, von den Türken aufgerieben worden waren, hatte Martin nicht gewusst, ob sein Vetter noch am Leben war. »Bei Gott, wir können wirklich stolz auf unsere Windsors sein«, hatte ein älterer Stabsoffizier auf der Terrasse eines Cafés in Mudros bei einem Glas griechischem Wein am Tag nach den Landungen gesagt. »Diese Jungen wissen, wie man stirbt!«

Als der Bus von der Strand in die Charing Cross Road bog, nahm Martin ein Gesicht in der Menschenmenge auf dem Gehweg wahr. Ein schmales Gesicht, so bleich wie Elfenbein. Zarte Züge, schmale Nase, schwarzes Haar. Als er sie zum letzten Mal gesehen hatte, hatte sie in einer Uniform gesteckt. Und das tat sie auch jetzt, nur hatte sie die Tracht des Dienstmädchens gegen die blau-rote Kluft der Krankenschwester eingetauscht. Ein dichter Strom von Fußgängern lief über die Straße zum Trafalgar Square, und er entdeckte sie erneut, als sie sich langsam mit der Menge treiben ließ. Es hätte keinen Sinn gehabt zu schreien. Sie würde ihn nicht hören, und wahrscheinlich war es gar nicht sie. Trotzdem klemmte er sich seine Aktentasche unter den Arm, stürzte durch den Gang, stolperte die enge gewundene Treppe hinab und sprang aus dem rollenden Gefährt.

»Wollen Sie sich umbringen, Mann?«, rief ihm der überraschte Schaffner hinterher.

Wegen der vielen Zuschauer beim Rekrutierungsmarsch der schottischen Garde, die mit ihren Dudelsäcken und in Faltenröcken unter der Säule von Admiral Nelson paradierte, verlor er sie aus den Augen. Eilig stieg er auf den Sockel des berühmten Denkmals und entdeckte eine Frau in Schwesterntracht, die langsam zum Haymarket ging. Ein Werbeoffizier nahm ihn am Arm.

»Melden Sie sich zur Armee! Weil es einfach nichts Schöneres als die schottische Garde gibt!«

»Tut mir leid.« Martin riss sich von ihm los. »Ich dachte, Sie wären vom Highland Regiment.«

Er holte sie ein, als sie mit nachdenklicher Miene vor der Auslage eines Bekleidungsgeschäfts stand. Er betrachtete kurz ihr Profil und ging dann entschlossen auf sie zu.

»Ivy Thaxton?«

Sie blickte ihn neugierig an und antwortete lächelnd:

»Na, wenn das nicht Mr. Rilke aus Chicago ist.«

»Genau.« Er grinste sie breit an. »Eisenbahnen und Schlachthöfe. Ich habe Sie vom Oberdeck eines Omnibusses aus entdeckt und wusste gleich, dass Sie es sind. Oder hatte es auf jeden Fall gehofft. Wie geht es Ihnen?«

»Gut. Und Ihnen?«

»Bestens … allerbestens.«

»So sehen Sie auch aus. Waren Sie am Meer?« Ihre veilchenblauen Augen wirkten so unschuldig, trotzdem brachte ihn ihr ruhiger Blick ein wenig aus dem Gleichgewicht.

»Sagen Sie«, erkundigte er sich nervös, »Sie drücken mir doch jetzt wohl keine weiße Feder in die Hand?«

»Warum sollte ich das tun?«

»Nun, das ist mir heute früh schon mal passiert. Ich wirke wahrscheinlich einfach zu gesund, um in Zivil zu gehen.«

»Sie hätten ihr sagen sollen, wer Sie sind«, erwiderte sie erregt. »So eine dumme Gans.« Sie berührte seine Hand und lächelte erneut. »Tut mir leid, falls meine Frage eben etwas unfreundlich geklungen hat. Hatte ein Scherz sein sollen. Wir alle haben Ihre Artikel in der *Post* gelesen. Die Männer auf unserer Station sagen, Sie seien der Einzige, der weiß, was die Soldaten durchmachen. Ich bin sehr stolz auf Sie und gebe manchmal etwas damit an, dass ich Sie kenne. Schließlich habe ich einmal Ihr Bett gemacht!«

»Himmel, das ist ewig her.«

Sie runzelte die Stirn.

»Oh, je länger ich darüber nachdenke, umso erboster bin ich. All diese dummen Weiber mit den Federn wissen offenbar nichts Besseres mit ihrer Zeit anzufangen, als durch die Stadt zu laufen, um junge Männer bloßzustellen.«

Er berührte vorsichtig den weichen Ärmel ihrer Uniform.

»Sie haben eindeutig eine bessere Beschäftigung für sich gefunden.«

»Allerdings. Ich mache seit September eine Ausbildung zur Krankenschwester. Lady Stanmore hat mir ein Empfehlungsschreiben für das All Souls Hospital in Holborn ausgestellt. Obwohl es natürlich noch ewig dauern wird, bis ich eine echte Schwester bin. Man muss jede Menge lernen.«

»Sie werden es bestimmt schaffen.«

»Ja«, stimmte sie mit nachdenklicher Stimme zu. »Das werde ich. Weil ich hart arbeiten kann. Und das muss man dort. Dies ist mein erster freier Nachmittag seit Wochen und wahrscheinlich auch der letzte für die nächsten Monate.«

»Wann müssen Sie wieder zurück?«

»Um elf.«

»Es ist erst halb fünf. Haben Sie schon Tee getrunken?«

»Nein.«

»Ich auch nicht. Würden Sie mir vielleicht Gesellschaft leisten? Ich hege den größten Respekt vor den Mitgliedern des freiwilligen Schwesternkorps. Ich habe ein Dutzend Ihrer Kolleginnen auf Limnos arbeiten sehen und schulde jeder Einzelnen eine Tasse anständigen Tee. An der Charing Cross ist ein White Manor.«

»Es soll sehr elegant sein«, entgegnete sie zweifelnd. »Mit einem Orchester und allem Drum und Dran. Ich möchte nicht, dass Sie sich meinetwegen in Unkosten stürzen. Warum gehen wir nicht in ein gewöhnliches White Manor in der Shaftesbury Avenue?«

»Nur gewöhnliche Menschen gehen in gewöhnliche Cafés. Aber Sie sind etwas Besonderes, Ivy. Und vor allem möchte ich vermeiden, dass mir mein Gehalt des letzten Vierteljahres Löcher in die Taschen meiner Jacke brennt.«

Während sie gemächlich zu dem Teesalon an der Charing Cross spazierten, erzählte er ihr von Gallipoli und dass er Charles Greville dort in einem Graben am Kap Helles begegnet war. Sie hörte ihm mit ernster Miene zu, denn mit dem Tod und grauenhaften Wunden kannte sie sich aus.

»Ich hoffe, er ist wohlauf. Dort muss es wie in der Hölle sein. Wir haben bisher noch keine Verwundeten von dort bekommen. Die meisten werden nach Ägypten oder Malta geschickt. Was vielleicht auch besser ist – denn bei uns treffen noch immer jeden Tag Verwundete aus Flandern ein.«

»Wird man Sie nach Frankreich schicken?«

»Erst wenn ich in einem Operationsteam bin. Das dauert sicherlich noch bis zu einem Jahr, und ich hoffe, dass der Krieg bis dahin vorüber ist. Was glauben Sie?«

»Ich fürchte, dass er noch viel länger dauern wird.«

»Oje.« Sie stieß einen Seufzer aus. »Das fürchten auch die meisten der Soldaten auf unserer Station. Aber einer von den Jungs hat ein kleines Schild hinter sein Bett gehängt. Er hat es sehr schön mit Buntstiften geschrieben. Darauf steht: ›Möge

1916 Frieden mit uns sein.‹ Auch wenn ihm das nicht mehr helfen wird. Er hat nämlich in Festubert beide Beine und einen Arm verloren.«

Ihre düstere und nachdenkliche Stimmung verflog, als sie durch die Tür des eleganten Teesalons im zweiten Stock des an der Charing Cross gelegenen White Manor traten, wo ein Orchester einen Tango spielte. Die Tanzfläche war voll.

»Oh, wie prachtvoll!«

Sie nahmen Petits Fours, Éclairs, Sandkuchen und Eis zum Tee. Martin hatte jedoch keinen großen Appetit, und so spielte er mit einem Stückchen Kuchen und sah Ivy lächelnd beim Essen zu.

»Ich wette, das ist eine willkommene Abwechslung zum Essen im Krankenhaus.«

Nickend biss sie in ein Petit Four.

»Ja, dort verkochen sie alles. Anfangs hat mir Abingdon Hall gefehlt. Sie hatten dort so gute Köchinnen, nicht wahr? Wie Ihnen wahrscheinlich bereits aufgefallen ist, esse ich furchtbar gern, nehme aber niemals auch nur ein Gramm zu. Was bestimmt an meinen Drüsen liegt.«

»Sie verbrennen all das Essen wegen Ihrer jugendlichen Energie. Wie alt sind Sie, Ivy?«

»Im März achtzehn geworden, also bereits ganz schön alt. Dabei gibt es noch so vieles, was ich machen möchte, und so viele Orte, die ich sehen will. Wissen Sie, dies ist das erste Mal, dass ich mit einem Mann Tee trinke. Stellen Sie sich das mal vor!«

»Dann nutzen Sie diese Gelegenheit besser nach Kräften aus. Möchten Sie vielleicht tanzen?«

»Das habe ich nie gelernt. Und ich habe Angst, mich vor all diesen Leuten zu blamieren.«

»Sehen Sie sich doch nur die Tänzer an. Keiner von ihnen ist besonders gut, sie wollen sich amüsieren. Kommen Sie, jetzt spielen sie gerade einen Foxtrott. Es ist ganz leicht … Bewegen Sie sich einfach rückwärts. Ich halte Sie fest.«

»Klingt aber alles andere als leicht«, stellte sie mit leisem Zweifel in der Stimme fest. »Aber versuchen sollte ich es vielleicht trotzdem mal.«

Als er ihren schlanken Leib zum ersten Mal berührte, wurden seine Knie weich. Ihre beiden Körper waren wie füreinander geschaffen, und trunken vor Glück hielt er sie fest.

»Mache ich es richtig?«, fragte sie.

»Oh ja.« Er schmiegte sein Gesicht flüchtig an ihre Wange. »Sie machen es hervorragend.«

Sie tanzten immer weiter, bis gegen halb sieben das Orchester seine letzte Nummer spielte. So wie in den letzten Stunden hatte Martin sich schon ewig nicht mehr und sie sich nie zuvor in ihrem Leben amüsiert, wie sie ihm erklärte, als sie in Richtung St. James's Park gingen.

»Na, das war vielleicht ein Spaß! Ich kann es kaum erwarten, den anderen Mädchen davon zu erzählen. Und die schönen Frauen in ihren eleganten Kleidern!«

»Aber keine war so schön wie Sie, Ivy.«

Sie starrte geradeaus, als hätte sie die Worte nicht gehört.

»Gehen Sie oft mit Mädchen tanzen, Mr. Rilke?«

»Martin, bitte nennen Sie mich Martin. Nein, ich habe immer viel zu viel zu tun.«

»Haben Sie in Chicago viel getanzt?«

»Ab und zu. Unsere Studentenverbindung am College hat hin und wieder Tanzveranstaltungen ausgerichtet.«

»Ich war noch nie auf einem solchen Fest. Weil mein Da nichts davon hält. Mein Da kann manchmal ziemlich prüde sein.«

»Ihr Vater, meinen Sie?«

»Ja.«

»Und womit verdient er seinen Lebensunterhalt?«

»Er arbeitet in einer Schuhfabrik. Im Augenblick haben sie dort natürlich alle Hände voll zu tun. Denn sie stellen Stiefel für Soldaten her. Seltsam, finden Sie nicht auch? Vor dem Krieg war es sehr hart für ihn, und jetzt verdient er plötzlich jede Menge Geld.«

Es war noch bis zehn Uhr hell, und das goldene Sonnenlicht fiel auf die Wipfel der Bäume und die Prachtbauten von Whitehall, und die Hitze der vergangenen Stunden wich einer angenehmen Kühle. An solch einem schönen Abend sah man überall im Park Männer in Uniform mit jungen Frauen.

»Mit meiner Aktentasche komme ich mir etwas närrisch vor wie ein Hausierer.«

»Ich finde, Sie sehen damit bedeutsam aus. Bestimmt denken die Leute, dass Sie gerade auf dem Weg vom Parlament zum König sind.«

»Und meine private Krankenschwester habe ich natürlich stets dabei.«

»Ja genau. Weil Sie hin und wieder Krämpfe kriegen wie mein Onkel Arthur, auch wenn Da behauptet, dass er die nur bekommt, wenn der Wirt in seinem Pub Wasser in sein Bier gemischt hat.« Plötzlich breitete sie die Arme aus. »Oh, ich liebe grüne Parks! Wenn auf den Straßen Gras wachsen würde, wäre London wirklich eine wunderbare Stadt.«

Er nahm ihre Hand und führte sie vom Weg auf eine Baumgruppe zu.

»Was für ein unbeschwerter Mensch Sie sind, Ivy.«

»Glauben Sie? Eigentlich bin ich das gar nicht. Meistens bin ich eher ein bisschen trübsinnig. Ich sehe bei meiner Arbeit so viel Elend. Oh, unsere Oberschwester sagt, dass man sich sein Lächeln trotzdem bewahren soll, aber in einem drin – tief in seinem Herzen – verspürt man häufig einen dumpfen Schmerz.«

»Spüren Sie ihn auch jetzt?«

»Ein bisschen, ja. Ich meine, ich habe jede Menge Spaß und

bin so froh, weil wir zusammen hier spazieren gehen, aber in einer Stunde beginnt wieder mein Dienst, und in Gedanken kehre ich schon jetzt auf die Station zurück. Ich bin seit neun Wochen bei den Amputierten, wissen Sie, das ist entsetzlich traurig.«

Er stellte seine Aktentasche ab, zog sie spontan an sich und hielt sie mit seinen starken Händen fest. Überall um sie herum saßen oder lagen Paare auf dem Gras oder flanierten am Ufer des dunkelgrünen Sees, und niemand achtete auf sie, als Martin seinen Mund auf Ivys Lippen presste und sie diesen Kuss erwiderte, als hätte sie sich jahrelang danach gesehnt. All das Grauen von Gallipoli steckte in der Lederaktentasche, die zu seinen Füßen lag, doch während eines kurzen Augenblicks wurde die Erinnerung daran durch die Süße ihres Lippenpaars verdrängt.

Hanna Rilke Greville saß auf der Terrasse ihres Anwesens und nahm den Tee ein, dazu Wasserkresse-Sandwiches mit dünn geschnittenem Schinken und schottischem Räucherlachs. Im Sommer verzichtete sie auf große schwere Mahlzeiten, da sie der Überzeugung war, dass man davon in fortgeschrittenem Alter Gicht bekam. Hinter der steinernen Balustrade konnte sie William und vier Freunde beobachten, die mit ihren Tennisschlägern die Bälle auf den sorgfältig gemähten Rasen schlugen, um zu sehen, welcher am höchsten sprang, oder ihre Schläger wie beim Kricket benutzten, um herauszufinden, welcher weiße Ball am weitesten und höchsten flog. Die Jungen waren bester Laune und genossen die Collegeferien. Sie waren siebzehn Jahre alt. Ein schwieriges Alter – keine Jungen mehr, aber auch noch keine echten Männer. Hanna wusste, dass ihr Sohn und seine Gäste heimlich hinten bei den Ställen Zigaretten rauchten und an Tonys Sherry nippten und dass Coatsworth tat, als bemerke er es nicht, während er die besseren Jahrgänge an einem sicheren Ort verwahrte.

Von der Terrasse stieg die sommerliche Hitze auf. Hanna wedelte sich etwas Luft mit einem japanischen Seidenfächer zu und sah wieder zu den Jungen hinüber. Inzwischen sprangen sie wie Schafe über einen Weidezaun über das straff gespannte Tennisnetz. Wie groß William inzwischen war. Er würde noch größer werden als Charles. Ein hübscher strammer Bursche, ein begeisterter Reiter und hervorragender Schütze und deshalb der Liebling seines Vaters. Sie verspürte einen Hauch von Angst, als der Diener aus dem Wintergarten zu ihr auf die Terrasse trat. Allein sein Alter war in höchstem Maß beunruhigend. Mit seinen gut siebzig Jahren schlurfte er langsam auf sie zu, und sie empfand es als reinen Hohn, dass er eine Livree statt einer bequemen Strickjacke und weicher Pantoffeln trug. Die hängenden Schultern des armen Mannes bedeuteten nichts Gutes. Und der blassblaue Umschlag auf dem silbernen Tablett bestätigte ihren Verdacht.

»Der kam eben mit der Post, Mylady.«

»Danke, Coatsworth.«

Hanna hielt den Umschlag in der Hand, bis der Butler wieder verschwunden war. Das Kriegsministerium hatte ihn, wie immer, an die Mutter adressiert. Als sie nach einem Messer griff, um den Umschlag aufzuschlitzen, waren ihre Hände völlig ruhig. Ihr Herz jedoch schlug ihr bis zum Hals, und sie spürte einen dumpfen Schmerz hinter der Stirn.

17. Juli 1915

Werte Countess von Stanmore,
mit großem Bedauern habe ich heute erfahren, dass Ihr Sohn, Capt. Charles Greville 2/RWF, während der jüngsten Kämpfe am Kap Helles verwundet worden ist. Die Schwere der Verwundung ist uns bisher nicht bekannt, aber wie man uns mitteilte, wurde er von der Halbinsel evakuiert und an Bord eines Lazarettschiffs gebracht.

Wir wünschen ihm alles Gute.
Ihr ergebener
T. Pike, Brig. Gen.

Während der Julischlachten am Kap Helles und in der Anzac-Bucht waren so viele Männer gefallen oder verwundet worden, dass es nahezu unmöglich war herauszufinden, was aus jedem Einzelnen geworden war. Lord Stanmore wandte sich ein ums andere Mal an das Kriegsministerium, und Martin schickte eine Anfrage an die Kollegen von der Presse in Ägypten oder auf Limnos. Doch ihr Bemühen war vergeblich. Niemand konnte sicher sagen, welches Schiff Captain Charles Greville aufgenommen hatte, und solange es nicht vor Anker ging, konnte man unmöglich sagen, wo genau er sich aufhielt. Erst wenn er in ein Lazarett gelangte, würde man dort seinen Namen aufschreiben und ans Ministerium schicken.

Was in seinem Fall zwei Wochen dauerte. Vierzehn albtraumhafte Tage und Nächte, während derer Hanna wie in einem Vakuum gefangen war, denn die Versicherungen ihres Mannes, dass ihr Sohn »wahrscheinlich höchstens eine Fleischwunde« davongetragen habe, klangen hohl.

Tagsüber versuchte sie, sich mit Stickarbeiten abzulenken, aber nachts wälzte sie sich schweißgebadet hin und her und stellte sich vor, wie ihr Sohn verstümmelt, ohne Arme, Beine und Gesicht – unfähig, auch nur zu schreien – auf einem weißen Laken lag. Sie hatte das Gefühl, allmählich durchzudrehen.

Und dann stürzte eines Nachmittags William jubelnd in ihr Nähzimmer.

»Dem alten Charlie geht es gut! Er hat eine gebrochene Hüfte und ein gebrochenes Becken, weiter nichts. Sie haben ihn auf einem französischen Schiff nach Toulon gebracht. Dieser Kerl von der Armee hat gerade bei Vater angerufen und es ihm gesagt!«

Hanna brach in Tränen aus und schluchzte hemmungslos, als ihr Mann hereinkam. Die mütterliche Hysterie brachte William in Verlegenheit, und so lief er für den Rest des Tages mit mürrischem Gesicht herum.

9. August 1915

Meine liebste Mutter, Vater, William und Alex,
dieser kurze Brief ist an Euch alle adressiert. Ich wurde von einem türkischen Geschoss erwischt. Das riesige hässliche Ding landete direkt neben mir, ging dann aber nicht hoch. Ich habe mir die rechte Hüfte und das Becken an mehreren Stellen gebrochen, aber die Knochen wachsen gut zusammen. Außerdem hatte ich fürchterlichen Durchfall, aber auch in dieser Hinsicht bin ich auf dem Weg der Besserung, müsste also in ein paar Wochen wieder auf dem Damm und in drei bis vier Monaten wieder einsatzfähig sein.

Ich liege in einem französischen Marinehospital in Toulon, einem sehr großen Gebäude, das Napoleon errichtet und von dem aus man einen hervorragenden Blick auf den Hafen hat. Die Flure sind endlos lang und herrlich kühl, die französischen Schwestern sind ausnehmend hübsch, das Essen ist hervorragend, und der Arzt, der mich behandelt, ist der Überzeugung, dass ein halber Liter guter Rotwein täglich keinem Mann jemals geschadet hat. Schließt den Mann bitte in Eure Gebete ein! Ich könnte mir keine bessere oder mitfühlendere Pflege wünschen, werde aber in circa drei Wochen in ein Lazarett nach England überführt. Ich kann mir gar nicht vorstellen, bald wieder daheim zu sein. Ich weiß nicht genau, wie ich es formulieren soll, aber ich bin nicht mehr der Mann, der vor ein paar Monaten in England aufgebrochen ist. Seither hat sich so vieles verändert, und auch weiterhin wird sich sehr vieles verändern. Aber darüber können wir sprechen, wenn ich wieder zu Hause bin.

Grüßt bitte Coatsworth, Mrs. Broome und das gesamte Personal von mir und richtet dem Vikar aus, dass der liebe Gott mir wohlgesinnt war und dass es mir leidtut, dass ich als elfjähriger Junge Birnen aus dem Pfarrgarten stibitzt habe.
In Liebe
Charles

Stirnrunzelnd blickte der Earl auf sein geköpftes, weich gekochtes Ei.

»Was meint er wohl damit, dass sich alles verändert hat? Natürlich hat er sich verändert. Schließlich lässt es einen wohl kaum unberührt, wenn man von einer Granate getroffen wird.«

»Ich nehme an, dass er damit … verschiedene Dinge meint«, erwiderte Hanna ruhig. Sie las den Brief noch einmal durch und legte ihn dann auf den blank polierten Frühstückstisch. »Wenn ich mich nicht vorsehe, breche ich sicher gleich in Tränen aus.«

»*Bitte*, Mutter«, murmelte William und blickte seinen Vater von der Seite an. Doch Lord Stanmore tadelte ihn nicht. Auch wenn ihm emotionale Ausbrüche ebenfalls zuwider waren.

»Unter den gegebenen Umständen klingt das, was er schreibt, doch durchaus positiv«, wandte sich der Earl an seine Frau.

»Ich musste gerade an den armen Roger denken«, antwortete sie. »Warum konnte Gott ihm gegenüber nicht genauso gnädig sein?«

Wobei sie nicht ganz ehrlich war. Sie trauerte um Roger, doch vor allem brachte sie Charles' Erklärung, ungefähr in einem Vierteljahr sei er wieder einsatzfähig, aus dem Gleichgewicht. Eine Granate, die nicht explodiert war. Keinem Mann würde ein solches Wunder noch ein zweites Mal zuteil.

»Ich möchte, dass wir nach Frankreich fahren, Tony.«

Der Earl tupfte sich seinen Mund mit einer Serviette ab. »Das dürfte ein bisschen schwierig werden. Denn die Reisemöglichkeiten für Zivilpersonen auf dem Kontinent sind stark begrenzt. Vielleicht könnte ich es arrangieren, aber das würde sicher ein paar Wochen dauern, und bis dahin wäre Charles wahrscheinlich bereits auf dem Weg hierher. Vor allem können wir wohl kaum etwas für ihn tun, wahrscheinlich würde es ihn eher bestürzen, wenn er wüsste, dass wir zwei auf einem Passagierschiff über den Kanal fahren, in dem es nur so von U-Booten wimmelt. Vom Untergang der *Lusitania* hat er bestimmt gehört.«

»Wahrscheinlich hast du recht«, stimmte sie ihm seufzend zu. »Statt sich zu freuen, würde er sich Sorgen machen.«

Die Zwänge des Krieges machten es ihr unmöglich, einfach ihrem Instinkt zu folgen und sich auf den Weg zu ihrem Erstgeborenen zu machen. Zivilisten wurde dringend davon abgeraten, nach Frankreich zu reisen, und selbst wenn ihr Mann seine Beziehungen in London würde spielen lassen, gab es keine Garantie, dass sie ein Visum für die Fahrt ans Mittelmeer bekäme. Außerdem war ja Charles bereits in ein paar Wochen wieder in England. Sie hatte gelesen, dass man sich bemühe, die Soldaten möglichst heimatnah unterzubringen, und in der Umgebung ihres Hauses lagen einige Krankenhäuser.

»Du musst dich gedulden, meine Liebe«, bat der Earl sie sanft. »Du musst einfach geduldig sein.«

Sie begab sich ins Musikzimmer und nahm ihre Stickarbeit zur Hand. Während sie an Licht und Schatten des Turms der Kathedrale von Salisbury arbeitete, dachte sie traurig lächelnd an Williams Gleichmut. In seinem Alter war man für Tragödien blind. Er tat die Verwundung seines Bruders als normalen Unfall ab. Als wäre er vom Pferd gestürzt oder mit seinem Automobil gegen einen Baum geprallt. Angst, Tod und Trauer kamen in seinem Vokabular nicht vor. Und für ihren Mann empfand sie, wenn auch widerstrebend, Respekt. Sie hatte mitbekommen, wie er gelitten hatte, bis der Anruf aus dem Ministerium gekommen war. Hatte bemerkt, was niemand anders aufgefallen war – die ungewöhnliche Blässe um die Mundwinkel und die Andeutung von Schmerz in seinem Blick. Und als sie einmal nachts nicht hatte schlafen können, hatte sie die Tür zu seinem Schlafzimmer geöffnet und Tony am Fenster stehen sehen. Leise schluchzend hatte er den Kopf gegen das Fenster gepresst, und sie hatte nicht gewagt, ihn in seiner Trauer zu stören.

Männer weinten nicht, außer in der Einsamkeit der Nacht, fern von der tröstenden Umarmung einer Frau, wenn keiner zuschaute. Das war ihr bewusst, auch wenn ihr der Kodex, nach dem Männer lebten, fragwürdig erschien. Sie fand ihre Beherrschtheit unnatürlich, aber sicher hatte Tony genau deshalb während dieser Krise weiter so gut funktioniert. Während der letzten beiden Wochen der Ungewissheit war er morgens ausgeritten, hatte ihre Ländereien inspiziert, sich an Debatten im Londoner Oberhaus beteiligt und seine Clubs besucht. »Das Leben muss weitergehen, Hanna«, hatte er gesagt. Einem flüchtigen Beobachter wäre er gleichgültig erschienen, aber sie wusste, welche innerlichen Qualen er durchlitt und dass er sie nur hatte beherrschen können, indem er so tat, als gebe es sie nicht. Doch sein unterdrücktes Leid hatte auch ihn verändert. Das war ihr nach dem Frühstück aufgefallen. Er hatte beiläufig gefragt:

»Wie heißt noch einmal dieser Buchhändler in Guildford, mit dem Charles die ganze Zeit Geschäfte macht?«

»Clipstone, ein kleiner Laden in der Hauptstraße. Warum?«

»Oh, ich dachte, er kennt vielleicht Charles' Geschmack. Ich schätze, er liest gern Gedichte, geschichtliche Werke, so etwas in der Art. Er soll mir ein Paket zusammenstellen, das ich dem Jungen schicken kann.«

Zum letzten Mal hatte ihr Mann seinem Sohn ein Buch zu dessen sechzehnten Geburtstag geschenkt: *Captain Haxwells großartige Jagdberichte,* das bis heute ungelesen irgendwo in einer Ecke lag.

»Telefon für Sie, Mylady. Lydia Foxe.«

»Danke, Coatsworth.«

Sie steckte die Nadel in den Stoff. Offenbar hatte auch Lydia einen Brief bekommen, und sie konnte sich gut vorstellen, worüber Charles geschrieben hatte. Über Veränderungen. Denn tatsächlich war vieles nicht mehr so wie zuvor.

»Ich hoffe, mein Anruf kommt nicht ungelegen, Lady Stanmore«, drang Lydias Stimme durch die knisternde Leitung an ihr Ohr. Die Telefonverbindung zwischen Abingdon und London war miserabel. »Aber ich dachte, Sie würden vielleicht gerne wissen, dass ich heute Morgen einen langen Brief von Charles bekommen habe.«

»Wir haben auch einen bekommen, meine Liebe.«

»Das habe ich mir schon gedacht. Haben Sie und Seine Lordschaft vor, ihn in Frankreich zu besuchen?«

»Das würden wir natürlich gerne tun, aber soweit ich weiß, ist es im Augenblick sehr schwierig, denn neben einem Visum braucht man noch eine besondere Genehmigung des französischen Militärs.«

»Deshalb rufe ich an. Ich könnte dafür sorgen, dass Sie die Genehmigung bekommen. Sie könnten noch an diesem Wochenende fahren mit einem Armeetransport von Portsmouth und dann weiter mit dem Zug bis nach Marseille.«

Hanna umklammerte den Hörer.

»Wie leicht du so etwas arrangieren kannst.«

»Im Grunde ist das gar nicht schwer, Lady Stanmore, aber es kann fürchterlich frustrierend sein, wenn man die offiziellen Wege nimmt. Sagen wir, Samstag früh? Dann wären Sie und Seine Lordschaft spätestens am Sonntagabend in Toulon.«

»Darüber würde ich gern in Ruhe mit dir reden. Könnten wir uns vielleicht morgen zum Mittagessen treffen? Sagen wir, um halb zwei im Savoy?«

Es folgte eine kurze Pause. Wieder hörte Hanna lautes Knistern, aber zu guter Letzt stimmte Lydia dem Vorschlag zu. In ruhigem, selbstbewusstem Ton. Als spielten sie beide miteinander Schach, und Lydia wüsste bereits genau, wie viele Züge sie noch bräuchte, bis die Gegnerin geschlagen war.

Seit dem Winter war Hanna nicht mehr in der Stadt gewesen, und sie war überrascht über die Gepäckträgerinnen auf dem Bahnhof und das rege Treiben auf den Straßen. Ein älterer Taxifahrer fuhr sie zum Savoy.

»So viele Leute«, sagte sie. »Und so viele Frauen in so seltsamen Berufen.«

»Das ist der Krieg, Ma'am«, erwiderte der Fahrer säuerlich, während er sie über die halbhohe Scheibe hinweg anblickte. »Alle jungen Burschen gehen zur Armee, deshalb füllen die Mädchen jetzt die Lücken aus. Auch wenn mir das nicht unbedingt gefällt. Wenn Sie jetzt was trinken gehen, stehen dort auch Frauen an der Theke und kippen dort ihr Bier.«

»Was Sie nicht sagen.«

»Mich soll der Schlag treffen, wenn das nicht stimmt. Denn ich habe es selbst gesehen. Und zwar mehr als nur einmal.«

»Und auf den Straßen herrscht ein furchtbares Gedränge.«

»Wem sagen Sie das, Ma'am? Aber das liegt auch am Krieg. In Woolwich ist die Munitionsfabrik, und in Ilford und in Epping stellen sie Kugeln und die ganzen anderen Sachen her. Sie machen damit jede Menge Geld, und das gute alte London ist der beste Ort, um es auszugeben.«

Lastwagen mit Soldaten krochen im Schneckentempo durch die Strand zum Bahnhof. Die Männer hatten vollbepackte Rucksäcke auf und ihre Gewehre vor sich abgestellt und schwenkten jubelnd ihre Mützen durch die Luft.

»Sie setzen heute über«, klärte der Chauffeur Hanna mit Grabesstimme auf. »Ich selbst war im Burenkrieg in Mafeking und kann Ihnen aus Erfahrung sagen, dass ein Krieg, verdammt noch mal, kein Picknick ist.«

Selbst in der früher ruhigen und gediegenen Eingangshalle des Savoy herrschte kriegsbedingtes Chaos. Eine Gruppe Offiziere in Begleitung junger Frauen hatte sich dort breitgemacht. Es waren Kanadier – große laute Kerle, die einander auf den Rücken schlugen und deren beinahe amerikanischer Akzent Hanna an Chicago denken ließ. Schließlich aber entdeckte sie die junge Lydia Foxe und ging gebieterisch, wie es sich für eine Countess gehörte, an dem Soldatentrupp vorbei.

»Du siehst einfach bezaubernd aus«, sagte sie zur Begrüßung. »Das Kleid steht dir ausgezeichnet, und vor allem ist es unglaublich elegant. Sicher nicht von Ferris, oder?«

»Nein, von Worth. Freut mich, dass es Ihnen gefällt.«

»Und wie. Die kürzeren Röcke stehen dir wirklich gut.« Was nicht gelogen war. Denn die leisen Vorbehalte, die sie gegen Lydia hatte, hatten nichts mit ihrem modischen Geschmack zu tun. »Wie heiß es hier drinnen ist. Das liegt sicherlich an dem Gedränge.«

»Ich hätte Sie vorwarnen sollen«, räumte Lydia lachend ein. »Heutzutage kommt man sich hier im Savoy wie auf dem Bahnhof vor, aber es ist mir gelungen, einen Tisch auf der Terrasse für uns zwei zu reservieren. Dort ist es relativ ruhig, und vor allem weht dort eine wunderbare Brise vom Fluss herauf.«

Sie fanden ihren Tisch, nahmen Platz und bestellten kalten Hummer in Aspik, einen Teller Obst und eine Flasche Liebfraumilch, die, wie ihnen der Sommelier erklärte, seit Beginn des Krieges »Weißer Elsässer« hieß.

Nachdem der Mann gegangen war, zog Hanna Charles' Brief aus ihrer Handtasche.

»Ich dachte, den würdest du vielleicht gerne lesen. Denn wenn ich mich recht entsinne, hast du ihm dabei geholfen, die Birnbäume im Pfarrgarten zu plündern, oder nicht?«

»Das hatte ich vollkommen vergessen. Aber ja. Ich habe Schmiere für Fenton und für Charles gestanden, als sie über den

Zaun geklettert sind.« Lydia las das kurze Schreiben durch und gab es Hanna zurück. »Ich habe meinen Brief ebenfalls dabei. Wenn Sie wollen, dürfen Sie ihn gerne lesen.«

»Du hättest gern, dass ich ihn lese, stimmt's?«

»Ja«, gab Lydia ruhig zurück. »Ich hätte gern, dass Sie ihn lesen. Denn ich denke, dass er vieles erklärt.«

»In Bezug auf dich und Charles? Das glaube ich nicht. Er liebt dich, und ich bin mir sicher, dass er dieser Liebe auch in seinem Brief Ausdruck verliehen hat. Aber solche Briefe sollte niemand anders lesen. Dann geht die Vertraulichkeit verloren.«

Der Ober kam mit ihrem Hummer in Aspik, und während die beiden Frauen aßen, unterhielten sie sich über allgemeine Themen wie die anhaltende Hitze und den Krieg.

Als der Kaffee kam, schenkte Lydia ihnen beiden aus der Silberkanne ein und blickte Hanna fragend an.

»Hat Seine Lordschaft sich über die Möglichkeit gefreut, Charles bereits am Sonntagnachmittag zu sehen?«

»Ich habe ihm nichts von unserem Gespräch erzählt«, antwortete Hanna und nippte an ihrem Kaffee. »Denn er würde keine bevorzugte Behandlung wollen. Nein, wir werden warten, bis Charles wieder in England ist, auch wenn ich dir für diese Geste wirklich dankbar bin. Hättest du das wirklich so einfach arrangieren können?«

»Ja.«

»Dürfte ich fragen, wie?«

»Über David Langham.«

Die Countess wandte sich ab und beobachtete einen Augenblick lang den Schiffsverkehr an der Waterloo Bridge. Eine Yacht mit einem weißen Schornstein, deren blank polierte Messingreling in der Sonne glitzerte, erinnerte sie an die Regatta von Henley vor dem Krieg. Erst vor einem Jahr hatten sie dort gepicknickt, doch seither hatte sich alles verändert.

»Mr. Langham scheint inzwischen ein sehr einflussreicher Mann zu sein. Wenn man den Zeitungen Glauben schenken darf.«

»Ja«, stimmte ihr Lydia zu. »Sein Ministerium hat eine wichtige Funktion.«

»Und welche genau?«

»Es organisiert die Versorgung des Militärs. Dass Granaten in der Schlacht bei Neuve-Chapelle fehlten, hat der Regierung aufgezeigt, wie wichtig dieses Ministerium ist. Wie hat mein Vater damals zutreffend gesagt? In keinem seiner Teesalons hat es in einem wichtigen Moment je an Pasteten gefehlt. Wenn die Armee erklärt, dass sie im September eine Million Munitionsgurte für die Maschinengewehre brauche, sorgt das Ministerium dafür, dass diese Gurte bis dahin zur Verfügung stehen. Genau wie Fleischkonserven, Schnürsenkel und alles, was die Truppe sonst noch braucht.«

»Faszinierend«, murmelte Hanna. »Dann müssen bei diesem Ministerium sehr viele Leute beschäftigt sein.«

»Allerdings, und zwar sowohl Zivilisten als auch Militärs.«

»Dürfte ich wohl noch ein Schlückchen Kaffee haben?« Hanna löste ihren Blick von dem friedlichen Treiben auf dem Fluss und schaute Lydia eindringlich an. Es war leicht zu verstehen, weshalb ihr Sohn der jungen Frau verfallen war, doch sie wagte zu bezweifeln, dass er bisher je bemerkt hatte, was sich hinter ihrem weich schimmernden braunen Haar und ihrer makellosen Haut verbarg. Zweifellos war sie eine Schönheit, aber diese Schönheit war nur oberflächlich und bestand aus gleichmäßigen Zügen und elfenbeinfarbener Haut. Ihre grünen Augen blieben undurchdringlich, was Hanna als ausnehmend beunruhigend empfand. Aber sie war ja selbst eine Frau. Ihr Sohn Charles und selbst der ehrenwerte David Selkirk Langham nahmen wie die meisten Männer die Berechnung und die Kälte in diesen Augen sicher nicht wahr.

»Charles ist fest entschlossen, dich – komme, was wolle – zu heiraten. Das ist auch der Tenor seines Briefes, nicht wahr?«

»Ja.«

»Ich kann seine Empfindungen verstehen. Er hat so viel Sterben und Verderben miterlebt und ist jetzt entschlossen, das Leben zu umarmen – wenn auch vielleicht nur für kurze Zeit.« Sie blickte auf ihre Tasse und strich mit einem Finger über den hauchdünnen Rand des feinen Porzellans. »Das ist eine Einstellung, die er im Augenblick mit vielen jungen Männern teilt. Es finden so viele Hochzeiten statt. Die Standesämter kommen gegen diesen Ansturm der jungen Paare kaum noch an. Auch wenn ich nicht verstehe, weshalb ein Soldat, der in den Krieg zieht, offenbar um jeden Preis eine junge Witwe zurücklassen will.«

»Kein Mann glaubt, dass das passieren wird. Und falls sich ihm, bevor er an die Front geht, noch die Chance eines solchen Glücks bietet …«

»… nutzt er sie. Was ich durchaus verstehe. Trotzdem macht mich der Gedanke traurig, dass ein junger Mann den Bund fürs Leben schließt und im nächsten Augenblick von einer Granate in der Luft zerrissen wird.«

»Ich teile Ihre Sorge, Lady Stanmore. Wenn ich daran denke, wie dicht Charles davor gestanden hat …« Statt diesen Gedanken auszuformulieren, trank sie einen Schluck Kaffee.

»Sowohl Seine Lordschaft als auch ich möchten, dass Charles glücklich ist. Das ist für uns das Wichtigste. Ich kenne meinen Mann sehr gut und weiß, er wäre unter Umständen bereit, seine Haltung in Bezug auf dich und Charles noch einmal zu überdenken. Um es freiheraus zu sagen – ich könnte ihn dazu bewegen, dass er euch seinen Segen gibt.«

»Aber würden Sie das auch tun?«

»Nein. Niemals. Nicht wenn ich mit ansehen müsste, dass er schon ein paar Monate nach der Hochzeit wieder in den Krieg ziehen muss. Das wäre für dich bestimmt genauso schmerzhaft.«

»Ja.«

»Charles hat sein Blut für dieses Land vergossen, nobel und auf ehrenvolle Art. Wodurch er, wie man sagt, seinen Teil geleistet hat.«

Lydia stellte ihre Tasse auf den Tisch und sah sich suchend nach dem Ober um.

»Möchten Sie einen Brandy, Lady Stanmore? Daddy hat vorgesorgt und einen wunderbaren fünfzig Jahre alten Cognac irgendwo hier deponiert.«

»Dann scheint er hier aber häufig zu dinieren.«

»Meistens nehmen er und Mr. Langham eher ein spätes Mittagessen ein.«

»Ich hätte gern ein Glas. Denn Brandy beruhigt die Nerven.«

Als der Ober Lydias Blick bemerkte, kam er sofort an den Tisch, und sie bat um eine Kanne frischen Kaffee und eine Flasche 1865er Otard.

»Als ich heute früh mit Mr. Langham sprach, habe ich beiläufig auch Charles erwähnt. Er hat mir erklärt, wie ich es anstellen muss, um die Reisegenehmigung für Sie und Seine Lordschaft zu bekommen, und sich gleichzeitig erboten, mir dabei behilflich zu sein.«

»Das ist sehr freundlich von ihm.«

»Darüber hinaus hat er mir von einer neuen Abteilung des Ministeriums erzählt, die gerade eingerichtet wird. Die so genannte NS 5, die neue Ausrüstungsgegenstände für das Militär beschaffen und testen soll. Generalmajor Sir Thomas Haldane wird diese Abteilung leiten und sucht gerade intelligente junge Mitarbeiter, vorzugsweise Offiziere, die den Krieg aus erster Hand erlebt haben und wissen, was benötigt wird. Dabei habe ich sofort an Charles gedacht.«

»Ja.« Hanna sprach so leise, dass das leichte Zittern ihrer Stimme nicht zu hören war. »Er wäre dafür auf jeden Fall qualifiziert, nicht wahr?«

»Auf jeden Fall. Vielleicht hat er nicht den wissenschaftlichen Hintergrund, den der General bei seinen Leuten gerne sähe, aber das wäre kein Hindernis. Denn er hat eine gute Auffassungsgabe und könnte sich problemlos alles aneignen.«

»Aber würde er einen solchen Posten übernehmen und dafür sein Regiment verlassen?«

»Wenn der General ihn haben will, hat er keine andere Wahl. Denn er ist befugt, jeden Offizier von der Front zurückzurufen.«

»Klingt nach einer ehrenvollen und befriedigenden Aufgabe.«

»Ja. Der Premierminister und Lord Kitchener sind vollkommen begeistert von diesem Projekt. Denn ein großer Teil der Ausrüstung und Waffen unserer Armee ist hoffnungslos veraltet. Charles würde in Whitehall deutlich mehr für England tun, als er im Schützengraben jemals leisten kann.«

Urplötzlich verflog die Anspannung der letzten Wochen. Und Hanna war dankbar, als der Ober mit dem Brandy kam. Sie sog den Duft des Alkohols ein und nahm einen vorsichtigen Schluck.

»Auf Charles … und dich.«

Lächelnd berührte Lydia Hanna am Arm.

»Danke, Lady Stanmore. Ich werde Charles die beste Frau der Welt sein, und ich weiß, dass sich alles zum Guten wenden wird.«

»Davon bin ich überzeugt. Er kann sich sehr glücklich schätzen«, stimmte Hanna ihr mit einem unmerklichen Lächeln zu.

Und tatsächlich war sie zutiefst überzeugt, dass es so war.

13

Das Rote-Kreuz-Lazarett Nr. 7 war in einem Schloss in Chartres mit Blick über die Eure untergebracht. Ursprünglich hatte man es als Erholungs- und Rehabilitationszentrum für Patienten mit schweren Brüchen vorgesehen, aber wegen der zahlreichen Verwundeten während der Frühjahrsoffensive bei Artois war das Lazarett bis auf den letzten Platz mit anderen Verletzten belegt. In den einst gepflegten Gärten hatte man Holzbaracken aufgestellt und aus der Remise und den Ställen Krankenstationen und Unterkünfte für das Personal gemacht. Trotzdem reichte der Platz für den nicht abreißenden Strom Verwundeter kaum aus.

Glücklicherweise hatten sie während des Sommers an der Westfront kaum Neuzugänge gehabt, aber Dr. Gilles Jary, der leitende Arzt, hatte gerade eine Nachricht aus Paris erhalten, der zufolge in der dritten Septemberwoche ein rasanter Anstieg der Patientenzahlen zu erwarten sei. Er war außer sich vor Zorn über diesen Brief, der ihn über den Postweg erreicht hatte.

»Wie kann man nur so dämlich sein!« Wütend stapfte er in seinem kleinen unaufgeräumten Arbeitszimmer auf und ab, in dem früher die Lakaien untergebracht gewesen waren. »*Merde*! Das ist alles, was ich dazu sagen kann … *merde*!« Als er den Beweis für die Ignoranz der Militärs achtlos auf den Boden fallen ließ, sah ihn seine Oberschwester, eine dralle Engländerin fortgeschrittenen Alters, reglos an.

»Darf ich den Brief lesen, Doktor?«

»Bitte. Warum sollten Sie als Einzige nicht lesen dürfen, was da steht?« Er stampfte wütend auf. »Aber Sie können sich die

Mühe sparen. In dem Schreiben steht, dass wir in der zweiten Hälfte des September wieder mit vielen Neuzugängen rechnen müssen. Ohne Zweifel haben sie denselben Brief an sämtliche Krankenhäuser und vielleicht sogar ans Hauptquartier der Boches geschickt! ›Mein lieber Fritz, wie Sie beiliegendem Schrieb entnehmen können, haben wir für die Tage um den zweiundzwanzigsten September herum wieder einmal einen Großangriff geplant. Mit herzlichem Gruß, Maréchal Joffre.‹«

Der Doktor zündete sich eine neue Zigarette an dem Glimmstängel an, der eben noch zwischen seinen Lippen gesteckt hatte.

»Eines Tages wird Ihr Bart noch Feuer fangen«, stellte die Oberschwester fest.

»Vielleicht. Aber das wäre dann auch egal.«

»Und woher nehmen wir den Platz für zusätzliche Verwundete?«

»Das ist eine gute Frage, Schwester. Nun, ich nehme an, Sie müssen irgendwelche Betten für sie frei machen. Sämtliche Verwundeten, die sich irgendwie auf den Beinen halten können, müssen runter nach Moulins, Lyons, Valence. Und in der Stadt gibt es noch das Hotel Marcel. Das könnten wir als Ambulanz beschlagnahmen.«

Die Schwester blickte ihn mit einem schmalen Lächeln an. »Sehen Sie, Doktor, es gibt kein Problem, für das es keine Lösung gibt.«

»Da haben Sie wahrscheinlich recht«, stimmte er ihr knurrend zu und fuhr sich durch das zerzauste Haar. »Nun denn, was für Probleme haben *Sie* heute Vormittag für mich?«

»Keine, sondern eher etwas Erfreuliches. Nämlich, dass drei Schwesternhelferinnen frisch aus England eingetroffen sind. Sie sind ganz versessen darauf, uns zu helfen, und können es kaum erwarten, dass man sie endlich dem leitenden Arzt vorstellt.«

»Sind sie wenigstens alle blond und gertenschlank?«

»Die einzige Blondine ist eher füllig, wenn ich mir die Bemerkung erlauben darf.«

»Ah.« Er stieß einen Seufzer aus. »Die englischen Mädchen rühren die kalte Asche meiner jugendlichen Wollust auf, denn sie sind genauso aromatisch wie ihr Tee.«

»Wie romantisch Sie heute wieder sind, Doktor. Soll ich Ihnen die Mädchen raufschicken?«

»Nein, ich treffe sie auf Station D. Dann können sie mich gleich auf meiner Runde durch den Saal begleiten.«

Alexandra Greville lief mit ernster Miene hinter Dr. Jary, der englischen Oberschwester und einer einheimischen Schwester her. Die beiden anderen Schwesternhelferinnen wichen dem Arzt nicht von der Seite und schrieben alles auf, was er sagte. Der Doktor freute sich über den Eifer, und nach seinen Runden durch die Stationen D und F gratulierte er den beiden überschwänglich und sah Alexandra fragend an.

»Sie machen sich keine Notizen, Fräulein …?«

»Greville. Nein, ich habe ein sehr gutes Gedächtnis.«

»Ich hoffe, Sie verzeihen mir die Bemerkung, aber Sie wirken ein wenig abgelenkt. Geht es Ihnen nicht gut?«

»Doch. Ich bin nur etwas enttäuscht.«

Ja, dachte Dr. Jary, diese blonde Schönheit hatte wirklich eine *üppige* Figur. Die meisten englischen Frauen, die er kannte, hatten praktisch keine Brust und kaum ein Hinterteil. Dieses Mädchen aber war an diesen beiden Stellen seines Körpers wunderbar bestückt. Sie erinnerte ihn an die opulenten Akte von Ingres. Er hatte kein Problem damit, sie sich unbekleidet vorzustellen, und kurz tat es ihm leid, dass er nicht dreißig Jahre jünger war.

»Enttäuscht? Von unserem kleinen Lazarett?«

»Oh nein, Doktor«, versicherte sie eilig. »Ganz im Gegenteil. Nur hatte ich gehofft, ich würde nach Toulon geschickt, ins dortige Marinehospital.«

Er blinzelte sie durch den blauen Dunst seiner Zigarette an.

»Weil Sie einen Schatz bei der Marine haben, der verwundet worden ist?«

Sie errötete und schüttelte den Kopf.

»Nein. Mein Bruder wurde bei Gallipoli verwundet, und als ich herausgefunden habe, wo er ist, habe ich mich freiwillig zum Dienst in Frankreich gemeldet und gehofft, ich käme nach Toulon. Aber dann hat mich das Rote Kreuz hierhergeschickt.«

»*C'est la guerre.* Aber wir sollten das Beste daraus machen, oder nicht? Kommen Sie mit, mein Kind. Begleiten Sie mich noch auf Station C.«

Dieser Saal war für Patienten mit mehrfachen oder schweren Brüchen reserviert. Fünfzig Mann in langen Bettreihen, deren Gliedmaßen in Gipsverbänden steckten und mit Drähten an Gewichten festgebunden waren, um zu verhindern, dass der Knochen falsch wieder zusammenwuchs.

»Allein hier haben wir über vier Dutzend Verwundete. Wie Sie sehen können, sind sie alle schwer verletzt. Und alle weit weg von den Menschen, die sie lieben.« Neben einem Bett blieb er stehen. »Der junge Rialland, neunzehn Jahre alt. Es hat ihn bei Lens erwischt, und bis zu seiner Familie in Bordeaux ist es recht weit. Sehen Sie *ihn* als Ihren Bruder an.«

Der junge Mann schaute Alexandra an, als hätte er eine Vision.

»Un bel ange«, flüsterte er.

»Merci«, bedankte sie sich scheu.

»Sehen Sie!« Der Arzt tätschelte ihr aufmunternd die Schulter. »Sie sind sein Engel, und eine hübsche französische Schwester ist der Engel Ihres Bruders. Wir sind glücklich, dass Sie hier bei uns gelandet sind, und auch Sie werden hier glücklich sein.«

Obwohl sie erst seit zwei Wochen in Frankreich war, sah sie bereits deutlich älter aus. Sie studierte ihr Gesicht im Spiegel über der Kommode und nahm eine deutliche Veränderung in ihren

Zügen wahr. Sie hatte wahres Leid gesehen. Und sie hatte hart gearbeitet, so hart wie nie zuvor. Und widerliche, abstoßende Aufgaben übernommen. Was ihr inzwischen anzusehen war.

»Oh ja.« Sie beugte sich ein wenig weiter vor, während sie über ihre Wangenknochen fuhr. »Der Krieg verändert dich.«

Zum ersten Mal in ihrem Leben war sie stolz auf sich. Sie hatte durchgehalten und die Feuerprobe mit Bravour bestanden. Das Lazarett in Chartres war mit dem Offiziers-Genesungsheim in England nicht zu vergleichen. Rückblickend betrachtet, waren ihre Pflichten dort eher lächerlich gewesen. Sie hatte den Männern Gesellschaft geleistet, weiter nichts. Als mitfühlende Frau, die mit den Patienten scherzte, Karten spielte, im Garten mit ihnen spazieren ging oder sie im Rollstuhl schob. Hier in Chartres wurden ihr als Schwesternhelferin ganz andere Dinge abverlangt. Denn sie hatten nicht genug Personal, und die Schwestern hatten bereits alle Hände voll zu tun und konnten die Patienten nicht auch noch baden oder ihnen bei der Nutzung ihrer Bettpfannen zur Hand gehen. Bei der ersten Pfanne hatte sie sich übergeben, bei der zweiten noch gewürgt und sie danach nur noch mit leichtem Naserümpfen hinters Haus geschleppt. Inzwischen kam sie dieser Pflicht automatisch nach. Auch konnte sie inzwischen Männer baden, ohne rot zu werden, wenn sie mit dem eingeseiften Lappen über ihre nackten Leiber fuhr.

»Ich habe mich verändert«, murmelte sie lächelnd. »Ich bin kein junges Mädchen mehr, sondern eine … Frau.«

Es war, als wäre sie durch eine Tür gegangen und könnte nicht mehr zurück. Sie bezweifelte, dass ihre Eltern die Veränderung verstehen würden, deshalb fanden sich in ihren Briefen oft dieselben förmlichen Betrachtungen wie einst in ihren Briefen aus dem Internat:

... Chartres ist eine wunderschöne alte Stadt, und es heißt, die prächtige Kathedrale sei der Inbegriff gotischer Kunst. Ich habe sie noch nicht besuchen können, weil wir sehr beschäftigt sind, hoffe aber, dass sich in den nächsten Tagen die Gelegenheit dazu ergibt. Wenigstens kann ich die Türme hinter den Bäumen sehen. Ich habe einen freien Nachmittag pro Woche – wie ein Dienstmädchen! – und darf drei freie Tage im Monat beantragen, auch wenn einem solchen Antrag wahrscheinlich nicht stattgegeben wird. Trotzdem bin ich glücklich, und das Essen ist reichlich, wenn auch etwas eintönig. Es gibt täglich Linsensuppe.

Das, was ihr wirklich durch den Kopf ging, hob sie sich für Lydia auf. Ihre Gedanken überschlugen sich, wenn sie hastig eine Seite nach der anderen mit ihren intimsten Überlegungen füllte, während sie im goldenen Licht, das Anfang September noch spätabends durch das Fenster ihrer Kammer fiel, auf ihrer Pritsche saß. Sie teilte sich den Raum mit vier anderen jungen Frauen, und sie alle gingen bei Anbruch der Dunkelheit zu Bett und standen bei Sonnenaufgang wieder auf.

Liebste L.,
die Verwundeten sprechen nie über ihre Erlebnisse. Ich weiß nicht, warum, aber keiner der Männer hat mir bisher je erzählt, unter welchen Umständen er verwundet worden ist. Manchmal fällt der Name eines Dorfs, eines Wäldchens, einer Kreuzung oder eines Grabens, und dann nicken die anderen Männer zustimmend. Aber über die Ereignisse, die sie zu Krüppeln haben werden lassen, sprechen sie nicht. Sie schweigen sich über dieses grässliche Erlebnis aus, vielleicht aus Angst, dass es zarte junge Frauen wie uns allzu sehr verstört. Ich möchte diese Männer so gern trösten, möchte ihren Schmerz verstehen, aber wenn ich sie darum bitte, mir von den Erlebnissen im Schüt-

zengraben zu erzählen, schütteln sie den Kopf und murmeln, das könne sowieso niemand verstehen.

Oh Lydia, inzwischen ist mir klar, wofür der liebe Gott uns Frauen erschaffen hat. Denn jemand muss die Männer aufmuntern und trösten. Wenn wir unsere kühle Hand auf eine fieberheiße Stirn legen, wirkt das besser als alle Medikamente der Welt! Ich sehne mich so sehr danach, viel mehr zu geben, als ich geben kann. Und nun weiß ich, dass ich dazu auch in der Lage bin. Das dumme Schulmädchen, das Du gekannt hast, das Kind, das zuckersüßen Träumen nachgehangen hat, hat eine grundlegende Wandlung durchgemacht.

Da die Zensoren nichts von dem Inhalt der abendlichen Briefe erfahren sollten, schickte sie sie niemals ab, doch indem sie ihre Emotionen und Gedanken niederschrieb, hatte sie das Gefühl, Lydia nah zu sein. Und vor allem konnte sie sich sonst niemandem anvertrauen. Die anderen Schwesternhelferinnen waren durchaus nett, aber sehr zurückhaltend, und Alexandra hatte den Eindruck, dass sie ihnen nicht sympathisch war. Mit einer Schwester aus der Normandie, die in London ausgebildet worden war, verstand sie sich ausnehmend gut, doch diese machte sich nicht die geringsten Illusionen: »Es ist ein Beruf wie jeder andere auch. Wir sind keine Engel der Barmherzigkeit, meine Liebe.«

Alexandra sah das anders. Denn sie vertraute auf ihre Gefühle, sobald sie einen Krankensaal betrat und die Männer murmelten, dass sie ihr goldener Engel sei, der sie bereits tröstete, wenn er fröhlich lachte, zärtlich lächelte oder sanft über ihre Wange strich. Die Verwundeten, die mit Krücken oder Stöcken laufen konnte, brachten ihr von ihren Ausflügen oft wilde Blumen oder Äpfel mit. Wenn sie nach dem Abendessen draußen auf den Bänken in der Sonne saßen, stritten sie sich fröhlich um das Privileg, noch eine Runde Schach mit ihr spielen zu dürfen, ehe es zurück in ihre Krankenzimmer ging, und ein hochgewachsener Senegalese mit einem Gesicht wie Ebenholz und eingegipsten Armen folgte ihr auf Schritt und Tritt. Ja, ging es ihr durch den Kopf. Ich werde geliebt, und zwar für das, was ich den Männern gebe. Sie wurde wie eine Heilige geliebt, stellte sie voller Ehrfurcht fest.

Sie alle wurden Zeugen, als das Flugzeug wie ein Stein vom Himmel fiel. Es war ein Samstagmorgen, und der Flieger schwebte tief über dem Lazarett, während der Motor stotterte und bellte wie ein Hund. Die Fensterscheiben fingen an zu klirren, und jeder, der sich rühren konnte, stürzte durch die Tür und sah, wie die zerbrechliche Maschine den Wipfel eines Baums streifte und wie ein Vogel mit gebrochenem Flügel zur Erde trudelte.

»Tja nun, dem armen Kerl wird wohl nicht mehr zu helfen sein«, stellte die Oberschwester fest.

Krankenwagenfahrer, Sanitäter und Soldaten rannten quer über die Felder zu dem Wrack, hoben den Piloten vorsichtig auf eine Trage und brachten ihn ins Lazarett. Obwohl er bewusstlos war und seine Beine seltsam schief zur Seite hingen, sah es aus, als könnte ihm durchaus geholfen werden, und so machten Dr. Jary und ein Orthopäde sich sofort ans Werk.

»Junge Knochen sind ein Wunder«, stellte Jary fest, als er sich zwei Stunden später aus der blutverspritzten Schürze helfen ließ. Alexandra holte eine Schüssel heißes Wasser, und der Chefarzt wusch sich seine Hände und zündete sich gleichzeitig die nächste Zigarette an. »Ja, Miss Greville, ein Wunder. Denn sie brechen glatt wie gutes Holz. Weshalb es keine Komplikationen wegen Splitter gibt.«

»Wird er wieder laufen können, Doktor?«

»Laufen? Er wird rennen und selbst wieder fliegen können. Auch wenn er wirklich Glück hatte, weil er direkt neben dem Lazarett heruntergekommen ist. Aber ihr Engländer seid schließlich ein gewitztes Volk, nicht wahr?«

»Er ist Engländer?«

»Vom Royal Flying Corps. Sie haben einen Flughafen in der Nähe von Maintenon. Am besten rufe ich dort an und sage ihnen, dass ihr Lieutenant Dennis Mackendric bald wieder so gut wie neu sein wird. Vielleicht zeigen sie ja ihre Dankbarkeit und schenken uns ein paar von ihren guten Zigaretten und eine Flasche Whiskey«, fügte er in hoffnungsvollem Ton hinzu.

Der zwanzigjährige Lieutenant Mackendric teilte sich ein Zimmer mit Hauptmann Morizet, einem trübsinnigen Offizier, der im Mai mit einem Lungenschuss bei ihnen eingeliefert worden war. Bereits nach kurzer Zeit hatte er den Mann von seiner Depression befreit, und es dauerte nicht lange, bis der junge Flieger bei den Schwestern, je nachdem, ob sie aus England oder Frankreich kamen, »der fröhliche Dennis« oder einfach nur »der Irre« hieß. Er war Schotte aus Lochgelly, hatte sandfarbenes Haar, ein pausbackiges Gesicht, war mittelgroß, schlank und drahtig mit unglaublich starken Armen und einem muskulösen Oberkörper, der einem auffallen musste, da er sich standhaft weigerte, ein Nachthemd anzuziehen. Seine volle, melodiöse Stimme klang durch den leichten schottischen Akzent erst richtig interessant, und genau wie alle anderen Schwestern hatte sich auch Alexandra sofort in ihn verliebt. Deshalb kümmerte das Pflegepersonal sich ganz besonders gut um ihn, und obendrein bekam er pausenlos Besuch. Ein gleichmäßiger Strom englischer und französischer Piloten wollte wissen, wie es ihm ginge, wodurch Dr. Jarys Rauchwaren- und Whiskeyvorrat stetig wuchs.

Eine Woche nach dem Unfall rollte Alexandra in der kühlen Eingangshalle des Châteaus Bandagen auf. Es war eine eintönige Arbeit, und sie war derart in ihre Tagträume versunken, dass sie nicht hörte, wie jemand auf sie zukam. Erschrocken fuhr sie zusammen, als der Mann plötzlich vor ihr stand.

»Entschuldigung. Ich suche Lieutenant Dennis Mackendric.«

Er war groß, hatte ein eingefallenes Gesicht und trug die Uniform des Sanitätskorps der britischen Armee. Er war vielleicht um die dreißig, auch wenn sich sein Alter nur schwer schätzen ließ. Seine dunkelbraunen, tief liegenden Augen waren alterslos, doch seine Lippen, die ein Lächeln anzudeuten schienen, wirkten überraschend jugendlich.

»Parlez-vous anglais, Mademoiselle?«

»Ja«, stammelte sie. »Natürlich. Ich *bin* Engländerin.«

»Das hatte ich mir schon gedacht. Ich bin Major Robin Mackendric – der Bruder des Lieutenants. Er ist doch hier Patient, nicht wahr?«

»Ja. Und Sie sind sein Bruder, sagen Sie?« Ihr war die Überraschung deutlich anzuhören. Denn vom Aussehen und Benehmen her hätten die Brüder nicht unterschiedlicher sein können.

»Halbbruder, um genau zu sein. Dürfte ich ihn vielleicht sehen?«

Besucher waren morgens nicht erlaubt, aber da der Mann dem Sanitätskorps angehörte, galt die Vorschrift sicher nicht für ihn.

»Wenn Sie mir folgen, bringe ich Sie hin.«

»Danke. Übrigens, wer leitet dieses Lazarett?«

»Doktor Jary.«

»Gilles Jary? Ein kräftiger Mann mit Bart, der Kette raucht?«

»Genau der.«

»Dem Himmel sei Dank. Manche Chirurgen hier beim Roten Kreuz können nicht mal eine Uhr stellen, ganz zu schweigen Brüche flicken.«

»Dies hier ist ein hervorragendes Lazarett«, erwiderte sie kühl. »Vielleicht das beste in ganz Frankreich.«

»Davon bin ich überzeugt.« Er ließ den Blick über die Marmorwände und die breite, elegant geschwungene Treppe wandern, über die man in die obere Etage kam. »Prächtig auf jeden Fall. Ich arbeite in einem Zelt.«

Ihretwegen hätte der Major auch unter freiem Himmel operieren können. Er wirkte ausgesprochen arrogant und zynisch.

Nicht einmal sein eigener Bruder schien sich über den Besuch zu freuen.

»Oje, Robbie!«

»Hallo, Dennis. Ich habe gehört, du hattest eine Bruchlandung.«

»Tja nun, ich habe einfach vergessen nachzusehen, ob das Benzin noch reicht.«

Der Major warf ihm einen säuerlichen Blick zu und wollte von Alexandra wissen:

»Gestatten Sie es all Ihren Patienten, halb nackt hier herumzuliegen?«

»Nein. Nur …«

»Es ist verdammt heiß hier«, fiel Dennis ihr ins Wort.

»Eine Lungenentzündung kann man auch an warmen Tagen kriegen. Also, Schwester, ziehen Sie ihm ein Nachthemd an.«

»Also hör mal, Robbie …«

Ohne auf den Bruder einzugehen, trat der Major ans Fußende des Betts und sah sich die Fieberkurve an.

»Du hattest gestern Abend erhöhte Temperatur. Sie müssen verrückt sein, dass sie dich hier ohne Nachthemd liegen lassen.«

»Ich habe das verdammte Ding ausgezogen, weil es furchtbar kratzt. Gib also bitte nicht dem Mädchen hier die Schuld.«

»Wenn du in meinem Lazarett das Nachthemd ausgezogen hättest, hätte ich die Schwestern angewiesen, deine Hände festzubinden.« Er nickte Alexandra zu. »Aber natürlich mache ich Ihnen keinen Vorwurf. Sind Sie beim freiwilligen Schwesternhelferinnenkorps?«

»Ja«, antwortete sie mit vor Zorn bebender Stimme. »Und wir sind die besten …«

»Ja, ich weiß«, fiel der Major ihr kühl ins Wort. »... die besten Schwesternhelferinnen in ganz Frankreich. Ihre Loyalität gegenüber Ihren Ausbildern und dieser Klinik ist bewundernswert. Wo finde ich Dr. Jary?«

»In seinem Büro, den Flur hinab nach links und dann über die Treppe in den Turm.«

»Was willst du denn von ihm?«, fragte Dennis. »Wag es ja nicht, diesen armen Mann zusammenzustauchen, nur weil ich dieses verfluchte Nachthemd nicht anziehen will.«

»Ich will die Röntgenbilder sehen.«

»Er hat seine Sache verdammt gut gemacht.«

»Davon bin ich überzeugt.«

»Und wenn nicht, würdest du mir wahrscheinlich noch mal meine verfluchten Beine brechen.«

»Auf jeden Fall. Und sag nicht so oft verflucht, sonst klingst du wie ein Hafenarbeiter aus Glasgow.«

Stöhnend ließ sich Dennis auf sein Kissen sinken.

»Meine Gott! Hattest du in Ypern nicht genug zu tun?«

»Doch«, gab der Major in ruhigem Ton zurück. »Sogar mehr als genug.«

Der jüngere Mackendric holte zischend Luft und bedachte seinen Bruder mit einem entschuldigenden Blick.

»Das war nicht so gemeint, Robbie. Das weißt du.«

»Ja.«

»Und ich bin wirklich ... *verdammt* froh, deine hässliche Visage zu sehen.«

»Ich andersherum auch. Und jetzt sei bitte so gut und zieh das Nachthemd an. Ich bin gleich wieder da.« Damit marschierte er mit laut klappernden Absätzen den marmornen Gang wieder hinab.

»Meine Güte!«, machte Alexandra ihrem Herzen Luft. »Was für ein anstrengender Mensch!«

»Das ist er«, pflichtete ihr Dennis grinsend bei. »Er würde

wahrscheinlich sogar einen Heiligen auf Dauer in den Suff treiben. Aber das Ärgerliche ist, Robbie hat immer recht.« Seufzend setzte er sich wieder auf und streckte seine Arme aus. »Also ziehen Sie mir den stinkenden Flanell schon über. Denn es hätte keinen Sinn zu warten, bis er einen Wutanfall bekommt.«

Alexandra sah ihn noch einmal, als er mit Dr. Lavantier und Dr. Jary Station F besuchte, aber als er ihr ein Lächeln schenkte, wandte sie sich eilig ab.

»Wir haben hier zwei oder drei Fälle, bei denen Sie uns helfen könnten«, sagte Dr. Jary. »Innere Verletzungen, Fäkalabszesse …«

»Ich habe nur ein paar Tage Urlaub.«

»Ich kann sie sofort vorbereiten lassen, dann könnten wir nach dem Mittagessen loslegen. Schließlich waren Sie Sir Osberts Schüler, das wäre also genau Ihr Fachgebiet. Also, sagen Sie ja?«

»Dann soll ich also sogar während meines kurzen Urlaubs weiterarbeiten … aber warum eigentlich nicht?«

Den letzten Patienten rollten sie um ein Uhr früh aus dem OP.

»Es war einfach fantastisch, dem Mann bei der Arbeit zuzusehen«, schwärmte die Oberschwester, als man sich zum Frühstück traf. »Er war unglaublich selbstsicher. Hat der Nummer 87 fast drei Meter Darm herausgeschnitten und dem Turok und Papa Celine sogar noch mehr. ›Besser ein kurzer Darm als ein kaputter‹, hat er zu uns gesagt.«

»Ich musste einfach lachen«, warf eine OP-Schwester aus Irland ein. »Als Dr. Jary ihm über die Schulter blicken wollte, ist die Asche seiner Zigarette in den offenen Bauchraum des Patienten gefallen. Ich bin das natürlich schon gewohnt, aber ich dachte, oh, jetzt rastet dieser Engländer wahrscheinlich aus. Aber er hat vollkommen gelassen weiteroperiert und nur gesagt: ›Na, jetzt hat der arme Kerl wenigstens etwas Steriles im Bauch.‹«

»Er muss am Ende doch total erschöpft gewesen sein«, sagte Alexandra, und die Irin nickte zustimmend.

»Ja, er war kreidebleich. Also hat ihm Dr. Jary eine Flasche Whiskey aufgedrängt und ihn mit einem Krankenwagen in die Stadt geschickt.«

»Und warum hat er nicht hier geschlafen?«

»Das hätte er gekonnt, aber er meinte, er wollte verdammt sein, wenn er während seines Urlaubs auch nur eine Nacht auf einer Pritsche schläft.« Sie zwinkerte Alexandra zu. »Ihr Engländer seid wirklich großartig. Ich frage mich, warum ihr mir so unsympathisch seid.«

Aus irgendeinem Grund verspürte Alexandra das Bedürfnis, diesen Arzt noch einmal zu sehen, und sie meldete sich freiwillig für eine Doppelschicht, denn sonst hätte sie ihn unter Umständen verpasst.

Als er am späten Nachmittag erschien, wirkte er bleich und ausgezehrt.

»Ihr Bruder schläft«, sagte sie, als sie ihn am Kopf der Treppe traf.

»Gut. Das ist für ihn das Beste.«

»Und er hat ein Nachthemd an«, fügte sie in spitzem Ton hinzu.

»Tut mir leid, dass ich ein solches Aufheben darum gemacht habe.«

»Sie hatten völlig recht. Nur hat Ihr Bruder das Talent, immer zu machen, was er will.«

Er zog ein Taschentuch hervor und fuhr sich über die schweißbedeckte Stirn.

»Hätten Sie wohl ein Glas Wasser für mich, Miss … es tut mir leid, aber ich weiß gar nicht, wie Sie heißen.«

»Alexandra Greville.«

»Robin Mackendric, jetzt haben wir uns zumindest förmlich vorgestellt.« Er nahm das Taschentuch in seine linke Hand und hielt ihr die rechte hin. Die Handfläche war feucht, und seine Finger waren eisig kalt.

»Geht es Ihnen gut, Major?«

»Das Wetter macht mir ein wenig zu schaffen. Deshalb könnte ich etwas zu trinken brauchen und vielleicht noch ein paar Aspirin.«

»Natürlich. Ich werde Ihnen ein Glas Limonade holen.« Sie wandte sich zum Gehen.

Als sie mit dem Glas zurückkam, hatte er das Zimmer seines Bruders aufgesucht und unterhielt sich leise mit dem Mann im Nebenbett. Er schluckte die Tabletten und leerte das Glas in einem Zug.

»Danke. Das war sehr erfrischend.«

»Der Service hier ist mindestens so gut wie im Crillon«, stellte Hauptmann Morizet im Bett nebenan anerkennend fest.

Lächelnd fügte der Major hinzu: »Und deutlich günstiger.«

Dann gab er ihr das leere Glas zurück und stand entschlossen auf. »Ich will Dennis nicht wecken. Er schläft so friedlich. Sagen Sie ihm, ich komme morgen früh vor meiner Abreise noch mal vorbei.«

»Ist Ihr Urlaub schon vorbei?«

»Nein. Mein offizieller Dienst fängt erst in ein paar Tagen wieder an, aber irgendwie habe ich Schuldgefühle, wenn ich nicht dort bin, wo man mich braucht.«

»Wo arbeiten Sie, Commander?«, fragte Hauptmann Morizet.

»Feldlazarett Nummer 20, in der Nähe von Kemmel.«

Der Hauptmann nickte grimmig.

»Da oben ist die Hölle los. Ich weiß, wie es dort ist. Mein Trupp wurde im April als Reserve nach Messines geschickt, und ich kann Ihnen sagen, diese Landzunge ist für Soldaten äußerst ungesund.«

Dann ging sie neben dem Major den Gang hinab und blieb am Kopf der Treppe stehen.

»Also, Major Mackendric, falls ich Sie nicht noch mal sehe …«

»Sagen Sie, um wie viel Uhr haben Sie heute frei?«

Sie blickte ihn verwundert an.

»Wann ich heute freihabe?«

»Sie sind doch sicher nicht rund um die Uhr im Dienst. Ihnen steht doch wohl ein Mindestmaß an Freizeit zu.«

»Ja … natürlich. Mein Dienst endet um halb sieben.«

»Würden Sie vielleicht mit mir zu Abend essen? Sagen wir, um sieben?«

Sie starrte ihn mit großen Augen an. Die Einladung kam vollkommen überraschend für sie. Er war mindestens zehn Jahre älter, und worüber sollten sie sich unterhalten? Sie hatten doch keinerlei Gemeinsamkeiten. Ihr Instinkt empfahl ihr, höflich, aber entschieden abzulehnen, doch sie zögerte, als sie den Schmerz in seinen Augen sah.

»Also gut. Und wo?« Sie erkannte ihre eigene Stimme kaum.

»Es ist ein schöner Weg bis in die Stadt. Ich könnte Sie am Fluss treffen.«

Sie nickte ernst.

»Das ist bestimmt das Beste. Dann kann sich niemand das Maul über uns zerreißen.«

Im frühabendlichen orangefarbenen Licht, das die schlanken Pappeln wie glänzende Säulen aus blank poliertem Messing erscheinen ließ, spazierten sie den Treidelpfad hinab. Pferde zogen schwere Schleppkähne den glitzernden Fluss hinauf, während die Lastschiffer mit gekreuzten Beinen auf den schmalen Decks zusammensaßen, Brot und Zwiebeln aßen und roten Wein aus dunkelgrünen Flaschen tranken.

»Frankreich ist ein wunderschönes Land, finden Sie nicht auch, Major Mackendric?«

»Ja, es hat einen ganz eigenen Reiz.«

»Und ist geschichtlich äußerst interessant. Chartres ist eine unversehrte alte Stadt und die Kathedrale wahrscheinlich eins der schönsten Beispiele gotischer Architektur, die es noch gibt. Als junges Mädchen habe ich eine Leidenschaft für die gotische Architektur entwickelt. Natürlich ist sie irgendwann verflogen, trotzdem kann ich mich noch genau daran erinnern, wie begeistert ich damals von den Stereoskopien von Chartres war. Wir hatten zu Hause farbige Bilder aus allen Ländern der Erde, aber die Bilder von Chartres und der Kathedrale mochte ich am liebsten, und die aus Japan, von den Geishas und den Kirschbäumen. Ich habe Chartres geliebt, und jetzt bin ich plötzlich hier und lebe praktisch im Schatten der Kathedrale, von der ich schon als Kind derart beeindruckt war. Seltsam, finden Sie nicht auch?«

Sie sprach viel zu viel und viel zu schnell. Lydia hatte ihr einmal gesagt, diese Art zu reden sei eine Form von Hysterie. Deshalb holte sie in dem Bemühen, sich zu beruhigen, erst einmal tief Luft. Aber der schweigsame Arzt brachte sie aus dem Gleichgewicht. Er war ein so verschlossener, rätselhafter Mann, dass sie es nicht wagte, seiner Stimmung auf dem Grund zu gehen.

Als er kurz stehen blieb, um seine Pfeife anzuzünden, nahm sie gegen ihren Willen das leichte Zittern seiner Hände wahr, und um nicht vollkommen die Balance zu verlieren, plapperte sie einfach weiter.

»Ich mag Ihren Bruder sehr. Ich bin nie zuvor einem so fröhlichen Schotten begegnet.«

»Im Grunde ist er mehr Engländer als Schotte, aber wenn er will, kehrt er den Schotten raus. Er ist nämlich ein guter Schauspieler.«

»Oh, und die Streiche, die er spielt! Einmal hat er sein Thermometer in den Tee gehalten und dadurch das Mädchen, das es abgelesen hat, fast zu Tode erschreckt.«

»Er treibt gerne Schabernack, egal mit wem«, bemerkte der Major trocken.

»Sie … Sie sind ein bisschen älter als er, nehme ich an.«

»Ich bin zweiunddreißig, Dennis ist zwanzig.«

»Und ich … neunzehn.«

»Was für ein wunderbares Alter.«

»Aber ich komme mir deutlich älter vor. Ich denke, das liegt am Krieg. Sind Sie schon lange hier in Frankreich, Herr Major?«

»Seit letztem Oktober, seit der Ypernschlacht.«

»Die muss fürchterlich gewesen sein. Und Sie sind in einem Feldlazarett tätig?«

»Ja.«

»So dicht an der Front muss es doch ziemlich gefährlich sein.«

»Nur die Geschütze mit größerer Reichweite stören uns manchmal bei der Arbeit.« Er blieb stehen und wandte sich ihr zu. »Lassen Sie uns nicht darüber reden«, bat er sie und legte seinen Kopf ein wenig schräg. »Egal wie still es ist, egal wie angestrengt man horcht, hier hört man die Geschütze nicht. Also lassen Sie uns den Krieg vergessen.«

»Worüber würden Sie denn gerne reden?«

»Über Sie, gutes Essen, Schleppkähne und Zugpferde … ungefähr in dieser Reihenfolge.«

»Also lassen Sie uns übers Essen sprechen«, schlug sie eine Spur zu fröhlich vor. »Alles, was ich seit Wochen zu mir genommen habe, sind Linsensuppe und Steckrübeneintopf. Aber die Oberschwester hat gesagt, in Chartres gebe es ein paar sehr gute Restaurants.«

»Das habe ich auch gehört. Weiß die Oberschwester, dass Sie heute Abend mit mir essen gehen?«

»Nein, natürlich nicht.«

»Warum ›natürlich nicht‹? Hätte sie etwas dagegen?«

»Das … das weiß ich nicht«, stotterte Alexandra. »Ich dachte einfach, das ginge niemanden etwas an.«

Was gelogen war. Wenn sie einer von den jungen schneidigen Piloten eingeladen hätte, die so oft seinen Bruder besuchten, hätte sie den anderen Schwestern sicher umgehend davon erzählt. Um den Neid der anderen zu schüren. Wohingegen die Verabredung mit einem Mann wie dem Major nicht so einfach zu erklären war.

Vor den eleganten Restaurants der Stadt waren Dienstwagen und Limousinen der Armee geparkt. Deshalb lud Major Mackendric Alexandra in ein kleines Gasthaus ein, von dessen Garten aus man hinunter auf den Fluss und die angrenzenden Felder sah. Die Tische waren unter Bäumen mit Papierlaternen aufgestellt, deren warmes gelbes Licht auf die ruhige Wasseroberfläche fiel. Er bestellte Ente, eine Flasche Montrachet und frisches Obst, doch als die Gerichte kamen, trank er nur ein wenig Wein, schob sich ein paar Erdbeeren in den Mund und sah ihr beim Essen zu.

»Sie sind ein sehr bescheidener Esser, Herr Major.«

»Ich möchte heute Abend nicht auf meinen Teller starren, sondern Sie ansehen. Man muss Prioritäten setzen. Sie sind eine wunderschöne junge Frau, Miss Greville. Und vor allem unglaublich lebendig. Sind Sie immer so beschwingt?«

»Mir wurde schon häufig vorgehalten, dass ich zu viel rede und zu überschwänglich bin. Ich bin mir nicht sicher, ob diese Eigenschaften wirklich vorteilhaft sind.«

»Ich finde sie bezaubernd, weil man eine solche Begeisterung fürs Leben nur sehr selten trifft.«

Sein Gesicht war *interessant.* Auch wenn es ihrer Vorstellung von maskuliner Schönheit keineswegs entsprach. Es war das Gesicht eines Mannes, der schon viel erlebt hatte und dem schon viele schlimme Dinge widerfahren waren.

»Waren Sie immer schon Armeechirurg, Major Mackendric?«, fragte sie.

»Nein. Ich hatte eine Praxis in Liverpool und gehörte dem

Royal College of Surgeons, das heißt der königlichen Hochschule für Chirurgen, als Professor an. Das heißt, ich nehme an, das tue ich auch heute noch.«

»Stammen Sie aus einer Medizinerfamilie?«

»Mein Onkel ist Anatomieprofessor in Edinburgh, aber mein Vater war Schiffsbauer, und auch mein Bruder hat nicht die geringste Neigung, Medizin oder etwas anderes zu studieren.«

»Aber er scheint ein guter Pilot zu sein.«

»Ein guter Pilot würde wohl kaum in einen Baum fliegen. Dennis hat das Problem, dass er einfach keine Geduld für Nebensächlichkeiten wie zum Beispiel die Benzinanzeige hat.«

Auf dem Weg zurück zum Lazarett spazierten sie abermals am Fluss entlang, auf dem immer noch Kähne fuhren, deren Lichter im abendlichen Dunkel funkelten.

»Vielen Dank, Major Mackendric«, sagte sie, als sie den Weg zum Schloss erreichten. »Das Essen mit Ihnen hat mir großen Spaß gemacht.«

»Und mir Ihre Gesellschaft.«

»Vielleicht können wir einen solchen Abend ja noch einmal wiederholen.«

Er legte eine Hand auf ihren Oberarm, und seine Finger fühlten sich erstaunlich stark und sicher an.

»Miss Greville, Alexandra … ich möchte ganz ehrlich sein. Das bin ich immer. Ich bin von Ihnen regelrecht besessen … und zwar seit dem Augenblick, in dem Sie in der dunklen Eingangshalle saßen und die Bandagen aufgewickelt haben. Ich habe letzte Nacht kein Auge zugemacht, denn ich habe die ganze Zeit an Sie gedacht … und Ihr Gesicht vor mir gesehen.«

»Major Mackendric«, begann sie zögernd. »Ich weiß, ich …«

Sie hatte sich weiß Gott schon öfter küssen lassen, zum letzten Mal von Carveth Saunders, ehe sie nach Frankreich aufgebrochen war. Dafür, dass sie praktisch mit dem jungen Mann verlobt war, war der Kuss erschreckend brüderlich ausgefallen.

Wohingegen der Kuss, den sie nun bekam, alles andere als brüderlich zu nennen war. Major Robin Mackendric drückte seine Lippen fest auf ihren Mund, und die Hand, die eben noch auf ihrem Arm gelegen hatte, lag jetzt auf ihrem Rücken. Er zog sie eng an sich. Obwohl sie überdeutlich spürte, wie er seinen Oberkörper gegen ihre Brüste presste, machte sie keinen Schritt zurück. In ihren Adern strömte eine nie gekannte Wärme, ihre Beine wurden weich wie Wachs, ihre Lippen öffneten sich leicht, und sie schloss sie erst wieder, als Robin seinen Kopf zurückzog.

»Ich fahre morgen nach Paris. Wirst du mich begleiten?«

»Das kann ich nicht«, stieß sie mit schwacher Stimme aus. »Sie müssen verrückt sein, so etwas zu denken, Major Mackendric.«

Er neigte abermals den Kopf und küsste ihren Hals.

»Noch verrückter als der Märzhase oder der Hutmacher aus *Alice im Wunderland*. Also gut, dann nicht gleich morgen. Warte einen Tag. Komm am Freitag mit dem Mittagszug. Ich treffe dich am Bahnhof Montparnasse, und am Sonntagabend nimmst du dann den Zug zurück.«

Statt eines Lachens entschlüpfte ihr nur ein seltsam raues Keuchen.

»Wirklich ... das ist vollkommen unmöglich ... wirklich ...«

»Dr. Jary ist durchaus dafür, dass die Schwestern und die Helferinnen einen kurzen Urlaub nehmen. Das hat er mir selbst erzählt. Schließlich braucht man neben all der Arbeit hin und wieder auch etwas Vergnügen. Worin ich völlig seiner Meinung bin.« Abermals drückte er ihren Arm. »Ich bitte dich nur, darüber nachzudenken. Würdest du das tun?«

In seinen Augen brannte glühendes Verlangen. Alexandra starrte den Major mit großen Augen an und dachte urplötzlich an diesen Satz, auf den sie einmal in einem Roman gestoßen war. Nur dass in seinem Blick kein glühendes Verlangen, sondern immer noch derselbe Schmerz lag.

»Ich ... werde darüber nachdenken.«

Widerstrebend ließ er von ihr ab.

»Danke, Alexandra. Der Mittagszug am Freitag. Ich werde am Bahnhof sein. Und ich hoffe sehr, dich dann zu sehen.«

Der Zug war ein Express und legte in nicht einmal drei Stunden die fünfzig Meilen bis Paris zurück. Trotzdem hatte Alexandra das Gefühl, sie käme niemals an. Ihr war siedend heiß und schwindelig, und als der Zug in Rambouillet kurz unplanmäßig hielt, wäre sie am liebsten aus ihrem Abteil gestürzt. Doch überall im Gang standen und saßen mit Rucksäcken, Gewehren und Mänteln beladene französische Soldaten, die an die Front zurückkehrten, und so blieb sie mit wild klopfendem Herzen und zugeschnürter Kehle an ihrem Platz. *Klack-klack ... klack-klack.* Die Räder des Zugs ratterten auf den Gleisen, und jetzt war es nicht mehr weit bis nach Paris und zu dem Mann, der die unterschiedlichsten Gefühle in ihr weckte, weil er so undurchschaubar war.

Sie hatte versucht, möglichst diskret ein wenig mehr herauszufinden, doch die Antworten des jungen Dennis auf die, wie sie hoffte, beiläufigen Fragen nach dem großen Bruder hatten ihren inneren Aufruhr noch verstärkt.

»Robbie und ich standen uns nie wirklich nahe, dafür ist der Altersunterschied einfach zu groß. Als ich in die Schule kam, war er schon an der Universität, weshalb er für mich immer mehr ein Onkel als ein Bruder war. Und nach seiner Heirat ...«

»Seiner Heirat?«

»Ja.« Dennis Mackendric nickte, ohne dass ihm die Enttäuschung in der Stimme seines blonden Engels aufgefallen war. »Der arme Kerl, die Tochter eines verdammten Gutsbesitzers. Sie war alles andere als begeistert, als er zur Armee gegangen ist. Ich war damals auch in Liverpool, und als ich vom College flog, wollte ich auf einem Schiff anheuern, aber der alte Robbie hat mich unter seine Fittiche genommen und versucht, mir ein wenig Vernunft einzubläuen, damit ich wieder zur Schule gehe und vielleicht sogar versuche zu studieren. Irgendwann war ich es leid, dass er ständig an mir herumgenörgelt hat, also bin ich nach Glasgow abgehauen. Dort bin ich einem Fliegerclub beigetreten, und am Ende ist doch noch was aus mir geworden. Nein, ich werde nie so klug wie Robbie sein, aber ich habe mehr Gespür. Denn ich heirate ganz sicher nie so ein prüdes schmallippiges Weib aus Aberdeen, und ich lasse auch diesen Krieg nicht so nah an mich heran.«

»Das heißt?«

»Nun, mein Bruder ist inzwischen halb verrückt. So angespannt wie eine Stahlfeder, die kurz vor dem Zerreißen ist. Ich war im Mai in Ypern mit der 16. Schwadron. Einmal habe ich ihn dort besucht, und er sah aus wie ein Gespenst. Ich habe ihm gesagt, dass er das Handtuch werfen und erst mal nach Hause fahren solle. Aber davon wollte er nichts hören. Vielleicht hat ihn der Gedanke, dass er dort wieder auf Catherine treffen würde, abgeschreckt …«

»Ist das der Name seiner Frau?«

»Ja, Catherine, die ach so Große. Aber nein, das war es nicht. Er will seine Patienten nicht im Stich lassen. Ich habe zu ihm gesagt, dass es außer ihm noch andere Knochenflicker dort oben in Flandern gebe, aber er hat mir erklärt … Ach, was soll's. Robbie ist nun einmal Robbie. Ich musste mir erst die Beine brechen, damit er sich mal wie ein Mensch benimmt … und dann haut er nach einem Tag und einer Nacht schon wieder ab. Jeder normale Mensch hätte versucht, so viel freie Zeit wie möglich rauszuschinden. Vor allem ein so kluger Kopf wie er. Denn wenn er vollends den Verstand verliert, nützt er, verdammt noch mal, niemandem mehr was.«

Klack-klack … klack-klack sangen die Räder auf den Gleisen, während gleichzeitig ein lauter Pfiff ertönte und man zwischen den verstreuten Feldern die schäbigen Häuser der Vorstädte Malakoff und Vanves und dann die Großstadt selbst erblickte. Alexandra war als junges Mädchen öfter in Paris gewesen und hatte mit ihrer Mutter den Louvre, den Jardin du Luxembourg und die Geschäfte in der Rue Saint-Honoré besucht. Doch jetzt kam sie allein nach Paris, um einen Mann zu treffen – der verheiratet und dreizehn Jahre älter war als sie! Mit einem Mal hatte sie einen Kloß im Hals, und auf ihrer Oberlippe bildete sich kalter Schweiß.

Sie ließ sich von den anderen Passagieren auf dem Bahnsteig vorwärtsschieben. Und dann sah sie ihn. Er hatte sich an einen Kiosk angelehnt, schaute sich ängstlich in der Menschenmenge um, und plötzlich war ihr klar – sie hatte kommen müssen. Denn wie hätte er wohl reagiert, wenn sie nicht im Zug gewesen wäre? Wenn er dort gestanden hätte, bis die letzten Passagiere den Bahnsteig verlassen und er nichts anderes erblickt hätte als offene Zugtüren und alte Zeitungen, die der Wind über die Gleise wehte?

»Guten Tag, Major Mackendric.«

Er hatte sie nicht näher kommen sehen. Überrascht riss er die Augen auf, schob sich die Kopfbedeckung aus der Stirn und stieß einen Seufzer aus.

»Den wünsche ich dir auch. Ich hatte allmählich schon die Hoffnung aufgegeben.«

»Bei diesem Gedränge hat es ein wenig gedauert, bis ich auf dem Bahnsteig stand. Der Zug war völlig überfüllt.«

»Das habe ich gesehen.«

Sie trug eine hellblaue Uniform mit einem kurzen, rot gesäumten dunkelblauen Cape. Eins der Kleider, die sie sich bei Ferris hatte nähen lassen und in denen sie aussah, als spiele sie nur Krankenschwester.

»Du siehst einfach reizend aus«, bemerkte der Major bewundernd. »Darf ich deinen Koffer tragen?«

Sie drückte ihm die kleine Ledertasche in die Hand. »Überrascht es Sie, dass ich gekommen bin?«

»Ein bisschen ... ja. Aber vor allem bin ich hocherfreut.«

»Ich habe lange überlegt. Vor allem nach dem ausführlichen Gespräch mit Ihrem Bruder.«

»Was hat dir Dennis denn von mir erzählt?«

»Unter anderem, dass Sie verheiratet sind.«

»Das stimmt«, gab er mit ausdrucksloser Stimme zu. »Und zwar schon seit geraumer Zeit.«

»Und dass er sich große Sorgen um Sie macht. Denn er hat das Gefühl, dass Sie ... am Ende Ihrer Kräfte sind. Den Eindruck hatte ich auch, als wir uns zum ersten Mal begegnet sind. Sie haben auf mich gewirkt, als klammerten Sie sich gerade noch mit Ihren Fingerspitzen an einer Klippe fest.«

»Was für ein pittoreskes Bild.«

»Ich glaube, Sie sind einfach sehr einsam und brauchen Gesellschaft, jemanden, mit dem Sie reden können und der dafür sorgt, dass Sie was Anständiges zu essen bekommen.«

»Einen guten Freund.«

»Etwas in der Art.«

»Es ist wirklich nett von dir, dass du diese Rolle übernehmen willst.«

»Das tue ich gern. Ich kann bis Sonntagabend bleiben. Wir können den Louvre besuchen, nach Versailles rausfahren. Ich kann in der Jugendherberge übernachten.«

»Ja«, stimmte er mit nachdenklicher Stimme zu. »Ich nehme an, das könntest du.«

Sie hatte ihre Rede auf der Fahrt von Chartres ein ums andere Mal geprobt und versucht, sich vorzustellen, wie er reagieren würde. Sie war davon ausgegangen, dass er mindestens enttäuscht, wenn nicht vielleicht sogar wütend wäre, und seine ruhige Gleichmut brachte sie ein wenig aus der Fassung. Ein Gefühl der Übelkeit stieg in ihr auf.

»Ist es so heiß, oder habe ich Fieber?«

Er legte die Hand auf ihre Stirn, suchte ihr Handgelenk und tastete dort sanft nach ihrem Puls.

»Der Puls geht ein bisschen schnell, aber Fieber hast du nicht. Es ist heute sehr schwül, vielleicht regnet es nachher noch.«

»Vielleicht brauche ich einfach etwas Bewegung und frische Luft.«

»Bestimmt. Und halt dich an mir fest, falls dir etwas schwindelig ist. Als Erstes brauchst du einen Chablis, verdünnt mit etwas Wasser, und ich weiß, wo es den gibt.«

Sie legte ihre Hand auf seinen Arm und folgte ihm. Sie hatte ihn ein wenig kleiner in Erinnerung gehabt. Vielleicht wegen seiner leicht gebeugten Schultern. Die nach Aussage der Oberschwester die typischen Schultern eines Chirurgen waren. Denn nach ein paar Jahren lief jeder Arzt so herum. Ständig beugte er sich über etwas – über Bücher, Leichen und seine Patienten im OP. Seine Uniform hing lose um den dünnen Körper, und den ledernen Pistolengürtel und den eingerissenen Schirm seiner Mütze hatte er bereits seit einer Ewigkeit nicht mehr gewachst. Er war nur dem Namen nach ein Offizier, doch die beiden englischen Sergeants, die den Boulevard Pasteur hinabmarschierten, salutierten steif, denn die Abzeichen des Sanitätskorps wiesen ihn als Helfer notleidender Kameraden aus.

In der Rue de Vaugirard gab es ein Café, in dem man auf grün gestrichenen Eisenmöbeln unter bunt gestreiften Sonnenschirmen saß. Nicht ein Tisch war frei, doch drei junge Burschen, die schmutzige weiße Jacken über ihren Hemden trugen, nahmen ihre Biergläser und standen eilig auf, als sie den Major und Alexandra näher kommen sahen.

»Bitte nehmen Sie unseren Tisch, Doktor«, sagte einer in gebrochenem Englisch.

»Merci.« Er sah den jungen Männern hinterher, die durch das Gedränge schlenderten, um sich nach einem neuen Sitzplatz

umzusehen. »Studenten. Gleich hier um die Ecke in der Rue de Sèvres ist ein erstklassiges Lehrkrankenhaus. Ich habe dort einmal ein Seminar besucht, das Ihr Dr. Jary abgehalten hat.«

»Interessant.«

»Er war Professor für Orthopädie. Das muss im Frühjahr 1910 gewesen sein.«

Wieder einmal wurde Alexandra schmerzlich klar, dass er erheblich älter war als sie. Im Frühjahr 1910 war sie noch ein pausbackiges Schulmädchen gewesen und hatte sich mit ihren Lateinvokabeln abgemüht. Während er schon als Arzt an einem Studienseminar teilgenommen hatte.

»Haben Sie dieses Café auch damals besucht?«, erkundigte sie sich.

»Oh ja.«

»Dann ist dies also wie eine Reise in die Vergangenheit für Sie.«

Er blickte den drei Studenten nach.

»Ein bisschen, obwohl ich das Gefühl habe, als hielte ich das Fernglas falsch herum.«

Der Chablis war wunderbar erfrischend, und eilig leerte sie ihr Glas.

»Es ist hauptsächlich Wein«, warnte der Major sie.

»Das ist mir egal. Denn ein gewisses Maß an geistigen Getränken hat bisher noch keinem großen Geist geschadet. Dieses dumme Wortspiel stammt von meinem Bruder Charles. Mögen Sie Wortspiele?«

»Nicht unbedingt.«

»Ich auch nicht.« Sie rollte das kühle Glas zwischen ihren Händen hin und her. »Warum widerstrebt es Ihnen so, Urlaub zu nehmen? Ihr Bruder hat Angst, dass Sie sich zu Tode arbeiten.«

»Es widerstrebt mir, weil es deutlich mehr Verwundete als Ärzte in den Lazaretten gibt.«

»Niemand ist unersetzlich, Major.«

»Ich schon.«

Auf ihre Frage antwortete der Gendarm, der an dem Café vorüberschlenderte, die nächste Herberge für junge Frauen liege in der Rue Poliveau unweit des Bahnhofs Austerlitz.

»Oje«, entfuhr es Alexandra. »Das ist ziemlich weit von hier, nicht wahr?«

»Ja«, sagte Major Mackendric. »Aber wir können ein Taxi nehmen.«

»Das Wetter ist im Augenblick so angenehm, da würde ich lieber ein Stück gehen. Macht es Ihnen sehr viel aus, meine Tasche noch etwas zu tragen?«

»Überhaupt nicht. Sie ist auch gar nicht schwer.«

»Könnten wir vielleicht zum Eiffelturm gehen?«

»Wenn du möchtest.«

»Ich habe es als Kind geliebt, mir von der Aussichtsplattform aus den Sonnenuntergang anzusehen. Wissen Sie, man kann auf jeden Fall in die Vergangenheit zurückreisen, wenn man das will.«

Er unterschied sich grundlegend von allen anderen Männern, denen sie bisher begegnet war. Er versuchte nicht, sie zu beeindrucken, indem er Heldentaten auf dem Kricketfeld, beim Pferderennen oder einem Wettrudern mit den Studenten einer anderen Universität zum Besten gab, und wollte sie auch nicht zum Lachen bringen, denn sonst hätte er sich sicher irgendeine unterhaltsame Geschichte, einen Zaubertrick oder amüsante Rätsel für sie ausgedacht. Nein, er war einfach er selbst. Schweigsam und verschlossen.

Doch hin und wieder tauchte er aus seinen Grübeleien auf und erzählte Alexandra im Vorübergehen, was der Name einer Straße zu bedeuten hatte, oder zeigte ihr das ehemalige Heim eines berühmten Komponisten oder Malers. Aus seinen Studententagen kannte er Paris wie seine Westentasche, und Französisch sprach er fehlerlos, wenn auch mit einem derart grässlichen Akzent, dass die Franzosen lächelten, sobald auch nur ein Wort über seine Lippen kam. Er kannte sich sehr gut mit Architektur, Technik, Musik, Literatur und Pflanzen aus und streifte all diese Themen, während sie zum Eiffelturm und von dort zurück über das Marsfeld gingen.

Inzwischen war es dunkel, und er führte Alexandra in ein Restaurant am Ufer der Seine.

»Eine Sache, über die Sie bisher nicht gesprochen haben, ist die Medizin.« Sie spießte einen Trüffel mit der Gabel auf. »Man könnte beinahe meinen, Sie würden sich dafür schämen, Arzt zu sein.«

»Ich schäme mich für unsere Beschränktheit. Und auch für die Last, die die Menschheit in den letzten Monaten auf unseren Schultern abgeladen hat. Nein. Lass es mich anders formulieren. Es erfüllt mich nicht mit Scham, sondern mit Zorn.«

Ja, erkannte sie, als sie im Schein der Kerzen sein Gesicht betrachtete. In seinen Augen lag kein Schmerz, sondern glühend heißer Zorn. Die Erkenntnis war derart schockierend und verwirrend, dass es ihr den Appetit verschlug.

»Du bist eine sehr bescheidene Esserin«, stellte er fest, und sie starrte ihn an.

Genau denselben Satz hatte sie zu ihm im Garten des Lokals in Chartres gesagt.

»Dann wären wir jetzt wohl quitt«, erwiderte sie mit einem Blick auf ihren Teller. »Es hat sehr gut geschmeckt, aber der lange Tag hat mich ziemlich erschöpft.«

Der Ausdruck grüblerischen Zorns verschwand für einen Augenblick, und er sah sie mit einem sanften Lächeln an. »Dann werde ich uns jetzt ein Taxi rufen.«

»Muss das sein?«

»Auf jeden Fall. Die Rue Poliveau ist fast am anderen Ende von Paris.«

Sie schob eine gedünstete Tomate auf ihrem Teller hin und her.

»Ich glaube, dass ich doch nicht in der Jugendherberge übernachten will. Nein … das möchte ich auf keinen Fall. Ich … ich bin mir sicher, dass Sie irgendwo wohnen, wo es deutlich angenehmer ist.«

»Das stimmt. Ich wohne in einem sehr netten Hotel.«

»Können wir dort zu Fuß hingehen?«

»Wahrscheinlich. Es liegt am rechten Seineufer in der Rue Tronchet. Aber bist du sicher, dass du laufen willst? Und vor allem, bist du dir … *völlig* sicher, dass du mich dorthin begleiten willst?«

Sie sah ihn reglos an.

»Ja. Ich bin mir völlig sicher. Aber nicht in einem Taxi. Weil es irgendwie *schmutzig* ist, wenn man sich in einem Taxi zu einer solchen Verabredung begibt.«

Er sah sie mit einem leisen, beinahe traurigen Lächeln an. »Es ist keine Verabredung, wenn wir zusammen zu Fuß gehen.«

Eine heiße Röte stieg ihr ins Gesicht, und es machte sie wütend, dass ihr ihre Unschuld so überdeutlich anzusehen war.

»Meinetwegen rufen Sie ein Taxi, wenn Sie wollen.«

»Nein. Wir gehen zu Fuß. Ein gemütlicher und ›sauberer‹ Spaziergang ist genau das Richtige.«

Natürlich wusste sie nicht, was sie erwartete. Die Verführungsszenen sämtlicher Romane, die sie je gelesen hatte, hatten mit ein paar Punkten aufgehört. Die anderen Mädchen in der Schule hatten in Bezug auf dieses Thema auch nicht mehr gewusst als sie, und das männliche Glied, auf das sie einmal in *Grays Handbuch der Anatomie* gestoßen war, hatte wie ein platt gedrückter Aal ausgesehen. Sie hatte den Verdacht, dass Lydia bereits Bescheid wusste, doch auf ihre Frage hatte ihre Freundin nur gesagt: »Wenn es so weit ist, wirst du schon wissen, was du machen musst.« Und jetzt war es so weit.

Sie lag nackt in einem breiten Bett im vierten Stock eines

Hotels im Schatten der Madeleine. Splitternackt und dem Angriff eines Mannes hilflos ausgeliefert, der genauso nackt war wie sie. Doch natürlich griff er sie nicht an, was ihr schon beim Betreten des Zimmers bewusst gewesen war. Er hatte sie noch nicht einmal so leidenschaftlich in den Arm genommen wie in den Büchern von Elinor Glyn, sondern lediglich die Tür hinter ihr zugemacht und ihr erklärt: »Nun, dies ist mein Zimmer, und es macht mich überglücklich, dass du mitgekommen bist.«

Seine Hand erkundete im Dunkeln ihren Körper, und sie spürte, wie er seine Finger zärtlich über ihren Hals, ihre Brüste und den Bauch zu den weichen Falten zwischen ihren Schenkeln gleiten ließ.

»Wie schön du bist«, sagte er mit ehrfürchtiger Stimme. »Dass du hier bist, kommt mir wie ein Wunder vor.«

Sie wollte ihm sagen, dass sie ihn für seine Sanftheit liebte, dafür, dass die feste, sichere Berührung seiner Finger in ihr eine unbändige Freude weckte, brachte aber außer einem leisen Wimmern oder einem dumpfen Stöhnen keinen Ton heraus. Ihre Brüste waren geschwollen, ihre Nippel hart, und sie klammerte sich an ihm fest, schlang ihm die Beine um die Hüften und zog ihn auf sich.

»Ich werde dir nicht wehtun«, raunte er.

Und tatsächlich nahm sie den stechenden Schmerz, als er in sie eindrang, nur verschwommen wahr. Denn bereits nach einem Augenblick wurde er durch einen anderen wunderbaren Schmerz ersetzt. Sie vergrub die Finger in dem Rücken, der sich auf und ab bewegte, presste ihr Gesicht an Robins Schulter und stieß ein ersticktes Keuchen aus. Sie brannte innerlich, durch ihre Adern floss geschmolzenes Wachs, und ihre Nervenenden waren zum Zerreißen angespannt. Die Qual war derart köstlich, dass sie das Gefühl hatte, sie müsse schreien, doch das Fieber stieg noch weiter an, fiel wieder ab … und plötzlich war sie schläfrig und erschöpft.

Als sie wieder zu sich kam, bemerkte sie den Lichtfleck an der Decke, hörte wildes Hupen von der Straße und glitt mit den Händen über seinen schmalen Leib.

»Robbie«, murmelte sie. »Robbie.«

Der Gedanke, dass sie ihn schon bald wieder verlassen musste, tat ihr in der Seele weh. Trotz des hellen Sonnenlichts, das durch das Fenster fiel, kam ihr der Sonntagmorgen düster vor. Sie erlaubte ihm nicht aufzustehen und klammerte sich so verzweifelt an ihn, dass ihr das verführerische Seidennachthemd, das sie Samstagnachmittag erstanden hatte, von der Schulter glitt.

»Nimm mich mit.«

»Nein.« Er schüttelte den Kopf und küsste ihre Brüste durch den dünnen Seidenstoff hindurch. »Das ist vollkommen unmöglich.«

Sie zog einen Schmollmund.

»Und warum? Ich bin eine Krankenschwester, ich kann mit dir zusammenarbeiten.«

»Du bist eine freiwillige Schwesternhelferin und klopfst Kissen aus und tupfst eine fiebrig heiße Stirn ab.«

»Außerdem leere ich Bettpfannen und kann Instrumente sterilisieren. Ich könnte dir durchaus nützlich sein.« Sie küsste ihren Liebsten auf den Kopf und zerzauste liebevoll sein Haar. »Und nachts könnten wir in irgendeinem netten Landgasthof zusammen sein.«

Er löste sich von ihr und lehnte sich rücklings an das Kopfteil seines Betts an.

»Dort, wo ich bin, gibt es keine netten Landgasthöfe. Nur ausgebombte Dörfer, ausgebombte Wälder, ausgebombte Straßen. Und Soldaten, überall Soldaten. Sie gehen an die Front oder kommen von da. Dort gibt es keinerlei Privatsphäre, für niemanden. Nein, du wirst zurück nach Chartres fahren, und ich nehme den Zug nach Saint-Omer.« Er umfasste sanft ihr Kinn, neigte seinen Kopf und küsste sie zärtlich auf den Mund. »Du wirst mir fehlen, Alex. Dies waren die wunderbarsten Tage meines Lebens, und wenn es dort oben allzu furchtbar wird, wird mich die Erinnerung daran davor bewahren durchzudrehen.«

Es war vorbei. Es würde heute Abend enden, und bereits am Vortag, als sie das Hotel für ein paar Stunden verlassen hatten, hatte sie gewusst, dass dieses neu gefundene Glück nur von kurzer Dauer war. Ihr stolz gerecktes Kinn und ihr beschwingter Gang hatten aller Welt verraten, was in der vergangenen Nacht geschehen war, aber gleichzeitig wusste sie, dass der Kauf des Negligés in einem kleinen eleganten Laden an den Petits Champs, während ihr Geliebter draußen wartete, nur eine Geste darstellte – als könnte sie ihn durch den Zauber der spitzenbesetzten Seide daran hindern, sie je wieder zu verlassen. Doch bereits als die junge Verkäuferin den zarten Stoff in einem Karton zusammenfaltete, war ihr klar, dass sie das Nachthemd nur einmal tragen würde, weil sie sich am Sonntag wieder trennen mussten und es äußerst unwahrscheinlich war, dass sie sich jemals wiedersahen.

»Darf ich dir schreiben? Ich bin eine wunderbare Briefschreiberin.«

»Ich kann dich nicht daran hindern, Alex, aber hältst du das für klug?« Er nahm ihre beiden Hände und drückte sie sanft. »Alex, du bist eine wunderschöne junge Frau. Wenn du in Chartres aus dem Zug steigst, triffst du dort wahrscheinlich einen attraktiven jungen Mann. Du wirst in einer Kirche heiraten und mich vergessen. Und so sollte es auch sein. Du wirst wahrscheinlich nie verstehen, wie viel die kurze Zeit, die mir mit dir vergönnt gewesen ist, bedeutet hat. Ich habe gesagt, man könnte nicht in die Vergangenheit zurückkehren. Aber das war falsch. Denn für einen kurzen Augenblick habe ich wieder in einer Zeit ohne nicht enden wollendes Grauen gelebt, und dafür werde ich dir ewig dankbar sein.«

»Oh Robbie«, flüsterte sie und küsste seine Hände. »Wir müssen uns einfach wiedersehen.«

»Das ist praktisch unmöglich. Denn es kann Monate dauern, bis ich noch einmal ein paar freie Tage nehmen kann.«

»Oh, zur Hölle mit diesem verdammten Krieg! Aber vielleicht ist er ja morgen schon vorbei.«

»Ja«, stimmte er ihr zögernd zu. »Vielleicht ist er morgen schon vorbei.«

Sie konnte ihn nicht vergessen. Hätte sie sich einem Menschen anvertrauen, ihre Gedanken jemandem mitteilen können, hätte sie es vielleicht irgendwie ertragen. Aber es war niemand da. Selbst Dennis, die einzige Verbindung zu ihrem Liebsten, hatte man ins Krankenhaus von Rouen verlegt. Deshalb zogen sich die Tage und die Nächte endlos für sie hin, und sie stürzte sich nach Kräften in die Arbeit, bis das Bild ihres Geliebten kurzfristig im Putzwasser verschwamm und unter einem Berg frischen Verbandszeugs unterging. Viel mehr aber gab es für sie nicht zu tun, denn das Lazarett war nur noch halb belegt, ganze Stationen waren leer, und das Personal wurde durch sieben Schwesternhelferinnen aus England und drei Französinnen verstärkt. Denn in der letzten Woche im September zogen große britische Verbände in Richtung Loos, und fünfunddreißig Divisionen der Franzosen griffen gleichzeitig in der Champagne an.

»Es wird ein wenig dauern, bis wir etwas von den Kämpfen merken«, klärte Dr. Jary seine Angestellten auf. »Erst mal werden die Verwundeten in Lazaretten und auf den Verbandsplätzen hinter der Front versorgt, aber keine Angst, wir bekommen bestimmt unseren Teil Verletzter ab.«

Ohne Erlaubnis nahm sie, ohne nachzudenken, um fünf Uhr morgens einen Zug nach Paris und von dort weiter nach Saint-Omer. Da sie aufgrund des schlechten Wetters ihren schweren Winterumhang trug, sah sie wie eine echte Schwester aus. Deshalb wurde sie auch nicht genauer kontrolliert, als sie auf den Bahnsteig trat, sondern nur gefragt:

»Lazarett 14, Schwester?«

»Nein, Feldlazarett 20, in der Nähe von Kemmel.«

Der Militärpolizist pfiff leise durch die Zähne.

»Waren Sie dort schon mal?«

»Nein, bisher noch nicht.«

»Nun ... das könnte etwas schwierig werden. Denn die Straßen dorthin sind total verstopft. Morgen fährt ein Lazarettzug bis Bailleul, oder vielleicht nimmt einer der Krankenwagen Sie ja mit.« Er wies mit einem Stock in Richtung Stadt. »Die Fahrer finden Sie in der Rue Hericat in einem kleinen, weiß gekalkten Haus, das nicht zu übersehen ist.«

Die schmalen dunklen Gassen waren voll mit britischen Soldaten auf dem Durchmarsch von Calais zur Front. Die Männer in ihren vom Regen durchnässten Khakiuniformen schleppten schwer an ihrem Marschgepäck und sahen wie eine Herde müder Rinder aus, die man zur Schlachtbank trieb.

Ein Konvoi aus dreißig leeren Krankenwagen brach gerade nach Flandern auf, davon sechs nach Kemmel. Der für die Transporte zuständige Offizier stellte Alexandras Recht, dorthin zu fahren, nicht in Frage und stempelte ihre Papiere wortlos ab.

In dem Krankenwagen stank es nach Karbol, und der übellaunige Waliser, der ihn lenkte, steckte sich in dem vergeblichen Bemühen, den Geruch zu überdecken, eine billige Zigarre nach der anderen an.

Zum ersten Mal verspürte Alexandra ein Gefühl der Angst, das sich noch verstärkte, als sie durch die kahle Hügellandschaft von Messines fuhren. Die aufgeweichte graue Landschaft rundherum war bedrückend.

Abends konnte sie von einer Hügelkuppe aus das Flackern der fernen Geschütze sehen, und als sie in einem Dorf Tee und Wurstbrote erstand, hörte sie das dumpfe Grollen der Artillerie.

Bis Kemmel war es nicht mehr weit, aber ein britischer Pionier kam die schlammige Dorfstraße heruntergestapft und berichtete den Fahrern, dass die Straße nach Norden während des gesamten Vormittags beschossen worden und deshalb im Dunkeln nicht mehr zu befahren sei. Also kauerte sich Alexandra in den Krankenwagen, horchte auf das Schnarchen des Walisers und die donnernden Kanonen und bekam vor lauter Furcht kein Auge zu.

Morgens um acht erreichten sie das Lazarett.

»Ich arbeite in einem Zelt«, hatte Robin ihr erzählt, und sie hatte ihn sich vorgestellt, wie er unter einem weißen Baumwolldach, vielleicht in einem Wäldchen oder auf einer sonnigen Wiese, stand. Jetzt aber erblickte sie lange Reihen schindelverkleideter Bauten mit Dächern aus schmutzig braunem Segeltuch, jämmerliche Hütten, zwischen denen als einzige Verbindung durch das Meer aus Schlamm ein paar breite Bohlen lagen. Hinter einem Zaun aus durchhängendem Stacheldraht, der offenkundig einmal einen Obstgarten umgeben hatte, ragten zwischen unzähligen tiefen Kratern die geborstenen Stämme alter Apfelbäume auf. Eine Landschaft des Elends, ging es Alexandra durch den Kopf.

Eine hochgewachsene Schwester musterte sie kalt.

»Sie sind Schwesternhelferin? Was in aller Welt machen Sie hier?«

»Ich … ich möchte zu Major Mackendric. Er ist hier stationiert, nicht wahr?«

Die Frau mittleren Alters musterte das Mädchen, das verloren vor ihrem Schreibtisch stand, und ihre Miene wurde weich. Als sie sich seufzend von ihrem Platz erhob, raschelte ihre frisch gestärkte Uniform.

»Er ist gerade im OP. Haben Sie schon gefrühstückt?«

»Nein, Schwester.«

»Na, dann kommen Sie mal mit, damit ich Ihnen zeigen

kann, wo hier die Messe ist. Sind Sie mit dem Wagen oder mit dem Zug aus Saint-Omer gekommen?«

»Mit dem Wagen, Schwester.«

»Dann müssen Sie ziemlich erledigt sein. Aber mit einer ordentlichen Tasse Tee bekommen wir Sie ohne Zweifel wieder hin. Sind Sie eine Freundin des Majors?«

»Ja. Ich … ich habe seinen Bruder gepflegt.«

Die Frau verzog den Mund zu einem schmalen Lächeln.

»Ach, Sie haben ihn gepflegt? Das hätte ich nicht gedacht.«

In dem schmalen Gang vor dem Büro der Schwester stieß sie fast mit einem dünnen blonden Offizier zusammen, der über der Uniform die weiße Jacke eines Arztes trug.

»Aber hallo«, rief der Arzt fröhlich, als er Alexandra sah. »Wen haben wir denn da?«

»Eine Freundin des Majors«, klärte ihn die Schwester auf.

»Was Sie nicht sagen. Eine Freundin von Mac? Wie wunderbar! Wurden Sie uns zugeteilt?«

»Sie ist eine Schwesternhelferin«, entgegnete die Schwester. »Die haben wir hier nie.«

»Nein, hier laufen immer nur so alte Schachteln rum wie Sie.« Und mit einem Küsschen auf die schwesterliche Wange fügte er hinzu: »Passen Sie gut auf sie auf, und erzählen Sie ihr vor allem, dass Captain Ronald David Vale der mit Abstand netteste Kerl hier ist.«

Sie hielt ihren Teebecher mit beiden Händen fest, um nichts zu verschütten, während sie vorsichtig trank. Eine Meile entfernt war das Feuer einer ganzen Batterie schwerer britischer Geschütze zu hören, und die Salz- und Pfefferstreuer auf dem Tisch sprangen bei jedem Donner in die Luft. Der Lärm war zermürbend, doch die Schwestern, Sanitäter, Ärzte in dem langen Zelt schienen taub zu sein.

Und dann saß er ihr plötzlich gegenüber. Seine Jacke hatte er in aller Eile zugeknöpft, und seine Krawatte hing ein wenig schief. Er verschränkte die Arme auf dem Tisch und betrachtete sie nachdenklich.

»Was in aller Welt soll ich nur mit mir machen?«

Alexandra starrte in die braune Brühe ihres Tees. Sie kämpfte mit den Tränen und wagte nicht, ihn anzusehen.

»Ich gehe nicht zurück.«

»Aber hier kannst du nicht bleiben. Das siehst du doch wohl selbst.«

Sie schüttelte den Kopf.

»Ich werde mich nützlich machen.«

»Wir haben hier nur Schwestern mit fünfzehn bis zwanzig Jahren Erfahrung. Das Mindeste, was hier verlangt wird, ist eine einjährige Ausbildung in einem Lehrkrankenhaus. Oberhalb von Saint-Omer gibt es keine Schwesternhelferinnen, denn die werden hier nicht gebraucht. Du hast doch keine Ahnung, welche Arbeit hier geleistet werden muss.«

Sie stellte ihren Becher auf den Tisch und sah ihm ins Gesicht. Dabei waren ihr ihre Gefühle derart deutlich anzusehen, dass seine Entschlossenheit ins Wanken geriet.

»Oh Alex … Alex …« Er schob einen Arm über den Tisch und berührte ihre Hand. »Du machst es mir entsetzlich schwer.«

»Das will ich nicht, Robbie. Das will ich ganz sicher nicht. Aber es ist zum Teil auch deine eigene Schuld. Denn ich bin in diesen Dingen nicht allzu … erfahren. Vielleicht gibt es junge Frauen, die eine Affäre haben und danach so tun, als sei nichts geschehen. Aber ich gehöre nicht dazu. Ich habe es wirklich versucht. Bitte glaub mir, Robbie, ich habe es versucht. Und vielleicht wäre es mir auch gelungen, wenn du weniger freundlich, weniger sanft und liebevoll gewesen wärst. Aber so … so …«

Er drückte ihre Hand und wandte sich verlegen ab. Die beiden Röntgenassistentinnen vom Nachbartisch musterten Alexandra. Denn nicht anders als in einem kleinen Dorf wusste auch hier im Lazarett jeder alles über jeden, und sobald die

Menschen über irgendetwas im Ungewissen waren, fingen die Spekulationen an.

Die plötzliche Ankunft einer wunderhübschen jungen Schwesternhelferin so kurz nach seinem Urlaub hatte sich wahrscheinlich bereits überall herumgesprochen, und es hätte Robin gerade noch gefehlt, dass sie hier vor aller Augen anfinge zu weinen. Denn dann rissen die Gerüchte nicht mehr ab.

»Nicht weinen. Bitte fang jetzt nicht noch an zu weinen«, sagte er mit fester Stimme.

»Keine Angst. Es ist nur einfach so, dass ich mich furchtbar freue, dich zu sehen, und dass ich auf alle Fälle bleiben will. Ich weiß, dass ich mich nützlich machen kann und dass du dich meiner nicht zu schämen brauchst.«

Er bestellte einen Tee und stopfte möglichst langsam seine Pfeife, weil er dadurch etwas Zeit zum Nachdenken gewann.

»Es war falsch von mir, mit dir zu schlafen, Alex, und es tut mir wirklich leid. Mit jemandem zu schlafen, sich in einen Menschen zu verlieben, für so etwas behutsam Wachsendes, für solch zerbrechliche Gefühle ist im Augenblick kein Platz. Es tut mir wirklich leid, falls du meinetwegen unglücklich bist. Aber ich hatte selbst ein paar schwierige Momente. Vielleicht weil ich so bin wie du. Ich kann mich nicht einfach in eine Frau verlieben und danach so tun, als sei nichts passiert. Ich wünschte mir, ich könnte es. Denn dann fiele mir der endgültige Abschied nicht so schwer.«

»Wir können nicht endgültig Abschied voneinander nehmen, Robbie.«

»Doch, das müssen wir. Weil der kurze Augenblick, den wir zusammen verbracht haben, sich nicht in die Länge ziehen lässt. Es war nur ein flüchtiger Moment. Sonst nichts. Ein Moment, wie du ihn noch sehr oft erleben wirst. Das ganze Leben liegt noch vor dir.«

»Ich kann jetzt nicht an die Zukunft denken, Robbie. Ich bin jetzt mir dir zusammen, und das ist das Einzige, was zählt. Seit du mich verlassen hast, war ich nicht einen Augenblick so glücklich wie jetzt.«

»Hör zu, Alex, du musst vernünftig sein. Du sagst, dass du dich nützlich machen willst …«

»Dir, Robbie … dir will ich nützlich sein.«

»Und du hast irgendeine romantische Vorstellung, dass du für mich als Arzt die Krankenschwester spielen kannst. Deine Naivität hat mich in Chartres bezaubert. Aber hier wird etwas völlig anderes gebraucht. Hier muss niemand Kissen ausklopfen und Limonade zubereiten. Wenn du wirklich Krankenschwester werden willst, mach eine Ausbildung und komm in einem Jahr zurück. Das braucht Zeit wie die Ausbildung zum Arzt. Es ist ein mühsamer Prozess, bei dem man täglich etwas Neues lernen und Erfahrung sammeln muss, ein verdammt …«

Captain Ronald David Vale kam an ihren Tisch, strich seinen Schnurrbart glatt und nahm unaufgefordert Platz.

»Major Parsons braucht Sie in der Nummer sechs. Der Gurkha-Sergeant, Gasbrand im rechten Bein.«

»Verdammt.«

»Jenny spricht mit ihm auf Nepalesisch, aber ich fürchte, dass er sie nicht wirklich versteht. Obwohl das keine große Rolle spielt. Denn wenn Sie nicht sofort anfangen zu schnippeln, ist es für den armen Kerl wahrscheinlich sowieso zu spät.«

Widerstrebend stand Robin auf.

»Ich nehme an, Sie hätten gern, dass ich Sie beide offiziell bekannt mache?«

»Auf jeden Fall.« Der Captain grinste Alexandra an. »Wenn Sie nichts dagegen haben, alter Knabe.«

»Miss Greville, Captain Vale. Captain Vale, Miss Greville.« Er klopfte seine Pfeife in einer leeren Granathülse aus. »Ich bin in einer Stunde wieder da. Führen Sie Miss Greville bis dahin bitte etwas herum.«

»Gern, mein Lieber, wird mir ein Vergnügen sein.« Vale trank einen Schluck von Robins Tee und zündete sich eine Zigarette an. »Seltsame Kerle, diese Gurkhas. Verdammt gute Kämpfer. Lehren den Fritz das Fürchten, aber machen auch uns das Leben schwer. Sie sterben lieber, als dass man ihnen einen Arm oder ein Bein abnehmen darf. Denn wissen Sie, sie glauben an die Reinkarnation und ertragen den Gedanken nicht, dass ihr Körper zu Beginn des nächsten Lebens unvollständig ist. Aber genug davon. Sie sind ein wirklich hübsches Mädchen. Es macht Ihnen doch nichts aus, wenn ich das sage, oder?«

»Nein.« Er erinnerte sie an den jungen Carveth Saunders, auch wenn er nicht aus Mayfair kam.

»Haben Sie Lust, sich unseren kleinen Zirkus einmal anzusehen?«

»Ja, sehr gern.«

»Im Moment ist eher wenig bei uns los. Wir haben heute früh fast sämtliche Patienten mit dem Zug weitergeschickt, damit Platz ist für den nächsten Schwung. Es geht hier zu wie auf einem Bahnhof. Ein einziges Kommen und Gehen.«

»Und wohin werden die Patienten von hier aus geschickt?«

»Oh, nach Saint-Omer, Calais, Rouen … oder auf den Friedhof gleich um die Ecke. Wir geben mehr als unser Bestes, aber trotzdem verlieren wir auch den einen oder anderen.«

Das nagende Gefühl der Angst kehrte zurück, als sie mit Captain Vale durch die beinahe leeren Krankenzelte lief. Sie waren von kalter Funktionalität. Statt weiß bezogener Betten nur lange Reihen schlichter Pritschen, an deren Fußenden zusammengefaltete braune Armeedecken lagen. Neben jeder fünften Pritsche stand ein Rollwagen mit Verbandsmaterial, Tetanusserum, Kanülen und Morphinkapseln. Die Schwestern und die Sanitäter, denen sie begegneten, sahen sie mit unverhohlener Neugier an.

»Das liegt an Ihrer Uniform«, klärte der Captain sie auf. »Die

Schwestern sehen, dass sie maßgeschneidert ist. Während für die Sanitäter hauptsächlich der *Inhalt* Ihres Kleides von Interesse ist.« Er öffnete eine Tür und führte Alex über eine Holzplanke an einem ehemaligen Stall vorbei. »Da drinnen operieren wir. Die Kerle werden ohne Pause rein- und rausgebracht, weil hier rund um die Uhr geschnippelt wird. Unser Lazarett heißt bei den Tommys Flickheim. Die Nummer 15 drüben in Neuve-Eglise haben sie Verbandheim und das französische Lazarett bei Hazebrouck Endheim getauft. Die Tommys haben einen seltsamen Humor.«

»Ist Major Mackendric hier verantwortlich?«

»Meine Güte, ja, er ist hier der Chef. Eigentlich ist ein Colonel für diesen Posten vorgesehen, aber heutzutage sind Chirurgen dünn gesät. So dünn, dass uns sogar Harvard ein paar Absolventen schicken muss. Sie müssten jeden Tag hier eintreffen. Dem Himmel sei Dank, dass ihre Vorfahren wahrscheinlich irgendwann einmal aus England dorthin ausgewandert sind.«

Eine Glocke schlug erst vier- und nach einer kurzen Pause noch viermal.

»Was ist das?«

Der Captain presste unmerklich die Lippen aufeinander und stellte mit dumpfer Stimme fest:

»Personalbesprechung. Gleich sagen sie uns, womit heute zu rechnen ist. Die Geschosse fliegen schon seit heute Morgen. Ich fürchte, deshalb wird es kein besonders angenehmer Nachmittag. Aber es gibt eben nicht nur Sonnentage, nicht wahr?«

Alexandra stand am Rand des Messezelts, um niemandem im Weg zu sein. Grüppchen von Ärzten, Schwestern, Sanitätern und Technikern warteten schweigend, bis Major Mackendric, einen blutbespritzten Kittel über seiner Uniform, aus dem Operationssaal kam.

»Also«, setzte er zu seiner kurzen Rede an. »Eben hat die

Brigade durchgerufen. Die Bedfords und Suffolks wurden heute Morgen bei Wytschaete vernichtend geschlagen. Die Hälfte ihrer Verwundeten, das heißt drei- bis vierhundert Mann, sind auf dem Weg zu uns. Ein paar Sitz-, aber hauptsächlich Liegendtransporte, nehme ich an. Sie wurden heftig bombardiert, also machen Sie sich auf extreme Mehrfachverletzungen gefasst. Die Träger haben um die dreißig Highlander gefunden, die seit Mittwoch im Stacheldraht gehangen haben. Wir wissen, was uns bei den Männern erwartet, also haben Sie am besten Chloroform zur Hand.« Er warf einen Blick auf seine Uhr. »Die Transporte werden gegen 16 Uhr erwartet, also ziehen Sie Ihr Abendessen vor und machen Sie sich auf eine lange Nacht gefasst. Ich will, dass morgen früh so viele Männer wie möglich transportfähig sind.«

Sie hatte gehofft, er fände noch einmal die Zeit für ein Gespräch oder nähme vielleicht sogar das Abendessen mit ihr ein, doch auf ihrer neuerlichen Wanderung durchs Lazarett erhaschte sie nirgends auch nur einen Blick auf ihn. Schließlich setzte sie sich unglücklich ins Messezelt, wo die Schwester, die sie morgens in Empfang genommen hatte, sie erblickte und mit mitfühlender Stimme feststellte:

»Sie sehen etwas verloren aus.«

»So fühle ich mich auch.«

»Das geht natürlich nicht. Hat man Ihnen irgendetwas von Nutzen beigebracht?«

»Ja, natürlich.« Alexandras Miene hellte sich ein wenig auf.

»Können Sie einen Katheder legen?«

»Nein …«

»Wenn ich Ihnen sagen würde, dass Sie einem Mann fünfhundert Einheiten Tetanusserum spritzen sollen, wüssten Sie, wie man das macht? Oder wie viel Morphium Sie ihm geben können, ohne dass er daran stirbt? Oder wie man einen Tropf anlegt?«

»Nein, ich …« Ihr Gesicht fing an zu brennen, und sie hatte das Gefühl, als würde sie vom Blick der Frau durchbohrt.

»Ich bin hier die Oberschwester«, fuhr die Schwester durchaus freundlich fort. »Major Mackendric hat gefragt, ob es hier vielleicht eine Verwendung für Sie gebe. Ich fürchte, nein. Deshalb schicke ich Sie morgen mit dem ersten Zug zurück nach Saint-Omer. Aber Sie sind eine starke und gesunde junge Frau, und ich finde heute Nachmittag sicher eine sinnvolle Beschäftigung für Sie. In Kürze treffen die Verwundeten hier ein, und am besten ziehen Sie sich einen Kittel über Ihre Uniform, damit sie keine Flecken kriegt, und helfen Sie den Sanitätern bei der Aufnahme. Melden Sie sich bei Corporal Hyde in dem Gebäude mit dem grünen Kreuz über der Tür. Wir hatten einen sehr netten Soldaten hier, der als Maler für uns tätig war. Nur hat sich herausgestellt – der gute Mann war farbenblind.«

Die Sanitäter waren angespannt, doch durchaus nett, und bei einer Tasse süßem Tee mit Milch bekam Alexandra ein paar gut gemeinte Ratschläge erteilt.

»Vor allem muss man schnell sein«, sagte Hyde, dem die Zigarette an der Unterlippe festzukleben schien, mit rauer Stimme. »Denn sobald die ersten Männer kommen, geht's hier wie am Fließband zu.«

»Und was machen Sie genau?«

»Wir säubern die Verwundeten schon einmal, damit sich die Schwestern sofort an die Arbeit machen können. Schneiden die Stofffetzen und Lumpen ab, die sie sich um die Wunden gewickelt haben, werfen sie in einen Eimer und waschen den schlimmsten Dreck mit grüner Seife und antiseptischer Lösung ab. Gleichzeitig verabreichen drei Schwestern den Männern Tetanus- und Morphiumspritzen, und sie sehen es gar nicht gern, wenn es zu Verzögerungen kommt. Wir müssen also schnell, aber zugleich auch möglichst gründlich sein.«

Um 15.45 Uhr rumpelten die ersten Krankenwagen und Armeelastwagen von der Front über die schlaglochübersäte Straße vor dem Lazarett, und die Sanitäter und die Träger rannten los, rissen die Türen der Krankenwagen auf und holten die Verwundeten von den Armeetransportern, während man bereits die nächsten Fuhren – teilweise in Form von Pferdekutschen – näher kommen sah.

Einen solchen ohrenbetäubenden Lärm hatte Alexandra nie zuvor erlebt. Von den verschlammten Wagen vor dem Zelt waren Murmeln, Stöhnen und gedämpftes Heulen zu hören, und die beiden Schwestern, die mit zwei Verbandswagen vors Haus gekommen waren, betrachteten mit ausdrucksloser Miene die Männer. Die meisten wurden auf Tragen zum Zelt gebracht, und nur wenige stolperten noch aus eigener Kraft über den Hof. Zwar hatten die Sanitäter ihrer Regimenter sie schon notdürftig verbunden und ihnen zur Linderung der Schmerzen Morphium verabreicht, aber dessen Wirkung ließ inzwischen nach, und deshalb warfen sie sich stöhnend, schluchzend oder schreiend auf den Tragen hin und her oder klammerten sich kniend an den Holzbänken entlang der Zeltwand fest.

»Los, Mädchen«, wies eine Schwester sie mit angespannter Stimme an.

Alexandra hatte auch schon vorher mit Verwundeten zu tun gehabt. Doch die Männer, die in Chartres angekommen waren, hatten sich schon auf dem Weg der Besserung befunden, und auch wenn man sie vielleicht noch einmal hatte operieren müssen, waren sie sauber und sorgfältig bandagiert gewesen und hatten sich über ihre sauberen Betten, das gesunde Essen und die Blumen auf den Nachttischen gefreut.

»Arterielle Blutung, Schwester!«, rief ein Sanitäter, als ein Strom von Blut aus einem aufgeweichten Khakibündel auf einer Trage in den Himmel schoss. Eilig kniete sich die Schwester neben den stöhnenden Mann und klemmte die Arterie ab.

Schreckensstarr blickte Alexandra auf den langen Elendszug, der sich durch die Tür des großen Zelts ergoss. Es war ein Grauen, das kein Ende nahm. Ein Mann hatte sich schmutzstarrende Lumpen in die leeren Augenhöhlen gestopft, und die Stumpen abgerissener Beine oder Arme waren mit blutgetränkten Lappen oder schlammverkrusteten Gamaschen notdürftig bedeckt. Einer wand sich laut schreiend wie ein Tier, das in der Falle saß, auf seiner Trage und presste sich die Hände auf den Bauch, während ihm die Eingeweide durch die Finger quollen.

Alexandra zitterte am ganzen Leib, ein Schauer überlief sie, und ihr Kopf kribbelte, während Corporal Hyde ihr eine Schere in die schlaffen Finger drückte und mit eindringlicher Stimme raunte: »Los, Miss, stehen Sie nicht einfach nur herum, machen Sie sich nützlich.«

Ihre Beine gaben nach, und als sie neben einer Trage auf die Knie sank, sah sie die geschwärzte, schlammige Bandage, die den Oberschenkel und die Hüfte des Verwundeten bedeckte, und das graue Fleisch, das unter seinem aufgeschlitzten Hosenbein zutage trat. Während sie zögernd den Verband zerschnitt, versuchte der schreiende Mann, sich aufzusetzen, aber Corporal Hyde hielt ihn entschlossen fest.

»Schneiden Sie den verdammten Verband ab, Miss!«

Ihre Finger zitterten so sehr, dass sie die Schere beinahe fallen ließ, und als sie unter dem Verband blutigen Schleim und weiße Knochensplitter sah, musste sie die Zähne aufeinanderbeißen, bis die in ihr aufsteigende Galle zurück in den Magen lief.

»Um Gottes willen, machen Sie ein bisschen schneller«, schrie eine Schwester Alexandra an. »Wir kommen nicht mehr nach.«

Alexandra biss so fest die Zähne aufeinander, dass ihr Kiefer schmerzte, während die in Wogen aufsteigende Galle ihr den Hals verbrannte und ihr kreidiges Gesicht in kaltem Schweiß gebadet war. Der Zug sich windender und animalisch stöhnender Gestalten, die die Träger vor ihr abstellten, schien kein Ende zu nehmen. Doch egal, wie viele grauenhafte Wunden sie bei der Entfernung der Bandagen sah – gesplitterte Knochenenden, Gedärme, rot klaffende Löcher dort, wo der Unterkiefer fortgerissen worden war –, sie musste unablässig gegen ihren Ekel ankämpfen.

»Highlander.« Abermals stellte ein Sanitäter eine schlammverkrustete Gestalt auf einer Trage vor ihr ab und hielt ihr eine dunkelbraune Flasche Chloroform und Watte hin. »Bitte betäuben Sie das arme Schwein.«

Es war ein Sergeant des Highland Regiments, der vier Tage lang bei Sonne und Regen in einem Granattrichter im Stacheldraht gelegen hatte und auf dessen Stirn mit Jod der Buchstabe T geschrieben stand. Die Feldsanitäter hatten den Mann gegen Tetanus geimpft, sonst aber nichts für ihn getan. Er hatte sich selbst einen Verband unter der rechten Achselhöhle angelegt, der sich über der schwärenden Wunde wölbte. Zugleich klebte der Stoff durch das trockene Blut so fest an seiner Haut, dass er sich kaum lösen ließ. Nachdem Alexandra den Verband mit Mühe aufgeschnitten hatte, quoll erst gelblich grüner Eiter aus der Wunde, und mit einem Mal kroch aus dem von einem Geschoss gerissenen Loch ein lebendiger Ball aus fetten weißen Maden über die Schere und Alexandras Finger auf den Rücken ihrer Hand.

Schreiend fuhr sie hoch, trat gegen die Flasche Chloroform und stolperte würgend zur Tür. Eine Schwester fing sie ab und schlug ihr zweimal kräftig ins Gesicht, aber sie sah und spürte nichts, da sie im selben Augenblick in gnädiger Dunkelheit versank.

Wie friedlich es doch in dem Krankenwagen war. Die betäubten Männer, die sie in der Dunkelheit umgaben, lagen totenstill auf ihren Pritschen, und sie zog sich ihren warmen Umhang bis zum Kinn. Irgendwo dort draußen in der rabenschwarzen

Nacht rief jemand ihren Namen. *Alex… Alex…* doch sie starrte reglos auf die Unterseite einer Trage, die auf einem Ständer über ihrer Trage stand.

Alex… Alex…

Endlich setzte sich der Krankenwagen in Bewegung, rumpelte zur Straße und brachte sie fort von diesem grauenhaften Ort. Denn sie war eine der Verwundeten. Wenn sie nicht vielleicht sogar gestorben war.

Buch 3

Gott weiß, ich läge lieber weich,
auf parfümierter Seide und an Liebe reich,
in sel'gem Schlaf, ohn' Ungemach,
eh' ich Herz an Herz und Mund an Mund
mit meinem Schatz erwach.
Doch ich hab' mit dem Tod ein Treffen ausgemacht,
in einer Stadt um Mitternacht,
die lichterloh in Flammen steht,
während der Frühling dieses Jahr erneut gen Norden zieht.

I Have a Rendezvous with Death
von Alan Seeger (1888–1916)

14

Die ehrenwerte Winifred Sutton schlenderte langsam die Straße vom Sloane Square herauf. Ihr Beddlington Terrier zerrte nicht mehr an der Leine, sondern trottete erschöpft und wegen des vom Gehweg aufstiebenden Graupels mit halb geschlossenen Augen hinter ihr her. Es war ein klarer, aber windiger Morgen, und die kahlen Bäume am Cadogan Square schwankten wild. Trotz der arktischen Kälte und der bleichen Sonne, die an diesem Dezembertag am fahlen Himmel hing, war Winifred wie jeden Tag mindestens zwei Stunden lang durch Chelsea und am Fluss entlanggelaufen. Der Wind rüttelte am Eisenzaun, der den Streifen Grün entlang der Sloane Street umgab. Heute sah man keine Kindermädchen dort mit ihren Schützlingen spazieren gehen, sondern nur die wogenden Bäume und das vom Schneeregen gewaschene Gras.

Der Terrier hob den Kopf, als er die Nähe ihres Hauses und seines Betts neben dem Feuer in der Küche spürte, Winifred hingegen näherte sich ihrem Heim mit dem gewohnten Widerwillen. Sie hasste London, konnte aber nicht zurück nach Lulworth Manor, da ihr Landsitz für die Dauer des Krieges dem Roten Kreuz als Genesungsheim für Offiziere überlassen worden war. Das Leben auf dem Land war ihr immer viel leichter vorgekommen, und vor allem hätte ihre Mutter sich dort in der Abgeschiedenheit wahrscheinlich eher damit versöhnt, dass der Tod endgültig war. In London war der Krieg allgegenwärtig – in der Zeitung wurde kaum noch über etwas anderes berichtet als über Schlachten, und Gefallenenlisten waren abgedruckt. Überall sah man Soldaten und war den seltenen, jedoch höchst beunruhigenden Angriffen von Zeppelinen ausgeliefert. Am liebsten wäre Winifred auf der Stelle zu den stillen Feldern in das ordentliche Dorset zurückgekehrt.

Sie hatte gehofft, die »Gruppe« ihrer Mutter nicht mehr anzutreffen, aber als sie durch das Tor trat, ging die Haustür auf, und dort standen sie und ließen sich mit lauten, aufgeregten Stimmen über die exotische Madame Nestorli, Prinzessin Perle, aus.

»Oh Winifred«, schwärmte die Duchess von Ascombe, während sie mit einem Spitzentaschentuch über ihre tränenfeuchten Augen fuhr. »Oh meine Liebe, es war einfach wunderbar. So fantastisch, dass man es gar nicht in Worte fassen kann.«

Winifred trat höflich zur Seite und zog ihren Terrier möglichst dicht neben sich, damit keine der Damen beim Hinausgehen auf ihn trat. Eilig winkte der Butler der Familie ihre Fahrzeuge heran, die entlang der Straße standen, und kurz darauf war nur noch Prinzessin Perle da, die sich in der Eingangshalle flüsternd mit der ehrenwerten Lady Mary Sutton unterhielt. An ihren Armen klapperte ein Dutzend goldener Reifen, als sie ihre Worte mit den Händen unterstrich. Worte, die für Winifred von keinerlei Interesse waren. Sie wünschte sich, sie wäre unsichtbar und könnte einfach an den beiden Frauen vorbei über die Treppe in ihr Zimmer schleichen, was jedoch unmöglich war. Denn Lady Mary stand direkt an der Treppe und vergrub ihre klauenähnlichen Hände tief in Winnies kaltem Pelzmantel.

»Ich wünschte mir, du wärst dabei gewesen, Winifred. Wir haben einen bedeutsamen Durchbruch erzielt. Meine beiden lieben Jungen waren mit uns in einem Raum, und Clarissas junger George hat den Tisch bewegt und ihr erklärt, dass er mit seinem Los zufrieden sei.«

Winifred lenkte den Blick von den leuchtenden Augen ihrer Mutter auf Prinzessin Perle, deren Miene unergründlich war.

Das begehrteste Medium Londons griff in ein mit Perlen besticktes Täschchen und zog eine goldbesetzte Zigarettenspitze aus Jade und eine billige Capstan-Zigarette hervor. Das Anrufen von Geistern zum Preis von zwanzig Pfund pro totem jungem Mann hatte sie reich gemacht, aber ihrem plebejischen Geschmack blieb sie auch weiter treu.

»Wir waren erfolgreich, ja«, flüsterte Madame Nestorli in ihrem schwer zu definierenden Akzent. »Obwohl der Schleier immer noch nicht vollständig gelüftet worden ist und wir immer noch nicht in die äußeren Bereiche der Leere vorgedrungen sind.«

»Aber das werden wir, das werden wir!«, fiel Lady Mary ihr ins Wort. »Ich weiß, du hast gewisse Vorbehalte gegen unsere Séancen, Winifred, aber wärst du heute doch dabei gewesen!«

Endlich schaffte ihre Tochter es, sich von ihr loszureißen und sich in den ersten Stock hinaufzuflüchten, während ihr Hund mit auf dem Boden schleifender Leine den Flur hinab in die Küche lief.

Ihr Schlafzimmer war ihr privater Rückzugsort, und sie verriegelte die Tür und lehnte sich dagegen, als breche irgendjemand sie sonst vielleicht auf. Vor lauter Verbitterung und Zorn bekam sie nur noch mühsam Luft. Ihre Mutter hielt pro Woche drei bis vier Séancen ab, meistens in ihrem Esszimmer im Erdgeschoss, das der großen Madame Nestorli zufolge mit den schweren Mahagonimöbeln und den Holzvertäfelungen an den Wänden dem Kontakt mit ihrem privaten Geist, ihrem Verbindungsmann zum Totenreich – einem nubischen Prinzen namens Ram, den man auf den Tag genau tausend Jahre vor Christi Geburt lebendig in Theben eingemauert hatte – besonders dienlich war. Rams Stimme unterschied sich kaum von der Prinzessin Perles, woran jedoch außer Winifred anscheinend niemand Anstoß nahm.

»Oh Gott, was für ein Unsinn.« Winifred zog ihren Mantel

aus, ließ ihn über die Rückenlehne eines Sessels fallen, warf sich auf ihr Bett und starrte die Zimmerdecke an. Irgendwann wich ihr Zorn einem dumpfen Mitgefühl für ihre Mutter und die anderen unglücklichen Frauen, die sich so verzweifelt an die Hoffnung klammerten, dass die Verbindung zu ihren geliebten Söhnen doch nicht vollends abgerissen war. Zwei ihrer Brüder waren tot. Andrew, der an irgendeinem Ort in Frankreich anonym begraben worden war, und Timothy, der wenigstens in der familieneigenen Grabstätte auf dem Friedhof von Lulworth lag. Bis zu einem gewissen Grad konnte Winifred die Weigerung der Mutter, Andrews Tod zu akzeptieren, verstehen. Denn sie hatte ihn nicht sterben sehen und niemanden gesprochen, der in seinem letzten Augenblick bei ihm gewesen war. Ein kurzer Brief seines Colonels war der einzige Beweis für seinen Tod. Doch bei ihrem anderen Bruder sah die Sache anders aus. Timothy war Ende Juni von einem Granatsplitter am Hals getroffen und mit Gummischläuchen durch das weit klaffende Loch hindurch beatmet worden, ehe er seinen Verletzungen knapp drei Monate später in einem Londoner Krankenhaus erlegen war. Aber nach Aussage von Madame Nestorli ging es nicht um den *Körper.* Der Körper war bloß eine Hülle, die den flüchtigen Geist umfing. Einen Geist, der niemals starb, sondern freigelassen wurde, wenn der Körper seinen Dienst versagte, und von seiner Reise durch die Ewigkeit zurückgerufen werden konnte – was dem Medium zufolge eine Frage der Geduld, der Zeit, des Glaubens – und des Geldes war.

Vorsichtig klopfte jemand an die Verbindungstür zwischen dem Schlafzimmer und dem Salon, schob sie einen Spaltbreit auf und lugte herein.

»Verzeihen Sie die Störung, Miss Winifred, ich habe ein schönes heißes Bad für Sie vorbereitet.«

»Danke, Daphne.«

Gegen die Besessenheit der Mutter war kein Kraut gewachsen. Schon immer hatte sie einen Hang zum Mystischen gehabt, und der Krieg hatte dieses Interesse noch verstärkt. Winifred lag in der warmen Wanne und zog die Konturen ihrer schweren Brüste nach. Sie war inzwischen durchaus zufrieden mit ihrem Körper. Dank täglicher langer, anstrengender Spaziergänge und des völligen Verzichts auf Schokolade, Kuchen, Eiercreme und anderer Dickmacher hatte sie inzwischen straffe Beine, schlanke Hüften und vor allem einen herrlich flachen Bauch. Nur ihre Brüste gefielen ihr immer noch nicht so ganz. Sie waren riesengroß mit leuchtend pinkfarbenen Nippeln. Vielleicht hätten sie ja Robert Herrick zugesagt, denn wie hatte der Dichter noch über die Brustwarzen seiner geliebten Julia gesagt?

Hast du einmal (völlig verzückt)
Eine rote Ros' auf weißem Untergrund erblickt?

Aber große Brüste waren einfach unmodern und passten nicht zur neuesten Mode aus Paris. Allerdings war das Abbinden der Brüste äußerst schmerzhaft und blieb ohne große Wirkung.

Kaum hatte sie sich abgetrocknet und in einen Seidenmorgenrock gehüllt, als Daphne wieder bei ihr klopfte und durch die geschlossene Tür des Badezimmers rief:

»Colonel Wood-Lacy ist für Sie am Telefon. Soll er sich später noch mal melden, Miss?«

Sie zog den Bademantel an.

»Sagen Sie ihm, dass ich … gerade nicht zu sprechen bin und er … ja, dass er es in einer halben Stunde noch einmal versuchen soll.«

Fenton war in London. Sie hatte ihn seit Kriegsbeginn vor fünfzehn Monaten nicht mehr gesehen. Selbst wenn er Urlaub hatte, war er nie heimgekommen. Aber ihr Bruder John, der zum Schützenbataillon gegangen war, hatte ihr erklärt, dass nur die wenigsten Soldaten auf Heimaturlaub nach England kommen konnten, wenn sie nicht verwundet waren. Hin und wieder hatte er ihr einen Brief geschrieben, und sie hob den schmalen Stapel sorgfältig in einer Schublade ihres Frisiertischs auf.

Sie nahm vor dem Spiegel Platz und bürstete das sanft gewellte, weiche braune Haar, das ihr bis auf die Schultern fiel. Sie hätte seine Briefe problemlos im Kreis der Familie öffnen können, weil sie nichts Persönliches enthielten.

Heute sind wir ein Stück vorgerückt und haben die Schützengräben besetzt, in denen bisher Franzosen waren. Allerdings sind sie in einem jämmerlichen Zustand, und der Stacheldraht wurde aufs Sträflichste vernachlässigt…

Obwohl es keine Liebesbriefe waren, hatte sie sie sorgsam aufbewahrt. In allen nannte er sie »Liebe Winifred« und schloss »Mit herzlichen Grüßen« wie ein Onkel, der auf Reisen war.

Sein Kohle-Pastell-Porträt blickte neben ihrem Bild von der Wand herab. Es kam ihr inzwischen ewig her, dass es angefertigt worden war. Wie eine völlig andere Zeit. Das Gasthaus in der King's Road, in dem sie und Fenton kurz nach ihrem achtzehnten Geburtstag im Juli 1914 ein einziges Mal gesessen hatten und in dem vor allem Schriftsteller und Maler, Schauspieler und Dichter ein und aus gegangen waren, nicht einmal die Kerzen in den leeren Flaschen gab es mehr. Die Polizei hatte den Laden dichtgemacht, weil er als Versammlungsort von Pazifisten und Radikalen galt. Damals hatte Fenton noch Zivil und zu dem elegant gestreiften Blazer einen kessen Strohhut getragen. Inzwischen war er Lieutenant Colonel und hatte einen Orden für hervorragende Dienste am Revers. Von seinem neuen Rang und von der Auszeichnung wusste sie aus der *Times.* Jeden Tag ging man die Listen der Gefallenen, Verwundeten, Vermissten und auch die der beförderten Soldaten durch.

Lieut. Col. F. Wood-Lacy rufe innerhalb der nächsten halben

Stunde noch einmal an. Doch worüber sollte Winnie mit ihm reden?

Seine Stimme klang immer noch genauso tief und rau.

»Ah, Winifred, ich hoffe, dass mein Telefonanruf nicht ungelegen kommt.«

»Keineswegs, Fenton. Es ist wirklich nett, von dir zu hören.«

»Ich bin seit gestern Abend da, im Guard's Club.«

»Oh. Hast du deine Wohnung aufgegeben?«

»Ja, bereits vor einer halben Ewigkeit. Ich habe sie an einen Brigadier aus dem Kriegsministerium untervermietet, und inzwischen ist er Generalmajor, weshalb ich ihn schwerlich einfach auf die Straße setzen kann.«

»Nein.« Sie stieß ein leicht gezwungenes Lachen aus. »Wohl kaum. Und wie lange hast du Urlaub?«

»Ein paar Wochen.«

»Und dann geht's zurück nach Frankreich?«

»Nein, nach Yorkshire.« Und nach einer kurzen Pause fügte er hinzu: »Ich dachte, wir könnten irgendwo zusammen Tee trinken, falls du heute Nachmittag nicht schon was anderes vorhast.«

»Nein, habe ich nicht.«

»Sagen wir, halb fünf?«

»Ja, schön.«

Ernüchtert legte Winifred auf. Wie höflich und korrekt er war. Offenbar gebot es ihm die Ehre, sie zumindest einmal kurz zu sehen. Schließlich war er damals im Juli ihr Verehrer gewesen. Inzwischen machte kaum ein Mann noch einer jungen Frau den Hof. Ein überkommenes Ritual, das wie vieles andere dem Krieg geopfert worden war, doch als wahrer Gentleman konnte er die Hoffnungen, die er damals in ihr geweckt hatte, nicht einfach ignorieren. Deshalb lud er sie nicht zum Abendessen, ins Theater und zum anschließenden Tanz ein, sondern auf ein Tässchen Tee und Petits Fours, um ihr entschuldigend und onkelhaft den Arm zu tätscheln.

Im Guard's Club herrschte Hochbetrieb, doch es deprimierte Fenton, dass er dort kaum jemanden kannte. Derart viele seiner Offiziersbrüder und Freunde waren gefallen, dass er sich beinahe schämte, noch am Leben zu sein. Als hätte er als Einziger eine fürchterliche Katastrophe überlebt, als hieße es von ihm: »Da geht Wood-Lacy, der letzte aus dem Sandhurst-Jahrgang 1908.«

Was natürlich blanker Unsinn war. Denn in der Bar traf er mit genug Leuten dieses Jahrganges zusammen, um festzustellen, dass er nichts Besonderes war. Ihre Unterhaltungen allerdings fand er morbid. Sie hatten alle an denselben Orten und zur selben Zeit dasselbe durchgemacht – auf der Rue du Bois, in Festubert, Auchy und bei den fehlgeschlagenen Angriffen auf Loos. Ihre Worte rissen alte Wunden auf und zehrten an den Nerven.

»Ich muss los«, erklärte er nach einem Blick auf seine Uhr, trank seinen Whiskey Soda aus und ging über die Pall Mall zu einem Taxistand. Graue Wolkenfetzen zogen über ihn hinweg und riefen die Erinnerung an die explodierenden Granaten während ihres letzten Angriffs in ihm wach. Die Kompanie B hatte sich vorbei an tiefen Kratern über ein Feld gekämpft, und die deutschen Feldgeschütze hatten sie gestoppt. Der erste Zug war auf die Hügelkuppe zugestürmt, hatte sich im deutschen Stacheldraht verfangen, und erst Tage später hatten Sanitäter Dutzende seiner Männern aus dem rostigen Dickicht befreit. Zerrissene menschliche Hüllen und geschwärzte Klumpen Fleisch …

Mit einem tröstlich leisen Geräusch fiel die Taxitür ins Schloss. Doch obwohl ihn der solide Austin vor dem Lärm der Straße schützte, saß er auf dem ganzen Weg bis zum Cadogan Square in gespannter Haltung auf dem Rand seines Sitzes.

Der Krieg betraf eine halbe Million englischer Familien, unzählige Briefe oder Telegramme wurden durch Briefschlitze gesteckt mit der Nachricht, dass ein Mann gefallen war, vermisst wurde, verwundet oder in Gefangenschaft geraten war. Auch das Haus Nummer 24 am Cadogan Square war nicht verschont geblieben. Zwei Söhne waren tot, und die beiden anderen brannten darauf, nach Frankreich zu gehen.

»Deutsche abschlachten«, klärte ihn Lord Sutton zornig auf, während er bernsteinfarbenen Whiskey in zwei Gläser gab. »Bei Gott, das Einzige, woran die beiden jetzt noch denken, ist, so schnell wie möglich in den Krieg zu ziehen und diese Schweinehunde abzuknallen.«

Fenton kannte John und Bramwell nicht, doch wahrscheinlich waren sie genauso wagemutig wie Andrew, Timothy und Lord Sutton selbst. Er blickte an dem aufgedunsenen rotwangigen Mann vorbei auf das Gemälde an der Wand der Bibliothek, auf dem der Marquis als junger Mann in einer Husarenuniform zu sehen war. Er hatte den arroganten, zielstrebigen Blick, mit dem die Viktorianer ohne nachzudenken, auf die donnernden Geschütze ihrer Feinde zugeritten waren. »In das Maul des Todes, in den Höllenschlund …«

»Es macht sich bezahlt, wenn man in Frankreich Vorsicht walten lässt«, stellte er mit ruhiger Stimme fest.

Lord Sutton reagierte nicht.

»Nur einen Tropfen Wasser. Der Whiskey ist einfach zu gut, um ihn zu verdünnen. Reines Malz. Aus meiner eigenen Destillerie in Kinlochewe. Besser als das Zeug, das man inzwischen sonst bekommt und mit dem ich nicht einmal ein Pferd einreiben würde, weil mir niemand sagen kann, was darin alles enthalten ist.« Er reichte seinem Gast ein Glas und prostete ihm zu. »Auf Ihre Auszeichnung und Ihre Beförderung. Ich nehme an, Sie kommandieren jetzt ein eigenes Bataillon?«

»Ja, Sir, eins von der Neuen Armee, die aus all den Freiwilligen gebildet worden ist. Erst bilde ich die Männer aus, und im nächsten Frühjahr geht's dann rüber auf den Kontinent.«

»Als Teil welchen Regiments?«

»Der Green Howards.«

»Ich war beim 11. Husarenregiment, Prinz Alberts eigenem Trupp, den so genannten Cherry Pickers.«

Lord Sutton sah Fenton nicht an, während er den ersten Schluck seines Whiskeys trank. Seine glasigen Augen waren auf irgendeinen Punkt in der Vergangenheit gelenkt. Doch nicht jeder hatte in einer Zeit wie dieser das Glück, eine eigene Destillerie zu besitzen. Er sprach ohne Unterlass, bis seine Frau eintrat. In dem Moment verstummte er, ließ sich schlaff in einen Sessel sinken und sah reglos geradeaus.

»Ah, mein lieber Fenton! Es ist wirklich nobel von Ihnen, dass Sie gleich nach Ihrer Rückkehr hier erschienen sind!« Wie ein ausgezehrter Raubvogel stürzte sie auf ihn zu und schwang die langen Jadeketten mit den schwarzen Perlen, die sie um den Hals trug, hin und her. »Unsere liebe kleine Winifred wird sofort fertig sein, das arme Kind ist mit seinem Haar nicht zufrieden. Wobei ich ihr heute wirklich böse bin. Denn ihre Brüder rufen aus der fürchterlichen Leere, aus der sie wieder nach Hause kommen wollen, ohne dass sie auch nur einen Finger für sie krümmt. Aber Sie verstehen mich bestimmt.«

Es erfüllte ihn mit Sorge, als er Lady Marys wirre Rede von der Geisterwelt, Ouijabrettern und Ram, dem Nubier, vernahm. Winifred war zu bedauern, weil sie diesem Irrsinn hilflos ausgeliefert war. Ihre Mutter hatte immer schon ein strenges Regiment geführt, und ihre Weigerung, an diesem Unsinn teilzuhaben, bliebe sicherlich nicht folgenlos für sie. Er erwartete ein mausgraues, geschlagenes Geschöpf und war vollkommen überrascht, als eine wunderschöne hochgewachsene junge Frau die Bibliothek betrat.

Auch im Taxi auf dem Weg nach Mayfair starrte er sie noch an. Denn sie hatte eine geradezu dramatische Veränderung in den vergangenen anderthalb Jahren durchgemacht. In seiner

Erinnerung war sie ein kleines Schulmädchen gewesen, rührend darum bemüht, ihm zu gefallen, und geradezu beschämend dankbar für seine Aufmerksamkeit. Und trotzdem hatte ihre Ausstrahlung ihn bereits damals fasziniert. Das Zusammensein mit ihr hatte ihm Spaß gemacht, und genauso unbeschwert und ungezwungen fühlte er sich jetzt.

»Warum starrst du mich so an?«

»Tut mir leid. Ich habe versucht, mich an das Mädchen von damals zu erinnern.«

»Habe ich mich so verändert?«

»Nun, auf alle Fälle bist du älter.«

»Das bist du übrigens auch.«

»Ja, und zwar um hundert Jahre.« Er wollte nicht unhöflich erscheinen, und so wandte er sich von ihr ab und schaute den Rücken des Fahrers an. »Du bist eine wahrhaft bezaubernde junge Frau geworden, Winifred.«

»Danke. Und du siehst noch immer ...« Sie sah ihn mit einem unmerklichen Lächeln an. »... reizend aus. Aber das ist wohl kaum der passende Begriff, nicht wahr? Denn ein Colonel sieht schneidig aus.« Sie blickte in die anbrechende Dunkelheit hinaus. Die Menschen hatten Feierabend und strömten über die Hyde Park Corner auf die U-Bahn-Station Piccadilly zu. »Müssen wir irgendwo Tee trinken?«

»Möchtest du das denn nicht?«

»Nicht unbedingt.«

»Und was möchtest du stattdessen tun?«

»Oh, ich würde gern ins Wachsfigurenkabinett gehen. Ich wollte schon immer mal die Kammer des Grauens sehen, in der Sweeney Todd Hälse aufschlitzt und Jack the Ripper jungen Frauen an die Gurgel geht. Ich war schon öfter bei Madame Tussauds, doch Vater hat mir nie erlaubt, mir auch diesen Teil anzusehen. Aber eine Freundin aus der Schule war schon mehrmals mit ihrem Onkel dort.«

Sein Gehör war durch das ständige Geschützfeuer nicht so geschädigt, dass er taub für jedweden Sarkasmus war. Entschlossen beugte er sich vor, tippte gegen die Trennscheibe und wies den Fahrer an: »Halten Sie bitte hier.«

Der Wind blies ihnen den Schneeregen so stark ins Gesicht, dass sie schweigend über den Piccadilly Circus gingen. Schließlich ergriff er ihren Arm und zog sie in der Half Moon Street in die warme Eingangshalle eines Hotels.

»Hat der Onkel deiner Freundin je einen Pink Gin spendiert?«

»Vielleicht. Obwohl ich mir nicht sicher bin.«

»Dürfte ich dir einen bestellen, oder hast du Angst, dass du dann nicht mehr wächst?«

»Du bist wütend auf mich, nicht wahr?«

»Glaubst du nicht, ich hätte alles Recht dazu?«

»Ja… und nein. Das heißt, du hast vielleicht dasselbe Recht dazu wie ich.«

Die Bar des Torrington Hotels wurde hauptsächlich von Offizieren und elegant herausgeputzten Frauen besucht. Wie in jeder Bar gab es auch hier inzwischen eine kleine Tanzfläche, und eine vierköpfige Ragtime-Band spielte den Castle Walk, zu dem eine Gruppe Frauen tanzte und ein wild umherspringender Second Lieutenant der Kanadier ein eher unwürdiges Schauspiel bot.

»Können wir nicht irgendwohin gehen, wo es etwas ruhiger ist?«

Er begleitete sie in den Hauptsalon im ersten Stock, in dem Paare ruhig beim Tee oder beim Cocktail saßen. Ein älterer Ober in Livree führte sie an einen Tisch auf dem verglasten Balkon, der einen wunderbaren Blick über den Green Park bot. Fenton bestellte den Pink Gin und einen Whiskey Soda, und kurz darauf wurden ihre Drinks auf einem silbernen Tablett serviert.

»Du hast das Gefühl, dass ich dich herablassend behandele, nicht wahr?«, wandte Fenton sich an Winifred.

»Nein«, gab sie zurück. »Ich denke, dass du dich einfach ehrenvoll verhältst. Ein weniger rücksichtsvoller Mann hätte die Geschichte zwischen uns wahrscheinlich einfach ignoriert und sich nie wieder bei mir gemeldet.« Sie trank einen kleinen Schluck von ihrem Gin. »Wirklich köstlich. Seltsam. Dass wir hier zusammensitzen und was trinken. Vor achtzehn Monaten war so etwas noch unvorstellbar, aber wie heißt es doch so zutreffend? Die Zeiten ändern sich.«

»Ja, die Zeiten ändern sich, aber die menschlichen Gefühle nicht. Falls ich dich verletzt habe, tut es mir sehr leid.«

»Es gibt nichts, weswegen du mich um Verzeihung bitten müsstest. Der Krieg hat nun mal die Pläne von uns allen vereitelt. Ohne den Einmarsch der Deutschen in Belgien wären wir inzwischen wohl verheiratet. Ich frage mich, ob wir wohl miteinander glücklich wären. Ja, wahrscheinlich. Denn ich hätte einen attraktiven Mann und du … was hättest du? Warum hast du mich damals ausgesucht, Fenton? Liebe war ganz sicher nicht der Grund. Das habe ich mir nicht einmal damals eingebildet. Ich nehme an, es ging dir hauptsächlich ums Geld. Oder gehört sich so eine Bemerkung nicht?«

»Oh doch. Du hast es verdient, dass ich dir gegenüber ehrlich bin. Es stimmt, ich brauchte damals Geld, um in meinem Regiment bleiben zu können. Ich hatte die Wahl, entweder eine Frau mit Geld zu heiraten oder mein Offizierspatent zurückzugeben. Das war deinem Vater und auch Andrew klar. Aber sie dachten auch, ich sei ein guter Ehemann für dich. Das dachte ich ebenfalls, und es hätte auch gestimmt. Denn es ging mir nicht ausschließlich um dein Geld – so kaltblütig war ich nicht. Wenn es mir nur ums Geld gegangen wäre, hätte ich mir doch wohl eher die schwindsüchtige Tochter eines Millionärs aus Sheffield oder so gesucht. Von denen flatterten vor Kriegsausbruch mehr als genug in den Ballsälen herum. Ich mochte dich … war gern mit dir zusammen. Und das bin ich immer noch.«

Sie drehte das schlanke Glas zwischen ihren Fingern und sah Fenton fragend an.

»Was würdest du tun, wenn ich darauf bestehen würde, dass du wenigstens um meine Hand anhältst?«

»Das würde ich natürlich tun.«

»Das hätte ich mir denken können. Weshalb diese Frage völlig überflüssig war.« Sie stellte ihr Glas entschlossen wieder auf den Tisch und bedachte ihn mit einem ausdruckslosen Blick. »Manchmal fällt es mir schwer, mich daran zu erinnern, wie wir damals in jenem Sommer waren. Wir haben uns verändert und nicht nur äußerlich. Dazu ist viel zu viel passiert, und wir können nicht mehr zu unserem alten Leben vor dem Krieg zurückkehren. Aber ich kann mich noch gut daran erinnern, dass ich hoffnungslos in dich verschossen und vor Freude völlig aus dem Häuschen war, weil du mich hofieren wolltest. Im Grunde meines Herzens wusste ich bereits damals, dass du mich unmöglich lieben konntest, aber ich war geradezu verzweifelt darauf aus, bis Ende jenes Sommers verlobt zu sein. Ich hatte das Gefühl, dass ich das meiner Mutter schuldig war, denn sie hatte sich so sehr darum bemüht, mich unter die Haube zu bekommen, und aus ihrer Sicht trug ich die alleinige Schuld, dass Charles mir nicht verfallen war. Aber schließlich musste sie auch nie mit ihm spazieren gehen, während er mich die ganze Zeit mit Lydia Foxe verglichen hat. Was furchtbar grausam war. Denn ich war keine Konkurrenz für diese Frau. Im Vergleich zu ihr kam ich mir wie die reinste Vogelscheuche vor. Und dann kamst plötzlich du mit einer Schachtel Pralinen. Der Zeitpunkt war einfach perfekt oder vielleicht auch einfach hervorragend geplant.«

Er nahm einen großen Schluck von seinem Drink und wühlte in seiner Tasche nach dem Zigarettenetui.

»Ich hoffe, du hast nichts dagegen, wenn ich rauche.«

»Nein.«

»So wie du es formulierst, hört es sich wie die Geschichte zweier wenig attraktiver Fremder an. Dabei bist du eine wunderschöne Frau, die für die Blicke eines Mannes keine Dankbarkeit empfinden muss.«

»Und du brauchst keine reiche Frau, um in der Armee zu bleiben. Unsere Probleme haben sich von selbst gelöst. Deshalb ist es jetzt, als sähen wir uns zum ersten Mal.«

»So empfinde ich es auch. Was hältst du davon, wenn wir bei Romano's oder oben im Cafe Royal zu Abend essen?«

Sie hob ihr Glas an den Mund, damit er sie nicht lächeln sah.

»Klingt durchaus amüsant, nur dass mir nicht wirklich nach Feiern zumute ist. Wie lange wirst du noch in London bleiben?«

Er war leicht enttäuscht und hatte das Gefühl, als habe sie ihre Beziehung ein für alle Male abgehakt. Hegte sie tatsächlich einen derartigen Groll gegen ihn?

Er blies den Rauch der Zigarette aus dem Mundwinkel.

»In den nächsten beiden Wochen bin ich immer wieder einmal hier. Über das Wochenende fahre ich nach Abingdon. Aber wenn ich nächste Woche wieder hier bin, dürfte ich dich vielleicht noch mal anrufen?«

Sie blickte ihn argwöhnisch an, nickte dann aber und antwortete:

»Ja. Wenn du es wirklich willst.«

So düster hatte Fenton die Landschaft der nördlichen Downs und des Weald noch nie erlebt. Allerdings waren wohl die Trostlosigkeit und die Verwahrlosung nicht ausschließlich dem Wetter zuzuschreiben, sondern es fehlte vor allem an kräftigen Männern, ging es ihm durch den Kopf, während der Zug durch die vernachlässigten Dörfer Effingham, Horsely, Clandon und Merrow fuhr. An der Anschlussstelle Abbotswood musste die Bahn kurz halten, und als ein Bataillon der Neuen Armee zügig die Gleise überquerte, fiel Fenton das Abzeichen mit dem fahnenschwenkenden Lamm am Barett eines Offiziers auf. Ein Trupp des West Surrey Regiments. Der grauhaarige Offizier saß zornbebend auf seinem Pferd und verfluchte sicher in Gedanken diesen jämmerlichen Haufen, der anscheinend gerade erst mit seiner Ausbildung begann und nicht einmal die Gleise überqueren konnte, ohne dass es dabei zu mehreren Zusammenstößen kam. Er sah nur grüne Jungs, die seinem alten ehrwürdigen Regiment aufgezwungen worden waren. Für Fenton hingegen waren es Maurer, Maler, Schreiner, Brunnenbauer, Gärtner, Schlachter, Schlachtergehilfen und weiß Gott was für junge Burschen. Das Herzblut der Grafschaft, das über die Böschung auf das nebelverhangene, mit Schneeregen bedeckte Feld hinter den Bahngleisen kletterte.

Charles hatte ihn gewarnt, dass in Godalming kaum noch Taxis standen, und ihn gebeten anzurufen, wenn sein Zug am Bahnhof war. Er konnte durchaus ein Taxi bekommen, wenn er eine Stunde warten würde, doch der Brauer, Mr. Pearson, fuhr gerade sechs Fässer Bier nach Abingdon und nahm Fenton gerne mit.

»Wie damals, als Sie noch jung waren«, sagte Mr. Pearson fröhlich. »Immer wenn meine beiden alten Gäule am Burgate Hill langsamer machen mussten, sind Sie, der junge Mr. Charles und Ihr Bruder – Gott hab ihn selig – einfach hinten aufgesprungen. Und ich habe so getan, als hätte ich es nicht gemerkt.«

Die sommerlichen Felder und die alten Zugpferde waren dem alten Pearson noch bestens in Erinnerung, für Fenton allerdings gehörten sie in eine verloren gegangene Welt. Am eisernen Tor zu Beginn der endlos langen Auffahrt zum Haus stieg er aus dem Wagen, schlang sich seine Tasche über eine Schulter und ging den Rest des Wegs zu Fuß. Abingdon sah nicht weniger mitgenommen und verwahrlost als die Dörfer links und rechts der Gleise aus und wirkte im trüben Licht des Nachmittags wie ein Überbleibsel einer längst vergangenen Zeit. In dem einst sorgsam gepflegten italienischen Garten hinter der von Unkraut überwucherten Terrasse ragte ein Dickicht lange nicht geschnittener Zypressen in den grauen Himmel auf, und ohne hinzusehen, wusste er, dass die Ställe leer waren, denn die Pferde hatte die Kavallerie gebraucht. Doch genauso gut hätten die Tiere in den warmen Boxen bleiben können, denn ihr Tod in Frankreich nützte niemandem etwas.

Das Haus sah verlassen aus. Am Ende der Einfahrt standen mehrere Automobile, und ein livrierter Coatsworth öffnete dem Gast die Tür.

»Oh, Mr. Fenton. Schön, Sie zu sehen, Sir.«

»Danke, Coatsworth. Komme ich möglicherweise ungelegen? Es sieht aus, als fände gerade eine Feier statt.«

»Nur ein paar Freunde Seiner Lordschaft. Es wird gewiss eine Weile dauern, bis die Herrschaften sich wiedersehen.« Er nahm Fenton seinen Mantel und die Tasche ab und flüsterte ihm zu: »Sie schließen Abingdon nach Weihnachten. Wir ziehen alle in die Park Lane um. Dort kann man leichter Ordnung halten, weil es nur vierzig Zimmer sind.«

Nur vierzig Zimmer, dachte Fenton auf dem Weg zur Bibliothek mit einem sarkastischen Lächeln. Aber schließlich wurden in Zeiten des Krieges jedem Opfer abverlangt.

Das Licht der Kerzen in den Silberleuchtern spiegelte sich in der blank polierten Holzplatte des langen Tischs. Abgesehen davon, dass nur drei Diener, die sogar noch älter als der Butler waren, zur Verfügung standen, wirkte es wie ein normales Abendessen. Niemand sprach über den Krieg, als Coatsworth den Weißwein vom Rhein entkorkte und Lord Stanmore die gebratene Hammelkeule schnitt. Fenton hatte das Gefühl, als bräuchte er nur kurz die Augen zuzumachen und wieder zu öffnen, um zu sehen, wie sich Roger gutmütig mit Charles über irgendeinen aktuellen Trend in der modernen Dichtkunst stritt und

Alexandra fröhlich über die Pariser Mode oder das Programm im Lichtspielhaus in Guildford plauderte. Doch die alten Zeiten kamen nicht zurück, so vertraut auch die Umgebung war. Roger war tot, Charles war verheiratet, und Alexandra hatte seit Beginn des Abends nur hallo gesagt. Manche Dinge aber änderten sich nie. Mr. Cavendish, Herr über Dilton Hall und zweitgrößter Landbesitzer des Bezirks, hegte noch immer einen Groll gegen die Liberalen, behielt seine bösen Kommentare allerdings aus Rücksicht auf die Schwiegertochter seiner Lordschaft größtenteils für sich.

Lydia Foxe Greville. Fenton saß ihr gegenüber, und es war unmöglich, ihrem Blick auszuweichen. Was drückten ihre Augen aus? Triumph? Verhohlene Selbstzufriedenheit? Vielleicht. Es war schon immer schwer gewesen, hinter ihre Fassade zu blicken. Als man auf das Essen anstieß, prostete er Lydia zu, und sie lächelte ihn an, als wolle sie ihm sagen: »Schau nur her. Ich habe dir die ganze Zeit gesagt, dass mein Vorhaben gelingen wird.« Die zukünftige Countess Stanmore. Fenton fand es immer noch unglaublich, doch sie sah wie die geborene Adlige und vor allem wieder einmal bezaubernd aus.

»Nachdem die Kämpfe über den Winter abgeflaut sind, wüsste ich wirklich gern, was wir bisher erreicht haben.« Sir Bertram Sturdee, ein Brigadegeneral, der schon vor Jahren in Pension gegangen war, klopfte mit seinem Löffel gegen sein Glas. »1915 war ein Jahr, wie ich es ganz bestimmt nicht noch einmal erleben will.«

Tadelnd schaute Hanna ihn an.

»Müssen wir über den Krieg sprechen, Bertram?«

»Wir denken doch sowieso alle daran, Hanna. Gespräche über etwas anderes verebben immer gleich. Und da mir Fentons Orden schon die ganze Zeit ins Auge sticht, kann ich mich einfach nicht auf andere Dinge konzentrieren.«

Majestätisch erhob sich die Gastgeberin von ihrem Platz.

»Redet meinetwegen beim Port über den Krieg. Aber verschont bitte uns Frauen damit.«

Alexandra stand zusammen mit den anderen Damen auf, trat ans Kopfende des Tischs und küsste ihren Vater auf die Stirn.

»Gute Nacht, Papa. Ich gehe ins Bett.«

»Bist du immer noch angeschlagen?«, fragte er.

»Ja, ein bisschen.« Sie wandte sich Fenton zu und legte die Hand auf seine Schulter. »Gute Nacht, Fenton. Es war schön, dich wiederzusehen.«

Er berührte ihre Hand. Sie war eiskalt und ihr Gesicht kreidebleich.

»Geht es ihr nicht gut?«, erkundigte er sich, nachdem die Frauen das Zimmer verlassen hatten.

»Sie hat eine Erkältung nach der anderen«, erwiderte der Earl und reichte eine Kiste mit Zigarren herum. »Sie hat sich offenbar in Frankreich irgendetwas eingefangen und wird es einfach nicht mehr los.«

»Alex war in Frankreich?«

»Ich dachte, das wüsstest du. Ja. Mit dem Roten Kreuz, aber im Oktober kam sie krank zurück.«

»Senf und Essig«, sagte Mr. Cavendish. »Reiben Sie damit ihre Brust ein und ziehen Sie ihr ein dickes Nachthemd an, dann soll sie erst einmal das Bett hüten. Das wirkt wahre Wunder.«

Der Brigadegeneral zündete sich eine Zigarre an und wartete darauf, dass Coatsworth mit dem Portwein kam.

»Dann wurde also Sir John French durch Sir Douglas Haig ersetzt. So viel zur Politik des Oberkommandos. Sie sind doch inzwischen in Whitehall, Charles. Was für wilde Geschichten werden denn so in den Korridoren des Kriegsministeriums erzählt?«

»Bei mir kommt davon kaum was an«, antwortete Charles und sah stirnrunzelnd in sein Portglas. »Ich bin erst seit kurzem dort und bekomme von dem allgemeinen Klatsch bisher so gut wie nichts mit. Aber meines Wissens möchte Haig den Krieg im nächsten Jahr mit einem letzten großen Schlag im Spätsommer oben bei Ypern beenden. Joffre wäre es lieber, unsere Offensive fände näher bei den französischen Truppen in der Champagne statt, vielleicht entlang der Somme. Aber so oder so gibt es einen groß angelegten Vorstoß, weshalb 1916 vielleicht das Jahr des Sieges sein wird.«

»Darauf würde ich nicht wetten«, entgegnete Fenton. »All die Bataillone der Neuen Armee scheinen den Männern im Generalhauptquartier etwas zu Kopf gestiegen zu sein. Eine Million Männer unter Waffen. Diese Zahl verzaubert sie, aber grundsätzlich ändert sich nichts. Bei Loos hätten auch *zehn* Millionen Männer an der Front sein können, und trotzdem hätten der Stacheldraht und die Maschinengewehre der Deutschen sie gestoppt. Die Verteidigungsstrategie der Hunnen ist zwar simpel, funktioniert jedoch. Wir brauchen eine völlig neue Strategie, aber dafür ist Haig eindeutig nicht der Richtige. Er denkt, die einzige Aufgabe der Infanterie sei es, einen Weg durch den Stacheldraht hindurchzufinden und dann ein paar Löcher in die deutschen Schützengräben zu reißen, damit die Kavallerie nachkommen und den Krieg mit Säbeln und mit Lanzen gewinnen kann. Aber das ist vollkommener Wahnsinn und inzwischen jedem Tommy klar.«

Mr. Cavendish räusperte sich laut.

»Verdammt, Fenton. Das klingt ziemlich pessimistisch wie aus einem Artikel in einem dieser verabscheuungswürdigen pazifistischen Blätter, die inzwischen überall kursieren. Ihre Haltung überrascht mich, Sir.«

Sturdee stieß ein leises Lachen aus.

»Dasselbe haben Sie auch mal zu mir gesagt. Als ich aus dem Transvaal zurückkam, Tom. Ich hab gesagt, dass Buller ein Idiot sei, und dafür hätten Sie mir um ein Haar den Union Jack in den Rachen gestopft.«

Lord Stanmore hüstelte diskret.

»Lasst uns den Whiskey anbrechen und eine Runde Billard spielen. Meine liebe Frau hat recht. Müssen wir über den Krieg reden?«

Der alte General ging neben Fenton zum Billardraum. Wegen der Buren-Kugel, die seine Karriere beendet hatte und noch immer tief in seiner rechten Hüfte saß, bewegte er sich langsam und sehr steif.

»Ihr Onkel war so freundlich, sich die Zeit zu nehmen und mir einen Brief zu schreiben. Er ist sehr stolz auf Sie, Fenton. Er prophezeit, dass Sie noch vor dem Sommer eine eigene Brigade anführen werden. Ich nehme an, Sie wollen bei der Armee bleiben. Jemand wie Sie kann dort problemlos Karriere machen.«

»Vor allem habe ich nichts anderes gelernt.«

»Sie haben alle Eigenschaften, die man braucht, um eines Tages Feldmarschall zu werden. Das heißt, außer einer. Sie halten zu wenig mit Ihrer Meinung hinter dem Berg. Früher oder später bringen Sie bestimmt den einen oder anderen Konservativen gegen sich auf, von denen es in Ihren Reihen jede Menge gibt. Glauben Sie mir, ich weiß, wovon ich spreche. Wenn ich nicht so lautstark das Debakel bei der Überquerung des Tugela-Flusses angeprangert hätte, hätte man mich sicher noch zum Generalmajor gemacht. Ich hoffe, Sie verübeln es mir nicht, dass ich so offen bin, mein lieber Freund. Aber das ist nur ein gut gemeinter Rat eines alten Mannes.«

Um Mitternacht waren nur noch Charles und Fenton im Billardzimmer. Die beiden spielten eine weitere Partie, und während Fenton zwei Gläser mit Whiskey füllte, stieß sein Freund aus Kindertagen lustlos eine Kugel an.

»Du hast mir noch gar nicht erzählt, wie es in Whitehall ist.«

Charles starrte die Spitze seines Billardstocks an.

»Wir sind nicht direkt in Whitehall, sondern in einem kleinen Gebäude in der Old Pye Street. Ich habe gerade erst dort angefangen, deshalb kann ich noch nicht sagen, wie es wird. Wir sind eine seltsame Truppe – Offiziere und Unteroffiziere, Ingenieure und Chemiker von der Londoner Universität, verrückte Wissenschaftler mit Wiener Akzent –, ein Haufen von Spinnern, der sich mit lauter anderen Spinnern unterhält. Ständig tauchen seltsame Gestalten mit verrückten Ideen, wie wir den Krieg gewinnen können, bei uns auf – sie reden von Todesstrahlen und ähnlich wirrem Zeug.«

Fenton versenkte die Fünf und blickte auf den Tisch.

»Nun übertreib mal nicht.«

»Tja, ein paar gute Ideen waren durchaus dabei. Wie zum Beispiel, dass bis Frühjahr jeder Soldat einen Stahlhelm und eine ordentliche Gasmaske bekommen soll oder wie man die Minenwerfer und die Wirkung und die Zuverlässigkeit der Granaten verbessern kann. Ich nehme also an, dass diese Behörde nicht zu Unrecht ins Leben gerufen wurde.«

»Klingt nach einer verantwortungsvollen Tätigkeit.«

»Das ist es wahrscheinlich auch. Bei Gallipoli haben wir unsere Granaten selbst gemacht. Wir haben der Marine Schießbaumwolle geklaut, in leere Marmeladendosen gestopft, und ungefähr jedes sechste dieser Dinger ist tatsächlich explodiert. Es ist nur einfach so … ach verdammt, ich habe das Gefühl, ich sollte weiter bei den Windsors sein. Das Regiment oder das, was davon übrig ist, ist wieder hier in England. Die bisherigen Verluste liegen bei fünfundsiebzig Prozent, und fast alle Offiziere sind entweder tot oder liegen im Krankenhaus. Ich sollte auf dem Exerzierplatz sein und die neuen Bataillone drillen, statt mich mit Bauern über ihre Erfahrungen mit Gleiskettenfahrzeugen zu unterhalten. Irgendwo ist irgendwer auf die verrückte Idee gekommen, für unsere Armee eine Art Landschlachtschiff zu bauen – eine Art riesigen gepanzerten Traktor mit Geschütztürmen, aus denen man mit einer Schiffskanone feuern kann, während man nach links und rechts aus Maschinengewehren schießt. Was bestimmt ein Schlag ins Wasser ist, weil wir nicht die Technologie haben, um ein so exotisches Gefährt erfolgreich zu entwickeln, und selbst wenn uns das gelingen würde, wären unsere Generäle viel zu dumm, um zu erkennen, was man damit machen kann. Du weißt genauso gut wie ich, dass unsere Generäle ausgemachte Technikfeinde sind. Wenn sie ein Ding nicht satteln und ihm nicht mit ihren Stiefeln in die Flanken treten können, wollen sie nichts damit zu tun haben. Deshalb habe ich das ungute Gefühl, dass ich meine Energie verschwende.«

»Wenn du so empfindest, hättest du dich vielleicht nicht für den Posten bewerben sollen.«

Abermals schoss Charles daneben und verfolgte verächtlich, wie die Kugel ein Stück weiterrollte und dann liegen blieb.

»Ich wurde direkt aus dem Krankenhaus dorthin zitiert. Es hieß, ich solle mich bei General Haldane zum Dienst melden, sobald ich wieder ohne Krücken gehen könne. Er hat mir erklärt, dass er mich in seiner Abteilung haben wolle, mir einen Haufen technischer Journale in die Hand gedrückt, und das war's. Natürlich ist die Arbeit dort zeitlich begrenzt. Sobald ich nach Ansicht der Ärzte wieder in den aktiven Dienst gehen kann, brauche ich mich nicht mehr mit Bauern über ihre Werkzeuge zu unterhalten und mir auch keine Filme über schlammbespritzte alte Trecker anzusehen, die sich durch schlammige Gräben kämpfen.«

»Nun, zumindest hast du eine wunderhübsche Frau, zu der du jeden Abend zurückkehren kannst. Du kannst dich durchaus glücklich schätzen.«

»Das tue ich«, erwiderte Charles ernst. »Nur ruft dieses Glück gleichzeitig Schuldgefühle in mir wach.«

»Erinnere mich daran, dir ein Büßerhemd zu schicken, wenn ich wieder in London bin. Sei doch vernünftig, alter Junge. Ich habe dich beobachtet. Man kann dir deutlich ansehen, dass du beim Gehen noch große Schmerzen hast.«

»Die Brüche sind sehr gut verheilt.«

»Vielleicht, aber trotzdem wärst du auf dem Exerzierplatz nicht so von Nutzen, weil dort jeder Trottel stundenlang herummarschieren und die Männer drillen kann. Entwickle lieber weiter irgendeinen Todesstrahl oder ein Landschlachtschiff. Bestimmt gibt es in Berlin jemanden, der genau dasselbe wie du macht und hofft, dass er schneller ist.«

Noch bevor das erste bleiche Licht durchs Fenster seines Zimmers fiel, wurde er wach. Aus Gewohnheit, weil man morgens im Schützengraben hellwach und angespannt mit aufgepflanztem Bajonett immer schon in Stellung ging, bevor hinter den deutschen Linien auch nur der erste Sonnenstrahl zu sehen war. Ein oder zwei Maschinengewehre feuerten die ersten Salven ab, eine Signalrakete zischte durch das Dämmerlicht, und die ersten Gewehrschüsse ertönten, während man in dem nebelverhangenen Niemandsland zwischen den Barrieren aus Stacheldraht Bewegungen erahnte. In diesem Augenblick herrschte die größte Anspannung. Dann wurde es hell, ohne dass man irgendwelche Deutsche näher kommen sah. Die Männer atmeten erleichtert auf und lauschten auf das tröstliche Klappern des Teegeschirrs, das durch den Verbindungsgraben von den Kochstellen ein Stückchen weiter hinten kam.

Fentons Herz fing an zu rasen, und ihm brach der Schweiß unter der dicken Daunendecke aus. Eilig setzte er sich auf den Rand des Betts, zündete sich eine Zigarette an und fragte sich, ob er wohl je wieder die morgendliche Dämmerung genießen könnte oder jemals wieder richtig schliefe. Wieder einmal hatte er schlecht geträumt. Nichts Besonderes. Hatte keine Gesichter, keine Bilder des Krieges gesehen, sondern nackte Angst und rohes Entsetzen verspürt. Als er merkte, dass seine rechte Hand zitterte und der rechte Daumen zuckte, schlug er sich auf das rechte Bein. Er fürchtete ständig, dass sein Körper ihn im Stich ließ und er plötzlich zu zittern anfing, dass er sich nicht mehr bewegen konnte oder während eines Trommelfeuers, wenn die Erde aufspritzte, auf einmal schrie wie der Stabsfeldwebel seiner Kompanie in Auchy.

Die Köchinnen hatten Tee gekocht und bereiteten das Frühstück für die Angestellten vor. Statt vierzig waren es inzwischen nur noch zwölf, weshalb der Speisesaal für die Bediensteten geschlossen war und man zusammen in der Küche saß. Als Fenton den Raum betrat, wurde ihm ein kräftiges Frühstück aus Räucherhering, Eiern, Speck und geröstetem Brot serviert, wofür er im Gegenzug das Personal mit den Geschichten unterhielt, die Zivilpersonen gerne von den Kämpfen hörten.

Als er mit dem Essen fertig war, läutete ein Glöckchen an dem großen Klingelbrett, und die kleine weiße Scheibe, die nach vorn klappte, zeigte, dass Lord Stanmore aufgestanden war. Gleich nach dem Aufstehen trank er immer seinen Tee. Seufzend zog Coatsworth ein Paar Pantoffeln an.

»Ich werde Seiner Lordschaft sagen, dass Sie fertig angezogen sind«, wandte er sich an Fenton. »Er ist schon seit einer ganzen Weile nicht mehr ausgeritten, wahrscheinlich brachte er es nicht über sich.«

»Ich dachte, seine Pferde seien alle weg.«

»Ja, außer Jupiter und einer Stute. Rose O'Fen, sie war mal eine wirklich gute Springerin und ist noch immer ziemlich wild.«

»Dann sagen Sie ihm bitte, dass ich bei den Ställen bin.«

Der alte Stallbursche war froh über die Gesellschaft, und die Pferde scharrten mit den Hufen, wippten mit den Köpfen und stießen ein erfreutes Wiehern aus, als er mit den Sätteln kam. Ohne all die anderen Pferde fühlten sie sich sicher einsam. Der Stall mit den leeren Boxen sah beinahe bedrohlich aus. Die beiden Männer hatten kaum die Sattelgurte angezogen, als bereits der Earl mit nur halb zugeknöpfter Jacke auf der Bildfläche erschien.

»Warum in aller Welt hast du mir verschwiegen, dass du nicht ausschlafen willst? Ich dachte, ein Soldat, der von der Front kommt, liege den halben Tag im Bett.«

»Offen gestanden hatte ich das auch gehofft. Aber es sollte wohl nicht sein. Gibt es irgendetwas, was ich über die Stute wissen muss?«

»Sie ist vierzehn Jahre alt und hat ein empfindliches Maul.«

»Ich werde mich bemühen, möglichst sanft mit ihr umzugehen, wenn sie dafür geduldig mit mir ist. Ich bin seit anderthalb Jahren nicht mehr geritten.«

Während des erfrischenden Ausritts hatte Fenton das Gefühl, als sei er in die Vergangenheit zurückgekehrt. Die Pferdehufe donnerten in gleichmäßigem Takt auf den gefrorenen Boden und riefen eine Flut lebendiger Erinnerungen in ihm wach. Doch die Illusion verflog bereits nach kurzer Zeit. Die Gegenwart ließ sich mit den vergangenen Zeiten einfach nicht vergleichen. Er ritt auf einem alten erbärmlichen Pferd neben einem alten Mann her, dem die Verbitterung über die durch den Krieg verursachten Veränderungen im Gesicht geschrieben stand. Langsam und schweigend ritten sie an einem kahlen Wald vorbei und über einen ausgetretenen Pfad zurück nach Abingdon Hall.

Als sie in Sichtweite kamen, legte Seine Lordschaft eine kurze Pause ein und zündete sich eine Zigarette an.

»Wir geben auf, Fenton.« Er wies mit seiner Zigarette auf sein Anwesen. »Wir ziehen nach London.«

»Das hat Coatsworth mir bereits erzählt.«

»Ich überlasse all das hier der Armee. Wobei ich mir nicht sicher bin, was sie damit machen werden, eine Ausbildungsstätte für Offiziere, nehme ich an. Tja, mir wird Abingdon nicht fehlen. Denn es ist nur noch ein Haus. Ich werde nicht dieses Haus vermissen, sondern das Leben, das ich darin geführt habe. Aber dieses Leben ist vorbei, und alles, was mir jetzt noch bleibt, ist ein verdammtes riesiges Gebäude, das ich nicht mehr unterhalten kann. Ich werde erst wieder hierher zurückkommen, wenn der Krieg vorüber ist und ich neue Pferde in die Ställe stellen, ein paar neue Gärten anlegen und vielleicht das flache Land bei Herons' Copse in ein erstklassiges Polofeld verwandeln kann.« Einen Augenblick rauchte er schweigend und starrte über die Wiesen und die immergrünen Wälder, hinter denen sein Haus nicht zu sehen war. »Aber ich mache mir was vor, Fenton, weil sich diese Tür, nachdem sie einmal zugefallen ist, nie wieder wird öffnen lassen.«

»Das ist Unsinn, Sir.«

»Nein, Fenton. All das hier ist tot wie ein Dinosaurier. Selbst wenn der Krieg urplötzlich morgen enden würde, würde nichts wieder so, wie es früher einmal war.«

Lord Stanmore ging zum Frühstücken ins Haus, und Fenton schlenderte gemächlich über die Terrasse, während er mit seiner Gerte gegen seinen rechten Stiefel schlug. Es war falsch gewesen, noch einmal hierher zurückzukommen. Macht der Gewohnheit – oder vielleicht auch die Sehnsucht, etwas vorzufinden, von dem er gewusst hatte, dass es für alle Zeit verschwunden war. Es hätte keinen Sinn gehabt, Lord Stanmore zu erklären, dass es in diesen Zeiten Schlimmeres gab, als das Haus und seine gewohnte Lebensweise aufzugeben. Natürlich hätte er ihm zugestimmt, es aber nicht wirklich geglaubt. Für Lord Stanmore stellte es den denkbar schmerzlichsten Verlust dar, und sich zweihunderttausend Gräber vorzustellen war schließlich alles andere als leicht.

Plötzlich ging die Tür des Wintergartens auf, und er erblickte Charles. Er war in Uniform, hatte sich seinen Trenchcoat umgehängt und funkelte ihn zornig an.

»Ich muss den Zug um 8.40 Uhr nach Salisbury bekommen«,

sagte er zu seinem Freund. »Mein so genannter Commander hat mich eben angerufen und nach Wiltshire abkommandiert, wo ich zu irgendeinem Bauern fahren soll, der einen Dampftraktor besitzt.«

»Einen was?«

»Einen Dampftraktor! Der Kerl hat ihn vor dem Krieg in Kanada gekauft, und ich soll das verflixte Ding beschlagnahmen und nach Newbury verschiffen lassen.«

»Willst du, dass ich dich begleite?«

»Nein. Es reicht, wenn du mich zum Bahnhof fährst. Vaters neuer Chauffeur kommt einfach nicht aus dem Bett. Was mich allerdings nicht wirklich überrascht, weil er nämlich schon sechsundsiebzig ist.«

Nachdem Charles gefahren war, sah er keinen großen Sinn darin, noch das gesamte Wochenende zu bleiben. Während Fenton mit dem Rolls-Royce zurück zum Haus kutschierte, dachte er über die günstigste Entschuldigung für eine vorzeitige Rückreise nach London nach, und als er den Frühstücksraum betrat, hatte er sich eine Ausrede zurechtgelegt.

»Hat er seinen Zug bekommen?«, fragte Lydia, die mit Hanna noch einen Kaffee trank.

»Gerade so. Er hat mich gebeten, dir zu sagen, dass er irgendwann am Montagnachmittag wieder in London ist.« Er blickte auffällig auf seine Uhr. »Apropos London – ich nehme den Zug um 15.42 Uhr nach Waterloo. Tut mir leid, dass ich jetzt doch nicht länger bleibe, aber ich habe noch alle Hände voll zu tun. Und seit Charles so überstürzt gefahren ist, habe ich Schuldgefühle, weil ich meine Pflichten als Soldat vernachlässige.«

Hanna nippte an ihrem dampfenden Kaffee.

»Wir freuen uns immer, dich zu sehen, selbst nur für ein paar Stunden.«

»Nimm lieber nicht den Zug«, warf Lydia beiläufig ein. »Die Verbindungen sind momentan entsetzlich. Der Zug fährt wahrscheinlich frühestens eine Stunde später los, und es gibt bestimmt keinen Sitzplatz mehr. Und ich breche sowieso in einer Stunde auf.«

»Ach?«, fragte Hanna.

»Ja. Ich dachte, das hätte dir Charles bereits gesagt. Der Stoffhändler kommt heute Nachmittag vorbei, um die Fenster auszumessen und die Stoffmuster zu bringen.« Über den Rand ihrer Tasse hinweg sah sie wieder Fenton an. »Charles und ich haben ein Haus in der Bristol Mews gekauft, und ich richte es gerade ein. Eine Heidenarbeit.«

Und so kam es, dass er mit Lydia nach London fuhr. Sie waren beide froh, als sie endlich im Wagen saßen, auch wenn Lydia als echte Patriotin von dem deutschen Benz auf einen nicht ganz so flotten Napier umgestiegen war. Trotzdem fuhr sie in ihrem gewohnten halsbrecherischen Tempo und sprach erst, als das Haus weit hinter ihnen lag.

»Ich halte es dort ohne Charles nicht aus.«

»Dann kommt also gar kein Stoffhändler?«

»Das war eine kleine Notlüge, aber der Gedanke, mit ihnen allein zu sein, war mir einfach unerträglich. Es wäre gerade noch so auszuhalten, wenn ich was mit Alex unternehmen könnte, aber sie liegt fast die ganze Zeit im Bett.«

»Was hat sie denn?«

»Sie sagen, sie habe die Grippe, aber das glaube ich nicht. Irgendetwas ist in Frankreich vorgefallen, aber ich kriege kein Wort aus ihr heraus. Was wirklich seltsam ist. Früher hat mich Alex sogar öfter, als mir lieb war, ins Vertrauen gezogen.«

Sie konzentrierte sich wieder auf die Straße, denn es waren zwar kaum zivile Fahrzeuge unterwegs, dafür tauchten immer wieder endlose Armeetransporte auf. Die meisten Gefährte waren Pferdekutschen, und weil Lydia die Tiere nicht erschrecken wollte, fuhr sie möglichst langsam an den langen Kolonnen vorbei.

»Aber ich finde auch dein Verhalten etwas seltsam«, fuhr sie schließlich fort. »Denn du hast bisher kein Wort gesagt.«

»Wozu?«

»Zu Charles und mir.«

»Ihr scheint glücklich zu sein. Was soll ich da groß sagen?«

»Du hättest nie gedacht, dass ich ihn je bekommen würde, deshalb müsste dich doch interessieren, wie mir das gelungen ist.«

»Mich überrascht inzwischen kaum noch was. Wahrscheinlich hätte ich mich nicht einmal gewundert, hättest du mir den Prince of Wales als deinen Gatten vorgestellt.«

»Bitte kehr jetzt nicht das Ekel heraus, Fenton. Dafür kennen wir uns schon viel zu lange.«

»Also gut. Dann frage ich dich jetzt mit brüderlicher Anteilnahme, ob du glücklich bist.«

Erst nach kurzem Zögern antwortete sie:

»Ja.«

»Liebst du ihn überhaupt?«

»Er liebt mich. Das ist das Einzige, was zählt.«

»Hast du ihm den Büroposten verschafft?«

Sie erstarrte.

»Warum fragst du das?«

»Weil ich weiß, wie diese Dinge laufen. General Haldane ist bei den Pionieren und hätte unter seinen Kollegen sicher jede Menge bessere Ingenieure als ausgerechnet Charles zur Auswahl gehabt. Ich gehe also davon aus, dass du oder Archie eure Beziehungen habt spielen lassen.«

»Also gut. Ich habe mit ein paar Leuten geredet. Ist das etwa verkehrt?«

»Nein. Ich an deiner Stelle hätte wahrscheinlich nichts anderes getan. Wahrscheinlich ist ihm klar, dass er diese Versetzung dir verdankt, aber er redet sich ein, dass er nur so lange auf diesem Posten bleibt, bis er wieder hundert Prozent diensttauglich ist. Ist es so, oder gibt's da noch etwas, was er nicht weiß?«

»Er wird dieses Büro bis Kriegsende nicht mehr verlassen«, gab sie mit leiser Stimme widerwillig zu.

»Er wird dich hassen, wenn er das erfährt.«

»Du klingst wie der typische Soldat. Vielleicht ist er mir ja auch nur dankbar, weil er nicht noch einmal in den Graben muss.«

»Die meisten Männer wären dir wahrscheinlich dankbar, aber der höchst ehrenwerte Charles ganz bestimmt nicht. Und als seine Ehefrau könntest du dir ruhig die Mühe machen, die Denkweise der Menschen seiner Klasse zu verstehen.«

»Gott! Die Adligen sind manchmal wirklich seltsam, findest du nicht auch? Pflichterfüllung, Selbstaufopferung, hartnäckiger Widerstand gegen jedwede Veränderung. Manchmal fragt man sich, ob ihnen während dieses Krieges auch nur der kleinste Zacken aus der Krone fällt.«

»Ich nehme an, sie werden diesen Krieg wie bisher auch alles andere überstehen«, erwiderte er ruhig.

»Charles auf alle Fälle. Und das ist genau das, was für mich am wichtigsten ist.«

»Mit intakter Krone?«

Lächelnd strich sich Lydia eine lose Strähne aus der Stirn.

»England wird immer England bleiben. Vielleicht liegt irgendwann die Macht in den Händen eines ehemaligen Rechtsanwalts aus Liverpool, aber die Menschen werden auch weiter einen Bückling machen, wenn sie eine Krone sehen, selbst wenn sie ein bisschen fleckig ist.«

Die Bristol Mews war ein kurzes gepflastertes Sträßchen in der Nähe des Berkeley Square. Lydia parkte ihr Automobil vor einem schmalen dreigeschossigen Gebäude, das zu Zeiten Georges II. errichtet worden war. Die Fensterrahmen wiesen einen frischen weißen und die Fensterläden und Türen einen schwarz glänzenden Anstrich auf.

»Hübsches Haus«, bemerkte Fenton.

»Innen ist es ebenfalls sehr nett. Möchtest du was trinken?«

»Einen Whiskey könnte ich durchaus vertragen. Also ja.«

In der Eingangshalle stand die Leiter eines Malers, und im ganzen Erdgeschoss roch es nach Tapetenkleister, Holzspänen und Terpentin.

»Es dauert alles ewig«, sagte Lydia mit einem Seufzer. »Es ist so unglaublich schwer, gute Handwerker zu finden, und die, die man findet, machen, was sie wollen. In den oberen Etagen sieht es allerdings schon etwas ordentlicher aus.«

Lydia führte ihren Gast über eine sanft geschwungene Treppe in den ersten Stock und dort in ein großes Zimmer, das im orientalischen Stil mit schwarz-rot lackierten Möbeln, einem großen chinesischen Paravent und niedrigen, mit zartgrüner Seide bezogenen Diwanen eingerichtet war.

»Gefällt es dir?«

»Ja«, antwortete er nach kurzem Überlegen. »Eine nette Abwechslung zum Burgate House.«

»Daddy hat zu mir gesagt, dass ich alle Möbel, die ich von dort haben möchte, nehmen könne, nur dass der alte Kasten ausschließlich mit Stücken von Sheraton und Hepplewhite eingerichtet ist. Und ich wollte etwas anderes haben.«

»Sehr exotisch. Ich fühle mich in meiner Khakiuniform ein bisschen fehl am Platz.«

»Der Whiskey und das Wasser stehen in dem Teakholzschrank. Bedien dich schon einmal, während ich mich umziehe.«

Eine ältere Bedienstete trat ein, um das Feuer im Kamin zu schüren, während Fenton nach der Whiskeyflasche griff. Dabei fiel ihm die Bemerkung von Lord Sutton über seinen Whiskey ein, und während er noch in Gedanken beim Marquis und dessen Tochter war, kehrte Lydia zurück. Sie hatte ihr Reisekostüm aus schwerem Tweed gegen ein weich fließendes Seidenkleid in dunklen Grün- und Blautönen getauscht. Ja, ging es ihm durch den Kopf, es war grausam von Charles, Winifred mit Lydia zu vergleichen. Denn auch wenn der Unterschied zwischen den beiden lange nicht mehr so gravierend war, verströmte Lydia einen Schick, den Winifred noch immer nicht besaß.

Lydia trat vor das offene Kaminfeuer, dessen Schein ihr offenes Haar wie Kupfer glänzen ließ. Fenton füllte auch für sie ein Glas und setzte sich zu ihr auf den Diwan vor dem Kamin.

»Wie lange bleibst du in England?«, fragte sie.

»Vier oder fünf Monate. Nach Neujahr fahre ich nach Leeds und kümmere mich um die Ausbildung eines Bataillons. Es sind lauter Jungs, die zusammen zur Armee gegangen sind. Ich werde also ein Außenseiter sein.«

»Sie werden gewiss stolz sein, weil ihr Kommandeur ein Offizier der Garde ist. Ich an ihrer Stelle wäre das auf jeden Fall.«

»Ich kann mir gut vorstellen, wie du dich von mir herumkommandieren lassen würdest …«

»Ich weiß nicht«, stellte sie mit angespannter Stimme fest. »Es käme darauf an, was du von mir verlangst.«

Sie stellte ihren Drink auf einem niedrigen Tisch ab, wandte sich ihm zu, und er schlang die Arme um sie und spürte die Wärme ihrer Haut durch den dünnen Stoff.

»Ich will dich, Fenton.«

»Du hast Charles.«

Sie öffnete die mittleren Knöpfe seines Hemds und schob ihre Finger durch den Spalt.

»Seine Liebe ist ätherisch. Leidenschaft schockiert ihn.«

»Du musst ihn unterweisen. In Eton und in Cambridge lernt man kaum etwas über Frauen. Hab Geduld mit ihm.«

»Im Augenblick bin ich aber eher ungeduldig«, raunte sie ihm ins Ohr. »Bitte, Fenton …«

Er könnte mit ihr ins Bett gehen. Oder sie hier auf dem Diwan nehmen. Ein vergnügter Nachmittag mit ihr in ihrem

Haus wäre vielleicht der erste Schritt zu einer geheimen Liaison. Vielleicht ließe sie dann sogar noch einmal ihre Kontakte spielen, und auch er bekäme auf geheimnisvollem Weg eine Position im Ministerium. Dafür müsste er sich vor seinen Kameraden nicht schämen. Denn nach Mons, der Marne, Festubert und Loos hätte er das ihrer Meinung nach verdient.

Lydia schob ihm ihre Zunge in den Mund. Verharrte dort und zog sie langsam und verführerisch wieder zurück.

»Bitte …«

Sie war warm, lebendig, leidenschaftlich, unendlich begehrenswert. Trotzdem hatte er einen metallischen Geschmack im Mund. Den Geschmack des Makels, der mit einem Techtelmechtel mit der Frau eines guten Freundes verbunden war.

»Nein.« Vorsichtig machte er sich von ihr los und stand entschlossen auf. »Dafür ist es zu spät, meine geliebte Lydia. Diese Chance haben wir verpasst.«

Sie lag rücklings auf den Kissen, und er nahm die Glut des Feuers in ihren weit aufgerissenen Augen wahr.

»Das ist nicht dein Ernst.«

»Oh doch.«

»Warum? Charles würde nichts davon erfahren. Du würdest ihm nicht wehtun, und auch seine Ehe wäre deswegen nicht ruiniert.«

Er schloss die Knöpfe seines Hemds und rückte seinen Schlips zurecht.

»Ich habe dabei nicht an Charles gedacht. Er kam mir gar nicht in den Sinn. Es geht mir einzig allein um mich. Heutzutage ist alles schäbig und irgendwie wertlos, und ich will mich diesem Trend nicht unbedingt anschließen.«

»Elender Hurensohn«, zischte sie, als er hinausging.

15

Martin Rilke kämpfte sich über die Oxford Street. Der heftige Wind entriss ihm beinahe seinen Schirm, aber die ältere Frau, die ihm entgegenkam, bedachte ihn mit einem mitleidlosen Blick.

»Memme.« Ihr Akzent verriet, dass sie aus dem armen Süden Londons kam. »Ein starker Kerl wie Sie.«

Inzwischen war er die Beleidigungen und die weißen Federn, die er ständig überreicht bekam, gewohnt. Die meisten Männer, die Arbeit für die Kriegsanstrengung leisteten oder aus Sicht der Ärzte wehruntauglich waren, trugen Armbinden zum Zeichen dafür, dass sie sich nicht drückten. Martin hatte kurz erwogen, sich die Fahne seines Heimatlands auf eine Armbinde zu nähen, schließlich aber davon abgesehen. Denn das hätte nur zu anderen gehässigen Bemerkungen wie »Zu stolz zum Kämpfen, was?« geführt.

Er trat durch die Tür des nahe des Marble Arch gelegenen White-Manor-Teesalons, legte Hut und Regenmantel ab und gab sie zusammen mit dem leicht lädierten Regenschirm einer Garderobiere. Im Speisesaal im ersten Stock spielte ein Orchester einen Walzer, dessen sanfte Klänge allerdings durch das klappernde Geschirr im überfüllten Restaurant im Erdgeschoss, in dem das gemeine Volk bei Tee und Schweinspasteten saß, nur undeutlich zu hören waren. Er blickte sich suchend um, und als er Ivy an einem kleinen Tisch neben einer Säule sitzen sah, hätte er am liebsten gejubelt – denn ihr letztes Treffen war bereits fast vier Wochen her –, unterdrückte aber den Impuls.

»Ivy!« Lächelnd nahm er auf dem Stuhl ihr gegenüber Platz und berührte ihre Hand. »Gott, es ist so schön, dich wiederzusehen. Ich hoffe, du musstest nicht allzu lange warten.«

»Nur ein paar Minuten.« Sie erwiderte den sanften Händedruck und sah ihn ebenfalls mit einem warmen Lächeln an. »Geht es dir gut?«

»Natürlich.«

»Du bist ein bisschen blass.«

»Es geht mir wirklich gut.«

Sie runzelte die Stirn.

»Ich meine es ernst. Du bist nicht nur blass, sondern hast auch dunkle Ringe unter den Augen.«

»Ich weiß, du bist inzwischen eine echte Krankenschwester, aber heute ist dein freier Nachmittag, und ich habe Hunger, weiter nichts.«

»Ich auch.«

Er sah sich um. Es herrschte eine solche Enge in dem Teesalon, dass kaum eine Handbreit Abstand zu den beiden kilttragenden Highlandern einen Tisch weiter war.

»Möchtest du vielleicht lieber nach oben gehen?«, fragte er. »Vielleicht bekommen wir da einen besseren Tisch und können tanzen.«

»Oben ist es genauso voll wie hier. Und das Essen ist dasselbe. Lass uns erst mal unseren Tee bestellen. Dann können wir ja sehen, ob wir nachher noch tanzen wollen.«

Sie hatte einen wirklich guten Appetit. Mit beinahe väterlicher Freude sah er zu, wie sie alles, was serviert wurde – eine warme Schweinspastete, Schinken-Kresse-Sandwiches, ein Stück schottischen Früchtekuchen –, verschlang und eine Tasse Schwarztee nach der anderen trank. Trotzdem war sie gertenschlank. Was wie alles an ihr einfach erstaunlich war.

»Starr mich nicht so an.«

»Ich sehe dir einfach gern beim Essen zu.«

»Trotzdem ist es unhöflich zu starren.«

»Ja, aber du weißt ja, wie wir Yankees sind.« Er zog eine Zigarre aus der Tasche, zündete sie aber nicht an. Sie hieß es nicht gut, wenn er während des Essens rauchte. »Ich habe eine Kleinigkeit für dich. Schließlich ist bald Weihnachten.«

Sie schaute ihn streng an.

»Das ist nicht fair. Wir hatten ausgemacht, dass wir uns nichts schenken.«

»Ja, ich weiß. Aber als ich dieses Ding im Schaufenster gesehen habe, wusste ich, es würde dir gefallen. Deshalb habe ich es kurzerhand für dich gekauft.«

»Das hättest du nicht tun sollen.«

»Aber ich habe es nun mal getan, und sie nehmen es ganz sicher nicht zurück.« Er drehte die Zigarre zwischen seinen Fingern hin und her. »Du wirst doch nach Frankreich gehen, nicht wahr?«

»Ja.« Sie blickte vor sich auf den Tisch und zerkrümelte das letzte Stückchen Früchtekuchen auf ihrem Teller. »Meine Gruppe fährt am dritten Januar. Wir werden in Boulogne eingesetzt. Im Lazarett 9.«

Er nahm ein Streichholz aus der Schachtel und zündete seine Zigarre an.

»So schnell?«

»Ich fürchte, ja.«

»Werden wir uns vorher noch mal sehen?«

»Ich glaube nicht. Denn wir brechen gleich nach Weihnachten zu einem Orientierungskurs nach Portsmouth auf. Ich glaube, am 27. Tut mir leid, Martin, aber dies ist wohl unser letztes Treffen.«

»Unser letztes Date«, verbesserte er sie mit einem angespannten Grinsen.

»Ja richtig, Date. Das Wort ist mir noch immer fremd.«

»Ich könnte doch nach Frankreich kommen und ein oder

zwei Artikel über dieses Lazarett und Schwester Ivy Thaxton schreiben«, schlug er vor.

»Bitte nicht. Es wird eine schwere Zeit für mich, weil ich mich erst einmal an die Fälle, die wir dort behandeln sollen, gewöhnen muss. Und wenn ich wüsste, dass du da bist, wäre ich nur abgelenkt.«

Jetzt grinste er breit.

»Wirklich?«

»Sei bitte nicht so selbstzufrieden.« Stirnrunzelnd sah sie auf den Kuchenrest. »Du wirst mir fehlen, Martin. Und zwar sehr.«

»Du mir auch. Was im Grunde seltsam ist, weil wir uns auch so nur alle paar Wochen sehen. Trotzdem ist es mir ein Trost zu wissen, dass du in der Nähe bist. Als ich von meiner letzten Fahrt nach Frankreich zurückkam, wurde der Zug wegen eines Truppentransports aus Folkstone kurzfristig umgeleitet, und ich kam nicht wie geplant am Bahnhof Waterloo, sondern am Bahnhof Euston an. Von dort habe ich ein Taxi durch die Gower Street genommen, und dann war da plötzlich das All Souls. Ich hatte mir das Taxi mit zwei Männern vom *Journal-American* geteilt, und denen habe ich erzählt, dass sich dort die beste Lehranstalt für Armeeschwestern und -ärzte von ganz England befinde, worauf einer meinte: ›Ich hätte gedacht, das sei eine alte Ziegelei.‹ In meinen Augen stimmt das nicht, denn ich wusste, irgendwo in diesem Labyrinth hält sich meine Liebste auf.«

Errötend schenkte Ivy Tee aus der großen Silberkanne nach.

»Bin ich deine Liebste, Martin?«

»Das brauchst du doch wohl nicht zu fragen. Das habe ich dir schon oft genug gesagt. Sicher, du bist meine Liebste. Außer dir kenne ich ja gar keine Frauen.«

»Du musst doch praktisch täglich welche kennen lernen, ständig bist du in Paris und sonst wo.«

»Dort treffe ich nur Generäle, mit denen ich abends im Hotel Crillon sitze und Port trinke.«

»Und wie war es in Kairo? Ohne Frage heißt es nicht umsonst, dass die Ägypterinnen ungemein exotisch sind.«

»Wer hat dir denn das erzählt? Dort sind Frauen so gut wie unsichtbar, denn sie sind von Kopf bis Fuß in Schwarz eingehüllt.« Der Rauch seiner Zigarre blies ihr ins Gesicht, und so drückte er sie eilig aus. »Hör zu, du bist eine wunderschöne junge Frau, und jedes Mal, wenn ich dich sehe, schlägt mein Herz vor lauter Freude einen Purzelbaum. Okay? Glaubst du mir das?«

»Wenn du es sagst.«

»Das scheint dich nicht unbedingt zu freuen. Ist irgendwas?«

»Nein, ich glaube nicht.«

Er strich ihr sanft über die Wange.

»Du bist traurig, weil du bald nach Frankreich musst. Mir geht es genauso, aber es ist ja nicht für immer. Wenn du dich an die Arbeit dort gewöhnt und ein bisschen Routine hast, komme ich dich besuchen. Vielleicht kannst du ein paar Tage Urlaub nehmen, und wir fahren nach Paris, damit ich dir dort die Sehenswürdigkeiten zeigen kann. Und vor allem werde ich dir ständig schreiben, die Verbindung zwischen uns wird nicht eine Minute abreißen.«

»Vielleicht wäre es besser, wenn wir den Kontakt abbrechen würden, zumindest bis der Krieg vorüber ist.«

»Ich wüsste nicht, warum, Ivy.« Er lehnte sich auf seinem Stuhl zurück und zündete seine Zigarre wieder an. »Meiner Meinung nach ist der Krieg die beste Zeit, um eine Freundschaft zu bewahren. Warum trinkst du nicht aus, und wir fahren zu mir, damit du dir dein Geschenk ansehen kannst?«

Etwas lag ihr auf der Seele, und er hatte keine Ahnung, was. Er hoffte, dass sie einfach etwas ängstlich oder deprimiert war, weil sie bald nach Frankreich fuhr. Das war vollkommen normal. Schließlich hatte sie ihr Heimatland bisher noch nie verlassen, und die Vorstellung, dass sie auf dem Festland in einem riesengroßen Lazarett als reguläre Krankenschwester Dienst tun musste, brachte sie wahrscheinlich aus dem Gleichgewicht. Als sie das Restaurant verließen, nahm er ihre Hand, aber sie reagierte nicht auf die Berührung und sprach auf der Taxifahrt nach Soho kaum ein Wort.

Zur Abwechslung war seine Wohnung einmal aufgeräumt, denn Jacob hielt sich dort nur noch sehr selten auf. Als er zum ersten Mal mit Ivy hergekommen war, hatte das Chaos sie entsetzt, und trotz seiner Proteste hatte sie erst einmal Ordnung in das Durcheinander auf den Tischen und dem Fußboden gebracht.

»Wie wäre es mit einem Gläschen Sherry?«

»Nein danke.« Sie nahm auf dem Rand des Sofas Platz. »Wenn ich Sherry trinke, bin ich immer gleich beschwipst.«

»Umso besser. Denn dann würdest du dich ja vielleicht etwas entspannen.«

»Vielen Dank, ich bin entspannt.«

»Nun«, erwiderte er lahm, »wie du willst.« Er klatschte in die Hände und verkündete mit aufgesetzter Fröhlichkeit: »Der Weihnachtsmann war da, also schließ die Augen und mach sie erst wieder auf, wenn ich es sage.«

Er ging in den Flur, kam mit einem großen Paket in buntem Papier und mit einem roten Band zurück und legte es neben Ivy auf die Couch.

»Jetzt kannst du die Augen wieder aufmachen.«

Ihre Eltern hatten ihr zu Weihnachten meist Kandiszucker und einmal eine Stoffpuppe in ihren Strumpf gesteckt. Ein Paket mit einer Schleife hatte ihr bisher noch nie jemand geschenkt. Sie blickte es mit großen Augen an und strich ehrfürchtig über das hübsche Band.

»Los, mach's auf.«

Sorgsam wickelte sie es aus, um das Papier nicht zu zerreißen, und stieß auf eine große weiße Schachtel mit dem aufgedruckten Namen eines Ladens.

»Das Geschäft ist sehr elegant. Was in aller Welt hast du mir dort gekauft?«

»Das wirst du erst erfahren, wenn du die Schachtel öffnest. Leider ist es ein eher praktisches Geschenk. Ich wollte dir andere Sachen kaufen – du weißt, schon, Dinge, über die sich Frauen freuen –, aber ich dachte, es hätte keinen Sinn, dir irgendwas zu schenken, was du nicht sofort benutzen kannst.«

»Das ist richtig«, pflichte ihm Ivy bei, während sie über das Emblem auf dem Deckel strich.

Langsam klappte sie ihn auf und starrte mit großen Augen auf die große Tasche aus weichem Leder, deren goldener Aufdruck deutlich machte, dass sie das Eigentum von »Ivy Thaxton« war. Sie hatte zahlreiche Fächer, war robust und gleichzeitig federleicht.

»Oh«, flüsterte sie, während sie über das Leder strich. »Die muss doch ein Vermögen gekostet haben.«

»Was wohl sonst? Sie hätte mich beinahe in den Ruin getrieben.« Er nahm neben ihr Platz und legte einen Arm um sie. »Bürste, Kamm, Nagelschere, Nagelfeile und die ganzen anderen Sachen sind schon drin. Du kannst darin alles transportieren, was du in Frankreich brauchst.«

»Sie ist wunderschön. Einfach wunderschön.«

Er küsste ihren Hals.

»Genau wie du, Ivy.«

Sie wandte sich ihm zu und wollte etwas sagen, aber er presste ihr zärtlich die Lippen auf den Mund. Anfangs wollte sie sich widersetzen, aber plötzlich reagierte sie mit einer Leidenschaft, die ihm genau wie ihr den Atem nahm.

»Oh Ivy… Ivy…«, flüsterte er mit rauer Stimme und glitt mit einer Hand über den dicken Winterstoff der Schwesternuniform.

Doch sie schob sie bedauernd fort.

»Nein, wir dürfen nicht…«

»Heirate mich, Ivy.«

Sie löste sich von ihm und schüttelte den Kopf.

»Nein. Darum solltest du mich nicht bitten.«

»Warum nicht? Du weißt, was ich für dich empfinde, und du musst gewusst haben, dass ich dich bitten würde, meine Frau zu werden. Denn ich habe niemals einen Hehl aus meinen Gefühlen für dich gemacht.«

»Ich liebe dich auch, Martin, von ganzem Herzen, trotzdem wäre es nicht richtig. Nach einer Weile würdest du die Heirat nur bereuen.«

Er versuchte, die Bedeutung dieser Worte in den Tiefen ihrer veilchenblauen Augen zu entdecken. Denn normalerweise hatte Ivy einen ausdrucksvollen Blick.

Jetzt jedoch sah sie ihn reglos an.

»Ich weiß nicht, was du damit sagen willst. Weshalb sollte ich es bereuen? Grassiert in deiner Familie der Wahnsinn? Andernfalls ergibt das, was du sagst, nicht den geringsten Sinn, Ivy. Nur ein Narr würde bereuen, wenn er ein Mädchen wie dich zur Frau bekommt.«

»Und was würde deine Familie denken?«, fragte sie verbittert, wandte sich ab und blickte auf die teure Ledertasche.

»Meine Familie? Meine Güte! Wenn mein Onkel Paul dich sähe, würde er sagen, endlich hätte ich zur Abwechslung mal etwas Vernünftiges getan.«

»Und was würde … Countess Stanmore sagen?«

Darum also ging es ihr. Jetzt war ihm alles klar. Es war anscheinend ein Problem für sie, dass sie einst als Dienstmädchen im Haus seiner Familie gearbeitet hatte. Er legte einen Arm um ihre Schultern und zog sie an sich.

»Sie würde sich für uns beide freuen. Denn sie ist ein herzensguter Mensch. Lass dich von ihrem englischen Gehabe nur nicht täuschen. Hinter der Fassade ist sie ein ganz normaler Mensch, nämlich Hanna Rilke aus Chicago. Sie würde nicht mal mit der

Wimper zucken, wenn ich ihr erzählen würde, dass ich dich heiraten will.«

»Ich habe sie heute früh gesehen«, entgegnete Ivy ruhig. »Der Duke und die Duchess von Redford haben die Genesungsstation im Flügel D besucht und kleine Geschenke an die Männer verteilt. Außer ihnen waren noch ein paar andere Leute da, Baron X und Lady Y, und eben Countess Stanmore mit ihrer Tochter. Obwohl ich versucht habe, mich möglichst unsichtbar zu machen, hat sie mich sofort entdeckt.«

»Und?«

»Oh, sie war sehr nett, hat mir ihre Hand gereicht und mich gefragt, wie es mir gehe, wie ich zurechtkomme, und gesagt, sie würde sich freuen, mich zu sehen. Ich weiß nicht mehr, was ich erwidert habe. Außer einem wirren Stammeln habe ich kaum was herausgebracht. Die ganze Sache war mir furchtbar peinlich. Und Miss Alexandra stand die ganze Zeit hinter ihrer Mutter, hat mich angestarrt und keinen Ton gesagt. Ich nehme an, sie war schockiert, weil die kleine Ivy Thaxton ihrer Mutter einfach so die Hand geschüttelt hat. Sie hat mich sogar noch nach ihrer Stippvisite angestarrt. Dabei hat sie einen furchtbar kalten Blick gehabt. Ach, ich kann es nicht erklären, Martin. Du würdest es ganz sicher nicht verstehen.«

Er wollte sie noch enger an sich ziehen, aber sie saß stocksteif neben ihm.

»Hör zu, Ivy. Das hat doch nichts mit uns zu tun. Wir würden nach unserer Hochzeit schließlich nicht zu Alexandra ziehen.«

»Vielleicht nicht, trotzdem wäre deine Frau ihr ehemaliges Dienstmädchen. Und wenn wir dort zum Abendessen eingeladen wären, wäre das entsetzlich peinlich. Denn wenn Mr. Coatsworth mich plötzlich am Tisch bedienen müsste, würde er bestimmt wie sieben Tage Regenwetter gucken, oder glaubst du etwa nicht?«

»Du meinst, der Butler?«

»Ja. Und all diese aufgeblasenen Diener. Einer von den Kerlen würde ganz bestimmt mit Absicht stolpern und Suppe auf meinem Kleid verschütten.«

Lächelnd wandte sie sich Martin wieder zu und lehnte ihren Kopf an seine Schulter.

»Oh, ich weiß, ich rede Unsinn. Es sollte mir egal sein. Denn wir würden in den Staaten leben, oder nicht, Martin? In Chicago, Illinois, am Michigansee.«

»Wir würden leben, wo du leben willst«, erklärte er und strich ihr sanft über das Haar. »Die Welt ist riesengroß. Und die *Associated Press* hat mir das Angebot gemacht, bei der *Post* zu kündigen und exklusiv für sie tätig zu sein. Sie bieten mir sehr viel Geld, und ich denke ernsthaft über einen Wechsel nach. Denn die Männer von AP kommen in der ganzen Welt herum. Nach China, Japan, in die Südsee. Und wohin sie mich auch schicken würden, du wärst allzeit an meiner Seite.«

Sie schmiegte sich noch enger an ihn an und schwieg einen Moment, während er ihr weiter vorsichtig über die Haare strich. Dann sagte sie:

»Ich werde nach Frankreich gehen, Martin. Ich könnte dich niemals heiraten, bevor dieses Grauen nicht ein Ende hat.«

»Ich weiß«, stimmte ihr Martin leise zu. »Das ist mir klar.«

»In den vergangenen vier Wochen hatte ich vor allem mit Gasopfern zu tun. Ich habe dir nie davon erzählt. Es ist eine grauenhafte Arbeit, weil man den Männern nicht wirklich helfen kann. Sie sitzen aufrecht in ihren Betten, husten sich zu Tode und sind außer sich vor Angst.«

»Pst«, flüsterte er. »Sprich jetzt nicht darüber.«

»Wir verlieren sechzig Prozent von ihnen. Obwohl die Männer, die wir kriegen, nicht einmal die schlimmsten Fälle sind. Die wirklich schlimmen Fälle bleiben in Boulogne, und in Frankreich sind wir für sie zuständig. Sie brauchen mich im Augenblick mehr als du, Martin.«

»Verstehe«, sagte er und dachte an die Männer, die Ende September in Hulluch würgend aus dem Schützengraben gestolpert waren. Das Chlorgas hatte die Messingknöpfe ihrer Uniformen leuchtend grün gefärbt, und er hatte die nackte Todesangst in ihren aufgerissenen Augen wahrgenommen. »Verstehe«, wiederholte er und nahm sie noch ein wenig fester in den Arm.

Obwohl der Wind bitterkalt und es dunkel war, ging sie lieber zu Fuß. Es war nicht weit, der Regen hatte aufgehört, und sie gingen mit schnellen Schritten die Old Compton Street, die Charing Cross Road, die Great Russell Street entlang, vorbei am Britischen Museum und die Gower Street hinauf zum Krankenhaus. Hinter zahllosen Fenstern brannte Licht – denn bei diesem Wind waren keine Angriffe von Zeppelinen zu befürchten, weshalb keine Verdunkelung befohlen worden war. Martin blickte Ivy aus den Augenwinkeln an, und als er sah, wie stolz sie ihre neue teure Ledertasche trug, war er so froh, als hätte er ihr einen diamantbesetzten Ring geschenkt. Dabei hätte er natürlich viel lieber einen Ring an ihrem Finger gesehen.

»Nun, hier wären wir«, sagte sie und wandte sich ihm zu. Die Backsteinwand des Hauptgebäudes ragte wie ein Felsen hinter ihr auf. »Ich werde dir so schnell wie möglich schreiben, damit du meine Adresse hast.«

»Lazarett 9, Boulogne.«

»Vielleicht landen wir ja auch im Lazarett 4 in Saloniki. Im Augenblick kann man sich auf nichts verlassen.«

»Nein.« Er hätte sie zum Abschied gerne in den Arm genommen, aber ständig gingen Leute an ihnen vorbei, und so beugte er sich vor, küsste sie sanft auf die Nasenspitze und sagte mit rauer Stimme: »Pass auf dich auf.«

Dann überquerte er die Straße. Ivy sah ihm für einen Augenblick hinterher, machte auf dem Absatz kehrt und betrat das Krankenhaus. Sie traf auf eine Gruppe Krankenschwestern, die das Haus gerade verlassen wollten, und ein großes rothaariges

Mädchen blieb kurz stehen und stellte mit einem neiderfüllten Blick auf ihre Ledertasche fest:

»Aber hallo, Thaxton. Woher haben Sie die denn?«

»Das war ein Geschenk. Von meinem Freund.«

Der Rotschopf beugte sich ein wenig vor und raunte:

»Von dem Yankee?«

»Ja. Ist sie nicht wunderschön?«

»Einfach prächtig! Ich habe von meinem Freund nur eine kleine Schachtel mit Pralinen zu Weihnachten bekommen – wobei man von einem Waliser wohl auch kaum was anderes erwarten kann. Oh, übrigens, Ihre Freundin wartet schon seit einer halben Ewigkeit auf Sie. Ich habe ihr gesagt, dass sie sich im Flügel D ins Schwesternzimmer setzen kann.«

»Meine Freundin? Was für eine Freundin?«

»Blond, sehr hübsch.«

»Oh.« Ivy war verwirrt. »Danke …«

Sie kannte nur ein blondes Mädchen, aber konnte das sein? Und warum in aller Welt …? Doch als sie den Flügel D erreichte, lief sie schnell den endlos langen Korridor hinab, spähte durch die Glasscheibe der Tür des Schwesternzimmers, und tatsächlich saß die ehrenwerte Alexandra Greville dort auf einer abgewetzten alten Ledercouch.

»Hallo, Miss Alexandra.« Ivy näherte sich ihrem Gast, machte aber keinen Knicks. Ob das ein Fehler war? Ihre Wangen brannten. Alexandra hatte vor sich auf den Fußboden gestarrt, sah jetzt aber auf, und Ivy nahm den leeren Ausdruck ihrer Augen wahr. Zu guter Letzt setzte sie ein leises Lächeln auf.

»Hallo, Ivy«, grüßte sie zurück. »Wahrscheinlich überrascht es dich, mich hier zu sehen.«

»Ja.« Sie hatte keine Ahnung, was sie sagen sollte, und so fragte sie: »Sind Sie schon lange hier?«

»Vielleicht seit ein, zwei Stunden.«

»Ich hatte heute meinen freien Nachmittag.«

»Das hat man mir gesagt.«

»Mein nächster Dienst beginnt um neun.«

Alexandra blickte auf die Wanduhr.

»Dann bleibt uns eine knappe Stunde. Falls du die erübrigen kannst.«

»Und wofür, Miss Alexandra?«

»Für ein Gespräch.« Ihre sorgsam manikürten Finger waren eisig, als sie Ivys Hand ergriff. »Und nenn mich bitte nicht *Miss*. Schließlich bist du kein Dienstmädchen mehr.«

Nein, sie hatte ihren Dienst in Alexandras Elternhaus quittiert, trotzdem war sie plötzlich so verlegen, als raune Mrs. Broome ihr zu: »Steh gerade, Mädchen, und um Himmels willen zapple nicht und stottere nicht herum. Denn ein gutes Mädchen ist beflissen und respektvoll, wenn es mit der Herrschaft spricht.« Ein Gefühl der Übelkeit stieg in ihr auf. Martin hatte sich geirrt, als er behauptet hatte, ihre Herkunft sei kein Problem. Aber wie sollte ein Amerikaner so etwas verstehen?

»Setz dich, Ivy.«

»Ja, Ma'am.« Alexandra hielt noch immer ihre Hand, und so nahm sie gegen ihren Willen direkt neben ihr auf der Sofakante Platz.

»Ich war völlig überrascht, als ich dich heute Morgen hier gesehen habe, Ivy. Ich hatte vollkommen vergessen, was du inzwischen machst. Du siehst sehr schick aus in der Tracht. Du bist inzwischen eine echte Krankenschwester, stimmt's?«

»Ja.«

»Darauf bist du bestimmt sehr stolz.« Endlich ließ sie Ivy los und faltete ihre Hände sorgfältig in ihrem Schoß. »Es geht mir gerade nicht so gut, deshalb wollte ich das Krankenhaus nicht besuchen, aber Mutter hat darauf bestanden, dass ich sie begleite.«

»Es geht Ihnen nicht gut?«

»Ich fühle mich etwas angeschlagen.«

»Verstehe.« Ivy sah verstohlen auf die Uhr. So langsam bewegte der Minutenzeiger sich sonst nie. »Wohnen Sie immer noch in Abingdon?«

»Nein. Wir sind in unser Haus in der Park Lane umgezogen.«

»Das ist schön.«

»Ich war immer gern in London.«

Alexandra Greville hatte sich verändert. Natürlich war sie noch so hübsch und elegant wie eh und je, aber statt des ungestümen Plappermauls, dem sie damals in das Kleid geholfen hatte, saß hier eine ruhige, nachdenkliche Frau. Sie sah irgendwie bekümmert aus, rang nervös die Hände und hatte ein blutleeres Gesicht.

Ivy räusperte sich leise.

»Ich war mindestens genauso überrascht, als ich Sie und die Countess plötzlich vor mir stehen sah. Eine wirklich angenehme Überraschung.«

»Wirklich? Das ist schön. Denn ich habe mich ebenfalls gefreut, dich wiederzusehen. Und Mutter auch. Sofort als wir nach Hause kamen, hat sie Mrs. Broome davon erzählt.«

»Wie geht es Mrs. Broome?«

»Ihr Neffe ist im September bei Loos gefallen. Das hat sie schwer getroffen, aber inzwischen ist sie wieder ganz die Alte. Sie ist eine wirklich starke Frau.«

»Ja.«

Auch wenn es in dem Schwesternzimmer sehr warm war, behielt Ivy ihren schweren Umhang an. Denn sie wollte sich vor Alexandra, die taufrisch aussah, obwohl sie einen dicken pelzbesetzten Mantel trug, nicht die Blöße geben, dass sie nur noch mühsam Luft bekam.

»Mutter und die Duchess von Redford waren nach dem Besuch des Krankenhauses sehr betroffen. Wir waren noch zum Lunch im Claridge's, aber sie haben kaum etwas gegessen, sondern pausenlos geweint.« Verbittert fuhr sie fort: »Seltsam, dass der Anblick dieser Männer sie derart bewegt hat, findest du nicht auch? Denn die Station ist wirklich hübsch.«

»Hübsch?«

»Du weißt schon, was ich meine, Ivy. Es ist eine Vorzeigestation. Trotz ihrer Verwundungen waren die Männer ausnahmslos wohlauf. Sie waren alle ordentlich verbunden, und vor allem hatten sie keine gravierenden Verletzungen.«

»Sie … unsere Vorgesetzten wollen wichtige Besucher nicht beunruhigen.«

»Das kann ich verstehen. Es hätte die Duchess und meine Mutter sicher fürchterlich beunruhigt, vor dem Mittagessen einen Mann ohne Gesicht zu sehen.«

Ivy musste schlucken.

»Ja, daran muss man sich erst gewöhnen.«

»Gewöhnt man sich jemals daran? Kommt man je mit solch einem Anblick zurecht?«

Alexandras durchdringender Blick brachte Ivy aus dem Gleichgewicht. Nervös rutschte sie auf ihrem Platz herum.

»Das … braucht … eine gewisse … Zeit.«

Ein junger Arzt mit einer weißen Jacke über seiner offensichtlich neuen Uniform betrat den Raum.

»Schwester Thaxton, sind Sie im Dienst?«

»Nein, Sir. Erst ab neun.«

»Haben Sie Schwester Jones gesehen?«

»Welche, Sir?«

»Die Nummer 16.«

»Captain Mason hat sie heute Nachmittag für die Bauchverletzungen gebraucht.«

»Mason? Kenne ich den Mann?«

»Ein Berufssoldat der indischen Armee, Sir, mit einer violetten Nase.«

»Richtig. Danke, Thaxton«, erwiderte er, als sei sein Problem gelöst.

Nachdem der Arzt wieder gegangen war, sagte Ivy, dankbar für die kurze Unterbrechung:

»Sie werden immer jünger. Haben bisher kaum je operiert, machen aber ihre Sache trotz des Mangels an Erfahrung wirklich gut.«

»Ich nehme an, in dieser Zeit bekommt man schnell Erfahrung.«

»Patienten gibt es hier mehr als genug.«

»In Frankreich auch«, fügte Alexandra ruhig hinzu.

Ein paar mit Blöcken bewaffnete Lernschwestern kamen hinter ihrer Ausbilderin durch die Tür. Sie waren jung und starrten Alexandra erschöpft an, als käme sie aus einer fremden Welt. Die Ausbilderin – eine kräftige, energische Person um die vierzig – blickte Alexandra an.

»Hallo, Thaxton! Haben Sie Besuch? Aber nicht hier drinnen, Mädchen. Wir waren nämlich mitten bei den Feuchtverbänden, aber dann wurde Raum 56 von den Kieferplastik-Kerlen gebraucht.«

Ivy und ihr Gast traten in den Korridor hinaus.

»Können wir irgendwo ungestört miteinander reden?«

»Nein«, antwortete Ivy steif. »In diesem Krankenhaus ist jeder Platz belegt.«

»Es stört dich, dass ich hierhergekommen bin, nicht wahr?«

Nun, sagte sich Ivy, eine ehrliche Frage verdient eine ehrliche Antwort.

»Ja. Ich möchte Ihnen nicht zu nahe treten, aber ich habe keine Zeit für höfliche Gespräche. Und vor allem haben wir nicht viel, worüber wir uns unterhalten könnten, oder?«

»Ich bin hier, weil ich dir ein paar Fragen stellen möchte, Ivy. Ich will Krankenschwester werden.«

Ivy starrte sie ungläubig an.

»Sie?«

Alexandra fuhr zusammen, entgegnete jedoch:

»Warum denn nicht?«

»Ich weiß nicht, ich kann mir einfach nicht vorstellen, dass Sie das schaffen. Die Arbeit ist furchtbar anstrengend und schmutzig. Meine Zeit als Dienstmädchen in Ihrem Elternhaus war nicht einmal annähernd so hart. Eine junge Frau aus gutem Haus wie Sie sollte vielleicht lieber ihr Glück beim Roten Kreuz versuchen. Dort suchen sie immer Frauen, die morgens oder nachmittags Briefe für die Männer schreiben, ihnen vorlesen, Verbände aufwickeln und so. Warum melden Sie sich nicht einfach dort?«

»Oje.« Vernehmlich atmete Alexandra atmete ein. »Was für ein fürchterlicher kleiner Snob du doch geworden bist.«

Sie machte auf dem Absatz kehrt, stürzte den Korridor hinab, und Ivy blickte ihr verwundert hinterher. Mit einem Mal aber wichen ihr versteckter Ärger und die Vorbehalte, die sie gegenüber jungen Frauen wie Alexandra hegte, einer heißen Scham.

»Warten Sie!«

Am Ende des Ganges holte sie Alexandra ein, packte sie am Arm, zerrte sie durch eine schmale grüne Tür in eine von einer schwachen Glühbirne spärlich erleuchtete Abstellkammer, warf die Tür ins Schloss und lehnte sich mit dem Rücken daran.

»Ich bin kein Snob«, stieß sie keuchend hervor.

Alexandra stand ihr reglos gegenüber und sagte mit angespannter Stimme:

»Oh doch. Das war ungefähr so, als wenn ich sagen würde, dass das Einzige, wozu du in der Lage bist, Tee servieren und Betten beziehen ist.«

»Ich war einfach ehrlich. Ich kann mir nicht vorstellen, dass Sie eine Ausbildung zur Krankenschwester machen, das ist alles. Falls Sie einen Beitrag leisten wollen …«

»Ich bin bereits Anfang des Jahres zum Roten Kreuz gegangen und habe in einem Genesungsheim für Offiziere in Wimbledon Briefe für die Männer geschrieben, Kissen ausgeschüttelt … all die Dinge, zu denen eine junge Frau aus ›gutem Haus‹ geeignet ist.«

»Das muss nicht alles sein.«

»Ich weiß. Nachdem mein Bruder Charles verwundet wurde, habe ich mich nach Frankreich versetzen lassen und dort die Kunst des Leerens von Bettpfannen perfektioniert!«

Sie starrten sich wie zwei Fremde an. Doch es bestand eine Art Verbindung zwischen ihnen. Denn die ehrenwerte Alexandra Greville war immer nett zu ihr gewesen.

»Es tut mir leid«, sagte Ivy. »Sie haben sicher nicht seit Stunden hier gewartet, nur um mir zu sagen, dass Sie Krankenschwester werden wollen.« Sie wies auf den beengten Raum. »Sie hatten mich nach einem Ort gefragt, an dem man unter vier Augen miteinander sprechen kann.«

»Danke, Ivy. Etwas ist mit mir in Frankreich passiert … Ich hatte eine Art Zusammenbruch, weniger körperlicher als seelischer Natur … und obwohl ich unbedingt die Ausbildung zur Krankenschwester machen möchte, habe ich jetzt diese Angst oder eher diese innerliche Panik, dass ich … unter ähnlichen Umständen … vielleicht noch einmal zusammenbreche. Aber über diese Angst kann ich bei meiner Bewerbung nicht sprechen.«

Es wurde so still, dass Ivy das wilde Klopfen ihres Herzens hören konnte. Dann forderte sie Alexandra auf: »Erzählen Sie mir von dem Zusammenbruch.«

Sie blickte Alexandra weiter reglos an und nahm den Schmerz in ihren Zügen wahr. Sie konnte sich gut vorstellen, wie die eitle, selbstverliebte Alexandra in der teuren, eleganten Uniform von Harris hatte Krankenschwester spielen wollen. »Alexandra Nightingale«, »die heilige Alexandra«, verspottete die junge Frau sich ohne eine Spur von Selbstmitleid. Und ohne dass sie es erzählen musste, wusste Ivy, wie die wahnwitzige Reise mit der Ambulanz von Saint-Omer in das Lazarett in Kemmel geendet hatte. Sie nahm Alexandras Hand und drückte sie.

»Sie brauchen mir nicht zu erzählen, was dort geschehen ist. Ich kann es mir bereits denken.«

»Sie brauchten so dringend Hilfe«, flüsterte Alexandra. »Hunderte von Männern, Ivy … Männer, denen Arme, Beine und Gesichter weggeschossen worden waren. Ich konnte so wenig für sie tun, und das bisschen, was ich hätte leisten können …« Beinah unhörbar fügte sie hinzu: »Ich habe vollkommen versagt.«

»Sie haben nicht versagt«, erwiderte Ivy streng. »Weil man nicht bei etwas versagen kann, wofür man gar nicht ausgebildet ist. Seien Sie keine Närrin!« Sie drehte sich um und öffnete die Tür. »Um Gottes willen, kommen Sie mit in den Flur, bevor wir beide hier ersticken.«

Langsam gingen sie zum Haupteingang zurück. Die Schwestern, Sanitäter, Ärzte, die sie trafen, nickten Ivy zu und musterten Alexandra neugierig.

»Ich sehe offenbar so aus, als wäre ich hier fehl am Platz.«

»Fühlen Sie sich fehl am Platz? Denn das ist das Einzige, was zählt.«

»Ich verstehe nicht …«

»Ich meine … wollen Sie wirklich Krankenschwester werden? Glauben Sie ernsthaft, das wäre die richtige Tätigkeit für Sie? Oder versuchen Sie nur, sich irgendetwas zu beweisen?«

»Ich will endlich zu etwas nütze sein«, sagte Alexandra leise.

»Gut. Denn wir können jede Hilfe brauchen, die wir kriegen können. Und was Ihre Angst betrifft …« Sie blieb stehen und blickte Alexandra an. »Wir alle empfinden jedes Mal, wenn wir eine Station betreten, ein gewisses Maß an Angst. Sehen Sie die beiden Mädchen, die da drüben vor der Arzneiausgabe stehen? Die eine ist die Tochter eines Pfarrers aus Ludlow, und die andere war früher Lehrerin in Wales. Bevor sie hier angefangen haben, hatten sie nie etwas Schlimmeres als vielleicht einen gebrochenen Knöchel oder eine leichte Schnittwunde gesehen. Und jetzt haben sie ständig mit Männern zu tun, die sich die

Lunge aus den Leibern husten. Sie besitzen keinen besonderen Mut. Was sie von Ihnen unterscheidet, ist die Sicherheit, die ihnen ihre einjährige Ausbildung verliehen hat. Sie müssen nur so mutig sein, die Ausbildung zu beginnen und sie durchzuhalten, weiter nichts.«

Die Glocken der Universitätskapelle fingen an zu schlagen.

»Ich muss jetzt zum Dienst«, sagte Ivy, fügte aber hinzu: »Aber wenn Sie möchten, führen wir die Unterhaltung einfach morgen fort.«

Spontan beugte sich Alexandra vor und gab ihr einen Wangenkuss.

»Danke, *Schwester* Thaxton, doch das wird nicht nötig sein. Denn ich werde mich morgen für die Ausbildung bewerben.«

»Nanu«, murmelte Ivy, während sie die Hand an ihre Wange hob und sah, wie Alexandra zwischen den Besuchern, die das Krankenhaus um diese Zeit verlassen mussten, die große Eingangshalle durchquerte. An den Wänden waren berühmte Heiler abgebildet, und über der Tür hatten Patienten ein sechs Meter langes Transparent mit der Aufschrift »Frieden auf Erden und den Menschen ein Wohlgefallen« aufgehängt.

Herbei, oh ihr Gläubigen,
fröhlich triumphierend,
oh kommet, oh kommet,
nach Bethlehem!

»Die Sternsinger sind auch nicht mehr so gut, wie sie einmal waren«, flüsterte Lady Margaret Wood-Lacy. »Aber die besten Baritone wie Jim Penny und Will Adams sind ja auch bei der Armee.«

Fenton fand, dass der Gesang durchaus harmonisch klang. Doch seine Einladung zu Punsch und heißem Whiskey wurde dankend abgelehnt, denn die Eltern und fünf Kinder aus dem Nachbarhaus warteten bereits.

Stille Nacht, heilige Nacht!
Alles schläft, einsam wacht …

Fenton schloss die Tür und folgte seiner Mutter durch den Flur ins Wohnzimmer. Der Duft gebratener Gans durchzog das Haus.

»Ich sollte besser sehen, was Jinny macht«, sagte Lady Margaret. »Sie ist manchmal recht vergesslich geworden.«

Jinny war inzwischen achtzig Jahre alt, doch eine andere Angestellte hatte Lady Margaret nie gehabt oder gebraucht, da sie den Großteil ihrer Ehe in Unterkünften auf Baustellen wie Balmoral, Sandringham und Abingdon verbracht hatte. Aber das kleine zauberhafte, von Sir Harold selbst entworfene Haus in Suffolk hatte stets für sie bereitgestanden, und die gute Jinny hatte jedes Mal etwas Gutes auf den Tisch gebracht.

Fenton goss sich einen Whiskey ein und blickte durch das Erkerfenster auf den windgepeitschten Fluss Deben im abnehmenden Licht der bleichen Wintersonne. Er war über Weihnachten zu Hause, aber in Gedanken meilenweit entfernt von Mistelzweigen, Sternsingern und Küchendüften. Dieses zweite Weihnachten seit Kriegsbeginn gestaltete sich völlig anders als vor einem Jahr. Damals hatte er das Fest in Frankreich auf einem Château in der Nähe von Béthune verbracht. Die Gespräche in der Messe hatten sich um Frieden, vielleicht nicht auf Erden, doch in ihrem Teil der Welt gedreht. Denn sie hatten geradezu erstaunliche Geschichten aus dem Niemandsland zwischen den britischen und deutschen Stellungen gehört. Die Soldaten hatten dort gemeinsam Gottesdienst gefeiert und sogar Geschenke ausgetauscht.

»Das heißt, es ist vorbei«, hatte Captain Jarvis weise festgestellt. »Der Kampfgeist unserer Jungs ist erloschen, und der Feind ist genauso müde wie wir. Jetzt müssen sich noch die Politiker mit unseren hohen Tieren einigen, aber ich bin sicher, dass es spätestens in einer Woche einen allgemeinen Waffenstillstand geben wird.«

Drei Monate später hatten feindliche Granaten Captain Jarvis und hundertsechzig seiner Männer bei der Schlacht um Neuve-Chapelle zerfetzt.

Und auch ein Jahr später war der Krieg noch immer nicht vorbei.

Ein Krieg, der nicht nur Menschen tötete, sondern zugleich den Geist und die Gefühle und vor allem alte Werte sterben ließ. *Die große Melancholie* hatte der französische Verbindungsoffizier bei Laventie diesen Zustand einmal mit der Weisheit des Betrunkenen genannt. Sie umfasste all die leeren Pferdeboxen und die ungestutzten Bäume auf dem Anwesen von Abingdon, die Männer, die, statt ihrer anständigen Arbeit nachzugehen, in durchnässten Khakiuniformen mit Gewehren über Gleise stolperten, und Lydia Greville, die halb nackt am Kaminfeuer auf einem Diwan lag.

Auf dem Weg ins Bett öffnete er kurz die Tür des alten Zimmers seines Bruders. Es sah immer noch so aus, als käme Roger vielleicht plötzlich heim. Das Bett war ordentlich gemacht, auf dem Nachttisch lagen ein Notizbuch und ein Bleistift, und die gut gefüllten Bücherregale waren sorgsam abgestaubt.

»Es ist kein Schrein«, sagte seine Mutter ruhig, als sie ihn dort stehen sah. »Und ich bilde mir nicht ein, dass er ein Gefangener der Türken ist. Aber ich hätte es gehasst, all die Dinge, die er so geliebt hat, einfach wegzupacken. Denn er hätte sicher nicht gewollt, dass sein Wordsworth oder Shelley irgendwo in einer Kiste liegt.«

In seinem Notizbuch finden sich wahrscheinlich unvollendete Gedichte, ging es Fenton durch den Kopf. Zeilen eines jungen Mannes, dessen Leben lange vor seiner Vollendung jäh geendet hatte.

Ein wahrhaft melancholischer Gedanke.

Seine Mutter war in einem Dutzend Komitees und hatte unzählige Freundinnen. Sie freute sich, dass Fenton sie besuchte, kam aber auch sehr gut ohne seinen Trost zurecht.

»Du wirkst rastlos, Fenton«, bemerkte sie ein paar Tage später, kurz vor Silvester. »Denkst du an deine neue Arbeit?«

»Unter anderem.«

Noch am selben Nachmittag nahm er den Bummelzug nach London, der voller Seeleute auf Landgang war. Es dunkelte bereits, als er King's Cross erreichte, wo er sich ein Taxi mit fünf Offizieren teilte, die darauf bestanden, dass man noch gemeinsam einen Whiskey im Club der Marine trank. Die Gespräche in der Bar drehten sich um den Vergleich kohle- und ölbetriebener Schiffe bis hin zu den Verführungskünsten französischer Frauen, und nach einem Drink entschuldigte er sich und ging.

Falls der späte Gast den Butler überraschte, zeigte er es nicht.

»Miss Winifred, Sir?« Und mit ausdrucksloser Stimme fügte er hinzu: »Ich glaube, dass sie sich bereits zurückgezogen hat.«

»Wer zum Teufel ist da an der Tür?«, hörte man eine schlecht gelaunte Stimme aus dem Flur, und einen Moment später tauchte der Marquis in dunkelbrauner Hausjacke und Filzpantoffeln in der Eingangshalle auf.

»Fenton, meine Güte. Was zum Teufel machen Sie so spät noch hier?«

»Ich war … gerade in der Gegend«, antwortete Fenton lahm. »Tut mir leid, falls ich Sie geweckt habe.«

»Unsinn.« Der Marquis entließ den Butler mit einer Handbewegung. »Ich freue mich über die Gesellschaft. Machen Sie die Tür zu, bevor wir hier erfrieren.«

»Mir war gar nicht bewusst, dass es schon so spät ist.«

»Ist es ja auch nicht. Wir … das heißt, die anderen gehen früh zu Bett. Ich wollte mir gerade noch einen Schlummertrunk genehmigen.«

Plötzlich fiel ein schmaler Streifen Licht aus der oberen Etage auf die dunkle Treppe, der breiter wurde, als die Tür sich weiter öffnete. Fenton blickte auf und sah, dass jemand am Geländer stand.

»Hallo.«

»Wir haben immer noch ein Telefon«, sagte Winifred.

»Es tut mir leid … ich wollte anrufen … aber … dann kam eins zum anderen … ich war über Weihnachten in Suffolk …«

»Du musst mir nichts erklären, Fenton.«

»Doch.«

Stirnrunzelnd sah Lord Sutton erst den Gast und dann seine Tochter an.

»Komm entweder runter oder geh wieder ins Bett«, wies er das Mädchen an. »Ich für meinen Teil kehre in die Bibliothek zurück und mache die Tür hinter mir zu, weil ich abends meine Ruhe haben will.«

»Nun?«, erkundigte sich Fenton, nachdem der Marquis verschwunden war.

In einem bodenlangen Morgenmantel aus Satin und mit offenen Haaren kam sie ihm entgegen und nahm auf der drittuntersten Treppenstufe Platz.

»Du bist wirklich seltsam, Fenton«, sagte sie mit ruhiger Stimme.

»Ich bin ziemlich impulsiv.« Er steckte die Hände in die Taschen seines Mantels und lehnte sich an den Treppenpfosten. »Aber in den letzten Tagen habe ich auch sehr viel nachgedacht. Du hast gesagt, dass wir nicht mehr dieselben Menschen wären. Von mir weiß ich genau, dass ich nicht mehr derselbe bin, aber wie es um dich steht, kann ich nicht beurteilen. Ich finde, dass du älter und vernünftiger, davon abgesehen aber immer noch dieselbe Winnie bist. Und ich glaube nicht, dass du dich jemals radikal verändern wirst.«

»Jeder ändert sich.«

»Wahrscheinlich ja. Aber nicht jeder in demselben Maß.

Manche Menschen stumpfen eher ab als andere. Du aber verströmst wahrscheinlich bis ans Lebensende einen ganz bestimmten Glanz.«

Sie schlang sich die Arme um die Knie und blickte ihn fragend an.

»Du willst mir einen Heiratsantrag machen, stimmt's?«

»Ja.«

»Das wird Vater sehr glücklich machen.«

»Es geht mir aber nicht um ihn, sondern um dich.«

»Mich wirst du ebenfalls sehr glücklich machen. Denn ich liebe dich. Ich habe mich bereits in dich verliebt, als du mit meinem Bruder Andrew an meinem sechzehnten Geburtstag aus Lulworth kamst. Oder vielleicht weniger in dich als vielmehr in deinen scharlachroten Rock? Das ist schwer zu sagen. Aber jetzt liebe ich dich nicht mehr, weil du eine hübsche Jacke trägst. Inzwischen liebe ich dich trotz der Uniform. Denn ich hasse diesen Krieg. Und für dich als Offizier dürfte es etwas seltsam sein, eine Ehefrau zu haben, die eine überzeugte Pazifistin ist.«

»Die Frau von General Davenport ist eine Suffragette. Sie hat sich sogar einmal an einen Briefkasten gekettet, ohne dass seine Karriere darunter gelitten hat.«

»Ich bete für den Tag, an dem dein Berufsstand überflüssig ist.«

»Ich auch.«

Sie sah ihn einen Moment lang schweigend an und zog ihre Knie hoch an die Brust.

»Eine Sache müssten wir noch klären. Ich und Vater werden glücklich sein, aber wie steht es mit dir? Liebst du mich überhaupt?«

»Wenn mein Wunsch nach deiner Nähe und wenn das Gefühl des Friedens, das ich bei dir verspüre, Liebe ist … dann, ja … dann liebe ich dich.«

Sie nickte ernst.

»Wie ehrlich du bist. Sollen wir hineingehen und es Vater sagen?«

»Gern.«

»Werden wir in London heiraten oder lieber in Suffolk?«

Er rieb sich das Kinn.

»Es ist so… Ich habe nur noch fünf Tage Urlaub, und ich dachte, wir könnten… nun, vielleicht morgen nach Schottland fahren und uns dort in die Schlange der Paare in Gretna Green einreihen, das heißt, wenn du nichts dagegen hast.«

»Meine Güte!«, stieß sie lachend aus. »In Gretna Green! Was wird meine Mutter dazu sagen?«

»Sie wird gar nicht die Gelegenheit bekommen, irgendwas zu sagen.« Eine Flasche Champagner unter jedem Arm, kam Winnies Vater in den Flur zurück. »Als Sie so spät hier vor der Tür standen, wusste ich gleich, worum es geht, Fenton. Stecken Sie die beiden Flaschen ein. Ein wirklich guter Jahrgang. 1910. Der Zug vom Bahnhof Euston fährt um Mitternacht. Ihr habt also noch genug Zeit, wenn du dich jetzt gleich ans Packen machst, Winnie.«

Langsam stand sie auf.

»Wir können auch noch warten, Fenton, falls du Zweifel hast oder es dir noch mal überlegen willst.«

»Weshalb sollte er das wollen?«, mischte sich ihr Vater ein. »Ich werde den Wagen kommen lassen.«

»Ich meine es ernst«, erklärte sie.

Fenton strich ihr sanft über die Hand und sah sie durchdringend an.

»Ich bin mir ganz sicher, Winnie.«

Eilig drehte sie sich um und rannte in den ersten Stock hinauf.

Der Marquis blickte ihr hinterher und hielt Fenton die Champagnerflaschen hin.

»Ich würde ja eine öffnen, aber dafür reicht die Zeit nicht mehr. Ihnen ist wahrscheinlich klar, weshalb ich froh bin, dass sie dieses Haus endlich verlässt. Sie ist ein gutes Mädchen. Körperlich und geistig stark. Und als echte Sutton bringt sie bestimmt jede Menge Söhne auf die Welt.«

Der über das Meer wehende Wind peitschte das Wasser auf und rüttelte so heftig an den Fenstern ihres Zimmers, dass Fenton nur das Glas berühren musste, um die unendliche Kraft der eisigen Windböen zu spüren. Doch der Nebel hatte sich gelichtet, und die Meerenge des Solway Firth wurde von den Hügeln Cumberlands wie von einem leuchtend grünen Wolkenband begrenzt. Fenton schlang sich seinen Morgenmantel etwas enger um, zündete sich eine Zigarette an, und in der Zugluft stieg der Rauch spiralförmig hinter ihm auf.

»Was denkst du?«, fragte Winnie ihn.

»Oh, mir gehen verschiedene Dinge durch den Kopf. Wie zum Beispiel, dass Neujahr ist und dass es draußen eisig, aber sonnig ist.«

»Ein guter Anfang.«

»Ja. Es ist ein Grund zum Feiern, wenn man am ersten Januar die Sonne über Wigtownshire aufgehen sieht.«

»Du warst schon einmal hier, nicht wahr?«

»Du meinst, in Port William?«

»Nein, ich meine, hier in diesem Gasthaus.«

»Oh, sogar schon öfter. Ein Freund von mir hat ein Boot in Stranraer liegen, und wir haben eine ganze Reihe Segeltouren hier gemacht – nach Islay, Mull, zu den Hebriden und natürlich durch den Solway. Obwohl das Meer hier trügerisch und das Segeln deshalb manchmal recht gefährlich ist.«

»Hast du hier je mit einer anderen Frau das Bett geteilt?«

Er zog an seiner Zigarette.

»Was für eine Frage. Und wie höflich oder vielmehr prüde formuliert. Aber nein. *Hier* habe ich nie mit einer anderen Frau das Bett geteilt.«

»Ich liebe dich, Fenton. Ich glaube, du bist einfach unfähig zu lügen. Sogar deine Schwindeleien enthalten stets ein Fünkchen Wahrheit.«

Seine Füße waren taub vor Kälte, und so drückte er die Zigarette kurzerhand in einer Untertasse aus und kroch zurück ins Bett. Sofort öffnete Winifred seinen Morgenmantel und zog ihn eng an ihren warmen Leib.

»Ich hoffe, du bist nicht von mir enttäuscht.«

»Du bist rundherum erstaunlich«, stellte er mit ehrfürchtiger Stimme fest.

»Ich komme eben vom Land«, erklärte sie, während sie mit einer Hand über seine Hüfte strich. »Ich habe die Natur eingehend studiert.«

Er drehte sich auf die Seite und küsste ihre Stirn. »Eingehender als die meisten anderen Frauen. Ich hätte wirklich nicht gedacht, dass du ein so verruchtes Frauenzimmer bist.«

»Na, wer ist jetzt prüde?« Sie schlang die Arme um ihn. »Dürfte ich dir vielleicht eine Frage stellen, auf die du mir keine Antwort geben musst?«

»Ja.«

»Gab es jemals eine Frau, mit der du lieber als mit mir hierhergekommen wärst? Eine Frau, die du nicht haben konntest?«

»Das ist ewig her«, antwortete er ruhig.

»Vergleichst du mich mit ihr?«

»Das gibt's nichts zu vergleichen. Weil du vollkommen du selbst und einzigartig bist.«

»Die Lady eines Colonels.«

»Eine Lady durch und durch.«

Ihre Hände glitten über seinen Rücken.

»Manchmal lege ich auch gerne eine kurze Pause ein.«

Er dachte weder jetzt an Lydia, noch hatte er in seiner ersten Liebesnacht mit Winifred an sie gedacht. Es ging ihm weder darum, zwei Frauen miteinander zu vergleichen noch um bloße Leidenschaft. Sondern um das Leben, das mit diesem Akt verbunden war, das Leben, das daraus entstand. Denn sogar im Bett hielt ihn der Krieg in seinem Bann, und wenn er in Winnies warmen Körper eindrang und ihre leisen Freudenschreie vernahm, gelang es ihm, Tod und Qual auszublenden. Er spürte, dass sie das verstand, und allein dieses Verständnis unterschied sie von sämtlichen Frauen, denen er jemals begegnet war.

Der Wind, der an den Fensterrahmen rüttelte, und die heulenden, schreienden Böen erinnerten ihn an das Pfeifen der Granaten, und er presste sein Gesicht in die Vertiefung zwischen ihren Brüsten, während sie ihn eng umklammert hielt, als schirme sie ihn so für alle Zeit gegen alle drohenden Gefahren ab.

16

Charles verließ das Kriegsministerium in Whitehall und ging mit schnellen Schritten zur Charing Cross. Es war ein beinahe zu perfekter Frühlingstag, der einen Dichter zu Schwärmereien inspiriert hätte. Der milde Westwind trug den Duft von Frühlingsregen in die Stadt, weiche, makellose Wolken zogen über einen strahlend blauen Himmel, und als hätte Gott persönlich es so arrangiert, fiel ein leuchtend gelber Sonnenstrahl direkt auf die Stelle, an der Admiral Nelson erhaben auf seiner Säule stand. Alte Frauen, die wie graue Tauben um den Fuß des Denkmals schwirrten, boten kleine Veilchensträuße zum Verkauf.

Er überquerte den Trafalgar Square und eilte erst durch die St Martins Lane und weiter durch die Shelton Street, bis er zu einem unscheinbaren viergeschossigen Gebäude kam. Dort blieb er kurz stehen, strich über seine Uniform, zog ein Taschentuch hervor, staubte seine Schuhe ab und wartete, bis sein Herz wieder in einem normalen Tempo schlug. Dann trat er durch die Tür und erklomm die Treppe in den ersten Stock. Ein halbes Dutzend Offiziere stand oder saß dort bereits vor einer Tür mit der Aufschrift »7. Gesundheitskommission«. Ein oder zwei der Offiziere konnte nur mit Stöcken gehen, die anderen aber wirkten ausnahmslos gesund – was sie nicht unbedingt zu freuen schien.

»Kennen wir uns nicht?«, fragte ein Major des Schützenbataillons, während er an seiner Zigarette zog.

»Ich glaube nicht«, gab Charles zurück.

»Tut mir leid. Ich dachte, wir hätten uns schon einmal irgendwo gesehen. Mein Name ist Morton, und leider bin ich kerngesund. Jetzt schicken sie mich bestimmt wieder nach Frankreich, aber nächstes Mal habe ich sicher nicht noch mal ein solches Glück.«

Charles kehrte ihm den Rücken zu und ging langsam auf und ab, bis er endlich an der Reihe war.

Hinter einem Tisch saß ein grauhaariger Hauptgefreiter und ging eine Namensliste durch.

»Major Greville? Colonel Beaumont würde Sie gerne sprechen. Sein Büro liegt hinter der dritten Tür den Gang hinunter, Sir.«

Vor dem Krieg war Colonel Beaumont ein angesehener Chirurg gewesen, aber jetzt, mit siebzig Jahren, schickte er als Mitglied der Gesundheitskommission verwundete Soldaten nach ihrer Genesung an die Front zurück.

»Ah, Greville«, begrüßte er Charles mit warmer Stimme, als dieser den kleinen vollgestopften Raum betrat. »Was macht die Leiste?«

»Ist so gut wie neu.«

»Und das Bein?«

»Ebenso. Ich bin wieder vollkommen gesund. Ich bin den ganzen Weg von Whitehall bis hierher gelaufen, und es hat noch nicht einmal gezwickt.«

»Gut … gut. Und all das asiatische Ungeziefer sind Sie auch inzwischen wieder los?«

»Das hoffe ich.« Er lächelte zum Zeichen, dass er scherzte. »Ich habe schon seit Wochen keins der Viecher mehr gesehen.«

»Sehr gut.« Der Colonel sah auf seinen Schreibtisch und schob ein paar lose Blätter hin und her. »Im Grunde war es unnötig, dass Sie heute hier erschienen sind. Ich persönlich freue mich natürlich, dass Sie wieder auf dem Damm sind, nur ist diese Kommission nicht länger für Sie zuständig.«

»Ich verstehe nicht, Colonel.«

»Wir haben gestern eine Anweisung von General Haldane bekommen, dass man Ihren Namen von der Liste vielleicht wieder wehrfähiger Offiziere streichen soll. Denn Sie seien ein Mitglied seines Stabs und eines so genannten Landschlachtschiff-Komitees. Ich habe das Wort Landschlachtschiff noch nie gehört, aber so steht es hier.« Er beugte sich über den Tisch und reichte Charles die Hand. »Viel Glück, Greville. Ich bin wirklich froh, dass ich Sie nicht noch einmal in den Schützengraben schicken muss.«

Mit einem Taxi fuhr er wieder in die Old Pye Street, in der seit den Tagen von Pepys, der im siebzehnten Jahrhundert die Geschicke der Marine hatten lenken dürfen, irgendwelche Ämter der Regierung angesiedelt waren. Der Wachmann der Marine öffnete die Eingangstür, ohne dass er erst um Charles' Papiere bat. Inzwischen kennt mich jeder in diesem Haus, ging es ihm verbittert durch den Kopf. Einer der alten Hasen dieses Trupps. Eilig lief er die schmale Treppe in den Raum im zweiten Stock hinauf, in dem er mit einer Gruppe anderer Offiziere, davon zwei von der Marine, und zwei zivilen Ingenieuren saß. Nur Lieutenant Commander Penhope saß gemütlich hinter seinem Schreibtisch und blätterte in der neuesten Ausgabe der *Daily Post.*

GEGENANGRIFF BEI VERDUN –
FRANZOSEN GEWINNEN LAND ZURÜCK

»Fisher hat nach Ihnen gefragt, Greville«, sagte der Marineoffizier, ohne auch nur von der Zeitung aufzusehen.

Charles nahm auf der Kante seines Schreibtischs Platz und zündete sich eine Zigarette an.

»Oh. Und was wollte er von mir?«

»Das Übliche. Big Willie hat mal wieder irgendwelche hohen Tiere nicht vollkommen überzeugt. Ihm fehlt es an Überredungskraft. Deshalb sollen Sie rauf nach Yorkshire oder an irgendeinen anderen gottverlassenen Ort und dort die technischen Daten eines neuen Motors überprüfen. Sie sollen Bigsby mitnehmen.«

Wütend blies Charles den Rauch seiner Zigarette aus. »Warum zum Teufel schickt er Bigsby nicht einfach allein los?«

»Sie wissen ganz genau, warum«, entgegnete Penhope gedehnt.

Algernon Bigsby war ein Zivilist, ein hagerer Mann mittleren Alters, dem seine bescheidene Herkunft deutlich anzuhören war. Außerdem kaute er gern an Zigarren und spuckte ihren Saft in hohem Bogen wieder aus. Er kannte sich so gut wie niemand anderes mit Motoren aus, aber den Mitgliedern des Stabs war er verhasst. Also würde Bigsby die technischen Daten dieses Motors überprüfen, und der ehrenwerte Major Greville würde die Informationen weiterleiten oder den hohen Tieren »verkaufen«, wie es bei ihnen hieß.

»Hat er gesagt, wohin genau wir sollen?«

»Seine Sekretärin hat sämtliche Informationen und die Fahrkarten.«

Er war nur ein Botenjunge, weiter nichts. Sein Beitrag zum Bau des gleiskettenbetriebenen Landschlachtschiffs – das wegen seines dicken Schutzpanzers inzwischen »Panzer« MK 1 oder im Gegensatz zum Little Willie, der eindeutig eine Luftnummer gewesen war, Big Willie hieß – beschränkte sich auf seine Kommunikationsfähigkeit und natürlich darauf, dass er ein Offizier und somit für die hohen Chargen akzeptabel war. Vielleicht hatte Bigsby das Know-how, doch er trug keine gut geschnittene Uniform mit den Abzeichen der Royal Windsor Fusiliers.

Als er abends nach Hause kam, war gerade eine Cocktailparty in vollem Gange. Er hatte Lydia zwar versprochen teilzunehmen, aber nicht mehr an das Fest gedacht. Archie war der Ansicht, dass die warme, aber elegante Atmosphäre ihres Hauses in Bristol

Mews den Geschäften und der Zusammenführung unterschiedlichster Gestalten dienlich und dass seine Tochter die perfekte Gastgeberin war. Also unterhielten sich jetzt die verschiedensten Leute im Salon im ersten Stock – ein Mühlenbesitzer aus Manchester stand neben einem Labor-Abgeordneten, General Sir William Robertson nickte zustimmend, als David Langham etwas sagte, und Wissenschaftler, Ingenieure, hohe Militärs, Politiker, Geschäftsleute und Frauen in wunderhübschen Kleidern gingen eine ungewohnt harmonische Verbindung miteinander ein.

Oben an der Treppe überreichte Archie Charles ein volles Glas. Der brilliante Gastgeber Archie Foxe, der sich überall benahm, als sei er zu Hause.

»Langham spricht mit Wully Robertson«, flüsterte er dem Schwiegersohn zu. »Der General würde dich gern kennen lernen. Er sucht noch Leute für seinen Stab, und Langham erzählte ihm gerade, dass du deine Sache für das Ministerium ausgezeichnet machst.«

»Es ist nett von Mr. Langham, dass er sich für mich verwenden will«, erwiderte Charles gepresst. »Aber in solch einem Stab muss man ziemlich viel Verantwortung übernehmen, und da wäre ich sicher nicht der Richtige.«

Archie sah ihn reglos an.

»Du bist zu bescheiden, Charles. Trommle dir ruhig manchmal auf die Brust, dann nehmen dich die Leute gleich ganz anders wahr.«

Es hätte keinen Sinn, Archie zu erklären, dass ihm gar nichts daran lag, im Mittelpunkt zu stehen. Denn Archie war stets unter dem Banner seines Ehrgeizes marschiert. Er hatte es mit stolz erhobenem Haupt aus einem Armenhaus in Shadwell in die Marmorhallen der Macht getragen und ging davon aus, dass die meisten Männer ehrgeizig waren. Auf Sir William »Wully« Robertson traf das eindeutig zu. Denn er hatte es bestimmt nicht mit Bescheidenheit von den unteren Rängen der viktorianischen Armee zum Leiter des imperialen Generalstabs gebracht. Und er hatte eine Vorliebe für ehrgeizige Menschen, da sie aus seiner Sicht ihre Arbeit besser und vor allem zügiger erledigten als irgendwelche Schlafmützen, die mit ihrer Position zufrieden waren.

Ein Posten beim Generalstab. Rote Abzeichen an seiner Uniform. Vielleicht eine Beförderung zum Lieutenant Colonel. All das war zum Greifen nah – er bräuchte nur den General mit seinem Eifer und mit seinem Streben nach Erfolg zu beeindrucken.

»Ja, Sir, mir gefällt die Arbeit, die ich augenblicklich leiste, nur fühle ich mich dort ein wenig eingeengt. Weil es meistens nur Routinetätigkeiten sind, ich aber einen umfassenderen Beitrag zu den Kriegsanstrengungen des Landes leisten will.«

Langham würde spöttisch grinsen, und General Sir William Robertson (für seine Freunde »Wully«) würde wissend lächeln, nicken und ihn fragen: »Kann ich Ihnen trauen? Werden Sie meinen Befehlen Folge leisten? Werden Sie mir dabei helfen, Lord Horatio Herbert Kitchener, den Helden von Khartum, seinen Dreispitz über die Ohren zu ziehen?«

Die Schlachten der Politik wurden in den Londoner Salons ausgefochten. Ob es um die Absetzung von Sir John French, den Aufstieg von Sir Douglas Haig, die Kämpfe zwischen dem Kriegsminister Kitchener und dem Chef des imperialen Generalstabs »Wully« ging – all dies wurde an diesem Nachmittag in diesem Salon geklärt. Würde Kitchener – natürlich auf vornehme Art – von seinem Thron gestoßen, gäbe es eine Leerstelle im Kabinett, und David Langham wäre unter Umständen genau der Richtige für diesen freien Platz. Er käme gut mit Robertson und all den anderen hohen Tieren beim Militär zurecht, aber ein zusätzlicher Freund beim Generalstab wäre von Nutzen.

Ein hervorragender Plan, sagte sich Charles und hob sein Glas an den Mund. Das einzige Problem war seine Abneigung gegen den Mann und dass er nicht die Absicht hatte, sich bei »Wully« einzuschmeicheln, nur damit er einen Posten von ihm zugeschanzt bekam. Er ging ans andere Ende des Salons, wandte der Menge den Rücken zu und starrte durch die hohen Fenster auf die schmale gepflasterte Straße hinter ihrem Haus.

Lydia trat neben ihn und murmelte:

»Du bist nicht gerade gesellig. Geht es dir nicht gut?«

»Es geht mir sogar ausgezeichnet. Ich bin wieder völlig auf dem Damm.« Er nahm einen Schluck von seinem Drink. »Die Gesundheitskommission hat mich darüber informiert, dass ich nicht wieder nach Frankreich gehen kann. Allerdings nicht aus gesundheitlichen Gründen, sondern weil ich plötzlich viel zu wichtig bin für die krude Deutschenjagd. Weil meine Dienststelle beim besten Willen nicht auf mich verzichten kann.«

»Oje.« Flüchtig küsste sie ihn auf die Wange. »Ich hatte mir schon gedacht, dass so etwas passieren würde. Du bekleidest einfach einen zu wichtigen Posten.« Sie küsste ihn erneut, während sie ihm über den Rücken strich. »Aber mach dir darüber keine Gedanken, Liebling. Hat dir Daddy von General Robertson erzählt?«

»Er hat … etwas angedeutet.«

»Eine Position beim Stab als Verbindungsoffizier zwischen dem Generalstab und Haigs Hauptquartier in Frankreich. Du wärst mindestens so häufig in Montreuil wie hier. Und wie ich Wully kenne, würde er ganz sicher wollen, dass du deine Nase auch noch in die Hauptquartiere der verschiedenen Divisionen steckst, um die Informationen zu bekommen, die er braucht. Du wärst wieder mitten im Geschehen und säßest nicht mehr die ganze Zeit mit all diesen Exzentrikern in der Old Pye Street herum.«

»So übel sind die gar nicht.«

»Nein, natürlich nicht, trotzdem fühlst du dich dort etwas fehl am Platz. Beim Generalstab wäre es ein bisschen mehr wie bei der Armee. Und auf dem Kontinent im Einsatz zu sein wäre sicherlich befriedigender, als langweilige Bauernhöfe und Fabriken zu besuchen.«

Sie verströmte einen wunderbaren Duft, und als sie sich an ihn schmiegte, strich ihr seidiges Kleid über seine linke Hand. Während er noch die Berührung ihrer Hand in seinem Rücken spürte, dachte er an Bigsby, der an einer ölverschmierten Drehbank stand, während ihm der Tabaksaft aus dem Mund lief.

»Wahrscheinlich hast du recht.«

Aufmunternd drückte sie ihm den Arm.

»Ja. Nun komm schon, sprich mit Wully, nur für einen Augenblick … Sag ihm wenigstens hallo.«

Er kam Lydias Bitte nach, musste aber ein Grinsen unterdrücken, als er hörte, dass Sir William Robertsons Akzent sich nicht im Mindesten von dem Algernon Bigsbys unterschied.

Sie hatten getrennte Schlafzimmer. Lydias war in Creme- und Goldtönen gehalten, überladen und feminin, während Charles' mit maskulinem dunklem Holz und Messing eingerichtet war. Entsprechend der Familientradition suchte sie nie ihn, sondern stets er sie in ihrem Zimmer auf.

Er fühlte sich verschwitzt, als er sich neben Lydia auf die Matratze sinken ließ. Dabei war er viel zu angespannt gewesen, um mit ihr zu schlafen, und hatte ihr nur das Nachthemd hochgeschoben und die warme Feuchte zwischen ihren Schenkeln berührt.

»Tut mir leid. Ich hätte dich in Ruhe lassen sollen.«

»Kein Problem.« Sie beugte sich über ihn und küsste seine Braue. »Armer müder Krieger.«

»Ich komme mir wie ein Betrüger vor. Jeder könnte meine Arbeit machen, doch angeblich bin ich zu wichtig, um wieder ins Feld zu ziehen.«

»Deine jetzige Arbeit könnte vielleicht jeder machen, aber in seinen Stab nimmt Robertson bestimmt nicht jeden auf. Die letztendliche Auswahl trifft er immer selbst. Wusstest du, dass er dem Duke von Hereford rundheraus erklärt hat, sein Sohn sei noch nicht einmal dazu geeignet, um als Hufschmied zur Kavallerie zu gehen? Das hat er tatsächlich zu ihm gesagt! Percy! Du kennst ihn, er ist Captain bei den Blues. Diesen Posten hat sein Vater ihm beschaffen können, aber eine Position in Wullys Stab bekommt er für ihn nicht.«

Durch den Flanell seines Pyjamaoberteils streichelte sie zärtlich seine Brust. Weiter ging sie nicht. Denn wenn sie allzu wagemutig wurde, zog er sich zurück. Männer ergriffen die Initiative. Frauen nicht.

»Ich muss morgen nach Yorkshire«, sagte er nach einem Augenblick der Stille. »Nach Huddersfield, um mir dort irgendwelche verfluchten Motoren anzusehen. Mein Zug fährt um 7.10 Uhr von St Pancras ab.«

»Dann werde ich früh aufstehen und dich zum Bahnhof fahren.«

»Nein. Ich werde von einem Wagen abgeholt.« Er wandte sich von ihr ab und setzte sich auf den Bettrand. »Ich dachte, wenn ich schon mal dort bin, besuche ich vielleicht noch Fenton. Er ist im Ausbildungslager Flockton Moor, das ist nicht weit von Huddersfield entfernt.«

»Richte ihm bitte Grüße von mir aus«, sagte Lydia, ohne ihn anzusehen.

»Natürlich.« Er stand auf, beugte sich über das Bett und küsste sie. »Wenn ich wieder da bin, nehme ich mir ein paar Tage frei, und wir fahren runter nach Lyme Regis, ja? Wir könnten dort ein kleines Haus direkt am Meer mieten und täglich schwimmen gehen. Würde dir das gefallen?«

»Sehr.«

»Und ich werde ernsthaft darüber nachdenken, ob ich den

Posten beim Stab annehme… falls er mir tatsächlich angeboten wird.«

»Sie werden ihn dir auf jeden Fall anbieten. Weil Wully unglaublich beeindruckt von dir war.«

»Nachdem ihm Langham einen kleinen Wink gegeben hat?«

»Nein«, widersprach sie tonlos. »Alles, was du bekommst, hast du dir selbst verdient.«

Sie stellte ihren Wagen ab, bemerkte die Vögel, die die Ebbe nutzten und im Schlamm am Themseufer pickten, und betrat das Ministerium durch die Seitentür. Der Soldat, der die Tür bewachte, rief bei David Langham an, bevor er sie in das Gebäude ließ. Dabei war sie schon so häufig dort gewesen, dass sie ohne Mühe durch das Labyrinth der Treppen und der Korridore bis zu seinen Räumlichkeiten fand. Auch den hinteren Teil seiner Suite betrat sie durch die Seitentür. Es war ein muffiges und dunkles Zimmer mit Regalen mit Gesetzestexten und riesengroßen gebundenen Werken über Wirtschaft und Bevölkerungsstatistiken, Kohleausstoß, die Kapazität der Bahn, die Produktion von Stahl und all die anderen trockenen Fakten, aus denen die Funktion eines Gemeinwesens bestand. Sie setzte sich auf eine Ledercouch, und zehn Minuten später kam der Abgeordnete aus seinem vorderen Büro, machte die Tür hinter sich zu und schloss sie ab.

»Schön, dass Sie vorbeigekommen sind«, erklärte er, ohne sie anzusehen. Er zog seinen Mantel aus, rollte die Ärmel seines Hemds hoch, ging in sein kleines Bad und wusch sich die Hände. »Der General hat heute früh hier angerufen und gesagt, dass er von Charles beeindruckt war, aber wer wäre das wohl nicht? Schließlich ist er ein junger Adelsspross, wie er im Buche steht. Und wie alle Engländer hat auch der gute Wully immer schon eine große Bewunderung für unsere Oberklasse an den Tag gelegt.«

»Ich wage zu bezweifeln, dass Sie ein Bewunderer der Oberklasse sind.«

»Da irren Sie sich, meine liebe Mrs. Greville. Ich bin der festen Überzeugung, dass man sämtliche Relikte unserer großen Zeit wie auch alle anderen Nationalschätze, so gut es geht, bewahren soll.« Er kam aus dem Bad und trocknete sich seine Hände sorgfältig mit einem Handtuch ab. »Dann können Sie sich also heute freuen. Der junge Charles wird rote Litzen für den Kragen seiner Uniform bekommen und wahrscheinlich sogar noch zum Brigadier ernannt, ehe der Krieg vorüber ist. Und nach dem Krieg? Wer weiß? Vielleicht Gouverneur in irgendeinem Teil des Empire, wo er die Eingeborenen mit fester, doch gerechter Hand regiert, während seine Frau ganz in imperialem Weiß an seiner Seite steht und ihr liebliches Gesicht mit einem hübschen Schirm vor der gleißenden Sonne schützt.«

»Sie ködern gerne Menschen, stimmt's?«

»Es macht mir einfach Spaß, die Zukunft vorherzusagen. Und die Rolle der Gouverneursgattin wäre genau das Richtige für Sie. Irgendwo, wo es nett ist, vielleicht die Bermudas oder Malta, wo man ein sehr angenehmes Leben führen kann.« Er knüllte das Handtuch zusammen und warf es durch die offene Badezimmertür. »Ich habe den ganzen Vormittag damit verbracht, die Zukunft vorherzusagen, auch wenn die der anderen Menschen nicht so angenehm wie Ihre sein wird. Die Franzosen werden bei Verdun richtiggehend ausgeblutet und verlangen, dass wir umgehend die Offensive an der Somme beginnen. Der Premier ist ziemlich aufgebracht wegen dieser Forderung, und Kitchener ist mindestens genauso aufgeregt. Sir Douglas Haig behauptet, dass er frühestens Ende August losschlagen kann, nur halten die Franzosen vielleicht gar nicht mehr so lange durch. Deshalb wird der Angriff bereits Ende Juni starten, aber dieser Kompromiss sagt weder Haig noch den Franzosen zu. Ich habe einen Brief an Poincaré geschrieben und ihm rundheraus erklärt, dass sie ihre Verluste am ehesten dadurch begrenzen können, indem sie sich über die Meuse zurückziehen und Verdun den Deutschen überlassen. Der Ort ist strategisch ohne jegliche Bedeutung. Weshalb also sollte man so tun, als wäre er eine heilige Kuh? Aber natürlich liegt diese Entscheidung nicht beim armen Poincaré, denn er ist ja nur der Präsident. Und Joffre und den Generälen ist die Höhe der Verluste vollkommen egal. Weil ihre Männer für sie sowieso nur Zahlen sind. Bisher sind achtundneunzigtausend Franzosen gefallen und weiß Gott wie viele hoffnungslos verstümmelt worden, und das infolge eines Kampfs um ein Stück vollkommen nutzlosen Bodens. Was verglichen mit dem Ruhm Frankreichs aber offenbar nur eine Bagatelle ist. *Sie kommen nicht an uns vorbei! Es lebe Frankreich! Der heilige Weg!* Das ist die Rhetorik, die in Frankreich jedes Schulkind lernt.«

Mit straff gespanntem, schlankem Körper und die Hände in den Hüften stand er da, und seine dunklen Augen brannten sich in sie hinein.

»Sie sind so faszinierend, Mr. Langham«, bemerkte Lydia. »Ich möchte wahrlich kein Franzose sein, der mit Ihnen über diese Dinge debattieren muss.«

Er fuchtelte mit einem Finger vor ihrem Gesicht herum.

»Der Krieg ist eine viel zu komplizierte Angelegenheit, als dass ihn ein Militär begreifen kann, aber das haben Sie bestimmt schon mal von mir gehört, nicht wahr? Warum muss ich ständig Reden halten, wenn Sie mich besuchen? Was für eine fürchterliche Zeitverschwendung mein Geschwafel ist.« Er nahm neben ihr Platz, legte eine Hand unter ihr Kinn und drehte ihr Gesicht zu sich herum. »Sie sind eine viel zu schöne Frau, Mrs. Greville. Wäre ich mit einer Frau mit Ihrem Aussehen verheiratet, säße ich wahrscheinlich immer noch in meiner Kanzlei in Liverpool.«

»Sind die Frauen erfolgreicher Politiker deshalb oft so unscheinbar?«

»Anders hätte man im Wahlkampf keine Chance. Einen Mann mit einer schönen Frau würden Männer niemals wählen. Denn er hätte aus ihrer Sicht im Leben schon genug erreicht, und sie würden sich fragen, weshalb sie ihn noch dafür belohnen sollten, dass es ihm bereits viel besser als den meisten anderen Männern geht.«

»Diese Frage drängt sich einem auf.«

Er glitt mit seiner Hand über ihr Kleid und machte mit geübten Fingern die zahllosen kleinen Knöpfe auf.

»Man fragt sich, wer von uns wohl mehr von diesen kurzen Treffen profitiert. Schließlich steht Ihr Appetit auf fleischliche Vergnügungen dem meinen in nichts nach.« Er schob seine Hand unter ihr Hemd und presste sie auf ihre nackte Brust. »Sehen Sie? Ihr Herz fängt an zu rasen, während Ihnen gleichzeitig der Atem stockt.«

»Bitte beeil dich«, flehte Lydia ihn an.

»Eile mit Weile, wenn du nichts dagegen hast. Weil ich unser Tête-à-tête nämlich genießen will.«

»Schnell …«

»Mein Gott, wie leidenschaftlich meine kleine Hure heute ist.«

»Bitte …«

In Yorkshire hatte es seit Tagen ohne Unterlass geregnet, weshalb die Fabrik am Rand von Huddersfield inmitten eines Sees aus Schlamm und stehendem Wasser lag. Das Gelände war durch einen hohen Maschendrahtzaun und Stacheldraht geschützt, und kein Schild gab preis, was hier produziert wurde und wer der Eigentümer dieses Unternehmens war. Erst als der Wagen der Armee, mit dem sie aus Leeds gekommen waren, vor dem Haupthaus hielt, nahm Charles ein kleines Schild an einer der zahlreichen Türen wahr. »Rolls-Royce Motorenwerke – Versuchswerkstatt.«

Ein schlaksiger junger Mann in einem blauen Arbeitskittel nahm sie draußen in Empfang.

»Major Greville? Mr. Bigsby?«

»Jau. Verfluchtes Drecksloch, dieses Yorkshire.« Bigsby reicherte den Schlamm, in dem er stand, mit einem Strom aus braunem Speichel an.

»Ein bisschen feucht«, stimmte der junge Mann ihm unbekümmert zu und wandte sich an Charles. »Mein Name ist Wilson. Ich bin hier der Werksleiter. Unser Mr. Ross ist gerade drüben in Schuppen vier, direkt neben dem Gleisanschluss.«

»Ich hoffe, das Paket ist angekommen«, sagte Charles.

»Oh ja. Es kam heute Vormittag. Ein hässliches Ding, nicht wahr? Wir haben den Motor bereits ausgebaut.« Er wies durch den Nieselregen auf die Holzbohlen, über die man halbwegs trockenen Fußes zu dem Schuppen kam. »Gehen Sie einfach über die Holzplanken, ja? Sie versuchen besser gar nicht erst, bis vor die Tür zu fahren – der Motor Ihres Wagens würde nur im Schlamm versinken, und dann müssten Sie auf jeden Fall den Rest des Weges zu Fuß gehen.«

Big Willie stand in einem großen Wellblechbau, und die Ummantelung aus Stahl warf das Licht der Glühbirnen zurück, die den Raum erleuchteten. Sechs-Pfund-Schiffskanonen lugten aus den seitlichen Geschütztürmen des rautenförmigen Ungetüms, auf dem mehrere Männer in Overalls herumkrochen, während aus dem Inneren des Rumpfs das dumpfe Dröhnen schwerer Hammerschläge drang. Charles und Bigsby kletterten von hinten auf den Panzer und spähten durch die offene Luke auf die Stelle, an der statt des Motors nur ein dunkles Loch zu sehen war.

»Mr. Ross?«, schrie Charles.

Das Hämmern hörte auf, und ein ölverschmierter Arbeiter blickte zu ihnen auf.

»Momentchen. Mr. Ross, hallo … Besuch für Sie.«

Ein Mann mit wild zerzaustem Haar und in einem schmutzstarrenden Overall tauchte aus dem Dämmerlicht des Panzerinnern auf, und Charles bedachte ihn mit einem ungläubigen Blick.

»Aber … das ist ja *unser* Ross!«

Grinsend zog sich Jaimie durch die Luke.

»Nicht mehr wirklich *Ihrer*, Sir.« Er wischte sich die Finger kurz an einem Lappen ab und reichte Charles die Hand. »Trotzdem ist es schön, Sie wiederzusehen, Mr. Greville. Freut mich wirklich ungemein.«

»Ich bin vollkommen verwirrt. Ich wusste, dass Rolls-Royce Sie angeheuert hatte, aber dass Sie hier sind …«

»Oh, sie schicken mich ständig in der Gegend herum, Sir. Hier in diesem Werk bin ich erst seit einem Vierteljahr.« Er verschränkte seine Arme vor der Brust und musterte Charles. »Major Greville. Alle Achtung. Diese Uniform steht Ihnen wirklich gut. Dann sind Sie also einer von den Kerlen, die für diesen rasselnden Drachen verantwortlich sind?«

»Eigentlich nicht. Ich passe nur auf, dass bei der Entwicklung alles halbwegs läuft.«

»Ich habe erst vor ein paar Tagen mit einem Ihrer Leute in London telefoniert. Er meinte, die Maschine sei viel zu schwach. Das war noch milde ausgedrückt. Weil dieses Ding wahrscheinlich an die dreißig Tonnen wiegt und mit einem 105-PS-Motor natürlich nicht auf Touren kommen kann. Ich wage zu bezweifeln, dass das Ungetüm auf einer ebenen asphaltierten Straße schneller als drei Meilen in der Stunde fährt.«

»So in etwa«, pflichtete ihm Bigsby bei, ehe er den nächsten Speichelstrom über die Wand des Panzers regnen ließ.

Ross kletterte auf den Boden und betrachtete nachdenklich den Motor des Monstrums, der an dicken Eisenketten hing.

»Daimler. Ein sehr guter Motor, der aber für dieses … Ungetüm einfach nicht ausreicht.«

»Haben Sie denn einen besseren?« Auch Charles stieg wieder von dem Panzer und trat neben Ross.

»Allerdings. Eine echte Schönheit mit zweihundertfünfzig PS, die produktionsreif ist. Außerdem haben wir einen 355-PS-Motor, bei dem die Testreihe jedoch noch nicht erfolgreich abgeschlossen ist. Beide sind als Motoren für Flugzeuge gedacht. Aber wie ich schon versucht habe, dem ahnungslosen Kerl in London zu erklären, haben wir noch keine Fertigungsstraße für diese Motoren eingerichtet, und es wird bestimmt noch vier Monate dauern, bis es so weit ist. Wogegen man die 105-PS-Daimler-Motoren sicher fast an jeder Straßenecke kriegt.«

»Richtig«, bestätigte Bigsby. »Genau das ist das Problem.«

»Wir können einen unserer Prototypen in den Rumpf dieses Panzers setzen, um zu sehen, ob er mit der doppelten PS-Zahl besser laufen würde, aber wenn Sie so in Eile sind, hat das wahrscheinlich keinen Sinn.«

»Nein, wahrscheinlich nicht«, entgegnete Charles. »Sie können jetzt sofort fünfzig solcher Panzerhüllen bauen, aber wenn Sie dann vier Monate auf die Motoren warten müssen, nützt Ihnen das nichts.«

»Wenn man dem Motor hier noch ein bisschen zusätzliche Kraft entlocken könnte ...«, setzte Bigsby an.

Ross schloss die Augen, verschränkte die Hände hinter dem Rücken, wippte auf den Fersen und stellte mit nachdenklicher Stimme fest:

»Irgendwie kommen mir die Getriebeübersetzungen nicht richtig vor ... und für die Menge an Abgasen, die der Motor produzieren würde, reicht auch der bisherige Vergaser ganz bestimmt nicht aus. Der Motor würde nicht genug Benzin bekommen, und es würden sich so Abgasblasen bilden.«

Bigsby spuckte frischen Tabaksaft.

»Das Getriebe ist einfach das Grauen. Das sage ich den Typen schon die ganze Zeit. Und ich wüsste genau, was für ein Getriebe dieses Schätzchen braucht.«

»Ja«, stimmte Ross seinem Kollegen zu. »Ich auch. Wenn Sie meinen Jungs drei Tage geben könnten, dreimal vierundzwanzig Stunden …«

»Selbstverständlich«, sagte Charles.

»Veränderungen an den Teilen, die uns zur Verfügung stehen. Das sollte höchstens ein, zwei Wochen dauern, brächte aber einen enormen Leistungsunterschied.«

»Klingt gut.«

»Okay. Dann machen wir uns gleich ans Werk. Hätten Sie vielleicht gerne eine Tasse Tee?«

»Ja, sehr gerne.«

»Mr. Bigsby?«

»Oh, ich halte nichts von Tee.« Er kaute auf seiner Zigarre und starrte den am Flaschenzug hängenden Motor mit zusammengekniffenen Augen an. »Das verdammte heiße Wasser is' nich' gut für's Herz.«

Es war ein seltsames Gefühl für Charles, als er neben Jaimie Ross in dessen winziges Büro ging und ihm an einem ramponierten Schreibtisch gegenübersaß, während er gesüßten Tee mit Milch aus einem großen Kessel eingeschenkt bekam.

»Seltsam, dass wir uns hier wiedersehen, finden Sie nicht auch?«

»Allerdings.« Charles nickte.

»Ich habe gelesen, dass Mr. Wood-Lacy bei Gallipoli gefallen ist. Das tut mir leid. Er war ein netter Kerl. Wie geht es Mylady und Mylord?«

»Danke, gut.«

»Und Miss Alexandra?«

»Sie macht eine Ausbildung zur Krankenschwester im All Souls in London. Sie will hinterher zum Sanitätskorps.«

Ross schüttelte den Kopf.

»Kaum zu glauben. Als ich sie das letzte Mal gesehen habe, hatte sie außer Tangotanzen kaum etwas im Kopf. Die alte Welt verändert sich ganz schön, nicht wahr?«

Charles starrte in seinen Tee.

»Oh ja.«

»Aber auch mein Leben hat sich ziemlich verändert. Ich habe sieben Patente auf diesen neuen Motor. Im Grunde war er meine Idee, und ich bin für die Massenproduktion verantwortlich. Ende des Monats schickt das Unternehmen mich nach Cleveland und Detroit. Denn die meisten Motoren werden unter unserer Lizenz von den Yankees gebaut. Mein Gott, stellen Sie sich vor, ich, Jaimie Ross, fahre nach Amerika.« Er nippte nachdenklich an seinem Tee. »Dieser Algy Bigsby ist ein echter Zauberer. Seine Artikel im *Handwerksgesellen und Mechaniker* habe ich fast immer auswendig gelernt. Damals war er mein großes Vorbild. Aber dass Sie sich für Mechanik interessieren, habe ich gar nicht gewusst.«

»Das tue ich auch nicht.«

»Verstehe«, stellte Ross mit einem leisen Lächeln fest. »Ich musste mich schon häufiger mit den Kerlen von der Armee herumschlagen. Sie stellen sich einfach taub, wenn ein Mann in einem Overall mit ihnen spricht. Wahrscheinlich sagt Ihnen der alte Spucker Bigsby, was Sie den hohen Tieren mitteilen sollen. Habe ich recht?«

»So ungefähr.« Charles' Wangen waren plötzlich heißer als sein Tee.

»Diese verdammten Militärs. Sie bilden sich anscheinend ein, sie kämpfen auf der verfluchten Krim oder in der Sonne Indiens. Ist für Sie doch sicher ganz schön anstrengend. Aber Hauptsache, die Arbeit wird getan, nicht wahr? Damit unsere Jungs auf Dauer besser ausgerüstet sind. Und, ist an diesem Landschlachtschiff was dran?«

»Ein paar Leute scheinen das zu denken, aber die meisten Generäle sind nicht wirklich davon überzeugt. Einer hat es als hübsches Spielzeug tituliert, aber ich bin mir sicher, dass doch mehr dahintersteckt.«

»Sieht aus, als könnte es problemlos Kugeln abwehren und Stacheldraht zerquetschen. Doch natürlich nur, wenn es genug Kraft hat, um das Niemandsland zu überqueren.«

»Das ist jetzt Ihre Aufgabe, nicht wahr?«

»Ja. Und es kann durchaus gelingen, auch wenn das Gefährt dann sicher nicht perfekt und mit einer Ausfallquote von zwanzig Prozent zu rechnen ist. Denn das Verhältnis zwischen dem Gewicht und der bisherigen Motorkraft ist lächerlich. Der Motor dieses Dings bräuchte mindestens dreihundert PS, damit es auf einer ebenen Strecke acht bis zehn … und zwischen Granattrichtern fünf Meilen in der Stunde vorwärtskommt. Sagen Sie ihnen das.«

»Genau das ist meine Aufgabe«, gab Charles trocken zurück.

»Richtig«, entgegnete Ross und trank schlürfend einen Schluck Tee. »Das ist Ihre Aufgabe, auf die ich ganz bestimmt nicht neidisch bin.«

Er war ein Außenseiter. Bigsby und Ross, die zwei Mechaniker, trugen ölverschmierte Overalls, unterhielten sich in einer fremden Sprache, zu der er beim besten Willen keinen Zugang fand, und wirkten beinahe erleichtert, als er sich entschuldigte und zurück zum Wagen ging. Er wies seinen Fahrer an, ihn nach Flockton Moor zu bringen, und nach einer kurzen Fahrt über die aufgeweichten Hügel tauchten lange Reihen hölzerner Baracken, Rundzelte und Wellblechhütten in der grauen Heidelandschaft auf. Charles entdeckte einen windgepeitschen Union Jack, ein Wachhäuschen am Eingang des Geländes, exerzierende Soldaten, eine Schützenlinie, die sich durch die dichten Ginsterbüsche zog, und ein Gefühl des Friedens breitete sich in ihm aus. Hier war er in seinem Element. Er dachte an Windsor und das zweite Bataillon, den ersten Zug Kompanie D. »Sind wir verzagt?« »NEEEIN.«

Die Offiziersmesse war ein windschiefer Bau aus Teerpappe und Holz, dessen Dach nicht richtig abgedichtet war. Es waren keine Bataillonstrophäen ausgestellt, einfach weil es keine gab. Außer dass dieser Trupp ins Leben gerufen worden war, hatte er noch nichts geleistet. Ein reines Freiwilligenkorps – abgesehen von einer Handvoll Offiziere aus anderen Bataillonen. Aus verwaltungstechnischer Bequemlichkeit hatte man dieses Bataillon aus Amateuren den Green Howards zugeteilt, auch wenn die Männer keine Ahnung hatten, was für eine Ehre ihnen zuteilwurde.

»Aber selbst wenn sie es wüssten, wäre ihnen das völlig egal«, erklärte Fenton, ehe er den ersten Schluck Whiskey trank. »Sie kommen fast alle aus den Spinnereien der Umgebung, aber sie sind zäh und können es kaum erwarten, endlich gegen den deutschen Fritz ins Feld zu ziehen.«

Fenton schien sehr gut in Form zu sein, stellte Charles ein wenig neidisch fest.

»Und wie sieht es mit der Truppenstärke aus?«

»Die Truppe ist sogar zu groß, auch wenn es an Offizieren und Unteroffizieren fehlt. Ich sollte fünfunddreißig Offiziere haben, aber man hat mir nur sechsundzwanzig zugeteilt. Doch so ist es überall, und meine Männer legen sich mächtig ins Zeug. Und auch die Unteroffiziere machen ihre Sache ausgezeichnet. Zwei von ihnen habe ich den Coldstreams und einen, Sergeant Major Ackroyd, dem Middlesex abspenstig gemacht. Er war während des Rückzugs mit mir zusammen, und ich weiß, wie viel er kann.«

»Dann hast du also eine gewisse Sammelleidenschaft entwickelt.«

»Weil mir gar nichts anderes übrig bleibt, mein Freund. Es gibt nur eine begrenzte Zahl erfahrener Männer, und ich möchte, dass mein Bataillon auch welche abbekommt, weil nur die Erfahrung im Schützengraben wirklich zählt. Die Männer aus Yorkshire sind ein rauflustiges Volk, aber ich brauche ruhige und besonnene Leute, die den Jungs erklären, wann man schießen und wann man seinen verdammten Kopf einziehen muss.«

Charles nippte an seinem Whiskey und blickte sich in der Messe um. Die beiden rotwangigen First Lieutenants, die sich mit Dart vergnügten, mussten unter zwanzig sein.

»Wie furchtbar jung sie jetzt sind.«

»Ja«, stimmte ihm Fenton zu. »Sie haben gerade erst die Ausbildung am College abgeschlossen, aber falls sie dort bereits an Wehrübungen teilgenommen haben, werden sie von mir sofort zu Lieutenants gemacht.« Er leerte sein Glas und stellte es auf den Tisch. »Übrigens habe ich Winnie mit hierhergebracht. Wir haben ein geräumiges altes Haus die Straße rauf in Highbury gefunden. Wenn du möchtest, übernachte doch bei uns. Es hätte keinen Sinn, heute noch zurück nach Huddersfield zu fahren.«

»Dort werde ich ganz sicher nicht vermisst.«

Die Royal Windsor Fusiliers und die Green Howards hatten während des Krimkriegs Seite an Seite in Inkerman gekämpft und marschierten seither beide zu demselben Lied: *The Bonnie English Rose*. Was aus Charles' Sicht die passende Beschreibung für Fentons Frau war. Der Regen hatte aufgehört, und als sie nach dem Abendessen noch spazieren gingen, hatte der Sonnenuntergang den Himmel in ein rotes Flammenmeer getaucht, und Winnie stapfte in schlammigen Stiefeln durch den Ginster und pfiff nach ihrem Bedlington, der auf Kaninchenjagd gegangen war.

»Ich freue mich für dich und Winnie. Ihr scheint sehr glücklich miteinander zu sein.«

»Sie ist eine anständige Frau.«

»Und wirklich liebreizend.«

Fenton zündete sich eine Zigarette an und blies den Rauch durch seine Nase aus.

»Höre ich da etwa eine leichte Verbitterung heraus? Wie steht es zwischen dir und Lydia, oder ist die Frage unhöflich?«

»Oh, wir kommen zurecht, auch wenn die Umstände im Augenblick nicht wirklich günstig sind.«

»Was für Umstände?«

»Meine Arbeit. Denn ich hasse meine Tätigkeit. Und ich fühle mich manipuliert. Es kommt mir so vor, als würde irgendwer an unsichtbaren Fäden ziehen, damit ich bleibe, wo ich bin. Das heißt, die Fäden sind eigentlich nicht unsichtbar. Nur habe ich bisher einfach die Augen zugemacht.«

Fenton ließ die halb gerauchte Zigarette auf die Erde fallen und trat sie mit dem Absatz aus.

»Falls Lydia ein paar Fäden zieht, tut sie das nur, weil es zu deinem Besten ist. Um ein Haar wärst du in Gallipoli getötet worden, alter Knabe, und es ist ja wohl nur menschlich, dass sie sich Gedanken macht. Außerdem hast du dich nicht auf irgendeinem Dachboden verkrochen, weil du dich vor deinen Pflichten drücken willst. Und für jeden unserer Männer an der Front gibt es ein Dutzend Männer, deren Arbeit hier in England mindestens genauso wichtig ist. Nur Amateure haben das Verlangen, mit gezückten Schwertern loszustürmen. Profis nehmen die Dinge, wie sie kommen, und machen ihre Arbeit, ob sie Freude daran haben oder nicht. Also mach das Beste draus.«

»Es geht dabei um meine Selbstachtung.«

»Schwachsinn«, fuhr ihn Fenton wütend an. »Du bist einer der wenigen Männer, die von Bord der *River Clyde* an Land gegangen sind. Was durchaus mit dem Todesritt der leichten Brigade bei Balaklawa oder dem blutigen Widerstand bei Albuera verglichen werden kann. Es gibt nicht einen lebenden Soldaten, der dir dafür nicht ehrlichen Respekt zollt. Also hör endlich auf, dir ständig selbst Nadeln ins Fleisch zu stechen, ja?«

»Ein Mann sollte das tun, von dem er denkt, dass es das Richtige ist«, erklärte Charles mit ruhiger Stimme. »Wenn er das nicht tut, zahlt er auf irgendeine Art dafür. Vielleicht klingt es paradox, Fenton, aber ich habe mich niemals so lebendig und vor allem so gebraucht gefühlt wie bei Gallipoli. Meine Rolle war einfach. Ich sollte meine Männer anführen und anspornen. Und das habe ich gut gemacht. Ich war ein verdammt guter Offizier und …« Seine Stimme wurde derart leise, dass sie kaum noch zu verstehen war. »… vor allem war ich glücklich. Was ich jetzt nicht von mir behaupten kann.«

Fenton bekam in der Nacht kein Auge zu. Was im Grunde keine Rolle spielte, denn er hatte seinen Burschen angewiesen, ihn wie jeden Tag um vier zu wecken, um nach einer eiligen Rasur und einem schnellen Frühstück im Lager zu sein, bevor der Weckruf an die Mannschaften erging. Obwohl er für gewöhnlich spätestens um halb elf schlafen ging, hatte er die halbe Nacht mit Charles im Wohnzimmer verbracht. Gott sei Dank hatten sie nicht mehr über Lydia gesprochen, sondern in ihren Erinnerungen an die gute alte Zeit in Abingdon geschwelgt. Trotzdem war die grüblerische Stimmung seines Freundes nicht verflogen und hatte wie ein dunkler Schatten dicht unter der Oberfläche nur darauf gelauert, ihre aufgesetzte Fröhlichkeit einzutrüben.

Winifred bewegte sich, schob eine Hand durch einen Spalt in seinem Pyjamaoberteil und glitt zärtlich über seine Brust.

»Ich dachte, du schläfst«, murmelte er.

»Nein. Ich habe einfach aus Respekt geschwiegen. Denn ich konnte praktisch hören, wie sich hinter deiner Stirn die Rädchen drehen. Sicher hast du wieder einmal über deine Arbeit nachgedacht, wie viele Dosen Leberwurst pro Mann, wie viele Paar Schnürsenkel, wie viele Paar Wollsocken ihr braucht. Ich frage mich, ob auch Napoleon solche Dinge durch den Kopf gegangen sind.«

»Wahrscheinlich.«

»Aber dir ging gerade etwas anderes durch den Kopf, nicht wahr?«

»Ich habe an Charles gedacht«, gab Fenton unumwunden zu. »Ich habe das Gefühl, dass er im Begriff ist, eine Dummheit zu begehen.«

»Charles hat doch noch nie irgendwelche Dummheiten gemacht.«

»Er hat dich gehen lassen. Die allergrößte Dummheit, die ein Mann begehen kann.«

»Manche Leute würden bestimmt sagen, dass das nur vernünftig war.«

»Manche Menschen denken auch noch immer, dass die Erde eine Scheibe ist.«

Schweigend lag sie neben ihm und hörte auf den heulenden Wind im Kamin. Dann fragte sie:

»Weiß Charles, dass Lydia in dich verliebt war?«

Er stützte sich auf einem Ellenbogen ab.

»Wie kommst du denn auf die Idee?«

»Frauen spüren so etwas. Ich weiß noch ganz genau, wie Lydia geguckt hat, als du mir gezeigt hast, wie man Tango tanzt. Sie hat damals mit Charles getanzt, aber die ganze Zeit uns zwei beobachtet. Ich war damals erst achtzehn, aber Frauen scheinen offenbar ein Gespür füreinander zu haben. Warst du auch in sie verliebt?«

»Spielt das eine Rolle?«

»Nein. Denn selbst wenn du es damals warst, bist du es jetzt nicht mehr. Auch so etwas spürt eine Frau.«

Er neigte seinen Kopf und küsste sie.

»Ich liebe nur dich und werde niemals eine andere lieben. Weshalb ich mich wahrhaft glücklich schätzen kann.«

»Wie Napoleon?«

»Sein Glück hat ihn irgendwann verlassen. Und vor allem bin ich größer als er.«

Charles blieb noch zwei Tage in dem Werk – achtundvierzig Stunden praktisch ohne Schlaf, während er verfolgte, wie Bigsby und Ross den anderen Mechanikern die Optimierung des Motors erklärten. Er schrieb sich alles auf, hielt sämtliche Verfahren in ordentlichen Diagrammen fest, und nachdem die Arbeit zu Bigsbys Zufriedenheit erledigt worden war, fuhren die Männer des Versuchszentrums bei Hatfield Park, die den Panzer gebracht hatten, das Ungetüm aus dem Gebäude bis zum Gleisanschluss, luden es auf einen Flachwagen und deckten es vollständig mit Planen ab.

»Das war's«, sagte Ross. »Und was machen Sie jetzt?«

»Wir folgen dem Panzer bis zum Testgelände und führen ihn dort ein paar Generälen und Kriegsministern vor. Es ist, als wolle man irgendwelchen Leuten, die im Grunde kein Interesse daran haben, ein teures Automobil andrehen.«

»Sie sind für die Tests verantwortlich, nicht wahr?«

»Oh nein, ich soll das Monstrum nur verkaufen, weiter nichts. Ich parliere mit den hohen Tieren, beantworte ihre Fragen, erzähle ein paar Witze und spreche dann wieder über das Geschäft. Vor allem lächele ich die ganze Zeit, selbst wenn das verdammte Ding vom Kurs abweicht oder der Motor explodiert. Ich bleibe immer gut gelaunt und spiele eventuelle Probleme herunter, indem ich irgendetwas sage wie: ›Nun, nächstes Mal wird's deutlich besser laufen, Sir.‹«

Verblüfft schüttelte Ross den Kopf.

»Seltsame Art, einen Krieg zu führen, finden Sie nicht?«

»Das stimmt.« Charles reichte ihm die Hand. »Viel Glück in den Vereinigten Staaten, Ross. Es war schön, Sie wiederzusehen. Das meine ich ehrlich. Hat mich wirklich sehr gefreut. Sie wissen, was Sie können, und Sie machen Ihre Sache sehr gut. Was ich bewundere. Sie sind bestimmt ein sehr glücklicher Mensch.«

Ross runzelte verwirrt die Stirn.

»Nun, Sir, ob ich glücklich bin, kann ich nicht sagen, aber ich bin auf jeden Fall zufrieden. Haben Sie das gemeint?«

»Ja, wahrscheinlich, Ross. Ich nehme an, das habe ich gemeint.«

Charles hatte nicht damit gerechnet, auf derart viele Leute im Versuchszentrum zu treffen. Der Boden war relativ trocken, außer in der schlammgefüllten Senke, die als eins der Hindernisse für die Probefahrt des Panzers diente. Dank des ausbleibenden Regens und der frischen Frühlingsluft schlenderten die Gäste neben dem Erfrischungszelt durch die Sonne, tranken Whiskey Soda oder Tee und knabberten an Schinken-Sandwiches. Es waren die üblichen Leute da – Offiziere der Armee und der Marine, Minister und Beamte in Fräcken. General Haldane mischte sich nicht unter das Volk. Als Pionier und Chef des NS 5 hielt er sich von den anderen möglichst fern und starrte den Panzer so durchdringend aus seinen hellen Augen an, als wolle er jeden Bolzen, jede Schraube, jede Niete einer eingehenden Prüfung unterziehen. Er war zweiundsechzig Jahre alt und hatte vierzig Jahre seines Lebens in Indien und Burma mit dem Bau von Stahlbrücken und Eisenbahnstrecken von Maysore bis zum Gebirgsfluss Saluen verbracht. Er hatte keinen Sinn für Plänkeleien irgendwelcher Art. Er wartete darauf, dass der Fahrer der Maschine das Signal gab, dass die Mannschaft angetreten war. Und als der Mann das endlich tat, wandte sich Haldane an Charles und wies ihn knurrend an:

»Sagen Sie den Leuten, dass sie gucken sollen. Und behalten Sie um Himmels willen Ihre gute Laune bei.«

Als er, unrasiert und trockenen Schlamm an seinen Stiefeln, heimkam, zog sich Lydia gerade für eine Einladung zum Abendessen um. Ihr Ankleidezimmer war so makellos, dass er in seinem Aufzug wie ein Eindringling erschien.

»Charles! Warum hast du nicht angerufen, um zu sagen, dass du heute Abend kommst?«

Er ließ sich in einen kleinen samtbezogenen Sessel sinken und blickte sie müde an.

»Wie zerbrechlich du aussiehst«, sagte er mit rauer Stimme.

Sie wandte sich wieder zum Spiegel um und trug einen Hauch Rouge auf.

»Das tun die meisten Menschen, wenn sie nackt sind.«

»Halb nackt«, korrigierte er sie. »Wie nennst du diese kleinen Fetzen, die du gerade trägst?«

»Unterwäsche.«

»Bei uns in der Armee sieht die Unterwäsche anders aus. Denn mit einem derart dünnen Hemdchen und mit einem Strumpfhalter Modell 1916/712 H kämen wir dort nicht allzu weit.«

Sie sah ihn über eine weiß gepuderte Schulter hinweg an. »Bist du betrunken?«

»Meine Güte, nein. Ich bin nur erschöpft. Big Willie hat zur Abwechslung mal funktioniert. Hat es sogar geschafft, ein kleines Bäumchen umzufahren, und mit einer Geschwindigkeit von vier Meilen pro Stunde sieben Meilen zurückgelegt, ohne dass er auch nur einmal ausgegangen ist. Die Gänge haben nicht gehakt, und auch die Benzinzufuhr hat bestens funktioniert. Alles lief wie am Schnürchen. General Haldane war so zufrieden, dass er sogar kurz gelächelt hat – oder wenigstens sah es nach einem Lächeln aus. Wenn ein Eisberg lächeln könnte, sähe er bestimmt noch netter aus als dieser Mann. Er hat sich bei mir bedankt, und ich habe ihm erklärt, dass ich die Brocken schmeiße, dass ich meinen Posten aufgebe. Was ihn nicht wirklich überrascht zu haben scheint.«

»Weil ihm bereits heute früh jemand vom Generalstab mitgeteilt hat, dass du dorthin wechseln wirst.«

»Dann habe ich die Stelle also bekommen«, entgegnete er mit ausdrucksloser, müder Stimme.

»Natürlich. Weil General Robertson in höchstem Maße von dir beeindruckt war.«

»Aber ich wechsle nicht dorthin. Weil ich nicht zu Wullys Stab gehören will.«

Sie drehte sich erneut zum Spiegel um und studierte eine ihrer Brauen.

»Oh? Und was willst du tun?«

»Ich will zurück nach Windsor zu meinem alten Bataillon.«

Sie zupfte ein einzelnes Haar mit einer Pinzette aus.

»Das ist doch einfach lächerlich. Du bist nicht wehrtauglich und gehörst zum Stab. Rede also bitte keinen Unsinn, Charles.«

»Ich rede keinen Unsinn. Ich will endlich wieder einmal etwas tun, was zu meinem Temperament und zu meinen Fähigkeiten passt. Ich passe einfach nicht in Robertsons Stab. Dort geht es viel zu sehr um Politik, um Spionage und Heimlichtuereien. Haig ist Robertsons Geschöpf, und jegliches Gerede zwischen den Kommandeuren über ihn muss unterbunden werden. Deshalb wäre es an mir – und anderen wie mir –, in den Hauptquartieren in Frankreich Mäuschen zu spielen, während man sich dort womöglich über Haig das Maul zerreißt. Aber eine solche Arbeit will ich nicht. Ich will eine saubere Arbeit, etwas … Männliches. Ich will eine Kompanie befehligen und mich wieder so wie alle anderen den Gefahren an der Front stellen.«

»Es sind nicht ›alle anderen‹ an der Front.« Sie legte die Pinzette so behutsam auf den Tisch, als wäre sie nicht aus Stahl, sondern aus dünnem Glas, und drehte sich auf ihrem Stuhl zu ihm herum. »Und ich verstehe wirklich nicht, was männlich daran ist, dass du unbedingt getötet werden willst.«

»Ich will nicht getötet werden, sondern einfach wieder eine Zeitlang im Schützengraben dienen und im Winter wiederkommen, um hier frische Männer auszubilden. Genau wie es Fenton macht.«

»Fenton ist ein normaler Offizier.« Sie wählte ihre nächsten Worte mit Bedacht. »Deshalb war er in Frankreich und arbeitet jetzt in Yorkshire, nichts anderes wird von ihm erwartet. Du hast deine Pflichten als Soldat bei Gallipoli erfüllt. Jetzt wird von dir nichts anderes mehr erwartet, als dass du in deiner Uniform einer sinnvollen Beschäftigung in der Heimat nachgehst. Zum Beispiel als Stabsoffizier. Dabei geht es um viel mehr als ›Heimlichtuereien‹. Die Arbeit dort erfordert Intelligenz und Taktgefühl – zwei Eigenschaften, die du besitzt. Warum nimmst du nicht erst einmal ein Bad, rasierst dich, ziehst dir frische Kleider an und begleitest mich? Ich treffe ein paar Leute im Claridge's, und dann wollen wir von dort aus ins Theater gehen.«

»Nein, ich brauche meinen Schlaf. Ich will gleich morgen früh nach Windsor fahren.«

Sie stand auf, lehnte sich gegen den Frisiertisch und stellte mit ruhiger Stimme fest:

»Es geht um deine Männlichkeit, nicht wahr? Weil dir deine gelegentliche Impotenz zu schaffen macht.«

Eilig wandte er sich ab. Sie erinnerte ihn an ein Bild aus einem erotischen Roman, den einmal jemand in seinem Bahnabteil vergessen hatte. *Maries Leidenschaft.* Mit ihrem beinahe durchsichtigen Hemdchen und dem spitzenbesetzten Gürtel, der die dunklen Seidenstrümpfe hielt, wirkte sie irgendwie verrucht.

»Die ist nur ein Symptom. Die Ursache ist mir bekannt.«

»Und du bildest dir ein, dass du dieses Problem mit einer Rückkehr an die Front beheben kannst?« Sie setzte ein spöttisches Lächeln auf. »Ich könnte dich in einer Nacht kurieren! Nur dass du das offenbar nicht willst. Du machst dich wirklich lächerlich. Deine Vorstellung von Ehre, Anstand und Tatkraft und Pflichtgefühl stammt aus einem anderen Jahrhundert. Du bist doch auch mir verpflichtet. Damit meine ich nicht deine Verpflichtungen im Bett. Dein Versagen diesbezüglich ist keiner Krankheit zuzuschreiben, sondern deiner jungfräulichen Ignoranz in diesen Dingen. Nein, ich meine deine Pflicht, dafür zu sorgen, dass es mir niemals an etwas fehlt. Und wenn dir etwas passieren würde, würde mir etwas fehlen, denn dann stünde ich plötzlich allein da. Es gibt heutzutage doch schon genug Witwen.«

»Es hat keinen Sinn, mit dir darüber zu reden«, sagte er und stand entschlossen auf. »Du würdest es nicht verstehen.«

»Und warum nicht? Weil ich nicht blaublütig bin wie du? Weil mir nicht gleich nach der Geburt der Ehrenkodex eurer Klasse eingetrichtert worden ist? Um Gottes willen, Charles, deine *noble Herkunft* ist im Grunde doch nichts weiter als eine verdammte Farce!«

Wortlos ging er hinaus, und obwohl er nicht die Tür hinter sich zuwarf, wusste sie, dass er in diesem Augenblick für immer ging.

Sie setzte sich wieder an den Tisch und betrachtete ihr Spiegelbild. Lydia Foxe Greville, zukünftige Countess Stanmore und wenn die deutschen Kugeln es erlaubten, eines Tages Herrin über Abingdon Hall mit allem Drum und Dran. Davon hatte sie schon als Kind geträumt. In einer Zeit, die mehr und mehr der Vergangenheit angehörte. Nein, verbesserte sie sich und strich ihre Augenbrauen mit den Fingerspitzen glatt, in einer Zeit, die bereits endgültig in der Vergangenheit lag.

17

Lieutenant General Sir Julian Wood-Lacy sprach gern mit Kriegsberichterstattern, denn er hatte das Gefühl, dass er den Männern etwas schuldig war. Nach dem Debakel von Mons hatten sie ihn ohne Grund zum Helden stilisiert. Dabei hatte er nichts anderes getan, als seine Division mit Ruhe und Intelligenz durch ihr Unglück zu führen, zu kämpfen, als es möglich war, und den Rückzug anzuordnen, als die Lage aussichtslos gewesen war. So machte es ein General, aber die Londoner Presse hatte die Moral der Zivilisten heben wollen und deshalb sogar in der Niederlage ein Quäntchen Ruhm entdeckt. Sie hatte den Begriff »glorreicher Rückzug« eingeführt, woraufhin der alte General, der seinem Aussehen und Gebaren nach eher wie ein Bauer wirkte, in das militärische Pantheon erhoben und vom Divisions- zum Korpsleiter befördert worden war.

Der General erhob sein Sherryglas.

»Erheben wir die Gläser im Gedenken an Lord Kitchener. Ich finde die Vorstellung entsetzlich, dass der Leichnam des armen Kerls irgendwo dort draußen in der Nordsee treibt. Einen solchen Tod hat kein Soldat verdient. Ich habe im Sudan unter dem Mann gedient. Er war ein strenger Zuchtmeister, jawohl, aber schließlich heißt es nicht umsonst, dass man nichts Schlechtes von den Toten sagen soll. Deshalb lassen Sie uns auf ihn anstoßen.«

Der Sherry war Martin zu süß, weswegen er sein Glas nur kurz an seine Lippen hob. Fenton, der mit einer Gruppe anderer Kommandeure etwas abseitsstand, nickte kurz in Richtung der Terrassentür, und während der General gemächlich durch den Ballsaal ging und die anderen mit einer Anekdote über eine längst vergessene Nil-Schlacht unterhielt, verließ er diskret den reich geschmückten Raum und traf den Freund hinter dem Haus.

»Alle Achtung«, stellte Fenton lächelnd fest. »Du bist erstaunlich gut darin, dich fortzuschleichen.«

»Fast so gut wie du. Wie geht es dir, Fenton?«

»So gut, wie man es unter den gegebenen Umständen erwarten kann. Ich leiste zu viel Arbeit für zu wenig Geld, wie es bei den unteren Chargen immer heißt.«

»Bist du in Sir Julians Korps?«

»Das ist schwer zu sagen. Unsere Brigade kommt immer dort zum Einsatz, wo man sie gerade braucht. Im Augenblick halten wir die Schützengräben gegenüber Thiepval besetzt, und ich nehme an, die fallen durchaus in den Zuständigkeitsbereich des alten Herrn. Aber wie dem auch sei, ich wurde zum Abendessen eingeladen, und jetzt bin ich hier. Hat er euch Journalisten schon ins Bild gesetzt?«

»Er hat uns nur erzählt, dass die 4. Armee die Absicht hat, innerhalb eines Tages die deutschen Linien zu durchbrechen und in zwei Tagen mit der Kavallerie in Bapaume zu sein. Der so genannte große Vorstoß. Was nichts wirklich Neues ist. Er scheint das am schlechtesten gehütete Geheimnis des Krieges zu sein, aber die magische Formel, aufgrund derer er gelingen soll, hat er uns bisher noch nicht enthüllt.«

»Das überrascht mich nicht«, sagte Fenton grimmig. »Denn dieser Vorstoß hat weniger mit Magie als mit Wunschdenken zu tun.« Er trat an die Balustrade und blickte über die gepflegten Gärten des Châteaus zum Fluss Ancre, der gemächlich an den Obstgärten vorüberfloss. In der Ferne schwebten ein paar braune Beobachtungsballons reglos in der heißen Juniluft. »Fünfzehn Divisionen in achtzehn Meilen Graben. Sie behaupten, auf der anderen Seite hätten sich nicht mehr als sechs deutsche Divisionen eingegraben, von denen zwei nur als Reserve vorgesehen sind. Auf dem Papier haben die Deutschen also keine Chance gegen uns.«

Jetzt lehnte sich auch Martin an die Balustrade. Er lächelte und meinte leise: »Du bist und bleibst ein Pessimist.«

Düster blickte Fenton den Abgaswolken eines britischen Zweisitzers hinterher.

»Etwas in der Richtung habe ich auch schon vor Loos gesagt. Erinnerst du dich noch? Im Café Bristol in Béthune, als du und dieser Kerl vom *Daily Telegram* behauptet habt, dass ich mich irre, weil auf vier unserer Soldaten nur ein deutscher kommt. Aber die Schnellfeuergewehre und der Stacheldraht haben diesen Nachteil damals mehr als wettgemacht.«

»Ich habe gehört, dass Haig dafür angeblich eine Lösung hat.«

»Das ist kein Geheimnis – er hat lediglich erklärt, dass man die Artillerie verstärken solle. Das heißt, dass ein Geschütz auf jeweils siebzehn Meter deutschen Graben kommt, den wir vor dem großen Tag eine Woche lang rund um die Uhr beschießen sollen.«

»Großer Gott.«

Ein gespenstisches Lächeln huschte über das Gesicht des Kommandeurs.

»Klingt unwiderstehlich, findest du nicht auch? Wir sollen die Hunnenstellungen pulverisieren und den Stacheldraht zerstören. Nur hege ich ernste Zweifel, dass das funktionieren wird, und stehe mit dieser Meinung nicht allein. Wie viel hast du von der Front gesehen, Martin?«

»Bisher kaum etwas. Es ist eine kontrollierte Tour, auf der man uns bisher nicht näher als Albert an die Kampflinie herangelassen hat. Und als dort ein, zwei deutsche Granaten eingeschlagen haben, hat man uns sofort zurückverlegt. Drei von uns haben in einem Hotel in Amiens Quartier bezogen. Dort werden wir während der Offensive bleiben und auf die offiziellen Verlautbarungen eurer Generäle warten – falls es uns nicht irgendwie gelingt, uns ein wenig näher an die Front heranzuschleichen.«

»Was euch nichts nützen würde, oder?«

»Natürlich wird von der Zensur alles gestrichen, was den offiziellen Verlautbarungen des Militärs entgegensteht, gelegentlich jedoch springt eine gute Geschichte bei meinen Alleingängen heraus.«

»Bist du noch bei der *Post*?«

»Nein. Bei der *Associated Press.* Aber ich habe mich in aller Freundschaft von Lord Crewe getrennt. Ich arbeite inzwischen von Paris aus, was mir deutlich lieber ist.«

»Jacob muss deine Gesellschaft fehlen.«

»Auf alle Fälle räumt jetzt niemand mehr hinter ihm auf.«

Vielleicht eine Meile entfernt feuerte eine schwere Haubitze eine Salve ab, die die Fenster des Châteaus erbeben ließ.

»Das ist nur ein Probefeuer«, bemerkte Fenton. »Jede neue Waffe darf, nachdem sie Position bezogen hat, ein paar Salven abgeben, damit man sieht, wie weit sie schießt. Wenn es richtig losgeht, wird man den Krach wahrscheinlich bis nach England hören. Hättest du vielleicht gern einen Platz ganz vorn in der ersten Reihe? Ich kann den alten Herrn bestimmt dazu bewegen, dass er dir eine Sondergenehmigung erteilt.«

»Das wäre schön.«

»Ich frage mich, ob du das nächste Woche noch genauso sehen wirst.«

Mesnil-Martinsart, 23. Juni 1916

Wahrscheinlich liegt dieses Dorf genau im Zentrum des Geschehens. Die britische Angriffslinie beginnt sieben Meilen weiter nördlich unterhalb von Gommecourt und erstreckt sich in

Richtung Süden acht Meilen bis dorthin, wo die Franzosen in den Sümpfen am Ufer der Somme in Stellung gegangen sind. Ziel des britischen Vorstoßes ist Bapaume. Es liegt neun Meilen nordöstlich an der schnurgeraden alten Römerstraße aus Richtung Amiens. Der Zeitplan sieht eine völlige Zerstörung der deutschen Grabenanlagen am Tag eins und die Einnahme der Stadt durch die Kavallerie am Tag zwei der Offensive vor. Es führen Bahnstrecken und Straßen von Bapaume nach Arras und Cambrai, und nach einem Durchbruch dort wären die Briten im Rücken der deutschen Armeen, und die Chancen, sie von hinten zu überrollen oder wenigstens den Rückzug ihrer Truppen zu erzwingen, stünde durchaus gut. Abgesehen von Fenton und den anderen alten Leuteschindern strahlen die Soldaten einen grenzenlosen Optimismus aus.

»Wir werden sie fertigmachen, alter Junge«, sagte ein Gefreiter des 13. Yorks and Lancs (der so genannten Barnsley Pals) zu mir. Obwohl kaum einer der Männer je zuvor in eine Schlacht gezogen ist. Denn es ist praktisch ein reines Freiwilligenkorps. Männer, die bereits zusammen in der Schule oder der Fabrik gewesen und deshalb jetzt auch zusammen zur Armee gegangen sind. Händler aus Hull, das Sheffield City Bataillon, Männer aus dem Bataillon der Grimsby Chums, Glasgower Straßenbahner, der irische Tyneside-Trupp und die Liverpool Pals. Freunde, Saufkumpane, Postbeamte und selbst eine Gruppe Fußball-, Kricket- und Rugbyspieler formen ein eigenes Bataillon, wobei innerhalb der jeweiligen Gruppe auch noch ein besonderer Zusammenhalt existiert. Eine Armee des Volks wie die Armee, die unter Grant hinab nach Vicksburg zog, und die fest entschlossen ist, dass sie diesen Krieg hier an der Somme gewinnt. Ihr Enthusiasmus steckt mich an.

24. Juni

Heute begann der Vorstoß. Aufgeschreckte Vögel flattern wild über dem Wald von Aveluy. Es gibt einfach keine Worte, um die Wucht der Offensive zu beschreiben. Die Erde bebt und raucht. (Klischee Nummer 346 in der Kriegsberichterstattung, aber, ach verdammt, die Erde bebt und raucht nun mal.)
Die Vogelschwärme ziehen ein wirres Muster über der Straße, die nach Hamel führt, bis über den Wald von Thiepval.
Es ist ein drückend heißer, wolkenloser Tag, und hoch oben am Himmel kann man kleine Messingstücke blitzen sehen, denn bevor die abgefeuerten Granaten auf die Erde krachen, halten sie für einen kurzen Augenblick am höchsten Punkt inne.

27. Juni

Zusammen mit Fenton und mehreren anderen Offizieren auf Beobachtungsposten an vorderster Front. Sie wollen überprüfen, ob der unablässige Beschuss des deutschen Stacheldrahts erfolgreich war. Fenton und die anderen machen grimmige Gesichter. Die Stracheldrahtbarrieren mit ihren zweieinhalb Zentimeter langen Spitzen sind an einigen Stellen hundert Meter breit.
Ein Dickicht aus stählernen Brombeeren. Die Artillerie verwendet Achtzehn-Pfund-Kanonen, um den Urwald zu durchdringen, aber bisher hat es kaum etwas genützt. Ein paar kleine Lücken sind entstanden, aber Fenton sagt, die Deutschen würden diese Löcher extra offen lassen, denn wenn sich ein Haufen Männer durch ein solches Loch zwängt, bietet er ein leichtes Ziel für die MGs. Und als wäre diese schlechte Nachricht nicht genug, bricht auch noch ein heftiges Gewitter los, weshalb sich die Infanterie jetzt über einen schweren, nassen Boden kämpfen muss.

Château Querrieux, 28. Juni

Hauptquartier von Sir Henry Rawlings, dem kommandierenden General der 4. Armee. Er hat eine Besprechung seiner Kommandeure anberaumt, und ich bin mit Sir Julian dort. Er ist bester Laune, und als ich von Fentons Sorge wegen der noch immer nicht zerstörten Strahldrähte spreche, winkt er achselzuckend ab.

29. Juni

Das Hauptquartier von Fentons Bataillon befindet sich in einem einladenden alten Bauernhaus. Das Essen ist hervorragend, der Whiskey fließt in Strömen, und Fenton teilt den Truppenkommandeuren mit, dass der Angriff am Morgen des ersten Juli beginnen werde. Als er eine Nachricht von Sir Julian verliest, wird offensichtlich, dass der Stacheldraht aus Sicht seines Onkels immer noch kein Grund zur Sorge ist:

»Da sie nichts als tote, verletzte und vielleicht ein paar hilflose, versprengte Deutsche vorfinden werden, dürfen die Soldaten auf dem Weg durchs Niemandsland die Waffen schultern, wenn sie wollen. Die gegnerischen Stellungen werden im Vorfeld bombardiert, weshalb nicht mit Widerstand zu rechnen ist.«

Fenton fährt mit angespannter Stimme fort. »Wir werden trotzdem weiter größte Vorsicht walten lassen und mit schussbereiten Waffen möglichst schnell das Niemandsland durchqueren.«

Der Beschuss wird immer intensiver. Durch die Schockwellen flackern die Kerzenflammen, und wenn man nach draußen sieht, nimmt man nichts als grelle Blitze aus den deutschen Schützengräben wahr. Es erscheint mir unvorstellbar, dass dort noch irgendeine Form von Leben existiert.

»Der Colonel scheint mir übertrieben vorsichtig zu sein«, flüstert mir ein junger Captain zu.

Wald von Thiepval, 1. Juli

Fünfhundert Meter vor mir drängen sich die Männer im Schützengraben. Wo ich sitze, war einmal ein schöner alter Wald. Die meisten Bäume wurden durch deutschen Granatbeschuss oder durch unsere eigene Artillerie gefällt, damit sie ein besseres Schussfeld hat. Es hat aufgehört zu regnen, es ist wieder brütend heiß und der Himmel strahlend blau. Der Beschuss hat die ganze Nacht lang angedauert, aber um 7.30 Uhr hört er plötzlich auf. Die Stille greift einem ans Herz, und entlang der gesamten Front kann ich deutlich die Pfeifen hören. Hunderfünfzigtausend Engländer klettern aus den Schützengräben und machen sich auf den Weg durchs Niemandsland. In beiden Richtungen kann man, so weit das Auge reicht, Bajonette in der Sonne blitzen sehen. Viele der Soldaten haben die Gewehre locker umgehängt. Sie sind schwer beladen und bewegen sich Schulter an Schulter in langen Reihen langsam und beinahe lässig auf die gegnerischen Schützengräben zu. Ich muss an ein Bild aus einem Geschichtsbuch denken, auf dem Rotröcke den Bunker Hill hinaufmarschieren. Irgendwo zu meiner Rechten sind Dudelsäcke eines Highland-Bataillons zu hören.

Das ferne Rattern von MGs klingt völlig harmlos. Ein metallisch-rasselndes Geräusch, wie wenn man eine Dose voller Murmeln schüttelt. Nichts Dramatisches passiert – nirgends fliegen heulende Granaten durch die Luft, nirgends stiebt die Erde auf. Das Rattern der Gewehre bringt den Männern einen unsichtbaren Tod. Die Reihen der Soldaten lichten sich. Einige von ihnen fangen an zu rennen, doch auch sie kommen nicht weit. Andere zögern, machen kehrt… und fallen um. Die zweite Welle stapft entschlossen weiter, und die dritte Welle folgt. Vielleicht leben nicht mehr viele Deutsche im zerschossenen Thiepval oder in den pulverisierten Gräben, aber ihre Zahl reicht aus. Mit ihren MGs mähen sie die Tommys einfach nieder. Es fällt mir schwer zu schreiben ... meine Hände zittern stark ... Die Generäle haben sich geirrt. Die Schlacht entlang der Somme wird weder heute, morgen noch übermorgen gewonnen werden.

Alexandra Greville wartete mit ihrer Gruppe auf dem Deck des kleinen Dampfers, auf dem sie über die Seine bis nach Rouen gefahren waren. Die achtzig Frauen hatten sich in ihre Wollumhänge eingehüllt und blickten schweigend in den Regen, den der kühle Septemberwind über die Wasseroberfläche trieb.

Ein Sergeant des Sanitätskorps kam über die Gangway und erklärte gut gelaunt: »Also gut, die Damen. Kommen Sie erst mal von Bord und trinken Sie in der Kantine einen schönen Becher heißen Tee.«

Auf dem Kai drängten sich Männer, Maulesel, Geschütze, Berge ungesicherter Granaten, neue Krankenwagen und eine Unzahl anderer Gegenstände, die im Krieg unerlässlich waren. Um nicht getrennt zu werden, hielten sich die Schwestern bei den Händen und marschierten hinter dem Sergeant durch ein Labyrinth offener Speicher und riesiger Lagerhallen in die Stadt.

»Jetzt ist es nicht mehr weit, Mädchen.« Der Sergeant blickte die jungen Frauen mit einem väterlichen Lächeln an. »Bleibt immer schön zusammen. Denn wir sind schließlich in Frankreich, und ihr wisst ja, was man über die Franzosen sagt.«

Frankreich. Alexandra musste schlucken. Die Erinnerung an ihren ersten mehrwöchigen Aufenthalt in diesem Land schnürte ihr die Kehle zu. Sie hatte das Gefühl, als wäre diese erste Reise ewig her und als hätte damals ein anderer Krieg getobt. Die Soldaten mit den Stahlhelmen und Regenumhängen wirkten so fremd auf sie, als wären sie die Waffenträger aus dem Mittelalter, die die heilige Johanna hier in dieser Stadt auf dem Scheiterhaufen hatten brennen sehen. Die Straßen in Richtung Stadt waren mit Lastwagen verstopft. Die Soldaten, die sich auf den

Ladeflächen drängten, waren Australier und gerade aus Griechenland zurückgekommen. Einer beugte sich zu ihr herab und rief: »Merken Sie sich mein Gesicht, Schwester. In einem Monat liege ich bestimmt mit abgerissenen Armen oder Beinen bei Ihnen im Lazarett.«

Während seine Freunde grimmig lachten, starrten Alexandra und die anderen Schwestern reglos geradeaus.

Dann nahm ein kleiner kahlköpfiger Captain sie in der Rote-Kreuz-Kantine in Empfang.

»Mein Name ist Captain Jenkins, und ich bin hier ziemlich weit von meiner Praxis in der Harley Street entfernt. Doch auch Sie sind alle ziemlich weit von Ihrem Zuhause, Ihren Familien entfernt. Wir vom Sanitätskorps unserer Königlichen Armee begrüßen die fleißigen, unerschrockenen jungen Frauen des Queen Alexandra's Imperial Military Nursing Service.« Und nach einer kurzen Pause fügte er hinzu: »Meine Güte, dieser eine Satz dauert beinahe so lange wie die Überfahrt von England bis hierher, nicht wahr?«

Die vor Müdigkeit und furchtsamer Erwartung angespannten Schwestern lachten viel zu laut.

Captain Jenkins wartete geduldig, bis es wieder still in der Kantine war, und fuhr dann mit ruhiger Stimme fort. »Tja nun. Auf jeden Fall sind Sie jetzt hier. Nicht mehr als Schwesternhelferinnen oder Praktikantinnen, sondern als Frauen mit einer qualifizierten Ausbildung. Mir ist bewusst, dass diese Ausbildung gekürzt wurde, weil es im Sommer an der Somme höhere Verluste als erwartet gab, aber was man Ihnen im All Souls möglicherweise nicht vermittelt hat, eignen Sie sich sicher innerhalb kurzer Zeit im Rahmen der praktischen Arbeit an. Sie werden dringend hier gebraucht. Wir werden Sie deshalb ziemlich antreiben, aber ich weiß genau, dass jede einzelne von Ihnen ihr Bestes geben wird. Dafür zolle ich Ihnen Respekt und hoffe, dass Gott Sie segnen wird.«

Irgendwann lag sie auf einem Bett im Schwesterntrakt eines der Lazarette von Rouen. Sie war fast eingeschlafen, und es kam ihr vor, als läge sie in einem Krankenwagen und als kniete Robbie neben ihr und hielte ihre Hand.

»Alex … Alex … Alex …«

»Was? Was ist?« Ein Lichtstrahl fiel auf ihr Gesicht. Jemand berührte ihren Arm.

»Ich bin es … Ivy.«

Eilig setzte sie sich auf und fiel dem anderen Mädchen um den Hals.

»Ivy! Wie in aller Welt …?«

Ivy Thaxton stellte ihre Kerze auf dem Boden ab und schlang Alex ebenfalls die Arme um den Hals.

»Letzte Woche kam Ihr Brief, und seither habe ich mir jeden Tag die Listen mit den Neuzugängen angesehen.«

»Bist du etwa extra aus Boulogne hergekommen?«

»Nein. Ich bin inzwischen hier und fahre mit dem Lazarettzug hin und her. Wir bekommen zwanzig Frauen aus Ihrer Gruppe zugeteilt, und ich habe dafür gesorgt, dass Ihr Name auf die Liste kommt.« Sie richtete sich wieder auf, zog ein Blatt Papier aus ihrer Tasche und drückte es Alexandra in die Hand. »Das hier sind die Namen der anderen Mädchen. Sie könnten mir helfen, sie zu finden, denn um 5.30 Uhr fahren wir mit einem Leerzug nach Amiens.«

»Ich bin wirklich froh, dass du mich auf die Liste hast setzen lassen. Ich bin so froh, dass wir zusammen sind.«

»Es hilft, wenn man bei der Arbeit eine Freundin hat«, erwiderte Ivy.

Der Melder vom Brigadehauptquartier lief durch den Schützengraben Ale, bog nach einer kurzen Pause an der Ecke Bitter und Stout in gebückter Haltung in den Graben Stout ab und huschte wie eine große Ratte weiter, während eine Kugel über seinen Schädel flog. Dieser Teil des Grabens wurde gern von Heckenschützen ins Visier genommen, aber er war schon so häufig hier gewesen, dass er genau wusste, wo er seinen Kopf am besten noch ein wenig mehr einzog. Stout war ein fürchterlicher Schützengraben – vom heftigen Granatbeschuss halb eingestürzt und voll schlammiger Pfützen und zerbrochener Bretter, über die man anfangs noch mit halbwegs trockenen Füßen an sein Ziel gekommen war. Er wand sich am Rand des Hochwaldes entlang, an geborstenen schwarzen Baumstümpfen vorbei nach Martinpuich. Auf der Brustwehr waren mehrere Kadaver aufgespießt, und die bleichen Knochen gingen eine grausige Verbindung mit den schlangenähnlichen Wurzeln der gefällten Bäume ein. Bei Hitze raubte einem der Gestank die Luft, aber heute war ein kalter, regnerischer Tag, weswegen der Geruch erträglich war. Der Melder kam an vier Neuseeländern vorbei, die mit schlammverkrusteten Gesichtern und leuchtenden Frettchenaugen dicht gedrängt an einer Scharte hockten und ihn fragend ansahen.

»Warum so eilig, Kumpel?«

Ohne etwas zu erwidern, lief er weiter, während seine Ledertasche mit der Nachricht gegen seine Hüfte schlug. Er hörte das Kreischen eines Schrapnells und stürzte kopfüber zu Boden, und als die Granate kaum zehn Meter hinter der Vertiefung explodierte, stützte er die abbröckelnden Grabenwände mit den Händen ab. Es folgten noch vier weitere Schrapnelle, doch sie explodierten noch weiter von ihm entfernt. Die Salve hatte eindeutig ihr Ziel verfehlt, und eilig sprang er wieder auf, rannte weiter bis zur Clapham Junction und bog dort nach rechts in den Watling-Graben ab. Dort lehnte er sich an die Wand und zündete sich eine Zigarette an. Watling war sehr tief und der Sandsackwall in einem derart guten Zustand, dass er ein Stück weiter sogar ein paar Männer in den Nischen in den Seitenwänden schlafen sah. Der schlammverschmierte Wachmann, der an der Wand lehnte, schien mit dem Hintergrund aus Lehm zu verschmelzen und war erst zu sehen, als er den Kopf drehte und wissen wollte:

»Hast du eine Kippe übrig, Mann?«

»Ja.« Der Melder hielt ihm seine eigene Zigarette hin und zündete sich eine frische an. »Sind das hier die Second Windsors?«

»Genau, Kumpel. Wohin soll es denn gehen?«

»Zum Kommandeur des Bataillons.«

»Erster Laufgraben und dann fünfzig Meter zurück. Du kannst ihn unmöglich verfehlen. Danke für die Fluppe.«

»Nichts zu danken.« Hastig machte sich der Melder wieder auf den Weg.

Es war ihm gleich, dass ein Major der Kommandeur der Truppe war. Er hatte auch schon Hauptmänner in dieser Position erlebt, und Gerüchten nach hatte das 9. Bataillon der West Yorks nach dem Angriff bei Delville ein Hauptgefreiter angeführt. Er drückte dem Major die Nachricht aus dem Hauptquartier ihrer Brigade in die Hand und blieb abwartend stehen.

Major Charles Greville machte den Umschlag mit dem Daumennagel auf, hielt das Blatt unter die Drucklampe, die unter der Bunkerdecke hing, und las das Schreiben eilig durch.

»Keine Antwort«, wandte er sich wieder an den Melder. »Sagen Sie dem Lagerverwalter, dass er Ihnen eine doppelte Ration Rum ausschenken soll.«

Nachdem der Mann wieder gegangen war, richtete Charles' Adjutant, der auf seiner Drahtpritsche ein wenig hatte ruhen wollen, sich mühsam wieder auf.

»Was gibt's?«

Charles starrte auf das Blatt.

»Wir sollen morgen früh um 8 Uhr zusammen mit A, C und D die Hannoveraner Schanze angreifen. Es wird gar nicht erst behauptet, dass wir dieses Ding einnehmen sollen. Ich nehme an, wir sollen einfach das Feuer auf uns ziehen, während die Neuseeländer zu unserer Linken reingehen.«

Stöhnend ließ der Adjutant sich wieder auf die Pritsche sinken.

»Was für eine verdammte Vergeudung.«

»Sehen Sie zu, dass Sie eine telefonische Verbindung zur Brigade kriegen.«

»Die Mühe kann ich mir sparen. Denn seit dem gestrigen Bombardement muss die Leitung an hundert Stellen durchschnitten sein. Und wenn sie uns auf anderem Weg hätten erreichen können, hätten sie doch bestimmt nicht extra diesen armen Kerl zu Fuß hierhergeschickt.«

Charles setzte sich an den Tisch und nippte vorsichtig an seinem Tee. Er war eiskalt, schmeckte nach Kerosin, und seine Hände zitterten vor Zorn über diesen sinnlosen Befehl. Mehr als die Hälfte der neun Offiziere und zweihundertsechzig Männer waren beim letzten Angriff seines Bataillons gestorben, als sie sich durch ihren eigenen Stacheldraht gekämpft hatten. Im Verlauf der Nacht waren hundertfünfzig Mann und fünf Offiziere als Reserve vorgerückt, doch inzwischen war sein Bataillon vollkommen ausgelaugt und sollte jetzt bei hellem Tageslicht einen Posten angreifen, der uneinnehmbar war. Und er konnte seine Männer nicht mal dadurch anspornen, dass er sagte, sie würden die Stellung überrennen, und dann sei dieser Teil des Waldes endgültig befreit. Nein, sie würden als lebende Zielscheiben aus ihren Gräben steigen, um die Deutschen abzulenken, während die Neuseeländer in aller Ruhe aus dem Guinness-Hohlweg krabbelten. Rückendeckung von Geschützen wurde in dem Befehl mit keinem Ton erwähnt. Denn die hohen Tiere hatten eine neue Theorie – nämlich dass ein Angriff frühzeitig verraten werden könne, wenn man die Geschütze irgendwo in Stellung brachte. Diese Theorie ist auch nicht schlechter als die anderen, dachte Charles verbittert. Denn bisher hatte keine einzige etwas genützt.

Sein Adjutant schwang seine Beine von der Pritsche und kratzte sich die nackte Brust.

»Wissen Sie was, Charles? Seit dem ersten Juli haben wir die Deutschen vier Meilen zurückgedrängt. Das hat der junge Baker gestern Abend ausgerechnet, und wenn seine Rechnung stimmt, haben wir sie bis zum Sommer 38 zurück über den Rhein gescheucht. Wie finden Sie das?«

»Ich finde, der Mann ist ein Trottel«, erwiderte Charles zornig. »Wenn ich bei dem Gespräch dabei gewesen wäre, hätte ich den Lump vors Kriegsgericht gebracht.«

»Er ist ein anständiger Kerl. Ich war mit seinem Bruder auf dem Internat in Harrow. Wir haben damals jede Menge Streiche miteinander ausgeheckt.«

Charles stand auf, nahm seinen Helm von einem Haken an einem Tragebalken und trat aus dem Bunker in den Graben, wo die Kompanie versammelt war. Es war ein Reservegraben, und die Männer kauerten in ihren flachen Unterständen, hatten sich wegen des Regens fest in ihre Umhänge gehüllt und nahmen ihr Abendessen ein. Zumindest war, nach dem aufsteigenden Dampf zu urteilen, der Eintopf aus der Dose heiß. Die drei Kompanien im vorderen Graben hatten kein derartiges Glück. Sie bekamen Dosenwurst und Zwieback und vielleicht ein wenig heißen Tee, falls es nach Sonnenuntergang keinen weiteren Beschuss gab.

»Trage!«, brüllte jemand, der ein Stückchen weiter saß.

»Passt auf den verfluchten Draht und auf eure verdammten Köpfe auf!«

Charles folgte dem Lärm. Die Sanitäter wuchteten die Trage mit dem kräftigen stöhnenden Mann durch den Kommunikationsgraben. Die Träger waren eher klein und kämpften sich zu viert mit ihrer Last durch den Morast.

»Wer ist das?«, fragte Charles.

»Corporal Thomas, Sir«, stieß einer der Träger keuchend hervor. »Eine Gewehrgranate ist von der hinteren Wand des Grabens abgeprallt und hat ihm die Hand abgerissen.«

»Verdammt.« Corporal Thomas war einer der besten Unteroffiziere der Kompanie D. Ihn zu ersetzen würde schwer.

Die dicke Bandage um den Stumpen seiner rechten Hand war blutgetränkt, und auch sein Gesicht war blutverschmiert.

»Habe ich noch ein Gesicht?«, flüsterte er panisch, während er sich auf der Trage wand. »Habe ich noch ein Gesicht?«

»Ja, Bert, im Gesicht hast du nur ein paar Kratzer abgekriegt. Es ist deine rechte Hand. Sie wurde sauber abgetrennt. Du darfst jetzt nach Hause, Bert.«

»Gott sei Dank«, schluchzte der Corporal. »Gott sei Dank ist es für mich vorbei.«

»In Zukunft musst du deine Frau mit deiner linken Hand bedienen, Bert. Ist sicher eine schöne Abwechslung für sie.«

»Gott sei Dank«, stieß Thomas nochmals hervor, während er sich erleichtert auf die Trage sinken ließ. »Was ist schon eine verdammte Hand.«

Der Träger richtete sich wieder auf und bedachte Charles mit einem entschuldigenden Blick.

»Das ist das Morphium, Sir. Ich habe ihm zwei Pillen gegeben, seither redet er wirres Zeug. Hören Sie einfach nicht auf ihn.«

»Bringen Sie ihn zum Sanitätsposten«, wies Charles die Männer reglos an. Denn er durfte keine Spur von Mitleid mit einem Soldaten zeigen, der für seine grässliche Verwundung dankbar war. Er inspizierte kurz den Graben und warf einen Blick auf den ausgebrannten Panzer, der am Fuß der kleinen Anhöhe stand. Erst ein paar Tage zuvor hatte sich Big Willie stöhnend, ächzend und mit lautem Auspuffknallen mit einer Geschwindigkeit von zwölf Meilen die Stunde wie ein sterbendes Tier die Straße von Bazentin herauf über Gräben und Granattrichter gequält. Bei seinem Anblick hatte er an Jaimie Ross gedacht, der kopfschüttelnd gemurmelt hatte, ein so großes, schweres Ding komme nur mit einem wesentlich leistungsstärkeren Motor durch den dicken Schlamm. Man hatte Charles befohlen, zur Sicherung des Ungetüms zwei Kompanien die Hügel hinauf in den Hochwald zu verlegen. Doch der Panzer hatte diesen Wald niemals erreicht. Denn die Deutschen hatten so lange Granaten auf ihn abgefeuert, bis er in die Luft gegangen war. Da sie nicht wussten, worauf sie überhaupt schossen, setzten sie das Feuer noch zwei Stunden fort, brachten sechzig Tommys um und verletzten hundertsiebzig schwer.

Wie jeden Abend fanden sich die Kommandeure der verschiedenen Kompanien und ihre Stellvertreter zu einer Besprechung und einem Schluck Whiskey in Charles' Bunker ein. Sie hörten schweigend zu, als er erklärte, wie beim morgendlichen Angriff vorzugehen sei: »Kompanie D startet um 8 Uhr. A folgt um 8.10 Uhr und C gibt erst mal Deckung, bevor sie um 8.25 Uhr selbst rübergeht.«

Alle Mann im Bunker wussten, dass alles vollkommen bedeutungslos war. Denn bevor auch nur ein englischer Soldat den Weg durch ihren Stacheldraht gefunden hätte, finge schon das deutsche Trommelfeuer an. Kompanie D hätte nicht die geringste Chance. Falls Kompanie A das Schicksal gnädig wäre, würden die Neuseeländer auf ihrem Weg zum Hügel von den Deutschen ausgemacht und zögen das Geschützfeuer auf sich. Dann mussten sie nur noch mit dem Gewehrfeuer aus den halb in die Erde eingegrabenen Betonverkleidungen der Gräben, den verschlungenen Stacheldrahtbarrieren und den Geschossen, die ein halbes Dutzend Minenwerfer ihnen auf die Köpfe regnen ließ, fertigwerden. Kompanie C hatte das größte Glück, da es gerechtfertigt wäre, den Angriff abzublasen, falls schon bei den ersten beiden Wellen die Hälfte der Soldaten starb. Was sehr wahrscheinlich war. Sicher fielen die Verluste sogar noch erheblich höher aus. Wenn die beiden Bataillone aus Neuseeland es tatsächlich aus dem Stout-Graben bis in den Guinness-Hohlweg schafften und durch einen Angriff auf die Flanke der Hannoveraner Schanze einen deutschen Rückzug provozierten, wäre dieser Teilsieg jedes Opfer wert. Ein erhabener patriotischer Gedanke, den Charles sofort an die Captains und die Lieutenants weitergab. Doch das schiefe Grinsen seiner Männer zeigte, dass sie dieses Opfer einzig erbrächten, weil es keine andere Möglichkeit für sie und ihre Leute gab.

Am nächsten Morgen regnete es immer noch. Die Neuseeländer hatten den Stout-Graben bereits im Morgengrauen verlassen, um im Schutz des Nebels zwischen den geborstenen Baumstämmen hindurch den Guinness-Hohlweg möglichst weit hinaufzurobben und den Hochwald zu erstürmen, wenn die erste Kompanie der Royal Windsors aus dem Graben sprang. Charles schob eine Pfeife zwischen seine Zähne und blickte auf seine Uhr. 7.57 … 58 … 59 Uhr … Ihm war klar, falls er den Krieg tatsächlich überleben sollte, trüge er nie wieder eine Armbanduhr … 8 Uhr. Auch der Captain und die Zugführer bliesen in ihre Pfeifen, und zweihundert Mann erklommen schnellstmöglich die Leitern aus dem Graben und schoben sich durch die Löcher im Stacheldraht. Zehn Meter … zwanzig … Die Soldaten stolperten durch die alten Granattrichter, und in der aufreißenden Nebelwand blitzten die Spitzen ihrer Bajonette auf. Dreißig Meter … vierzig … Jetzt hatten sie fast die fünfzig Meter breite Stacheldrahtbarriere der Deutschen erreicht. Zischende Signalraketen flogen oberhalb der gegnerischen Linien durch die Luft und tauchten die tief hängenden Wolken in ein leuchtend gelbes oder giftig grünes Licht.

»Verdammt … oh verdammt«, flüsterte Charles. Die Granaten dröhnten, kreischten, schlugen donnernd in die Erde ein und spien meterhohen Schlamm und Flammen aus. Die Salven reichten bis zum Rand des deutschen Stacheldrahts, und Erdklumpen und Menschenleiber stoben in den grauen Himmel auf. Die Männer, die noch übrig waren, machten kopflos kehrt und gingen in den dampfenden Granattrichtern auf Tauchstation.

8.10 Uhr. Mit trockenem Mund blies Charles erneut in seine Pfeife. Die Kompanie A bewegte sich nur widerstrebend aus dem Graben. Wütendes Gepfeife, und die Zugführer brüllten die Männer an. Das erste Dutzend Männer krabbelte über die Leitern und durch den Stacheldraht, während die Kompanie C ihnen Deckung gab. Gleichzeitig hämmerten gegnerische Salven an die betonierte Brustwehr, und die Kugeln trafen die Männer und schlugen in die Sandsäcke entlang der Grabenrückwand ein.

Schreiend trieben die Zugführer die nächsten Männer an, doch noch am Grabenrand wurden auch sie von den Gewehrkugeln durchsiebt. Der Angriff war ein Schlag ins Wasser, und Charles brüllte nach Leuchtkugeln, weil ohne die Artillerie der ganze Trupp verloren war. Im Schutz des Gegenfeuers könnten die eingeschlossenen Männer der Kompanie D es vielleicht zurück bis in den Schützengraben schaffen. Und wenn nicht, müssten sie eben in den Bombentrichtern ausharren, bis es dunkel wurde. Denn dann kamen sie mit etwas Glück unbemerkt bis zu den eigenen Stellungen zurück.

»Du elendiger kleiner Feigling!« Lieutenant Bakers Stimme überschlug sich fast vor Zorn. »Ich sollte dich, verdammt noch mal, erschießen.«

Charles eilte an einem toten Mann, der kopfüber in einer Leiter hing, vorbei bis zu der Stelle, wo der junge Baker mit gezogenem Revolver im vorderen Graben stand.

»Was ist los?«, schrie er ihn an.

Der Lieutenant wies mit seiner Waffe auf einen Gefreiten, der zusammengesunken neben einer Leiter saß. Sein Gewehr lag neben ihm, und die Spitze seines Bajonetts steckte im Schlamm. Das Gesicht des jungen Mannes war wachsweiß, und aus einem Loch in seinem rechten Stiefel sickerte ein Strom aus frischem Blut. »Er hat sich selbst in den Fuß geschossen! Ich habe ihm befohlen rauszugehen, und da hat er sich einfach umgedreht, mich angeguckt, mit seinem Gewehr auf seinen Fuß gezielt und abgedrückt.« Wütend fuchtelte er mit seinem Revolver vor dem reglosen Gesicht des jungen Kerls herum. »Dafür kommst du vor ein Erschießungskommando, das verspreche ich dir!«

»Bringen Sie ihn zum Sanitätsposten«, wies Charles den Lieutenant an.

»Unter Bewachung?«

Charles warf einen Blick auf den Soldaten, der noch immer reglos vor ihm auf dem Boden saß. Er konnte höchstens achtzehn sein, seine Augen waren trübe, und wahrscheinlich nahm er nicht einmal die Schmerzen seiner Schussverletzung wahr.

»Ja«, stimmte Charles dem Lieutenant leise zu. »Unter Bewachung. Wie wohl sonst?«

Entweder würde der Junge standrechtlich erschossen oder bekäme ohne großes Federlesen von einem der Feldgendarme eine Kugel in den Kopf gejagt. Charles ballte ohnmächtig die Fäuste. Ach verdammt, warum war dieser junge Mann nicht wenigstens so schlau gewesen, sich die Kugel unbemerkt in den Fuß zu schießen? Doch was zählte schon ein Toter mehr?

Endlich hatte die Artillerie die deutschen Stellungen unter Beschuss genommen, und die gegnerischen Schützen hatten vorläufig das Feuer eingestellt. Nur noch sporadisch flogen die Schrapnelle in Richtung der gegnerischen Linien, und nach einem letzten ohrenbetäubenden Knall stieg dunkler Rauch zwischen den skelettartigen Baumstümpfen zum Himmel auf. Ein deutscher Maschinengewehrschütze feuerte noch ein paar Runden ab, als wolle er den Tommys eine lange Nase machen, aber auch der heftige Beschuss des Guinness-Hohlwegs hatte endlich aufgehört. Die Männer der Kompanie A standen mit angespannten, kreidigen Gesichtern auf den Leitern, aber Charles winkte sie kurzerhand zurück.

»Kommt wieder runter«, sagte er. Ein neuerlicher Angriff war sinnlos.

Irgendwo zwischen dem Stacheldraht, in einem Bombentrichter oder einem verlassenen Graben, schrie ein Mann. Seine Schreie und sein abgehacktes Schluchzen schwollen an und wieder ab, verstummten aber niemals ganz. 8.30 Uhr. Wenn es dunkel wurde, würde er die Sanitäter mit den Tragen zum Graben schicken. Aber hoffentlich war der Mann, der so erbärmlich schrie, bis dahin schon seit Stunden tot.

Colonel Robin Mackendric beendete seine erste Operationsrunde, ging hinüber in das Messezelt und genehmigte sich dort ein spätes Frühstück und einen Becher dampfend heißen Tee. Die Abzeichen an seiner Uniform wiesen ihn noch nicht als Colonel aus, denn im Grunde war sein Rang ihm egal. Es entsprach einfach den Vorschriften, dass er befördert worden war, und bei der Armee legte man großen Wert darauf, dass jeder einen Rang bekleidete, der seiner Position entsprach. Kommandeure von Feldlazaretten sollten Colonels sein, deshalb hatte man ihn nach dem Wechsel von Kemmel hinunter an die Somme endlich dazu ernannt. Da er jedoch immer noch dieselben Pflichten erfüllte, hatte er die alten Abzeichen eines Majors nicht gegen die eines Colonels getauscht. Genau wie Captain Ronald David Vale, der zum Major befördert worden war und von dem es hieß, dass er die neuen Abzeichen auf seiner Unterwäsche trage.

»Ich hatte eben einen witzigen Fall«, sagte Vale und nahm Mackendric gegenüber Platz. »Eine kreisrunde Furche auf dem Kopf. Die Kugel hatte den Helm des Kerls durchschlagen und ist dann wie eine Kreissäge darin herumgesaust. Jetzt hat er bis ans Lebensende eine hübsche runde Einkerbung, auf die er seinen Filzhut setzen kann.«

Mürrisch trank der Colonel einen Schluck seines Tees. »Wenn Sie einmal alt sind, gehen Ihnen die Geschichten sicher niemals aus.«

Grinsend griff Vale nach einem Brötchen.

»Nun, ehrlich gesagt, ist die Kugel nicht ganz im Kreis gesaust, trotzdem ist es das reinste Wunder, dass sie nicht in seinen Schädel eingedrungen ist.«

»Ein paar Wunder können wir durchaus brauchen.«

»Allerdings.« Plötzlich wurde auch Vales Miene ernst. »Das Grauen, das ich gestern hier erlebt habe, hat mir vorläufig gereicht. Sie hatten wirklich Glück, dass Sie erst abends aus Amiens zurückgekommen sind.«

»Ich habe schon davon gehört.«

»Tja nun, die Sache ist die, Mac ... ich kann mir einfach nicht vorstellen, dass es besser werden soll, im Gegenteil, es wird immer schlimmer. Wollen diese Kerle weiter mit dem Kopf durch die Wand, oder pfeifen sie das Spiel, bei dem niemand gewinnen kann, endlich irgendwann mal ab?«

»Sie wollen weiter mit dem Kopf durch die Wand.« Mackendric tauchte ein Brötchen in den Tee und kaute nachdenklich darauf herum. »So kam es mir zumindest bei der gestrigen Besprechung vor. Das französische Sanitätskorps ist am Ende. Die Arbeit in Verdun hat die Leute völlig ausgelaugt. Haig und Rawlinson befürchten, dass es uns auf lange Sicht vielleicht genauso gehen wird, und als wir gesagt haben, dass wir noch lange nicht am Ende seien, haben sie angedeutet, dass man in den Wochen bis November mit noch größeren Verlusten rechnen müsse.«

»Dann sind dreihunderttausend tote Männer Haig noch nicht genug?«

»Seien Sie nicht so sarkastisch, Vale. In gewisser Hinsicht tut der Mann mir leid. Er hat Joffre im Nacken sitzen, der ihn ein ums andere Mal zum Angriff drängt. Inzwischen ist es ein Zermürbungskrieg – das ist allen klar. Dass die Deutschen bereits hunderttausend Männer mehr verloren haben als wir, deuten manche schon als Sieg.«

Vale schob seinen Teller fort, weil das Gespräch ihm auf den Magen schlug.

»Dann gewinnt also der letzte Mann, der sich noch auf den Beinen halten kann, den Krieg.«

»So in etwa. Sie sollten am besten gar nicht erst versuchen, einen Sinn darin zu sehen. Erfüllen Sie einfach weiter Ihren Dienst.«

»Oh, das mache ich. Das mache ich. Denn vielleicht ist es absurd, aber ich liebe die Armee und wäre lieber Sanitäter hier als Chirurg in irgendeinem Krankenhaus. Ich glaube, deshalb verbittert mich diese Vergeudung noch mehr als Sie – oder zumindest mache ich im Gegensatz zu Ihnen meinem Ärger lautstark Luft. Sie verstecken alles hinter diesem schrecklichen schottischen Gleichmut, der Ihnen anscheinend angeboren ist. Aber wenn es Ihnen hilft, nicht durchzudrehen, behalten Sie ihn meinetwegen auch in Zukunft bei.«

Vor allem die Nachmittage waren schlimm, denn dann brachten die Krankenwagen die Verwundeten der morgendlichen Angriffe von den Verbandsplätzen in Albert, Ginchy, Mametz oder Bazentin hinunter nach Corbie.

Auch Colonel Mackendric bekam täglich seinen Teil Verletzter ab. An diesem Nachmittag traf er mithilfe dreier Schwestern eine erste Vorauswahl und teilte nach einem Blick auf die Tragen die Verwundeten in drei Kategorien ein: die Männer, die vielleicht noch eine Chance hatten, wenn man sie umgehend operierte; die, die sterben würden, ganz egal, was er noch unternahm; und die, die gleich mit einem Lazarettzug weiter nach Rouen verfrachtet werden konnten, weil ihre Verwundungen nicht so gravierend waren. Die erste Gruppe wurde umgehend auf die verschiedenen Operationshütten verteilt, die zweite kam auf die Station für hoffnungslose Fälle, wo man sie in saubere Betten legen und so stark betäuben würde, dass ihr Sterben schmerzlos verlaufen würde; und die dritte wurde wieder in die Krankenwagen eingeladen und zur Bahnstation des Orts gebracht. Keiner der Ärzte drückte sich vor dieser schrecklichen Aufgabe, obwohl die Zahl der hoffnungslosen Fälle unaufhörlich stieg.

Wie hatte jüngst ein Sanitäter festgestellt? »Diese Männer werden einfach leichtsinnig. Sie haben alle Vorsicht über Bord geworfen, und man könnte beinahe denken, dass es sie nicht im Geringsten interessiert, ob sie getroffen werden oder nicht.«

Während sich der Colonel über die sechzehnte Trage beugte, trat Captain O'Fallon eilig auf ihn zu.

»Lassen Sie mich weitermachen, Mac. Vale hat ein Problem. Sie sollten besser zu ihm gehen, er ist in Hütte sechs.«

»Was für ein Problem?«

»Die Feldgendarmerie.«

Ein älterer Captain und zwei Sergeants standen in Operationsraum Nummer sechs und beobachteten grimmig, wie der Arzt eine massive Wunde unter einer Achselhöhle schloss. Die beiden Sergeants starrten weiter reglos den Verletzten an, aber der Captain machte wütend auf dem Absatz kehrt, als Mackendric durch die Tür geschlendert kam.

»Haben Sie hier das Kommando, Major?«

»Colonel«, verbesserte Mackendric ihn und griff an den Aufschlag seiner Uniform. »Ich hatte bisher noch keine Zeit, um mir die Rangabzeichen anzunähen. Aber ich habe hier das Sagen, ja.«

Der Kommandeur der Feldgendarmerie sah leicht verlegen aus. »Oh, verstehe … Trotzdem, *Colonel,* sehe ich mich gezwungen, eine Beschwerde vorzubringen, Sir. Ich habe einen Gefangenen hierhergebracht, damit offiziell bestätigt wird, dass er sich vorsätzlich selbst verwundet hat, und dieser Mann hier, dieser

Arzt ...« Seine Verachtung und sein Zorn verschlugen ihm vorübergehend die Sprache, und Mackendric hakte ein.

»Sie meinen Major Vale?«

»Ja ... falls das sein Name ist.«

»Verschwinden Sie«, murmelte Vale, während er die Arterie unter der Achselhöhle des Patienten abband und die ersten Knochensplitter aus der Wunde zog.

»Worum geht es genau?«, fragte Mackendric ruhig.

Der Kommandeur der Feldgendarmerie kehrte Vale den Rücken zu und trat in den Korridor des mit Teerpappe gedeckten kleinen Holzhauses.

»Ich brauche Ihnen sicher nicht zu sagen, Sir, dass vorsätzliche Selbstverstümmelung geahndet werden muss. Diese Kreatur da drinnen auf dem Tisch steht unter Verdacht, dass sie sich mit einem Revolver in den Oberarm geschossen hat.«

»Was heißt, er steht unter Verdacht?«

»Niemand hat ihn dabei gesehen, aber nach Aussage seines Zugführers waren die Wundränder versengt. Vom Pulver, Sir.«

Nachdenklich rieb Mackendric sich das Kinn.

»Nun, das ist schwer zu sagen, könnte auch einfach Dreck gewesen sein.«

Der Captain riss empört die Augen auf.

»Genau dasselbe hat auch Ihr Major gesagt, als er das Beweismittel herausgeschnitten und das Fleisch fortgeworfen hat. Aber ich bin seit dreiundzwanzig Jahren bei der Armee und erkenne den Unterschied zwischen Verbrennungen durch Schießpulver und ganz normalem Dreck.«

»Major Vale ist ein erstklassiger Chirurg. Ich kann sein Urteil nicht einfach in Frage stellen. Wenn er sagt, es sei Dreck gewesen, muss ich diese Meinung respektieren. Deshalb schlage ich vor, der Sache nicht länger nachzugehen.«

Der Kommandeur warf ihm einen kalten Blick zu. »Vielleicht

darf ich den Colonel daran erinnern, dass die Mitglieder des Sanitätskorps Meldung bei uns machen müssen, falls es einen Hinweis darauf gibt, dass sich ein Soldat vorsätzlich selbst verstümmelt hat. Wir müssen alles dafür tun, damit diese Flut an vorsätzlichen Selbstverletzungen ein Ende nimmt. Es ist einfach nicht englisch, Sir, und eine Schande für das Land. Ich habe in Südafrika gedient, und während des Konflikts dort gab es nicht einen Kameraden, der feige auf sich selbst geschossen hat.«

Der Captain wandte sich zum Gehen, und die beiden Sergeants, die noch immer grimmig guckten, folgten ihm.

Mackendric blickte durch die offene Tür zu Vale.

»Was glauben Sie, wird er den Arm verlieren?«

»Verdammt, nein«, fuhr Vale ihn zornig an. »Obwohl er ihm nicht mehr viel nützen wird. Sich mit einer Webley in den Oberarm zu schießen! So dumm kann ein Mensch doch gar nicht sein.«

»Nehmen Sie sich den Rest des Nachmittages frei. Fahren Sie nach Corbie und genehmigen Sie sich ein, zwei Brandy.«

»Genau das hatte ich vor. Vielleicht werden es sogar drei.«

Erst am Abend kehrte Major Vale ins Lazarett zurück. Zwar war er nicht betrunken, aber auch nicht mehr nüchtern. Sein Atem roch wie eine ganze Brauerei.

»Ich habe ein paar Australier kennen gelernt, wirklich tolle Burschen. Kannten ein Lokal in der Nähe des Bahnhofs, in dem man richtiges englisches Bier bekommt … nicht diese fade französische Brühe, die wie Wasser schmeckt. Wir haben zusammen gesessen und geredet und den Zügen hinterhergesehen.«

Mackendric saß mit einem aufgeklappten Buch im Schlafanzug auf seinem Bett.

»Freut mich, dass Sie Ihren Spaß hatten.«

»Einer der Aussies – ein Colonel – war früher Rechtsanwalt in Melbourne und meint, dass er beweisen könne, dass dieser ganze Krieg ein illegales Unterfangen ist. Stellen Sie sich das mal vor.«

»Faszinierend. Warum gehen Sie nicht ins Bett?«

»Vielleicht sollte ich das tun, vielleicht sollte ich zur Abwechslung mal wieder richtig schlafen. Aber ich bin aus einem ganz bestimmten Grund vorbeigekommen, denn ich wollte Ihnen noch was sagen.«

»Dass dieser ganze Krieg nicht rechtens ist. Zumindest aus Sicht eines Australiers.«

»Das war noch nicht alles.« Schwankend stand er da, riss den Mund zu einem Gähnen auf und zupfte sich am Ohr. »Ah, ja… am Bahnhof habe ich eine wunderhübsche Schwester aus einem der Lazarettzüge gesehen. Sie hat ein paar Äpfel in der Kantine dort gekauft. Eine blonde Schönheit, die mir schon mal irgendwo begegnet ist.«

Mackendric ließ das Buch auf seine Decke sinken und sah Vale über den Drahtrand seiner Brille hinweg an.

»Ach ja?«

»Weil es ein solches Gesicht und eine solche Figur unmöglich zweimal geben kann. Ich bin mir ziemlich sicher, dass ich ihr schon mal begegnet bin, aber da ich mich nicht zum Narren machen wollte, habe ich nichts zu ihr gesagt. Trotzdem könnte ich schwören, dass sie das Mädchen war, das letztes Jahr zu uns nach Kemmel kam… die, die dann plötzlich ohnmächtig geworden ist. Erinnern Sie sich noch?«

Mackendric nickte knapp.

»Eine Freundin oder so von Ihnen, stimmt's?«

»Etwas in der Art.«

Er blieb in jener Nacht noch sehr lange wach, vergaß aber, die Seiten umzublättern, während er mit seinem Buch auf seiner Pritsche saß. Zahlreiche Geräusche drangen an sein Ohr – die ratternden Verbandswagen im Korridor, das donnernde Geschützfeuer aus dem Wald von Delville –, aber er bekam nichts mit. Denn in Gedanken war er meilenweit entfernt, lief Hand in Hand mit Alexandra durch die Rue Saint-Honoré und sah sich nach ihrer ersten Nacht die Waren in den Schaufenstern an. War das wirklich er gewesen? Er fühlte sich alt und müde, hatte angegrautes Haar, aufgrund des schlechten Lichts beim Operieren Probleme mit den Augen, und seine Finger schmerzten, weil er viel zu viele Stunden täglich und vor allem viel zu viele Tage ohne Pause irgendwelche Instrumente in den Händen hielt. Inzwischen war er völlig ausgebrannt. Er war gerade einmal dreiunddreißig Jahre alt und trotzdem schon ein alter Mann. Und wie alt war Alexandra jetzt? Zwanzig? Offenkundig hatte sie tatsächlich eine Schwesternausbildung gemacht. Und vielleicht hatte sie auch seinen anderen Rat befolgt, sich einen attraktiven jungen Ehemann gesucht und vergessen, dass es einen Arzt namens Robin Mackendric gab. Das wäre durchaus eine Möglichkeit. Doch ob es so war, fände er nur durch ein Gespräch mit ihr heraus.

Das ließ sich problemlos arrangieren. Ein Telefonanruf bei Captain Frazier in Rouen genügte, denn der Mann hatte die Fahrpläne sämtlicher Lazarettzüge im Kopf und teilte die Schwestern und die Sanitäter für die Fahrten ein.

»Greville, Alexandra. Zug Nummer 96 von Rouen über Amiens zu Ihnen nach Corbie … dienstags, donnerstags und sonntags. Kennen Sie die Frau?«

Ja. Er kannte, und er brauchte diese Frau. Aber brauchte sie auch ihn?

Schwester Pilbeam tropfte Äther in das Nasenröhrchen, Vale umklammerte die Rippenspreizer, und Mackendric schnitt einen zerfetzten Lungenflügel aus der Brust seines Patienten und nähte ihn eilig wieder zu.

»Sie sind heute aber schnell. Haben Sie etwa Angst, den Zug zu verpassen?«, scherzte Vale.

»Ja«, erwiderte er ruhig. »Genau das habe ich.«

Sie hatte alle Hände voll zu tun, als er zum Bahnhof kam. Nachdem die Züge leer in Corbie eingefahren waren, hatte man sie auf das Nebengleis geleitet, wo die Krankenwagen und die zahlreichen Verletzten, die noch selbst laufen konnten, warteten. Er entdeckte sie inmitten eines Trupps von Krankenschwestern, während er an zahlreichen Neuseeländern vorüberging, die stoisch auf den Tragen ausharrten. Träger und Sanitäter liefen zwischen den Verwundeten umher, zündeten Zigaretten für sie an und füllten mit ihnen Feldpostkarten aus.

Nicht Zutreffendes bitte streichen:
Es geht mir recht gut.
Ich wurde ins Lazarett gebracht.
Krank … und auf dem Weg der Besserung.
Verwundet … mit Hoffnung auf baldige Entlassung.

»Wie sage ich meiner Mum, dass ich einen Fuß verloren habe?«

»Gar nicht, Kumpel. Heb dir das als Überraschung auf.«

Mit kühler Professionalität verabreichte sie Spritzen gegen Tetanus, prüfte Verbände und wies den Verwundeten, nach denen sie gesehen hatte, Plätze in den Waggons zu. Der Regen trommelte auf das Wellblechdach über dem langen Bahnsteig, und die roten Kreuze auf dem weißen Grund hoben sich leuchtend von der dunkelgrün schimmernden Zugwand ab.

»Ihr Tüchtigkeit ist lobenswert, Schwester.«

Sie hielt kurz in ihrer Arbeit inne, sah aber nicht auf.

»Hallo, Robbie.«

»Ich möchte dich nicht bei der Arbeit stören, Alex. Ich bin einfach überrascht … und glücklich, dich wiederzusehen.«

Sie beugte sich noch etwas tiefer über den Verwundeten, der auf einer Trage auf zwei Sägeböcken lag, und löste mit ruhiger und geschickter Hand den schlammverkrusteten Verband von seinem Bein.

Jetzt beugte sich auch er über den Mann.

»Wadenverletzungen. Die sind nicht weiter schlimm.«

Der Verletzte starrte ihn mit großen Augen an.

»Brennen aber wie Feuer.«

»Das kann ich mir vorstellen, aber in drei Wochen werden Sie mit diesem Bein problemlos wieder Fußball spielen.«

Alexandra wusch das Fleisch, das die blutverkrusteten Verletzungen umgab, mit grüner Seifenlauge ab und wickelte das Bein in einen sauberen Verband. Dann machte sie eine kurze Handbewegung, und die Träger schnappten sich die Bahre und luden sie eilig in den Zug.

»Der Nächste«, sagte sie und richtete sich auf. Zum ersten Mal begegneten sich ihre Blicke, und der warme Ausdruck ihrer Augen fühlte sich wie eine zärtliche Umarmung an. »Schön, dich zu sehen, Robbie.«

»Meinst du das tatsächlich ernst?«

Sie nickte nachdrücklich.

»Oh ja. Aber jetzt geh bitte weg, weil ich mich sonst nicht konzentrieren kann. Falls … falls du diesen Samstag Urlaub nehmen kannst …«

»Auf jeden Fall.«

»Komm nach Rouen, Zug Nummer 52. Wenn du möchtest, hole ich dich dort am Bahnhof ab.«

»Ich werde dort sein.«

»Aber dieses Mal wirst du mir keinen Vortrag halten, Robbie. Dieses Mal wirst du mir nicht erklären, was das Beste für mich ist.«

»Ratschläge erteile ich schon eine ganze Weile nicht mehr.«

»Und nachts könnten wir in irgendeinem netten Landgasthof zusammen sein.«

Das hatte sie an jenem Sonntagmorgen in Paris zu ihm gesagt. Bei Ypern hätte es keinen netten Landgasthof gegeben, doch inzwischen war er in der Normandie. Wo es jede Menge Apfelbäume, reiche dunkle Erde, hübsche Dörfer, ausgedehnte Obstgärten und nette Gasthäuser mit sauberen Laken und mit weichen Federbetten gab. Er hielt sie fest im Arm, blickte durch das Fenster in den Sonnenuntergang hinaus und glitt mit seinen Fingern über ihre nackte Haut. Sie wandte sich ihm zu und küsste ihn zärtlich auf die Brust.

»Ich gebe dich niemals wieder her«, flüsterte sie voller Leidenschaft.

»Ich sollte wenigstens versuchen, dir das auszureden.«

»Das wäre nur eine leere Geste. Denn du brauchst mich genauso wie ich dich.«

»Das stimmt.« Wieder zog er sie an sich, streichelte sanft ihren Rücken und legte die Hand auf ihre weich geschwungene Hüfte. »Ich habe dir noch gar nichts von Dennis erzählt. Er ist Fluglehrer in Ottawa. Wurde letzten April in der Nähe von Abbeville abgeschossen, ohne dass er dabei auch nur einen Kratzer abbekommen hat. Doch ein solches Glück hätte er sicherlich kein zweites Mal gehabt. Deshalb bin ich froh, dass er nach Kanada gegangen ist.«

»Ich auch«, murmelte sie.

»Er hat mir einen langen Brief geschrieben, über Kanada und vor allem die Menschen dort. Das ist eine völlig andere Welt. Weißt du, ich habe bereits beschlossen, dass ich nicht zurück nach England gehen kann. Falls dieser Krieg je endet, fange ich ein neues Leben an. Ich werde nach Toronto oder in den Westen nach Vancouver gehen. Das habe ich meiner Frau bereits geschrieben und ihr auch erklärt, dass ich die Scheidung will. Auch für sie wäre das das Beste. Denn im Grunde will sie einen respektablen Mann, der stets zu Hause ist, jede Menge Geld verdient und die Konservativen wählt. Wir haben eigentlich nie wirklich zueinandergepasst.«

Sie richtete sich ein Stück auf.

»Wird sie mit der Scheidung einverstanden sein?«

»Keine Ahnung.« Er zog mit den Fingerspitzen die rosigen Kreise um ihre aufgerichteten Nippel nach. »Ich hoffe bei Gott, dass sie es tut, aber vielleicht verweigert sie sie mir auch aus Gehässigkeit.«

»Das wäre auch egal«, sagte Alex mit belegter Stimme. »Ich werde auf alle Fälle mit dir gehen, Robbie … werde mit dir leben, auch wenn ich dich nicht heiraten kann.«

»Vielleicht wird dir das eines Tages leidtun.«

»Nein.«

Oh nein, es täte ihr niemals leid. Und zwar nicht nur, weil ihr Körper sich im selben ruhigen Takt wie Robbies Leib bewegte, nicht, weil sie es liebte, wenn er in ihr war und ihre Leidenschaft sich langsam immer weiter in die Höhe schraubte, bis sie in sich zusammensank. Denn das, was sie verband, ging über bloße Leidenschaft hinaus. Ihrer beider Leben hatten sich miteinander verwoben und stellten eine Einheit dar. Sie würde ihn begleiten, egal wohin er ginge, und mit ihm zusammenleben – ohne jede Scham. Auch wenn ihre Eltern nie verstehen würden, dass es eine unauflösbare Verbindung zwischen ihrer grenzenlosen Zuneigung zu diesem Mann und seinem noch größeren Verlangen nach ihr gab.

»Ich liebe dich, Alex.«

»Ja. Ja … ja.«

Als Martin das Brigadehauptquartier in Bazentin betrat, nahm man ihn dort alles andere als freundlich in Empfang. Der wachhabende Offizier, der ihm bisher stets lächelnd und gesprächsbereit begegnet war, tat sogar, als sähe er ihn nicht. Die Tunnel und Räume lagen ein Stück hinter dem abgebrannten Dorf in einem alten deutschen Stollen, der Ende August erobert worden war. Man hatte in dem aus dem Kalksteinhügel ausgehobenen Labyrinth neben zwei Brigadehauptquartieren eine Fernmeldekompanie, einen Sanitätsposten und unzählige Vorräte untergebracht. Deshalb war es in den Gängen und den Räumen, in denen rund um die Uhr elektrische Lampen brannten, fürchterlich beengt und schrecklich laut.

»Ist der Colonel zu beschäftigt, um mit mir zu sprechen?«, wandte Martin sich an den Soldaten, der normalerweise nett und aufgeschlossen war.

Heute aber schob er, ohne aufzublicken, die Papiere auf dem winzigen Empfangstisch hin und her.

»Ich fürchte, ja.«

»Ich brauche nur einen Passierschein für die Front.«

»Kommt nicht in Frage. Tut mir leid, vielleicht morgen.«

»Sie wissen doch, wie schwer es für mich ist, nach Bazentin zu kommen. Und wenn ich schon einmal hier bin …«

Der Offizier wandte sich ab und rückte den Hörer eines Feldfernsprechers auf der Gabel zurecht.

»Hören Sie, Mr. Rilke, tut mir wirklich leid, aber …«

Plötzlich teilte sich ein schwerer Vorhang, der ehemals zum Schutz vor Gas und nun als Raumteiler diente, und Fenton streckte seinen Kopf heraus.

»Um Himmels willen«, stieß er müde hervor. »Mr. Rilke kriegen Sie nicht so schnell los. Komm rein, Martin.«

Fentons Bereich des Bunkers bestand aus einem Schreibtisch, Karten an den Kalksteinwänden, einem Stuhl und einer Pritsche. Sorgfältig zog er den Vorhang wieder zu, nahm auf dem Rand der Pritsche Platz und rieb sich die Augen.

»Ich habe gerade versucht, etwas zu schlafen.«

»Tut mir leid. Ich wollte dich nicht wecken.«

»Ich habe gesagt, ich habe es versucht. Du hast mich nicht geweckt. Dann willst du also in den Wald von Delville?«

»Wenn das irgendwie möglich ist …«

Fenton nickte langsam, während er zwischen den Decken auf dem Bett nach einer Dose Zigaretten suchte.

»Ich fürchte, dass du mit einem Mal Persona non grata bist. Das wurde uns gestern in knappen Worten mitgeteilt. Wenn dich jemand in der Kampfzone entdeckt, soll er dich hinausbegleiten. Du darfst nicht mehr weiter als bis Albert.«

Martin zündete sich eine Zigarre und dem Freund die Zigarette an.

»Es gibt nichts in Albert, worüber ich schreiben könnte, Fenton. Höchstens dass die Heilsarmee dort ein paar Suppenküchen eingerichtet hat. Dann könnte ich gleich nach Mississippi fahren, denn dort wäre ich vom Kriegsgeschehen genauso weit entfernt.«

»Das wäre vielleicht gar keine so schlechte Idee… Ich meine, dass du nach Mississippi fährst. Unser Militärattaché in Washington hat ein paar deiner Geschichten in den Yankee-Zeitungen gelesen und sofort nach London telegrafiert. Die grausigen Beschreibungen der Kämpfe im August haben ihn zutiefst schockiert.«

»Es waren keine grausigen Beschreibungen.«

»Davon bin ich überzeugt. Du hast die Angriffe auf Thiepval einfach in typisch unverblümter Martin-Rilke-Manier beschrieben.«

»Genau.«

»Wie hast du diese Berichte an den Zensoren vorbeibekommen?«

»Ich habe sie einem Kollegen von *AP* gegeben, der in die Staaten zurückgefahren ist.«

Ironisch lächelnd klopfte Fenton die Asche seiner Zigarette ab.

»Böser Junge. Hast dich nicht an die Spielregeln gehalten, stimmt's? Die Artikel haben unseren Generalstab in Verlegenheit gebracht. Thiepval hätte am ersten Juli eingenommen werden sollen. Inzwischen haben wir Ende September, und der Ort stellt immer noch ein eitriges Geschwür an unserer Flanke dar.

Es war einfach erniedrigend für ihn, dass er durch deine Berichte an sein Scheitern erinnert worden ist. Außerdem hättest du keine Ortsnamen erwähnen, sondern möglichst vage bleiben sollen. Oder etwa nicht?«

»Wahrscheinlich«, räumte Martin achselzuckend ein.

»Und Soldaten werden nicht ›von Granaten in der Luft zerfetzt‹ und ›winden sich‹ nicht ›schreiend in Granattrichtern‹. Soldaten ›fallen‹ einfach, weiter nichts.«

»Ich gehe davon aus, dass du die Artikel gelesen hast.«

»Nein. Das war nicht nötig. Denn wie du vielleicht noch weißt, war ich schließlich selbst dabei. Trotzdem hat Sir Julian die deftigeren Stellen für mich am Telefon zitiert. Und er schäumte vor Wut. Was ich dem Alten nicht verdenken kann. Denn Wully Robertson hat Haig und Rawlinson ebenso wie meinem armen Onkel Julian kräftig Feuer unter dem Hintern gemacht.«

»Und jetzt machst du mir Feuer unter dem Allerwertesten.«

»Genau. An wem du deinen Zorn auslassen kannst, weiß ich leider nicht.«

Martin betrachtete die Spitze seiner Fünfzig-Cent-Zigarre. Da er sich von teuren Rauchwaren abgesehen kaum einen Luxus gönnte, wartete er, statt die Asche abzuklopfen, bis sie von selbst auf den Boden fiel.

»Das ist doch nur ein Sturm im Wasserglas, Fenton. Ich habe diese Artikel absichtlich an den Zensoren vorbeigeschleust. Sie waren ja für Amerika bestimmt. Ich habe lediglich versucht, den Menschen dort das entsetzliche Gemetzel dieses Krieges deutlich zu machen. Vielleicht werden sie irgendwann in den Konflikt hineingezogen, deshalb haben sie das Recht zu wissen, wie man im zwanzigsten Jahrhundert kämpft. Dabei haben die amerikanischen Zeitungen sicher keine große Sache aus den Beiträgen gemacht. In den Staaten machen sich die Leute viel mehr Sorgen wegen Pancho Villas Schießereien in New Mexico als um ein paar tausend Tommys, die ihr Leben geben, um den Deutschen fünfzig Meter französischen Bodens zu entreißen. Denn sie verstehen das ganz einfach nicht.«

Eine Meile entfernt feuerten noch immer britische 203-mm-Haubitzen und französische 105-mm-Kanonen auf den Hochwald und Delville. Die vulkanartigen Explosionen waren weniger zu hören, als vielmehr zu spüren – die Bunkerwände bebten, und der feine weiße Kalkstaub fiel von den Decken.

»Ich verstehe es genauso wenig, Martin. Ach, was soll's … Ich werde einfach so tun, als hätte ich dich nie gesehen, aber halte dich in Zukunft von meinem Zuständigkeitsbereich fern. Ich wurde inzwischen zum Brigadegeneral ernannt, bis sie einen echten General in den Reservetruppen auftreiben und hierher verfrachten, auch wenn sich der Kerl bestimmt nach Leibeskräften wehren wird. Aber wie dem auch sei, ich habe fünf Bataillone unter meinem eher lockeren Kommando – die Royal Windsors, die Green Howards und drei bunt gemischte Trupps, in denen außer den weiblichen Pfadfindern so ziemlich alles anzutreffen ist. Wir sollen morgen früh bei Sonnenaufgang mit drei anderen Brigaden in den Westen des Hochwalds ziehen und versuchen, hinter den Panzern einen Vorstoß auf Flers zu unternehmen.«

»Davon habe ich bereits gehört. Deshalb bin ich hier.«

»Natürlich hast du davon gehört«, stellte Fenton grimmig fest. »Weil in dieser Armee niemand seine Klappe halten kann. Du brauchst nur irgendeine Hure in Amiens zu fragen, was für eine Strategie unser Oberkommando verfolgt.« Er drückte seine Zigarette auf dem Boden aus, während er bereits die nächste aus der Dose zog. »Wir haben noch ein paar der fünfzig Panzer, die sie uns geschickt haben, deswegen wollen sie es noch mal versuchen. Aber der Untergrund ist furchtbar. Steil, verschlammt und mit alten Bombentrichtern übersät. Und diese verfluchten Panzer sind derart empfindlich, dass sie schon zusammenbrechen, wenn man sie nur böse ansieht. Aber natürlich haben sie Potenzial. Wenn sie so schnell wären, wie Männer laufen können, und die Kraft hätten, um mühelos bergauf zu fahren, wären wir in zwei Wochen am Rhein.«

»Die Amerikaner sind an Panzern interessiert«, erklärte Martin lahm. »Schließlich hat ein Amerikaner den gleiskettenbetriebenen Traktor erfunden, nämlich Benjamin Holt.«

»Ein Hoch auf Onkel B.«, entgegnete Fenton trocken.

An der Somme, 21. September 1916

Beobachtungen und Gedanken. Es ist wieder mal ein kalter, nasser Tag. Ich stehe bis zu den Knien im Schlamm, obwohl mein Beobachtungsposten in einer mit einer Tarnplane bedeckten Senke halbwegs trocken ist. Der Hochwald ist unter intensivem britischem und französischem Artilleriebeschuss, und die Granaten, die über den Baumstümpfen auf der Hügelkuppe explodieren, erinnern an Wetterleuchten. Genauso sieht der Himmel in Richtung Osten über Longueval und dem Wald von Delville aus. Mehr als vier Brigaden scheinen an diesem Vorstoß beteiligt zu sein. Auf der Straße von Contalmaison nach Bazentin habe ich sogar regenschwarze Reiter und Pferde gesehen. Obwohl die Kavallerie unter den Strapazen dieses Krieges stark gelitten hat. Wahrscheinlich wurden die englischen Husaren und indischen Lanzenreiter einfach dazu verpflichtet, damit die Infanteristen vorn das Gefühl haben, ein Durchbruch stünde unmittelbar bevor. Damit sie denken, sie bräuchten nur noch ein paar Löcher in die deutsche Grabenanlage zu schlagen, damit riesengroße Reiterhorden wie Raketen an ihnen vorbei »ins Blaue« schießen, wie Haig es so hübsch formuliert. Wobei vor mir statt blauem Himmel nur lodernde Flammen und ein schlammiges, von tiefen Löchern übersätes Territorium zu sehen sind. Die Deutschen erwidern das Feuer nicht. Sie werden wie immer hinter Tonnen von Stahlbeton und meterhohen Sandsackbergen eingegraben sein. Wenn der Beschuss abnimmt und die britische Infanterie zum Angriff übergeht, werden sie aus der Versenkung auftauchen und sie in Stücke reißen. Denn so machen sie es seit dem ersten Tag, und trotzdem hat bisher noch niemand einen Plan entwickelt, mit dem sich dieses deprimierende Szenario verändern lässt.

Im Graben bei den 2. Royal Windsor Fusiliers. Kaltblütigkeit ist keine Eigenschaft, die zu einem Amerikaner passt. Vor allem nicht zu einem amerikanischen Militär. Lee mag kaltblütig gewesen sein, aber Grant und all die anderen Generäle, die mir einfallen, ganz gewiss nicht. Die Soldaten, die in unserem Land gegeneinander in den Krieg gezogen sind, waren achtlos, sind nie sorgfältig mit ihren Waffen umgegangen, haben Tabaksaft gespuckt und nach allen Regeln der Kunst geflucht. Charles Greville aber ist ein kaltblütiger Mann. Er hat eine exponierte Position inne, steht oben auf dem Wall des Grabens und sucht den Waldrand mit dem Fernglas ab. Eiskalt. Am liebsten würde ich rufen: »He, seht alle her. Der Mann, der da oben steht, ist mein Cousin.« Mutig, aber dumm. Weil die Deutschen unablässig schießen. Krachend fliegen die Kugeln der MGs über den Graben hinweg. Doch Charles behält die Ruhe. Langsam steigt er wieder in den Graben und schreibt etwas für die Melder auf. Dann schickt er auf Befehl des Hauptquartiers zwei zusätzliche Kompanien los. Denn der Zeitplan für den Angriff muss eingehalten werden. Auch wenn er dadurch die Todesurteile für ein paar hundert Männer unterschreibt. Seine Hand ist völlig ruhig und seine Miene ausdruckslos. Irgendwann muss ich ihn fragen, was ihm während dieses Augenblicks durch den Kopf gegangen ist.

Das deutsche Gegenfeuer ist erheblich stärker als erwartet. Der gesamte Graben bebt, Sandsäcke, Stacheldraht und Teile der Männer, die im Stacheldraht gefangen sind, fliegen durch die Gegend. Jemand brüllt: »Die Panzer kriegen heftig was aufs Dach.« Eine Stimme mit Ostlondoner Akzent, die beinahe fröhlich klingt. Meine Kurzschrift ist nicht mehr zu lesen. Deshalb höre ich am besten …

Paris (AP) *12. Dezember 1916*

Martin Rilke vom Pariser Büro der Associated Press, *der im September an der Somme schwer verwundet worden war, wurde aus dem Krankenhaus entlassen und teilte uns mit, dass er in Saint-Germain-en-Laye unweit von Paris seiner vollständigen Genesung entgegensehe.*

18

Jacob Golden überquerte die dicht befahrene Champs-Élysée, lächelte einem Taxifahrer, der ihn anschrie, freundlich zu und ignorierte das laute Hupkonzert, das ihn verfolgte. Auf der anderen Straßenseite angekommen, strich er die Moleskinaufschläge seines Mantels glatt, rückte die Melone sorgfältig zurecht, schwenkte seinen Stock wie der geborene Lebemann und betrat das glitzernde Foyer des Hôtel Monceau. In der Bar bestellte er sich einen Dubonnet, wobei er ein akzentfreies Französisch sprach. Ein britischer Colonel, der mit einem Whiskey in der Nähe stand, fragte ihn deshalb in einem Wörterbuch-Französisch nach einem Lokal, in dem »die nackten Mädchen tanzen«.

In gebrochenem Englisch wies er ihm den Weg zum Boulevard de Clichy, in dem das einzig Nackte die gerupften Hühnchen in der Auslage eines Geflügelschlachters waren, und wünschte ihm viel Spaß.

Er hatte seinen Aperitif fast ausgetrunken, als Claude Lenard die Bar betrat. Der korpulente Mann suchte sich einen Tisch in einer dunklen Ecke, und nach einem Augenblick schlenderte Jacob lässig zu ihm hinüber und nahm ihm gegenüber Platz.

»Hallo, Claude.«

Claude Lenard, ein sozialistischer Verleger, der ein lebenslanger Freund der Arbeiterführer Jean Jaurès und Keir Hardie gewesen war, sah sich verstohlen um und stieß ein leises Knurren aus. Denn ihre Bewegung war am Ende, und auch seine eigene Freiheit war beständig in Gefahr.

»Lassen Sie mich Ihnen einen Drink spendieren, Claude.«

»Das ist nicht nötig, Golden.«

»Vielleicht nicht, aber es ist auf jeden Fall üblich. Weil kein Mensch in diese Bar kommt, ohne etwas zu trinken.«

Die winzigen Äuglein, die in seinem massigen Gesicht mit dem buschigen Bart fast nicht zu sehen waren, flackerten zornig auf, doch dann nickte er.

»Ich nehme ein Bier.«

»Einen Whiskey Soda. Dies ist keine Gewerkschaftskneipe, Claude. Andere Lokale, andere Sitten, wie es so schön heißt.«

Der Verleger sah verbittert auf die kirschholzverkleideten Wände und die elegant geschwungene Bar aus teurem Rosenholz, deren Oberfläche selbstverständlich nicht mit Zink-, sondern Kupferblech verkleidet war.

»Ich gehöre nicht an einen solchen Ort des Kapitalismus.«

»Nein«, stimmte ihm Jacob überzeugt zu. »Deshalb würde die Polizei hier auch nicht nach Ihnen suchen. Einen sichereren Ort für unsere Unterhaltung gibt es nicht. Vielleicht ist es ein Schock für Sie, aber Sie sind das Ebenbild des rebellischen Magnaten Ravenot.«

»Das hat man mir bereits des Öfteren gesagt«, gab der Mann trocken zurück. »Aber ich bin nicht Ravenot, also bestellen Sie mir einen Whiskey Soda – oder vielleicht lieber einen Armagnac.«

Jacob winkte nach dem Ober, und schweigend warteten die beiden Männer, bis er mit den Getränken kam.

»Also gut«, fing Lenard schließlich an. »Ich habe einen Drucker für Sie ausfindig gemacht, der bereit ist, Ihren Auftrag auszuführen. Es geht ihm nicht nur ums Geld … Er hat drei Söhne bei Verdun verloren, was ihn verständlicherweise sehr verbittert hat. Man kann ihm trauen, aber billig wird es nicht.«

»Geld spielt keine Rolle. Ich will ein qualitativ hochwertiges Blatt.«

»Das kriegt er sicher hin. Denn er ist ein Meister seines Fachs.«

Jacob zog einen dicken Umschlag aus der Innentasche seines Mantels und legte ihn vor sich auf den Tisch.

»Das sollte ein ausreichender Beweis meines Vertrauens sein. Zwacken Sie, so viel Sie davon für sich selbst brauchen, ab.«

Lenard trommelte mit seinen fleischigen Fingern auf den Umschlag und sah Jacob reglos an.

»Ich hoffe, Sie sind sich über die Risiken im Klaren, Golden. Das Klima ist für derartige Unternehmen alles andere als günstig. Seit Verdun sind sie furchtbar empfindlich. Am liebsten würden sie die ganze Wahrheit über das Gemetzel zusammen mit den Leichen dort begraben. Genau wie die Engländer die Wahrheit über das Debakel an der Somme. Jede Kritik am Krieg wird als Verrat gesehen.«

»Ich weiß.«

»Trotzdem gibt's hier in Paris Autoren, die schon in der alten Zeit für mich geschrieben haben. Leidenschaftliche, furchtlose Männer, die bereit sind, für ihre Überzeugung in den Knast zu gehen.«

»Ich will keine leidenschaftlichen Pamphlete, Claude. Dies wird kein Auszug aus der Zweiten Internationale.«

»So spricht aber kein guter Sozialist.«

»Ich bin weder ein guter noch ein schlechter Sozialist«, erklärte Jacob ihm gedehnt. »Ich habe mich noch nie für Politik interessiert. Nein, Claude, ich schwimme einfach momentan gegen den Strom, sonst nichts.«

Jacob schleppte einen Koffer aus seinem Apartment in der Rue Pigalle, nahm die Metro zum Pont de Neuilly und setzte dann die Fahrt nach Saint-Germain-en-Laye in einem Taxi fort. Der Fahrer schimpfte, denn der Weg war weit und Treibstoff knapp, und mit kurzen Fahrten hätte er erheblich weniger Benzin verbraucht und trotzdem mehr verdient. Abermals schob Jacob seine Hand in die Manteltasche und drückte dem Mann die doppelte Anzahl Scheine in die Hand. Bisher war Geld noch kein Problem. Das entstand erst, wenn er sein Vorhaben realisierte, doch dann fände er bestimmt einen Weg, um Geld aus England nach Paris zu transferieren. Deshalb machte er sich jetzt keine Gedanken darüber, lehnte sich auf seinem Sitz zurück und blickte auf den kahlen winterlichen Wald. Dies war der dritte Kriegswinter, und selbst die Bäume sahen müde aus.

Das von Martin Rilke angemietete Haus lag in einem sorgfältig gepflegten Garten, der von einem dichten Hain aus Buchen und Pinien umgeben war. Es war ein kleines zweistöckiges Kalksteinhaus aus der Jahrhundertwende, errichtet für die Geliebte eines Bankdirektors aus Paris. Doch seit die Deutschen in den ersten Kriegswochen Paris bedroht hatten, hatte dort niemand mehr gewohnt.

Eine große, streng wirkende Frau mit eisgrauen Haaren öffnete die Tür. Sie trug eine schiefergraue Uniform mit einem kleinen aufgestickten roten Kreuz in Höhe ihrer vollen Brust.

»Es ist nicht gut für Monsieur Rilke, wenn er sich anstrengen muss«, erklärte sie, und ihr Akzent verriet, dass sie Bretonin war. »Ich hoffe, Sie werden nicht allzu lange bleiben.«

»Oh«, gab Jacob gut gelaunt zurück, während er seinen Hut auf den Kleiderständer warf. »Nur ein, zwei Wochen. Länger nicht.«

Martin saß in einem kleinen behaglichen Zimmer auf der Rückseite des Hauses auf der Couch. Er war überrascht und hocherfreut, als Jacob durch die Tür schlenderte, warf das Buch, das er gelesen hatte, beiseite und tastete nach seinen Krücken.

»Jacob! Ich fasse es nicht.«

»Ah, wie trügerisch doch das Gedächtnis ist. Schließlich habe ich nach deiner zweiten – oder dritten? – Operation an deinem Bett gesessen. Ich war in der Zeit des Elends für dich da, aber ich wette, dass du dich nicht mehr daran erinnern kannst.«

»Das stimmt, das kann ich nicht.« Er versuchte aufzustehen, doch Jacob wehrte ab.

»Um Gottes willen, steh nicht meinetwegen auf. Wo bewahrst du den Champagner auf?«

»In der Vorratskammer.«

»Nun, dann machen wir nachher zur Feier unseres Wiedersehens ein oder zwei Flaschen auf.« Er zog seinen Mantel aus und rückte einen Stuhl neben die Couch. »Ein wirklich hübsches kleines Haus. Gehört es dir?«

»Nein, aber vielleicht kaufe ich es. Der Besitzer geht noch immer davon aus, dass früher oder später Horden von Ulanen durch den Wald gestürmt kommen, deshalb gäbe er es billig ab.«

»Und du hast plötzlich Geld, mein Freund?«

»Ich habe noch jede Menge Lohnnachzahlungen und Boni eingeheimst, und mein Onkel Paul war so erschüttert, als er von meiner Verwundung hörte, dass er seinen Importeur hier in Paris umgehend angewiesen hat, vierzigtausend Francs auf mein Konto einzuzahlen. Es macht sich offenbar bezahlt, wenn einen eine Granate trifft.«

»Wie fühlst du dich?«

»Stark wie ein Ochse – bis ich stehe. Aber dass Madame Lucille mich pflegt, ist ein echter Anreiz, möglichst schnell wieder gesund zu werden.«

»Das kann ich mir vorstellen. Ich habe die Dame bereits kennen gelernt. Sie hat den Charme einer Gefängniswärterin.«

Martin lehnte sich gegen die Kissen und musterte den Freund.

»Warum trägst du keine Uniform?«

»Oh, ich habe meine Beziehung zur Armee gekappt, bevor ich nach Frankreich gekommen bin. Übrigens bin ich schon seit sechs Wochen hier. Ich hatte eine Bude in Montmartre angemietet, aber dort werde ich einfach zu sehr abgelenkt. Leider muss ich zugeben, dass meine Vorliebe für junge Tänzerinnen von zweifelhaftem Ruf nicht abgenommen hat. Aber sie kosten mich einfach zu viel und rauben mir vor allem Energie.«

»Einen Augenblick, Jacob, fang bitte noch mal von vorn an. Was hast du damit gemeint, du hättest deine Beziehung zur Armee ›gekappt‹?«

»Genau das, mein Freund, ich habe meinen Dienst beim Nachrichtenkorps quittiert.«

»Geht das denn mitten im Krieg?«

»Seit es so etwas wie eine allgemeine Wehrpflicht gibt, machen sie die Schlupflöcher allmählich dicht, aber, meine Güte, ja, man dient dem König und dem Vaterland auf rein freiwilliger Basis. Vielleicht müssen die gemeinen Soldaten bis zum Ende bleiben, aber als echte Gentlemen machen wir Offiziere nur so lange mit, wie wir wollen. Allerdings quittiert ein wohl erzogener Mann natürlich seinen Dienst nicht vorzeitig. Aber ich habe das getan. Und dann habe ich dem neuen Gesetz entsprechend den Einberufungsausschuss darüber informiert, dass ich den Kriegsdienst aus Gewissensgründen verweigere, und bin nach Frankreich abgehauen, bevor sie mich abholen und ich schwere, wenn auch lohnenswerte Arbeit irgendwo auf einer Zuckerrübenfarm in Suffolk leisten muss.«

»So wie du es formulierst, klingt es wie ein Spiel. Ich wusste gar nicht, dass du eine so starke religiöse Überzeugung hast.«

»Die habe ich auch nicht, aber ich habe etwas gegen diesen Krieg. Ich finde, dass man damit der Menschheit einen schlechten Dienst erweist. Dass man sie arglistig täuscht. Ich habe immer die verschlüsselten Berichte von Haigs Hauptquartier gelesen. Es hat mich amüsiert, wenn das Erstürmen eines Grabens in den Zeitungen als großer Sieg beschrieben wurde, doch das Lachen ist mir jedes Mal vergangen, wenn ich las, wie viele Leben für die Einnahme eines Stückchens schlammbedeckter Erde irgendwo im Nirgendwo vergeudet worden sind. Deshalb habe ich beschlossen, dass man was dagegen unternehmen muss, und bringe bald eine Zeitung raus, in der die ganze, nicht glorifizierte Wahrheit stehen wird.«

Martin pfiff leise durch die Zähne und zog eine Zigarre aus der Tasche seines Morgenrocks.

»Damit wirst du nicht durchkommen, weil pazifistische Zeitungen immer sofort geschlossen werden, und zwar nicht nur in England, sondern überall.«

»Das ist mir klar, aber dies wird kein schriller, auf einer Handpresse gedruckter Handzettel, den irgendwelche jungen Anarchisten auf die Straßen werfen. Diese Zeitung wird so seriös wie die *London Gazette* und so gut geschrieben sein wie die *Times.* Niemand, der sie liest, wird sie abtun oder ignorieren können, weil es für die Dinge, die darin stehen, zahlreiche Belege gibt. Deshalb wird die Leserschaft vom Parlament in London und von den Senatoren in Paris verlangen, unseren Geschichten auf den Grund zu gehen. Übrigens wird unser Blatt in England und in Frankreich in der jeweiligen Landessprache aufgelegt, und wenn es erst genug Leser hat, sorgt seine Schließung für noch größeres Furore, als wenn man uns weitermachen lässt.« Er runzelte die Stirn und zupfte sich am Ohr. »Natürlich dürfte es ein bisschen schwierig werden, einen derart großen Leserkreis zu finden. Das Problem, wie die Zeitung anfangs verteilt werden soll, habe ich bisher noch nicht gelöst.«

»Du wirst dich mit diesem Projekt in größte Schwierigkeiten bringen. Man könnte dich in Frankreich wegen Volksverhetzung standrechtlich erschießen, wenn du nicht in England wegen Übertretung des Gesetzes zur Verteidigung des Reichs bis Kriegsende hinter Gitter wanderst – das, so wie die Dinge laufen, unter Umständen noch fünfzig Jahre auf sich warten lässt. Ich an deiner Stelle würde mir die Sache gründlich überlegen, Jacob.«

»Ich habe schon tausend Mal darüber nachgedacht. Aber ich habe mich entschieden und bin vollkommen gelassen, denn ich bin mir der Gefahr bewusst, weiß aber, wie lohnenswert dieses Projekt auch ist. Sollen sie mich ruhig verhaften, wenn ich dafür auch nur einen Menschen dazu bringen kann, bei den offiziellen Berichten von der Front nicht mehr »Rule Britannia!« oder die »Marseillaise« zu singen und ernsthaft darüber nachzudenken, dass ein solcher Krieg völliger Wahnsinn ist.«

»Und du willst, dass ich ein paar Artikel für die Zeitung schreibe. Bist du deshalb hier?«

»Ja und nein. Natürlich hoffe ich, dass ich deine Erfahrungen für meine Zeitung nutzen kann – anonym versteht sich –, aber außerdem brauche ich einen ruhigen Ort, an den ich mich zurückziehen kann, und vor allem wollte ich dich sehen.«

»Ich freue mich auch sehr, dich zu sehen. Aber ich wäre dir kein guter Freund, wenn ich dich noch zu diesem Vorhaben ermuntern würde. Der Preis der Offensive an der Somme steht inzwischen fest. In viereinhalb Monaten hat England dort sechs Meilen Boden gutgemacht, aber fast eine halbe Million Männer verloren. Vierhunderttausend Soldaten sind gefallen, wurden verwundet oder werden seither vermisst. Dafür wollen die Menschen etwas haben, und deswegen glauben sie, wenn man ihnen erzählt, es hätte sich gelohnt, man hätte etwas Großes dort erreicht, das Opfer hätte einen Sinn gehabt. Sie wollen die Wahrheit unter anderem deswegen nicht hören, weil sie zu schmerzlich ist. Niemand kann diesen Krieg beenden, auch die öffentliche Meinung nicht. Er hat ein Eigenleben entwickelt wie eine Lokomotive, die sich nicht mehr stoppen lässt. Er wird erst dann aufhören, wenn die eine oder andere Seite aufgibt. Wenn ein eindeutiger Sieg errungen ist. Mit dieser Zeitung wirst du dastehen wie ein Rufer in der Wüste. Niemand wird dich hören.«

Seufzend stand Jacob auf und streckte seine Arme aus.

»Du hast vollkommen recht, Martin, aber ich rufe gerne in die Wüste, weil selbst dort die vage Chance besteht, dass irgendwer mich hört. Mein Entschluss steht fest. Ich werde eine Zeitung publizieren, in der die Wahrheit steht.«

»Dann hat Jacob, der Bilderstürmer, also endlich was gefunden, woran er von ganzem Herzen glaubt.«

Jacob ballte die Fäuste hinter seinem Rücken, trat ans Fenster und blickte auf die sorgfältig gestutzte Hecke, auf der eine dünne weiße Frostschicht lag.

»Nur zum Teil, Martin. Einerseits macht es mir Spaß, gegen den Strom zu schwimmen, und andererseits möchte ich unbedingt etwas von dauerhaftem Wert in meinem Leben tun. Vielleicht wurde ich dazu geboren, eine Armee von Pazifisten anzuführen. Vielleicht aber auch nicht. Das werde ich bald herausfinden. Aber jetzt zu einem viel drängenderen Problem. Wo ist diese Vorratskammer, und wie gut ist der Champagner, der dort liegt?«

Madame Lucille vom Roten Kreuz war eine Frau, die gegen vieles etwas einzuwenden hatte. Sie war gegen Besucher und vor allem Gäste, die sich ungebeten einquartierten, gegen den Genuss von Alkohol, das Rauchen von Zigarren oder Zigaretten, frische Luft im Haus, und sie akzeptierte Martins Widerwillen gegen das Essen nicht, das er von ihr vorgesetzt bekam. Martin hatte eine Frau, die ihm der Bürgermeister aus Saint-Germain empfohlen hatte, für den Haushalt und als Köchin eingestellt, doch auf Geheiß Madame Lucilles hatte er bisher stets nur Haferschleim, wässrige Graupensuppe und gekochtes Hühnchen gegessen. Als er jetzt zur Feier des Tages gebratene Ente und Kartoffeln bestellte, erklärte ihm Madame Lucille, sie müsse ihre Arbeit niederlegen, wenn er derart unvernünftig sei.

»Gut«, stimmte ihr Martin zu. »Meinetwegen gehen Sie. Leben Sie wohl.«

»Und wer wird dich jetzt pflegen?«, fragte Jacob, während er die Ente teilte.

»Ach, im Grunde brauche ich gar keine Pflege mehr. Ich kann

mich inzwischen wieder halbwegs gut bewegen, und die Wunde an der Hüfte sieht zwar hässlich aus, ist aber ordentlich verheilt. Ich brauche einfach wieder Kraft, und deshalb sollte ich gebratene Ente und Lamm, Hammel- und Schweinekoteletts, Speck und Eier essen, ein, zwei Liter Rotwein trinken und zehn anständige Zigarren am Tag rauchen. Außerdem besucht mich nächste Woche eine Krankenschwester während ihres Urlaubs, eine Armeeschwester, an die du dich bestimmt erinnern kannst. Ivy Thaxton. Du hast sie ein paarmal in der Wohnung in London gesehen.«

»Schlank, mit dunklem Haar und veilchenblauen Augen?«

»Genau die.«

»Sie war nicht mein Typ. Zu frisch und jungfräulich.«

»Das liegt daran, dass sie Jungfrau ist und keins von diesen Flittchen, hinter denen du her bist.«

Jacob zog die Braue hoch.

»Flittchen? Solche Worte nimmst du in den Mund?«

»Ich bin sprachlich immer gerne auf dem neuesten Stand. Das gehört zu meinem Beruf.«

»Wird sie ihren Urlaub hier verbringen?«

»Ich werde alles daransetzen, um sie dazu zu überreden.«

»Ah.«

»Was soll das heißen? ›Ah‹?«

»In diesem Fall bedeutet ›ah‹, dass ich in das Gasthaus am Ende der Straße ziehen werde, während sie dich hier besucht. Denn drei wären einer zu viel – auch wenn man das in Frankreich manchmal anders sieht.«

Sie kam vier Tage vor Weihnachten mit dem Frühzug aus Rouen, schwang sich ihre Ledertasche über eine Schulter und marschierte die zwei Meilen bis zu seinem Haus zu Fuß. Martin, der sie durch das Fenster seines Wohnzimmers gesehen hatte, packte seine Krücken, humpelte vors Haus und biss die Zähne aufeinander, damit ihm der Schmerz in seiner Hüfte nicht gleich anzusehen war. Um ihn im Notfall auffangen zu können, baute Jacob sich hinter ihm auf.

»Warum hast du kein Taxi genommen?«, rief Martin dem Gast entgegen. »Zu Fuß ist es doch viel zu weit.«

»Ich gehe gern zu Fuß«, rief sie zurück, als sie von der baumbestandenen Straße in die ordentlich gekieste Einfahrt trat. »Und es waren nur ein, zwei Meilen.« Sie blieb vor ihm stehen und strich sich lächelnd eine schwarze Strähne aus der Stirn. »Oje, sieh dich nur an. Der verwundete Krieger.«

»Nur ein kleiner Schreiberling, der von einer Granate gestreift worden ist«, schränkte Martin ein. Als er sie musterte und sah, wie schön sie war, vergaß er den Schmerz in seiner Hüfte für einen Augenblick. »Dein Anblick weckt meine Lebensgeister, Ivy«, sagte er mit rauer Stimme. »Erinnerst du dich noch an Jacob?«

»Ja, natürlich«, sagte sie und reichte seinem Freund die Hand. »Wie geht es Ihnen, Mr. Golden?«

»Jacob«, korrigierte er sie. »Nur meine Feinde nennen mich Mr. Golden. Geben Sie mir Ihre Tasche und helfen Sie diesem Boswell von der Somme zurück auf seine Couch.«

Vor dem Mittagessen wanderte sie durch das Haus, sah sich alles an und nahm auf einem Stuhl neben dem Sofa Platz, auf dem Martin mit hochgelegten Beinen saß.

»Das Haus ist wunderschön, Martin.«

»Oben war ich bisher noch nie. Die Schmerzen, die ich noch beim Treppensteigen habe, hätten sich wahrscheinlich nicht gelohnt.«

»Erzähl mir bloß nicht, dass du auf dem Sofa schläfst.«

»Sie haben mir ein Bett mit einer Art Trapezstange, die mir beim Aufstehen hilft, in das kleine Zimmer hinter dem Wohnzimmer gestellt.«

»Du hast das Krankenhaus doch nicht zu früh verlassen, oder?«

»Nein. Und vor allem brauchten sie das Bett. Denn sie hatten sogar in den Korridoren Pritschen für Patienten aufgestellt.«

Sie stand auf und reichte ihm die Hände.

»Los, steh auf. Leg dich ins Bett und zieh die Hose aus.«

»Wie bitte?«

»Du hast mich genau verstanden. Ich will mir deine Wunde ansehen.«

»Der geht's gut«, erklärte er. »Sie ist wunderbar verheilt. Ein Chirurg aus Harvard – von einer amerikanischen Freiwilligengruppe – hat mich operiert. Ein wirklich guter Mann.«

»Aber er ist jetzt nicht hier, um dich zu untersuchen, oder? Tu bitte, was ich gesagt habe.«

Also führte er sie in sein Schlafzimmer, legte sich aufs Bett, starrte stirnrunzelnd die Decke an, während Ivy ihm vorsichtig die Hose auszog.

Da sich die leuchtend rote Narbe über die rechte Hüfte bis hinab auf den Oberschenkel erstreckte, musste sie ihn vollständig entkleiden. Er machte die Augen zu und biss die Zähne aufeinander, als sie sanft mit ihren Fingerspitzen über die Verletzung strich.

»Keine Entzündung«, sagte sie. »Du hast wirklich Glück gehabt. Zweieinhalb Zentimeter weiter links, und die Granate hätte dich entmannt.«

»Ich weiß«, stieß er mit belegter Stimme hervor.

»Hast du eine Salbe? Die Narbe sieht ziemlich trocken aus und juckt doch sicher fürchterlich.«

»Mich juckt es überall.«

»Ach ja?« Sie betastete seinen Bauch. »Seltsam. Deine Haut fühlt sich nicht trocken an.«

»Es ist nicht meine Haut, die juckt, Ivy. Es ist mehr innerlich. Ein inneres Jucken, das sich ›Ich-verzehre-mich-nach-Ivy-Thaxton‹ nennt und durchaus heilbar ist.«

»Wo ist die Salbe?«, fragte sie ihn streng. Er sagte es ihr, und nachdem sie seine Narbe damit eingerieben hatte, trat sie einen Schritt zurück. »Jetzt kannst du deine Hose wieder hochziehen.«

Dankbar zog sich Martin wieder an und atmete tief durch.

»Dies ist ein ziemlich ungünstiger Zeitpunkt, dich zu bitten, meine Frau zu werden, Ivy, aber ich würde mir wünschen, dass du es dir noch mal überlegst und es aus meiner Perspektive siehst. Ebenso wie du niemals von mir erwarten würdest, nicht mehr über diesen Krieg zu schreiben, würde ich niemals von dir erwarten, aus dem Sanitätskorps auszuscheiden. Aber jetzt hast du zwei Wochen Urlaub, und zwei Wochen Glück sind in einer Zeit wie dieser viel. Wie dem auch sei – ich bitte dich, noch mal darüber nachzudenken … abzuwägen … es aus verschiedenen Blickwinkeln zu betrachten.«

»Ich habe mich bereits entschieden, als ich dir geschrieben habe. Obwohl die Entscheidung mir nicht leichtgefallen ist.«

»Nein«, stellte er nüchtern fest. »Ich schätze, nicht.«

»Aber wenn du wirklich die Verpflichtung auf dich nehmen *willst,* eine Frau zu ehelichen …«

»Oh, auf jeden Fall!« Er packte die Trapezstange, schwang seine Beine aus dem Bett und rief nach seinem Freund.

»Was ist das für ein Lärm?« Jacob öffnete die Tür und streckte den Kopf herein. »Hat dich das Mädchen angegriffen?«

»Ruf nach einem Taxi! Und melde dem Bürgermeister, dass er eine Trauung vornehmen muss!«

»Gratuliere. Und jetzt weißt du, was mein ›Ah‹ bedeutet hat. Ich laufe schnell runter zum Gasthaus und gucke, ob ich dort einen Wagen finde. Das Telefon ist nämlich wieder mal kaputt.«

»Lass uns zusammen gehen.« Martin packte seine Krücken und stand auf. »Im Flurschrank steht ein Rollstuhl, und es geht die ganze Zeit bergab. Los, Jacob, steh nicht so dumm herum!«

»Du kannst manchmal ganz schön herrisch sein.«

»Wird die Trauung auch legal sein?«, fragte Ivy in besorgtem Ton.

»Natürlich! Wofür hältst du mich? Genau wie ein Schiffskapitän kann auch der Herr Bürgermeister jeden trauen. Und die kirchliche Hochzeit können wir irgendwann nachholen, wenn du willst.«

Sie beugte sich ein wenig vor und gab ihm einen Wangenkuss. »Das ist mir egal, Martin, solange ich mit reinem Gewissen an meine Eltern schreiben kann.«

Obwohl sie beim Gasthaus keinen Wagen bekamen, waren jede Menge starker Männer bereit, den Amerikaner, der immer so freundlich war, bis nach Saint-Germain zu schieben. Denn nach allem, was der Mann erlitten hatte, freuten sie sich, dass er plötzlich derart glücklich war. Flankiert von Braut und Trauzeuge, schoben zwei Stallburschen den Rollstuhl mitten auf der Straße bis zum Rathaus, und nach ein paar kurzen, aber feierlichen Sätzen in der Eingangshalle fuhr der Bürgermeister sie in seinem klapprigen Renault zurück zu Martins Haus.

»Ich bin überglücklich«, seufzte Martin. »Trunken vor Freude …«

»… und Champagner.«

»›Schenket allen ein, weil Wein uns inspiriert … und mit Liebe, Mut und Glück erfüllt …‹ *Die Bettleroper.* Danach heißt es noch, dass Frauen die begehrenswertesten Geschöpfe auf der Erde sind. Aber für mich ist das nur eine, und zwar *meine* Frau.«

Nachdem alle gegangen waren, saß sie in ihrem Schwesternnachthemd neben Martin auf dem Bett und flocht sorgfältig ihr Haar. Doch er schob ihre Hände fort und machte die ordentlichen Zöpfe wieder auf.

»Ich liebe es, wenn du die Haare lang und offen trägst. Ach, Mrs. Rilke, du bist einfach eine wunderschöne Frau.«

»Im Augenblick sehe ich ja wohl eher ein wenig schäbig aus. Ich hätte nie gedacht, dass ich in meiner Hochzeitsnacht ein Flanellhemd tragen würde, das dem Schwesternkorps der britischen Armee gehört.«

»Morgen kaufe ich ein Dutzend Seidennegligés für dich. Es heißt, dass es in Saint-Germain ein paar durchaus schöne Läden gibt, oder wir fahren nach Paris, gehen dort einkaufen und übernachten im Crillon. Sie haben dort doch bestimmt eine Hochzeitssuite.«

»Ach was. Wir sind in unserem eigenen Haus. Was kann es Schöneres geben?«

Sie stand auf und blies die Lampen aus.

»Tut mir leid«, erklärte er. »Aber wegen der Stromknappheit gibt es abends ab acht keine elektrische Beleuchtung mehr.«

»Bei uns zu Hause gab es nie Strom. Ich mag Petroleumlampen. Sie verströmen ein so warmes Licht.«

Sie ging im Dunkeln um das Bett, und als sie sich einen Moment später neben ihn unter die Decke schob, trug sie kein Nachthemd mehr. Ihre Haut war herrlich kühl und duftete verführerisch, aber den Versuch, sich zu ihr umzudrehen, gab Martin mit einem dumpfen Stöhnen auf.

»Zur Hölle mit dem deutschen Fritz«, murmelte er.

»Pst«, flüsterte sie. »Keine bösen Gedanken. Wenn du nicht getroffen worden wärst, lägst du jetzt nicht neben mir, sondern wärst vielleicht in China oder Mesopotamien oder sonst wo.« Sie öffnete sein Pyjamaoberteil und legte ihren Kopf auf seine Brust. »Dein Herz schlägt eine Spur zu schnell.«

»Eine Spur? Es hämmert so stark gegen meinen Brustkorb, dass es mir wahrscheinlich gleich die Rippen bricht.«

»Und dein Atem ist ein bisschen flach.«

»Es ist das reinste Wunder, dass ich überhaupt noch atmen kann. Wenn du wüsstest, was ich gerade durchmache. Wie konnte ich nur so verrückt sein, dich zu heiraten, bevor ich nicht wieder Handstand machen, über Zäune springen und ... nun, jede Menge andere Dinge treiben kann.«

Sie schmiegte sich noch enger an ihn.

»Du kannst mich fest in den Armen halten, Martin.«

»Sicher«, stimmte er mit rauer Stimme zu. »Das bekomme ich auf alle Fälle hin.« Er schlang die Arme um sie und glitt mit seinen Händen über ihre Haut. »Der reine Samt, du hast die wundervollste Haut der Welt.«

»Die Mädchen aus Norfolk haben alle eine wunderbare Haut.«

»Gott«, flüsterte er. »Was für ein Ort muss das sein, wenn die anderen Mädchen dort nur halb so wunderschön sind wie du.«

»Oh«, sagte sie. »Ich habe den Ansprüchen der Männer dort nicht einmal annähernd genügt. Deshalb wurde ich von dort vertrieben, und ich nehme dich bestimmt nie dorthin mit, um dir die Frauen zu zeigen, die geblieben sind.«

»Ich liebe dich, Ivy.«

Sie richtete sich auf, und ihr Körper hob sich schlank und bleich wie Elfenbein vom fahlen Licht des Mondes ab.

»Macht es dir sehr viel aus, wenn ich meine jungfräuliche Zurückhaltung jetzt über Bord werfe? Meiner Meinung nach hätte es keinen Sinn, sich weiter unnötig nacheinander zu verzehren. Ich bin Krankenschwester, und wenn du dein linkes gesundes Bein, so weit es geht, zur Seite schiebst ...«

»Wird es wehtun?«

»Diese Frage sollte ja wohl ich stellen und nicht du. Aber nein, wenn du dein rechtes Bein so ruhig wie möglich hältst, tut es bestimmt nicht weh. Ich werde einfach mein linkes Bein verschieben ... so ... und ... mich ... ein bisschen aufrichten ... und ... dann ...«

»Oh Ivy! Großer Gott! Du bist eine Zauberin ... du ...«

»Nein ...! Bitte, Martin, sag jetzt nichts. Sei bitte still.«

Jacob fällte eine kleine Pinie und zerrte sie durch den Schnee. Zum ersten Mal in diesem Winter schneite es, und während weiche nasse Flocken aus dem grauen Himmel fielen, brachte er mit Ivys Hilfe den Baum ins Haus, stellte ihn in einem sandgefüllten kleinen Holzfass auf, und sie hängten alles Bunte, was sie finden konnten, an die dürren Zweige – rote und gelbe Stoffstreifen, winzige silberne Löffel, Stechpalmenbeeren von einem Busch im Garten und die Alufolie, in die seine Zigaretten eingehüllt gewesen waren.

»Ein durchaus akzeptabler Baum«, stellte er zufrieden fest.

»Ich finde, er ist wunderschön. Wenn wir jetzt noch ein paar winzig kleine Kerzen hätten …«

»… würde mit ein bisschen Pech das ganze Haus abbrennen.«

»Ja«, sagte sie seufzend. »Wahrscheinlich hast du recht.« Sie blickte auf die Uhr auf dem Kaminsims. »Ich werde Martin wecken. Er wird gewiss Augen machen, wenn er unseren Prachtbaum sieht.«

»Lass ihn noch ein wenig schlafen. Er hat wirklich Glück, wenn er in einer Zeit wie dieser so gut schlafen kann.«

»Danke, Jacob. Das hast du sehr nett gesagt.«

»Ich meine es ernst. Sag mir, Ivy, was hat Martin dir von mir erzählt?«

»Du meinst, dass du Pazifist bist? Ja, das hat er mir gesagt.«

»Ich hoffe, dass du mich deshalb nicht verachtest.«

»Dich verachten?« Ivy lächelte, doch in dem Lächeln lag ein Ausdruck der Verbitterung. »Ich sehe seit zwei Jahren jeden Tag, was der Krieg den Menschen antut. Im Sanitätskorps gibt es weder Säbelrassler, Jacob … noch Feinde. Wir versuchen, die Schmerzen eines Deutschen ebenso zu lindern wie die eines Engländers. Es gibt nicht einen Abend, an dem ich nicht darum bete, dass ich morgens aufwache und höre, dass der Krieg vorüber ist. Von Politik habe ich keine große Ahnung, aber ich kenne das Entsetzen, das ein Mann empfindet, wenn er aus der Narkose erwacht und feststellt, dass er keine Beine oder Arme oder kein Gesicht mehr hat. Gott im Himmel, Jacob, wie könnte ich dich je dafür verachten, dass du für den Frieden kämpfen willst?«

»Danke.« Er beugte sich vor und küsste ihre Stirn. »Frohe Weihnachten, Ivy.«

Saint-Germain-en-Laye, 2. Januar 1917

Beobachtungen und Gedanken. Das Haus – unser Haus. Mein Geschenk für Ivy. Monsieur Gerard Dupont kam in seiner Limousine aus Paris, und als wir die Papiere unterschrieben haben, sah er immer wieder unbehaglich aus dem Fenster, als befürchte er, im nächsten Augenblick käme die deutsche Infanterie aus dem angrenzenden Wald gestürmt. Der Preis für das Haus und den knappen Hektar Land ist lächerlich gering, aber Dupont scheint glücklich über das Geschäft zu sein. Denn aus seiner Sicht ist die alliierte Front zwischen Arras und Reims nur eine dünne Glasscheibe, die im nächsten Augenblick von einer eisernen Teutonenfaust zerschlagen wird. Die Erde ist unter einer dichten Schneedecke begraben, aber in Verdun haben die deutschen Horden ebenfalls mitten im Winter zugeschlagen. Deswegen erklärt Monsieur Dupont: »In ein, zwei Tagen fahre ich nach Genf. Der Gesundheit wegen.« Und ich bin mir sicher, dass er diesen Krieg, selbst wenn wir ihn verlieren sollten, ohne größere Verluste überstehen wird.

3. Januar

Ich habe es geschafft, die Treppe ohne größere Probleme zu erklimmen. Die stechenden Schmerzen in der Hüfte habe ich so gut wie möglich ignoriert. Oben sind zwei hübsche Schlafzimmer, eins leer, das andere teilweise möbliert. Ich habe mich aufs Bett gesetzt, um mein Bein ein wenig auszuruhen, Ivy hat neben mir Platz genommen, und dann haben wir uns geliebt. Obwohl sie anfangs protestiert hat, weil sich so etwas am hellen Tag angeblich nicht gehört. Das bleiche Sonnenlicht fiel durch die großen Fenster, und für mich gibt es nichts Schöneres, als ihren nackten Leib in einem solchen Licht zu betrachten. Anschließend lagen wir still und nachdenklich nebeneinander auf dem Bett. Wie zerbrechlich wir in unserer Nacktheit sind. Entferntes Donnergrollen erinnert uns beide an den Vorstoß an der Somme. Zwischen Juli und November hätten wir wahrscheinlich selbst von hier aus die Geschütze hören können, doch die Kämpfer an der Somme versinken im Schlamm, im Schnee und Eisregen, und die Armeen sind erschöpfter als wir zwei im Augenblick. Trotzdem hat der Donner uns ernüchtert. Sie kehrt morgen nach Rouen und von dort wahrscheinlich ins All Souls zurück. Pech für mich. Aber ich werde sie bestimmt des Öfteren in London besuchen, wo uns Jacobs Wohnung zur Verfügung steht. Inzwischen ist mir klar, was Sherman meinte, als er sagte, dass der Krieg die Hölle sei.

Charles Grevilles Adjutant legte ihm die neueste Gefallenenliste vor. Inzwischen hatten sie so viele neue Männer zugeteilt bekommen, dass er mit den wenigsten der Namen ein Gesicht verband. Jenkins, A. P.; Johns, D. R.; Johns, L.; Johnson, R.

Namensliste 2. Royal Windsor Fusiliers

Truppenstärke 18. Juli 1916: Offiziere 36, andere Ränge 1005
Truppenstärke 3. Januar 1917: Offiziere 8, andere Ränge 325

Er unterschrieb das sorgfältig getippte Blatt: »Maj. Chas. Greville (diensthabender Colonel).«

»Ich nehme an, das wäre alles.«

»Es ist alles ordentlich notiert«, erwiderte sein Adjutant, während er das Blatt wieder entgegennahm.

»Und wie geht es jetzt weiter?«

»Von hier geht dieses Blatt an die Brigade, von dort zum

Korps, dann weiter zur 4. Armee und ans Ministerium. Spätestens zum Frühjahr wird man neue Männer schicken. Es ist ein bisschen so, wie wenn man beim Schlachter eine bestimmte Menge Würstchen bestellt.«

Der Vergleich war durchaus passend. Denn genau wie Würstchen würden auch die Männer durch den Fleischwolf gedreht. Charles stand auf und sah zwischen den Eisblumen am Fenster auf das Dörfchen Guyencourt-sur-Noye. Die schmale Kopfsteinpflasterstraße schlängelte sich bis zu dem gefrorenen Fluss und der kleinen Holzbrücke, die dort errichtet worden war.

Die Überreste seines Bataillons waren in den Häusern und den Scheunen einquartiert. Eine erschöpfte Einheit, die erst einmal ihre Wunden leckte und vor ihrer Rückkehr an die Front auf neue Männer wartete. Die Scheunen, in denen die meisten der Soldaten hausten, waren alles andere als warm, jedoch wesentlich gemütlicher als der gefrorene Schlamm in den Gräben an der Somme. Zu essen gab es gut und reichlich, in der dorfeigenen Taverne wurden Wein und Bier zu einem fairen Preis serviert, und Amiens mit seinen Restaurants, Bars und Bordellen für die Offiziere lag nur zehn Meilen entfernt. Ja, das Leben hier in Guyencourt-sur-Noye war süß – auch wenn das Charles nicht wirklich interessierte. Denn er hatte einen Urlaubsschein, und nachdem die Namensliste unterschrieben war, gab es offiziell für ihn nichts mehr zu tun. Der neue Kommandeur des Bataillons, ein Lieutenant Colonel, weilte noch in Saint-Omer, käme aber spätestens in ein, zwei Tagen an.

»Nun, Charles«, sagte sein Adjutant und reichte ihm die Hand. »Sie haben Ihre Sache verdammt gut gemacht.« Womit die Sache auch für ihn erledigt war.

Charles fuhr mit dem Zug bis nach Rouen, nahm von dort ein Schiff bis nach Southampton und noch einmal einen Zug, sodass er keine vierundzwanzig Stunden nach seiner Verabschiedung durch seinen Adjutanten zusammen mit unzähligen anderen Männern, die auf Heimaturlaub waren, über den Bahnsteig der Victoria Station ging.

Obwohl er mit seinem Tornister praktisch in der khakibraunen Menge unterging, drang plötzlich eine helle Stimme an sein Ohr.

»Charles! Charles!«

Er hatte gar nicht mehr daran gedacht, dass er ihr geschrieben hatte, und nicht damit gerechnet, dass sie zum Bahnhof kommen würde, doch dort stand sie, wunderschön in einem dunklen Pelz, und winkte ihm vom anderen Bahnsteigende zu.

»Hallo, Lydia.«

»Charles.« Sie gab ihm einen Wangenkuss, und er nahm seinen Tornister ab, zog sie eng an sich und küsste sie stürmisch auf den Mund.

»So ist's richtig, alter Sportsfreund«, bemerkte ein vorbeikommender Sergeant anerkennend.

»Ja«, murmelte Lydia, als er wieder von ihr abließ. »So ist's richtig.« Sie hob eine Hand an sein Gesicht. »Ich bin so froh, dass du wieder da bist, Charles.«

»Und ich bin froh, wieder hier zu sein.«

»Ich habe deinen Eltern nichts erzählt. Ich hatte das Gefühl, dass du sie überraschen willst. Sonst hättest du den beiden doch bestimmt geschrieben, dass du kommst.«

»Mehr als einen Brief habe ich nicht geschafft. Aber ja, vielleicht wäre es nett, einfach bei ihnen aufzutauchen.«

Sie bedachte ihn mit einem merkwürdigen Blick.

»Geht es dir gut?«

»Es geht mir ausgezeichnet. Ich habe nicht den allerkleinsten Kratzer abgekriegt.«

Er konnte nicht erklären, wie er sich fühlte. Seltsam körperlos oder vielleicht auch zweigeteilt. Als bestünde er aus zwei Wesen – aus seinem Körper und seinem Schatten –, wobei er nicht hätte sagen können, welcher von den beiden er tatsächlich war.

»Willst du sofort in die Park Lane fahren?«

»Nein. Ich bin total verdreckt. Ich würde gerne erst nach Hause fahren, ein heißes Bad nehmen und ein paar Stunden schlafen.«

Lydia drückte ihm die Hand.

»Wie du möchtest, Charles.«

Die cremefarbenen Wände schimmerten im fahlen Licht, das durch die schweren Seidenvorhänge ins Zimmer fiel. Charles hatte das Gefühl, als wäre er gar nicht in diesem Zimmer. Er schwebte davon, in eine andere Zeit, an einen anderen Ort. Lautlos explodierten Bomben in dem Ödland, in dem kein einziger Baum mehr stand. Ein Mann wand sich hinter den aufgerissenen Sandsäcken und formte seinen Mund zu einem Schrei. Auch die nackte Frau im Bett wand sich und warf den Kopf zwischen den Kissen hin und her. Doch er schwebte über allem. Völlig ruhig. Ein regloser Beobachter. Er spürte keine Freude und auch keinen Schmerz. Weil er dazu nicht mehr in der Lage war. Es war kein Platz für Raserei. Man musste ruhig bleiben, um jeden Preis. Die Frau vergrub die Finger tief in seinem Rücken, während sich die Schatten eines Zugs Soldaten durch den dunklen Regenvorhang schoben, kurz aus seinem Blickfeld verschwanden und ein Stückchen weiter, irgendwo hinter dem Stacheldraht, wieder auftauchten. Ein halbes Dutzend gebeugter Gestalten.

Gott! Wo ist der Rest des Trupps?

Wessen Stimme war das?, überlegte Charles. Doch im Grunde spielte es keine Rolle. Diese dumme Frage hätte sich der Kerl auch sparen können. Denn natürlich waren sie alle tot.

»Wunderbar. Du bist nicht mehr der alte Charles«, flüsterte Lydia an seiner Wange.

»Nein«, sagte er mit kalter Stimme. »Ich bin nicht mehr der alte Charles.«

Es war wie in dem Gleichnis vom verlorenen Sohn. Nur wurde ihm kein Kalbfleisch, sondern Rinderlende vorgesetzt. Sein Vater schnitt den Braten, und der alte Coatsworth reichte ihm die Teller. In den alten Zeiten hatte Coatsworth nicht bei Tisch bedient, doch inzwischen herrschte ein akuter Personalmangel – offenbar das Hauptthema während der Mahlzeit.

»Ich weiß wirklich nicht mehr, was wir machen sollen, Charles«, sagte seine Mutter. »Wir gehören zu den Letzten in der Straße, die noch nicht aus ihren Häusern ausgezogen sind. Die Prescotts haben ihr Haus einer Abteilung des Kriegsministeriums zur Verfügung gestellt, und in Lord Doncannons Residenz ist jetzt das Rote Kreuz. Langsam wird es unmöglich, ein so großes Haus zu führen. Deshalb dauert es sicher nicht mehr lange, bis auch wir gezwungen sind, in eine kleine Wohnung umzuziehen.«

»Unsinn!«, knurrte der Earl.

»Das ist wirklich Unsinn, Hanna«, pflichtete ihm Lydia bei. »Ich wüsste ein perfektes kleines Haus am Regent's Park für euch.«

»Ist Alex nicht zu Hause?«, fragte Charles, weil er des Themas überdrüssig war.

Sein Vater hielt beim Zerteilen der Lende inne und wetzte das Messer.

»Nein. Sie hat uns geschrieben, dass sie ihren Urlaub in Paris verbringen will. Auch wenn ich das beim besten Willen nicht verstehen kann.«

»Und William? Ist er immer noch in Eton?«

»Gütiger Himmel, nein.« Hanna stieß ein nervöses Lachen aus.

»Der Junge ist inzwischen achtzehn Jahre alt«, erläuterte der Earl. »Er gehört zu einem Bataillon von Internatsschülern und schließt in einer Woche seine Ausbildung als Second Lieutenant ab.«

»Kaum zu glauben«, sagte Charles, als Coatsworth mit seinem Teller kam. Aus den beiden Scheiben Fleisch flossen Bäche leuchtend roten Bluts über das weiße Porzellan.

Seine Mutter gab ihm unauffällig ein Zeichen, und als sie die anderen nach dem Essen bat, sie zu entschuldigen, weil sie plötzlich Migräne hätte, begleitete er sie pflichtschuldig hinaus.

»Haben deine Kopfschmerzen nachgelassen?«, fragte er.

»Ja.« Trotzdem war sie bleich und angespannt. »Darf ich völlig offen zu dir sein?«

»Wenn's sein muss.«

»Ich bin in fürchterlicher Sorge wegen William.«

»Du meinst, weil er zur Armee gegangen ist?«

»Ich kann verstehen, weshalb ihm so viel daran liegt, Soldat zu werden. Denn er ist ein großer, starker Bursche, und er liebt sein Land. Im letzten und auch schon im vorletzten Semester war er in der Brigade der Eton-Jungs. All seine Freunde haben sich freiwillig zur Armee gemeldet, alle mit demselben Feuereifer, ihrem Land zu dienen. Was ich ihnen kaum verübeln kann.«

»Nein.« Er dachte an den jungen Baker, der mit seiner Waffe vor dem jungen Kerl herumgefuchtelt hatte, weil dieser nicht in sein sicheres Verderben hatte gehen wollen. Second Lieutenant Owen Ralston Baker. Jetzt lag er im Krankenhaus. Die Granate, deren Splitter in die Hüfte seines armen Vetters Martin eingedrungen war, hatte ihm die Augen zerstört, und jetzt war er bis an sein Lebensende blind. »Inzwischen ist es ein Krieg der Jungen, Mutter.«

Hanna zupfte nervös an ihrer Perlenkette.

»Wie du weißt, ist William ein hervorragender Reiter. Deshalb würde es mich und seinen Vater freuen, wenn er eine Kommission bei der 2. Dragonergarde, den Queen's Bays, annehmen würde. Sie ist ihm angeboten worden.«

»Oh.«

»Ist das alles, was du dazu zu sagen hast?«, entgegnete sie ungehalten. *»Oh?«*

»Ich brauche einfach etwas Zeit, um nachzudenken. Deshalb das Oh. Natürlich hat er das Angebot ausgeschlagen.«

»Kannst du mir mal sagen, was daran natürlich ist? Es ist eins der angesehensten Regimenter der Armee.«

»Im Burenkrieg hätte er diese Chance bestimmt genutzt, aber in Frankreich ist die Kavallerie einfach ein Witz. Sie sehen vielleicht schneidig aus, können aber nicht wirklich etwas ausrichten. Weshalb ich seine Weigerung, zu den Queen's Bays zu gehen, verstehen kann. Weil er eben ein echter Greville ist.«

»Wenn … wenn ihm *befohlen* würde, zu dem Regiment zu gehen …«

»So wie man es bei mir und dem NS 5 gemacht hat?« Er lächelte und schüttelte den Kopf. »Das würde nicht funktionieren, Mutter. Das müsstet du und Lydia doch inzwischen wissen.«

»Was hat denn Lydia damit zu tun?«, fragte Hanna vorsichtig.

»Das weißt du ganz genau, Mutter. Lydia hat Beziehungen. Und zwar bessere denn je, seit Lloyd George Premier, Archie Minister für Kriegsproduktion ist und David Langham im Hintergrund die Fäden zieht. Sicher könnte Lydia dafür sorgen, dass Willie ›befohlen‹ wird, zu diesem Regiment zu gehen, aber dort würde er nicht lange bleiben.«

»Und wie sollte er dort wieder wegkommen?«

»Er bräuchte nur die Kommission zurückzugeben, um als einfacher Soldat zur Infanterie zu gehen. Dort würde er sofort genommen, weil die Infanterie nach dem Debakel an der Somme dringend junge Unteroffiziere braucht. Inzwischen kehren jeden Tag Offiziere mit Kampfgeist der Kavallerie den Rücken, um als Infanteristen in die Schlacht zu ziehen.«

Hanna stieß ein Lachen aus, das wie ein Heulen klang. »Kampfgeist! Ich denke, William ist zu jung, um Kampfgeist zu besitzen. Er hält den Krieg für eine Art Spiel, wie Rugby oder so!«

»Fußball«, korrigierte Charles sie leise. »Ein paar von den Jungs hatten beim Vormarsch auf die deutschen Linien Fußbälle dabei. Natürlich wurden sie abgeknallt. Denn der deutsche Sportsgeist ist nicht allzu ausgeprägt.«

»Sei bitte nicht so zynisch«, zischte sie.

»Bin ich zynisch, Mutter? Tut mir leid. Aber wir müssen alle Risiken eingehen. Denn in der britischen Armee ist einfach kein Platz für Feiglinge.«

Er war selbst überrascht, mit welcher Leidenschaft er sprach.

Die Cocktailparty hatte in der Londoner Gesellschaft den nachmittäglichen Tee ersetzt. Es gab Menschen, die behaupteten, die ehrenwerte Lydia Foxe Greville hätte diesen Brauch erfunden. Doch nach Aussage eines beliebten Komikers stimmte das nicht. Lydia hatte diese im Grunde eher barbarische Sitte lediglich zu einer Kunst erhoben. Denn sie war die Tochter ihres Vaters, und auch der hatte die Fleischpastete nicht erfunden, sondern nur die Kunst der Herstellung perfektioniert.

Vom Sonnenuntergang bis in die frühen Abendstunden hallten fröhliches Gelächter gut gelaunter Frauen und die ernsten Stimmen der Männer durch das Haus in der Bristol Mews. Die Themen der Gespräche hingen davon ab, an welchem Kreis von Lydias Freunden er gerade vorüberging, doch Charles fand nichts von dem Gerede auch nur ansatzweise interessant. Er stellte sich ein wenig abseits der Menge, nippte ab und zu an seinem Cocktailglas und ließ das Geschwätz einfach an sich vorbeirauschen.

Bis plötzlich eine Frau, deren modernes Kleid die Fülle ihrer Brüste eher enthüllte als verbarg, im Plauderton erklärte:

»Mir wurde erzählt, Sie hätten ziemlich viel von den Kämpfen in der Picardy mitbekommen.«

Daraufhin antwortete er nüchtern:

»Wissen Sie, das Erste, was einem dort auffällt, ist der grässliche Gestank nach menschlichen Fäkalien, der einem regelrecht den Atem raubt. Daran sind die Granaten schuld. Denn die Männer leiden aus verschiedenen Gründen häufig an Verstopfung, und wenn sie getroffen werden, platzt das ganze Zeug, das sich in ihren Därmen angesammelt hat, aus ihnen heraus und wird überall verteilt. Im Sommer ist es am schlimmsten, aber das können Sie sich sicher denken. Oder nicht?«

»Was in aller Welt hast du zu Countess Blandhurst gesagt?«, fragte Lydia ihn hinterher mit einem Stirnrunzeln.

»Zu wem? Ich habe zu niemandem auch nur ein Wort gesagt.«

»Sie hatte das Gefühl, dass du sie beleidigt hast.«

»Ach ja? Das wundert mich.«

Und dann war da noch David Langham, der sich mit zwei Admirälen und dem Marineminister unterhielt.

»Haig ist sich dieses U-Boot-Problems auf jeden Fall bewusst. Er würde gern aus der Gegend um Ypern ausbrechen und gegen die Hafenstädte vorrücken, an Langemarck und Passchendaele vorbei nach Brügge und Ostende und Seebrügge abschneiden. Er wittert noch in diesem Sommer einen Sieg.«

»Das kommt doch wohl darauf an, aus welcher Richtung der Wind weht«, bemerkte Charles.

Er spürte es ganz deutlich, während er die Regent Street hinunterlief. Es war ein klarer, kalter Wintermorgen, und die Läden machten gerade auf. Der Wind war schneidend, und gemessenen Schrittes ging Charles an den grauen Schneehaufen am Straßenrand vorbei. Erst an der Conduit Street wagte er anzuhalten und sich umzusehen. Es war niemand hinter ihm, aber er hätte schwören können, dass entlang der gesamten Regent Street jemand dicht hinter oder eher fast neben ihm gelaufen war. Doch das war völlig ausgeschlossen.

Seltsam. Schatten und Substanz. Was war was? Er zündete sich eine Zigarette an, blies eine Rauchwolke gegen den Wind und blieb an der Straßenecke stehen, bis er den Zigarettenstummel auf die Straße warf und zertrat. Dann ging er etwas schneller weiter, aber jetzt war er allein. Ein einsamer Offizier in Uniform, über der er seinen sorgsam zugeknöpften Trenchcoat trug. Er machte einen militärisch knappen Schwenk nach rechts und marschierte erst die Burlington Street und danach die Saville Row hinab, bis er im Fenster eines kleinen Ladens ein gedrucktes Schild entdeckte.

»Wir verkaufen Schützengrabenzubehör.«

Über seinem Kopf klingelte eine kleine Kupferglocke, als er durch die Tür des Ladens trat. Es war ein Uniformgeschäft, und mehrere junge Männer probierten gerade ihre Röcke an. Einer saß auf einem rot lackierten Fass, auf dem ein Sattel lag.

»Achten Sie darauf, dass sich die Jacke ja nicht bauscht.«

»Keine Sorge, Sir. Ich kann Ihnen versichern, dass die Uniform wie angegossen sitzen wird.«

Charles wählte einen Gegenstand aus einem Schaukasten, und der Verkäufer nickte zustimmend.

»Eine gute Wahl, Sir, falls ich mir die Bemerkung erlauben darf. Wären Sie vielleicht auch noch an einem erstklassigen Kompass interessiert?«

»Ich glaube nicht.«

»Oder an einer garantiert wasser- und feuchtigkeitabweisenden Streichholzschachtel?«

»Nein. Das hier wird genügen. Danke für Ihre Mühe.«

»Nichts zu danken. Stets zu Diensten, Herr Major.«

»Das sind wir in dieser Zeit wohl alle.«

Er nahm einen Bus vom Piccadilly Circus über Southwark, Battersea und Clapham Junction bis nach Wimbledon. Am Ende der Strecke stieg er aus, lief bis zum Dorfplatz und ging auf eine ordentliche Reihe mit Teerpappe gedeckter Hütten zu.

Vor einem kleinen Wachhäuschen aus Holz stand ein junger Mann aus Williams Bataillon mit entsichertem Gewehr und aufgepflanztem Bajonett. Er präsentierte das Gewehr, und Charles ging durch das Tor, das nur eine symbolische Absperrung war.

»Es ist wirklich nett von Ihnen, hier vorbeizukommen, Major Greville«, wurde er vom zweiten Offizier vom Dienst begrüßt. »Ich glaube, wir sind uns im August mal in Albert begegnet.«

»Ja, vielleicht. Oben im Hochwald war ein Bataillon Internatsschüler.«

»Ja, aber inzwischen bilden wir in dieser Einheit praktisch nur noch aus. Danach werden die Jungs anderen Regimentern zugeteilt.«

Charles blickte aus dem Fenster auf den Exerzierplatz, auf dem ein paar Gruppen ordentlich marschierten, während ein Stück weiter einige junge Männer auf dem alten Kricketfeld Bajonette in Strohpuppen stachen.

»Die Ausbildung scheint effektiv zu sein.«

»Die Jungs, die uns verlassen, werden ihren Regimentern alle Ehre machen. Darauf legen wir hier großen Wert.«

»Wohin werden Sie meinen Bruder schicken?«

Der andere Mann, Major wie Charles, rieb sich das Ohr.

»Wissen Sie, die Sache ist ein bisschen heikel. Denn er sollte eigentlich zu den Dragonern gehen, hat uns aber rundheraus erklärt, dass er sich dort nicht melden werde, weil er zum 5. Bedford-Regiment bei Arras will.« Und leise lachend fügte er hinzu: »Und so wird's bestimmt auch kommen. Denn der junge Greville hat seinen eigenen Kopf.«

»Das stimmt. Ich habe ihm etwas für den Schützengraben mitgebracht.«

»Das ist verdammt nett von Ihnen. Er wird sofort da sein. Übrigens – vielleicht hätten Sie ja Lust, nach dem Essen noch kurz mit den Jungs zu reden. Meine Geschichten von der Somme haben sie inzwischen schon so oft gehört, dass sie es bestimmt erfrischend fänden, die Dinge mal aus dem Mund eines anderen zu hören.«

Es klopfte, und der junge William trat in schlammbespritzten Stiefeln und Gamaschen durch die Tür. Er salutierte seinem Major und sah dann seinen Bruder grinsend an.

»Major Greville … Sir!«

»Hallo, Willie«, sagte Charles. »Ich hab dir was mitgebracht.«

Als die Sekretäre und der erste Offizier vom Dienst die Schüsse hörten, kamen sie aus dem Vorzimmer gestürzt. Beißender blauer Rauch stieg über der Gestalt am Boden auf, die ihr zersplittertes Knie umklammerte. Sie warfen sich auf den Mann im Trenchcoat, der eine Pistole in den Händen hielt, und drückten ihn auf die Schreibtischplatte, während er die Waffe fallen ließ.

»Was in Gottes Namen haben Sie getan?«, brüllte der zweite Offizier vom Dienst, als er endlich seine Sprache wiederfand.

»Ich habe ihn davor bewahrt, in diesen Krieg zu ziehen«, antwortete Charles mit ruhiger Stimme. »Er hat nicht selbst auf sich geschossen, er hat sich nicht selbst verletzt.«

19

Der Regen hatte aufgehört, aber eine bedrohlich schwarze Wolkenwand senkte sich von den Gipfeln der Waliser Berge wie dunkler Rauch über das Tal, und die Zinnen des Militärkrankenhauses Llandinam waren in dichten Nebel eingehüllt.

»Was für ein grauenhafter Ort«, murmelte Fenton, als der Fahrer vor den Eisentoren hielt und nach dem Pförtner rief.

Martin, der neben seinem Freund im Fond des Wagens saß, beugte sich ein wenig vor und spähte durch die Windschutzscheibe.

»Ist das hier ein altes Schloss?«

»Nein. Irgendein viktorianischer Kohlebaron war offenbar der Ansicht, so müsse der Wohnsitz eines reichen Mannes aussehen. Wales ist mit solchen Ungetümen übersät. Und jedes einzelne von diesen Dingern erinnert bereits von außen an eine Irrenanstalt.«

Aus der Nähe jedoch sah der ausladende Bau erheblich weniger bedrohlich aus. Der Großteil der dunklen Backsteinmauern wurde von schimmerndem Efeu aufgehellt, und die Fensterrahmen wiesen einen frischen weißen Anstrich auf. Der Rasen war gemäht, die Bäume und die Hecken sorgfältig gestutzt und der Kiesweg ordentlich geharkt. Ohne die Krankenwagen und die tristen braunen Militärfahrzeuge in der Einfahrt hätte das Gebäude wie das Haus eines alten eleganten Golfclubs ausgesehen.

»Wollen Sie, dass ich auf Sie warte, Sir?«, fragte der Fahrer Fenton im typischen walisischen Singsang.

»Ja. Wir wollen den Zug zurück nach London nehmen, der um 6.30 Uhr von Llangollen fährt.«

»Das ist bestimmt zu machen.«

»Gut. Sie bekommen sicher eine Tasse Tee, wenn Sie die Küche finden.«

»Keine Sorge, Sir, ich kenne mich hier aus. Ich war schon öfter hier.«

»Nettes Kerlchen«, bemerkte Martin, als sie zum Eingang gingen. Er brauchte inzwischen nur noch einen Stock – was bereits ein großer Fortschritt war.

»Die Waliser sind ein nettes Volk, aber so was von unabhängig. Hoffen wir, dass er dran denkt, dass er auf uns warten soll.«

Das einst geräumige Foyer hatte man für Sekretärinnen und Pflegepersonal in kleine Räume unterteilt. Ein Corporal des Sanitätskorps schrieb sich ihre Namen auf, fragte, welchen der Patienten sie besuchen wollten, führte sie zu einer dicken, sorgfältig verschlossenen Tür, sperrte ihnen auf und schickte sie den Gang hinab zum Büro des diensthabenden Arztes.

Kaum standen die beiden in dem langen Flur, fiel die dicke Tür mit einem lauten Knall wieder ins Schloss.

»Diese Angelegenheit gefällt mir ganz und gar nicht«, sagte Fenton.

Martin schwieg, aber auch ihm war nicht ganz wohl in seiner Haut.

Der Arzt, ein fröhlicher untersetzter Mann um die fünfzig, stellte sich ihnen als Major Wainbearing vor.

»... Ausbildung als Allgemeinchirurg, auf Hirnkrankheiten spezialisiert, danach Wechsel zur Psychoanalyse, die als medizinische Wissenschaft noch in den Kinderschuhen steckt, aber dank dieses Krieges lernen wir sehr viel ... Hinsichtlich Nervenkrankheiten hat er sich für die Ärzteschaft als wahre Goldgrube herausgestellt.«

Martin sah ihn reglos an.

»Ist bestimmt interessant.«

»Ganz gewiss.« Major Wainbearing lehnte sich auf seinem bequemen Schreibtischstuhl zurück und sah die beiden Männer, die vor seinem ausladenden Schreibtisch saßen, freundlich lächelnd an. »Nun denn, ich gehe davon aus, dass Sie, Mr. Rilke, Major Grevilles Vetter sind.«

»Das stimmt.«

»Und Sie sind Colonel Wood-Lacy.«

Da eine Antwort sich erübrigte, versuchte Fenton, einfach nett zu lächeln, was ihm jedoch hoffnungslos misslang. Der Arzt faltete die Hände vor dem Bauch, spitzte nachdenklich die Lippen, und auch seine Miene wurde plötzlich ernst.

»Bei Major Greville wurde eine ausgeprägte Nervenschwäche festgestellt. Wir brauchten ihm keine Fesseln anzulegen, weil er völlig passiv war – aber er hat halluziniert, war vollkommen in ein Gespräch mit einem gewissen Second Lieutenant Baker vertieft, in dem es um Selbstverstümmelung und Erschießungskommandos ging. Kennt einer von Ihnen einen Lieutenant Baker?« Als die zwei den Kopf schüttelten, nickte der Arzt. »Egal. Er hatte diesen Schockzustand bereits bald überwunden und war nach einer Woche wieder relativ normal. Letzten Montag haben wir zusammen einen Spaziergang über das Gelände unternommen und eine Runde Golf auf dem Platz in Glyn-Ceiriog gespielt.«

»Wie nett«, murmelte Fenton.

»Dafür, dass der Zustand der Greens erbärmlich war, hat er seine Sache verdammt gut gemacht. Auf dem Weg zurück sind wir noch eingekehrt, und ich habe ihm beim Tee erklärt, aufgrund seiner Fortschritte sei ich bereit, ihn zu entlassen und ein Ausscheiden aus der Armee aus medizinischen Gründen zu empfehlen. Er ist zwar geheilt, doch für einen erneuten militärischen Einsatz ist sein seelisches Gleichgewicht nicht stabil genug. Ich habe ihm gesagt, er solle sich an einen ruhigen Ort zurückziehen und jeden Stress vermeiden.«

»Klingt vernünftig«, stimmte Fenton ihm mit kaum verhohlenem Sarkasmus zu.

»Aber er hat mir auf die ihm eigene ruhige Art erklärt, wenn ich das täte, bringe er sich um.«

Beim dritten hellen Schlag der Wanduhr fragte Martin: »Glauben Sie, das hat er ernst gemeint?«

»Ja. Wir haben eine ganze Reihe Patienten, die von Selbstmord sprechen, aber sie stoßen diese Drohung voller Leidenschaft, ja beinahe hysterisch aus, deswegen ist uns klar, dass sie es nicht ernst meinen. Aber wenn jemand völlig bei sich ist und mit ruhiger Stimme davon spricht, sind wir ernsthaft besorgt.«

»Vielleicht, wenn wir mit ihm reden würden …«, setzte Fenton an.

»Bitte tun Sie das. Sie beide sind die einzigen Besucher, die er sehen will. Letzten Monat waren seine Frau und seine Mutter hier, ohne dass wir ihn dazu bewegen konnten, sie zu empfangen.« Er streckte die Hand nach einem Knopf auf seinem Schreibtisch aus. »Ein Pfleger wird Sie zu ihm bringen. Wahrscheinlich ist er gerade im Aufenthaltsraum. Und bleiben Sie doch bitte noch zum Tee. Unser Kuchen hier ist ein Gedicht.«

Männer in grauen Morgenmänteln und Pyjamas starrten aus dem Fenster und wanderten ziellos in den Korridoren auf und ab. Einige Patienten trugen Uniform, doch die Rangabzeichen und die Regimentsembleme hatte man entfernt.

»Ich gehe davon aus, dass diese Männer alle Offiziere sind«, sagte Martin.

»Das ist richtig, Sir«, antwortete der Pfleger. »Die unteren Ränge haben ihre eigenen Nervenkliniken.«

Martin bemerkte einen hochgewachsenen grauhaarigen Mann, sicher ein ehemaliger Colonel oder Brigadier. Jetzt kauerte er zitternd in einer Ecke und presste sich die Hände auf den Kopf, während ein jüngerer Mann in Embryonalstellung in seiner Nähe lag. Ihr Rang konnte den beiden längst nichts mehr bedeuten, doch selbst unter diesen Umständen hielt man in England an den Klassenunterschieden fest.

Der Aufenthaltsraum war groß und hell mit langen Fensterreihen an drei Seiten und hatte früher offenbar als Ballsaal oder als Musikzimmer gedient. Inzwischen aber standen dort durchgesessene Sofas, wackelige Stühle, abgewetzte Tische und Bänke. Ein Dutzend Männer, größtenteils in Uniform, lasen oder spielten Karten, wobei ein Spieler seine Karten infolge seiner zitternden Hände immer wieder fallen ließ.

»Major Greville sitzt da drüben an dem Ecktisch.«

Auch Charles trug Uniform. Er beugte sich über ein paar Papiere und blickte erst auf, als Fenton vor ihm stand.

»Hallo, Jungs«, begrüßte er sie ruhig. »Schön, dass ihr vorbeigekommen seid.«

»Das war ja wohl das Mindeste«, gab Fenton gezwungen freundlich zurück.

»Du siehst gut aus«, stellte Martin fest.

»Ich fühle mich auch gut«, erwiderte Charles ernst. »Sie sagen, ich sei geheilt.«

»Das hat uns bereits der Arzt erzählt.«

»Natürlich sagen sie den Leuten nicht, wovon genau sie sie heilen, doch ich nehme an, sie wissen, was sie tun. Auf ihre ruhige Art haben sie schon die erstaunlichsten Erfolge bei den Menschen hier erzielt. Alles durch einfühlsame Gespräche. Man redet einfach, denn angeblich wird der Kopf dadurch frei.«

Fenton zog zwei Stühle an den Tisch.

»Dürfte ich wohl gleich zur Sache kommen? Ich würde mich freuen, wenn du jetzt auch uns erzählen würdest, was das alles zu bedeuten hat.«

Charles legte den Federhalter neben seinen Block.

»Du fühlst dich hier anscheinend ziemlich unwohl, Fenton.«

»Keineswegs«, erwiderte sein Freund etwas zu schnell. »Falls ich dir auf irgendeine Weise helfen kann …«

»Ihr könnt mir beide helfen … wenn ihr wollt.« Charles sah die beschriebenen Blätter durch, faltete zwei zusammen und steckte sie in verschiedene Umschläge. »Ich habe meinem Vater und William im Krankenhaus von Charing Cross geschrieben. Beide Briefe kamen ungeöffnet zurück. William noch mal zu schreiben hätte gewiss keinen Sinn. Denn ich wage zu bezweifeln, dass er mich verstehen oder mir verzeihen wird. Vielleicht irgendwann einmal. Aber für meinen Vater habe ich ein neues, kürzeres Erklärungsschreiben aufgesetzt und würde mich freuen, wenn du es ihm überbringen würdest, Martin. Vielleicht fühlt er sich verpflichtet, es aufzumachen, wenn er es von dir persönlich überreicht bekommt. Das andere Schreiben ist für Lydia. Ich bitte sie darin für verschiedene Dinge um Verzeihung. Aber es ist nicht erforderlich, dass du es ihr persönlich überbringst. Wirf es einfach in den Briefkasten. Und was dich betrifft, Fenton, musst du mir bitte ebenfalls einen Gefallen tun.«

»Alles, was in meiner Macht steht, alter Freund.«

»Ich wurde ohne Anhörung hier eingeliefert. Der Arzt von Williams Bataillon hat mir geistige Umnachtung attestiert, und deshalb wurde ich hierhergeschickt. Und jetzt, sechs Wochen später, wollen sie mich als geheilt entlassen und mich ohne großes Aufheben aus medizinischen Gründen aus den Streitkräften entlassen. Was den Oberen wahrscheinlich zusagt. Denn sie wollen genauso wenig wie mein Vater wissen, weshalb ich auf Willie geschossen habe. Ich war vorübergehend verwirrt, und das genügt.«

Fenton verschränkte die Arme auf dem Tisch.

»Weder ich noch sonst jemand, zumindest niemand, der in Frankreich war, glaubt, dass das die Tat eines Verrückten war. Du hast einfach den Stress nicht mehr ertragen, Charles. Du hast zu lange Ruhe in der Hölle bewahren müssen und am

Ende den Tribut dafür bezahlt. Du warst in dem Moment nicht ganz bei Sinnen, und am besten nimmst du die Entlassung aus medizinischen Gründen an und siehst zu, dass du wieder zu dir kommst.«

»Ich bin inzwischen wieder völlig hergestellt, Fenton. Nur finde ich einfach keinen *Seelenfrieden* mehr. Vielleicht war ich etwas von Sinnen, nachdem ich auf Willie geschossen hatte, aber es war eine vorsätzliche und bewusst geplante Tat, und ich will, dass schriftlich festgehalten wird, was mich dazu bewogen hat. Wenn schon nicht öffentlich, so doch zumindest offiziell.«

»Wovon redest du?«

»Ich habe eingehend darüber nachgedacht, Fenton … habe es unzählige Male in Gedanken durchgespielt. Bin das Ganze noch einmal rückwärts durchgegangen. Die Schüsse auf Willies Knie, den Kauf der Pistole, das Gefühl, dass mich jemand verfolgt, die Wochen im Schützengraben, die Zeit mit dem Bataillon, die Männer, die auf sich geschossen, sich selbst getötet oder gebetet haben, dass man sie erschießt, nur um dieser Hölle zu entfliehen.« Er schüttelte den Kopf. »Mir schwirren so viele Dinge durch den Kopf, dass es mir schwerfällt, die zeitliche Reihenfolge einzuhalten, aber das bekomme ich schon hin.«

»Vielleicht würdest du dich gern ein wenig ausruhen«, schlug ihm Fenton vor. »Dich kurz hinlegen.«

»Nein, noch nicht. Erst muss ich diese Sache klären. Martin kann bestimmt verstehen, dass ich das Bedürfnis habe, alles zu Papier zu bringen, damit andere es lesen können. Denn genau das macht ihr Journalisten schließlich auch, nicht wahr, Martin? Ihr sorgt dafür, dass die Ereignisse lebendig bleiben.«

Martin und Fenton tauschten verwirrte Blicke aus, bevor Martin fragte:

»Willst du damit sagen, dass ich einen Artikel darüber schreiben soll?«

»Nein. Denn das würde nicht genügen, oder? Ich bezweifle,

dass sehr viele Zeitungen einen derart negativen Artikel drucken würden. Und selbst wenn er irgendwo in einer Anti-Kriegs-Zeitung erscheinen würde, brächte das wahrscheinlich nichts. Denn er wäre schon am nächsten Tag wieder vergessen, nichts weiter als ein Stück Papier, das durch die Straßen weht. Ich will ein Protokoll, eine Niederschrift … und zwar eine Niederschrift, die du, Fenton, mir beschaffen kannst.«

»Oh? Und was für eine Niederschrift soll das bitte sein?«

»Nun, die offizielle Mitschrift meiner Kriegsgerichtsverhandlung, darüber, dass ein Waffenbruder vorsätzlich von mir verstümmelt worden ist.«

Fenton starrte ihn nur an, und Martin griff nach seinem Stock und trommelte damit leise auf den Fußboden. Plötzlich kam ein großer Mann mit rotem Kopf und Kitchener-Schnauzbart, der, die Fäuste in den Taschen seines Morgenmantels, rastlos durch den Raum gewandert war, zu ihnen an den Tisch.

»Hören Sie, Randall«, brüllte er und starrte Charles durchdringend an. »Pfeifen Sie sofort die Artillerie heran. Sagen Sie den Schweinehunden, dass sie fünfzig Meter weiter schießen müssen. Bisher treffen sie nur eine unserer eigenen Kompanien, wodurch der Angriff hoffnungslos vermasselt wird, hoffnungslos vermasselt, Sir!«

»Sofort, Colonel«, gab Charles in müdem Ton zurück.

»Machen Sie ein bisschen dalli!«, schrie der Mann ihn an. »Diese verfluchten Drückeberger!«

»Von diesen Leuten haben wir hier viele«, sagte Charles, nachdem der Mann wieder gegangen war. »In meinem Zimmer liegt ein junger Kerl – dem Alter nach ein Second Lieutenant, nehme ich an. Er sitzt die meiste Zeit auf seinem Bett und zieht sich die Decke über den Kopf. Weil er immer noch im Graben vor dem Wald von Delville ist und erst rauskommen will, wenn der Beschuss vorüber ist. Er kann nicht viel älter als William sein. Nur hätte Willie sicher keinen derart furchtbaren Zusammenbruch erlebt. Dafür ist er zu stark und mutig. Solche Männer braucht England. Willie wäre wie der Wind, Pfeife im Mund und Revolver in der Hand, über den Grabenrand geschossen, hätte vielleicht auch noch unseren Stacheldraht überwunden, zehn, vielleicht fünfzehn Meter durch das Niemandsland geschafft und wäre dann sinnlos gestorben. So wie Roger vor Gallipoli.«

Fenton leckte sich die trockenen Lippen und umklammerte Charles' Handgelenk.

»Erzähl das alles Martin. Erzähl ihm alles, was dir durch den Kopf gegangen ist, bevor du auf William geschossen hast. Erzähl ihm alles, was du an der Somme erlebt hast, von dem fürchterlichen Grauen, das dich dazu getrieben hat, auf deinen eigenen Bruder loszugehen. Er wird den Artikel in die Staaten schicken, und dort wird er bestimmt von irgendeiner Zeitung abgedruckt. Eine andere Niederschrift brauchst du nicht. Hoffe am besten gar nicht erst auf eine Verhandlung vor dem Kriegsgericht, denn die bekommst du nicht.«

Starrsinnig schüttelte Charles den Kopf.

»Eine Anhörung bekäme ich auf jeden Fall, nicht wahr? Um herauszufinden, ob Anklage gegen mich erhoben werden muss. Die Mitschrift dieser Anhörung würde beim Ministerium aufbewahrt, Dokument XY, Protokoll der Anhörung von Major Charles Greville, der vorsätzlich auf Second Lieutenant William Greville geschossen hat. Und eines Tages, wenn der Krieg vorüber ist, könnte Willie dieses Dokument aus dem Archiv holen und es lesen.«

Fenton zog die Hand zurück und richtete sich kerzengerade auf.

»Du musst verrückt sein, Charles. Ein Mann kann nicht darum bitten, dass ein Kriegsgericht über ihn verhandelt.«

»Nein«, stimmte der Freund ihm zu. »Das kann er nicht. Aber du könntest verlangen, dass es zu einer Verhandlung kommt. Wie gesagt, ich habe gründlich über alles nachgedacht. Vielleicht ist das etwas weit hergeholt, aber technisch gesehen warst du zu dem Zeitpunkt mein vorgesetzter Offizier. Ich hatte Urlaub, und meine neuen Befehle hatten mich noch nicht erreicht. Aber die Windsors waren Teil deiner Brigade, oder etwa nicht?«

Eine Glocke klingelte zum Tee, und jemand schrie:

»Gas! Gas!«, bevor jemand anders ihn beruhigte.

»Keine Bange, Smithy, es ist alles gut.«

»So ist es jedes Mal, wenn diese verdammte Glocke klingelt«, seufzte Charles. »Ich wünschte mir, sie würden etwas einbauen, was weniger durchdringend schrillt.«

»Hör zu, Charles«, sagte Fenton. »Unsere Vorgesetzten sind nicht dumm. Wenn ich mit einer solchen Bitte käme, wüssten sie sofort, dass was nicht stimmt.«

»Du sollst sie nicht darum bitten, sondern eine Anhörung *verlangen.* Denn dazu bist du befugt, und dann wäre das Büro des Staatsanwalts gezwungen, offiziell gegen mich vorzugehen. Ich klinge nur sehr ungern wie ein Winkeladvokat, aber so ist es nun einmal. So steht es im Gesetz.«

Er sah ausnehmend selbstzufrieden aus, und Fenton runzelte die Stirn.

»Du willst ein öffentliches Forum. Darum geht's dir, nicht wahr? Du willst vor ein Gremium und vor einen Stenografen treten und deiner Empörung über die Dinge, die dort drüben auf dem Kontinent passiert sind, Luft machen.«

»Es geht immer noch weiter«, verbesserte ihn Charles so leise, dass er fast nicht zu verstehen war. »Und es ist kein Ende abzusehen. Ja, genau das möchte ich.« Seine Hände waren so weiß wie das Papier, auf dem er sie faltete, aber er sah den Freund mit einem leisen Lächeln an.

»Meine Güte.« Fenton stand entschlossen auf. »Du verlangst sehr viel von mir.«

»Ja.«

»Als Soldat sollte ich dir diese verrückte Bitte rundweg abschlagen, doch ich bin mehr als das, nicht wahr? Ich bin auch dein Freund. Eine Anhörung wird auch nichts ändern. Sie wäre nur eine Geste, die kein Mensch zu schätzen wissen wird, aber wenn du dadurch deinen Seelenfrieden wiederfindest, werde ich es tun.«

»Danke.« Charles sah nicht von seinen Händen auf. »Ich wusste, dass ich mich auf dich verlassen kann.«

Auf der Fahrt zum Bahnhof von Llangollen grübelte Fenton schweigend vor sich hin. Der Regen hatte wieder eingesetzt, und die felsigen Hügel des nördlichen Wales sahen düster und bedrohlich aus. Da der Zug aus Holyhead nur zwei Minuten hielt, hätten sie ihn um ein Haar verpasst. Die irischen Soldaten, die sich in den Wagen drängten, hatten sich als Zeichen der Verachtung für die grüne Uniform der Tommys leuchtende orangefarbene Stücke Stoff in die Hutbänder gesteckt und waren auch ansonsten kämpferisch gestimmt. Endlich hatten sie die Ausbildung beendet und zogen gemeinsam in den Krieg.

»Bald beziehst du ordentliche Dresche, Kaiser Bill!«

»Verdammte Idioten«, knurrte Fenton, während er sich auf eine Bank in der ersten Klasse fallen ließ. Das Abteil war praktisch leer, doch der irische Colonel, der ihm gegenübersaß, sah neugierig von seiner Zeitung auf.

»Haben Sie mit mir gesprochen, Sir?«

»Nein, Sir. Ich habe mich mit meinem Freund über das Wetter ausgetauscht.«

»Oh. Hier in Wales ertrinkt man praktisch, wenn es regnet. Aber trotzdem sind die Taffys dreist genug, allen Ernstes zu behaupten, dass es in Belfast noch mehr regnen würde.«

»Ich nehme an, du hattest keine andere Wahl«, sagte Martin leise, als der Colonel wieder seine Zeitung las. »Er hat sich auf diese Anhörung versteift, und wenn du ihm seine Bitte abgeschlagen hättest …«

»… hätte er sich vielleicht umgebracht. Vor allem deswegen habe ich ja gesagt.«

»Und wie geht es jetzt weiter?«

Fenton trommelte mit seinen Fingern auf dem Fenstersims und betrachtete sein Spiegelbild.

»Ich werde meinen Antrag bei den entsprechenden Gremien einreichen, und dann legt das Kriegsgericht den Termin für die Anhörung fest. Aber vorher werden mich noch ein paar Mitglieder des Stabs aus Whitehall anrufen und höflich darum bitten, den Antrag zurückzuziehen. Das werde ich mit der Begründung ablehnen, dass es sich einfach nicht gehört, wenn ein Offizier auf einen anderen schießt. Deshalb wird es eine Anhörung geben, und Charles wird dort so lange reden dürfen, wie er will, um sein Verhalten zu erklären und sich zu verteidigen. Dann wird das Gremium einen Augenblick beraten und zu dem Ergebnis kommen, dass kein Prozess eröffnet werden muss, weil der Beschuldigte während der Tat geistig umnachtet war. Und danach wird Charles zurück ins Krankenhaus geschickt und stillschweigend aus der Armee entlassen. Weswegen das alles reine Zeitvergeudung ist.«

»Ich lese hier gerade von diesem Frosch-General.« Wieder sah der Colonel von seiner Zeitung auf. »Nivelle, sie nennen ihn den Helden von Verdun. Behauptet, er habe einen Plan, wie man den deutschen Fritz innerhalb von vierundzwanzig Stunden fertigmachen kann. Was ja wohl eher vierundzwanzig Jahre dauern wird. Armes Schwein.« Seufzend schlug er den Sportteil auf.

»Und der Krieg dauert an«, sagte Fenton müde. »Ich bin wirklich froh, dass er für Charles jetzt offiziell zu Ende ist.«

»Trotzdem geht er für ihn weiter. Denn die Gedanken in seinem Kopf stehen nicht still. Du hattest recht, als du gesagt hast, dass er eine Art Frieden sucht, und wenn er ihn durch diese Anhörung bekommt, lohnt sie sich für ihn auf jeden Fall.«

»Wahrscheinlich hast du recht.«

»Meinst du, dass sie mir erlauben würden, daran teilzunehmen? Nicht als Journalist, sondern als Charles' Vetter?«

»Nein. Nicht mal Gott persönlich wäre dort als Zuschauer erlaubt. Außer zwei, drei Offizieren und einem Stenografen werden dort nur Charles und ich anwesend sein. Charles könnte noch einen Rechtsbeistand verlangen, aber auch der müsste ein Offizier sein, und vor allem kann ich mir nicht vorstellen, dass er einen braucht.«

»Würdest du mir schreiben? An das Pariser *AP*-Büro?«

»Natürlich. Wann fährst du zurück nach Frankreich?«

»Morgen. Denn schließlich dauert der Krieg an.«

Erleichtert atmete Fenton auf, als er nach dem Besuch in Wales und der Beantragung eines Verfahrens vor dem Kriegsgericht nach Suffolk kam. Winnie wohnte dort bei seiner Mutter, und es tröstete ihn, als er abends neben ihr im Bett lag und mit seinen Händen über die enorme Wölbung ihres Leibes strich.

»Ich schwöre dir, das Baby wird ein Vierzig-Pfünder werden.«

»Meiner Meinung nach werden es Zwillinge«, sagte sie. »Denn ich kann zwei verschiedene Paar Füße spüren.«

»Wie klug du bist.« Er küsste ihre straff gespannte Haut und spürte das Leben, das darunter wuchs.

»Bist du glücklich?«

»Ja.«

»Wünschst du dir dringend Söhne?«

»Ich wünsche mir dringend Kinder, ob es Söhne oder Töchter werden, ist egal. Überrasch mich einfach, wenn es so weit ist.«

»Noch ein paar Wochen.«

»Das muss doch die Hölle sein.«

»Eigentlich nicht, wenn auch vielleicht etwas langweilig, weil ich die ganze Zeit herumsitze und kaum noch laufen kann. Ich komme mir vor wie eine verwöhnte Bienenkönigin, denn deine

Mum und Jinny lesen mir meine Wünsche praktisch von den Lippen ab. Glaubst du, dass mein Körper jemals seine alte Form zurückerlangen wird, oder werde ich bis an mein Lebensende nur noch aus Brüsten und aus Bauch bestehen?«

»Ich liebe deinen Bauch und deine Brüste«, antwortete er und küsste sie. »Und ich liebe dich.«

Sie schmiegten sich eng aneinander, während draußen der stöhnende Märzwind gegen das Flügelfenster schlug.

»Du hast bisher noch nichts von Charles erzählt«, sagte sie mit sanfter Stimme.

»Weil es nicht viel zu erzählen gibt. Ein trauriger Mann an einem traurigen Ort. Wie vierhunderttausend andere Männer wurde letztendlich auch er zum Opfer der Offensive an der Somme.«

Von Charles' Selbstmordabsicht und von seinem Antrag auf Eröffnung des Verfahrens vor dem Kriegsgericht erzählte er ihr nichts. Denn mit ihrer Schwangerschaft und ihrer Sorge um die Brüder John und Bramwell, die erst bei Thiepval dabei gewesen waren und jetzt wieder irgendwo bei Arras kämpften, hatte sie es bereits schwer genug.

»Besucht Lydia ihn oft?«

»Mir wurde gesagt, dass er weder sie noch seine Mutter sehen will. Denn das Einzige, worüber er noch reden möchte, ist der Krieg.«

Fenton selbst hätte am liebsten nicht mehr über den Krieg gesprochen, doch leider war es nicht zu vermeiden. An seinem dritten Vormittag zu Hause rief ein Brigadier Tydman ihn aus London an.

»Wegen Ihres Antrags auf Eröffnung eines Kriegsgerichtsverfahrens gegen Major Greville … Wissen Sie, die Sache ist ein wenig heikel. Deshalb denken Sie vielleicht am besten noch einmal darüber nach.«

»Das geht nicht, Sir.«

»Ach nein? Offen gestanden könnte es ein wenig peinlich für uns alle werden … schließlich ist der Mann der Sohn eines Earls. Und dann ist er plötzlich durchgedreht und hat seinen eigenen Bruder attackiert. Der Quacksalber im Ausbildungslager hat das einzig Richtige getan, indem er ihm geistige Umnachtung attestiert und ihn nach Llandinam verfrachtet hat. Bisher wurde über diese traurige Geschichte allgemeines Stillschweigen bewahrt. Und es heißt nicht umsonst, dass man schlafende Hunde nicht wecken soll.«

»Tut mir leid, aber ich muss auf einer Anhörung bestehen.«

»Verstehe … Nun, ich werde Ihnen Ihr Recht als Vorgesetzter dieses jungen Mannes nicht verwehren, obwohl ich Ihre Haltung nicht billige. Meiner Meinung nach sind Sie sehr hart. Aber wenn Sie darauf bestehen, hören wir uns eben auch noch seine Version dieser Geschichte an. Am nächsten Donnerstag, oben in Llandinam. Besser, als wenn man den armen Kerl dafür extra runter nach London bringt.«

»Sorgen Sie dafür, dass auch ein Stenograf anwesend ist.«

»Wir sind durchaus in der Lage, eine ordnungsgemäße Anhörung durchzuführen«, erwiderte der Brigadier in steifem Ton. »Auf Wiederhören, Sir.«

Paris, 12. März 1917

Beobachtungen und Gedanken. Ich versuche aufzuholen, was ich in der letzten Zeit an Einträgen versäumt habe. Ich hatte keine Zeit mehr für mein Tagebuch, da ich alle Hände voll zu tun hatte mit den Porträts der Generäle Nivelle und Pétain und all der anderen neuen Lichtgestalten der französischen Armee. Der dickbäuchige Papa Joffre wurde gegen Nivelle mit dem guten Aussehen, guten Englisch, guten Benehmen und grenzenlosen Optimismus ausgetauscht. Jeder Schuhputzjunge in Paris und wahrscheinlich auch Berlin weiß, was Nivelle will, weil die alliierten Militärs nicht gerade Meister im Bewahren von Stillschweigen sind. Eine Million Frösche bereiten sich an der Oise auf den Vorstoß auf den Chemin des Dames und den Durchbruch durch die Hindenburg'sche Abwehr vor. Die Briten sollen bei der Offensive helfen, indem sie um Arras herum zuschlagen. Gott steh ihnen allen bei.

Selbst zehn Tage nach meinem Besuch bei Charles fällt es mir schwer, über ihn zu schreiben, ohne dass sich mir das Herz zusammenzieht. Bei ihm wurde eine Kriegsneurose diagnostiziert, ohne dass die Ärzte wirklich sagen könnten, wie es dazu kam. Der französische Militärarzt, den ich eines Abends im Maxim's getroffen habe, meinte, vorbeifliegende Granaten würden ein teilweises Vakuum im Hirn verursachen und zögen einen Teil der Hirnzellen in Mitleidenschaft. Ich glaube, Charles steht einfach unter Schock, sonst nichts. Infolge allzu vieler Leichen, allzu großen Leids, allzu vieler hoffnungsloser Angriffe. Allzu vieler Tage und vor allem Nächte nicht endender Angst. Ein nicht enden wollender Schockzustand, bis das Gehirn keine Bestrafung mehr erträgt und abschaltet. Wie im Fall von Charles. Am Ende hat ihn seine eigene Kaltblütigkeit zerstört. Inzwischen ist mir klar, was er gedacht hat, als er damals auf dem Wall des Grabens stand und mit angesehen hat, wie seine Männer im Stacheldraht und inmitten dieser albtraumhaften Bäume abgeschlachtet worden sind. Ihm gingen die Gedanken des Verdammten durch den Kopf, ohne dass er sie je laut geäußert hat. Und irgendwann hat etwas in seinem edlen Hirn nachgegeben.

Lord Greville, der neunte Earl of Stanmore. Mindestens so kaltblütig wie Charles. Ich fuhr direkt vom Bahnhof aus zu seinem Haus, während noch die Feuchtigkeit aus Wales in meinen Kleidern hing.

»Dann hast du also Charles besucht?«, fragte er, als er den Brief entgegennahm. Er öffnete den Umschlag, aber sein Gesicht blieb ausdruckslos, als er das Schreiben las.

»Danke«, sagte er und steckte den Brief so achtlos wie die Rechnung eines Schneiders ein. Dann bat er mich, auf einen Drink zu bleiben, doch ich spürte, dass er nur höflich war, und lehnte dankend ab. Tante Hanna ist oben in Derbyshire, wo sie ein kleines Anwesen besitzen und wo William sich erholt.

»Und wie geht es William?«, fragte ich.

»Er wird nie wieder richtig reiten können.« Was als Antwort äußerst eigenartig war. Charles ist geistig und vor allem nervlich derart aus dem Gleichgewicht, dass er vielleicht nie wieder ein Pferd von einer Dampfmaschine unterscheiden kann. Ist die Haltung des Earls womöglich eine Frage seines Bluts? Ist es vielleicht nicht nur blau, sondern vor allem kalt? Schwer zu sagen. Womöglich ist auch alles nur Fassade. Denn ein echter Gentleman stellt seine wahren Gefühle nicht zur Schau. Der Earl steht in seinem pompösen Arbeitszimmer und blickt auf die Park Lane wie sein Sohn vom Grabenwall über das Niemandsland.

Eine knappe Viertelstunde mit Ivy im Empfangssaal des All Souls. Ist sie wirklich meine Ehefrau? Kaum zu glauben. Händchen haltend saßen wir in einem Raum von der Größe einer Bahnhofshalle, in dem gerade eine Unzahl Verwundeter Besuch empfing. Es waren einfache Leute – beinahe alles Londoner. Die »niederen Stände«, hätte der Earl sie tituliert. Die Offensive an der Somme ist inzwischen über vier Monate her, doch die Überreste der einst stolzen Bataillone füllen jetzt das Hospital. Die Schwestern haben Achtzehn-Stunden-Schichten, und die Ärzte sind rund um die Uhr im Dienst. Drüben in Whitehall brennen auch nachts die Lichter, während man die neuen Offensiven plant. »Mum« und »Dad« warten geduldig unter der gewölbten Kuppel des Empfangssaals auf die Söhne, und sobald sie kommen, drücken sie den »Kindern« kleine, in Zeitungspapier gehüllte Gaben in die Hand.

»Sie führen aber eifrig Tagebuch.«

»Nun.« Martin hob den Kopf und nickte dem Büroleiter kurz zu. »Ich kritzele gerne vor mich hin. Das entspannt mich irgendwie.«

»Wie wäre es mit einem Drink im Café Bombe?«

»Nein. Meine Hüfte macht mir fürchterlich zu schaffen. Das liegt bestimmt am Wetter. Wahrscheinlich werde ich bis an mein Lebensende prophezeien können, wann es Regen gibt.«

»Machen Sie doch ein paar Tage frei. Fahren Sie in Ihr Haus nach Saint-Germain und vergessen Sie den ganzen Mist. Ich habe gerade ein Telegramm von Atkinson bekommen. Ihr Stück über Pétain, *Der kriegerische Mönch*, fand reißenden Absatz in Amerika. Der *Atlantic* hat sich sofort die Magazinrechte gesichert. Gratuliere. Funktioniert das Telefon in Ihrem Haus?«

»Gelegentlich.«

»Nun, falls irgendwas passiert, schicke ich den Jungen los, damit er Sie holt.«

Vielleicht legte er am besten wirklich eine kurze Pause ein, sagte sich Martin, während er am Parc Monceau die Metro nahm. Denn er hatte die Nase voll von all den Interviews mit Generälen und deren Theorien, wie der Krieg sich »über Nacht« gewinnen ließe. Bei Louveciennes ratterten Züge mit Soldaten in Richtung Norden über die Seine. Bärtige Franzosen – lauter Veteranen – standen Pfeife rauchend in den offenen Türen und starrten reglos vor sich hin. Im ersten Jahr des Krieges hatten die Soldaten noch gejubelt und gewinkt, wenn sie an die Front gefahren waren. Doch die Zeit des Jubels war längst vorbei.

Martin freute sich, als er nach Hause kam. Die Besitzurkunde war inzwischen unterzeichnet und besiegelt, und das Haus gehörte ihm. Rilke Manor. Sieben Zimmer, eine Küche und ein Garten voller momentan noch kahler Bäume, die im Frühjahr abermals ergrünen und im Sommer einen angenehmen Schatten auf den Rasen werfen würden, wenn er dort mit einem Weinglas saß. Die Fensterläden waren fest verschlossen, aber eine dünne weiße Rauchfahne stieg aus einem Schornstein in den Himmel auf.

»Was zum Teufel …« Er blieb in der Einfahrt stehen und überlegte, ob er schnell zum Gasthaus laufen und um Hilfe bitten sollte. Doch das wäre lächerlich. Denn ein Einbrecher zündete sicherlich kein Feuer an.

»Jacob«, murmelte er, sperrte die Haustür auf und traf auf seinen Freund, der mit einem treuherzigen Grinsen aus der Küche kam.

»Wie zum Teufel bist du hier hereingekommen?«

»Ich habe einen Fensterladen mit dem Taschenmesser aufgehebelt.«

»Gut zu wissen«, stellte Martin knurrend fest. »Warum bist du nicht im Büro vorbeigekommen und hast dort den Schlüssel abgeholt?«

»Dazu hat mir die Zeit gefehlt, weil mir zwei kräftige Gendarmen auf den Fersen waren.«

»Gendarmen?«

Jacob nickte. Sein Gesicht war eingefallen, und die dunklen Ringe unter seinen Augen zeigten, wie erschöpft er war.

»Von der Nationalen Sicherheit. Ich habe eine Bruchlandung gemacht, Martin. Bereits nach der zweiten Ausgabe der Zeitung hat ein ganzes Bataillon Polizisten unsere Druckerei gestürmt und den Leuten dort mit ihren Knüppeln die Köpfe eingeschlagen. Ich bin ohne einen Sou durchs Fenster abgehauen.«

»Es war klar, dass das passieren würde.«

»Einer der Autoren hat uns verraten.« Er raufte sich die Haare und stellte verbittert fest: »Mein Gott, am besten lässt man sich niemals mit leidenschaftlichen Kriegsgegnern ein. Denn man kann machen, was man will, sie sind nie zufrieden. Mein persönlicher Judas war ein älterer Anarchist, der sauer auf mich war, weil ich die erste Ausgabe nicht einem Leitfaden für die Ermordung von Politikern und Generälen widmen wollte. Grundsätzlich hätte ich nichts dagegen einzuwenden, aber ich dachte, dass man in der ersten Ausgabe vielleicht nicht ganz so dick auftragen sollte. Doch, um es kurz zu machen – um nicht wegen Volksverhetzung vor Gericht gestellt zu werden, dachte ich, ich tauche besser erst mal unter, und ein besseres Versteck als hier fiel mir nicht ein.«

»Bleib, solange du willst.«

»Falls du mir ein bisschen Bargeld leihst, werde ich versuchen, bis nach Spanien zu gelangen, oder vielleicht fahre ich auch einfach wieder nach Hause. Dort wird man zumindest nicht erschossen, nur weil man eine andere Meinung hat.«

Jacob blieb noch zwei Tage, während er überlegte, ob er sich bis nach Madrid durchschlagen, dort nochmals eine Zeitung drucken lassen und sich zurück nach Frankreich schmuggeln oder besser zurück nach England fahren sollte, um dort zu versuchen, sich als Kriegsdienstverweigerer aus Gewissensgründen akzeptieren zu lassen. Doch egal was er auch tat, um sich von seinen Grübeleien abzulenken, die Depression hing wie eine dunkle Wolke über ihm.

Am Vormittag des dritten Tages tauchte plötzlich Danny, der Laufjunge des Büros, auf seinem klapprigen Motorrad auf. Außer Briefen und ein paar Artikeln, die noch korrigiert werden mussten, zog er ein Paket aus einem Leinenrucksack und legte es auf den Tisch.

»Das hier hat ein englischer Offizier für Sie vorbeigebracht, Mr. Rilke. Meinte, es wäre von Colonel Wood-Lacy und für Sie persönlich bestimmt.«

»Danke, Danny. Gibt es Neuigkeiten aus Amerika?«

»Die deutschen U-Boote haben ein weiteres amerikanisches Schiff versenkt, und es sieht so aus, als ob der Kongress noch diese Woche für den Kriegseintritt stimmen wird. Und McGraw geht davon aus, dass die Giants dieses Jahr die Meisterschaft gewinnen werden.«

»Schön für ihn. Und beruhigend, dass sich inmitten all des Wahnsinns noch jemand für die wirklich wichtigen Dinge interessiert.«

Dem in braunes Packpapier gehüllten Päckchen lag ein Schreiben bei.

Lieber Martin,
anbei eine Kopie des Protokolls, die man mir überlassen hat. Nachdem Du sie gelesen hast, wirst Du verstehen, weshalb ich sie Dir geschickt habe. Charles' schmerzliche Gedanken über diesen Krieg haben etwas anderes als einen Platz in einem Aktenschrank des Ministeriums verdient. Ich weiß nicht, was genau Du mit dem Text unter den gegebenen Umständen machen kannst, aber trotzdem möchte ich, dass Du ihn hast.

Die Anhörung verlief genauso wie erwartet. Charles hat mindestens zwei Stunden lang vor einem Gremium aus drei Männern gesprochen, deren Mienen bis zum Ende ausdruckslos geblieben sind. Ihr Urteil stand bereits im Vorfeld fest – ein Verfahren vor dem Kriegsgericht ist nicht gerechtfertigt, und Charles soll in Llandinam bleiben, bis er als geheilt entlassen werden kann. Ich gebe dieses Päckchen einem Freund, damit kein Zensor und auch niemand anders, der nicht befugt ist, seinen Inhalt liest.

Herzliche Grüße
Fenton

»Was ist das?« Jacob blickte über Martins Schulter auf das ordentlich getippte Dokument. »Etwa eine Prozessakte?«

»Eher eine Anklageschrift, Jacob. Aber natürlich hast du nichts davon gehört, dass Charles Greville im Januar während seines Heimaturlaubs seinem Bruder William ins Knie geschossen hat.«

»Grundgütiger! Warum denn das?«

Martin reichte ihm die losen Blätter, die er schon gelesen hatte.

»Hier, lies selbst.«

Jacob rückte einen Stuhl an Martins Schreibtisch und zog den Stapel Papier zu sich heran. Die ersten beiden Seiten überflog er nur, denn dort erläuterte der Vorsitzende Richter in geschraubter Sprache, welches Ziel mit dieser Anhörung verbunden sei, doch bereits der erste Absatz von Charles' Aussage zog ihn unweigerlich in seinen Bann:

»Ich bin mit den höchsten Idealen und im unverbrüchlichen Vertrauen darauf, dass mein Patriotismus gerechtfertigt und richtig sei, in diesen Krieg gezogen …«

Sie lasen das Dokument mehrere Male durch, wobei Martin auf dem Sofa lag und Jacob langsam durch das Zimmer lief.

»Der alte Fenton brauchte wirklich Mumm, um diese Anhörung zu fordern«, stellte Jacob fest. »Ich kann verstehen, weshalb die Militärs die Sache am liebsten auf sich beruhen lassen würden. Denn die Aussage von Charles stellt sie alle an den Pranger.«

»Nur wenn sie bekannt wird«, warf Martin mit ruhiger Stimme ein.

»Ich nehme an, das hätte Fenton gern.«

»Du weißt genau, dass ich für so was augenblicklich keine Zeitung finde. Schließlich wird in dem Text das Vorgehen des Oberkommandos beim Vorstoß an der Somme heftig kritisiert und dass in der Schlacht nur eine blutige Zermürbungstaktik angewendet worden ist, während die erschreckenden Verluste einzig durch die ebenfalls fürchterlichen Verluste der Deutschen gerechtfertigt werden. Ein britisches Verdun. Die Zensoren würden die Veröffentlichung rundweg ablehnen. Und selbst wenn ich das Dokument persönlich in die Staaten brächte, fände ich wahrscheinlich keine Zeitung, die so etwas bringen würde. Inzwischen sind auch die Amerikaner mit dem Virus dieses Krieges infiziert, und kein Verleger würde etwas drucken wollen, was wie eine kalte Dusche auf sie wirkt.«

Erregt zog Jacob an seiner Zigarette und verteilte die Asche achtlos auf dem Teppich, während er weiter im Zimmer auf und ab ging.

»Mein Gott, das ist keine Propaganda. Charles kritisiert nicht den gesamten Krieg, sondern nur die Kriegsführung. Dass man sinnlos Männer gegen Maschinengewehre und Stacheldraht anstürmen lässt. Diese ganze Rede ist ein einziger lauter Verzweiflungsschrei, den er anstelle der Männer, die dort in der Falle sitzen, ausgestoßen hat. Jeder Tommy weiß, wie es an der Somme gewesen ist, aber die Zivilisten wollen ihre Geschichten nicht hören. Verdammt, sie wollen nur von ›großen Siegen‹ in der Zeitung lesen und die abgedruckten Karten sehen, auf denen jeder Vorstoß Eindruck macht, solange man beflissen ignoriert, dass die abgedruckten Zahlen keine Meilen, sondern Yard sind.«

»Das ist alles schön und gut, Jacob, trotzdem bleibt die Tatsache bestehen …«

»… dass keine Zeitung dieses Dokument rausbringen würde? Meinetwegen. Wenn sich diese Feiglinge nicht trauen, drucken wir es eben selbst und bringen eine Auflage von tausend Stück heraus, schön gedruckt und ordentlich gebunden. Und dann schicken wir Kopien an sämtliche Mitglieder des Parlaments, der Kirche, an jeden intelligenten Menschen, der uns einfällt.«

»Warst du an der Brandyflasche?«

»Nein. Ich bin nur berauscht von dieser fantastischen Idee. Dadurch kommt endlich Licht ins Dunkel. Ich freue mich bereits darauf, ein mutiges Parlamentsmitglied mit diesem Buch in der Hand zu sehen, während es mit lauter Stimme ruft: ›Was in Gottes Namen geht dort drüben vor sich? Lasst uns ein paar Generäle finden, die nicht völlig hirntot sind!‹« Die glühende

Zigarette zwischen seinen Lippen, warf er sich auf einen Stuhl. »Also gut. Jetzt bin ich wieder nüchtern. Ich habe mich einfach mal wieder von meiner eigenen Rhetorik mitreißen lassen. Aber du hast völlig recht, Martin. Niemand möchte etwas lesen, was sein Vertrauen in die Führer dieses Krieges oder in die heilige Reinheit ihres Anliegens in Frage stellt. Denn im Kampf zu sterben ist ein wahrhaft nobler Tod. Das Vernünftigste ist, dass du diesen Aufschrei sorgfältig in einer Schublade verwahrst.«

Martin kaute auf seiner Zigarre, die er noch nicht angezündet hatte, und starrte die Decke an.

»*Könnten* wir ihn drucken?«

»Meinst du diese Frage ernst?«

»Ja.«

Jacob richtete sich auf und schnipste seinen Zigarettenstummel kurzerhand in den Kamin.

»Nicht hier, wenn du nicht unbedingt ein französisches Gefängnis kennen lernen willst. In der Schweiz könnten wir die Texte drucken lassen, doch wäre es schwierig, sie hierher zurückzuschmuggeln, weil den Franzosen alle Drucksachen von vornherein verdächtig sind. Aber in London wäre es das reinste Kinderspiel.«

»Warum denn das?«

»Weil mein Onkel Ben, der Bruder meiner Mutter, fremdsprachige Bücher druckt, russische, ukrainische, jiddische … und eine sehr gute Druckerpresse in Whitechapel stehen hat. Ich habe als Kind manchmal für ihn gearbeitet, bevor man mich aufs Internat verfrachtet hat, und kann immer noch die Tinte riechen.«

Stirnrunzelnd biss Martin die Spitze seiner Zigarre ab.

»Es hätte nicht viel Sinn, wenn er diesen Text auf Ukrainisch drucken würde.«

»Er hat die Zeichensätze mindestens der Hälfte aller Sprachen, selbst englische. Denn er sammelt Schrifttypen wie andere

Männer alten Wein. Schrifttypen und Sozialismus sind die beiden großen Leidenschaften meines Onkels Ben.«

»Durch eine Rückkehr nach England würdest du ein Risiko eingehen, nicht wahr?«

»Nun, das tue ich auch, indem ich hierbleibe. In England muss ich mich im schlimmsten Fall entscheiden, ob ich wieder zur Armee oder in ein Arbeitslager gehe und bis Kriegsende Kartoffeln pflanze. Das wäre nicht das Schlimmste, was einem in dieser Zeit passieren kann, deshalb wäre ich bereit, das Wagnis einzugehen. Das Risiko für dich ist deutlich größer. Denn in dieser Niederschrift wird der Krieg offen kritisiert, deshalb brächte ihre Veröffentlichung das Kriegsministerium und den Generalstab ziemlich in Verlegenheit. Sie könnten dich als feindlich gesinnten Journalisten einstufen und dir deinen Presseausweis abnehmen. Und das französische Kriegsministerium arbeitet mit unserem Hand in Hand. Vielleicht wärst du dann doppelt gestraft, und ich kann mir nicht vorstellen, was du deiner Agentur noch nützen solltest, ließe man dich nicht mehr näher als hundert Meilen an die Kampfzone heran.«

»Ich wäre nicht der erste *AP*-Korrespondent, der jemals aus einer Kampfzone geflogen wäre, weil den hohen Tieren ein Artikel sauer aufgestoßen ist.«

»Und dann ist da noch Fenton. Ich frage mich, was ihm passieren wird. Denn wenn er nicht auf einer Anhörung bestanden hätte …«

Stöhnend hievte Martin seine Beine von der Couch, griff nach den auf dem Tisch verstreuten Seiten, schob sie wieder ordentlich zusammen und sagte mit ruhiger Stimme:

»Wenn er Angst vor Repressalien hätte, hätte er mir diese Abschrift nicht geschickt. Er hat diesen Stein selbst ins Rollen gebracht. Los, Jacob, wenn wir uns beeilen, erwischen wir vielleicht den Nachtzug nach Le Havre und können morgen schon in England sein.«

London, 25. März 1917

Beobachtungen und Gedanken. Die Arbeit als Setzer ist unglaublich befriedigend. Es ist, als wäre ich urplötzlich wieder in der Druckerei in Baskerville und kurbelte das Jahrbuch von der Lincoln Highschool über den Drucktiegel. Vor mir liegt eine Ausgabe des schmalen broschierten Buchs, für das wir so hart gearbeitet haben. Die Druckqualität ist deutlich besser als bei unserem alten Highschool-Buch, obwohl die Herstellungsmethode fast dieselbe war. Jacobs Onkel Ben hat die Schriftart ausgewählt, Jacob und mir beim Zusammenstellen der Schrifttypen geholfen und persönlich das Papier für unser Bändchen ausgesucht. Er hat seine Sache meisterhaft gemacht. Auf der Titelseite steht:

Nach der Somme
Protokoll einer Anhörung im Militärkrankenhaus von Llandinam, um zu entscheiden, ob ein Verfahren vor dem Kriegsgericht gegen den ehrenwerten Major Charles Greville, 2. Royal Windsor Fusiliers, angeraten ist.

Mit einer Einführung von
Martin Rilke, Associated Press.

So Gott will, werde ich eines Tages Enkelkinder haben, und sie werden wissen wollen, weshalb der alte Mann das Wagnis eingegangen ist und seinen Namen für das Vorwort hergegeben hat. Tatsächlich bin nicht ich, sondern Onkel Ben auf die Idee gekommen. Onkel Ben, der nicht wie ein Onkel, sondern eher wie ein Prophet aus der Bibel aussieht, hat gesagt, in einem Land wie England, das für Fälschungen in der Literatur berüchtigt sei, und da Charles persönlich für ein Interview nicht zur Verfügung stehe, brauche unser Buch einen Beweis der Authentizität. Also habe ich mich in seiner Werkstatt hingesetzt und in einer Einführung erklärt, wer ich selbst bin, was ich von diesem Krieg gesehen habe und wer Major Greville für mich ist. »Es ist die Geschichte meines Vetters«, habe ich geschrieben, »und vielleicht auch die Ihres Bruders, Vaters oder Sohnes.«

»Schreib mit kühlem Kopf, aber mit Leidenschaft«, hat mir Onkel Ben geraten, da er eine Vorliebe für Widersprüche hat. Über seinem Schreibtisch hängen zwei gerahmte und signierte Fotos. Eins des Anarchisten Kropotkin, das andere von König Edward VII. Es sieht aus, als zwinkerten die zwei einander zu und lächelten zugleich gütig auf Onkel Ben herab. »Durcheinander ist nicht immer Unordnung«, murmelt Onkel Ben von Zeit zu Zeit. Oder: »Ein schlechtes Werkzeug rückt den Handwerker in ein schlechtes Licht.«

28. März, Hyde Park

Ich habe es geschafft, eine Nacht mit Ivy zu verbringen, nachdem Jacob uns diskret die Wohnung überlassen und sich ein Hotelzimmer genommen hat. Sie hat mich gefragt, was ich in London mache, und ich habe ihr das kleine Buch gezeigt. Sie hat sich damit, meinen Morgenmantel um die Schultern, auf das Bett gesetzt und erst wieder etwas gesagt, als sie mit der Lektüre fertig war. All diese Dinge waren ihr nicht neu – die Selbstverstümmelungen und die grenzenlose Dankbarkeit, mit der sich einst starke Männer mit zertrümmerten Beinen, Händen oder Armen aus dem Graben schleppen lassen, nach dem Motto: »Kein Problem, wenn ich ein lebenslanger Krüppel bleibe. Hauptsache, ich bin hier raus.« Sie weiß, dass man mir nach Erscheinen dieses Büchleins Schwierigkeiten machen kann. Vielleicht weist man mich sogar bis Kriegsende aus Frankreich und England aus, weil sie in beiden Ländern momentan extrem empfindlich sind. Die Zahl der toten Briten ist auf siebenhunderttausend angestiegen, und noch deutlich mehr Franzosen sind gefallen. Und dank Nevilles Plan zu einer Beendigung des Krieges noch vor Beginn des Sommers steht bereits die nächste große Schlacht bevor. Beim Londoner Pressekorps erzählt man sich, dass Nivelle eine fürchterliche Bruchlandung erleben wird, falls er am Chemin des Dames einen Frontalangriff versucht. Amerika steht kurz davor, sich mit geschlossenen Augen ebenfalls in diesen Krieg zu stürzen. Deswegen ist der Zeitpunkt für eine Verurteilung der Generäle an der Westfront wegen dieses sinnlosen Gemetzels alles andere als günstig. Doch statt zu versuchen, mir die Sache auszureden, stellt meine geliebte Ivy einfach fest: »Ich habe meinen Job, und du hast deinen. Tu, was du für richtig hältst.« Sie ist eben eine grundsolide Frau. Vielleicht übernimmt sie selbst bald wieder Fahrten mit dem Lazarettzug von Calais nach Poperinge – und ich gebe ihr die Schlüssel für das Haus in Saint-Germain für den Fall, dass meine Agentur mich nach Timbuktu schickt, bis ein wenig Gras über die ganze Angelegenheit gewachsen ist. Sie kann dort wohnen, falls sie einmal kurz Urlaub hat, und dem Haus ein wenig feminines Flair verleihen. Außerdem gehen wir beide wie ein altes Ehepaar unsere Finanzen durch, und als ich ihr eröffne, dass ein recht beachtlicher Betrag auf meinem Konto bei der Banque de Rothmann liegt, fragte sie empört: »Warum lässt du all dieses Geld nicht für dich arbeiten?« Sie klingt wie Onkel Paul.

»Ich hoffe, ich störe dich nicht beim Nachdenken.«

Als Jacob sich mit einem müden Stöhnen auf die Holzbank sinken ließ, klappte Martin sein Notizbuch zu.

»Nein. Ich habe nur meine Eintragungen auf den neuesten Stand gebracht.«

»Irgendwann muss ich all deine dicken Tagebücher lesen.

Aber vielleicht sollte ich damit noch bis ins hohe Alter warten, denn dann hätte ich auch noch was zu tun.«

»Habt ihr die Bücher losgeschickt?«

»Auf jeden Fall genug, damit der Stein ins Rollen kommt. Es ist geradezu erschreckend, wie viele Kopien Ben angefertigt hat. Aber nachdem er einmal angefangen hatte, war er einfach nicht mehr zu bremsen.«

Einen Moment lang sahen sie schweigend den Enten zu. Die Tiere glitten ruhig über den aufgewühlten See, während ein Stück weiter Scheinwerfer und Luftabwehrraketen standen, um in klaren Nächten gegen die Gotha-Bomber und Zeppeline vorzugehen. Auf der anderen Parkseite, unweit der Statue von Peter Pan, waren weitere Kanonen aufgestellt. Vom Hyde Park bis hinunter an die schweizerische Grenze lag ganz Europa unter einer dichten dunklen Decke aus Geschützen, Stacheldraht und Soldaten.

»Es ist ein ziemlich *schmales* Buch, nicht wahr, Jacob?«, stellte Martin leise fest.

Der ehrenwerte Arthur Felchurch, Parlamentsmitglied aus Twickenhurst, begann die Lektüre während seines Frühstücks und beendete sie vor der für diesen Tag im Unterhaus anberaumten Diskussion über das Gesetz zur Ausweitung des Bahnnetzes.

»Seltsam«, bemerkte er gegenüber einem konservativen Parteifreund. »Dieser Kerl denkt offenbar, es sei gerechtfertigt gewesen, dass er seinem eigenen Bruder in die Kniescheibe geschossen hat.«

»Warum zum Teufel hat er das getan, Arthur?«

»Ich habe keinen blassen Schimmer …«, tat der ehrenwerte Mr. Felchurch das Thema mit einem gleichmütigen Achselzucken ab.

Der ehrenwerte Harold Davidson, ein liberaler Abgeordneter aus Coventry, las seine Ausgabe des Buchs auf der Fahrt ins

Parlament. Er überflog den größten Teil, weil er sehr beschäftigt war, doch durch die Stellen, die er las, wurde sein bereits vorher tiefes Misstrauen gegenüber General Sir Douglas Haig noch um ein Vielfaches verstärkt. Er wusste, dass die Mitglieder des Parlaments die Kriegspolitik nicht offen diskutieren sollten, doch nachdem die erste Diskussion des Bahngesetzes ohne ein befriedigendes Resultat beendet worden war, bat er um das Rederecht und setzte zu einer Tirade über Haigs Versagen bei den sommerlichen Offensiven an.

»Ich habe hier ein Buch«, schrie er und setzte zu einer mehr als halbstündigen Rede an. Doch kaum jemand blieb sitzen, um ihm bis zum Ende zuzuhören, nicht einmal die Männer seiner eigenen Partei.

Der ehrenwerte David Langham kam von der gewohnten Nachmittagsbesprechung in der Downing Street und bat seinen Chauffeur, ihn in die Bristol Mews zu fahren. Wo außer ihm nur noch zwei Gäste waren: die junge Countess of Ashland – wie meistens ohne ihren Ehemann – und ein großer, muskulöser Captain aus Australien, dem man deutlich ansah, dass er hauptberuflich Rugbyspieler war. Der Soldat und die Countess saßen auf einem Diwan, wobei sich unmerklich ihre Hände berührten. Also mixte Lydia Foxe Greville einen Wermut-Gin-Cocktail für ihren neuen Gast, folgte ihm ins angrenzende Arbeitszimmer und sperrte die Tür hinter sich ab.

»Ich nehme an, du bist gekommen, um mir eine Ausgabe des Buchs des armen Charles vorbeizubringen.«

»Ja«, antwortete er. »Ich habe eins dabei. Möchtest du es vielleicht lesen?«

»Nicht wenn es sich irgendwie vermeiden lässt. Aber mich rufen schon den ganzen Tag lang Leute an, um mir davon zu erzählen. Und der Anwalt der Familie Greville hat mich heute Morgen kontaktiert und mir erklärt, dass Charles sich von mir scheiden lassen wolle. Womit ich selbstverständlich einverstanden bin. Ich fühle mich entsetzlich, aber Charles hat sich seine Schwierigkeiten in vollem Umfang selbst zuzuschreiben, oder nicht?«

»So kann man es sagen.« Er berührte zärtlich ihr Gesicht. »Du siehst wunderschön, aber auch ziemlich müde aus. Ich fahre am Montag nach Paris zu einer Besprechung mit Ribot und Painlevé und einem Gespräch unter vier Augen mit Georges Clemenceau. Warum triffst du mich nicht im Crillon, sagen wir, am nächsten Donnerstag?«

»Gerne«, sagte sie. »Das Leben hier in London ist im Augenblick entsetzlich anstrengend.«

Lieutenant General Sir Julian Wood-Lacy schritt durch das winzige Büro in Whitehall, schlug mit einem ledernen Offiziersstöckchen gegen seinen Stiefel und betrachtete durch das schmale Fenster den hoch in den Himmel ragenden Big Ben.

»Ich kann dir gar nicht sagen, wie schmerzlich diese Sache für mich ist, Fenton.«

»Davon bin ich überzeugt, Sir.«

»Ich kann einfach nicht verstehen, weshalb du so starrsinnig auf einer Anhörung bestanden hast.« Er wandte sich wieder vom Fenster ab und schlug erneut mit seinem Stock gegen sein Bein. »Was hätte man diesen armen Kerl vor ein Kriegsgericht stellen sollen? Da hast du dir eindeutig eine Rieseneselei erlaubt. Aber was geschehen ist, ist geschehen, wie es so zutreffend heißt. Trotzdem hat Sir Wully natürlich vor Wut geschäumt. Er ist in Bezug auf Haig ein bisschen dünnhäutig und fand dieses Pamphlet oder was zum Teufel es auch immer war, rundherum verleumderisch. Wie in aller Welt ist dieser Zeitungsfritze an das Protokoll der Anhörung gelangt?«

»Ich habe es ihm geschickt.«

Der alte General nickte fast traurig.

»Ich habe immer gesagt, ich ziehe dir den Hosenboden

stramm, falls du deinen Onkel je belügst. Aber verflixt, manchmal tut die Wahrheit weh.«

»Und wie geht es jetzt weiter? Ich nehme an, dass man der Sache auf den Grund gehen wird.«

»Gütiger Himmel, nein! Je weniger unternommen wird, umso besser. Auch wenn du dadurch einen großen Karriererückschritt machst. Es ist vollkommen ausgeschlossen, dass du jetzt noch Kommandeur einer Brigade wirst. Wahrscheinlich kannst du noch von Glück reden, falls man dich zum Sanitätskorps eines Ausbildungslagers in Liverpool versetzt!«

»Du hast stets gesagt, dass man bei der Armee immer die Arbeit machen muss, die einem übertragen wird.«

Der General wandte dem Neffen abermals den Rücken zu und räusperte sich laut.

»Ganz genau, mein Junge, ganz genau.«

Der Anruf kam nicht unerwartet. Martin hatte bereits eine halbe Stunde mit dem Chef des Londoner Büros telefoniert, saß mit gepackter Tasche neben seinem Telefon und hob den Hörer schon beim ersten Läuten ab.

»Martin Rilke?«

»Ja.«

»Ah, hier spricht Davengarth vom Informationsministerium. Sie haben hier für ziemliche Aufregung gesorgt. Ich wünschte mir, Sie hätten sich die Mühe gemacht und dieses Dokument erst den Zensoren vorgelegt. Tja nun, aber die Unbesonnenheit der vierten Macht ist sprichwörtlich, nicht wahr? Also, hören Sie, Rilke, es hat keinen Sinn, jetzt noch bei uns vorbeizukommen. Ihr Mr. Bradshaw hat uns angerufen und erklärt, man habe Sie versetzt, und Sie gingen nach Amerika zurück.«

»Richtig. Nach New York.«

»Wir wünschen Ihnen eine gute Reise und würden uns

freuen, wenn Sie eines Tages wiederkämen. Vielleicht nach dem Krieg.«

»Ja.« Müde legte Martin auf. »Vielleicht nach dem Krieg.«

Lord Crewe drehte das Buch in seinen Händen hin und her, blätterte es langsam durch, befingerte vorsichtig das Papier, zog die saubere Schrift nach und schnupperte an der Tinte. Das war eindeutig ein Werk Benjamin de Haans.

Vorsichtig, fast ehrfürchtig, legte er das Buch auf seinem Schreibtisch ab, und Kulturredakteur Ranscome stellte traurig fest:

»Ein wirklich gutes schmales Buch. Ich wünschte mir, wir könnten es besprechen. Natürlich ist das völlig ausgeschlossen.«

»Allerdings«, stimmte Lord Crewe ihm zu. »Das geht beim besten Willen nicht. Denn für solch eine Veröffentlichung steht der Wind im Augenblick eher ungünstig.« Er faltete seine großen Hände vor dem Bauch und lehnte sich auf seinem Stuhl zurück. »Haben wir Logans Artikel reingekriegt?«

»Er kam telegrafisch und wird gerade abgetippt. Er sagt, dass die Stimmung der Soldaten bei Arras erstklassig sei, dass sie heiter und optimistisch seien, wie er es formuliert.«

»Gut. Das wollen die Leute lesen, Ranscome – dass die Jungs beschwingt und bester Laune sind.«

Jacob Golden schleppte den Papierkarton durch die Straßen von Whitechapel, stieg in einen Bus zur Charing Cross, setzte sich aufs offene Oberdeck, stellte den schweren Karton neben sich ab und genoss die Sonne und den Wind. Auf der Strand herrschte noch dichterer Verkehr als sonst, denn der Besucherstrom der großen Kundgebung für Kriegsanleihen am Trafalgar Square dehnte sich bis in die angrenzenden Straßen aus.

Er nahm seinen Karton, stieg wieder aus dem Bus und schob sich durch das Gedränge dorthin, wo eine Kapelle der London

Rifle Brigade die Menschen mit lautem Trommelschlag und schrillem Pfeifenklang zusammenrief. Ein Mann hielt ihn am Arm zurück und klopfte mit der Hand auf den Karton.

»Verkaufst du vielleicht Eis, Kumpel?«

Jacob balancierte den Karton auf seiner Hüfte, griff nach dem obersten Buch und drückte es ihm in die Hand.

Überrascht riss der Mann die Augen auf.

»He, was soll das? Sind Sie von der Londoner Mission?«

»Etwas in der Art«, antwortete Jacob, während er sich bereits weiter durch die Menge zwängte.

Langsam, doch mit festem Schritt marschierte die Kapelle um die Säule von Admiral Nelson. Die Pfeifen und die Trommelstöcke glitzerten im Sonnenlicht, und beim ersten Takt der British Grenadiers brachen die umstehenden Menschen in lautstarken Jubel aus. Im Rhythmus der Musik schwenkten tausend Hände kleine Union Jacks, und unterhalb der Säule waren dicht nebeneinander nagelneue Geschütze aufgestellt: 150- und 200-mm-Haubitzen, eine Batterie Feldgeschütze und zwei 380-mm-Ungetüme, im Vergleich zu denen die vier Löwen, die unter der hoch aufragenden Admiralsgestalt auf ihren Pranken ruhten, beinahe zwergenhaft aussahen. Die stolzen Kanoniere hatten die Geschütze derart sorgfältig poliert, dass sie wie Edelsteine funkelten, und an jeder hing ein kleines Schild, auf dem bis auf den letzten Penny genau der Preis stand.

»INVESTIERT IN KRIEGSANLEIHEN!«, appellierte eine Stimme über einen Lautsprecher im Rhythmus der Musik. »HELFT DEN JUNGS IN FRANKREICH! EUER KÖNIG UND DAS VATERLAND BRAUCHEN JEDEN EINZELNEN VON EUCH!«

Jacob stellte sich neben ein riesiges, olivenfarben gestrichenes Eisenrad. Das Rohr der Haubitze ragte über seinen Kopf und zeigte auf das obere Geschoss des Marineministeriums, und eilig stellte Jacob den Karton auf einer Eisenstufe oberhalb des Rades ab, kletterte über die Speichen und setzte sich rittlings auf das breite Rohr.

»He!«, rief ein Sergeant der Schützen. »Runter da.«

Jacob griff nach dem Karton. Der Sergeant versuchte, ihn zu packen, aber er umklammerte mit seinen Schenkeln das vom Sonnenlicht gewärmte Eisen und schob sich weiter nach vorn, den Karton über den Köpfen der Menge. Ein paar Leute fingen an zu lachen oder feuerten ihn sogar an.

»Kipp das Mistding um, Kumpel.«

Lächelnd blickte er auf einen Ozean weißer Gesichter, in dem eine Unzahl rot-weiß-blauer Fähnchen schwamm.

»KAISER WILHELM SAGT, DASS IHR DIE HÄNDE IN DEN TASCHEN LASSEN SOLLT… ABER BRITANNIEN SAGT… LEGT EUER GELD IN UNSEREN WAFFEN AN!«

Inzwischen hatte er die Rohrspitze erreicht, griff in den Karton, zog ein Buch nach dem anderen heraus und schleuderte sie in die Menge – flatterndes Papier, das begierig aufgefangen wurde, während sich ein halbes Dutzend Wachtmeister mit ausdrucksloser Miene durch die Menschenmasse drängte. Nachdem der Karton leer war, legte Jacob sich zufrieden rücklings auf das Rohr und wartete darauf, dass ein Bobby ihn ergriff.

Er bat den Taxifahrer, kurz zu warten, und eilte durch den Eingang des All Souls. Nie zuvor war ihm das Krankenhaus so riesig vorgekommen, nie zuvor hatten sich derart viele Menschen dort gedrängt, und panisch dachte er, er fände sie vielleicht nicht. Doch das junge Mädchen am Empfang wusste genau, wo Ivy war, und er lief, so schnell er konnte, einen langen Korridor hinab zur Amputationsstation. Sie war seine Frau, und Martin wollte sie an seiner Seite haben, doch er wusste, dass er sie nicht einmal darum bitten konnte, als er in dem Gang zwischen den langen Bettreihen vor den glasigen Augen der Verstümmelten kurz ihre Hände hielt und sie auf die Wange küsste und die Oberschwester schon ungeduldig nach ihr rief.

Das Gefühl ihrer weichen Haut auf seinen Lippen, nahm er wieder in dem Taxi Platz, und der Fahrer fuhr in schnellem Tempo durch die Gower Street und ein Labyrinth aus anderen Straßen zum Bahnhof Charing Cross. In Höhe des Trafalgar Square jedoch hielt eine große Menschenmenge sie vorübergehend auf.

»Tut mir leid«, sagte der Fahrer. »Das ist nicht zu ändern, aber Ihren Zug bekommen Sie noch.«

Im Grunde war es Martin egal, ob er den Zug bekommen würde oder nicht. »Fahren Sie nach Hause«, hatte ihm sein Chef erklärt. Ein schlechter Witz, weil er inzwischen hier zu Hause und Amerika ihm fremd geworden war. Er saß stocksteif da und war blind für all die Menschen und die riesigen Kanonen, die jetzt wieder auf dem Weg zurück nach Whitehall waren. Die riesigen Eisenräder rollten über das Papier, das auf dem Boden lag, und der Wind wehte die Fetzen wie farblose Blätter quer über die Straße auf den Bürgersteig.

Buch 4

11. November 1920

Sollen sie zu lautem Glockenklang
als ausgelassene Scharen kehren in ihr Land zurück?
Eine kleine, eine kleine, eine allzu kleine Zahl
für wilden Paukenschlag und Rufe voller Glück
kriecht womöglich lautlos über halb bekannte Straßen
zu den ausgedörrten Dorfbrunnen zurück.

The Send-Off von Wilfred Owen (1893–1918)

20

Hotel Gaillard, Hazebrouck

Beobachtungen und Gedanken. Weiß der Himmel, wir alle haben unser Gewissen gründlich erforscht, aber die Entscheidung ist gefallen, und einst wird die Geschichte beurteilen, ob es richtig war. Benteen vom Journal-American *meinte, es schade mehr, als dass es helfe, denn jetzt würden gerade erst verheilte Wunden wieder aufgerissen, aber ich habe ihm widersprochen genau wie Wilde und Fletcher und die anderen Korrespondenten von* AP *und der* UP-*Mann Warrington. Irgendwie kommt es mir richtig vor, dass man damit bis zum zweiten Jahrestag gewartet hat. Letztes Jahr wäre zu früh gewesen. Man hatte die Armeen kaum demobilisiert, und alle waren noch viel zu betäubt vom Schock des Krieges, um darüber nachzudenken, wie in dieser Angelegenheit am besten vorzugehen sei. Aber jetzt sind wir einen Schritt weiter, und ich habe das Gefühl, dass nicht nur ein neues Jahrzehnt, sondern ein neues Zeitalter begonnen hat. Die versprochene Rückkehr zur »Normalität« hat Warren Gamaliel Harding letzte Woche zum neuen Präsidenten von Amerika gemacht. Vielleicht ist es jetzt »normal«, seiner Trauer in einem letzten öffentlichen Gefühlsausbruch Ausdruck zu verleihen und es dann den Toten zu erlauben, für immer in Frieden zu ruhen und nur noch Teil unserer ureigenen Erinnerung zu sein. Wie dem auch sei, es ist vollbracht. Vor zwei Tagen wurden nicht weit von hier entfernt in Flandern schlichte Holzsärge mit sechs Tommys in einer Hütte aufgestellt. Die Überreste der Soldaten waren willkürlich aus den anonymen Gräbern in dem Wald ausgewählt worden, der sich zwischen Ypern und der Marne erstreckt. Sie führten einen britischen Offizier mit verbundenen Augen in den Raum, und der erste Sarg, den er zufällig berührte, wurde nach Boulogne gebracht. Dort stellte man ihn in einen großen Eichensarg, dessen Deckel mit eisernen Bändern sorgfältig verschlossen wurde, und dort, wo sich die Bänder kreuzten, wurde eine große Plakette angebracht.*

Ein britischer Krieger
Gefallen für König und Vaterland
im Großen Krieg
1914–1918

Ein unbekannter Soldat, ein Krieger, den nur Gott kennt. Heute, am Tag des Waffenstillstands, werden seine sterblichen Überreste durch die Straßen Londons gefahren und in der Abtei von Westminster zur letzten Ruhe gebettet. Admirale, Feldmarschalle und der König des Gefallenen werden der Lafette folgen.

Flechter hatte vorgeschlagen, dass auch ich nach London fahre, doch die halbe Weltpresse wird über das Ereignis schreiben, ich habe es vorgezogen, diesseits des Kanals bei meiner Frau zu bleiben und Notizen für mein eigenes Klagelied zu sammeln. Von Paris aus habe ich mich mit dem Citroën auf den Weg nach Hazebrouck und Ypern gemacht.

Kurze Eindrücke. Lastwagenkonvois auf der Straße nach Albert. Auf den Ladeflächen Backsteine und Säcke mit Sand und Kalk. Keine Lastwagen mit Soldaten mehr auf dem Weg zur Front. Die monströse Basilika des Orts, die erst 1916 und dann ein zweites Mal während des deutschen Durchbruchs 1918 schwer unter Beschuss geraten war, wird wieder aufgebaut – mit einer neuen goldenen Jungfrau oben auf dem Turm. Hinter

Albert ist nichts als totes Land, eine mit Granattrichtern und eingefallenen Gräben übersäte Mondlandschaft. Die Aufräumtrupps sind immer noch am Werk, schneiden meilenweite Stacheldrähte auseinander und rollen sie sorgfältig zu dicken Rollen auf, während die Sprengtrupps immer noch Granaten suchen, die es zu entschärfen gilt. In den Wäldern von Trones, Mametz, Delville wurden die zerstörten Bäume fortgeräumt und neue Setzlinge gepflanzt. Irgendwann wird es auf all diesen vernarbten Hügeln wieder helle Lichtungen und baumbestandene Wege geben, irgendwann werden auf den staubigen Flecken der verschwundenen alten Dörfer wieder Häuser stehen. Der Ausblick von Bazentin über den Hochwald bis nach Flers bricht einem regelrecht das Herz. Wie gering kommt einem plötzlich die Entfernung vor, die damals riesig oder eher unendlich erschien. Dass ein derart kleines Stückchen Erde derart viele Leben ein für alle Mal verändert hat.

Colonel Sir Terrance L. De Gough und sein Stellvertreter saßen auf der Rückbank eines Vauxhall, dessen Fahrer sich, so dicht es ging, hinter dem Panzerwagen hielt, der vor ihnen die gewundene Straße von Ballingary nach Limerick hinunterschoss.

»Zum Teufel, Fenton«, stieß der Colonel hervor. »Bereits die Idee, hier eine Feier abzuhalten, ist verrückt. Es wird unter Garantie Demonstrationen geben. Die gesamte Garnison wird volle zwei Minuten strammstehen, und das nutzt die verfluchte Sinn Féin sicher aus. Lassen Sie sich das gesagt sein.«

»Wir werden nicht alle strammstehen«, gab Fenton ruhig zurück. »Einige der Leute werden mit den Wagen fahren, und vor allem sichert die Polizei die gesamte Strecke ab.«

»Trotzdem werden sie es schaffen, irgendetwas in die Luft zu jagen. Wenn der Paddy etwas will, findet er, verdammt noch mal, auch einen Weg. Sie haben wirklich Glück, dass Sie hier wegkommen. Wann fahren Sie ab?«

»Heute Abend.«

»Ich hoffe bei Gott, dass Hackway sich auf seinen Job genauso gut versteht wie Sie. Ich werde Sie vermissen, Fenton.«

»Hackway ist ein kompetenter Mann, Sir.«

»Vielleicht, aber ich hätte lieber Sie behalten.« Der ältliche Colonel spielte gedankenverloren mit seinem Revolver, der zwischen ihnen auf der Rückbank lag, und starrte auf den Drehturm auf dem Panzerwagen, aus dem ein MG drohend auf die Hecken links und rechts der Straße wies. »Ich nehme an, Sie wissen, dass man davon ausgeht, dass Sie irgendwann die Brocken schmeißen werden, Fenton.«

»Das ist mir bewusst.«

»Sie nach Mesopota …«

»Inzwischen heißt das Land Irak.«

»Was für einen Unterschied macht das schon? Wenn nicht die Araber oder die Kurden Sie erwischen, bringt das Klima Sie um.«

»Die Versetzung hat auch ihre Vorteile.«

»Weil Sie dann nicht mehr Major, sondern wieder Lieutenant Colonel sind und ein Bataillon befehligen? Seien Sie nicht dumm, Junge. Sie wissen doch, dass Sie auf der Abschussliste stehen. Für Sie gibt es keine angenehmen Jobs mehr. Einfach wird es sicher nicht. Mit Ihrer Beförderung versucht man nur, Ihren Schwiegervater zu beruhigen, damit der keine wütenden Briefe an den Kriegsminister schreibt. Aber ein Rücktrittsgesuch von Ihnen nähme man mit Freuden an, und Sie könnten als Ehrenmann und Colonel ins Zivilleben zurückkehren. Sie sollten diese Gelegenheit beim Schopf packen, Fenton.«

Das wäre der logische Schritt. Winnie wäre überglücklich, zöge er mit ihr aufs Land und übernähme dort die Leitung eines der Güter des Marquis. Oder er würde in einem Unternehmen arbeiten. Für die Juristerei war es etwas zu spät. Vielleicht Import-Export. Er war zwölf Jahre lang Soldat gewesen. Hatte niemals etwas anderes gelernt.

Zu den Klängen von *The Bonnie English Rose* hatte sich das Regiment auf dem Platz vor der Kaserne aufgestellt. Dann brachen die Trommler und die Pfeifer ab, und Corporal Harris, der begnadetste Trompeter der Kapelle, nahm neben dem Fahnenmast dem Kaplan gegenüber eine kerzengerade Haltung ein. Es war Viertel vor elf am elften November, eine milde Brise wehte dicke weiße Wolken vom Shannon herauf, und die leuchtenden Farben der im Wind wehenden Flagge hoben sich vom blauen Himmel ab. Oh verdammt, erkannte Fenton. Ob richtig oder falsch, er war nun mal Soldat, und jetzt war es zu spät, um sich nach einer anderen Arbeit umzusehen.

Schwingt euch mit der morgendlichen Brise auf
und flattert um die Erde, gleich, wohin der Wind sich dreht.
Doch der Weise, die sie spielen, werdet ihr niemals entkommen,
und auch nicht dem alten Fetzen, der hoch über euren Köpfen weht.

»Du packst doch wohl noch nicht?«, fragte Lady Margaret, als sie durch die Tür des Kinderzimmers trat. Ihre beiden Enkeltöchter hingen schwer an ihren Armen und kreischten vor Vergnügen, während sie versuchten, ihr die Schultern auszudrehen. »Er hat dir doch noch nicht geschrieben. Vielleicht gibt er seine Kommission ja zurück.«

»Er ist dein Sohn.« Winifred sah einen Stapel Kinderkleider durch. »Du solltest also wissen, dass er das bestimmt nicht macht.«

»Bagdad. Der Gedanke ist mir unerträglich«, flüsterte Lady Margaret mit erstickter Stimme.

»Wir gehen nicht nach Bagdad, Mutter – Fenton würde das nie erlauben. Nein, wir werden in Ägypten in ein wunderschönes kühles Haus in Gezira ziehen. Jennifer, Victoria und du werdet begeistert sein.«

»*Ich*? Mein liebes Mädchen, keine zehn Pferde bringen mich dorthin.«

Lächelnd beobachtete Winnie, wie die beiden kleinen Mädchen an den Armen ihrer Schweigermutter zerrten.

»Nein, aber die zwei. Außerdem wäre es ja nur für ein, zwei Jahre, und vor allem hätte Fenton häufig frei. Dann könnten wir ein Hausboot mieten und den Nil herauffahren. Das wird bestimmt sehr … nett.«

Lady Margaret machte sich von ihren Enkeltöchtern los, und als die beiden wie zwei kleine Hunde aus dem Zimmer rannten, setzte sie sich auf den Rand des Betts.

»Du bist einfach nicht dafür geschaffen, als Frau eines Soldaten durch die Welt zu ziehen. Warum in Gottes Namen sagst du ihm das nicht?«

Seufzend legte Winifred die Hand auf ihre Schulter.

»Wenn ich ihm das sagen würde, gäbe er die Arbeit auf, aber das soll er nicht meinetwegen, sondern um seiner selbst willen tun. Ich bin Fentons Frau, und das ist das Einzige, was für mich zählt. Ich habe gelernt, damit zu leben, und daran wird sich nichts ändern.«

»Nun, sie sagen, dass es im Winter in Ägypten herrlich sei, und wir könnten zwei kleine Esel für die Kinder kaufen …«

Winnie beugte sich zu ihr herab, gab ihr einen Wangenkuss und erwiderte: »*Wir*, das höre ich gern, auch wenn die Zwillinge vielleicht noch etwas jung sind, um auf einem Esel zu sitzen.«

»Ach ja? Die beiden sind doch schon wahre Amazonen! Ich dachte immer, kleine Mädchen seien sanft wie Lämmer, aber sie sind fast so wild wie Fenton damals, auch wenn ich sagen muss, dass Roger …« Plötzlich brach sie ab, sah ihre in ihrem Schoß verschränkten Hände an und stieß mit rauer Stimme hervor: »Schon wieder dieser Tag. Zwei Minuten Stille, um der Toten zu gedenken. Aber um an ihn zu denken, brauche ich keinen besonderen Tag im Jahr.«

Winifred wandte sich abermals dem Kleiderstapel zu.

»So geht's mir mit Timothy und Andrew auch. Und wenn die Kugel, die Bramwell erwischt hat, ihn auch nur drei Millimeter weiter links getroffen hätte, hätte ich noch einen Bruder zu beklagen.«

»Der Tag des Waffenstillstands ist für die Menschen gemacht, die nur einmal jährlich in die Kirche gehen.«

»Wahrscheinlich«, stimmte Winifred ihr leise zu. »Aber trotzdem – wenn die Glocken läuten …«

Sie sahen einander an, nahmen sich bei den Händen und warteten schweigend auf den ersten wehmütigen Glockenschlag.

Sie und Prinz Michael kehrten gut gelaunt aus Biarritz zurück.

Ihn hatte nur deshalb keine der dem Zaren und den meisten seiner Verwandten zugedachten Kugeln hingestreckt, weil er schon 1915 nach Paris gekommen war. Als Berater des russischen Militärattachés für Frankreich, dessen Posten aufgrund der Geschehnisse in seinem Heimatland inzwischen mehr als überflüssig war. Doch der Prinz hatte vorausschauend eine Million Goldrubel von seiner Bank in Petrograd an die Banque de France überwiesen und konnte deshalb mit seinen fünfunddreißig Jahren weiter seiner größten Leidenschaft – er liebte schnelle Gefährte – nachgehen und war im Gegensatz zu seinen emigrierten blaublütigen Landsleuten vollkommen unabhängig. Anders als so viele Fürsten, Großfürsten und Prinzen aus dem Schwarm der Romanows brauchte er seinen Namen nicht an eine Tochter eines Kriegsgewinnlers zu verkaufen, die es auf der Suche nach günstigen Titeln aus Orten wie Birmingham, Bradford, Liverpool und selbst Gary in Indiana in die Stadt der Liebe zog. Er war ein Prinz, nicht käuflich, und hatte die Isotta Fraschini, mit der er durch die Gegend brauste, und den Breguet-Doppeldecker von seinem eigenen Geld bezahlt.

Nur aus diesem Grund saß Lydia Foxe Greville neben ihm.

Denn sie mochte keine Männer, an deren Familienwappen ein Preisschild hing.

Oh, es war so berauschend, wenn die Bäume an ihnen vorüberflogen und der von den Reifen aufgewirbelte Staub wie ein langes gelblich weißes Tuch hinter dem Wagen herflatterte. Der Wind blies ihr über die Windschutzscheibe ins Gesicht. Vor ihr glitzerten die Türme von Paris im morgendlichen Dämmerlicht über dem Dunst der Stadt. Montparnasse. Le Faubourg. Mit quietschenden Reifen hielt der Prinz vor dem Deux Magots. Das verschlafene Küchenpersonal servierte ihnen Kaffee und Brioches, und sie war rundherum zufrieden, als der Prinz vor ihrem Haus am Rand des Bois de Boulogne hielt.

Es war Viertel vor elf.

»Soll ich noch mit reinkommen?«

Lachend korrigierte sie ihn:

»Du meinst wohl, ob du noch reinkommen *darfst.*«

»Woher soll ich wissen, wie du gerade gelaunt bist?«, entgegnete er mit einem gleichmütigen Achselzucken.

»Ich bin gerade ein bisschen nachdenklich. Und vor allem haben wir in der vergangenen Woche derart viel zusammen unternommen, dass es erst mal reicht. Fahr zum Flugplatz und mach dich in deiner Maschine auf den Weg an irgendeinen exotischen Ort.«

Er hob ihre Hände an den Mund und küsste sie.

»*Au revoir.* Ich werde nach Tanger fliegen. Lass dich nicht zu sehr mit jemand anders ein, sonst lande ich bei meiner Rückkehr mit dem Flieger hier auf deinem Dach.«

Er war ein galanter Mann. Aber schließlich hatte ein Prinz auch den entsprechenden Benimm im Blut. Bei einer Heirat würde sie Prinzessin eines uralten Geschlechts. Doch das war ihr egal. Inzwischen waren sie gleichberechtigt. Denn wie hatte David Langham einmal zu ihr gesagt? »Geld ist der einzige Adel, der auf Dauer von Bedeutung ist.« Und mit einem Augenzwinkern hatte er hinzugefügt: »Wobei die wahre Macht bei den Stimmen der Armen liegt.«

Sie dachte kurz an Langham, während sie nach oben ging und sich von einem Dienstmädchen die Tür des Schlafzimmers aufhalten ließ. Er war das genaue Gegenteil des hochgewachsenen sportlichen Prinzen Michael. Langham hatte sie dazu bewogen, dieses Haus zu kaufen, da er während der endlosen und aufreibenden Konferenzen in Versailles einen Rückzugsort gebraucht hatte. Nach einem besonders wollüstigen Wochenende hier in diesem Zimmer – auf dem Bett, auf dem sie lag, während das Mädchen heißes Wasser in die Badewanne ließ – hatte er das Problem der Teilung Ungarns praktisch allein gelöst. Und die Beziehung zwischen ihr und Langham war nicht unbemerkt geblieben und hatte Lydia Zugang zu der neuen Oberschicht verschafft, der sich nur mit Geld nicht kaufen ließ. Geld war in der Nachkriegswelt zwar ein begehrtes Gut, doch Einfluss war noch wichtiger.

In Neuilly fingen die Kirchenglocken an zu läuten. Obwohl nicht Sonntag war. Nein, es war Donnerstag.

Der elfte November, ja genau.

Der weiche melodiöse Klang der Glocken von Saint-Jean-Baptiste erinnerte sie an das helle Glockenspiel in Abingdon, und plötzlich wogte eine Flut glasklarer Bilder in ihr auf. Sie hatte das Gefühl, als bräuchte sie nur ihre Hände auszustrecken, um Fenton zu berühren, damit er sie neben sich auf das Gerüst um den hohen Backsteinschornstein zog, während Charles von unten rief: »Lydia … fall nicht herunter!«

Als der Earl und die Countess von Stanmore und ihr Sohn, der ehrenwerte William Greville, aus dem Daimler stiegen, nahm Reverend Mr. Toomey, der Vikar von Llandinam, sie strahlend in Empfang. Der Earl blieb noch einen Moment hinter dem Lenkrad sitzen, um zu überprüfen, ob die Gänge ordentlich zurückgeschaltet waren, er die Handbremse auch richtig angezogen hatte und die Reifen gerade standen – niemand sollte behaupten, dass er nicht ein akkurater Autofahrer war. Dann lud der Reverend sie in sein Pfarrhaus ein, weil ein Tässchen starker Tee das beste Mittel gegen die empfindlich kühlen Temperaturen darstellte. Wie es sich gehörte, tranken sie den Tee aus einem silbernen georgianischen Service, einer Spende der Familie Greville. Während der vergangenen drei Jahre hatten sich der Earl und die Countess als sehr großzügig erwiesen, und wie immer freuten sich der junge Kirchenmann und seine Frau von Herzen über den Besuch.

»Nun erzählen Sie mal, William«, bat der Reverend. »Ist man Ihnen in Cambridge gewogen?«

»Sicherlich mehr, als ich Cambridge gewogen bin«, gab William lachend zurück. »Ich fürchte, dass ich für das Studium der Klassiker nicht sonderlich geeignet bin.«

»Er überlegt, ob er das King's College verlassen und Jura studieren soll«, warf Hanna ein.

»Was mich wirklich freuen würde«, fügte Seine Lordschaft gut gelaunt hinzu und trank genüsslich seinen Tee. »Denn bei all diesen neuen Steuern und Gesetzen, die man uns nach Ansicht der Regierung auferlegen kann, wäre ein Anwalt in der Familie bestimmt nicht schlecht.«

Wieder lachte William.

»Also bitte, Vater, lass uns nicht am Tag des Waffenstillstands darüber reden, ja?«

»Du hast recht.« Lord Stanmore leerte seine Tasse und hielt sie der Frau des Pfarrers hin. »Nun, John, mit was für einem Gottesdienst dürfen wir heute rechnen?«

»Schlicht wie immer«, antwortete der Vikar, und seine Gattin schenkte Seiner Lordschaft höflich nach. »Während meiner Zeit als Pater bei den South Wales Borderers sind die Männer immer eingeschlafen, wenn die Predigt zu hochtrabend war. Seither glaube ich an die Einfachheit der Sprache, die Direktheit der Gedanken und wähle Lieder aus, die die Leute singen können, ohne dabei in ihre Gesangbücher zu sehen.«

»Mein Lieblingslied war immer *Oh dass ich tausend Zungen hätte*«, sagte Hanna.

»Ja«, stimmte ihr der Pfarrer zu. »Das ist ein wunderschönes Lied. Wobei den Männern *Vorwärts, Christi Streiter* immer noch am besten gefällt. Sie singen jedes Mal aus voller Kehle mit.«

William trat ans Fenster und blickte auf den Hügel hinter dem Haus.

»Ist er dort oben, Reverend?«

»Er verbringt dort jeden Vormittag, bei Regen und bei Sonnenschein.«

»Ich werde ihn holen.«

»Soll ich mitkommen?«, fragte der Earl.

»Ich würde heute früh lieber allein gehen, wenn ihr nichts dagegen habt.«

Hanna blickte William durch das Fenster hinterher, als er langsam auf den Hügel stieg. Nach der Operation in New York letzten August konnte er viel besser gehen. Natürlich war sein Knie noch etwas unbeweglich, aber nicht einmal bergauf hinkte er. Aufgrund des steifen Beins konnte er nicht Auto fahren, aber davon abgesehen gab es keine Einschränkungen mehr für ihn. Wie groß und stark er war. Wie breitschultrig und muskulös. Ein attraktiver junger – und vor allem lebendiger – Mann.

Langsam ging William den steilen sandigen Weg bis zur Kuppe des Hügels hinauf. Charles saß auf einer der Bänke, die zwischen den Eichen und Kastanien standen, hatte seine Hände auf die Knien gelegt und blickte über das Tal hinweg auf die felsigen Abhänge des Moel Sych. William nahm neben seinem Bruder Platz, zog ein silbernes Zigarettenetui aus der Innentasche seiner Jacke und klappte es auf.

»Zigarette?«

»Nein.« Charles lehnte sich zurück und verschränkte seine Arme vor der Brust. »Seltsam, wie die Schatten erst in den Felsspalten verschwinden und dann plötzlich wieder auftauchen.«

»Wolkenschatten. Ein friedliches Bild.«

»Es schläfert einen richtiggehend ein. Ich bin schon öfter eingenickt, wenn ich hier gesessen und dem Spiel der Schatten zugesehen habe.«

»Es ist eben ein sehr friedlicher Anblick.«

»Genau. Ich steige hin und wieder auf den Berg, aber diese Helldunkelmalerei kann man nur aus der Distanz genießen.«

»Das kann ich mir vorstellen.«

»Wissen Sie, wenn man dort drüben ist, rasen die Wolken so entsetzlich schnell über einen hinweg, dass man den Unterschied zwischen Licht und Schatten nicht erkennen kann.«

»Verstehe.«

»Aber wenn man hier oder am besten noch ein bisschen weiter weg, da hinten neben der alten Mauer, sitzt, ergibt sich ein völlig anderes Bild. Kommen Sie oft hierher?«

Mühelos zündete William seine Zigarette an. Er hatte sich in New York ein Sturmfeuerzeug gekauft.

»Sooft ich kann.«

»Es kommt mir so vor, als hätten wir uns schon mal unterhalten. Wenn auch vielleicht nicht hier.«

»Oh, wir haben uns schon häufig unterhalten. Als ich letztes Mal hier oben war, ging es bei unserem Gespräch um Derbyshire.«

»Ach ja?«

»Um Buxton, den Peak District. Ein wunderbares Fleckchen Erde. Dort gibt es jede Menge Hügel. Wir haben dort ein Haus. Klein, aber behaglich. Direkt hinter dem Haus ist ein Hügel, und man kann stundenlang auf der Terrasse sitzen und die wechselnden Muster beobachten, die das Licht wirft. Fast ständig ziehen Wolken über den Hügel hinweg. Ein sehr interessanter Anblick.«

»Davon bin ich überzeugt.«

»Würden Sie das vielleicht gern mal sehen? Oder vielleicht sogar dorthin ziehen?«

Charles runzelte die Stirn und blickte wieder zum Hügel und zu den Schatten, die die windgetriebenen Wolken auf die Hänge warfen.

»Ich bin mir nicht sicher, ob das geht. Ich weiß nicht. Wissen Sie, ich muss diesen Hügel beobachten, darf ihn nicht aus den Augen lassen, denn vielleicht kommen die Männer ja zurück.«

Beobachtungen und Gedanken. An der Straße zwischen Beaumont und Hamel standen Busse, und die praktisch ausnahmslos mit Kameras bewehrten Insassen wurden von einem Führer zu den alten Grabensystemen geführt. Ein noch recht junges Gewerbe. Nördlich der Somme bei Arras bot sich mir dasselbe Bild. Meistens waren es Paare mittleren Alters, die sich vorsichtig über die neuen Holzstege bewegten, verlegt von den Reiseunternehmen, damit es für ihre Kunden nicht zu ungemütlich ist. In der Nähe von Cambrai sieht man noch ein paar rostige Panzer, die teilweise im Schlamm begraben sind, entlang der Hügelkette von Vimy überzieht orangefarbener Rost den dort verbliebenen Stacheldraht, und bei Messines entdeckt man scharenweise Raben, die über den Stümpfen der Bäume ihre Kreise ziehen.

Seltsam, wie friedlich alles ist. Stoff für eine großartige Geschichte sucht man hier vergeblich. Die Stürme sind weitergezogen, und jetzt schlachten die Berber die französischen und spanischen Legionen in Marokko ab, die Türken und die Griechen kämpfen bei Adrianopel um Leben und Tod, die Briten schicken Truppen nach Nordindien, Irland und in den Irak, und Russland ist im Krieg mit Polen und sich selbst. Weiß-

russen, Rotrussen, Denikin. Semenow, Trotzky, die tschechische Legion. Inmitten dieser Wirbelwinde gibt's für jemanden wie mich genug zu tun. Auch Jacob wurde von den Stürmen mitgerissen und treibt sich irgendwo zwischen hier und Sibirien herum. Als Sonderbeobachter einer Abteilung des Völkerbunds, der ein Auge auf die politischen Entwicklungen in den aus den alten Imperien entstandenen neuen Nationen hat. »Ich verfolge, wie sich neuer Hass entwickelt«, hatte er es sarkastisch formuliert, als wir letztes Jahr im Hotel Adlon in Berlin zusammensaßen. Neuer Hass, der an diesem zweiten Jahrestag der Beendigung des Krieges, zur Beendigung sämtlicher Kriege alten Hass ersetzt. Ich frage mich, ob Wilson, der inzwischen halb gelähmt über Amerika regiert, die Ironie dieser Entwicklung sieht, während er den Jubel für Harding und die von dem Mann gepriesene »Normalität« vernimmt.

Wir sind in alle Winde verstreut. Beginnt vielleicht ein Zeitalter, in dem niemand mehr Wurzeln hat? Oder sind wir einfach alle rastlos, weil die alten Horizonte längst nicht mehr so sicher und so tröstlich sind wie ehedem? Wie die Zugvögel reisen wir durch die Welt – Petrograd, Berlin, Paris, London, New York. Immer hin und her. Fahren mit dem Zug nach Mailand, Belgrad, Warschau, überqueren mit dem Schiff den Ozean und finden es inzwischen vollkommen normal, ständig unterwegs zu sein.

Ein seltsamer Gedanke, dass meine Cousine Alexandra jetzt in Kanada in einem Krankenhaus für Kriegsopfer einem Arzt assistiert, von dem niemand sicher weiß, ob er ihr Ehemann oder Geliebter ist. Sie hat für mich immer so gut nach Abingdon Hall und in das Londoner Stadthaus der Familie gepasst, weil sie bis in die Fingerspitzen eine junge Frau der so genannten besseren Gesellschaft war. Aber offensichtlich hat auch sie eine grundlegende Wandlung durchgemacht. Sie hat Hanna geschrieben, wenn der Zustrom der Verstümmelten in ihrem

Krankenhaus ein Ende nehme, wollten sie und dieser Arzt noch weiter in den Westen ziehen, um von dem Ort, an dem ich gerade sitze – Hazebrouck am Rand von Flandern – möglichst weit entfernt zu sein.

Die Straße, die von Hazebrouck über die Hügelkette von Messines nach Kemmel und Ypern führt, ist nagelneu, doch die Erde links und rechts ist sauer. Das Senfgas und die Kieselsäure sind in den Boden eingedrungen. Trotzdem wächst langsam wieder Gras über die Ränder der Granattrichter und überzieht die alten Grabenwälle, Bunker und sogar die Sandsäcke mit frischem Grün. Carl Sandburg hat recht, wenn er behauptet, dass auf Dauer über alles Gras wachse.

Für die britische Armee gibt es kein Golgatha, aber Ypern kommt dem ziemlich nahe, und vor allem ist es das Schlachtfeld, das England am nächsten liegt. Hier – unweit der Steinhaufen, die früher eine Stadt gebildet haben, die für ihre Spitze über Belgien hinaus berühmt gewesen ist – haben die sechs unbekannten Tommys Seite an Seite in der Hütte gelegen und darauf gewartet, dass ein Offizier einem von ihnen als Zeichen der Vergöttlichung Millionen Toter die Unsterblichkeit verleiht. Aber auch die Toten, die hier liegen, werden nicht vergessen. Die Kriegsgräberkommission des Commonwealth hat keine Mühen und Kosten gescheut und große Friedhöfe in der Umgebung angelegt. Sie sind von niedrigen Mäuerchen umgeben, und zum Ausgleich dafür wurden Baum- und Buschreihen zwischen den Gräbern angepflanzt. Die Friedhöfe bei Poperinge sehen wie englische Gärten aus und werden voller Hingabe gepflegt. Die Friedhofsgärtner führen mich, ohne zu zögern, zwischen den ordentlichen Reihen weißer Kreuze hindurch zu dem Grab, dessentwegen ich hierhergekommen bin. »Ivy Thaxton Rilke« steht auf diesem Kreuz, und darunter sind die Initialen ihres Sanitätskorps und ein Datum eingraviert: »19. Oktober 1917.«

Mindestens hunderttausend Menschen fanden bei der

Schlacht von Passchendaele den Tod, doch das ist mir kein Trost. Sie liegt inmitten der Patienten, die beim Einschlag der Granate neben ihr gestorben sind. Alexandra hat dafür gesorgt. Als Tochter eines Earls hat sie wie immer ihren Willen durchgesetzt.

Ein Grab in Flandern. Dabei hatte sie in ihrem Leben noch andere Orte sehen wollen. Vor allem Chicago, Illinois. Die Eisenbahnen und die Schlachthöfe und den Michigansee.

Nein. Ich würde es einfach nicht ertragen, der pompösen Feier in der Londoner Westminster Abbey beizuwohnen, während sie hier drüben liegt. An einem ruhigen Fleck. Ich höre nur den Wind, das Zwitschern einer Amsel, die sich auf dem Ast einer Zypresse wiegt, und dann, um elf, einen entfernten leisen Glockenschlag.

Anmerkung des Autors

Sämtliche Charaktere dieses Buchs, natürlich mit Ausnahme historischer Persönlichkeiten, sind fiktiv. Die Royal Windsor Fusiliers erscheinen weder in der Vergangenheit noch in der Gegenwart auf einer Regimentsliste der britischen Armee, aber alle anderen Regimenter haben tatsächlich in den erwähnten Schlachten gekämpft.

Ich habe versucht, die Ereignisse wahrheitsgetreu zu beschreiben, aber dies ist kein Geschichtsbuch, und falls mir Fehler unterlaufen sind oder ich im Rahmen meiner schriftstellerischen Freiheit Fakten leicht verändert habe, mögen mir das die Historiker verzeihen.

Kein Roman, der vor dem Hintergrund des Ersten Weltkriegs spielt, könnte ohne die Werke anderer Autoren verfasst werden. Dabei gilt mein besonderer Dank John Masefield für *Gallipoli* (New York: The Machmillan Company, 1918) und die Beschreibung der Landung der Bataillone von Bord der *River Clyde*; Ronald Blythe für *The Age of Illusion: England in the Twenties and Thirties* (London: Hamish Hamilton, 1963) für sein Kapitel über den unbekannten Soldaten; Paul Fussell für zahllose Details aus *The Great War and Modern Memory* (New York: Oxford University Press, 1975); Siegfried Sassoon, Verfasser von *Memoirs of a Fox-hunting Man* (New York: Coward McCann, 1929) und *Memoirs of an Infantry Officer* (New York: Coward McCann, 1930); Robert Graves für *Good-bye to All That* (New York: Doubleday Anchor Books, 1957), ein zerfleddertes Taschenbuch, das ich vor langer Zeit gekauft habe und durch das ich erst auf die Idee zu diesem Buch gekommen bin, und Martin Middlebrook aus Boston, Lincolnshire für das exzellente historische Meisterwerk *First Day on the Somme* (W. W. Norton & Company, 1972).

Außerdem ein ganz besonderer, tief empfundener Dank all den Poeten, die zu früh gestorben sind.